Henry James

Henry James
THE WINGS OF
THE DOVE

〔美〕亨利·詹姆斯——著

鸽翼

黄协安——译

上海译文出版社

作者前言

《鸽翼》出版于1902年，我记得很早就想写这本书，我实在记不得是何时产生了灵感。书写得很长，但最初的构想不复杂，说得再简单一些，就是一个年轻人对生活充满渴望，但天不从人愿，她罹患重病，不久于人世。可是，她对世界充满眷恋，希望在有生之年将心里的情感充分表达出来，这样才不算白到世上走一趟，毕竟，有爱的生活才是生活，不管能爱多久。后来，我反复酝酿，有时放下了，然后又捡起来，终于拿定了主意，却觉得这个主题有点可怕。我琢磨过人物形象，但人物形象至多只占了我的一半心思，我的另一半心思在于人物为实现“生活”目标的挣扎，她的历险，她的得失，那是无比宝贵的经历。我从一开始就觉得，这些事情值得我仔细斟酌，珍贵的东西都值得仔细斟酌，珍贵的东西有很多，但这件事特别值得费一番心思。我的想法是，我得让这个心存警惕而又乐于冒险的姑娘多一些纠葛，多一些反复，这样才能吸引注意力，同时能够产生一定的神秘感，这就是故事的魅力所在；不至于让故事变成“大白话”，当下就流行大白话，所有的情节，乃至人物的面貌一览无余。我的这个人物包藏着许多秘密，也可能充满矛盾，她会让人如获至宝，但也可能对人要求很高，让人绞尽脑汁。首先，她是个病人，但这个事情十分难以拿捏。这种情况可能激发人们的高尚情怀，即使是世界上最善于掩饰的人，面对这样的病人，也会同情心大爆发。

是的，这个年轻的病人是这本书的中心人物，她的身体恶化，她的心路历程，都会让人们无比关切。对于她的情况，以及跟她有亲密关系的人，都需要巧妙的处置。对此，我不断思索，思路渐渐清晰，与此同时，这个人物的魅力和她身上的谜团却与日俱增。看待人物，至于要那么直接吗？何必质疑我为什么让主人公“生病”呢？其实，主人公面临死亡和危险，是很值得回味的，是进入那种有趣的状态的最佳捷径。一个能够激发强烈感情的人，一个让人们发现各种意外、意识到各种关系的人，为什么不能占据中心位置呢？诚然，在这种情况下，可能不适合安排各种活动，尽管这个人的感情是极其丰富的，她的求生欲是无比强烈的。她的求生欲的确值得回味，从本质上讲，诗人是不会关注死亡的。就让他关心这个病得最重的病人吧，让诗人感兴趣的，是活着的状态，如果活着不容易，需要抗争，那么，诗人会更加兴趣盎然。生命可能在抗争中消逝，但可能因此迸发出精彩的火花。况且，每个人身上也都有弱点，这一点不用害怕批评。例如《一位女士的画像》中的拉尔夫·陶切特，他体弱多病，让人堪忧，但这并非缺点，我反而觉得他可能产生很好的效果，会展现很积极的一面，让生活变得有趣、生动。原因肯定不在于他的性别，因为男人面临死亡的时候比女人更简单粗暴，手法更庸俗。对于他的情况，我采取顺其自然的态度，而对于如今这个，我赋予了更多的意味，最终她将彻悟，得到升华。

于是，这绝非详述某个人如何倒下的故事。我不是说我不把这个人当作受害者，她确实遭遇了一股无法抵御的力量，但是，在我的意识中，她始终在抗争，她用尽生命的最后一丁点儿力气，渴望抓住最后的希望，渴望推迟最后一刻的到来。这样的态度，这样的举动及其所表达出来的强烈热情，以及最终获得的成功，不正是戏剧的灵魂吗？对于灾难，不应如此刻画吗？面对灾难，不应有抗争吗？我的年轻女主人公就是抗争者，她极力抗争宿命，她想抵抗所有对她不利的力量，虽然这些力量最终得逞了，因为它们实在非常强大，但是，面对压迫，这个年轻人毫不气馁，依然感情丰富。这样的人，尽管她不是一个健康的人，难道不值得我们将中心舞台给予她，不值得我们将聚光灯照在她身上吗？她对生活有憧憬，她的抗争有目的，这又决定了其他人的态度，将其他人卷入她的抗争行为之中。如果说她是想在所剩不多的日子里尽量经历生活的美好，如果说这个愿望需要其他人的帮助才能实现，那么，他们的参与（他们无法摆脱她的魅力）也成了这部戏剧的组成部分，他们应了她的请求强化了她的幻觉，各有各的原因，各有各的企图，各有各的动机和出发点。有些比较高尚，有些就不那么高尚；但是，这些都构成了她的经历，都构成了她心目中的生活。所有人都是身不由己，像是受到海妖的蛊惑，他们既害怕又向往，乃至沉迷而不可自拔，从而情愿偏离既有的航道，和她一起面对奇怪的苦难，当然也寻求更奇怪的机遇，他们要面对千年一遇的问题，要形成新的见识。她的情况大体如此，剩下的就是细节问题。最重要的细节，自然就是在这个年轻姑娘的面前，生活必须是极其美好的，如果说她最大的痛苦在于她必须放弃，那么，鉴于她拥有的条件，我们就更应该替她感到惋惜。

她确实应有尽有，只缺少一样最宝贵的保障，她有自由，有钱，做人机灵、可爱，让人迷恋，她身上的每个优点，都表明她也应该拥有美好的未来。自从她的设计者产生了最初步的构想，最让他难以放下的，就是为她设计最恰当的形象，尤其是要找到五十个理由，表明她的社会地位。她应该是在纽约老枯枝上开的最后一朵鲜花，因为只剩她这一朵花，所以她集万千宠爱于一身，几乎无所不能。然而，这些条件对她十分重要，我在此不想详述，尽管相关事项到了后来也不一定详述得了。对于《鸽翼》的女主人公而言，这意味着极大的自由，她可以自由行动，自由选择，自由欣赏，自由接触，她拥有世界上无与伦比的独立，这应该是我们最为关切的。我很久之前就设想有一种美国年轻人比其他任何年轻人更堪称是“所有时代的继承者”（至于理由，我刚才已有提及，但在此不想详述）；因此，有机会塑造这样的人物形象，是极有价值的。作为所有时代的继承者，如果突然认识到你根本无法继承任何东西，而且这种意识逐渐增强，那么，我感觉，这样的角色是最为合适的。否则就有吹牛的嫌疑，这个人物就难以成立。这样一来，我想我至少可以保持主题的完整性。因为这本就跟人有关，而关键在于谁不会被这件事卷进来，我会像慈祥的父母看着第一次骑马的孩子爬到马背上一样，观察事态的发展，我要为事态的发展创造条件。

我观察到的结果，是这个禀赋极高而随时有生命危险的年轻人掉进了一个可怕的陷阱里，而这个局面是自然而然的，虽然富有戏剧色彩。因为她对生活的渴望，她的出现不也给别人带来了难题吗？因此，别人给她出难题就是自然而然的。这种事情确实令人悲哀，有讽刺意味，更重要的是凶险的，对于她本人而言如此，对于她的身边人而言也是如此。如果说她的故事主要是说她被人家带进了陷阱，那么，她让别人陷入同样尴尬的境地，就要付出代价。我为她设计了一个贴身的守护者，但是，我们这个年轻朋友在她的周围卷起了一个漩涡，就像一艘大船沉没一样，或者说像大公司破产了一样，漩涡的吸引力那么强大，周边的事物都被卷进去是理所当然的。尽管如此，我感觉，对于我的情感之船，这个戏剧性的漩涡不只是她一个人造成的，这里面也有其他人的手（她自己的手也难逃干系，因为她总是那么慷慨大方，经常是始作俑者）。

关键的是，如果说她肯定会陷入困境，那么，这个困境要很快设计好、构建好，让凶险的氛围等着她，也等着我们。我发现，这个任务不仅紧迫，还能激发灵感，为做好这个事情，首先要找到灵感，找到“钥匙”，否则将寸步难行，就像没买票坐火车，还想占据一个座位，根本就没门。为此，我已经拿到了钥匙，我很早就意识到，如果不事先构筑好陷阱，设计好陷阱里的详细情况，就不可能充分展现米莉在陷阱里的挣扎，无法表现她在陷阱里的痛苦，《鸽翼》这本书肯定无法写得这么长。如果说她楚楚可怜的样子是故事的一半，而受她影响的其他人是另一半，那么，我可以自由选择从哪一边开始。如果说那个等着她的小世界意味“深”长，那么，同样，我的勋章可以吊着摇摆，正面和反面都可以呈现在观众面前，观众爱看正面就正面，爱看反面就反面。我希望两面都凹凸有致，字迹和图像都一样清晰，虽然那个纽约年轻人处于中心位置，但周围的一切也都一览无余，这就是我的“钥匙”。因此，我必须知道什么时候从一面开始，什么时候从另一面开始。通常，一个有条理、有追求的人，会从周围开始，然后逐渐缩小范围，最终抵达中心。完整的进程就是这么展开的，其中有许多很有意思的公式。

自从我在第一章做好了铺垫，米莉还没有出场的时候，勋章就已经吊着了。但我想不起来有什么事情可能触发人们的好奇心，会让人想起探索另一面，甚至深入后方遥远的世界。提着勋章的手还算讨人喜欢，我认为原因在于没有做“系列”的功夫。我较短篇的小说都不成系列，而我们在此讨论的这部长篇巨著（也包括两三年后出版的《金碗》）恰逢期刊盛行，编辑掌权，顺我者昌，逆我者亡。值得庆幸的是，高山上还有冰冷的山脊，敢于面对编辑的冷眼。酸葡萄有时是有毒的，故事讲得好的人又有了腾挪辗转的空间。尽量达到出版条件的人，总是有他们有趣、吸引人的一面，但他们的魅力是有限的，因为出版的要求和好作品的要求并不一致，那是属于另一个世界的，就作品创作而言，他们是空洞、黑暗的。如果不算有害，那也是对才华的束缚，良工巧匠就喜欢受到这样的束缚，就像良驹喜欢被人们套上马鞍。不过，最好的才华不会苟且妥协，而是听从最高的召唤。我记得很清楚，就这个故事而言，我的分段，我的整体节奏，都遵循永恒的规律，没有受制于流行而短暂的偏好。因此，我的情节变化是很好的，我甚至认为这本书是一个普遍规律的注脚。

首先，按一定的顺序变换中心事件是“有趣”的，也就是说，从一定的视角，根据主题重要性来确定哪个事件为中心，然后相应地加以处置，这就像是将处理得足够坚实的材料，跟垒石头一样搭起来，整整齐齐，每一块的分量、大小都经过严密设计，称重合理，不仅结构要稳重，还要美观。我一开始介绍凯特·克罗依，就是在垒第一块石头，我记得，那是书的开头，具体事件并不清晰，但效果要好，要具备足够的支撑力。所谓支撑力，就是要制造恰当的氛围，形象要足够鲜明、足够完整，力度要充分，所以，到后来这个人物隐退到阴影下的时候，要跟在阳光下的时候一样感受鲜明。这就是我设置的基础条件，我觉得，对于这个部分，我再怎么表现并不算过当，如果后来发现这个部分存在不足，有缺陷，那么，有再好的意图也是无法实现的。我说过，这是个完整的流程，而这个流程是从垒基石开始的，这就是我的朴素的计划。然而，计划是一回事，落实的结果是另一回事，如今看来，我感觉这些基石倒更成了亮点，按原计划，这些应该是衬托亮点的。回头看看，原来想强调的价值不见了，原先设计的环节掉了，原来希望成为背景的倒成了亮点，我感到很悲哀。当然，这种事情十分正常，比较敏感的人还可以从中找到一个规律，即艺术家的感染力取决于他所犯的错误。他要被最初的对象背叛到什么程度，要上当多少次，要上了什么样的当，才能成为替代对象的真正主人？例如建桥的人，他要先测量实际水深，因此构筑桥墩，他至少要知道水有多深，才能知道桥墩该设在什么位置。然而，桥最终跨越河面，跟原来的测量毫无关系，跟最初的美好设计也没有关系。原来的设计属于幻觉，虽然当时是必要的存在，但最终的桥梁，不管是单拱桥还是多拱桥，才是最终的现实。后来，那个建桥的人来到桥下，听着桥面上车水马龙，这时他终于明白，那才是人们落到实处的桥。

构建凯特·克罗依的意识，让它承受那么多分量，原先可能觉得需要好几百块坚固的石头，如今看来，可能几十块也就够了，而且还不需要那么坚固。她那个落魄而又烦人的父亲，按原计划，应该是要成为笼罩着她的阴影，要左右她的情感，让她感到羞愧，让她不耐烦，让她感到压抑，反正，他的有害影响必须展现无余，他应远远不止是言而无信的人。但是，如今看来，除了一两个乞讨可怜的场面之外，这一切都在哪里呢？那一两个场面根本说明不了他的道德秉性。在凯特的世界里，他只能算是一个“偷窥者”，而原来他应该是一个相貌不凡但像恶魔般的存在，他发现他的位置被人占了，他在不在，女儿都不在乎，于是，他戴上长期以来为他打掩护的帽子，装着无所谓走了，而这一幕即代表着他对生活的极端失望。对于他，言而无信就足够了。总之，每个人，即使是当红的舞台明星，也会有这么一天，要满足于扮演小角色，这样日子才过得下去。我承认，我此时没有兴趣——列举没有营造出来的重要场面，对于其中大部分失误，我可以找到一个理由来解释，这个理由就是一条很奇怪的规律，即画面和戏剧性之间的矛盾，画面嫉妒戏剧性，而戏剧性对画面存有怀疑。两者都对表现小说主题很重要；然而，它们相互诋毁，相互拆台，每一方面都要说：我才是正宗，其余的都是扯淡。对于围观的人，要调解这个矛盾，可以引用“天使的妥协”（也许是魔鬼），即无论什么事，都需要一点点帮助才能做好，因此，即使对于对立面，总是要心存感激的。因此，我的构造要站得住脚，不一定要大肆渲染莱昂纳尔·克罗依的堕落，让他安静地走也是足够的，虽然我总是觉得很遗憾。莫顿·丹什是谁、是干什么的、他有什么习惯、住在哪里，这些细节照说应该细致描写，像仙女和牧神总是围着赫耳墨斯，把花环戴到他的头上。人们总觉得每一点都要充分渲染，但是，这样一来，这个故事不就成了地址和事件的慷慨罗列？难道这个年轻人的状况，包括他的个人、职业和社会背景必须描写得足够详细，我们才能心满意足？同样，对于劳德夫人，我们也要细致刻画，包括她的个人信息，这样我们才能感受到她的存在？按这个道理，女主人公的“闺蜜”斯特林厄姆太太，作为波士顿人的代表，也需要细致入微的描写；米莉在英国社会的各种接触也必须深入写实；再接着，威尼斯的情况，包括女主人公身边的朋友，都需要用放大镜来看；同样，丹什最后的立场和意识变化，都需要用更精细的线条来编织，甚至考究到要用丝绸、金线，要用粉色和银色的丝线来纺织。

毫无疑问，这不是说完整的结构不存在，不是说我们不能够寻找到线索，如果有机会，我们可以找到，可以一条条地找出来加以研究。毫无疑问，整体而言，每一条线索都是有意义的，虽然没有明说，但其中的构造是有章可循的。整体设计的应用是持续的、有案可查的，虽然我很少考虑这个问题。第一章就有这样清晰的脉络，如我上文提到，第一章作为基础，由很多块石头构成，每一块都起到一定的作用，然后加起来构成一个整体。我们两个年轻主角的意识是相互关联的，我很早就意识到，我必须将意识融合在一起。莫顿·丹什必定要在年轻姑娘的思想海洋里游泳，但是她的思想并非一面镜子，只会映射别人的思想。有时候，她的思想会起作用，有时候，他的思想会起作用，如果是好的设计，则不是将这些时刻固定好，达到泾渭分明，各自为政。我什么时候不清楚过？我会在一个中心设定之后去做另一个中心，同时将前一个中心彻底放弃吗？我不承认有什么高出一等的流程，我们既然致力于构筑中心，从一个中心走向另一个中心，那么，首先每个中心都要选择好，设定好，这是基础，然后，这些中心就真正成为中心，不必多加处理。当然，简单处理的前提是要确定一个视角，而且，各行为者之间的视角要有共通之处，这样才会紧凑，才会有整体，才会前后连贯，不至于松散、无力。这个真理包含着一个场合区分的秘密，我们可以选择将对象处理成画面，也可以处理成场景，但我们会选择最能在一幕戏中实现最完整表达的一种方式。而且，所有场面也都是一个更大场面的组成部分，在挤压之下，画面和场景之间的界线会失去作用。

我猜测，第四章开头那一长段就属于这种情况，当米莉引起意识震动的时候，有许多生命的中心，很密集，但是，最终一起都归到一个头下面。在这一段，她被带入劳德夫人的圈子里，到了后来，在这一部分还有一段跟它配合，像是作说明，就是在危机显现、行为规则发生变化的时候。我的人物意识（包括智慧、好奇心、热情和应激响应），或者说是镜子，都按一定的规则进行交替，就这样，凯特的意识也成了中心。她的意识主要在威尼斯发挥作用，所有事件和人物，无论清晰还是模糊，无论轻重，都是从她的视角处理的，也是从丹什的视角处理的，而他们之间的意识互动要费许多笔墨。凯特的意识成了贯通整场戏的头绪，在米莉租用的豪宅里，她仔细观察她的这个朋友的奢侈派对，并将这个派对与兰开斯特大门的场面进行对比。也许，对于米莉的处境，凯特的意识可能反映得更为清晰，丹什的意识更加丰满，斯特林厄姆太太也有一段时间温情爆发（在我最初的计划中，她本要发挥某种传统的作用，但此时感觉一点用处也没有）。凯特和丹什的关系，或者说丹什和凯特的关系，原来曾经断过，这时也要再断了，而这个关系也反映在米莉的意识镜子之上。对于这些方面，如果采用客观的镜子，换言之，就是作者相对冷漠的确认或者单薄的保证，所有的形象会显得那么粗鄙，没有血性，不是卖弄知识，就是卖弄特权。

在威尼斯的高潮时刻，我们要了解这个备受摧残的磨灭的状况，只能通过丹什的猜测，以及凯特单独去找丹什时的表现。在这种时候，我们得以批判性地加以审视，得以认识行为的目的和性质，得以了解简单机构的有趣之处，尽管作者毫不掩盖对中心偏颇的失望。我经常不能保持一分为二的平衡，《鸽翼》是个最好的例子（这已经受到大众猛烈批评了）。我采用权宜的中介，总是招人埋怨，但绝非冒失，这一回，人们恐怕不仅仅是抱怨了。回想起来，我从来没有像这样迫切地需要掩饰，我从来没有像这样要在一个狭小的空间里演绎一个主题，而要演绎这个主题困难重重。当然，每个小说家都知道，有困难才有灵感，而要让作品具有魅力，困难必须是自然存在的，不是刻意制造的，不是走向歧途造成的。《鸽翼》很可能属于后者，属于错误而畸形的，我觉得，这将给文学批评家一个很大的口实，尤其是那些靠批评新作家发财的批评家。批评家的眼里净是骗人的伎俩，他们的职责就是识别并谴责，所谓的短缩法即骗人的伎俩，是企图让某些色块表达完整图像的意义，有些伪装让人产生尺寸的幻觉。因此，他们会毫不犹豫地指出我们织的网过于杂乱，而我们必须通过错位，从而制造质量的幻觉，而不产生尺寸的幻觉。这一点很容易遭到批评家的注意，他们原本就在寻觅“畸形”的踪迹。

与此同时，我认识到，在本书的前半部分，不仅不存在畸形，我觉得条理十分清晰，连贯性很好，有些幻觉，从来没有失检，顺着线索，还是可以得到好处的。从一开始，作者就认识到他的任务是表明先出场的两个年轻人被一股自然的力量牵到了一起，要表达一种夹杂着忧虑和遭到约束但很顽强、很自信的热情。我描绘的画面，是两个人产生了亲密的感情，两情相悦，无视任何障碍和阻力，利用他们的智慧和过人的能力，想到了利用“猎物”的资源进一步发展关系的办法。他们绝非普通的一对情侣，莫顿·丹什和凯特·克罗依都极善于创造财富、抓住机遇，这在当时是让人敬仰的能力，而他们采用的手段不带一点粗俗的色彩，他们将激烈的情感和高超的人际关系技巧相结合，给一个纯真朴实的年轻人织了一张网。如果我想渲染，我可能就不会赋予这么高的价值。同样，到了最后，他们用同样的智慧和技巧，给那个动了感情的女主人公当头一棒，我也给予很高的价值。很有意思，我让米莉跟别人建立了密切的关系，她心里激烈荡漾，迫切希望得到确认，但最终看到了真相，最终本能地释怀。同样很有意思，我设计了这个年轻姑娘的情感起伏，为她设计了一座亮堂的豪宅，让豪宅里上演一部大戏。

不过，这些说明不了细节的处理，例如丹什去美国之前和劳德夫人之间的那次对话。这是通过凯特的视角见不到的，尽管当时我们已经用这个年轻姑娘的眼睛来看，用她的肺来呼吸。也就是说，在我们的无意识中，丹什在兰开斯特大门的所见所闻，已经被她对他可能的遭遇的担心所取代，这是个同化、融合的过程。那么，我这样显然的偏离算是糊涂了吗？是不是蒙蔽了理智？不，肯定不是，因为我已经打开了进入这对年轻情侣主观世界的大门，大家仔细阅读前两章会看到。（不管在什么时候，包括此时，我都是希望大家仔细阅读的，我也理所当然地认为大家会仔细阅读，我想，既然大家都仔细阅读了，我说的事情大家是都能理解的。欣赏一件艺术作品，接受一个难以抗拒的幻觉，在我看来，是我们无比的奢侈体验，而如果这个作品不需要仔细观赏，那么，我认为这个体验就不算奢侈。能够给最奢侈体验的，给我们最多乐趣的，是无论我们给予多少压力都不会开裂的表面，就像冬天湖面冰层足够厚，人们可以在上面滑冰，如果有开裂，我们会听到，但那种体验不能说是奢侈的。）我没有通过丹什的眼睛看世界是另一回事，因为我已经做好了预备，有时还是用得着的。所以，无论如何，前两章搭建的石头还是很整齐、很牢固的。我从第三章开始搭建另一个块，这块新的石头也方方正正，也就是转向了另一个中心。在此，我还是十分谨慎，这个中心一定要做得稳重。那主要是米莉·蒂尔的事情，同样，我也设计了一面镜子，那就是她那位忠心耿耿的闺蜜。

这两个闺蜜的意识交集，展示了主题的另一面，同时排除了其他的侧面。如果说在某个特别的时刻我让斯特林厄姆太太承担直接面对我们的责任，是因为我觉得一出戏有价值，我故意让她来演。有一天傍晚时分，在高山上，我们的女主人公居然道出了机密。但是，我后来发现，这个事情不用再交代，不用给予任何位置，不用刻画任何形象，也就是说可以简而化之，所以，斯特林厄姆太太只能被牺牲掉。第五章又是一块新石头，设定了新的场合，这时的中心是米莉几乎膨胀的意识。此时，我重新燃起渲染的热情，我发现渲染的机会无所不在，形成一个富有弹性但很确定的系统。我是说，我尝试了一下深度，结果这个系统很有韧性。在这个系统下，“场合”很协调，我有时（不是很经常）会把场合切割得很小，这是最有可能变糊涂的情况。有些场合还是比较宏大，希望保持高水平的清晰度。整个作品中心，实际上落在第五章，这是一个错误的支点，好像是做足了铺垫，但其实是虚妄的，还是短缩图，虽然有所放大。不过，我自己再仔细阅读之后发现，这里面有很大的魅力，很有意思，作者是本能地在用间接的方式刻画一个形象。最近，我不断认识到，我不喜欢用直接的方式，尤其是对于米莉而言，采用间接的方式，倒显得更加善良、更加仁慈。这让我感到很欣慰，用这种迂回的方法来刻画她，或者说采用道听途说的方式，更适合用于刻画一个纯洁无瑕的公主。这样一来，她就能承受周围的那么多压力，所有声音和动作就不至于那么惊人，所有清晰和模糊的形象都有了巨大的魅力。这一切都来自画家对于她的丰富想象，而这个画家只是通过一个个对她有兴趣的人，通过这些人的眼睛看着她，换言之，这些人的眼睛就是他观察她的窗口。所以，说到公主，那就像躲在皇宫大门对面的阳台上，在便于观察而不冒失的角落，当她乘坐金色马车进出大门的时候，偷偷地瞄着那个神秘的影子。但是，我对这种窗口和阳台的利用也是不多的，那对我而言是奢侈的。至于我在《鸽翼》中是否发现了什么，包括超级细腻的手腕或者品位、设计或者本能，那么，我要承认，我虽然已经跨越了我的空间界限，却没有将所观察的如数奉献。 这个“失误”让我持续面临批评的压力，我希望在别的地方能卸下这个包袱。

亨利·詹姆斯

第一章

1

她，凯特·克罗依，等着她的父亲进来，而他却昧着良心，让她一直苦等。她几次走到挂在壁炉架上方的镜子前，盯着自己在里面的影子。她脸色十分苍白，这是因为她非常愤怒，差一点就不想见他，一走了之。不过，她还是留了下来，只是换了个位置，从破旧的沙发换到扶手椅上，那椅子套着光滑得像是上了釉的布套，她以前曾摸过这个布套，觉得滑溜溜、黏糊糊的。她看看墙上那些灰黄的印迹，看看那本孤零零放了一年的杂志，它们跟一盏彩色玻璃小台灯和陈旧的白色针织装饰桌垫一起，强化了大餐桌淡紫色桌布所营造的感觉；同时，她时不时地从房间的落地窗走出去，到小阳台上去站一会儿。从这里看出去，外面丑陋的小街道并不比这丑陋的房间更能让人心情愉悦；街道公所的正面又黑又矮，即使作为后墙也算是矮的，本应遮蔽里面的隐私，但实际上一览无余。从屋里看街道的感觉，与从街上看这屋子的感觉一样，可以说是千百分的相似，甚至还更差。因此，每一次转身进屋，每一次不耐烦地想不再等他的时候，她闻着屋里弥漫的微微的腐朽气息，都会更深切地感到，如今她真是一无所有了，要钱没钱，要名声没名声。她之所以继续等，从某种意义上讲，是因为她不希望在已有的众多羞耻之外再添胆小鬼的骂名，因自己个人的消沉遭人耻笑。看看外面的街道，看看这个房间，摸摸那张桌布，摸摸那块桌垫以及那盏小台灯，她感觉稍许感到了一些尊严，因为她至少没有躲避，也没有撒谎。这一切，尤其是自己鼓起勇气准备与父亲展开的面谈，是这个世界上最龌龊的；不过，她不是已经准备好接受最龌龊的现实了吗？她尽量让自己伤心，这样她才不至于愤怒，可她伤心不起来，所以她很愤怒。可是不幸，这饱受挫折、难以责备，而后又被命运标上记号如同公共拍卖场上的"货物"一般的不幸，如果不在这些腐朽的气息和景象里，又在哪里呢？

父亲的一生，姐姐和她的一生，以及两个早死的兄弟的一生，乃至这幢房子的全部历史，就像是一串华丽而繁复的词组，甚至像一部音乐剧，然而，开头堆砌了一些空洞的单词或音符，继而突然中断，连这些空洞的单词或音符也没有了。起初，这一家人气势恢弘，俨然必将踏上金玉铺成的康庄大道，可不知为什么，没有发生任何不测情况，他们却突然崩溃，无可奈何地倒在路边的尘土中。这些问题在奇克街得不到解答，但问题本身却在这里赫然耸现，女孩一次次走到镜子和壁炉前，这也许是躲避问题的捷径。其实，这也表明她试图摆脱笼罩心头的最龌龊的感觉，因此等会儿又可以装笑脸，难道不是吗？她盯着那已失去光泽的镜面，她的眼神如此专注，肯定不只在欣赏自己美丽的容貌。她扶了扶头上插着羽毛的黑色帽子；摸了摸帽子下面像瀑布般的浓密乌发；眼睛盯着她那张漂亮的椭圆脸蛋，不仅看正面，侧面也看得很仔细。她的衣裳上下都是黑色，反衬之下，她的脸庞显得更加清秀，她的秀发显得更黑、更和谐。在外面的阳台上，她的眼睛看起来是蓝色的；而在镜子里面看却是黑色的。她长得很漂亮，不过她的魅力并非某个相貌特征或某件首饰的作用，那是她给人留下的整体印象。这种整体印象相当持久，要说它的来源，只能说整体不是具体部分的总和。她身材不高但显得挺拔，她不用动就显得风度翩翩，她身材不魁梧却总能引人注目。她身材苗条，衣着朴素，沉默寡言，却总是存在于人们的视线之中，总是能愉悦人们的视觉感受。通常，她戴的首饰比较少，但比别的女人更娇艳，有时，如果场合需要，她戴的首饰多了些，却感觉十分淳朴，与别的女人相比，她总是那么得体，对于其中的秘诀，她自己也不清楚。对于她身上的种种奥秘，她的朋友们都有所了解，他们的解释也大致相同，就是说她很聪明，不管人们将这个解释当作她个人魅力的来源，还是她个人魅力所产生的结果。如果在父亲寓所黯淡的镜子里，除了自己漂亮的脸庞之外，她还看到了其他的景象，那可能就是：她终于挺住了，她没有崩溃，她没有自轻自贱，她没有自甘沉沦。她自己感觉，她并非用粉笔做了记号准备拍卖的物品。她还没有放弃，如果说在代表他们家历史的那个断句里，她是最后那一个单词，那么，这个句子的结尾必定还会有些意义的。有一小阵子，她眼珠子一动不动，很明显是在幻想，如果她是男人，她将如何扭转这一局面。她要小心呵护那个姓氏，那是她最热爱的名称，尽管她恶心的父亲对它造成了种种伤害，但也不是没有任何指望的。正是因为这些淌着血的伤口，她对这个名称更加疼惜。但是，像她这样一文不名的女孩，除了放弃，又能如何？

当她父亲终于出现的时候，她跟往常一样立刻意识到，对父亲的一切指望都是徒劳的。他给她写信说他病了，病得很重，都出不了房间了，说必须马上见她；如果说这是他要阴谋的伎俩，这是十分可能的，那么，他甚至不屑于按诈骗的正常套路，适当抛光粗糙的表面。不管出于什么邪恶动机，他就是想见到她，而她也有强烈的愿望跟他谈谈；但是，她此时强烈地预感到，父亲必将对她恣意妄为，因此，她又回想起从前的情景，每次父亲要伤害她，尤其是伤害她可怜的母亲，都是要经过精心谋划、设计圈套的，这让她感到了新伤旧痛，她的心在滴血。跟他保持任何关系，不管多么短暂或疏浅的，都必定受到他的伤害；至于其中的原因，那是世界上最奇怪的，他并不希望这样，他肯定经常感觉到，要不这样的话，对他自己还是有好处的，可是他必定还是会犯错误，无论是什么错误，只要有可能，他都会犯，每当他靠近你的时候，你就会越发觉得他是无可救药的。以前，他可能会坐在客厅的沙发上等她，也可能待在卧室里躺在床上接见她。这次，她不必再到那个隐秘的房间里去，觉得十分庆幸，但是，要是真让她进去的话，她还不至于如此清晰地感觉到他的诡诈。他们每一次见面，她都觉得似曾相识；他撒起谎来，就像从抓得油腻光滑的旧扑克牌中随便抽一张打出来，而你只好坐在他身旁，眼睁睁地看着他要手段。令人头疼的是，并非你会听到谎言，而是你根本听不到实话。他可能是真的病了，但与他的任何接触，都不可能是直截了当的，这次也一样。他也可能就要死了，但凯特不知道他要提供什么样的证据，她才敢于相信。

他的房间在楼上，据她所知，就在他们现在所待的这个房间的上面：其实，他已经不在这房子里住了，当然，如果她斗胆刨根问底的话，他要么会矢口否认，要么就借机发飙，穷凶极恶。不过，这次她已经不会再问他了；这不仅是因为在与他面对面的时候，她再也不会产生徒劳的愤怒，还因为他吹一口气，伤感就会消失得无影无踪，当然，他同样吹口气也会让愉悦感顿时消失：不过，她觉得即使在后一种情况下，她也能找到靠近他的立足点。他已经不再能让人快乐了，这实在没有人性。他完美的外表撑着他漂了这么长时间，现在基本还是完美的；不过，人们很久以前就在任何场合下对此习以为常了。对于一个人有多好，事实胜于一切。他的模样与往常并无二致，粉红色的皮肤，银白色的头发，笔直的腰杆，挺括的衣服，似乎是世界上与不愉快最不搭界的人。他特别像一位英国绅士，像是一个功成名就、生活安定的正常人。和外国人一起在餐馆吃饭的时候，外国人都会发出这样的感叹："英格兰养育的人是多么完美啊！"他的眼神很和蔼，让人觉得很安全；他的嗓子清晰浑厚，显然没有大声嚷嚷过。幸福的生活像一个美女，在半路上与他迎面相遇，然后就转过头来，陪着他一起走，一只手挽住他的胳膊，温柔地让他自己决定前进的步伐。对他只是稍有了解的人会羡慕地说："他穿着多得体啊！"对他了解稍微深一些的人则会反问："他穿着多得体？"刚才，他女儿的眼中闪过一丝快乐的光芒，其实那是因为他一下子让她觉得滑稽，似乎这个恶心的地方是属于她的，是他来看望她，她是主人，而父亲是客人，情绪很脆弱，需要特别呵护。他会令你产生荒谬的感觉，他有一种神秘的本领，能够完全扭转主客关系：以前，如果她妈妈愿意见他，他都会使出这样的本领。至于他是从哪里来的，大家都不大清楚，不过他曾在莱克斯汉姆花园住过。凯特万分不耐烦，但还是轻描淡写地说："您好多了，我很高兴。"

"不好，亲爱的，我很不好；你瞧，我刚出去看了医生，就是街道拐角的那个混蛋。"克罗依先生做了个手势，想表示那医生的手艺实在拙劣，连他自己都会。"我正在吃他给我弄的药。这就是我让你来的原因，让你看见我真正的模样。"

"哦，爸爸，我早就看到你真正的模样了。我想，现在我总算找到能正确描述你真正模样的词了：'你很漂亮——我们别再说这个了。'[1]你一直都很漂亮，现在看起来可爱极了。"同时，他也在审视着她的容貌，当然，她也知道他肯定会这样做的，还会对她所穿的衣服进行识别和评价，也可能会提出异议，从而表示他对她还有兴趣。实际上，他对她可能毫无兴趣，但她可以断定，在这个世界上，他也就会对她感兴趣。她经常想，在他所处的境况下，到底有什么能让他开心，这段时间，她又琢磨起了这个问题。她之所以让他开心，是她长得漂亮，具有可观的价值。不过，他的另一个孩子也有某些相似的特征，但是，那个孩子从未让他产生任何快感，这是毫无疑问的。可怜的玛丽安也算漂亮，但他肯定不会在乎。其中的关键是，她姐姐不管长得怎么漂亮，现在已沦为寡妇，自己都几乎不能糊口，还有四个嗷嗷待哺的小孩，是不会有什么现实价值的。然后，她问他到那个地方住了多久，当然，她很清楚这个问题提不提都一样，即使他会回答，他的回答与事实真相之间也没有什么共同之处。事实上，她也没有听到他的具体回答，不管他的回答是否真实，因为她一心惦记着她自己想要跟他说的事情，这其实就是她一直耐心等待他的原因，这桩心事让她暂时忘却了对父亲的怨恨。没等多久，她就将她的心事都说出来了。"是的，我现在还是愿意跟您一起去。我不知道您到底想跟我说什么，不过，即使您没有给我写信，在一两天之内，您也会收到我的信。事情就这样了，我是等到想明白了，才来见您的。我想得很明白了，我要和您一起去。"

这些话产生了显著的效果。"跟我一起去哪里？"

"哪里都行。我要和您住在一起，在这里也行。"她脱掉手套，

1　原文为法语。

坐了下来，似乎她早已经胸有成竹了。

莱昂纳尔·克罗依与往常一样，貌似心不在焉地在房子里摇来晃去，似乎听完她的话之后，正盘算着寻找借口，以便安全撤退：这让她马上意识到，她低估了他的准备。他不希望她跟着他，更不希望她与他住在一起。他之所以叫她来，就是要有风度、高姿态地抛弃她，让她离开，他是要做出牺牲的。但是，除非她愿意放弃他，否则所谓的风度和姿态，都将无从谈起。因此，他的策略就是欲擒故纵，让她爱来就来，让她觉得不是非要离开不可。然而，她对他目前的尴尬无动于衷，她自己也觉得，她简直是铁石心肠。对于他的种种姿态，她已经看够、看透了，她可以不感到丝毫内疚地剥夺他表现任何新姿态的奢侈权利。随后，在他的话音之中，她发现了一丝轻微的慌乱。他说："哦，我的孩子，对于这个，我是绝不同意的！"

"那么，您准备怎么办？"

"我正在想，"莱昂纳尔·克罗依说，"你别以为我的脑袋一直都是摆设。"

"那么，您想过我说的事吗？"他女儿问，"我是说，我已经下定决心了。"

他站在她面前，双手掩在身后，两脚微微叉开，身子微微地前后摇晃着，似乎是踮着脚尖，要往她身上靠。貌似他真的在用心思考。"不，我没想过。我不能想，也不要想。"这实在冠冕堂皇，结合全家人对他的绝望，她又一次发现，不管什么情况，都不能凭他的外表揣度他的内心。他的花言巧语，一直是她母亲背上最为沉重的十字架；与他任何恐怖的行为举止相比（感谢上帝，他们不知道他究竟干了些什么），他的巧言令色，世人必然是见得更多。由于他的特别类型，他肯定是个无法共同生活的可怕丈夫；他的特点会给发现他可恶的女人带来不幸影响。凯特难道对他的特点不很了解？让有这样长相、这样风度的父亲单独过日子，对她来说肯定不是件容易的事情。如果说有许多事情她不知道，甚至都没梦到过，那么在这时候，他们俩就会达成共识，认定他是处境窘迫、值得可怜的人。如果说他认定他小女儿的美貌是她的价值所在，那么他一开始对自己的价值判断就更加准确。令人感到吃惊的不是他的价值帮了他那么多，而是居然没给他更多的帮助。不过，他的价值一直在做着贡献，这是古老、永恒、不断重复的旋律。她对他的耐心，正表明他的价值眼下在起作用。随即，她清楚地看到了他所采取的路线。"你真的要我相信你已经下定决心了吗？"

她必须考虑自己的路线。"爸爸，您相信什么，我想我不会在乎。而且，我从未想过您会相信我。我也从未想过别人会相信您。爸爸，您知道，我真的不了解您。"

"你是不是觉得你可以胡说八道？"

"哦，亲爱的，不，不是。这无关紧要。如果说我到这时候还不了解您，可能就永远不会了解，那也没有关系。我觉得能跟您一起生活就行，是否了解没有关系。当然，对于您日子过得好不好，我一点也不知道。"

"我过得不好。"克罗依先生的回答听起来喜气洋洋。

他女儿再次看了房间一圈，她很惊讶地发现，房间里的东西不多，给予她的启发却有那么多。她最大的感觉是这里很丑陋，丑得实实在在、看得见摸得着，这丑陋足以给别人力量。这是生命的中介，是生命存在的可恶迹象。这个发现令她的回答更有说服力。"哦，抱歉，但我觉得您的生活好极了。"

“你是不是要老话重提，说我居然还没有自己了断？”他神情轻松、愉快地质问。

她认为这个问题没有必要回答；她坐着不动，只管说她自己觉得有实质意义的话。“您了解我妈妈的遗嘱。她去世前，曾经担心给我们留下不多，事实上，她留下的确实极少。我们不知道是怎样熬过来的。按遗嘱，玛丽安一年两百，我也是两百，我又让给了玛丽安一百。”

“哦，你这傻瓜！”她父亲叹了一口气，他毕竟是过来人。

“您和我一起，这一百可以解决一些问题。”

“那其余的问题呢？”

“您自己什么也不能做吗？”

他看了她一眼，然后，双手插进口袋，转身走到她已经打开的窗户前站住。她没再说什么，那个问题已经把他推到了窗前。屋里顿时一片寂静，街上水果贩的叫卖声，伴随着三月温和的空气，惨淡的阳光——与房间颇为格格不入，还有奇克街上熟悉的嘈杂声，飘然而入。过了一小会儿，他转身走回来，仿佛已经忘记了她的问题。“我不明白你怎么突然这么紧张。”

“我想您应该猜得到，不过我可以明白告诉您。莫德姨妈为我介绍了一门亲事，不过，她也提出一个条件，要完全拥有我。”

“除此之外，她还能要什么呢？”

“哦，我不知道，应该可以要别的东西吧。我又不是那么珍贵的战利品。”女孩的口气冷冰冰的，“以前可从没人说要我。”

她父亲的表情一向从容平静，可此时，与其说是显得很感兴趣，倒不如说是很惊讶。“没人向你提过婚事？”仿佛对于他莱昂纳尔·克罗依的女儿来说，这是不可思议的；或者说，即使是在亲密无间的父女之间，这样的坦白与她这么高昂的情绪和这么漂亮的相貌也是很不相称的。

“从来没有富有的亲戚提过。她对我非常好，但她说，我们该把话都说明白了。”

克罗依先生表示完全同意。“当然是的，是该说明白了。我能明白她的意思。”

“真的吗？”

“哦，当然。她的意思就是说，如果你和我切断关系，她就会对你很大方。你说到她的条件，当然就是这个意思。”

“好吧，”凯特说，“我之所以感到紧张，就是因为这个。所以我就来了。”

他做了个手势，表示他完全理解；然后，过不了几秒钟，他就相当自然地反客为主。“你真的以为我有条件接纳你吗？”

凯特沉默了一小会儿，然后口齿清楚地说：“是的。”

“那么，你果真是傻瓜，比我想象的还傻。”

“为什么呢？您的日子过得不错啊！瞧您神采奕奕。”

“哦，你不是一向都那么恨我吗？”他含糊不清地说，然后再一次心事重重地朝窗外凝视。

“人都不只是珍贵的记忆。”她似乎没有听见他说了什么，自顾自地说，“您是个有血有肉的人。您很漂亮，我们早就达成共识了。您知道，我觉得您比我条件更好。再说，毕竟我们是父女关系，这个事实是不容否认的，我想，这个关系对我们应该是有作用的。我刚才跟您说过，我不了解您的生活状况，我也不在乎。”她毫不懈劲，紧跟着说，“不管是什么状况，我都会接受。就我而言，我会为您做力所能及的一切。”

"我明白了。"莱昂纳尔·克罗依先生接着说的话极其务实，"那么，你能做什么？"她没有马上回答，而他则趁她短暂的沉默继续追问："你可以说，你放弃了你姨妈，展开你美丽的翅膀向我飞来。可是，我想知道，你能给我带来什么好处呢？"她还是没有马上回答，于是，他便进一步发挥："请你记住，在这迷人的关头，不管你说得多么感人，我们都没有多少财产，别人向我们伸出一根树枝，我们还不足以拒绝。亲爱的，我真喜欢你刚才的慷慨陈词，嘴上说放弃是很容易的。但是，如果一个人只能喝清汤，他就不能不要汤勺，你的汤勺就是你的姨妈。请注意，你的汤勺在一定意义上说也是我的。"她站起身来，似乎已经看到了她的努力的结局，知道这一切都是徒劳无益的，然后走回到她刚才看过几次的可怜的镜子前。她再次挪了挪帽子，就在此时，她父亲又说了一句话，他刚才的不耐烦语气已经变成赞叹："你真棒，不要让我耽误了。"

他女儿转过身，面对着他。"莫德姨妈的条件，具体说就是我必须完完全全地与您断绝关系；永远不能见您，也不能与您说话，不能给您写信，甚至不能走近您或向您打招呼，不能与您保持任何形式的联系。总而言之，您必须从我的世界里彻底消失。"

他不高兴的时候，似乎总要踮起脚，看起来好像很开心，自信满满。人们说他有几个难以形容的特点，这就是其中之一。有时，对伤害到自己感情的人，他的打击手段是令人赞叹的，除非他自己放弃。反正，他现在就是踮着脚的。"亲爱的，我要毫不犹豫地说，你莫德姨妈的这个要求非常恰当。"这样的话她已经听多了，但一开始还觉得相当恶心，便没有马上回答，所以他便有时间继续说下去，"这就是她的条件，好吧。那么她的承诺是什么？她答应为你做什么？你必须想一点办法。"

"您是说，让她觉得我舍不得您？"她过了一阵子问。

"哦，这个协议真恶毒、真残忍。我这个可怜的老爸爸，还要承受骨肉分离的痛苦，不过我没有意见。我毕竟还是你爸爸，真的放弃之后，不至于什么也得不到。"

"哦，我想她的意思是我会得到许多。"这时她说话的口气中有了一点喜悦。

他的回答也显得无比慈祥："那么，她会给你东西吗？"

女孩接着把她的表演进行到底。"多多少少吧，我想。很多东西我敢说我是可以想当然的，是女人之间可以互相帮忙的事情，您是不会明白的。"

"我没有必要明白的东西，我一向都不大明白。"他继续说，"你知道，我只希望你有足够的良心，你要明白，你有这个很让人羡慕的机会，说到底，见鬼，还是因为我的功劳。"

"我承认我不明白，"凯特说，"这件事跟我的'良心'有什么关系。"

"那么，亲爱的姑娘，你应该为自己感到羞愧。你们这些冷酷虚伪的人，"他情绪突然变得很激动，"证明了这个时代的道德水准极低。在这个粗俗、野蛮的时代，家庭情感完全沦陷了。从前，对于像我这样的人，我是说像我这样的父亲，像你这样的女儿是极其珍惜的，如果在商业社会，我就是你的'资产'。"他侃侃而谈，"我不只是说，如果你有正确的情感，你可能为我做些什么，我更想说，你会和我一起做些什么，这才是你的机会。"接着，他很冷静地说，"我是说，其实这两种情形本质上是一致的。你要明白，利用我不仅仅是你的机会，而且也是你的责任。要说明你有家庭情感，你得看看我能干些什么。如果你和我一样还有亲情，就会发现我还是有价值的。亲爱的，从我的身上，你还是可以掏出一辆大马车的。”他的离题，更确切说是高潮，由于不合时宜的回忆，减损了一些效果。他突然想起他女儿刚才说的事。“你真的决定把你那一点遗产让出去一半吗？”

她先犹豫一下，然后大笑。“不，我没做什么‘决定’。”

“你明摆着是要让玛丽安占便宜，不对吗？”他们面对面站着，可是她没有直面他的质问，于是他继续往下说，“你知道，除了这三百，她还有丈夫的遗产，这就是你的道德观吗？”这位孤傲的、肆无忌惮的长辈大声质问道。

凯特毫不费劲地找到了答案。“您是不是认为，我应该把一切都给您？”

“一切”两字显然让他很震撼，决定了他回答的语气。“绝对不是。你刚才说要给我什么，我都拒绝了，你怎么会提这样的要求呢？至于我的看法，随你怎么理解。我想已经表达得够清楚的了，我的提议，你要么接受，要么就放弃。我的提议只有一个；这是我所有的赌注。简而言之，是我对你责任的构想。”

女孩带着疲倦的笑容，盯着她爸爸，仿佛“责任”两字从他嘴里说出来，有某种奇怪的形状，可映入她的眼帘。“对这种事情，您真是绝了！”她马上接着说，“我想我必须明白告诉您，如果我在姨妈的协议上签字，我就会严格执行，遵守所有要求。”

“这就对了，亲爱的。我强烈希望你有这样的荣誉感。干什么都要认真。你姨妈能为你做的事情是无限的。”

“您是说她会把我嫁给好人？”

“不然我还有什么意思？把你嫁个合适的人……”

看他犹豫，她便问：“然后呢？”

“然后，我会再和你商量，恢复关系。”

她环顾左右，然后捡起太阳伞。“是不是在这个世界上您最害怕她？我的丈夫，如果真嫁人的话，再怎么也不如她可怕吗？如果这就是您的意思，那还有点意思。不过，这也得看什么样的人是好人，不是吗？”凯特收起伞的褶边，然后接着说，“您不至于认为您心目中的好人会劝您和我们一起住。”

“不，亲爱的，绝对不是。”对于她所假想的担忧或希望，他似乎并没有埋怨，而是以一种理解的宽慰来应对两种责难。“我把你完全交给你姨妈，我自己可以闭上眼睛，就用她的眼睛看路，不管她选择了什么人，我都会满怀信心地接受。如果她觉得这个人非常好，我也会觉得好，你想她是个那么势利的人，而且，我觉得她不管选择什么人，她肯定相信这个人会对我够狠。这也没关系。我只希望你能遵从她的意愿。”克罗依先生郑重声明，“亲爱的，如果我有办法，你绝对不会穷成这样。”

“那么，再见吧，爸爸。”显然，她经过反思后，不得不放弃进一步的争辩。“您肯定明白，我们现在分别，要过很长时间才能再见。”

她的同伴这时产生了一个绝妙的灵感。“为什么不直接说永别呢？你应该知道我是什么样的人，我做事情从不半途而废。如果我答应你把自己从你的世界里抹擦掉，那么，我一定使用一次就能擦拭干净的海绵，而且会充分浸泡，然后好好抹擦。”

她那张漂亮的脸平静地朝向他，久久地看着他，仿佛这真的是最后一次。“我说不清您是什么样的人。”

“我也不比你清楚，亲爱的。我一辈子都在想自己是什么样的人，结果还是没想明白。什么也不是，真可怜。如果我们有很多人，每个人都看懂对方是什么样的人，那么，我们不知道能干成什么事情。不过没关系。再见了，亲爱的。”他的表情有些茫然，似乎在猜她是否要跟他吻别，不过没有因此而感到尴尬。

事实上，她又多待了一会儿，希望把事情弄得更清楚。“我希望这里有人——以防万一——能够见证，我已经向您做了明确表态，我是愿意来这里的。”

她父亲问：“你要我把女房东叫来吗？”

“您可能不相信我。”她接着说，“不过，我原来确实希望您能找到办法。不管怎么样，让您感到不舒服，我很抱歉。”说后，他转过身去，像刚才一样，走到窗前，凝视着小街。过了一会儿，她又说：“您听我说……可惜没人见证，您只需要说一句话。”

他答应的时候还是背对着她。“如果你觉得我还没有说过，那么我们刚才的时间都是白费了的。”

“我来找您，恰恰跟姨妈要我做的事有关，都跟您有关系。她要我作选择，好吧，我的选择就是与她一刀两断，跟您在一起。”

他终于转过身来。“亲爱的，你知道你让我觉得很不舒服吗？我已经很努力把话都讲清楚了。你这样对我不公平。”

但是，她没有理睬他说什么；她的心思显然不在这里。“爸爸！”

“我真不明白你到底怎么啦。”他说，“如果你还这么糊涂，那我就以我的名誉担保，牵着你的手，叫来一辆马车，把你安安稳稳地送到兰开斯特大门。”

她确实很茫然，恍恍惚惚的。“爸爸！”

“这太过分了。”他严厉地说，“什么事？”

“我这样说您可能觉得奇怪，但是您确实能够为我做些事，帮我一些忙。”

“这不正是我要让你感受到的吗？”

“是的，”她很有耐心地回答，“但您的帮法错了。我说的话是完全诚实的，我也很清楚自己在说什么。坦白说，在一个月前，我还不觉得您能帮我或支持我。事实是，情况变了，我面临一个新的难题。尽管如此，我也不指望您能为我做什么事情，只要您不把我赶走，不把您自己从我的生活中抹擦掉就好。只要您说：‘好吧，既然你愿意，那我们就在一起吧！我们不用过早担心以后怎么过，或者在哪里过，我们有信心，总是能找到办法的。’这就是我希望您能为我做的一切。我必须跟您在一起，这对我有利。您明白了吗？”

如果说他不明白，并非因为他没有仔细地盯着她。“你面临的新难题，就是你现在坠入爱河了，你姨妈也知道，而且，我敢肯定，由于某些原因，她痛恨而且反对这件事。她完全可能！我闭上眼睛也相信她会。请你走吧！”虽然他说话时没有怒气，而是充满无限的悲伤，但他还是把她赶了出去。她还没反应过来，他就打开房门，以此作为情感的最完整的表达。然后，他虽然深感不以为然，但还是表现出慷慨的同情。“如果她指望你，那么，我就要为她感到遗憾，这个受骗的女人。”

凯特在风口站了一会儿。“她不是我最同情的人，虽然她在许多方面都受了骗，但她还不是最可怜的人。”她解释说，“她不至于真的指望我吧。”

他没有直接回应她的质疑。“你是同时在欺骗两个人，劳德夫人和另外某个人，对吧？”

她面无表情地摇摇头。“我不想欺骗任何人，尤其是劳德夫人。”她似乎把一切都看明白了。“您拒绝了我，至少有一个好处，就是把事情简明化了。我就要走自己的路，走自己看好的路。”

“你所谓的路，就是嫁给一文不名的无赖，对吧？”

“您自己那么小气，胃口却那么大。”她说。

这句话又让他提起了精神，虽然狠狠瞪了她一眼，但是，这从来都是他表达憎恶的极限。“如果你卑鄙到引起你姨妈的憎恨，那么你的卑鄙也一样会引起我的争议。如果你不是想着某个完全不合适的人，那么，你说这些话又意味着什么呢？那个既像乞丐又像小偷的家伙是谁？”在此过程中，她没作任何反应，他就一口气说完。

接着，她的反应很冷淡，但又毫不含糊。“他有很好的潜质，完全能够充分利用您。事实上，他非常希望对您好。”

“那他肯定是一头呆驴。而且，你怎么就以为，像他这样一无所有、毫无希望的人，你还能把他调教得让他对我好？”她父亲不给她机会回应，而是继续追问，“呆驴有各种各样的，有正确的呆驴，有错误的呆驴，而你似乎就是从那些错误的呆驴中精心挑选了一头。你姨妈对这种人肯定非常了解，我告诉你，我完全信任她对这种人的判断能力；你完全可以相信我，我不会听到人家说有哪一个人她看不透。”接着就是他最后一句话，“如果你真想公然藐视我们俩的话……”

“怎么样，爸爸？”

“嗯，亲爱的孩子，虽然你可能天真地认为我已经微不足道了，但我想我也还不至于没有办法让你感到后悔。”

她又沉默了一会儿，阴沉着脸，但似乎并非是在考虑其中的危险。“如果我不蔑视你们，您知道，那并非因为我怕。”

“哦，如果你不蔑视我们，”他反唇相讥，“也可以表明你非常勇敢。”

“这么说来，您根本不能为我做任何事情，对吧？”

于是，他冲着站在楼梯平台上、面对着弯弯曲曲的楼梯台阶、被一种奇怪氛围所包围的她，明白无误地表示，她的任何请求都是徒劳的。“我从不妄称我会做超出我责任范围的事情；我已经给了你最好、最清楚的建议。”他又很激动。“如果我让你不高兴，你可以去找玛丽安，去寻求她的安慰。”他不能原谅她居然把她母亲留下的一丁点儿遗产跟玛丽安分，其实，她本应该跟他分才对。

2

自从她妈妈死后，她就到劳德夫人那儿去了，其中的压力、艰辛和漫长的煎熬，让她回味无穷。她别无选择：她自己的家里一贫如洗，随着女主人病入膏肓，未付的账单不断累积，她又不能拿任何东西来换钱，因为这里的一切都属于“遗产”，至于遗产的命运如何，那是个绝对令人生畏的秘密；她和玛丽安曾经担心遗产所剩不多，实际上也跟她们想象的差不多；不过，女孩感觉，那些遗产本质上是给玛丽安和她的孩子们留下的，她自己终将一无所有。那么，她到底想怎么办呢？说句实话，她很想放弃，放弃自己的权益，若非受到莫德姨妈的强烈干涉，她无疑早就放弃了，现在莫德姨妈的干涉尤其强烈，对于她的干涉，要么全部接受，要么全部拒绝。然而，到了那年冬末，她却几乎说不清自己决定要采取什么立场。她只能又一次啼笑皆非同时又不敢露任何声色地接受别人的解释。多年来，她最终总是任由他们按自己方便的方式处理，这似乎就是生活的规律。

兰开斯特大门那堂皇、气派的大厦，就在海德公园和南肯辛顿赛马道的另一侧，自从她的孩提时代，直至她长成了大姑娘，乃至现在，那里一直是她年轻而模糊的世界的极限。她自己的生活圈相对比较狭小，虽然也有一些比较远的目标，常常沿着街道向远处眺望，那些地方已经让自己感到自惭形秽，但兰开斯特大门还要更远很多。她生命中的一切，最多发生在克伦威尔路的周围，再远也没有超过肯辛顿公园。相比之下，兰开斯特大门的生活非常遥远。劳德夫人是她唯一的姨妈，是很亲近的，不像婶婶或者舅妈之类的，因此，不管在从前，还是大麻烦到来的时候，她总是所有人中最适合做指示的人；在我们年轻女士多年来一直珍藏着的印象中，劳德夫人所做的指示与实际情形都不是很一致。对克罗依一家的年轻人而言，这位亲戚除了让她们感受到自己的社会分量之外，就是让她们知道自己不能指望什么。凯特的知识面拓宽之后，重新思考了这些事情，并没有发现莫德姨妈还会做出什么不同的举动，但她也发现有许多事情本应该是什么样的；她同时还发现，如果她们一直有意识地生活在极北地区的寒流下，那么，她们会做的事情可能不会更少。比较肯定的是，如果说劳德夫人讨厌她们，讨厌的程度也不如她们想象的那么深。无论如何，她会时不时地来看她们，也会定期邀请她们去她家，目的在于要表明，她其实不想讨厌她们。也可以说，她与她们保持这种关系，就是她怀念妹妹的最佳途径。凯特知道，可怜的克罗依太太对她姐姐一直有怨气，因此，她让玛丽安，她的儿子们，还有凯特自己形成了一种特别的态度，每逢莫德姨妈邀请她们去她家的时候，她们会向莫德姨妈表示他们可以自足，不过，她们还是接受并非常感谢她的慷慨。凯特后来发现，她们之所以形成了这种态度，是因为她并未满足她们的需求。对她所提供的援助，她们总是接受得很勉强，不过那并非因为援助过多，而是太少，这伤害到了她们的心。

我们这位姑娘站在俯视公园的朝南的窗前，向外远眺，可以发现许许多多新鲜事物，虽然有些新东西只不过是旧事物的变样或者翻新而已，而因为新鲜事物太多，她越来越觉得生活的面孔是那么陌生。她年龄已经很大，她觉得等到二十五岁再重新考虑就太晚了，而且，她最大的感受就是遗憾：她竟然没有更早发现。这个世界与她通过初级读物认识的大不一样，不管是更好还是更坏，所以她觉得过去的岁月都是虚度的。如果她早些明白，她就会多做些心理准备，会更好地面对。她每天都有新发现，有些是关于自己的，也有关于别人的，而有两个发现交替着特别引起她的焦虑。第一个发现，是物质的东西对她的吸引力越来越强。她红着脸感觉到，如果说与从前的某些方面相比，现在的生活就像一件装饰得极漂亮的衣裳，那么，关键就在于各种花边和绲带或者说缎带绸布丝绒的作用。也就是说，她可以通过类似的方式获得快感。她非常喜欢姨妈为她安排的住所，这里十分漂亮，她从来没有像现在这样喜欢一样东西，但是她也十分害怕她的亲戚洞察到这个真相，所以感到极其不安。说实话，她的这个亲戚确实是个天才。从早到晚，这里的一切都可以让人嗅出她的存在；但是，与她这样的人相识程度越深，只会让你更提心吊胆，这当然也许是很奇怪的。

女孩的第二大发现是，莱克斯汉姆花园的那个家时时浮现在她的脑中，让她日夜挂念，虽然劳德太太不会很在意。整个冬天，她几乎都惦记着，因为她都是一个人待着；最近所发生的事情，让她可以享受到一定程度的清净，而就她清净或者说孤独的时候，她最能感受到身边这个人的影响。莫德姨妈坐在楼下，距离可算很远，可是她的存在，对于一个敏感的外甥女来说，就是一种很大的压力。这位敏感的外甥女感觉到，她的背后被人家做了记号，人家还在背后死死地盯着她。十二月份的一个天色阴沉的下午，她一直坐在楼上的火炉旁，心里翻滚着各种各样的认识。而正是因为她认识得太多，才离不开那里，她只能不时地在照着火光、包着绸缎的小沙发和那幅巨大的灰色米德尔塞克斯地图之间来来去去，无休止地徘徊着。如果她真的走下楼去，放弃这个避难所，在途中必将遭遇自己所发现的某些威胁，到时她就不得不面对，要么就得惊慌逃窜；此时，这些威胁就像在天空中隆隆作响，似乎从远处轰炸自己所在堡垒的炮声。这几个星期里，她几乎喜欢上了给她制造悬念、向她施加压力的种种情形：母亲去世、父亲沉沦、姐姐困苦、一家人的前景越来越暗淡，特别是她自己很确切地意识到，如果她选择自己认为体面的生活方式，即仍然为别人做奉献的话，那么，她自己也必将一无所有。她认为她可以按兵不动，这段时间她伤心是正当的，她正利用这个借口拖延，而她所要延缓的是屈服，虽然她也不能确切说明白到底要屈服于什么；但有时自己会想明白，那就是屈服于莫德姨妈的存在和她的个性。莫德姨妈的存在十分奇妙，她的整体存在是模糊的、缥缈的、无所不在的，但有些部分却是很清晰、触手可及的，不过，无论如何，她的存在蕴含着坚定的意志和高超的手段。凯特十分清楚，她总有一天会被吃掉，就像一个浑身颤抖的小孩，先关一两天再轮到她，但迟早要被送进母狮的笼子里。

那个笼子就是莫德姨妈的房间，那也是她的工作室，她的会计室，她的战场，总而言之，是她施展特别能力的场所。它位于底楼，门朝大厅开着，当我们年轻的女士进出大厅时，那简直是狱卒的哨房，或是桥梁道路上的收费站。那个小孩能意识到有一头母狮正等待着她，而这头母狮也知道身边有一块相当鲜嫩的肉。她同时也是一头很适合作表演的母狮，很漂亮，不管关在笼子里还是在什么地方，相貌都非同寻常；魁梧威严，色彩鲜艳，像永不败坏的绸缎，也像呜呜作响的号角和闪闪发亮的宝石，她的眼睛像玛瑙，光彩夺目，全身皮毛乌黑发亮，面容光滑靓丽，胜似得到精心呵护的瓷器，而且，似乎因为皮肤过于紧绷，这种感觉在弯角处特别强烈。她的外甥女悄悄给她取了个绰号，不过她只在私下叫叫而已：在异想天开的时候，她从嘴里冒出“市场上的不列颠女神”几字，对！就是不列颠女神，肯定不会错，只是她的耳朵上多夹了一支笔。她觉得，女神要是头上戴一顶头盔，一手拿一面盾牌，另一手拿一支三叉戟，或者拿一本账本，她的形象就更加完美。然而，凯特觉得，不能说她的力量主要来自她那线条简单而又宽阔的身材；毕竟她每天都在研究她的这位同伴，迄今为止最大的发现就是，自己以前过于轻信类比。她发现了不列颠女神庸俗艳丽的一面：她浑身插满色彩鲜艳的羽饰，长裙拖地，她的家具精美绝伦，胸部上下起伏；她的品味低俗，说话的用词和语调也不上档次，但是，如果过于关注这一面，必将产生错误的导向，引发某种危险。这位不列颠女神性格复杂，非常难以捉摸，既讲究实际，又激情洋溢。她装着偏见的口袋，和装着钱的口袋一样深。钱就是印着她头像的硬币，人们大多是通过这个头像认识她的。简言之，在她咄咄逼人而又防守紧密的表面背后，随时酝酿着取决于她的智慧的行动。我们已提及，我们这位处身城堡之中的年轻女士，就认定她是一位围攻的发起者。她的存在之所以让人觉得可怕，是因为她一向随心所欲，又缺乏道德准则。因此，在安静的时候，凯特总能清晰感受到她的威胁，因此这位年轻的女士只能徘徊并躲藏于阁楼之上，看着楼下斗志昂扬、手段圆滑的年长女士占据几乎整个地盘。但是，说到威胁，除了生命和伦敦，又有什么能对她构成威胁呢？劳德夫人恰恰就代表着伦敦，代表着生命，她的声音就是围攻的号角，她就是最致命的杀手。当然，真的不列颠女神还会有所顾虑，而莫德姨妈却没有，即使要她费尽心思也不会让她动摇。

然而，凯特极少与可怜的玛丽安分享这些印象。当然她还经常去看她的姐姐，而且都自称与她无所不谈，毫无保留。她之所以坚持不跟莫德姨妈做最后的摊牌，就是因为她这样可获得更多自由，能为这位与她关系亲近得多却又不幸得多，况且莫德姨妈明确表示她们间没有任何关系的亲戚帮点忙。她的处境让她感到很痛苦，尤其是她与姐姐的来往，让她感到了血缘关系在生活中的作用，当然并不总是能令人振奋或让人感到甜蜜，更使得她失去勇气，同时束缚着她的手脚。现在，她正面对着血缘关系的影响；她对血缘关系的意识，似乎产生于她母亲去世的时候，当然，她母亲的去世也让她失去了部分血缘关系，现在与她有血缘关系的人，就是她最关心的人，包括阴魂不散的父亲、恶狠狠的姨妈以及那些无遗产继承份额的小外甥和外甥女。她把这种关系，特别是与玛丽安的关系扛在自己的肩上，是因为她明白这种血缘意识能带来什么影响。很早以前，她便对这种关系有过盘算；当时，作为家里的第二个孩子，她觉得世界上没有人和玛丽安一样漂亮、一样迷人、一样聪明，她想玛丽安必将拥有幸福与成功的未来。现在实际情况变了，但她还是必须表现与从前一样的态度。她的判断对象已不像从前那么漂亮，而且判定她很聪明的依据也不再显而易见；而且，她现在成了寡妇，一切希望都落了空，精神低落，脾气暴躁。但是，凯特不仅一如既往地，而且更深切地觉得她是自己的姐姐，是自己的人。凯特总是觉得姐姐会让她做各种事情；每次站在切尔西租金低廉的小房子门口，她总要先问问自己这次姐姐可能会叫她干什么，然后才走进门去。她明显发现，失望可能使人变得自私；玛丽安让她做什么事情都那么想当然，她震惊于姐姐的平静——这是这可怜的女人唯一平静的时刻。在她眼里，凯特不过是低她一等的妹妹，妹妹的生命不过是取之不竭、用之不尽的资源。她的存在完全是为满足切尔西这幢小房子的需求，但是她已经发现，人奉献得越多，自己剩下的就越少。总有人想抓别人来吃，而在吃的过程中，他们自己永远不会意识到。他们吃人的时候，总等不及品尝出什么味道就吞下去。

她进一步作出推断，这样的不幸，或者说这样的不舒服，不会马上发生或马上看得见。人们所看到的通常不是自己真实的样子，很难了解真实的状况。就她而言，因为她从未让玛丽安看自己真实的样子，玛丽安不可能意识到她自己看见了。因此，凯特觉得，她并没有装好人，因为她确实牺牲了自己，她是装傻，因为她把很多本不属于自己的事情都藏在心里。其实她知道，姐姐在竭力促成她向莫德姨妈投降；她也明白，如果你过于在乎自己的穷，你就会变得更穷。要利用莫德姨妈必须通过凯特，而至于凯特因此会落到什么下场，那是玛丽安最不关心的。也就是说，凯特必须把自己豁出去，玛丽安才会得到利益；玛丽安渴望获得利益，但忘却了应有的尊严，而凯特为了保持她们俩的适当尊严，就不得不自私，不得不采取自己心目中更理想的行动，绝不能为四个小家伙去捡人家散落的面包屑——而这可能是最自私的行为。对于大外甥女嫁给康德利普先生，劳德夫人痛心疾首，简直恨之入骨，至今还没有缓和。康德利普先生在一个乡村教区当牧师，在那里随处可见他那圣人般的面孔，外界对他的批评也无处不在。他之所以坚持展示那副面孔，是因为他没有任何别的东西可以展示，否则他无法面对这个世界，而且他对于体面的生活没有愿景，也不知道什么是正当的事情。莫德姨妈对他的批评是一贯尖锐的，她甚至觉得为他的死而伤心，绝对是个错误。她是个不依不饶的人，对死者的身后人视而不见已经是最仁慈的表态了。她经常把婚礼与葬礼混为一谈，认为都是不祥的仪式，事实上，她参加了玛丽安的婚礼，之前她给玛丽安送去了一张颇为大方的支票，不过对她来说，那只不过是承认她与康德利普太太曾经存在一定的关系。她不喜欢吵吵闹闹而又没有前途的小孩，也不喜欢整天哭哭啼啼而没有任何作为的寡妇；因此，她就让玛丽安自己想悲伤多久就悲伤多久，这在以前一定是奢侈的特权。凯特·克罗依很清楚地记得她们母亲是如何应对的，但玛丽安显然没有利用好，才致使她们姐妹俩都这么可怜。从理论上说，在两个人里面，如果一个不被人注意，另一个就会非常引人注目，算是对另一个人的弥补吧。那么，哎，如果不是极强的自尊心驱使，凯特绝不会破坏这个平衡的。与她父亲见面之后，我们年轻的小姐越发深刻领会到了这一点。

“我不能想象，”那天玛丽安说，“你怎么不考虑我们目前的处境？”

“哦，求求你，你怎么知道我在想什么？”凯特反问，“我觉得已经给了你足够的证据，让你知道我多么为你考虑了。亲爱的，我真的想不出你还想怎么样！”

玛丽安当然早有好几种准备，不过依然感到几分意外。她已经预见到妹妹担心什么；但是目前的情况相当特别，似乎是个不祥之兆。“嗯，你自己的事情，我当然不能干涉，你也可以说没有人比我更不适合跟你说教。不过，即使你想永远与我断绝关系，这一次我不会沉默，我不认为你有权利自暴自弃。”

孩子们的晚饭已经吃完，这也算是他们母亲的晚饭，而对于他们的阿姨而言，这可能只是中午饭；两位年轻的女士面对着皱巴巴的餐布、四处乱丢的围嘴、刮得一粒米都不剩的盘子，以及清煮饭食的弥漫气味。凯特相当客气地问能否将窗户打开一些，而康德利普太太则毫不客气地回答说她高兴开就开。她肯定经常这样回答那些小孩们的问题。四个小孩在那位矮小的爱尔兰女家庭教师不太高明的控制之下乱蹦乱跳、大喊大叫地出去了。这位女家庭教师是他们的阿姨为他们找来的，她肯定经常在想尽早离开，否则有可能成为烈士。在凯特的心目中，这些小孩子的母亲与从前温柔的玛丽安已经大不一样，她彻底成为康德利普先生的遗孀，当然凯特也想这可能是因为她已经是四个小孩的妈妈。她是康德利普先生留下的一件破烂遗物，他似乎是口径很小的漏斗，而她就像被人家硬从漏斗挤过一样，发皱了，没用了，身上都是他的印子。她脸色红润，身材发胖，这并不是哀伤的应有表象；不像克罗依家陷入窘境的人，倒是和她丈夫两个未嫁出去的妹妹很像。凯特觉得，这两个妹妹确实经常来看她，并总是赖着不走，非要分享她们的茶点以及黄油面包，凯特觉得这对家里的财务不无影响。关于她们，玛丽安很敏感，她这位善于观察、权衡的更亲近的亲戚很奇怪地发现，批评她们就像是在批评她自己。如果这是结婚的必然结果的话，那么，凯特便要怀疑结婚的意义了。不过，无论如何，这可以郑重表明一个男人——还是这样一个男人——会让一个女人变成什么样。她还发现，这两位康德利普小姐总是对着她们兄弟的遗孀提起莫德姨妈，但她毕竟不是她们的姨妈！于是，她就对兰开斯特大门的事情滔滔不绝，言语之间显得异常粗俗，比克罗依家的任何人在谈论这种事情时更粗俗。然后，她们便添油加醋，说一定要盯住兰开斯特大门，而这自然成了凯特的责任。我们年轻的女士总是成为她们品头论足的对象。其实，玛丽安并不喜欢她们，但她们毕竟是康德利普家的人，是在与玫瑰花，也就是跟大自然的亲密接触中长大的。她们居然与她谈起死人的事，而凯特则从未谈起过这样的事。在她与姐姐的关系中，她只能静静地听她口若悬河。她心里常常问自己，这到底是不是结婚的结果！按这样想，玛丽安的警告是很自然的。“我不明白，”她回答说，“哪里特别让你觉得我有危险？你可以放心，我绝对不会放弃自己。我倒是觉得，我自己已经被抛弃了。”

“难道你不觉得，你要嫁给莫顿·丹什吗？”玛丽安说。

凯特沉默了一会儿才回答：“你是否认为，如果我真有这个念头，我就必须告诉你，这样你就能插进手来，劝我回头？这就是你的想法吗？”她的姐姐也没有马上回答。于是，她又说：“我不知道是什么让你提起丹什先生。”

“我之所以提起他，是因为你不提他。我知道一些情况，但你从来都不提起他，我自然会想起他的事，或者应该说是你们的事。如果你到现在还不知道我对你有什么希望，那么，我的梦想，当然也是我的牵挂，即使告诉了你也是没有用的。”但是，事实上玛丽安已经很兴奋，她是必然要告诉凯特的，而且，凯特也知道，她肯定就丹什先生和两位康德利普小姐有过交流。“我之所以指出这个人的名字，我想是因为我非常害怕他。如果你真的想知道的话，我可以告诉你，他真的使我充满恐惧，说实话，我既害怕他又讨厌他。”

“那么，在我面前说他坏话，你就不觉得有危险吗？”

“是的，我觉得很危险，”康德利普太太坦白地承认，“那么，我该怎么说他呢？也许，我根本不应该提起他。我刚才说过，我只是想让你知道。”

“亲爱的，让我知道什么？”

“我认为这无疑就是我们碰到的最糟糕的事情。”玛丽安立即回答。

“是因为他没钱吗？”

“是的，这是其一。而且，我也不信任他。”

凯特很平静但很直接地追问：“你不信任他什么？”

“嗯，他肯定不会得到，但你必须得到，也必将得到。”

“然后给你？”

玛丽安对此早有准备。“首先要拿到手，无论如何不能拱手送别人。到时我们再看看。”

“这倒没错。”凯特·克罗依说。她最痛恨这种话，但是，如果玛丽安决意要如此粗俗，还能怎么样呢？这让她又想起两位康德利普小姐，还更加厌恶她们。“你做事情的方式，特别是你什么都想当然，我很喜欢。如果我们想嫁给一个非让我们散尽黄金的先生就能嫁到的话，我不知道我们有什么事情要做。我还没有发现附近有很多这样的人，也没有发现我对这样的人有什么兴趣。亲爱的，你满脑子都是不切实际的想法。”

“谈到不切实际，我比不上你，凯特，我是眼前有什么就看到什么，你却视而不见。”姐姐说完停顿了很久，足以让妹妹的脸上出现不安的表情。“我眼里的男人都是莫德姨妈看得上的男人，换句话说，我想要的钱也只是莫德姨妈的钱。我没有别的意思，只希望你做她要你做的事情。并非是我要你做什么，我要你做的，就是她要你做的事。对我来说，这就够了。”玛丽安说话的声调从来没有这么低沉。“我不信任莫顿·丹什，但我信任劳德夫人。”

“你的想法跟爸爸一模一样，真有意思。你可能很感兴趣，我可以告诉你，他昨天就是这样跟我说的。你可以想象他当时有多么理直气壮。”

玛丽安显然很感兴趣。“他去找你了？”

“不，是我去找他。”

“真的？”玛丽安不敢相信，“为什么？”

“去告诉他，我决定要去跟他在一起。”

玛丽安目不转睛地看着她。“要离开莫德姨妈？”

“是的，我想去跟爸爸一起。”

可怜的康德利普太太脸色红一阵白一阵，似乎充满恐惧。“你决定了？”

“对，我就是这么跟他说的。我不能隐瞒。”

“天啊，你有什么好隐瞒的？”玛丽安吸了一口气，她显然很伤心。“他是谁啊？你怎么能跟他说这样的话？”

她们面对面，眼里满含泪水的是玛丽安。凯特看着她眼里的泪水，过一会儿说：“我是经过再三考虑才跟他说的。不过你不用觉得委屈，我不去了，他不要我。”

她的姐姐还喘着大气，要平静下来还得过一段时间。“我可以保证，如果他说要你，我必定不能要你。我当然觉得很委屈，你竟然想去跟他过！如果你真的去爸爸那里，亲爱的，你就不要来找我。”她说话的语气恶狠狠，希望她的同伴能知难而退。她觉得，这是她威胁妹妹的最好方式。“不过，他不接受你，说明他是聪明的。”

玛丽安总是很聪明的；根据她妹妹私下的评论，她确实是相当了不起。不过，凯特也有办法掩饰她的愤怒。“他不要我，但他与你一样，也信任莫德姨妈。他威胁说，如果我离开她，就诅咒我。”

“所以你就不离开她？”女孩没有回答，她的姐姐便急忙接着说，“你当然不会离开她，对不对？我看得出你不会。然而，我还是希望你能完全明白其中的道理，亲爱的，你是有责任的。你考虑过你的责任吗？这是最伟大的责任。”

“又来了。”凯特笑着说，“爸爸也是张口就说责任，还说了一堆大道理。”

“哦，我没什么大道理，但我可以说，我比你更懂得生活；也许甚至比爸爸更懂一些。”这时，玛丽安似乎看见了那个人，目光和语气中都充满善意的嘲讽。“可怜的爸爸。”

她说完就叹了一口气，好像在表示对他既往不咎，她妹妹不止一次听到她这样说他，跟说“亲爱的莫德姨妈”的口气一样。听到这样的话，凯特立即转过身去，打定主意打算离开。她们都是可怜人，但至于哪个人更不喜欢莫德姨妈，那是很难说的。妹妹提议说别再谈这个话题，因为她不希望过于唐突结束这次见面，因此她可以从容引退。然而，玛丽安似乎不想放过她，最终，凯特被迫把话挑明。“你刚才说莫德姨妈看得上的男人，是指谁？”

“除了马克勋爵，还有谁？”

“你怎么会想到这个混蛋？”凯特板着脸问，“你怎么会有这种想法？”

话一说出口，她便责怪自己，她为了两个人的面子那么努力克制，现在到底怎么啦？玛丽安肯定不会花力气照顾谁的面子，而她发飙的理由也很粗俗。她希望妹妹能利用兰开斯特大门，她认为只有通过妹妹才能获得那里的财富。可是，她现在不明白，为什么人家会利用这种势利的关系，来到她自己家里来侮辱她。她似乎认为，她们家之所以困难是凯特造成的，还故意揭她的伤疤。然而，对于妹妹的追问，她没有解释，而她的妹妹觉得，这应该还是康德利普姐妹探听到的情报。她们的生活比玛丽安更困难，却执意像狗一样，把鼻子压到地面，到处搜索气味，而玛丽安整天穿着宽松的衣服和鞋子，从未费劲去干这种事情。凯特有几次怀疑，康德利普姐妹可能是命运给她送来的警告，来向她暗示，如果她生活得太过随意，让岁月白白流失的话，那么，到了四十岁她会变成这个样子。有时，别人对她的期望不像是玩笑，目前的情况的确如此。她不仅必须和莫顿·丹什吵架，才能让包括康德利普姐妹在内的五位观众满意，她还必须开始追求马克勋爵，理论依据是有付出就有回报。劳德夫人的手已经拿着奖品要给她了，不过，这奖品是一个铃铛，她的手一碰，铃铛就会响，引起公众的喧哗。经过非常深刻的反思，凯特发现这些人的假想有致命的弱点，发现她姐姐的期望终究是要落空的，尽管康德利普太太还是认为，如果能满足她们姨妈的要求，让她们的姨妈高兴，她们的姨妈会很大方的，这真是一个伟大的假想。对象的确切身份是个细节问题，实质性的问题在于，她觉得什么类型的男人与她的外甥女匹配，因此才愿意给她们提供援助。玛丽安总是说结婚就是“配对”，但那也是小细节问题，反正，劳德夫人一直等着帮她找到正确的对象，不管是马克勋爵，还是某位更好的人选。总之，玛丽安能接受更好的人选，不管是谁，但绝不能容忍差得很多的人。凯特又一次面临重大选择，她可能要先牺牲掉丹什先生，才能否决马克勋爵这个对象。因此，他们便非常温和地分了手，只要她能证实她与任何人都没有偷偷摸摸的关系，她就可以暂时不用担心马克勋爵的事情。她在离开的路上想，她已经拒绝了所有的东西和所有的人，这样自己应该松了一口气，但同时也彻底地断送了她的未来。她的未来必将一无所有，这将是她与康德利普姐妹的共同之处。

第二章

1

每天晚上的黄金时刻，莫顿·丹什先生都是在他的报社里度过的，白天他倒是很悠闲，至少会让人觉得他很悠闲，这算是补偿吧。因此，当其他有正经工作的人士消失在大众视线之外的时候，在城里的不同角落遇见他并不是稀罕的事。这一年冬末，他不止一次在下午三四点拐进肯辛顿公园，在人们的眼中，他就是一个无所事事的人。事实上，他似乎有挺明确的目标，一般都朝北边走去；但是，一旦到达目的地，他的行为就明显缺乏目标。他会从一条小巷晃到另一条小巷；中间会毫无缘由地停下来，眼睛直愣愣地看着，却又不知道在看什么，有时会在椅子上坐下来，一会儿又换到板凳上，再过一会儿又站起身，左右前后不停徘徊，还是跟刚才一样茫然，一样没有目标。非常明显，他这个人要么就是无事可做，要么就是有太多的事情需要思考；同时也不容否认，既然他给人家的印象这么模糊，他就有责任加以澄清和证明。况且，他的相貌也使得人们几乎无法看出他的职业。

他身材修长、皮肤白皙，是典型的英国年轻人。在一定意义上，给他归类并不是不可能的，比如可以说他是一个绅士，一个受过教育的绅士，一个理智健康、彬彬有礼的绅士；然而，即使他不算超常也不反常，他的表现却未能给观察者提供直接的启发。他太年轻，当不了议员；他太轻浮，不够格参军。也许还可以说，他的举止过于优雅，不适合伦敦城，另外，他的性格多疑，因此也不是教会的人士，虽然他的着装很像。另一方面，他过于轻信，不适合担任外交使节，甚至不适合从事科学研究，他对诗歌也太多纯粹的感觉，但在艺术方面，这种感觉却又少得可怜。你可能要透过他的眼睛，才能发现他的属性；但是你从他的眼睛里又什么都看不到。丹什的眼神看似很茫然，却又不显得懦弱，看似生无可恋，却又不见得是空心萝卜。也许，这是因为他双腿修长，不时要伸展一下；他的头发很直，头形很漂亮，只是没有干净整齐过，而且经常不知道为什么，他的头会突然昂起来，同时双臂上扬，十指相扣，从后面抱着头，与天花板、树梢及天空进行长时间的交流。简言之，他就是心不在焉，他很聪明，但很可能不顾靠他最近的东西，却非要去够距离他很远的东西；对于传统，他的批判多于遵循。他能让人发现青春活力的奇妙，青春就像各种珍贵金属的混合物，而且正处于熔化沸腾的状态，至于最终会铸成什么形状，成为价值多大的器件，必须等待冷却之后才能见分晓。他这个混合物的成分很有趣、很复杂，如果说他会着急，那肯定有颇为微妙的规律，这个规律不易掌握，但是一旦掌握，是很有好处的，好处之一就是你可能发现他不仅仅会发脾气，有时也会非常宽容。

我们刚才提到，在冬季最温和的日子里，丹什先生经常在肯辛顿公园里沿着靠兰开斯特大门的一侧散步，而在恰当的时候，凯特·克罗依会从她姨妈的房子里出来，穿过马路，从最近的入口进入公园。当然，在大庭广众之下，这样的行动容易招人耳目，所以有些反常。如果他们想勇敢、无拘无束地约会，约会的地点应该在室内；如果要保守又要隐秘一些，也应另找地方，最好不要在劳德夫人的窗口下。事实上，他们没有一直待在那个地方，而是四处走，像是悠闲地散步，有时会找一两张大树底下的凳子坐下，要保持一定的距离，当然也跟别人保持距离。刚开始时，凯特似乎总让人家看得见，如果有人执意要看到的话。她明确表示，她不是无耻的人，也不粗俗，公园很迷人，在公园里散步是有品位的；如果她的姨妈非要从起居室里瞪着她，或者让人跟踪她，她要明白地告诉姨妈，那是轻而易举的事。事实上，这对年轻人的关系相当奇怪，他们表面的举止很明白，但动机隐藏得很深，至于把他们联系在一起的力量，我们会给予充分的估量，不过同时也很明显，如果他们真的结为连理，那肯定是互补定律在起作用。如果他们之间最终达成深层次的和谐，那并非因为他们有许多共同之处，事实上，除了情感，他们没有任何共同的地方；人们可以解释，那是因为他们都觉得一方所缺的东西，另一方却很富有。有雅量的年轻人最崇拜大自然所未赋予他们的东西，这自然不是什么新鲜的观点，但从这一点看来，我们两位年轻人都是很有雅量的。

莫顿·丹什经常自言自语，从很久之前就这样，说如果一个女人有诸多与他不同的特质，而他却不娶她，那么他就是一个傻瓜；凯特虽然不具备哲学家的思辨能力，却也很快看到这个年轻男人身上有一种珍贵的特质，那是在她一生中未曾有过的，而如果没有他的帮助，就永远不会出现；具体是什么说不清，但总而言之，那就是智慧。凯特觉得，丹什的智慧取之不竭，因此神秘而又强大，而且，丹什不遗余力地证明了这一特质是切实存在的。她绝对相信，她遇到的所有人中，没有哪一个人能表现出这样的智慧。虽然她偶尔也听见质疑的流言，她曾经觉得，她一辈子可能都没有机会证明这个流言的真伪。然而，就在她遇见丹什先生的那天，她知道机会真的来了，一个绝无仅有的机会；当时，女孩几乎马上就知道出现在她面前的是什么，这是她长期引以为荣的事情。这个场合触发了许多美好的事情，因而确实值得纪念；当时，丹什的感觉与凯特似乎不谋而合，他也发现了自己所缺乏的东西。丹什经常觉得自己在生活面前过于软弱，他唯一的长处就是善于思考，而他通过逻辑分析之后认定，他必须设法拥有生活，这是极其迫切的需要。但是，这个想法只是在虚无的空间里滋长，必须呼吸真正的生活气息才能维持生命力。这位聪明而浮夸、善于思辨又富有热情的年轻人，充分认识到了自己和凯特两个人的需求和优点。他们第一次见面是在她母亲去世之前，而她母亲的去世，那是他们最后一次快乐的时光；此后的几个月中，他们的世界一片漆黑，他们之间似乎竖起了一道屏障，凯特感觉，他们的开始和结束方式是一样的。

她经常回味他们两个人关系开始的那段美好记忆。那是一位女士为了撒大网捕大鱼而租借一个所谓的“艺术馆”举办的一次派对上。当时，她邀请了一位西班牙舞蹈家，他是城里所有人都很喜欢的明星，一位美国吟诵诗人，他也有一大群拥趸，以及一位被全世界视为奇迹的匈牙利小提琴手，她通过这些人的吸引力，召集来了许多名流。凯特觉得，在母亲的屋檐之下，她一直默默无闻，碰巧有机会见识几个圈内人士。她跟其中两三位热衷于扩大这个圈子的人有一些联系。一位好心的女士，她妈妈的朋友，也是艺术馆派对组织者的亲戚，主动将她带到这个派对，并把她介绍给两三个人，接着就发生了一连串事情，包括她和一位身材高大、帅气但不修边幅、稍显笨拙但总体而言不算令人讨厌的年轻人说了一些话。这位年轻人给她的最初印象是有些孤傲，神情漠然，与周围环境的氛围格格不入，人家把她介绍给他认识的时候，他好像一直在设法逃走。不过，那天晚上他告诉她，事实上就是因为见到她，他才最终没有逃走，而且，他如果错过这次见面的机会，他会感到终生遗憾。说这些话的时候已经是午夜，尽管这样的话分量很重，但到了午夜一切都显得很自然。最初，她觉得难以理解他为什么会那么勉强、那么漠然，因此有些忧虑。但是，过不了五分钟，他们之间就产生了默契，相互都能理解，她也说不清到底为什么，感觉一切都是那么自然。

他们还有一次意外相遇，然后两个人都直愣愣地看着对方，比在艺术馆派对的时候持续的时间更久；但是，对于两个英俊漂亮的年轻男女而言，这本来应该是一件很小的事情。问题是，他们不仅仅是目光相遇；他们的其他感官、意识机能都相遇了。后来在回忆这次邂逅时，凯特认为这是一次偶发事件。事情是这样的，她发现公园围墙边靠着一张梯子，便爬了上去，看看公园的另一边到底是什么样的风景。可是，当她爬到梯子顶部的时候，她发现另一边也有一位年轻人同时爬到墙顶，正好与她面对着面，他的目的跟她肯定是一样的。于是，两位好奇的人便站在各自的梯子上，你看我我看你，一动不动。最重要的是，他们就一直站在梯子上，像鸟儿站在树枝上一样，到天很黑了才下来。事实上，凯特确实感觉像鸟儿栖在枝头，有一种悬空而下不来的感觉。简而言之，他们都相互怀着极大的兴趣；当然，要不是六个月后一件偶然的事，他们的结局不过如此而已。当然，这样的事情是相当自然的，在伦敦城里可谓司空见惯：有一天下午，凯特搭乘地铁，却猛然发现自己与丹什先生面对面站在一起。她从斯隆广场站上车，目的地是皇后大道，当她好不容易挤上车的时候，车厢里已经差不多坐满了，丹什先生已经在车厢里，就坐在对面一排座位的远端；她马上看见了他，当时，天已经黑了，他们中间隔着六七个人，在找座位的时候，她下意识地直接走到他那边去，好像他们是一同来到了阳光灿烂而空无一人的沙漠。他们两个人都没有一点迟疑；各自的眼光穿过拥挤的车厢，找到了对方，俨然她早知道他会坐在哪个位置，而他也正等着她进来；虽然在这种条件下，他们只能用小动作或微笑相互致意，或默默对视，这期间他们交流的内容就是，他们本应该在下一站下车，但他们并没有下去。事实上，凯特很确切地知道，下一站就是丹什真正的目的地，那么，他不下车的目的便只是想找机会与她说说话。为了这个目的，他只得让车一站一站地往前走，直到肯辛顿大街。一位乘客下车之后，他才得到那个机会。

他很快占据了她对面的那个座位，他的敏捷身手，也让她看到了他缺乏应有的耐心。因为两边挤满了陌生人，因此，对于他们想要交谈的愿望，这个机会的作用并不大，这一局限对他们的影响是其他任何东西所无法比拟的。但是，这个机会对他们很珍贵，他们都十分珍惜，而他们当场就都感觉到，这个机会总是有用的。他们的机会绝不止于起点，而是一直向前延伸，从肯辛顿大街延伸到诺丁山大门，然后再从诺丁山大门延伸到皇后大道，简直无休无止。到诺丁山大门站时，凯特右边的乘客下车，丹什便一跃抢占了那个座位，当然这不能算是太大的便宜，因为另一位女士同样飞快占据了他原来的座位。当着她的面，他几乎什么都没说出来，或至少她没听清他到底说了什么。她心里还惦记着一件事，她的对面坐着一个还算年轻的男人，他戴着单片眼镜，眼镜的位置始终不变，她觉得这个人肯定从一开始就发现了她，尤其是她很奇怪的反应。如果连这么个人都发现了，那么丹什呢？到达她的目的站时，他马上跟着下了车，这就是对那个问题的回答。那是真正的开始，是一切事情的开端，而另外一次，艺术馆派对上的那一次相遇，充其量不过是“开始的开始”。有生以来，她从未放纵过自己，之前的所有的放纵，基本上都是小小的历险，按世俗的标准，都是有目标的。他陪她走到兰开斯特大门，然后她再陪着他离开兰开斯特大门，用她自己的话说，这就像是女佣对着面包师傻笑一样。

她后来觉得，他们之间的关系，完全就像是女佣与面包师之间的关系。她可以对自己说，自从那一刻起，从严格意义上讲，这就是他们俩之间关系的范围和极限。当时，他很自然地请求她赐予他拜访她的机会，而她，这位不算很年轻的年轻女士当场就理智地答应了，她不想假装成暖房里的鲜花。她非常清楚，那是她唯一可能采取的立场，这样一来，她就觉得自己是一个现实中的伦敦女人，很现代，很坦率，也很有尊严。当然，她随即跟姨妈说了实话，竭力争取她的许可，事后想来，虽然她没有具体说这个新朋友的背景，但她还是觉得，姨妈这次表现得相当温和，很出乎意外。这正表明她的女主人是个城府极深的人：而从此，她就开始琢磨，用粗俗的话讲，就是莫德姨妈到底想“搞什么鬼”。“亲爱的，你想接待谁都可以。”莫德姨妈一向反对人家随心所欲，但这的的确确就是她的回答，对于这样出乎意料的事情，肯定是值得仔细琢磨的。对此有很多种解释，这些解释也是相当有意思的，对于被困在楼上的凯特而言，其中的意思和她平时郁闷的推断是一致的。莫顿·丹什就在下个星期天来访，劳德夫人还是一如既往，表现得相当大度，允许她的外甥女与他单独见面。她与他单独见面的时间是再下个星期天，目的是去邀请他吃晚饭；那顿晚饭过后，他又来了两三次，然后，凯特就有足够的理由认为，他主要都是冲着她来的，尤其是凯特确信，女主人并不喜欢他，这就是很明显的证明；而且，这还进一步证明了她的厉害。如果她只是一般的厉害，那么她很可能会直接表达自己的厌恶；而此时，她似乎试图将他看透，以便找到处理掉他的最好方法。这就是我们年轻的女士回到楼上反思的问题之一；屋里还算安静，只能听见毫无相干的声音。她忽然发现一条真理，如果你希望得到的人被人家送上门来，那就完全可以接受。于是，她便倚着窗口，脸上露出笑容。如果莫德姨妈想把人送来给她，她是不会让任何人代劳的；这种事情总是要她亲手做的。

不过，女孩最不解的是，关于她本人的价值，人家为什么要花费这么多心计，这究竟意味着什么？她的同伴迄今为止似乎害怕让她不高兴，那么，她对自己的处境该如何看待呢？如果说丹什先生可能被接受，那么，原因可能在于人家害怕如果他没有被接受，她就可能做出表达不满的行为。她姨妈难道不会想到她可能会与她断绝关系、脱离关系的危险吗？当然，这个危险是夸张的，她不至于会做出如此毛糙的事情；不过，劳德夫人很可能就是这么想的，她相信她有这种倾向。因此，她到底在她身上押了什么赌注？通过保持目前的关系，她到底能获得什么利益？对此，她的父亲和姐姐都有自己的答案，他们都不在乎她自己对这个问题有什么看法：在他们看来，兰开斯特大门的女主人想通过她发大财，对此的解释就是说经过更近距离的观察，她突然被她迷住了，觉得她太有魅力了。对于这个反复无常的富婆的迟到的认识，他们表示由衷的认同和赞赏，而且，这件事情事先并没有策划，他们就越发激动；因此，他们为她设想了多种可能的前景。凯特知道自己的分量，她认为自己是漂亮的，而无疑又是棘手的，感觉自己聪明但又冷酷，而且，她胸怀野心，但又很不成熟，所以，非常遗憾，她做不到若无其事，也不会装傻，以获取生活的宁静。她在理智的时候会相当安静，甚至过于安静，而在理智缺失的时候，她则会烦躁不安。此时，她正处于—两种极端之间的较好状态，至少她认为如此。她清楚自己现在的处境，她那个希望破灭的妈妈在弥留之际，趁莫德姨妈在梯道上质询护士之机，也不忘提醒她，人总是相互利用的，现在，她就是被人家利用的人。妈妈临死之前依然相信，自己当时正在努力利用那个人。

凯特见过克罗依先生之后不久，便与丹什先生一起去散步；不过与往常完全一样，大部分时间都是坐着交谈。他们坐在湖边的大树下，俨然一对老朋友，有些时候谈得特别起劲，好像正致力于解决他们年轻人广袤世界里的一切问题，也有些时候静静地坐着，肩并着肩，也许更紧密，以至于过往的人们认为他们是已经订婚很久的情侣，人们确实很容易做这样的判断。他们看起来绝对不像是一年之前初识，而且大部分时间又没有联系的新朋友，至少是交往好多年的老朋友。事实上，他们都把对方当成老朋友，关于他们曾经约会过几次，那也只是迷离恍惚的感觉，似乎很多，而对于未来，他们也希望有更多的机会，而且差异越小越好。他们之所以希望维持现状，与陌生人的推测分析不同，他们之间仍缺少正式、最终的共识。丹什很早便向她提出这个问题，但她的回答是为时尚早，当然，这是个模糊又方便的回答；正因如此，后来才发生了一件奇怪的事情。他们一致承认，他们认识的时间太短，尚不足以订婚，不过他们也认为，对于做其他任何事情，这段时间是够长的，对他们而言，结婚有点活像一座尚未修建通道的寺庙。他们都是该寺庙中的人，而且已经在大院里相聚过，但目前只能偶尔相聚。然而，凯特并没有可以倾诉心事的人，因此，对于父亲的猜疑，她很难理解源头在哪里。伦敦传播谣言的能力是远近闻名的，玛丽安也必定得到了消息，因为莫德姨妈与两者都未曾直接接触，更证实了伦敦的这种神奇能力。肯定是有人看见了他们。当然，她没有躲过人家，她从未做任何努力来掩人耳目，那也是她力所不能及的。但是，人家看见了什么呢？他们做了什么？她恋爱了，对此她很明白，但这完全是她自己的事情，而且，她感觉自己从前的行为，乃至当前的行为，都是异常中规中矩的。

“我觉得，事实上我很肯定，莫德姨妈有写信给你的意图，我想你最好做好准备。”他们一见面，她就对他这么说。不过，她随即又说：“你要想好如何应对她。我很清楚她会跟你说些什么。”

“那么，你能告诉我她会说什么吗？”

她思考了片刻。“不能告诉你，否则就没意思了。她想好的事情，她会尽最大力气去做到。”

“你是说，她认定我是一个无赖？无论如何都配不上你？”

他们又是紧挨着坐在一只椅子上。此时，凯特又略微思考了一下。“是配不上她。”

“哦，我知道，那是当然的。”

他认为这算不上一个问题，而是一个真理。不过，他们之间交流过而且相互推翻过的真理并不算少。然而，凯特却让这一条完全通过，只是说：“她一直表现得那么好。”

“我们也一样。”丹什郑重声明，“我想，你也知道，我们的行为举止一直是极为得体的。”

“对于我们自己，乃至对于一般的人而言，确实如此，但对她而言就不然。”凯特说，“对她而言，我们简直是魔鬼。她一直在给我们套绳子，所以，如果她真的让人叫你去，那你就必须掂量好自己的立场。”

“这个我一直都很明白。我更关心你的立场。”

“好吧，”凯特过了一会儿说，“她所关心的，是你会从她的手里夺走什么。”他看着她，一直看着她，不管哪一位不希望她孤单寂寞的人，为了她的未来，都可能希望他的凝视是她在这个世界上最珍惜的，希望她永远不会觉得够了。她自己的感觉是，不管发生什么事，她都必须拥有它，都必须完完整整地占有它；而且，十分奇怪，她已经觉得，她可以想办法将它与其他陌生的事物一起占为己有，私自珍藏，却不用付出丝毫代价，她甚至可能已经开始行动了。他们是恋人，她毫不回避这个事实，她欣然接受，也为他感到高兴。不过，她是与众不同的人，因此，她对这种事情的看法与传统观点不是完全一致。她坚持认为，这等事本来就是他们的权利，完全可以想当然，因而甚至算不上什么大胆的行为；不过，丹什虽然同意她的看法，但他很惊讶她为什么会对问题这样简单化，对她的价值观也很惊诧。生活不可能一帆风顺，必定充满坎坷，与此同时，他们相互拥有对方，这就足够了。这是她的逻辑，可是，对他而言，他们并未真的相互拥有，这才是问题的关键。然而，他又一直觉得，若是一味强求肯定是不妥的。要把劳德夫人排除在计划之外，那是不可能的。她跟这件事情关系密切，而且她的立场肯定很坚定；因此必须敞开大门，让她进来。她总是坐着大马车进来，而他们只能一起无可奈何地坐着，眼睁睁地看着她的大马车在他们周围绕一圈，好像首长在检阅部队，最后威严十足地从车上下来。我们的年轻人感觉，她很粗俗，但也很高贵，而且这些远非她的全部。她认为他缺乏生活资源，这并非因为她粗俗，尽管这可能极大地助长了这种观点；她的强大和威胁，也并非因为她有这个缺点。

至于生活资源，似乎别人都很充足，唯有他缺乏，而他生活资源的匮乏，确实是很丑陋、很令人讨厌的事情，尤其是他们俩在口头上随便认定凯特的生活状况很“滑稽”，他缺乏生活资源的丑陋更为明显，甚至是无耻。事实上，他有时也反问自己，凯特的生活状况虽然滑稽，但是，他的某种意识可能更为滑稽：他私底下竟然也不能相信自己有致富的一天。他是有很强的致富信心的，但是，经过分析之后，他却理解不了致富的逻辑，虽然他比别的任何人拥有更好的见识。他同样很清楚自己在智力和体力上都并非那么不济事，他清楚自己既不是笨蛋也没有残疾；但是，他知道自己确实没有机会。他知道这是不容置疑的，而且说来奇怪，他并没有觉得这种情况令人沮丧，或者会束缚他的手脚。不过，现在他不得不考虑这种状况对他的婚事的负面影响，这是他首次权衡这个影响的分量。他跟凯特并肩坐着的时候，天平总是在他面前晃动着，而当他在说话或听她说话的时候，这座天平的形态总是那么奇怪。有时右边低，有时左边低，从未碰巧出现平衡。因此，他必须面对一个问题：让一个女人跟着你冒险，与基于良心承认冒险的结果充其量就是一起过苦日子相比，究竟哪一种更卑鄙？换句话说，为了钱而结婚，和害怕结婚后没钱相比，哪一种更令人觉得羞耻？他的情绪与观点虽然经历了种种波动，但是，他的思维还是很清楚，他认定自己不管是否结婚，都是不会有钱的。他的思想一直遵循着这条准则，他的面前曾经出现无数的赚钱之道，他完全可以通过报纸抓住这些赚钱之道，这种事情对他来说是稀松平常的。他非常明白自己的能力，这是他另一个清晰的认识，他身上有被幸运之神的大拇指点过的印记，甚至可以追溯到远古时期。他写文章用于发表极其轻松，他十岁的时候，就没什么东西能阻挡他，到二十岁，能阻挡他的同样几乎不存在，这首先是他自己的命运，其次也是大众的命运。当然，他斜靠在椅子上，把头向后一仰，双手交叉抱住的时候，那无数的赚钱之道肯定是他幻想的对象，但是，他又觉得，这些赚钱的门道都是属于别人的。就在一刹那间，他比从前更清楚地认识到，他这个同伴的处境更丝毫容不得将他们的关系简单化。首先，他看到了她本人的立场，因为她极其坦率地交代了她去找父亲谈话的结果，也说到了在姐姐家的情形，在人家的眼中，她的价值只在于以某种方式修补那位不幸女人的残缺的希望。

她相当激动地喊："我们全家人都是失败者！"然后，她把一切都告诉了他，甚至还有更深刻的含义：她父亲愚蠢、残忍和邪恶，给他们带来了耻辱；她母亲受尽伤害，遭到抢劫和抛弃，对这个家也做不出什么贡献；她有两个小弟夭逝，一个是家里的长子，十九岁时死于伤寒，后来他们发现，那伤寒是在一个不干净的小地方住了一个夏天而染上的；另一个可谓是鸡群里的金凤凰，在不列颠海军当兵，却溺水死亡，况且不是死于海上事故，而是有一次假期到船友家里做客，在一条小得可怜的河里游泳抽筋死去的；至于玛丽安，她那恶心的婚姻，就是把不幸的脸的另一侧转过去，让命运女神再打一次，她今日的穷困，她那些没教养的孩子，她那些过分的要求，以及那些令人讨厌的客人，都说明了命运女神下手够狠。凯特做上述描述时无丝毫保留，也没有任何停留，丹什觉得这也是她的魅力，无拘无束，还有点幽默诙谐，对于丹什而言，最有吸引力的是她似乎很渴望摆脱这一切不祥的阴影。对于这一切，她看得太早、太清晰了，以她智商之高，心中肯定是历历有数、早有准备的。因此，如果说她在刚才的宣泄中言辞激烈，根本不像淑女，那很可能是因为他们已决定要直截了当地交流，允许使用夸张的措辞。他们两人都很肯定，如果说不存在捷径，那么，至少思想王国的大门是向他们敞开的，他们对任何东西都可以随意畅想，言下之意也可以用他们喜欢的言辞加以表达。这样的言辞表达，当然只在他们两人之间使用，只会提高他们的趣味。这也表明，他们两人不在一起时所说的任何话，对他们而言都是没有任何趣味的，而最让他们自我满足的是假想在别的任何地方，他们不管说什么都只是敷衍而已。应该补充一句，我们的年轻男士十分清楚，在这样的亲密关系中，获益最多的还是凯特。他总是觉得，与他相比，她有更多的生活遭遇需要宣泄，当她在叙述家里的悲剧，因此冲淡当前的兴奋感觉的时候，他就感觉自己的家史不值一提。他最关心的问题，自然就是她父亲是什么样的人，可是，她对自己在奇克街历险的描述，并没有让他看清这个人的形象。坦率地说，克罗依先生从前到底干了些什么？

“我不知道，也不想知道。我只知道，在好多年之前，我大约十五岁的时候，可能发生了什么事情，让人家都受不了他，先是外人不跟他来往，后来我母亲也跟他断绝关系。我们当时当然不知道怎么回事。”凯特解释道，“不过，我们后来知道了，而且十分奇怪，是我的姐姐率先发现他干了什么好事。有一个阴冷的星期天，由于出现罕见的大雾，我们都没有去教堂，她在书房的火炉旁边突然跟我说起这事。当时，我正靠在台灯边看一本历史书，我们没有去教堂的时候都必须看历史书，突然听到她的声音穿破萦绕在屋里的雾气：‘爸爸做了坏事。’很奇怪，我居然当场就相信了她的话，而且从此以后一直相信，虽然她接着并没有跟我多说什么，没说是什么坏事，没说她是怎么知道的，也没说他会怎么样，反正，与他有关的其他事，她一概没说。我们总是感觉，他有很多事情，而且一直有新的事情在发生，因此，只要玛丽安说她自己肯定已经知道，那就已经足够，那时我就相信了她的话，那似乎是相当自然的。而且，我们是不会去问妈妈的，我一句话都没跟她提过。可是，很奇怪，妈妈最后居然主动跟我提起这件事，这是很久以后的事。当时，他已经不跟我们住在一起非常久了，我们也已经习惯。她肯定有些担心，甚至认定我对她的观点有某些看法，因此这样做便是最佳的选择。她与玛丽安一样突然跟我说：'如果你听到什么关于你爸爸的坏话，除了说他可恶之外，你必须记住，那都是绝对谬误的。'于是，我就知道那都是真的，虽然我记得当时我对她说我当然知道那不是真的。她本来很可能要告诉我说那是真的，结果却让我驳斥对他的任何指控，我想，她自己倒不一定会反驳。然而，我从来没有得到过这样的机会，一直都觉得很奇怪。这让我觉得这个世界是那么的优雅，竟然没有人跟我说过那样的话。他的身边一片寂静，其实，世界已经把他剔除了。在人们眼中，他是不存在的。然而，我一直非常肯定。事实上，我现在知道的不比以前多，但我心里却比从前更肯定。"女孩最后说，"这就是我爸爸的全部情况。如果说这不能证明我相信你，我不知道什么才能满足你。"

"我非常满意，"丹什急忙声明，"可爱的宝贝，但我还是没有受到许多启发。你知道，你其实也没跟我说什么具体内容。你说的话都很模糊，我甚至都以为是你错了。既然谁都说不清，那么他到底干了什么坏事呢？"

"他什么坏事都做过。"

"哦，什么都做过！这样说也没什么意义。"

"好吧，"凯特说，"他肯定做过具体的坏事，谢谢上帝，只是我们不知道而已。他的下场就是人们都不愿意提到他。我想，你不用花多少力气就可以弄清楚。你可以调查一下。"

丹什沉默了一会儿，之后他做了补偿："不管怎样，我都不会去调查什么，我宁愿丢掉舌头，也不会去找人家问这种事情。"

"你不觉得跟我也有关系吗？"

"什么跟你有关系？"

"我爸爸的耻辱。"她的声音向他传递了她的自豪感和悲观情绪，但比从前更深刻。"这样的事情，必定是人生中的大事。"

她说完，他就盯着她，而她把他的凝视收藏到记忆的最深处。"关于这件大事，我希望你跟我多透露一些情况。"接着，他仿佛要与她辩论似的问，"他有参加什么俱乐部吗？"

她神情凝重地说："他曾经参加过，有许多。"

"他后来退出了？"

"他们开除了他。我很肯定。你应该能相信。"女孩换个话题，但她没有停下来。"我去找他，就是要跟他说，我要去跟他一起过，尽可能为他营造一个家。但他就是不理睬我。"

对此，丹什显得极其诧异。"你刚才跟我说，每个人都跟他划清界限，你却主动提出来要去跟他一起过，你受得了他吗？"年轻人顿了一会儿，终于发现其中包含着极大的美德。"你真勇敢！"

"跟他一起过日子就算勇敢吗？"她不愿接受这个褒奖，"那不算勇敢，恰恰相反，我是为了自救，为了逃避。"

他跟刚才一样诧异，似乎她在跟他说一件极神秘的事，他一时半刻难以领会。"逃避什么？"

"逃避一切。"

"是不是也包括我？"

"没有。我向他提起你，我告诉他说，反正就是这个意思，如果他同意的话，我就带你一起去。"

“他肯定不会同意的。”丹什说。

“听都不想听我解释。他不愿帮我，不愿救我，不愿为我伸出一根手指头。我刚要开始说，他就退缩，然后用他惯有的方式，把我推了出来。”

“谢谢上帝。”丹什说，“所以你又回来找我了。”

她接着说的时候，好像所有可能的场景都呈现在她眼前。“非常遗憾，因为你会喜欢他的。他很了不起，非常有魅力。”她的同伴又笑了，他再次深深地感觉到，跟她相比，他所认识的其他女人都那么平常。接着，她又说：“他也会尽力让你很开心的。”

“即使他打心眼里不喜欢我？”

“反正，他很乐于取悦别人。”女孩解释说，“所以我说他很了不起。他会欣赏你，对你不会随心所欲。他不喜欢的是我，因为我喜欢你。”

“谢天谢地，就他这样子，你还这么喜欢我。”丹什大声说。

她沉默了一小会儿，然后出乎意外地说：“没有。我跟他说，只要让我去跟他一起过，如果必要的话，我也愿放弃你。但我说什么都不管用。所以说，他无论如何不愿接受我。说到底，你知道，我还是没有逃掉。”

丹什感到不理解。“你想逃避我吗？”

“我想逃避莫德姨妈。他认定，我要帮他，就必须利用她，只有利用她才可以帮他，玛丽安也这么想，她也希望我利用莫德姨妈来帮她。”她解释得很清楚，“所以我感觉到处碰壁。”

年轻男人想了想。“你姐姐也把你推出来？”

“哦，是的，很用力地推。”

“你也跟她说愿意跟她一起生活吗？”

“如果她愿意，我马上就去。那是我最大的优点，我有很强的亲情，这算很傻?”凯特说得很坦率，“有时，想起可怜的妈妈，我就好想歇斯底里地大哭一场，但又不能哭出来。她经历了很多事情，都是他们害的，我现在终于知道了有哪些事情，我以前就是一头猪。我现在的处境比她当时好多了。那是玛丽安，还有我爸爸，说给我听的。对于他们俩，我的处境都有很大的价值。”她不停地说下去，说得非常明白，也很有讽刺意味，她不懂得怎么模糊表达。“他们都眼巴巴地盼着兑现我的价值。”

今天，这对年轻人的谈话，尽管中间有一些停顿，整体而言节奏是很快的，比从前更快，也挺紧张，像阴沉天空中的一道闪电。丹什目不转睛地盯住她，这是从未有过的。“所以你一直很紧张?”

“当然。这是一直在我耳朵里回荡的声音。所以，我不禁要问自己，我是否有权拥有自己个人的幸福，除了运用我的聪明才智，把自己变成腰缠万贯的人，然后把钱分给人家，我是否还有别的什么权利。”

丹什停顿了一下。“哦，通过这样的方式，你也可以得到自己个人的幸福。”

她和他一样没有直接回答。然后，她简洁又平静地说:“亲爱的!”

他又停顿了一会儿，然后，他的反应也是很平静，很简洁。“我们明天结婚，问题就可以解决的话，你是否愿意？我们可以不通过教堂。”

“等你先见过她以后，我们再好好计划。”凯特马上回答道。

“你算是说你爱我吗?”丹什问。

他们的对话既直截了当，又好像经过深思熟虑，她接着的回答，把这种感觉表达得淋漓尽致。“你自己害怕她。”

他露出一丝呆滞的笑容。“像我们这样杰出、有志向的年轻人，都应该小心！”

“是的。”她没有任何回避，“我们绝顶聪明。不过，这个过程中肯定存在乐趣，我们应该尽可能享受这种乐趣。我认为，”她很勇敢地补充说，“我们的关系是很美的，一点也不粗俗。我觉得浪漫是有好处的。”

于是，他开怀大笑，比刚才的微笑豪放得多。“你肯定担心你自己会抛弃我！”

“不，不，这种想法很庸俗。不过，”她承认，“我也确实觉得我有可能做出某种卑鄙的事情。”

“放弃我够卑鄙吗？”

“我绝不可能放弃你。你还没有受伤就别哭出来。我想要的任何人或者任何东西，我都不会放弃，我都会尽力。”她最后说，“我认为我肯定会这样对待他们的，你也是一样。”

“他们？”年轻人冷冷地说，“谢谢！”

“你不在乎他们吗？”

“他们跟我有什么关系？充其量，他们就是给我制造麻烦的人。”

对于这些她那么重视又那么不幸的人，他居然纵容自己这样胡说八道！他刚说完就对自己的莽撞感到后悔。他预料她会大发雷霆。不过，她最美妙的一面，就是即使情感很激烈，她也只是散发温柔的光芒。“我不知道你为什么不明白，如果能够避免愚蠢的行为，我们就可以心想事成。我们应当好好利用她。”

他盯着她。“让她养我们吗？”

“等着瞧吧。”

他想了想。“我们可以从她身上得到什么？”

凯特接着又沉默了一阵子。“我没问过她。这段时间极其敏感，我没求过她什么，甚至没靠近过她。她一直盯住我，她用那漂亮的镀金爪子抓住了我。”

“瞧你说的，”丹什说，“她简直是一只兀鹫。”

“她就是一只大雕，她的嘴喙也是镀金的，她还有强壮有力的翅膀，可以随意翱翔。如果说她是天上飞的，比如说是一只用丝绸缝的大气球，那么，我从未主动踏进她的吊舱。我是她看中的。”

她虽然轻描淡写，但表现了极大的感染力，所以，他就像看某位绘画大师的杰作一样，眼睛一动不动。“她肯定发现你身上有巨大的价值！”

“我身上有宝藏！”她大声说，随后站起来，伸直身子。“她都看到了。就这样。”

没错，她身上确实有宝藏。因为她还站在他面前，他也一直面对着这个现实。“所以，你的意思是，我要想办法搞定她？”

“你先去见见她。”凯特似乎有点不耐烦。

“要向她下跪吗？”

“你喜欢怎样就怎样。”她说完就气呼呼地走了。

2

在追上她之前，他的眼光在她后面跟了很久，从她头部的姿态，以及她步伐的骄傲中，看到了劳德夫人的部分理由。他也发现，自己正处于这些理由的对立面，于是本能地皱了一下眉头；不过，面对莫德姨妈的灵感的这个源头，他还是准备遵从这个同伴的指令，不管这算是迫不得已的屈服，还是有利可图的妥协。她喜欢怎么样，他就会怎么样，自己的好恶也许无足轻重。他将尽一切力量帮她，她背对着他随口抛出来的指令，就像一条巨大的鞭子，抽在万里无云的空中，发出清脆的劈啪声，这可能就是她让劳德夫人看中的优点。他也许不会下跪，他还不大情愿，但他会很有耐心，也会表现得很有理智，也可能不管理智不理智，最关键的是，他会运用最上乘的外交手腕，会运用一切聪明才智。此时，他正用力晃着他的脑袋，看看大脑里面还有多少聪明才智，有时，他也晃动他那块寒酸、陈旧但自己珍惜得不得了的手表，想让它再次走起来。当然，如果他很快就要失败与投降，那并非里面的“要素”（这是专业的新闻词汇）不多，尽管他们俩能凑在一起的要素，大多不是他自己的。他并不认为这一场灾难，即使在最糟糕的情况下，会直接牺牲他们的可能性，他倒是觉得，这将明确证明想让劳德夫人改变主意必然是徒劳的。不久之后，他来到那位夫人空旷的客厅，兰开斯特大门给他的第一印象就是大，那位女士给他发了封“对方付款”的电报，让他在必要的情况下等她一会儿，因此他就等着，这时，他想他们还是要坚持原来的想法，虽然其中的困难充斥着这里的全部空间。

他一个人在客厅待了很长的一段时间，他觉得应该有一刻钟，莫德姨妈让他一直等着，他则持续进行观察，也不断进行反思，于是，他问自己，对于一个像这样对待人的人，到底还能指望什么？时间是由她提议的，因此，她的迟到无疑只是她存心让他难堪的大阴谋的一部分。然而，当他来回踱步，感受着她那些庞然大物、绚丽浮华的家具所传达的意义，探索她的各种记号和标志的时候，他不怀疑自己已经做好了准备，随时可以迎接难堪的场面。他甚至不自觉地产生一个观点，觉得自己没有任何退路，况且，对于一位有很强自尊心的男人，撤退是极大的耻辱。目前情势不清，因此他不能做任何表现，他真的丝毫没有表现，倒是女主人在他的周围表现得十分全面，面前这些庞大、沉重的家伙，咄咄逼人，似乎具体而微地诉说着这个女主人的故事。“她的言行举止，表明他就是一个极粗俗的人。”他后来差点对凯特这样评价劳德夫人，但是最后还是把这句话憋在了肚子里，怕说出来可能会产生什么危险。不过，这种印象很明显，他相当肯定，有一天凯特也会跟他说同样的话。这种感觉目前确实极明显，更有甚者，有些奇怪，他还觉得这位可怜的女人一点也不愚钝或者陈腐，相反，她的粗俗之中有清新的气息，她豪放而勇敢的本色表演真的很美。总而言之，她是他所遇见的最强大的对手，他俨然进入一头母狮的笼中，手里却没有鞭子，也就是说，他可能连还嘴的借口都没有。他唯一的借口就是他爱那个女孩，可是在这样的地方，那种借口廉价得让人心痛。凯特不止一次跟他说过，她的姨妈“激情澎湃”，说到“激情”的时候，她还特别加重语气，可能希望他能好好想想，看能不能——其实他应该，将它转变成可利用的机会。此时，他还不明白能转变成什么机会，可是，他等得越久，事情就变得越复杂。毫无疑问，他在某些方面还有不足。

通过慢慢来回地走，他不仅测量出了这个地方的宽度，他也找到了自己的不足，那就是他的穷困，而且，他与从前一样都不敢妄称他能逆转这种状态，就像不能将广袤的沙漠变成绿洲。兰开斯特大门看起来很富有，感觉很豪华，按他目前的状况，他自己都不敢想象会有一天能跟它拉近距离。对于周围的事物，他越带着批判性的眼光看，就越进一步肯定自己最初的审美反应。虽然凯特曾多次跟他说她讨厌这里的品味，但他从来没有预料到，他居然会如此

“在意”一位独立自主的女士如何装饰自己的房子。这时，这座房子的语言正以无与伦比的激情，向他描绘着这个女主人的各种联想与概念，以及她的理想和能力。他确切地感到，他从未见过这么多东西无一例外都这么丑陋——很残忍，让人心惊肉跳。他很高兴终于给这一切找到一个恰当的形容词：“残忍”。他可以用这个词为题写一篇文章，这篇文章的内容都在脑子里，唾手可得。他可以写，在这个人们为信仰错误的神祇而感到自豪的时代，所有沉重的恐怖都兴旺发达，都昂首挺胸。如果说他从劳德夫人家里得到的材料最终只能写成一篇短文，那将是一个笑话。然而，其中的关键，其实应该说是其中最恶心的是，尽管这篇文章很容易写，但他还是觉得，在如此沉重的恐怖面前，他根本笑不出来。这些恐怖的成分不能一概而论，不属于维多利亚时代中期或早期，属性相差很大。唯一显而易见的是，它们光彩夺目，而且肯定是不列颠的产物。它们形成一个种类，包含众多珍贵的材料，例如珍稀木材、名贵金属或宝石。他做梦都从未梦见过这样的流苏、扇形花边、纽扣或者带子，做工这样精致、考究，他也从未梦见过这么多镀金和玻璃的物品，这么多缎子和毛绒，这么多红木、大理石和孔雀石。不过，他感触最大的应该算是那些毫无必要的装饰和错误的花费，那是在证明她有钱，也是对她的道德和良知的考验。他觉得，这些东西最终是对自己的思想境界的否定，对此，他第一次感到不能抱任何希望。它们无情的差异在他面前展露无余。

不过，他与莫德姨妈之间的面谈，却完全没有出现他预期的局面。劳德夫人虽然激情澎湃，但此次她既没有威胁他，也没有恳求他。她的进攻手段和防御武器肯定都唾手可得，但她连碰都没碰过，甚至不曾想起，事实上，她表现得非常和蔼，他后来才正确地认识到，她对这种事情可谓驾轻就熟，手段非凡。后来，他又有另一个正确的发现，结果让这件事情更加复杂；他觉得这应该说是她善良的本性。换言之，她之所以和蔼并非是在要手段，他还不至于值得她精心算计，相反，她之所以和蔼，那是因为她相当喜欢他。从那一刻起，她就越发让人喜欢，不过，如果他真的喜欢上她，谁知道可能发生什么事。这是他自然要面对的风险。实际上，此时她正在与他搏斗，而且只用了一只手，以及只用了一星半点的火药。十分钟之后，他不用她做任何解释就认识到，她刚才让他一直等，并非存心要伤害他，此时，他们已经共同面对过她的真实目的。她本想让他自己琢磨她会跟他说什么，是希望他自己能够弄明白，她对此相当有信心，也确实很有眼光。她现身之后提的第一个问题，实际上是问他是不是没有领会到她的暗示，而这个问题牵涉的事情颇多，完全可以开展一场坦率、畅快的讨论。他知道，对于她所谓的暗示，他是完全理解的，过不了一会儿，她就会让他原谅她的显摆；如果他不是特别小心的话，肯定会深入理解她以及她的初衷，肯定也包括她的想象和钱包的力量。然而，他又觉得，他并不害怕理解她，即使他理解了她，对自己最脆弱的情感也不会产生任何伤害。人的思想活动很容易把人出卖，尤其是在付诸行动或出现行动必要的时候，一切都简单明了；那么，如果阻止不了，就让它完全活动开吧。错误本身很有趣，这就是为什么人们很容易会犯错误。他必须拿出他最高的才智，才能抵制错误。相比之下，劳德夫人的才智可用于做任何自己喜欢做的事情。

她开始陈述对凯特的看法之后，他就开始思考，然后认定她是不会恨他的。她表达得很充分，关键是他是否想全部听进去。很肯定，这就是她当时想表达的全部意图，为她说一句公道话，她确实没有盘算着什么令人不愉快的事情。“我没打算走得更远，你要知道，我是不会走很远的。我不在乎你怎么跟她转述，也许你跟她转述得越多越好，反正，没有什么东西是她不知道的。我不是想说给她听，我主要是说给你听，如果我想让我的外甥女听见，我会直接跟她说。”莫德姨妈说得很和蔼，非常简单，又非常明确，她的言下之意是，尽管跟一个聪明的人说一句话不一定够，但对于一个好人说一句话是肯定够的。而我们这个年轻人的理解是：她之所以喜欢他，是因为他是个好人。根据她的标准，他的为人肯定够好，好到可以为了她而放弃她的外甥女。可是，按他自己的标准，他足够好吗？在她更完整表达自己的观点的同时，他在想，如果事实证明他真的有那么好，那么，这一切就该全部结束了。“她是世界上难得的好姑娘，当然，你可以夸口说你知道。不过，不管你知道多少，我知道的肯定至少和你一样多，我的意思是说，我知道的比你多得多，而且，你相信她有多好，我也相信她有多好。我这样说并非因为她是我的外甥女，这不算什么，即使我有五十个外甥女，如果不是我真的喜欢，我一个也不会带到这里来。我不是说我不会为她做其他的事情，我是不能忍受跟一个我不喜欢的人在一起。也许是我运气不错，我很早就看上了凯特。对你而言可能很不幸，我就希望凯特跟我在一起。总而言之，有凯特在我身边，你说多好就有多好，我一直都觉得，她将是我晚年的依靠和安慰。我已经关注了很久，我一直把她当成宝贝，就像存在银行里的钱，我一直存着，看着它一天天增值。你知道，这项投资已经开始有了回报，你可以仔细想想，如果不是有人出很高的价钱，我是否会答应交易。我在等着，不过，谁是最好的交易对象，我心里已经有数。”

“哦，我很明白，”丹什说，“你心里最好的交易对象，并非是我。”

非常奇怪，在说话的时候，劳德夫人的脸色像是夜间反射着光线的窗户，而当她不说话的时候，这扇窗户就像放下了窗帘。她不说话他才有回答的机会，可是这样的机会从来就不那么轻易等到，不过，要打断她的话更是不容易。她脸上的熠熠光辉，无论如何，对她的客人都不是好事。“我叫你来，不是要让你听‘并非’——我叫你来，是要让你听‘正是’。”

“当然，”丹什笑着说，“这样更好。”

他的女主人似乎觉得他说的话无关紧要。于是，她接着说：“我希望她更上一层楼，最好登到顶层，周围光芒四射。”

“哦，你自然是想把她嫁给一位公爵，所以迫切地要清除所有障碍。”

这时，她的反应是放下了窗帘，这迫使他不得不觉得，他可能表现得过于轻浮，也许甚至相当下贱。在年轻冒失的时候，一些冷心肠的公众人物也是这么看他的，但是，在他的记忆中，还没有哪一位女士给他这样的冷眼。然而，最重要的是，他从中发现了这个同伴的城府有多深，因而也看清了凯特未来的命运走向。“你不要那么不讲道理！”有一段时间，他很害怕他的朋友会这样驳斥他，然而她并没有。她只是说：“我希望她嫁给一位了不起的人。”这句话让他以为她会这样放过他。到此为止，他觉得已经够了，如果还不够，她接着所说的话肯定足以让他觉得够了。“对于她，我有自己的看法。你明白了吧！”

接着，他们面对面坐着，他慢慢意识到了其中的深义，也就是她希望他能理解的含义，如果说他愿意去理解的话。再者，如果说她真的求了他，她是请求他表现出应有的智慧，她相信他有这样的智慧。诚然，他也不是完全没有理解能力的人。“我当然明白，我实现不了任何美好的梦想。你的眼光十分犀利，我绝对佩服。我完全明白自己的不足，谢谢你没有用更加粗俗的方式提醒我。”她什么也没说，好像是要让他接着表演，充分暴露自己精神的贫乏，如果他的确能接着表演的话。在这样的场合，只要他想有所表现，那只能表现他的不足，除非他比较喜欢表现自己的愚蠢。事实非常明白：按劳德夫人的标准，这当然是唯一的标准，他是微不足道的人物，他也知道什么样的人算大人物。他本想坦率直接一些，可是，就在此时，在他的内心深处涌起了一阵恐惧。莫德姨妈业已做了明确的表述，但他后来说不清她具体是怎么表述的。“我认为，你其实并不如你想的那么要紧，而且，我也不想费那个事驱逐你，否则你会变成烈士。你和凯特在公园里的表演，应该是为了让我看的，我觉得很可笑。我想亲自跟你见一面，因为你这个年轻人是很讨人喜欢的，我想跟你商量点事，这种事情不难，也完全应该。难道你觉得我有那么蠢，如果没有必要，我还会跟你吵架吗？这种必要性肯定是不存在的，那太荒唐了。哪一天我张开嘴巴，就可以把你的头咬下来；你看，我们在一起这么久，我都没有张开嘴巴。我做事情一般都很讲究，各方面都考虑得很周全。我希望你了解我的计划，也希望你自己认识到，你不符合我的这个计划。你可以尽力靠近我的标准，也可以在周边绕，不用害怕你会造成伤害，你可以一直惦记着它！”

他后来觉得，如果说她并没有说得很绝对，那是因为她很快就发现，他已经跟上了她的思路。他很高兴她没有让他做任何承诺，也没有让他发誓不再介入，不过，他还是用个人的名誉做了担保。之后，他把这些都跟凯特做了汇报，而他最先想起来的，他也跟那女孩提起，是他像一对情人心照不宣分手时说的一样：“我当然非常希望你以后还能把我当成一个朋友。”这就算跟上她的思路了吧，他是这么跟凯特汇报的，但是，这里面的含义很深，他们也许会说，必须单独深入探讨才能理解。除了刚才提到的这些事情，在他与莫德姨妈见面结束之前还谈到了许多事，不过，他的整体印象是她并没有把他当成危险人物，这一点是最重要的。这次和这个年轻女人见面，是有许多事情要说的，就在前一天晚上，人家突然跟他说，他应该到美国去待十五至二十个星期，这是他学习提高的机会，也可以为报社做点贡献，这样说算是恭维他了。其实，从社会学角度发表一系列美国来信，已经在他内心酝酿了很久，这正是他实现这个夙愿的最佳机会。这个机会刚刚到来，所有的想法就涌现到了丹什的脸上，至少落到了他的肩上，所以他从那只墨迹斑斑的办公桌上惊讶地抬起头来。他跟凯特说，他不能够拒绝，他现在的处境不允许他拒绝什么，不过，他又说他被选中跑这趟差使，他自己感到挺困惑。他不知道该如何衡量其中包含的荣誉，他觉得很糊涂，他从未想象自己是干这级别差事的人。他还说，对于他的混乱感觉，他当时就跟他的经理交代了；结果他所得到的答案却异常明白。大概的意思是说，他所做不到的，正是他们不想要的。他们说，他的来信能怎么样就怎么样，他可以自己斟酌，不用害怕。

不过，此外还有一个更加尖锐的问题，就是他必须马上动身。他的使命，他们在报社都把一般的任务称为“使命”，最好在六月底结束；为实现这一目标，他一周的时间也不能浪费；按他自己的理解，他的观察必须面面俱全，而且，出于国家层面的原因，根据舰队街总部的通常要求，他的调查必须切中要害。丹什告诉凯特说，他请求了一天的时间来做决定；他觉得他应该首先跟她说一下。因此，她安慰他说，这件事反而更能表明他们俩的心是在一起的，他把这样重要的事告诉她，征求她的意见，她感到非常自豪，不过，对于他这个马上要执行的任务，她完全能够理解。她为他的前途感到欣喜，极力支持他立即去执行；她肯定会想念他，这是当然的事情，但她几乎没有流露出这种情感，而是兴高采烈地谈论他未来的所见所闻，以及他未来可能达到的成就。她夸夸其谈，以致让他笑出来，说她天真，但他也不想跟她说，他终究还是微不足道。此外，她对舰队街的认识十分准确，着实让他大吃一惊。他必定要跟她谈起这个话题，那是他们所希望的。要让他抛弃幻想，让他走遍整个美国是不够的。其实，他们知道他不会挺着鼻子到处凑，也不会参与流言蜚语，这是他们看上他的表面原因。他们希望来自美国的新闻要有新的气息，从今以后，他就是这个方面的楷模。

“你这样深明大义，是记者的理想妻子！”丹什无比崇敬地说，虽然他也觉得她好像希望他赶紧走。

可是，她对这个褒扬并不是很在意。“我是在乎你，你怎么不说？”

“哦，对，这句话应该这么改：你真关心我！”

“是真的！”她表示同意。“这样能弥补我的愚蠢。”她接着又说，“既然有机会表现，我想说我对你的未来是有期望的。”

他的未来是必然话题，她既然提到了，他也很想跟她汇报一下，他觉得他们的命运主宰者有什么看法。但是，他从舰队街带来的消息，占了汇报的机会；但是，在他们的谈话中，各种要素迅速融汇，各个部分难以分清。在我们的年轻男士和她告别之前，他终于明白刚才凯特为什么那么平静，好像都跟她没有关系，虽然是通过很曲折的途径看明白的，但他还是觉得很开心。他们都很高兴，因为他很好地回答了她的问题：他表现出了足够的耐心。几天前，她强烈要求他去见她的姨妈，就是为了检验这种可能性。如果说跟那位女士相处一个小时后，丹什还不觉得他和她的见面已经达到目的，那么，随着凯特梳理了这些可怜的事实，他对这些事实就有了更深入的理解。

“她同意你去，那还不够吗？”

“确实够了，她肯定觉得够了。非常可能，我是说劳德夫人觉得可能，我也许不会成为她的障碍，所以，通过一定的安排，我们可以更经常、更容易见面。她认定我是缺钱的，所以她有足够的时间。她也相信我是善解人意的，相信我在显著改善状况之前，不会拿手枪对准你的脑袋逼你和我在一起。如果她不因为伤害我而破坏她自己的机会，她就会拥有足够因此对她有利的时间。而且，”丹什接着说，“她本就不想伤害我，因为我相信，我可以用我的名誉做担保，虽然你听了可能觉得滑稽，她本人是相当喜欢我的，如果不是有你，我甚至可能成为她的座上宾。她并不鄙视知识和文化，恰恰相反，她希望用知识与文化装饰她的餐桌，希望人们觉得她也有知识和文化。我肯定，我既是她希望得到的人，又是她难以忍受的人，所以她肯定觉得很痛苦。”他停了一下，这时，他的同伴看见他的脸上露出很奇怪的笑容，她自己听到这些话也笑了起来，笑得和他一样奇怪。“我相当怀疑，当然，如果能确切了解真相就好了，在内心深处，她可能比你更喜欢我，所以她给了我很大的面子，她认为完全可以让我自行解决自己的前途问题。我觉得，她的想法是对的，我不是那种厚颜无耻的人。她还觉得，其余的问题可以由你的自尊和你的偏见来解决！她已经通过一系列办法，让你的自尊高度膨胀，同时，她也创造条件让你做各种比较，所以激活了你的偏见，在这种情况下，她觉得你肯定是看不上我的。她的确喜欢我，而如果我有一天更落魄，她肯定会更喜欢我。那时，你肯定不会那么喜欢我了。”

对这番激荡心肠的陈述，凯特挺感兴趣，但她并不感到吃惊。然后，像是要呼应他温和的愤世嫉俗，过了片刻她说：“我明白，明白。她真看得起我！大家都知道，只是你加深了这种印象。”

“越深越好，”丹什说，“这样你才不会犯错。”

他确实很能搞笑，她毫无保留地把她的感受表现出来。“她大胆面对，或者如你所说欢迎你，那是她的卓越风格，你知道，认识她的人，都认为她真伟大。”

“对，她真伟大！”我们的年轻人表示同意，“她就像开着巨型战车主宰世界的主神，我昨天在兰开斯特大门等她的时候就有这种感觉。客厅里的摆设，形状都跟奇怪的神像一样，有些也像神秘的瘤，人们可能猜测，那些就是她那辆战车车头的装备。”

“是的，难道不是吗？”女孩回答说。于是，他们就这位了不起的女士的这一方面进行了全面、深入、毫无拘束的交流，几乎没有任何保留，中间有复杂的细节，也有明显的问题，但他们以前都没有这么默契过。提到莫德姨妈的卓越外交手腕，凯特没有反驳一句，他们一致认为这是她的力量的证明。不过，丹什继续说，在其他方面他也面临着巨大的威胁。他对这次见面的描述细致入微，尤其是莫德姨妈最终坦率又有艺术性地表达不喜欢他这种类型的人，表示他缺少恰当的特征，也反感他的国外经历，甚至质疑他的家世背景。她告诉他说，他只是半个英国人，而他向凯特承认说，如果不是他主动承认，那可能是很可怕的。

“我真的不懂，你知道，”他解释道，“对于她而言，按她的标准，像我这样受过良好教育的人，怎么就成了怪物、与社会格格不入的怪胎。”

凯特沉默了片刻，稍后才问：“你何必那么在乎呢？”

“哦，”他笑着说，“我很喜欢她，而且，对于像我这种行业的人，她的观点，她的情绪，都是必须了解的：它们代表公众人物的思维方式，我们经常要面对，我们要根据这样的思维方式设定议题。”他又说，“从个人角度，我也想让她开心。”

“哦，是的。我们都要让她开心！”他的同伴如鹦鹉学舌；不过，这些话可能代表两人都明确认识到，丹什从中获得了什么政治利益。事实上，在他动身前往纽约之前，他们还有许多事情必须处理，就在此时，凯特又想起了他刚才提到的问题。她看着他，仿佛他跟莫德姨妈介绍的个人历史，比跟她本人说的还多得多。果真如此，那就是很不幸的意外。在此后半小时内，他就像一个文化遗址导游，和不幸的游客一起站在古塔上，一起鸟瞰他早年在国外的生活经历，他父母经常从一个国家迁到另一个国家，他本人在瑞士上了中学，在德国读了大学，这些事情都跟她说得特别清楚。他暗示说，一个属于他们这个世界的人，一眼就可以认出他来，当然，他们这个世界的人，如果有这么一个世界的话，很可能都要让英国的磨房碾磨过。不过，他对一个女人这样自白，还是很有魅力的；事实上，对于这样的差别，女人有更丰富的想象，也有更强烈的同情心。此时，凯特表现了应有的想象和同情心，她从头听到尾，然后声称她比从前更清楚她为什么爱他。她自己小时候有一段时间生活在英吉利海峡的对面，回来的时候也还是孩子；十几岁的时候，她常常和母亲一起到德累斯顿、佛罗伦萨和比亚里茨，不过在这些地方待的时间都不长，虽然经济方面的收益不大，但她因此产生了对外国事物的喜爱，虽然她只是做了冷淡的表达，避免流露明显的热情。此时，她发现丹什身上有那么多外国的特质，想分清类别也要花很大的力气，在她的面前，他就像一幅欧洲大陆地图，至少是精美的旅游指南。他并没有自吹自擂的意思，只是想做些申辩，当然，跟劳德夫人在一起的时候，他也只是想做一点解释。作为英国牧师，他爸爸到过二十多个英国殖民地，这些都是很奇异的国家，有时是常驻，也有时是临时访问，不管怎么说，他的运气一直很好，始终有地方可以去，所以，他的国外经历很连贯，由于薪俸一直不高，他总是让孩子在最近的学校就读，尽量省钱，至少可以节省火车票支出。他也说了，在此过程中，丹什的妈妈一直从事着一项工作，在国外的漂泊也造就了她的成功，如果说最终取得了成功的话。她很有耐心，临摹了各国大博物馆的名家名画，她既利用了自己难得的天赋，也利用了难得的机会。当然，在国外，临摹者不计其数，但丹什夫人拥有独特的感觉和灵巧的双手，她的临摹惟妙惟肖，几乎可以乱真，因此她的作品流传很广。她去世之后，她的儿子把她的遗像当成圣像。有关她的叙述，跟此前一些说不大清楚的事情一样，就是要表明他有辉煌的家史，有充足的资源，而他的经历也绝非一般。他绕了一圈之后又回到了原处，又变成了英国人：首先，他在剑桥上过几年学，他父亲也在那里上过学，还保持着很好的关系，后来，他就一直在伦敦生活。不过，尽管他勇敢地降落到英伦大地，但他毕竟穿越多个空间，各个方向的风吹皱了他的羽毛，不管怎么说，他的初始记忆十分深刻。他经历的一些事情，是肯定抹不掉的。

接着，凯特·克罗依忍不住说，这就是他最严重的问题，他肯定被这段经历宠坏了，所以适应不了当地狭隘的生活。不过，她又很自然地接着说，也算是安慰他，如果说他经历丰富，拥有多样化的智慧及品味，她决不会嫌弃他，最后，他不得不说她是表面上在恭维他，但实际上是要让他自己认识到一个可怕的真相。她显然认定他不是一个正常的人，这样她最终就会发现他难以忍受，既然她必须在他的帮助下才能形成正确的认识，她就假装高兴，求他帮助她。她最后说，他对自己的认识表明，他已经尝过智慧树上的果实，也可以帮助她吃到同样的果实。就这样，他们的谈话十分愉快，两人都觉得时间过得太快，他们必须分开的时间已经逼近。不过，凯特表示，她刚才说莫德姨妈听到他即将消失肯定会松一口气，这句话必须从字面上理解，不要有何其他的联想。

“其实，不知道为什么，”他回答说，“她一点也不怕我。”

对这句反驳的话，他的朋友掂量了一会儿。“你的意思是说她非常喜欢你，所以会因为失去你而感到遗憾？”

对此，他表达了他们一贯的全面的观点。“既然她精心算计，想让你逐渐疏远我，那么，她也会认为这个过程一直是少不了我的。如果我不在，这个进程会顺利吗？如果我真的消失，她的计划就会失去应有的效果。”

他还在幻想，但凯特则不再参与。他稍后发现，她心里在打着自己的算盘，而他有一种持续而强烈的感觉，在这难得的愉快气氛以及温馨的相互嘲讽中，有一个决定性因素正在不断成长，他们的亲密关系就像一个勇往直前的游泳运动员，一头跳进池子里。突然，她跟他说：“我会永远跟你在一起。”这句话让人觉得世界异乎寻常地美。

一切都那么美，他感觉整个世界浑然一体，甚至认为，她的脸就笼罩着喜悦。不过，这时，她的脸上出现了一道新的光芒。“我向你保证，我希望上帝作证，我的所有忠诚都属于你，我生命的每一点、每一滴也都是属于你的。”仅此而已，不过，这也就够了，而且，两个人都那么平静，似乎这句话根本算不得什么。此时，他们正走在公园的一条小路上，那本是开阔的地方，但是，他们似乎觉得天越顶越高，脚下的土地越延伸越宽，而他们却越来越专注，旁若无人。出于一种共同的本能，他们不自觉地走到一个大家看得见的地方，但他们已然觉得那么僻静，而在他们共有的时光用尽之前，他们把两人的关系推到了极致。他们交换了誓言，交换了信物，确认了内容丰富的协议，并通过低声细语、眼神交流以及握手等手段，庄严宣誓这份协议仅属于他们俩，而且他们俩都认为这份协议意义重大。他们注定要以未婚夫妇的身份离开这个地方，不过，在他们离开之前，还发生了一些其他的事情。丹什说，他害怕这会让她与她姨妈的和谐关系过早结束，于是，他们共同想出了恰当的应对办法。凯特轻松地宣称，她不想剥夺他获得劳德夫人赏识的权利，她确信，他必定会长期享有她的赏识。而且，非常幸运，莫德姨妈并未强求他做出可能束缚他自己手脚的承诺，因此，他们应该能以他们特有的方式迎合掌握着他们命运的这个大人物，同时又保持彼此之间的忠诚。不过，丹什发现了仅有的一个困难。

“当然，我们必须记住，一旦你让她觉得有希望找到一个能匹配你的人，我们的希望就破灭了。如果她一直像现在这样什么都看得见，那么，我觉得我们欺骗不了她。不管我们怎么做，你知道，她总是会洞察真相的，所以，我们必须准备好迎接那个时刻的到来。不过，果真如此，谁也不知道我们能从她身上得到什么。”

“她又能从我们身上得到什么？”凯特笑着说，“她能从我们身上得到什么，”女孩接着说，“那是她自己的事情，应由她自己去掂量。我从来没有向她要过什么东西，没有指望过她。她自己的风险要自己去解决，她肯定心里有数。我们能争取得到的，我们已经提到，”

凯特解释说，“就是时间。她也一样。”

面对这么明白的陈述，丹什目瞪口呆了一会儿；同样，他的视觉并没有因为浪漫而变得模糊。“对，毫无疑问，对于我们这样的情形，时间就是一切。在这个过程中，肯定很有乐趣。”

她犹豫了一下。“你是说我们保守秘密有乐趣？”

“也许不单是保守秘密本身吧，也在于它的意义，我们因此能得到很多好处，然后我们的关系可以深化，可以更紧密。”此时，他紧绷的脸放松下来，显得很愉快，他的表情向她传达了他的全部意思。“应该说，我们顺其自然就会有乐趣。”

有一段时间，她似乎在领会着他的全部意思。“现在这样也有乐趣？”

“有，乐趣很大。不过，我相信，”他微笑着说，“我们会走得很远。”她对此的回答，是温柔的沉默，在沉默之中，他们似乎看到两个人遥远的前景。他们的前景是无限的，他们似乎都看清楚了。他们俩合二为一，具有无穷的力量；不过，他们也看到了其他的东西，他们已经有足够的力量，能够应对这些东西，即使让它们继续存在，也不会有什么大碍；因此，他们都把各自的理解藏在自己的心里。事实上，等到丹什又有一个新的发现，他们才把那个问题完全说清楚。“唯一的问题，当然，就是她可能有一天会逼你。”

她想了一会儿。“逼我以名誉为保证向她坦白我们的关系吗？有可能，不过，我怀疑她不会真的这么干。你不在的时候，她会充分利用紧张消失的机会。她可能不理睬我。”

“可是你们会收到我的来信。”

“你会写很多信吗？”

“很多，很多，非常多，比从前都多；你知道这是什么意思！”

丹什加了一句，“你也肯定会给我写信吧？”

“哦，我不会把我写的信放在大厅的桌子上，我会自己拿去寄掉。”

他看了她一会儿。“那么，你是不是觉得我最好把信寄到别的地址？”接着，趁她还来不及回答，他用强调的语气又说了一句，“我不希望那样，你知道。寄到这里更直接。”

她本不想接茬。“当然这里更直接。不用担心我有什么别的想法。信上的地址，你喜欢怎么写就怎么写。让别人知道你给我写信，我会感到很自豪。”

他把这句话掂量了一下。“甚至不怕招人家盘问？”

她对自己的意思清楚得很。“我不怕人家盘问。如果她问起我们之间有什么关系，我非常清楚我会说什么。”

“你会说我已经和你断绝关系了吗？”

“我会说我爱你，一辈子不会再爱其他任何人，她想怎么样就怎么样。”这句话很感人，就像她又一次宣誓，于是，她的同伴很自然睁大了眼睛看着她，所以她有足够的时间接着说，“她也可能问你的。”

“我不在，她是不会问的。”

“等你回来她就会问。”

“那么，”丹什说，“到时我们就会有特别的乐趣。但是我感觉，按她良好的自我感觉和高超的手段，她是不会问我的。她会不理睬我。我就不必向她撒谎。”

“那么，我想怎么样都可以吗？”凯特问。

“都可以！”他温柔地笑着说。

不过，很奇怪，他似乎马上觉得自己有点儿过于坦率。他的区分可能代表一个可能、自然的现实，这个现实和女孩刚才陈述的意图也不存在矛盾。差别确实存在，尽管可能只是大家都觉得确实存在的男人与女人之间的差别；不过，这个感觉似乎让她坐立不安。她犹豫了一下，然后，她带着一点怨气，说出了刚才想说但忍住没说出来的事情。说到欺骗她，那可能只是一个玩笑，但她说起这件事的时候，显得十分当真。不过，她还是说得非常漂亮。“男人都是白痴，你也一样。你并不明白，如果我自己去寄信，那不是因为我要躲着人家，这种事情太粗俗。”

“哦，你说过，这里面也有乐趣。”

“是的，但你不明白是什么乐趣。这里面有很细的东西——！”她停下来，显然不很着急。“包括意识、感觉和鉴赏能力。可是，”她很伤心地说，“男人都不能理解。对于这些东西，要不是女人指给他们看，他们就一无所知。”

她常做这样的演讲，随意，开心，充满激情，感染力很强，使他深受感染，紧紧地将他拉向她，只要情况允许，尽可能久地留住他。“所以，这正是我们都迫切需要你的原因。”

第三章

1

在瑞士旅游季节之前，两位女士得到警告，说她们的计划过于草率，目前山路还不通，而且空气不怎么宜人，饭馆酒店也还没有开放。但是，她们两个人的个性十分鲜明，勇敢地顶住了这些带有偏见的批评；而随着她们历险的深入，她们越发觉得自己居然是对的。意大利湖滨酒店的领班和工作人员的判断是带有成见的，甚至有利益关系；当然，她们也觉得自己有些着急，过于冒进，尤其是那位年轻的女士。她们俩有过很多共识，其中一个共识是，在那些歌剧的殿堂，像埃斯特庄园、湖景迷人的卡德纳比亚、风景如画的小镇帕兰扎或者是充满巴洛克风格的斯特雷萨，像她们这样形单影只的女游客，不管读过多少旅游书籍，拥有多少知识的力量，肯定会沉醉在里面，所有计划都会被推翻。她们的幻想还是比较温和的，起码她们不会进行致命的冒险，不会企图取道布伦迪山口。很高兴，她们的行程最终大致符合大伙儿的期望，希望在途中多落脚歇憩几个地方，以便更好地欣赏无与伦比的早春美景。

斯特林厄姆太太，也就是那位较为年长的同伴，也委婉表达了这样的态度。她很理解那位年轻人的迫切心情，因此，如果有反对意见，她会用最委婉曲折的方式来表达。这位斯特林厄姆太太令人钦佩，非常善于观察和揣度，她相信，她对米莉·蒂尔的了解，肯定比米莉·蒂尔对自我的了解还多得多，然而，她有时要激活这些知识，有时却要加以掩藏。她自认为，她是世界上最没有欺骗和捉迷藏天赋的人，但她发现，在新环境的作用下，尤其是在新的人际关系中，她却那么善于运用这种超自然的手段，她不得不承认，自从与米尔德里德[1]一起离开纽约，她便开始这种超自然的修炼，她自己都说不清这是怎么回事。她从波士顿千里迢迢而来，好像就是为了做这个修炼；在接受她的提议之前，她没怎么见过这个女孩，或许见过，但肯定也仅是匆匆见过几次而已；不过，斯特林厄姆太太只要看见过什么，她就能看得很完整，甚至完全看透。于是，她把自己放在这一条船上，而她越来越觉得，从人的角度看，这条船是世界上最大的，因而从很多方面讲，无疑也是最安全的。前一年的冬天，在波士顿，这位我们都很感兴趣的年轻女士当场向她提出这个请求，虽然没有说出口，但给了她一个她自己觉得很清晰，甚至有些自负的感觉，认为她可以给人家帮一点忙，贡献一点爱心。在她有限的生活空间和经历里面，斯特林厄姆太太常有这样的自负的感觉，有些秘密的梦想，但始终没有勇气从昏暗的窗户向外面看。但这一次，面对这位不同凡响的纽约年轻人，她的梦想倒是攒足了勇气，在那一瞬间，她居然找到了一个十分显眼的瞭望台，然后站在窗口，如果不是在几个月之后喜出望外地看见某个明确的信号，现在还可能一直站在那里向外面张望着。

米莉·蒂尔在波士顿有些老朋友，也有不断新结交的朋友；大家都知道，她去波士顿都会待很长时间，那次去之前，她家里刚经

1　米莉是米尔德里德的昵称。

历过一系列丧亲之痛，她去那里就是要寻求在纽约得不到的心灵抚慰。大家也非常大度地承认，纽约可以给人的东西非常多，甚至会多得过了头，不过，大家又觉得，在涉及生与死的重大情况下，这些东西都无关紧要。在这个方面，波士顿可以提供其他任何地方都不能提供的帮助，而在大家的意识中，米莉已经获得了某些帮助。斯特林厄姆太太绝对不会忘记她第一次看见那张迷人脸庞的情景，那个记忆至今栩栩如生，当时，没有人介绍她，她只看见一位身材苗条、脸色苍白、形容憔悴、瘦得不太正常而又惹人喜欢的年轻人，她的芳龄最多不过二十二，显然经历了很多风雨。她的头发是红色的，甚至比真正红的东西更红，她浑身的衣服一片黑，甚至比丧服更黑，反正，人家看到她都知道她在服丧。那是纽约特有的丧服，纽约的发型，代表纽约的一段历史，虽然略嫌模糊，但内容丰富。她的父母、兄弟姐妹乃至所有亲戚都去世了，而且这些都是大人物，影响很大，如要演绎这段历史，需要一个更大的舞台；最重要的是，根据大多数人的说法，这些人的去世代表着一个纽约传奇，他们留给女孩的巨额遗产，在纽约足以掀起波澜。反正，她现在就是孤家寡人，而又家财万贯，尤其是她涉世不深，这些特点组合在一起，形成一种特殊的整体印象，深深吸引了斯特林厄姆太太的注意力。不过，正是因为这种特殊的印象，引起我们这位善良女士的同情，她深信，她的同情心超出人们的想象，只有她苏珊·斯特林厄姆有这样的同情心。苏珊私底下认定，波士顿不会主动理解她，只希望她理解波士顿，要说波士顿和她之间有什么亲近感，那都是骗人的。她倒是能理解她，这是她一生中最为美妙的时刻，她遵循了自己的本能，故意遮蔽了自己清晰的意识。对此，她自己不能解释，没有人能够明白。他们只会说一些波士顿特有的俏皮话，但那只会迷糊他们的心智。斯特林厄姆太太本是佛蒙特州伯林顿人，她大无畏地坚持认为，伯林顿才是新英格兰真正的中心，而波士顿太靠南边了。

她的这个理性区分，最能证明我们这个朋友得到的印象。她知道，她的智慧主要来自这座了不起的城市，当然，她也有自己的修炼，不过她的修炼并不是很引人注意；因为这项修炼可能算不得专长，好像大家都有，平常得很，而她在波士顿城里也是很平常的人。她首先失去了丈夫，丈夫去世后她便与母亲一起住，不久母亲也继之去世，同时，她又没有孩子，因此，现在觉得比从前更孤独。不过，她觉得自己的日子过得很轻松，因为根据她自己的说法，她有足够的生活资源，毕竟她是个只要面包就可以过日子的人，当然，作为大名鼎鼎的顶级杂志撰稿人，苏珊·谢泼德·斯特林厄姆也不会随便被美食佳肴打动。她写短篇小说，她自以为有独特的艺术风格，她描绘新英格兰的时候，可以不借用厨房的场景。她自己也不是在厨房中长大的，也认识一些不是在厨房中长大的人，因此，为他们代言便成了她的文学使命。从事文学创作一直是她最大的梦想，为了这个梦想，她那副晶莹发亮的小眼镜永远位于应在的位置。她的笔下描写了许多大师、楷模和名人，这些人大部分是外国人，她也很崇拜这些人，他们都是她继续写作的动力。当然，她也描写过其他一些人，在她眼里这些人属于蠢货，毕竟，她看人总有区别的。可是，她刚刚面对真正梦想中的人，以前所有类别的人都失去了意义。米莉就是梦想中的那个人，她一看到她，手就不停地颤抖，甚至握不住钢笔。她似乎从她身上获得了重大的启示，那是优雅、得体的新英格兰所无法给予的，根据她不多但收拾整齐的记忆，基于她的勤奋和野心，以及从道德的和个人的角度看，她觉得，如果她们的关系不能进一步发展，这个新朋友可能会对她很不利，而如果能有所发展，她的前景是无限的。她已经准备全力以赴，抛开其他一切杂念。不过，她还是以波士顿平常的诚实，在波士顿从事各种日常活动。她戴着有明显蒂罗尔[1]人风格的漂亮毡帽，虽然所有装饰羽毛都来自老鹰的翅膀，也显得平常得很，与当地生产的毡帽一样朴素，一样结实。她小心翼翼地围着毛皮披肩，她在冰雪覆盖的坡路上走的时候，还是很熟练地保持着平衡。每天晚上，她都会以同样的期待和失落打开《波士顿晚报》，她还几乎每天都以跟以前同样的耐心和平静去听音乐会；她还频繁出入公共图书馆，看样子是自觉地来还书，同时也勇敢地将开启知识大门的钥匙放进口袋里带回家去；最后，她最重要的活动是关注各个杂志都有的那个恶毒栏目，这个栏目提供虚构的婚恋对象信息。不过，这些都不是她真正关心的事情，她最关心的对象已经回了纽约，但留下了两个待解的问题：为什么她才是她真正要关心的对象？她是否应该再次接近她？

对于跟这两个问题密切关联的那个人，她已经找到很方便的描述，她认定这是一个很有背景的女孩。不过，见过两三次面之后，她收获的最伟大现实是，那位有背景的女孩，那位头上戴着老黄金铸成的皇冠、穿着和波士顿风格迥异的丧服的女孩，跟她说她从未见过像她这样的人。因此，她们的相聚，就是相反方向的好奇心的相遇。米莉这句简单的话，这句话听起来是挺简单的，就是她有生以来最重要的发现，一下子，那些所谓的婚恋对象都显得无关紧要。简而言之，她让她首先产生极强的感激之情，然后也形成了

---

1 中南欧一地区，位于奥地利西部和意大利北部。

不小的同情之心。然而，就她们的关系而言，那至少证明了开启知识大门的钥匙的重要性，这把钥匙也可用于打开那个女孩的历史的大门。这位几代人难得一见的女继承人说她从来没见到过像她这样订阅《波士顿晚报》的读者，她在表白的时候很谦逊，甚至有遗憾，这在一定程度上表明了她的处境。深入挖掘她的处境，就成了那位年纪较大的女士的重大责任；于是，她就询问可怜的米尔德里德见过什么样的人，她接触过多少种类型的人，看到她为什么会这样惊讶。通过询问，所有谜团终于明朗起来，斯特林厄姆太太用钥匙开启知识大门，她一下子就明白，这个女孩没有一点文化，而在她面前，她就代表着文化。这是一项伟大的事业，而那位聪明的女士当然知道这意味着什么，也知道自己文化库存的容量，所以心头滋长着一点恐慌，所幸还有另一种感觉滋长得更快。用她的话说，这是她运气好：她同时感受到了女孩有令人揪心的哀伤。这个感受最让她心动，似乎比任何画报都更能打开她向往传奇的大门。其中的关键在于：显然，这个女孩拥有每年数万的巨额资金，年轻、聪明，虽然不算特别美貌，至少拥有同等的魅力，她相貌的魅力说不清道不明，反正有些奇特，其实这种感觉甚至更好，更重要的是，她拥有无限的自由，像沙漠中的风沙，那是多么有趣、多么浪漫、多么神奇啊！况且，她拥有如此卓越的条件，却因此变成一个头脑简单的人，那是多么令人感慨啊！

于是，我们的朋友的想象回到了纽约，想象总是很容易的，而在事实上，她也在不久前真的去了一趟纽约，此行让她回味无穷。米莉很诚恳地向她发出了邀请，所以，如果可能的话，她肯定会摆脱心里那么多成见的约束，值得称道的是，在三星期之后，她果然摆脱了。那时，她的心已变得更勇敢、更开放，可以接受新鲜的事物，所以，她最终满载而归。纽约很大，有很多惊人的地方，尤其是它的历史很奇特，居民大多是愚蠢落后的世界公民，这可以解释纽约的各种现象。那个女孩属于一个枝繁叶茂的部落，可惜这个部落最后悲惨凋零，我们的女孩成了最后的一朵鲜花。从他们的先祖开始，这一族人生活放荡不羁，逝去的堂兄表弟普遍相貌英俊，大伯小舅光彩照人，三姑六姨也都是美女，所有人都让法国著名的雕塑家雕成大理石半身像，虽然风吹雨打，但都保存完好。接近这个部落，看过所有这些雕像，别提背后的细枝末节，就能让人觉得自己原来的小世界变得那么拥挤，或者说能把原来的小世界撑大。我们这两位女士总算有一次深入的交流，年纪较大的朋友始终保持思维活跃，而年轻的朋友则富有灵感，在不知不觉之间，也表现得非常出色。斯特林厄姆太太心想，这就是诗歌，这也是历史，甚至比梅特林克和佩特的作品更美，比马尔伯[1]的回忆录和格雷戈罗维乌斯[2]的罗马史更能启迪智慧。她跟女主人见面聊了几次，但不是很长时间，她们所谈到的和没有谈到的，都让她很快又很强烈地感觉到她已经抓住了中心线索。她所有的顾虑和犹豫，所有的迫切心情，都自动转化成一种恐惧，害怕自己会给她的同伴造成什么笨拙、粗劣的影响。她真的很害怕会对她做出什么事情，她现在的所有念头就是希望能够避免，非常虔诚、充满激情地避免做出任何事情，避免让她受到任何影响。因为任何外来的影响，不管多么轻，多么小心，多么善意，都不会有什么好处，都只会是在完美无瑕的表面留下丑陋的污迹。

就在决定斯特林厄姆太太的态度的事件发生后不到一个月，也

1　马尔伯（1782—1854），法国将军，他的回忆录因描写拿破仑时期的战争而闻名。

2　格雷戈罗维乌斯（1821—1891），德国历史学家，研究中世纪罗马史。

就是她从纽约回来不久，对方向她提出一条建议，也引发了一些问题，使得她敏感的内心不得不做一番斗争。她愿意在尽量早的日子和她年轻的朋友一起前往欧洲吗？她愿意无条件、心甘情愿地跟她走吗？这询问是通过电报发来的，答应日后给予充分的解释，还说情况十分紧迫，并希望她全部答应。为了表示她的诚意，她当场就答应了，虽然这并不完全符合她自己的逻辑。她自己非常清楚，从一开始，她就打算为这位新结交的朋友付出一点，不过，毫无疑问，此时她实际上付出了一切。她之所以这样做，是因为她有一个整体的印象，这个印象一直在激励着她，对于这个印象，她可能会概括成一句话：这是上帝的宠物，她的魅力就在于她的伟大。这本可能是她的全部印象，可是，她又觉得，米尔德里德是她一生中最难忘的人。这算是对她最概括性的描述，显然，要描述她，必然要高度概括。按一般的说法，她的级别太高，恐怕还不止于此。说到底，那是她的本性，关于她的本性，斯特林厄姆太太想起报纸上常用来评价新轮船的说法，就是排水量有多少英尺，如果你开着一艘小船在旁边跟着，那么，大轮船一开动，就会产生巨大的牵引力，那时要拼尽吃奶的力气，否则会被掀翻。米莉这艘轮船正在排着水，不过看起来颇是奇怪，这么个孤零零的女孩，算不上强壮，又那么文静，甚至不敢抛头露面，居然能够像海里的怪兽一样搅起滔天的波浪，而她的同伴只能随着漂荡。斯特林厄姆太太虽然早就料到会出现这样令人兴奋的情景，但也失去了应有的从容。无限期地跟着她，似乎就是和她保持适当距离的间接途径。如果她不想让自己的手碰到她从而在她身上留下任何污迹，那么，简便直接的办法当然是不让她的朋友出现在她伸手能及的范围之内。对此，她事实上有完整的认识，甚至希望那女孩应该过她自己的生活，她的生活肯定比任何其他人的都更加优雅、美好。然而，谢天谢地，她又认识到，因为她有能力在短时间内形成新的认识，她苏珊·谢泼德，虽然这是米莉经常窃笑的名字，绝对不是“其他任何人”，所以，所有顾虑顿时烟消云散。首先，她不在这个范畴之内，因为她根本没有什么生活，所以，她相信自己拥有无与伦比的条件，可以陪着米莉过她自己的生活。她非常肯定，任何其他人都不具备这样的资格，而她之所以起程，就是要证明这个可爱的观点。

虽然没过几个星期，期间却发生了许多事情，其中最美好的莫过于在路上的旅行。她们从南边来，停靠过一个又一个地中海沿岸港口，最后在迷人的那不勒斯歇脚。此前还发生了两三件事情，那是在她们出发的两周前，其中有一件事促使斯特林厄姆太太连续奔波四十八个小时，跑到纽约和她会合。此后，她们就一直在海上航行，在许多天里，她们只听到邮轮的三根汽笛像在吹奏瓦格纳的歌剧序曲，一直来到意大利，米莉曾经到过意大利，然后持续到阿尔卑斯山脚下，斯特林厄姆太太对阿尔卑斯山也有一定的了解；不过，她们的行程有些紧张，因为那个女孩很着急。可能是她曾经答应人家要快一些，这也许就是她之所以伟大的部分原因，当然，这也许不是一个原因，而是一个结果，不过，她并没有公开宣布自己神经紧绷。斯特林厄姆太太能够理解，也相当欣赏，她肯定要弥补很多缺失，找回那些只迷恋巴黎但又不迷恋巴黎的高雅一面的前辈们所挥霍掉的机会；但是，她初衷不明的焦虑，那无穷无尽的兴趣，这些都是奇特魅力的来源，随着她们不断前进和事情不断发生，她的魅力变得越加引人注目。她有自己的艺术，有自己的个人风格，这些都是无法用言语描述的，不过，如果每天都陪伴着这样的艺术和风格，那肯定是很有福气的事情。她有悲剧色彩的不耐烦，但感觉像空气一样轻；她心里笼罩着一团愁云，但你又能感觉像在中午时分阳光灿烂；她肯定很高兴，但能让人觉得像在日落之际光线柔和。此时，斯特林厄姆太太能够理解一切，心里的惊异和崇拜比从前都更加强烈，她也更加坚定地认为，感受同伴的情感就足以构成生活的全部内涵，不过，她的钥匙串上肯定还要加上新的钥匙，她会在突然间产生全新的印象。

由于某些原因，在前往瑞士的伟大征程上，有一天就确实出现了许多这样的印象，而这些印象指向一个她从未接触过的深度，虽然我们应该补充说一句，她曾经有两三次悄悄窥探过这样的深度，只是当时就不由自主地后退。她现在关心的不是米莉的焦急，对于美国人而言，欧洲一直是很有效的镇定剂，所以，米莉到了这里居然还平静不下来，这确实值得注意，所以，斯特林厄姆太太怀疑，这种不安心情的背后可能还另有隐情、大事，自从她们的历程开始至今，这个隐情一直没有显现，至于新的焦急因素会从哪里出现，那是用不着猜测的。如果说她们的兴奋感已经很自然地消减，如果说她们原来丢下的，或者试图丢下的东西，即斯特林厄姆太太所谓的人生重大事实，再次出现在她们的视线之内，因为原来笼罩着的烟雾已经逐渐消散，那只能算作半个解释；因为这些都是表面现象，而米莉的神态和茫然表情与这些表面现象都没有关联。这位年纪较大的女士自己最大的焦虑，就是怀疑自己所面对的，可能不是美国特有或者是最纯粹的焦虑。有一段时间，她有些恐慌，她问自己，她那个年轻的朋友是不是请她来欣赏复杂紧张的表演。然而，过了一个星期，随着她们的旅程不断前进，她年轻的朋友实际上就回答了这个问题，她给了她一个印象，虽然还不是很清晰，和这个印象相比，刚才那个从神经角度做的解释可能显得很粗糙。从那时起，斯特林厄姆太太发现好像解释就在自己面前，只是仍然罩着纱布，甚至看不到形状，但是可以肯定，一旦它轮廓分明，显露真容，那将可以解释一切，甚至不止于一切，人们可以因此彻底读懂米莉。

像这样的事情，完全能够说明我们这个年轻人会如何对周围的人施加什么影响，证实她可能让人产生什么兴趣。她会搅动跟她有关系的任何人的同情心、好奇心以及想象力，但是，她又好像没有经过设计，而我们要想靠近她，可以通过感受他们的印象，如果有必要的话，分享他们的困惑。斯特林厄姆太太可能会说，她让这些人都满头雾水，但都很认同她，按这位善良女士的最终分析，这与她的伟大是完全一致的。她超越任何评判标尺，也没受过哪怕一次评判，她让人惊讶，是因为大家都与伟大距离太远。因此，在这个美妙的日子，在布伦迪山口，密切注视她的冲动迅速增长，几乎无法抗拒，这证明了斯特林厄姆太太跟其他所有人一样，既迷茫，也感动。她感觉自己好像在跟踪她的年轻朋友，好像在等候合适的时机突袭她。她知道她不可能袭击她，她此行的目的并非为了袭击她；然而，她感觉自己对她的关注是偷偷摸摸的，但她的观察却是很科学的。她觉得自己正像间谍一样，在运用各种测试手段，铺设各种机关陷阱，同时刻意消除任何痕迹。等到她看清楚她的轮廓和面貌，她的间谍行动就会停止，但是，密切关注这个女孩也是守住她的一种方式，是一种工作，一种满足。而且，如果说还需要什么理由的话，关注她的乐趣来自她觉得她美。她是不是美本来并没有什么关系，而且，即使在她们之间的友情刚刚迸发的时候，斯特林厄姆太太也没有冒昧跟任何人说过她美，因为她很早就知道，跟那些愚蠢的人（她有时也暗暗问自己，到底有谁不愚蠢呢？）说她美，那需要做大量的解释工作。她现在已经学会了让人家先说，然后再发表自己的意见，这种事情不常发生；但是，一旦有机会，她会口若悬河，她会对与她一致的感觉表示热情的赞赏，也会对特定的细节提出异议，表示怀疑。她还学会了运用大多数人所用的流行词汇。她之所以借用流行词汇，是为了把自己伪装成愚蠢的人，对于这个年轻的朋友，她也运用了同样的手段，她说这个朋友其貌不扬，甚至长得很丑，但又说好像很有内涵。在她的嘴里，这种相貌通常指因为额头太宽、鼻子太长、嘴巴太大，而且传统颜色和线条缺失，所以在说话和沉默的时候，脸庞都显得表情丰富、不落俗套而且很精致。米莉笑的时候，那是一起公共事件，而她不笑的时候，那就是一个历史篇章。她们在布伦迪山口歇了脚，吃了顿饭，因为这个地方的巨大魅力，她们就想到是否要在这里多留一段时间。

在这里，斯特林厄姆太太很激动地看到了一些熟悉的景象，触动了尘封已久的一些小记忆，这些记忆就像一台诚实的老钟，只要拧紧发条，便会滴答滴答地转起来。她年轻的时候曾在欧洲待过，包括在瑞士沃韦读过三年书，还获得过几块系着蓝色带子的银质奖章，也曾经拄着登山杖爬过几次山。在假期里被带到最高处的都是好女孩，根据她对一些山峰的熟悉程度，我们的朋友现在可以推断，当时她就算是最好的。这些记忆今天显得很神圣，因为它们已经在她的心里珍藏了很久。不过，那曾经是一位勇敢的妈妈为一对早年丧父的姐妹安排的经历，现在回想起来，这位来自佛蒙特的妈妈简直跟哥伦布一样，独自塑造了关于地球另一边的概念。她先根据自己的本能和充分的准备在伯林顿看中了沃韦，之后她便搭船，再登陆，然后不断摸索，在那里住了下来。她让两个女儿在瑞士和德国待了五年，后来，这段经历成了她们与美国生活进行比较的基准，尤其是在小妹（苏珊就是小妹）身上烙下了一个显著的特征，此后斯特林厄姆太太经常自言自语说，这是她最大的特征。斯特林厄姆太太因此成了一个属于全世界的女人，当然，这应该归功于她妈妈一个人的勤俭和强烈信仰。有许多女人拥有她所没有的特点，但反过来说，她们又不具备她的特点，也不知道她有这个特点（这一点让她沾沾自喜，因为这表明她们更比不上她），更不知道因为这个特点她会怎么评判她们。此前，在没有跟这个年轻的朋友开始朝圣历程之前，她很少想到自己的这个特点，而正是这个意识，让她产生了强烈的愿望，想停下来待一段时间。那些本应一去不复返的日子从非常遥远的地方又回到了她的身边，她仿佛呼吸到了清凉的高空气息，仿佛嗅到了年轻人破旧衣服上的各种气味，诸如蜂蜜和牛奶的气味，仿佛听到了牛铃叮当、水流哗哗的声音，也仿佛朝深邃的峡谷里看了一眼就感到眩晕。

米莉也清晰地感受到了这些东西，让她的同伴很感动，按斯特林厄姆太太最喜欢的说法，这就像传统悲剧中的公主让闺蜜感动的感觉，如果后者能够拥有个人情感的话。不过，公主就是公主，这是事实，是任何闺蜜都必须接受的事实，无论她的情感多么丰富。斯特林厄姆太太是属于世界的女人，而米莉·蒂尔是个公主，是她面对的唯一一位公主，这当然是至关重要的。这是早就注定的，是一项很高贵的职责，也意味着孤独感和神秘，她想象，这可能就压在她同伴的高贵头颅上，让她偶尔很温顺地低下头。吃午饭时，米莉表示非常赞同在这里停留，然后让她去看看房间，解决一些问题，安排还在车上和马上的行李。这种事情自然而然要落到斯特林厄姆太太的身上，同时，由于某些原因，在这个特别的时刻，她也因此感受到与伟大人物相处的意义，这种感受很让人愉快，内涵丰富，也很堂皇。她的年轻朋友的内心好像对任何困难都关闭，让人叹为观止，而且，她解决困难的方式与许多富有魅力的人不同，只是把它抛给别人。她自己与它保持着相当的距离，从不让它进入自己所划定的圈子，即使是最可怜的闺蜜，也不可能把它硬拉进来；因此，跟闺蜜一起走，就意味着豁免责任。换句话说，一切都是如此轻而易举，就像在宫廷里生活，丝毫没有艰辛。当然，还得回到钱的问题上，我们这位善于观察的女士多次反思，这就是最大的关键，没有任何东西能和它相提并论，一切言行都是由此而发的。她很可能是一个极其粗俗、挥霍无度的人，但她又觉得这个女孩离不开她的财富，那是真理中的真理。她可能会让有强烈责任感的同伴为所欲为，从不提一个问题，甚至不许别人问起。此时，她穿着那件昂贵得令人无可奈何的黑色小连衣裙，她的发型很奇怪，很壮观，但丝毫不顾时尚，她头上戴着同样不顾时尚的帽子，这些可能透露出她既高贵而又不优雅的传统，就这样，她漫无目的地在草地上散步，越走越远；出发之前，她带了一本陶赫尼茨[1]版毛边本旧书，这时这本书也拿在她的手里。她显得似梦似醒，心不在焉，虽然脸上带着微笑，但时不时温柔地叹一口气，不管她穿戴怎么样，拿着什么书籍，思考什么问题，都显得无关紧要。即使她想要，她也不可能摆脱，这是真正有钱人的处境，该怎么样就得怎么样。一个小时之后，她还没有回到客栈，虽然那时还阳光灿烂，还没有到黄昏，斯特林厄姆太太还是出于谨慎起见，顺着她刚才的方向走去找她，她可能希望有人陪她一起散步。不过，她觉得，与其说她想让她陪她一起去散步，不如说她更想单独待一会儿，因此，这位善良的女士走得悄然无声，自己都觉得鬼鬼祟祟。然而，她自己没有选择，也不很

1　德国老牌出版商，家族代代以印制古典文学版本出名。

在乎，因为她非常确信，她真正要做的并非要去赶上她，她必须在适当的时候停下脚步。她之所以走得悄无声息，就是为了能够在适当的时候停下来，不过，这一次她需要走的路比以往都要长，因为她一直没有看到她跟踪的对象，在焦急的时候，她终于发现了一些她认为是米莉留下的脚印。脚印从山脚顺山腰盘旋而上，直到一片地势很高的阿尔卑斯山草地。最近几天来，她们不管是上山或下山，都喜欢到路边的草地上玩玩。然后，脚印在一片树林边渐渐模糊，不过可以看出是在向上走，高处有几间棕色的破旧小木屋，那里很可能是她的目标。不一会儿，斯特林厄姆太太就走到小木屋，在那里，她遇到一个样子很可怕的老太太，这个老太太给了她模糊的指示，不过已经足够她找到米莉的行走方向。不久之前，有人看见那位年轻女士向前面继续走去，翻过一个山包，然后下坡，而在一刻钟之后，我们这位心情还不平静的询问者发现，那个坡陡得可怕，在坡顶，她看不清那条路伸向哪里，倒感觉正面是天空，从她站的地方看去，山路似乎就突然被切断了，当然也可能再到下面一点就拐走了。不过，她的疑惑是短暂的，因为她随后便发现，那女孩随身带着的陶赫尼茨版图书就在二十码开外的一小块石头上躺着，这表明她曾经路过此地。她丢掉这本书，就是要丢掉累赘，当然，她可能打算返回的时候再捡回来，可是，书还在这里，她在哪里呢？我得赶紧说一句，过了一会儿，斯特林厄姆太太就知道她在哪里了，不过，她感到很奇怪，可能是因为自己过于焦虑，她居然没有发现，米莉其实就在不远的地方。

那个地方就在下面，向下急拐过一段被乱石和杂草覆盖的小路之后就到，感觉像挂在悬崖上，也像一个观景台，视野十分开阔，景色美不胜收，叹为观止。米莉肯定是从上面发现这里可以看到美景，不由自主就跑下来，直到能够把美景尽收眼底，所以就来到这个令她的朋友觉得头晕目眩的悬崖边上，不过，她此时却怡然自得地坐着。那段小路总算走得通，那女孩就坐在最边缘上的一条小石板上，下面几乎悬空。这算是自然的造化，也算是她运气好（如果不是运气不好的话），她才看到这条石板。斯特林厄姆太太见到这个情景，捂住自己的嘴巴才没有叫出声来，她觉得一个姑娘坐在这样一个地方是多么危险啊。她可能脚底打滑，或者一冲动跳起来，或者做出什么错误的动作，甚至一个回头，都可能掉进深不见底的山谷。刹那间，千万个念头一起涌进这位可怜的女士的大脑，所幸这些念头没有传进米莉的耳朵。正是因为这些蜂拥而至的念头，让我们这位观察者停下脚步，纹丝不动，屏住气息。她的第一个念头，是这种姿势可能代表某个潜在动机，尽管她不应当有这样的想法，米莉之所以做出这样任性的举动，可能因为她怀揣着某件恐怖的心事。不过，因为斯特林厄姆太太害怕哪怕一声细响都可能让米莉吓一跳，造成致命的后果，所以她在原地站着一动不动，而每流逝一秒钟，她都觉得更安心一分。就在这一小段时间内，她获得了一个印象，她几分钟之后悄悄后撤的时候，觉得那是她最深刻的印象。那个印象是：如果说那位女孩是在那里进行深刻的思考，那么，她考虑的事情不是要不要跳下去；恰恰相反，她坐在那里，情绪是很振奋的，可能感觉世界都展现在她的眼前，任何暴力行为对这样的想法都毫无益处。她正俯瞰着地球上的诸多王国，显然，这些王国的景象都很可能进入了她的大脑，但她是不会抛弃这些王国的。她到底是想从中选择一个，还是想把所有王国都占为己有？在斯特林厄姆太太决定下一个行动之前，这个问题正是她最关心的问题。她发现，或者说她相信自己发现了，如果说大喊出声或者发出任何惊讶的声音都可能造成无可挽回的危险，那么，最安全的做法就是从哪里来回哪里去，怎么来的就怎么走。她屏住气息再观察了一会儿，至于中间流逝了多少时间，她是永远想不起来的。

也许并没有很多分钟，但也不见得很少，而且，这些时间留给她回想的东西非常之多，不仅是在悄悄回头的路上想，回到客栈以后等米莉的时候也想，甚至等到日近黄昏米莉重新出现的时候，她还在忙着想这些东西。在回头的路上，她在放着那本陶赫尼茨版图书的地方停下了脚步，把那本书捡了起来，把挂表链上的铅笔拿下来，在封面上草草写下几个字："等会儿见！[1]"然后，她便开始计算时间，不过，不管女孩在那里继续逗留多长时间，她都不会感到恐慌。这是因为她已经发现，她带回来了一个伟大的信念，她坚信那位公主的未来，绝对不会在于突然而简单地摆脱人类的困境。她绝对不会飞身一跳，她绝对不会想到逃避现实。她肯定会直面人生的所有艰辛，接受人生的全部挑战，她坐在悬崖边那块石头上的时候，她也许正对着所有的苦难和挑战。因此，在等待那位年轻朋友的时候，斯特林厄姆太太就能够安慰自己说，她那位年轻的朋友之所以还是没有出现，绝不会是因为她切断了吊着生命的麻绳。她不可能自杀；她肯定知道自己还要走过一段更崎岖的路程，这就是她让人敬畏的态度。这位年长的女士将这个发现当成神灵的启示。在她沉着等候的时候，她终于看见她的同伴再次出现在她的眼前，她的面容特征，她的历史和现状，她的美貌和神秘，好像带来了阿尔卑斯山上的新鲜空气，让斯特林厄姆太太心中本已熊熊的大火烧得更旺。这些要素肯定会更清晰地展现在人们眼前，不过，就在此时，它们主要体

1 原文为法语。

现为更强烈的热情。这是她以前很少展现过的意识，不过，这时候她似乎脚下踩着稀有矿藏，只要好好勘探和挖掘，这个矿藏肯定可以挖出许多宝物。当然，她并未惦记着米莉的黄金。

2

她们见面后，女孩对陶赫尼茨版图书上新写的字只字未提，斯特林厄姆太太然后发现，女孩手中并没拿着那本书。她还是让书安安稳稳地躺在那里，她很可能记不得它了。所以，她的同伴迅速决定不提起去找她的事，她回到客栈五分钟之后，她健忘的原因就暴露了：她有大心事。她说："你会不会认为我很讨厌，如果我说……？"

这个问题的第一个字刚传入她的耳朵，斯特林厄姆太太把所有可能的情景都想过一遍，然后，她立即做了一个示意动作，让米莉虽然问题还没说完，就好像得到满意的答案，所以刚才的紧张一扫而光。"你不想在这里待，你想继续前进？那么，我们明天天亮就出发，你想更早一点也可以。不过，这个时刻上路已经有点太晚了。"然后，她微微一笑，表明她是在开玩笑。"是我逼你留下来的，"她又说了一句，"我已经得逞了。"

米莉基本上能领会她好朋友的玩笑；不过，她的反应有点心不在焉。"哦，是的，你得逞了。"就这样，不用任何商量，她们就决定第二天早上继续她们的旅程。尽管年长的游客宣称，跟着她到任何地方去她都愿意，但年轻的游客转眼间就失去了对细节的兴趣，不过，她承诺在吃晚饭之前选择好目的地。她们预定这么晚才吃晚餐，是因为她们可以点蜡烛。她们一致认为，来到这个陌生的国度，面对秀丽的山景，下榻这样的路边客栈，点上几根蜡烛可以给她们的晚餐增添特别的诗意。她们也许会说，这就是她们心目中的温和历险，也是她们追求的感觉。吃晚餐之前，米莉说她想躺下睡会儿，可是，过了三分钟，她还是没有躺下，而是说出来一句跟刚才的内容风马牛不相及的话："你九日在纽约和芬奇医生单独见面的时候，他跟你说了什么？"

直到后来，斯特林厄姆太太才完全明白为什么她当时听到这个问题就吓了一跳，而且，那不是因为这个问题来得突然；这个问题差点逼着她编造谎话来应答。不过，她还是决定好好想一想，好好回忆一下九日在纽约的情景，即她单独和芬奇医生见面的情景，也得回忆一下他当时说了什么话。随着记忆慢慢回来，她一开始觉得他好像确实说过非常重要的话，不过，事实上他并没有说过这样的话，只是好像一直想要跟她说什么。斯特林厄姆太太是在六日从波士顿匆匆赶去纽约的，那是她们起航的十天前，她听说米尔德里德忽然生病了，原因不明，有可能打乱她们的旅行计划。幸好这个意外随后变得不那么要紧，所引发的焦虑只持续了几个小时，然后，她们的旅行不仅可能，而且是很有必要的，因为旅行可以变化环境，对她有好处。如果说那位着急的客人单独和医生谈了五分钟，显然，与其说这是他的建议，还不如说是她自己的请求。他们并没有说什么，只是很轻松地交流欧洲之行对身体的好处。终于，她可以给她一个满意的答复："用我的名誉作担保，不管他说了什么，都没有你可能不知道的。我和他之间不存在任何关于你的秘密。你在怀疑什么？我不能理解，你是怎么知道我单独和他见过面的？"

"没有，你没告诉过我，"米莉说，"我不是说我生病的那二十四小时内，你们那时候见面非常自然。我是说在我病好了之后，你回家之前做的最后那件事。”

斯特林厄姆太太还是不能理解：“谁告诉你我又去见过他？”

“他本人也没有告诉我，后来你也没有写信跟我提过。这是我们第一次谈到这件事。好吧！”米莉此时的脸上表情和她的声音，向她的同伴暴露了她其实对此一无所知，只是胡乱猜测而已，她不过想碰碰运气，结果真的也给撞上了。不过，她为什么要一直琢磨这个问题？“如果你和他真的没有什么秘密，如你刚才跟我说的，”她微笑着说，“那就不要紧。”

“我和他没什么秘密，他也没什么悄悄话要跟我说。不过，你是不是感到不舒服？”

那位年长的女士迫切希望得到真相，虽然她自己也知道这个可能性根本不存在，因为她亲眼目睹了米莉爬到那么高的地方去。女孩的脸色一直是苍白的，不过，她的朋友已经懂得怎么给她苍白的脸色打折扣，她的脸最明亮的时候，并不是她最勇敢的时候。她还有点神秘地微笑着。“我不知道，一点儿也不知道。不过，要知道也不难。”

听到这句话，斯特林厄姆太太迸发出一阵强烈的同情：“你是不是有什么问题？哪里痛吗？”

“一点儿也没有。我就是有时会想……”

“什么？”她紧接着问，“想什么？”

“想我是不是能拥有很多。”

斯特林厄姆太太睁大了眼睛。“很多什么？不是病痛吧？”

“一切。我的一切。”

我们的朋友再次很迫切地却又很温柔地寻找着答案。“你不是已经拥有一切了吗？所以，你刚才说的是什么意思？”

“我是说，”女孩说，“我能拥有多久？我是说，如果我真正得到的话。”

她说这些话让人大惑不解，至少让她的同伴感到相当费解，她一如既往地欣赏她优雅的柔弱和谈话时突兀的转折，当然也觉得她有些调侃的意思。“你是说病吗？”

“一切。”米莉笑了。

“啊，当然。”

“那么，我会拥有多久？”

斯特林厄姆太太用乞求的眼光看着她，走近她，张开双手，轻轻地抱着她。“你想去见什么人吗？”然后，女孩只是缓缓地摇头，虽然她的表情显得她恢复了一点意识。于是，她又说：“我们直接去找附近最好的医生。”然而，这句话同样只让对方盯着她，一句话都不说，表情挺亲切，但还是很茫然，让人家不知道该怎么理解。我们的朋友彻底迷失了方向。“看在上帝的分上，告诉我，你是否感到不舒服？”

“我不觉得我真的拥有一切。”米莉似乎想做解释，也似乎想让对方觉得她可爱。

“那么，我到底能帮你什么忙？”

女孩迟疑了一阵，似乎很快就能找到合理的答案，可是，她采用了一种意料之外的表达方式。“亲爱的，我太幸福了。”

这句话让她们拥抱得更紧，不过，也证实了斯特林厄姆太太的疑虑。“那么还有什么问题？”

“有问题，我几乎承受不了。”

“可是，你到底认为你还有什么没得到？”

米莉又迟疑了一下，然后发现了答案，接着，她语气略带含蓄地说："因为我拥有了一切，所以感到太幸福，我需要压抑这种幸福感的力量。"

斯特林厄姆太太明白了，这里面很可能有更深层的意思，于是，她又恢复了温柔，用非常低沉的声音，在年轻朋友的耳边缓缓地、喃喃地说："你想见谁？"她们就像站在高山顶峰上俯瞰着整个名医云集的大陆。"你想先到哪里去？"

米莉第三次露出貌似沉思的表情，不过，经过沉思之后，她却还是提出了几分钟之前提出的请求："我等吃晚饭的时候再告诉你。晚饭见。"然后，她便轻快地离开了房间，她的同伴再次感受到了她的活力，而且相信她的活力蕴含着某种让她特别欣喜的内涵。这次奇怪的谈话刚结束，斯特林厄姆太太又若有所思地坐着，手中摆弄着一副钩针和一团丝线，在做针线活的时候，她一直没有停过思考。毫无疑问，目前这个令人费解的情形，是因她们长时间停留引起的，那个女孩可能不是真的喜欢在这里逗留。大家只要认为她之所以不开心是因为她生活中有太多的乐趣，那么，这一切就都顺理成章。她停不下来享受这种乐趣，她要不断向前走才能享受到乐趣，而因为这种冲动，她才会飘浮起来，回到她应有的伟大空间。不可否认，坐在那儿看着暮色渐浓的时候，会更敏锐地感受这位年轻女士的空间有多么壮丽，至少苏珊·谢泼德就有这样的感受。高山上的夜晚自然地变得很冷，因此，旅行者们纷纷要求吃饭的时候烧火炉。透过不高但很干净的窗户玻璃，可以看到高山道路上有不少勇敢的行人，客栈门口很热闹，有黄色的公共马车、庞然大物的运货马车，还有裹着篷的私人运输工具，这些都让我们喜好幻想的朋友记起从前听说过的故事和以前看到过的画面，以前追逐嬉戏的场面历历在目。很奇怪的是，这些往事显得很连贯，对她理解和阐释她目前所处的关系以及这个关系对她的意义有很大的帮助。很自然，关于她这个朋友所处的壮丽空间，她觉得是她获得的最大启发，因为她感觉自己也处于同样壮丽的空间，她俨然坐在一辆金碧辉煌的皇家马车里，而坐在猩红色软座上，她可以看到很多壮丽的景象。等到蜡烛点亮，短短的白色窗帘放下，也就是到预定吃晚饭的时间，米莉又重新出现在她眼前，这个可以看见秀丽风景的小屋便又充满浪漫的气息。她不浪费时间，而是直截了当地跟那位很有耐心的同伴说："我想直接去伦敦。"这句话丝毫没有破坏房间里既有的氛围。

不过，这是出乎意料的，与她们出发时的所有设想都不对应；也许有人还会说，恰恰相反，目前的行程都是序曲，而英格兰才是最后的高潮。简而言之，人们也许认为伦敦就像一顶皇冠，要想得到它，就必须像攻克一座堡垒一样慢慢靠近。因此，米莉终于迈出美妙的步伐，更令人感到兴奋，斯特林厄姆太太似乎看到复杂的进程出现简单化的苗头；她后来回忆时还觉得，这就像戏开场前的背景交代，在烟雾缭绕的烛光之中，女孩表达了她的偏爱，同时，她们也听到了马车铁链清晰的声音，还有马蹄的声音和盆桶瓶罐相互碰击的声音，也听到了异域的口音，似乎这些都是旅途欢乐的一部分。女孩像是在忏悔，很羞耻地承认，也似乎觉得人家可能认为她很轻浮。她说，她到欧洲来主要是因为想看"人"，如果真的能看到的话，而且，如果说她的朋友想知道，前几天在教堂里和博物馆，她的脑子里一直盘旋着人的影子，在看自然景色的时候，这个幻影还是缠着她。是的，她是来欣赏景色的，但她希望景色之中多些人味，她需要解释的是伦敦为什么独占鳌头。接着，她又提到一会儿前的想法，说如果不能拥有很久，或者说如果她自己都不会存在多久的话，那么，她的这个提议可能给予她最多的东西，最不至于使她剩下的日子虚度。说到这个想法的时候，她显得很开心，使斯特林厄姆太太不再像刚才一样胆战心惊，事实上，她已经做好了准备，如果真的出现英年早逝的情况，那么，她就要考虑自己的未来。那么，好吧，她们就为了明天好吃好喝吧；而且，从那时起，她们的行动都要以好吃好喝为方向。事实上，那天晚上她们真的吃得好喝得好，在她们分手之前，空气比刚才更清澈了很多。

空气变得清澈之后，人们就可以看到非常广阔的景象，所谓广阔，指的是与人有关的景象。对于米莉而言，这个景象并不涉及任何特定的人。两位女士一致认为，她们可以在多佛港口上岸，在那里，没有人认识她们，她们也一个人不认识。在那里，她们没有现成的关系；斯特林厄姆太太之所以提出这一事实，是想看看米莉的反应。女孩起初没做什么反应，只是说她之所以产生这个想法，并没有想到什么老朋友，接着，她说她就希望有机会从那里给美国同胞写很多信。美国同胞感兴趣的不是哪个具体的人，而是英国的整体人文景象，也就是人们通过阅读和想象塑造出来的世界。斯特林厄姆太太也认为这个世界确实存在，不过，她后来抓住一个偶然的机会说，如果能事先认识这个世界的一两个人，那会更让人放心。然而，用通俗的话说，因为这句话还是没有“搞定”米莉，她只好把话说得一清二楚：“你是不是给了丹什先生什么承诺，我这样理解对吗？”

听到这个问题后，米莉的表情只能做两种解释：要么是她对所谓的承诺一无所知，要么是丹什这个名字引不起任何反应。但是，她的同伴很快就明白，她不应该对这个承诺那么茫然，这个承诺肯定跟什么东西有关联，也就是说，遭到这么彻底的否定，这个承诺肯定跟某个特定的人有关系。最后，她承认那人就是莫顿·丹什先生。那是一位异常“聪明”的英国绅士，在她们从纽约出发前不久，他带着特定的文学使命（很可能是吧）出现在纽约，在她去波士顿回来之后和她的同伴到纽约来跟她做伴之前，他曾到她家去过三四次。经过多次提醒后，她才记起来，她在不久之后跟这位同伴提起过，那位有关人士跟她说过一句知心话，说她到了伦敦却不去拜访老朋友，这种事情要不得。当时，她就随便听听，不是很当回事，她现在也重申了这一点。提到这句话的时候，她云淡风轻，没有添油加醋，不过，这也让斯特林厄姆太太因为与丹什先生失之交臂而深感遗憾。此后，那位年长的女士又想起过他，但她发现，米莉似乎没有想过，如果她想起过，那女孩是很容易暴露的。尽管她对跟自己有关系的一切都很感兴趣，她可能私下觉得，但她把这个想法藏在自己心里，要不是中间发生了一些别的事情，她可能会跟那位年轻的英国绅士更熟一些。和他成为熟人，对于单独面对整个世界的米莉而言，有助于她获得同情和赞叹。她父母双亡，无依无靠，但拥有豪宅和巨额财富，也没有人约束她，而就在最近，她开始获得了同情和赞叹，像女人到了很大的年纪一样，也像必须考虑大众舆论而且少年老成的公主一样。如果说斯特林厄姆太太了解到，在她到纽约之前，丹什先生已经到别的地方去办他的差事了，那么，后来，也就是在她自己第二次去纽约之后，曾经在从华盛顿西行的途中回来过一两天，那也是不难发现的，虽然在她与她的朋友会合开始长途旅行之际，他并没有出现。她从未夸大过事实，也没有想到过自己有夸大事实的本事，不过，今天晚上她似乎意识到，这样的关系足以让她产生更多的联想。

她马上表示，无论如何，不管有没有承诺，到伦敦后，米莉可以想办法跟他联系一下。米莉随即回答说，她确实可以，但必将是徒劳无功的，因为那位绅士非常肯定还在美国。他在那里有很多差事要办，此时可能还没有开始；而且，事实上，如果不是认定他不可能这么早就回英格兰，她很可能不会想到伦敦。她的同伴察觉到，我们年轻的女士在做上述表白的时候，她就感觉自己似乎说漏嘴了；虽然她接着有些心不在焉地说，她不希望人家觉得她在追求他，但也掩盖不了那种有些尴尬的感觉。斯特林厄姆太太私下嘀咕，不知道这里面有什么问题，所以她突然发现了危险；但是，她当时对此只字未提，而是说了一些别的事情：例如说，丹什先生不在就不在，那也没什么，她们总是可以见机行事。可是，见机行事的准绳是什么呢？该怎么判断呢？所以，当她们还坐着的时候，她就提起了自己的情况：她在伦敦可能有些关系，对于这个关系，她既不想断然否认，也不想冒险把希望寄托在它上面。在晚餐即将结束的时候，她向她的同伴介绍了莫德·曼宁厄姆的故事。那是一个古怪而有趣的英国女孩，从前一起在沃韦的学校读书时，她们就形成了特别的亲密关系。分手之后，她们保持着书信来往的习惯，不过，这个习惯先是开始动摇，后来彻底消失了，这也是对她们之间的友谊的粗糙考验；于是，她们各自结婚的时候，这个习惯又死灰复燃。她们又亲热而又谨慎地恢复通信：是劳德夫人先写的，以后还通了一两个来回，然后就彻底结束。虽然不是突然断裂，更像是慢慢地熄火。莫德·曼宁厄姆嫁了个高贵的丈夫，这是她的看法，而她自己的丈夫却是个小人物；除此之外，她们之间存在巨大的地理距离和个人差异，共同兴趣也不断减少，都觉得两个人从此不可能再见面，这些因素都发挥了应有的作用。只是在近几年，见面的可能才开始显现，前提条件是另一方还在人间。这恰恰就是我们的朋友想去证实的，如果这样或那样的便利，她认为她是可能去证实的。她真的会去尝试，如果米莉不反对的话。

米莉一般不会反对什么，虽然她问了一两个问题，但当场没有提出什么要求。她的问题，至少是她自己的回答，启动了斯特林厄姆太太心里一趟向后行驶的列车：她直到今晚才知道自己还记得那么多，也才知道看看身高马大的莫德现在变成什么样子，那是非常美妙的，即使在一位年轻人的眼里也一样。当时的莫德打扮花哨，像不知道哪个国家的人，这可能就是她的魅力所在。她坦率承认，这里面有一个危险，虽然经历了岁月的蹉跎，她的性情可能也还不成熟，还是那么粗犷。不过，经过长期分离之后再见面，总是要面对这种危险的；要收拢散乱的线条，总是要冒风险的，但是，如果米莉乐意，她就乐意去冒险。她承认，其中也可能有相当诱人的趣味，她也很明白地表示，这有点要收尾的味道，说对一个五十年来一直恪守新英格兰美德的人而言，这点趣味是无伤大雅的最后权利。她后来记得，她的同伴听到这句话后，用难以形容的目光看着她。这时，她们已经吃好了晚饭，她还在烛光中坐着，而米莉站起来来回走动，她的目光足以让她觉得，这便是对她神秘莫测的评价。最后，因为她总是要说一句话，米莉就用若有所思又很动人的表情，表明她虽然一直沉默，但也一直注意听着，而且她朋友的故事虽然说得很随意，但让她既惊奇，也觉得有趣。于是，在上床睡觉之前，她也很随意地说："试试吧！"

苏珊·斯特林厄姆还坐着，还很兴奋地回忆着，在她的脑海之中，劳德夫人的形象逐渐清晰起来，但是，那年轻朋友的话似乎有些贬低莫德·劳德存在的分量。女孩离开的时候，她的心中似乎涌起一股强大的意识，虽然说不清是什么，但力量让人难以抗拒。似乎在这段很充实的时间里，她又想明白了，自从莫德结婚之后，她实际上就已经失去存在的意义，根据流行的说法，就是被“搁置”了。劳德夫人把她抛在了身后，而在她生命中那个相应的日子，不是第二个日子，即那个伤感但伤感得有尊严的日子，而是第一个日子，即那个本应很欢乐的日子，对方给予她的是近乎施舍的同情。如果说这个已经无关紧要的怀疑还没有消除，那么，毫无疑问，它好像是链条中的一个扣，而不是另一道裂痕；当然，这是会让人感到奇怪的。事实上，她非常可能觉得，她那个老同学的施舍精神，可能会解决她另一个意义上的问题。如果这件事值得我们分析的话，那么，这个问题之所以能得到解决，原因是她终于有了可以展示的东西，这是圆满的结局，是理想的赏罚，也是慷慨的报复。她们分手的时候，莫德炫耀了许多东西，而随着日积月累，她现在可能有更多得多的东西可以炫耀，这不就是英国生活的一般规律吗？好吧，这种事情完全有可能，不过，她觉得她已经做好了应对准备。不管劳德夫人可能炫耀什么，人们怎么猜想都没问题，她最大的筹码就是米莉·蒂尔，她俨然就是可怜的苏珊所能摆出来的战利品。可怜的苏珊徘徊到很晚，直到蜡烛快烧尽了，然后，等餐桌清理好之后，她便铺开干净的信纸。她尚未丢失原有的线索，还记得一些关系，也还记得一些地址可以试试，于是，说动手就动手，她当场就写好了信。

第四章

1

之后的事情发生得太快，所以，米莉对右边的绅士说，也就是女主人左边的那个，她当时几乎不知道自己在什么地方，这表明她首次完全感受到了真正的浪漫。此时，她和她的朋友正在兰开斯特大门吃晚餐，她觉得好像被众多英格兰要素所包围；尽管她对劳德夫人的认识，尤其是她非凡的身份，似乎跟刚刚呱呱落地的婴儿一样。苏西，她喜欢这样称呼她的同伴，这样可以显得轻松一些，就像是一个仙女教母，浑身熠熠生辉，轻轻挥动手中的小魔杖，就开启了这一场童话故事。今天，米莉极力要把她包装成仙女教母，不过，如果说这位善良的女士头上没有戴着尖帽、身上没有穿着短裙、脚上没有穿着钻石扣的鞋子、手上没有挥舞魔杖的话，那并不是女孩的过错。说句实话，那位善良的女士还是显得非常满意，尽管这些道具可以更好地证明她的伟大业绩。米莉刚才向马克勋爵发表的言论，无疑就是隔着长长的餐桌与她进行轻松的眼神交流的结果。她们之间隔着二十余人，这是她在瑞士山道上歇脚之后看到的最清晰的景象。米莉觉得她们的运气似乎从天而降，她们本是想斗胆开个小玩笑，现在，她所得到的答案却超乎寻常地沉重。此时，随着眼前的景象迅速更新，她说不清楚自己是变得更有生机了，还是受到了更重的压力，若非她幸亏从眼前的景象出现时起就迅速决定，自己的终极目标既不是要追求什么也不是要躲避什么，也不希望大惊小怪，而是希望事情顺其自然，因为对于它们将如何运行没有任何疑惑，那么，这件事的意义就可能更加沉重。

在晚餐前，她就认识了马克勋爵，带他去见她，而且帮他们做介绍的人不是劳德夫人，而是一位漂亮的女孩，是那位夫人的外甥女。此时，她正坐在桌子的另一头，与苏西在同一侧。他刚带她进入大厅，她就想问他关于克罗依小姐的情况，这是那位漂亮的女孩第二次主动进入她的视线，虽然这次亮相十分华丽。第一次是在三天之前，她和她的姨妈一起到她们的旅馆看望她们，当时，我们的另外两位女主人公觉得她真漂亮，气质脱俗。此时，这个印象在米莉的心中还那么鲜明，因此，尽管她也在关注周围的一切，但她的视线只要不被苏西抓住，就落到了凯特·克罗依的身上。同时，那个迷人的漂亮天使也在看着她，她现在肯定算得上是天使。虽然事先估计不足，但她似乎意识到她们有建立友谊的可能性，这也许就是美国来客从天而降的好运气的表现之一。作为初来乍到的客人，米莉做了一个随意而优雅的概括：英国女孩都很美，主要表现在她们的晚礼服上，尤其是礼服穿得那么得体，今晚这个场合就是一个很突出的例子。过一会儿，如果有机会，她肯定非常愿意跟马克勋爵表达这个观点。此时，她似乎也发现，她可以找机会跟他说的话还有很多，女主人的注意力都在她另一边的客人身上，在一定意义上就给了他们完全的自由。劳德夫人另一边的客人是穆兰主教，是真正的主教，米莉没见过这样的主教，他穿着做工复杂的礼服，说话的嗓音像古式的风琴，脸型很像大主教的肖像；同时，我们年轻的女士左边还坐着一位绅士，相比之下，这位绅士脖子粗壮，像一个成功人士，他的眼睛一直盯着面前的东西，似乎丝毫不为周围的虚情假意所动，跟马克勋爵的镇定从容形成很大的反差。米莉把这些都看在眼里，她为自己看到了这么多而在脸上露出不易觉察的欣喜，她最大的发现是，她想看人文景观的愿望和对生活的挚爱都是恰当的。按目前的情况来看，她要卷入洪流，或是站在岸边观望，都不是很困难的事情。反正，这个景观就在眼前，要靠近是很容易的，而眼前的各种元素与她自己原有熟悉的元素截然不同，很丰富，也很陌生。

她问自己：如果她毫不保留的话，她右边的绅士能否领会她的描述有什么深意？但是，她非常清晰地感觉到：不会，他肯定领会不了。到这时候，她应该能够发现，他也希望人家认为他聪明。事实上，如果说聪明和质朴能产生新的关注和效果，人们肯定会很感兴趣。她觉得很兴奋，感到自己脸上很红，不过随后又会回归苍白，因为她终于很肯定，她必定会被完全卷入眼前的洪流，她觉得这个地方的气息以及人们的声音，既有清脆响亮，也有深厚的底蕴。那些最小的细节，包括那一张张脸，那一双双手，女人们的首饰，人们隔着餐桌说话的声音，尤其是呼唤名字的声音，刀叉的形状，那些鲜花的摆放姿态，那些用人的神态，那个房间的墙壁，都像是一幅画里的笔画，也像一场戏里的对话，这些东西也表明，她的眼睛要时刻保持敏锐。她很可能认为，她从来没像现在这样感动过，她的情感可能过于激烈，以至于感到有些不舒服。比方说，那位让她觉得不同凡响而和蔼可亲的外甥女，她的表情里有异常丰富的内容，让她应接不暇。这位年轻女士所属的类型，显然还有其他的可能性，但此时已经勾勒出了某种关系的轮廓。她们，克罗依小姐和她，有没有可能延续她们两位前辈多年前中断的那段故事？她们会不会发现互相喜欢对方，所以要亲自试验在现代环境中能否保持坚定的友谊？在她们来英格兰的途中，她曾经怀疑过莫德·曼宁厄姆，觉得她是被风吹折的芦苇，根本靠不住，如果指望靠她进入英格兰的社交圈，那肯定是很愚蠢的。她的确没有指望劳德夫人帮她们建立社交关系，她本是因为对其他事情感到好奇才选择来伦敦。或者说，她可能是想去寻访在书里读到的那些地方，她正准备跟她身边的绅士介绍她要寻访的场所，尽管他很可能因此发现她的阅读面竟然这么窄。她完全可以说，她狭窄得可怜的视野，在这个辉煌壮观的场合，或者说在两个气场十足的人物面前，是那么让人难堪。劳德夫人和她的外甥女可能有很多差异，但她们至少有一个共同点：她们都是伟大的存在。那位姨妈尤其如此，米莉甚至都怀疑，自己的同伴怎么会和她形成那么密切的关系？不过，她还是觉得，劳德夫人这种人的大脑能在两三天内形成回路，至少，在人们有这种期望的时候，她会稳坐泰山，很平静、很大度地应对。相比之下，克罗依小姐，那位漂亮的女孩，则可能十分活跃，思维和行动都很迅速，会介入别人的行程。她还是个有趣固执的不祥事实，而其他人和事仅仅是个事实。毫无疑问，这两个人双双急忙介入她们的历险，是理所当然的。

不过，马克勋爵的智力与她旗鼓相当，因此，他告诉她，他说不清她的具体处境。对此，他的解释，他至少暗示，是说在当今的伦敦没有这样的说法，大家该干什么就干什么，要让他具体描述女主人的圈子，坦率地说，那是要让他为难。这里算是一个圈子吗？伦敦到底有没有所谓的圈子？大家不都是在海峡中间油腻腻的海面上扑腾吗？谁会知道自己会漂到哪里去？这个问题从他嘴里说出来，显得有些夸张。五分钟之后，米莉觉得他说出来了很多问题，虽然他没有遵循什么步骤。也许，他的问题到后来会产生提示作用，不过，当时，这些问题并未帮她形成清晰的概念：他说得这么模糊，好像是他故意的，因为他知识太丰富，不屑于这些细节。于是，他就跟她处于对立的极端，她终究还是一头雾水，不过，她也觉得他跟劳德夫人或者凯特一样，都有丰富的内涵，尽管他当时的逻辑好像很混乱，米莉猜想，要理清头绪还是有可能的。对于那两位女士的前者，他只是说，她是个不同凡响的女人，人们对她越了解，就会越觉得她不同凡响，对于后者，他当时只是说，她长得非常好看。她觉得，过了一段时间，他的言谈才显得他聪明，而随着每一分钟的流逝，她都越发觉得他很神秘，这是女主人起初介绍他时所没有告诉她的。也许，他就是她在家里听人说过的典型英格兰人，他们有个显著的特点，就是他们掩盖起来的思想比他们公开发表的多很多。丹什先生也有这个特点。那么，既然马克勋爵精通这种伎俩，他为什么还表现得这么真实呢？他的这种类型，似乎是生活的需要或者目的，随便都可以表演得很逼真。他的年纪很难猜，不知道他到底是个显老的年轻人，还是一个显年轻的老人。他虽然秃顶，可以说有些沉闷，或者说得更巧妙一些，就是情感不外露，似乎心事重重，这些都说明不了什么；他的眼睛里有时会发出与可爱的男孩一样率真、清澈的光线，虽然这种光线可能转瞬即逝。他的胡子很整齐，颜色很淡，很漂亮，但是，他双手不停地摸着胡子，显得有些顽皮，如果她不因此觉得他很轻浮的话，她可能觉得他是在场的最有智慧的人。他的眼神最清楚地透露了他的轻浮，虽然他总是戴着双眼眼镜，显得更像波士顿人，也显得更有思想深度。

他的轻浮，毫无疑问跟他的个人出身有关，我们年轻的女士依稀感觉到，他可能属于有一定历史地位的贵族阶层，她也依稀感觉到，这个阶层有一个社会要素，她对这个要素不甚了解，只是听人们说这个要素“时尚”。纽约的最高社会阶层就是属于这个范畴，虽然米莉也很清楚，对于一个地域或者政治意义上的贵族，这个标签很可能过于简单，但她找不到别的标签。她很快地丰富了她的认识，因为她发现这位绅士好像对周围的事情漠不关心，这是真的，贵族都是这个德行，但这个发现也没有说明什么问题，因为她觉得，首先，他很希望跟她建立关系，其次，他可能有太多个人的事情需要考虑。如果说他的视线一直停留在她的身上，同时心里还藏着那么多事（他把面包都揉皱了就是一个佐证），那么，他为什么在她面前表现得像傲慢的贵族？她回答不了这个问题，这正是她心里诸多难解问题之一。她很可能会说，他显然知道，他早就知道，她是个陌生人，是个美国人，而且，对他而言，她和她的同类都是他的主食，所以这些问题便显得更加复杂化。对于她个人，他很善良、很平静、不可挽回地想当然，至于她同样很快地了解到他曾经到过并研究过她的国家，那也丝毫无济于事。她没有必要解释，没有什么需要弱化或者夸张。她既不能逃避，也不能强调自己是外来的陌生人。关于这个话题，他可以告诉她的比他要向她学习的多得多。她也许要向他请教，她为什么与那个漂亮的女孩差异那么大，对这个差异她没有清晰的概念，只能说有这种感觉，或者说向他请教为什么那个漂亮的女孩跟她差异那么大。

不过，这些事情他们以后是要处理的，虽然他好像在装糊涂，但前进的方向是明确的。他跟她说，她肯定已经在考虑怎么解释自己的情况，这是美国人的习惯做法。她根本用不着说什么，但美国人从来都不知道（也许他们永远都不会知道，这些可怜的东西）有什么事情是可以不用做的。瞧他们给自己揽了多少负担！他们真会小题大做！对她来说，对她的民族的随意而善意的嘲笑，其实代表着她的这个新朋友对她个人的认识，是应她的要求表达的，而她立刻给了他一个病态焦虑的确凿例子：她说，她之所以想让人们觉得自己各方面都很“可爱”，是因为劳德夫人对待她很“可爱”。他随即对此产生了兴趣，而她直到后来才完全知道，关于他们的这个朋友，他所获得的信息比他所提供的信息还多得多。例如，她说，她刚刚掉进这个不知道有多深的社交圈的深渊，立刻见识了复杂也可能有些不祥的动机，这是很有趣的现象。不过，莫德·曼宁厄姆（即使面对着她，她的这个名字也能让她产生幻想）一直都很可爱，没有受到影响，人们总是喜欢投桃报李。她去旅馆看望她们两个人的时候，她们还以为她还没有收到信。当然，她们是早就寄了信的，不过，她们寄了信之后很快就跟过来。然后，她邀请她们两天之后参加晚宴，可是，就在第二天早上，她就带着她的外甥女一起再去看望她们，也没等她们先礼节性地去回访她们。她似乎真的很关心她们，这是无与伦比的忠诚，对斯特林厄姆太太的忠诚，毕竟斯特林厄姆太太是她读书时候的同伴、同学。那天，斯特林厄姆太太红光满面，也穿着很华丽的礼服。

马克勋爵似乎透过那副夹鼻眼镜看到了苏西的这些对等特点。“可是，斯特林厄姆太太的忠诚不也是无与伦比吗？”

“哦，那是非常美丽的情感，可是她似乎没有什么可以给人家的。”

“她不是有你吗？”马克勋爵没有过多的迟疑。

“我？给劳德夫人？”米莉显然没有从这样的视角看过自己。“哦，我要是作为礼物，那必定是很寒酸的礼物。即便如此，我也没有感觉人家把我给了谁。”

“你已经给人家看过了，或者说我们的朋友一眼就看上了你，那是一回事。”马克勋爵开着玩笑，但自己却不乐，但那也不说明他是冷酷的人。“你必须承认，人家看见了你一眼，就等于看上了。反正，你已经让人家都看到了。不过，你已经不是你朋友手里的筹码，现在的受益人已经变成劳德夫人。你看一看这餐桌的四周，我想，人家已经把你从头到脚都看齐全了。”

“好吧，”米莉说，“我倒是觉得，与其被人拿来开玩笑，这样反而更好。”

她后来发现，米莉总是到后来回想才有新的发现，这位同伴向她保证自己动机单纯的方式很独特，和别人差异很大。他既没有道歉也没有辩解，她纳闷他到底是怎么做到的。无论如何，她觉得自己总是被他牵引着走，而让她觉得最奇怪的是那个他用来牵引她的问题：“她对你很了解吗？”

“不，她只是喜欢我们。”

即使听到这句话，这位阅历丰富、世故老练的勋爵也没有笑。“我只说你。那位容光焕发的女士告诉她了吗？”

米莉略有迟疑。“告诉她什么？”

“一切。”

这两个字，以及他说这两个字的腔调，再次深深触动了她，让她当时就觉得，她是大家关注的对象，也是信息披露的主要内容。不过，她很快就找到了答词：“哦，关于这个，你得问她。”

“你那个聪明的同伴？”

“劳德夫人。”

他对此的回答是，和他们女主人这样的人相处，有些自由权利是不能随便行使的，不过他依然相当有信心，因为总体而言她对他还是很好的，只要他好好表现一段时间，她可能会主动告诉他。“同时，我很想看看她会怎么利用你。你知道，我也可以从中了解她知道了多少。”

米莉听得很明白，他的意思很明显，不过，这还让她想起别的事情。“她对你知道多少？”

“一无所知。”马克勋爵说得非常平静，“不过这没关系，不影响她对待我的方式。”然后，他似乎期待着米莉询问她怎么对待他。“比如说，她把我推到你的身边。”

女孩想了想。“你的意思是说，如果她知道了就不会？”

他对这句话的反应，显得她已经说到了点子上。“不，我相信她还是会的。所以，你尽可以放心。”

之后，米莉果真毫不拘束地说：“这是因为你再差也是她最好的财产？”

这句话终于让他露出笑容。“在你来之前的确如此。现在你才是最好的。”

很奇怪，他的话竟然让她觉得他知道了一些事情，这些话确实给了她这种感觉，甚至使她相信，虽然她还是有些惊讶。从他们的第一次会面，这种情况就注定要跟着她，她无可奈何地接受了事实，也承认其必然性：他可能说，至少他完全相信，他自己四处游历，出于实用主义的目的，可以说阅人无数，而她这种类型的，他肯定是看得够多。而且，她后来了解到，他曾经三次到过纽约，间隔很短，虽然当时她尚未脱离懵懂的状态，他在那里结交了许多声名显赫的朋友，也接触过很多能衬托出他地位高贵的人，这个情况并未削弱她此时的认识。对于那个鱼龙混杂的社会，他的印象和记忆显然是非常丰富的，因此，她越来越清晰地感到，她处在一个很特别的位置，好像被人家推进火车车厢，随后车门“砰”的一声紧紧关上，运转车长举手示意让列车启动，于是，她就要乘着这辆列车跟着他长途跋涉。对此，许多女孩肯定会拒绝或者抱怨，而我们年轻的女士觉得就顺其自然吧，一路随便看看也好，这种心态正是她的魅力所在。米莉刚才基本可以从他的嘴里得知，或者好像听着列车的隆隆声悟出，他把她放在了他们的朋友的所有财产中最高的位置。她是成功的，这就是她的结论，他让她得到的结论，她代表着成功的要素；这种事情总是在无意识中发生的，而人的无意识，事实上经常就是取得成功的最重要因素。“你还没来得及，”他说，“这没什么。不过你终究会发现，你会发现一切的，你梦想得到的，终究都会实现。”

他让她越来越觉得疑惑；她觉得，他说话的时候，同时也向她展示着某些景象；而非常奇怪的是，虽然就是这些景象牵引着她前进，但她居然不能将这些景象与马克勋爵的脸型、眼睛、嗓子、腔调和神态建立任何联系，哪怕是初步必要的联系。有一小阵子，他似乎让她嘀咕：她到底会不会害怕？果真，她脑中闪过一阵恐惧，持续了五十秒钟。她确实发现了，是的，没错：斯特林厄姆太太给予劳德夫人的提议，就是他们开玩笑的对象，不过，他们好像在欢乐之中按下了电铃，让它嗷嗷直叫。很肯定，她坐在那儿听着那些嘈杂声，简直受不了，她一直很纳闷，为什么其他人都没听见。他们没有睁大眼睛，也没有微笑，而我刚才提到她感到恐慌，其实是她想让电铃的吵闹声停下来。然而，这声音突然停下来，好像警报声戛然而止，而她似乎快速却平静地看见，自己面前有两条路：一是明天天亮就离开伦敦；二是静观其变，一动不动。她本来是想不动的，可是她已经在动了，更有甚者，该动的已经动了，她已经失去了机会。她想到了自暴自弃，她当场就产生了一种极奇怪的感觉，她似乎已经做了这个决定，因为她换了一个角度，继续和马克勋爵进行交流。对于米莉在布伦迪山口突然问斯特林厄姆太太的那个问题，他的反应虽然不算很有表现力，但意义非凡。那个问题是：如果她能得到什么，不管得到什么，她能否永久拥有？“可能不行，”她身边的绅士似乎是这样回答的，“难道你不明白吗？我就是你实现这个目标的捷径。”他没有刻意炫耀，他可能真的是，关键恰恰就在于他的没有炫耀。那位她一直看着的漂亮女孩（根据她自己的感觉，那个女孩也一直看着她），即劳德夫人那个引人注目的外甥女，也可能是她实现那个目标的途径，因为她也没有炫耀，虽然人们基本看不出她和马克勋爵还有什么共同之处。但是，人们难道不觉得他们就代表相同的东西吗？谁说得清呢？凯特·克罗依优雅又友善，隔着桌子看着她，俨然在揣测着马克勋爵对她的影响。如果她猜得到他的影响，那么，她到底知道些什么呢？她自己有多少感觉呢？那是否代表着他们之间有某种特别的关系？她是否应该认为他们正在复制（或通过他们共同的智慧正在强化）她正越陷越深的关系呢？非常奇怪，她每看对方一眼，就能识别出某种关系存在的各种迹象，而如果她有更多的时间考虑的话，这种怪异现象很可能向她表明，上天注定她的日子会过得很快。非常奇怪，虽然时间短暂，但思想意识却那么拥挤。

这位年轻人本是来参加劳德夫人晚宴的，却经历了极其丰富的精神旅行，但是，这种精神旅行随便就能展开，那岂不是很有告诫意义吗？这些不都是她拥挤的意识的一部分吗？此时，人们觥筹交错，宴会渐渐达到高潮，一张张面孔光芒四射，各种现象不断滋生，嘈杂的说话声像缓慢而厚重的浪花从四面八方向她飞溅而来，劳德夫人变得更强势，而苏西相比之下更显得勉强，显得跟周围的一切都不同：也就在这个进程之中，我们年轻的女士像一只鸟儿停落在枝头，重新审视自己的命运，似乎再挥动一两下翅膀，就能看到另一种命运结局。这也是她拥挤的意识的一部分。不管现在的命运怎么样，就她看来，也总比那另一种结局更好，她的命运就体现在一个意象里。那个意象就是，如马克勋爵所说，她是成功的。这当然多少取决于他的概念，不过，她目前不想深入他的概念。但是，她很快又捡起这个话题，问他刚才为什么说劳德夫人会利用她，而他回答说这个问题不提也罢，不会有什么危险。接着，他和颜悦色地说："她会收回她的钱财。"非常奇怪，他这样说居然没有让她觉得粗俗，也没有让她觉得"龌龊"。他很快又补充解释说："你知道，对这里的人而言，有付出就要有回报。"

"哦，如果你是说我们要尽我们所能报答她的话，那是一点问题也没有的。但是，她是个理想主义者，"米莉接着说，"我觉得，从长远来看，一个理想主义者，是不会觉得自己失去了什么的。"

马克勋爵似乎觉得这个说法很有意思，所以显得很开心。"你觉得她是理想主义者吗？"

"她对我们，对我和我的朋友，都很理想化。她看我们的时候，眼睛里都有光芒。"米莉说，"我很珍惜这样的光芒，所以，请你不要夺走它。"

"我想不到世界上还有这样的事。不过，你觉得，"他接下去的话显得他似乎突然意识到这对他也很重要，"她看我的时候也有光芒吗？"

对于他的问题，她没有马上给予理睬，部分原因在于她的注意力越来越多地投向那位漂亮的女孩，也在于因为她的座位和女主人靠得那么近，她不希望让她发现自己对她这么说三道四。劳德夫人像是掌舵人，把控着方向盘，开着船在小岛中间巡航，确保各个小岛的太平和岛上居民的安心，与此同时，凯特·克罗依则逐步显露出她有趣的一面。事实上，米莉果真突然间觉得自己的心很踏实，她发现，劳德夫人就是在等着关于她的评估报告，也许可以说是马克勋爵对她的价值评估。那位了不起的女士不希望他找什么借口说他不知道自己对蒂尔有什么看法。至于他的判断为何很重要，其中的缘故要拭目以待；不过，就是这一发现决定了米莉的回答："不。她很了解你，完全有可能。而且，你们这里的所有人相互都非常了解，我懂。你们都很了解自己习惯什么，这是你们的共同基础。不过，还是有些东西你不了解的。"

他听得非常认真，仿佛这样才能不受委屈。"我花了那么多力气，游历了世界各国，无所不学，居然还有我不了解的东西？"

米莉想了想，也许，正是他说了真话，所以不能不予理睬，所以，她终于失去了耐心，同时也迸发了极大的智慧。"你是看得多了，但你没有看明白。你对什么都很熟悉，但你的脑子是空的。我的意思是说，你没有想象力。"

听到这句话，马克勋爵将头往后一仰，眼光扫向房间的另一边，他公然地开小差，引起了女主人的注意。然而，劳德夫人只是对米莉笑了笑，算是在暗示她说，她正期待这样的波澜，然后，她就让她的水手摇动橹桨，在水花纷飞之中继续在小岛中间巡航。"哦，"那个年轻人回答说，"我从前就听人家说过这样的话。"

"那就对了。你确实见多识广。当然，从前你在我们国家的时候，你也肯定经常听人家说起我。"

"哦，也不算很经常，"他申辩说，"不过，我确实希望还能一遍又一遍地听人家说你的事。”

“可是，这对你有什么好处呢?”女孩说。不过，她说这句话似乎就是想跟他开玩笑。

“等到你了解我，你就会明白。”

“但是，非常肯定地说，我是永远不会了解你的。”

“好吧，那正是我的好处。”他笑着说。

如果说他们注定不能或者不愿混在一起，可是，米莉却依然能感觉到，她被人家强行拉入目前这种关系的进程正令人恶心地加速，那又是为什么呢？那么，他们相处不睦，相比刚才亲密地交谈，会产生什么更怪异的后果呢？她希望摆脱他，或者说，事实上，她更想摆脱自己，尤其是她在他眼里的形象。聪明绝顶的她已经看得很清楚，如果继续和他在一起，她可能还会被迫接受他许多恶心的东西，他们的进一步交往会吞噬她的自我。什么都可能发生，唯独她的自我不会，而且，按目前的安排，他们很可能还要走得更远。事实上，因为她再次提到那个漂亮的女孩，他们的征程可能开始了。如果她希望抽身而出，那么，最好的方法就是把别人拉进来。于是，她把凯特·克罗依拉进来，甚至准备在必要的时候拉她垫背，因为她根本不会替她担心。马克勋爵刚才说过，对于这里的所有人而言，有付出就要有回报，所以，这件事就变得更容易。“那么，”她自己也觉得这样有些唐突，“如果说克罗依小姐也感兴趣的话，她想得到什么回报呢？她那么可爱地欢迎了我们，我们应该怎么回报她呢？你看看她!”接着，米莉对那个女孩的赞美之词源源不绝。此时，凯特刚好转过脸朝他们这里看过来，她们的视线相遇，她会发出一声不好意思的“哦!”，然后，她才停下来，不再赞美她。她主要是说她的脸蛋真漂亮，但实际上，她只是更新了刚才的意思，在诱导马克勋爵发表他的观点，而他很快就走上了她设计的路线。

“什么回报？跟你认识就是她的回报。”

“那么，跟我认识对她有什么好处呢？她必须要明白，她要对我好，最后只会为我感到难过，这正是她可爱的表现：她居然愿意费这个劲。这是无私的最高境界。”

在这句话里面，马克勋爵的兴趣点可能不仅一个，不过，在瞬间之后，他就做了自己的选择。“哦？我不明白，我恐怕不知道为什么要为你感到难过。”他又问，“那么，你怎么看待自己的成功呢？”

“这正是根源所在。我们在那边的朋友觉得我可怜，就因为她看得明白。她完全明白，”米莉说，“她比你们任何一人都好。她很漂亮。”

他似乎终于被震动了，女孩的这句话让他受不了，接着，他们面前添了一道菜，所以她的注意力被岔开了一会儿，但他随后接着说：“她性格很漂亮，我明白。不过，她真的很漂亮吗？你得跟我解释一下。”

米莉感到很奇怪。“可是，你和她认识的时间不是比我长吗？你自己没看明白吗？”

“不，在她这里，我是个失败者。没有用，我看不明白她。我可以向你保证，我是真的想将她看明白。”事实上，他的保证让他的同伴感受到他的真诚；她觉得她的这个同伴现在所说的都是他的真实感受，而他刚才甚至忘却了对她的好奇心，因此她的印象更为深刻。她刚才提到他们的朋友会为她难过时，她是有深义的，虽然她主要是说给她自己听的，不过，毫无疑问，这是有点可疑，但是，她还是不由自主地说了出来，而他也没有深入质疑。其实，他不质问倒是更好，让她做解释，可能要费很大的力气，牵涉很多事情。只是她现在发现，相比而言，她关于那个人的话深深吸引了他，其中显然有很多含义，对于这些含义，她希望能多了解一些，也许她也已经发现，这将是她在新环境中用于打发时间的主要事项。事实上，此时，这些含义也体现在马克勋爵接着说的话里："所以，你知道，要说我们这里的人相互都非常了解，那是错误的。对于某些事情，我们是有分歧的。反正，我要把她交给你，你得帮我做她这边的工作，我是说，如果你对她的了解多一些，你要告诉我。你会发现，我会绝对相信你。"

"为什么不呢?"米莉反问。她发现，即使她知道这个人单纯也很愚蠢，她也觉得这句话很傻。她也好像是为了自己的私心胡说八道，为了能与他好好相处，她牺牲了自己的诚实。不过，她并没有反驳他，此时，她的眼睛一直在往别的地方看，她盯着那个漂亮的女孩。她是他的同类，也是他社交圈中的人，但也是他把握不准的人。相对而言，对这个美国人，这个像是批发进口来的廉价货，他倒是觉得能把握得很准的，他也认定自己很了解那边特有的气候、成长及修养条件，知道他们繁衍很快，但品类很少、发育不良。不可思议的是，米莉居然能够理解他的想法，而她随即表达了她的理解："当然，我明白，她是很难看明白的，而我却容易得很。"今天晚上，这是她记忆最深刻的一句话，也是最有趣的一句话。说她很容易掌握，让她越来越感到高兴，她甚至想承认自己就是廉价的进口货，如果人家果真这么跟她说的话。不管怎么说，这句话暂时可以让自己跟马克勋爵保持一致，在这个场合里表现得足够温顺。她觉得他们肯定是相互了解的，如果说那位漂亮的女孩是他们所不能认识的，那么，她为什么还要彰显自己的存在呢?

2

有关存在感，不管是分开的，还是混合的，毫无疑问，是我们两位还气喘吁吁的美国朋友最关心的话题；不过，她们说的最多的是，除了自己之外，她们不能指望任何人。米莉不止一次说，如果她早知道这么容易的话！当然，她都没有完整表达过自己的观点。不过，对于斯特林厄姆太太来说，这不是什么大事，她不大在乎她是不是想说她本应该早点来。她已经来得够早了，她的意思也许是相反的，是说她本就不应该来，因为这才像是她说的。至于为什么这么容易，她的同伴很快就想到了一些解释。不过，苏西并没有都说出来，因为如果口无遮拦地交流，很可能会引起烦恼，而我们刚才提到两位女士都很关心所谓的存在感，在很多情况下，都是指东西的存在，她们不熟悉的东西。她们总结出来的一个结论是，她们被一股力量极大的波浪给卷进去了，事实上，她们正在浪头上，这股波浪可能把她们重重地摔在任何一个地方。我们得马上补充一句，她们充分认识到了自己随波逐流的状况，如果说米莉孤立无援，那么，苏珊·谢泼德也差不多，这也许能给她一些宽慰。三天来，女孩都没来得及提到马克勋爵说她“成功”的事，对这件事，她们已经形成了不同的视角，苏西最近兴高采烈，女孩深受感动。苏西浑身闪耀着自信的光芒，她此前认为最不可能的事情终于发生了，她本来不大指望莫德·曼宁厄姆会体现优雅的姿态，她体现这种姿态的可能性是微乎其微的，可是，她得到的回报，在一定意义上，可以算是对人性的尊重。兰开斯特大门的女主人已经证明了感情的存在，在起初这几天，对于我们两位朋友而言，她的一举一动都像是在撒金粉，让她们眼前的景象很模糊，但很和谐。隔着金粉所看到的轮廓和颜色，都是很强大、很深沉的，我们已经提到米莉看到了什么，但是，莫德对情感的忠诚是最动人的。这让苏西感到无比自豪，甚至胜过她的高贵地位，她觉得，人有多高贵的地位，都不能完全体现一个人的本质。这甚至比她作为英国人这个事实更清晰，更真实。英国人几乎没有内在的共鸣，但外在的反响极为美妙。

苏珊·谢泼德常说她“大器”，但她不是指她的灵魂的共鸣箱；她更像是一只体积宽大的容器，一开始很宽松，可是，随着里面的内容不断堆积，现在已经拥挤得很，在她的美国崇拜者眼里，这些内容就是大量经过压缩的、可能令人很好奇的细节。那位尊贵的女士在家里可能说她的朋友们也不“小器”，但她也可能认为，她们之所以宽大，是因为她们的里面是空的。劳德夫人本人跟她们不一样，她之所以显得“大器”，是因为她内涵充实，因为她很像一座装着炮弹随时可以发射的巨大发射器。在苏西浪漫的头脑里，这占了她们再续前缘的一半魅力，此时，她就像在春暖花开的季节，坐在因为长期和平而处于睡眠状态的伟大古堡旁边绿草如茵、长满雏菊的山坡上。当然，出于自己的心理本能，斯特林厄姆太太已经注意到，她的老同学对感情的忠诚，完全体现在动作上，比方说，那是刺绣的过程，而不是最终的绣品。她进一步思考这个民族的特征，觉得在精神方面，她们的机制是不一样的。对她而言，乐趣就在于了解她为何采取各种行动，了解原因本身就是事情的一半。而对于劳德夫人而言，她可能没什么原因，“为什么”只是无关紧要的调味品，像香子兰或肉豆蔻，即使不添加，也不会影响营养丰富的布丁的风味。劳德夫人有一个非常强烈的愿望，希望她们年轻的同伴也跟她们一样建立伟大的友谊。刚开始几天，斯特林厄姆太太就跟米莉说，在兰开斯特大门，如果她不是专注于向对方介绍她，就是专注于听女主人介绍她的外甥女。

在这个方面，她们两位年长的女士有很多的东西可以交流，那位从波士顿来朝圣的客人没料到，她在伦敦竟然更多地感受到属于自己的兴奋。她感觉良心上不大好受，甚至有种不道德的感觉，因为她不得不承认，她是被吸引住了。她笑着跟米莉说，她也不知道尽头在哪里；但是，她之所以不安，是因为劳德夫人的生活中有些成分是她第一次面对的。她认为，这些成分就代表着一个世界，而因为先辈朝圣者对这个世界很冷漠，这个世界未曾跨越重洋抵达波士顿，在这样的旅途中，即使最坚固的远洋轮船也可能沉没。她不能妄称，她之所以看到这样的景观是因为米莉的心血来潮。事实上，她的行动也出于自己的心血来潮，正是她自己的心血来潮驱使她们来到这里。她有些恐慌，她觉得自己从前都没有这样突发奇想过，或者说从来没有屈服于这样的心血来潮，当然，两者的效果是一样的。以前，她会把这种念头当作文学创作激情，但现在这种念头都不存在了。无论如何，对于未来，她必须等着瞧：此时她眼前一片朦胧，很苍白。夜里睡不着的时候，她不断地思索着，觉得她很可能会爱上这种冲动，米莉可能是她喜欢这种冲动的原因之一。奇怪的是，她可以想象米莉也会喜欢，她不会产生任何恐惧，即使有恐惧，那至少不是良心受到谴责，只会让她的心情有些不平静。幸运的是，此时此刻，她们两人的灵魂居然碰到了一起，那体现了上帝的仁慈。

宴会后的一星期内，她在兰开斯特大门吸取了大量的营养，同时，她的同伴也不显得比她差，整体而言，她得到的待遇真是浪漫而丰厚。住在那幢英国豪宅里的那位漂亮英国女孩，似乎就是画中的人像变魔术一样从画框中走出来的。实际上，斯特林厄姆太太看一眼也就认为这个形象是完美的。不过，她并未抛弃自己原来自负的观点：米莉就是一位移徙中的公主，那么，这位公主此时跟千里挑一、最美丽的女孩一起站在城市的大门口，这岂不是很和谐的一幕？显然，这样的见面给公主带来的乐趣是实实在在的。在大多数情况下，公主的生活环境是非常高贵而又清冷的，这是她们在城市的大门口一眼就喜欢上那个撒鲜花的美少女的原因，因此，除了华丽的排场和严肃的程序之外，她们很渴望得到温馨的陪伴。对于米莉来说，凯特·克罗依就是一个令人叹为观止的伦敦女孩，她们在家里想象，伦敦的女孩就应该是这样的，她们听过旅游者讲的故事，看过《笨拙》杂志的文章，也读过流行小说，里面完美伦敦女孩的形象就是这样的。唯一不同的是，她比想象的更好，对于我们年轻的女士而言，这是让她敬畏的形象。她认为，说相貌，自己肯定比不上凯特，而且，她的举手投足、说话声调，也就是她的风度，乃至能够“加上”或者“减去”的标志，都表明她出自一个有内涵的社会，是一个有强大说服力的故事的女主角。从一开始，她便把这位杰出的年轻人放在一个故事里来看，想象就是故事的女主角，只有让她扮演这个角色，才不至于暴殄天物。尽管这个女主人公可能让人觉得有些莽撞，有时也明显克制着感情的充分流露，甚至偶尔会情不自禁说出粗话，这些都不会改变她的观念。

后来，米莉确认，她的客气是她畏缩的原因，于是，她很快就找到足以解开全部问题的钥匙，此时，她们已经完全漂浮到了一起。这完全可能就是她们感到最幸福的时刻，她们俩友善而又相对独立地对伟大的伦敦发起“攻击”，包括米莉很奇怪地感兴趣的商店、街道乃至郊区，以及凯特非常奇怪地觉得很陌生的景点，例如伦敦的博物馆和纪念碑等。与此同时，她们长辈们则选择了一条属于她们俩的道路，她们俩同样非常亲密，都表示对方的年轻女士是自己不可多得的收获。米莉不止一次向苏珊·谢泼德说，除她们知道的家世背景之外，凯特还有一些秘密，深藏在心里的麻烦，如果说她心甘情愿帮助劳德夫人这么友好地接待她们，那绝对是为了创造忘却烦恼的机会。不过，对于这个谜团，我们年轻的美国人还没有得到足够的光线来穿透它，她只是感觉到，如果光线有一天果真照射下来，那将大大加深这里边的色彩；而她也乐于想她是做好了心理准备的，可以迎接任何意外的景象。她迄今为止的所见所闻，充斥着英国式或者萨克雷式的古怪人物，因为凯特·克罗依的过去和现在，她所有的困境，她想同时迎合父亲、姐姐、姨妈以及她自己的需求，但迄今几乎没有取得任何进展，这些情况都渐渐清晰地展现在她眼前。米莉有一个微妙的猜想，她也把这个猜想告诉了苏西，她觉得那个女孩的心里还有另外一个人，虽然这个人的名字她们还不知道，但显然这样好的女孩肯定会有这么个人；也许不能说她这样的人会激发激情，因为这样说会显得很傻，而在崇拜者和朋友的眼里，她必然是要笼罩在男人的阴影下的。这一星期以来，不管来自什么方向，这个阴影始终笼罩在米莉的同伴的头上，而凯特·克罗依漂亮的脸庞从阴影下朝阳光灿烂的外面微笑着，她同时面对着早已享有盛誉的老面孔和新面孔。

同时，两位年轻女士的交流中有很漂亮的一段，她们都说对方比自己更出色，都认为或向对方保证自己认为，相对而言，自己是暗淡的，而对方则是自然的宠儿、命运的骄子，总能迎着旭日朝霞。对于这个朋友对她的坚定看法，凯特感到很有趣，也感到很惊讶，而米莉在怀疑凯特是不是真心地认为她是她自己所遇见的最出众的人，但不是说她最具魅力。在车上，她们聊了很多，包括很多历史话题，从表面看来，劳德夫人的外甥女似乎更胜一筹。她这位客人的美国背景，包括令人无所适从的广袤，富得令人目瞪口呆的纽约，高压下的兴奋，享受狂热自由的机会，消失的亲属，包括父母和聪明、热情、俊美、苗条的兄弟们，以及以后相继承担监护权的人们，他们都沉溺在奢侈的幻想之中，最后却遭受幻灭，让这位美丽可爱的女孩穿上了黑衣裳，白色的脸庞和一头秀发，仅仅是破碎的锁链上的最后一环：这样的画面，无论其中含有多么丰富细腻的细节，似乎都只能代表贝斯沃特的某个中产阶级无名之辈。不过，尽管这可能只是贝斯沃特本地特有的说法，而且米莉也拥有贝斯沃特特有的吸引力，但是，这位批评家也有与斯特林厄姆太太大致相同的观点，她认为她的同伴就是贝斯沃特的公主，如果那里有公主的话。事实上，过了三天，米莉就已经开始接受那位漂亮女孩关于她的描述；那位漂亮女孩的印象显然是诚恳而真实的，这种印象蕴涵着某种敬意，对力量的敬意，而力量的源头在于凯特最不觉得神秘的东西。在灿烂的阳光下，豪华商店一间挨着一间的繁华大街之上，后者随意而大方的表现充分证明，她有很深、很深的口袋！

而且，她对她的朋友的指控，绝不是说她缺乏花钱的想象力，而是说她缺少诚惶诚恐的情怀和节俭过日子的想象力，缺少对依赖别人的意识或者习惯。打个比方说，在熙熙攘攘的温格莫尔大街，那位脸色苍白的女孩面对着形色各异但又说不清区别的不列颠人，他们都处于某个社交圈，本质上也都很杰出，就在那个时候，她的表现决定了凯特对这个同伴的判断：这个人真是毫无拘束，甚至好放纵。米莉的自由是无限的，不管什么事情，她不用向任何人征求什么意见，她的自由、财富和想象就是她的行为准则，在这个所有人乐于阿谀奉承的世界，她每走一步都可以释放出特有的气息。这几天来，凯特都没有责怪她拥有这么多福气；她相信，如果她们继续这样相处下去，她终将拥有那样的气度，所谓近朱者赤。此时此刻，她丝毫不猜疑笛子上会有裂痕，不仅仅是说她们之间不会出现任何不和谐的声音，也是说悠扬清脆的声音不会出现任何瑕疵。如果说米莉在劳德夫人的宴会上跟马克勋爵说，她被另一边的那位年轻女士善意利用，这样说可能出于客套，不过也没关系，那位年轻的女士私底下真的有类似的感觉，这种感觉未经过分析，但有些区分，整体而言，那是内心深处的一个印象，她感觉米尔德里德·蒂尔不是可以交换位置或者交换机会的人。真的，凯特也许不太明白“区分”的含义，她后来才有点明白，虽然米莉非常富有，但人们很可能不会因此恨她，这是比较少见的。那漂亮的女孩也有爱恨情感，她并非不清楚，面对百万家财的主人，况且这个百万家财的主人是个女人，对个人素质形成严峻的考验，需有强大的内在力量，才会不感到难过，才会泰然处之。她觉得，她照说应该喜欢劳德夫人，但她并没有；相比之下，莫德姨妈的财力显然不如米莉。因此，很明显，后者肯定会对她产生一些影响，这些影响日后将逐渐显现；可以确定的是，她认为，她因为古怪而令人倾倒，也因为令人倾倒而显得古怪，这个认识是足够的，也可以产生难得的趣味。况且，她已经把一些很有价值的东西强行塞到了凯特的手里。在米莉的眼里，过去的这个星期是凯特给予她这个盲目无知的朝圣者无限帮助和安慰的一个星期，因此，这个星期注定也是馈赠礼物、交换纪念品乃至单方面表示感激与崇拜之情的一周。凯特提前很客套地跟米莉说，她是讨厌逛商店的，除非她能得到某些保证，她作为谦卑的同伴，商店里的任何商品都不能归她所有，否则她就不会进去。可是，不管自己怎么反对，她还是得到了一些珍贵的装饰品，还有一些较平常的日常用品。

在这一星期即将结束时，有一天，米莉居然要求回报，即所谓的“礼尚往来”，她让凯特跟她介绍马克勋爵的一些情况，也希望对方答应带她去拜访康德利普太太。这算不算很荒唐？她得到了很多乐趣，可是，她最关心的还是人，似乎去切尔西认识那位忧心忡忡的女士，比去歌剧院观赏最好的演出更有吸引力。米莉居然不害怕被她这个近亲烦死，凯特很崇拜，她也表达了出来。米莉回答说这是因为她很好奇，她的朋友对她居然有这样的好奇心感到很奇怪，感到茫然不解。当然，她好奇的对象有些是挺好理解的，例如，凯特听说她对马克勋爵几乎一无所知，就不觉得奇怪。这位年轻女士对他的描述显然是有缺陷的，这是必然的，因为他在兰开斯特大门留下的印象一直都是很难解释的。一般情况下，人们要认识一个人，总是靠他拿出来给大家看的东西，不管这些东西对他有利还是不利，不管是不是可以触摸、命名或者证实；而她目前想不起来，还有什么比马克勋爵在人们的眼中有更大的价值却没有受过任何验证。他的价值就在于他的将来，而他的将来得到了莫德姨妈的认可，跟他那个手艺不错的厨子和他那艘汽艇一样。凯特并不想说她觉得他是个骗子，他也可能做出伟大的事情来，不过迄今为止，一切都是可能。当然，从另一个方面讲，能得到莫德姨妈如此看重，确实算得上一个大成就，不是所有人都能取得这样的成就。整体而言，他最大的长处，毫无疑问，就是莫德姨妈信任他。她眼界很高，也知道有一个人是骗子，不，这个人不是马克勋爵。他在议会的下院待过，代表托利党，虽然只是很短的时间，第一次选举就丢了自己的席位。这是他唯一可以炫耀的。然而，他从来都没有炫耀；这很可能是他的聪明的一个体现，是真正聪明的人和傻瓜共有的特征之一。甚至莫德姨妈也经常承认，对于他的认识，有很多需要慢慢琢磨。与此同时，他也不是完全无动于衷（对自己无动于衷），因为他在挖空心思想利用兰开斯特大门的价值，当然，毫无疑问，兰开斯特大门也想利用他的价值。也许有人会解释，在伦敦，每一种关系中都存在利用者与被利用者。

凯特跟那个侧耳倾听的朋友解释，那些有东西可以给人家的人，应该说这种人是极少的，都会利用这些东西做最精明的交易，至少都能得到同等价值的回报。而且，最为奇怪的是，在很多情况下，这也许属于皆大欢喜的共识。在一个关系中的利用者，在另一个关系中就是被利用者，这种事情既有现时宽度又有历史深度，已经形成了一种体制，而且，这种体制的车轮上显然涂过足够的润滑油，运转极其自如。在这样的体制下，双方彼此可能都很喜欢，比如莫德姨妈，根据她的表情来判断，她相当喜欢马克勋爵，而马克勋爵，如人们的期望，也很喜欢莫德姨妈，因为如果他不喜欢莫德姨妈，他就是一个大草包。说实话。她凯特还没有看明白他在给她贡献什么，而且，那位可亲的女士对他的需求，即使他能为她做出极大的贡献，比她想象的还少得多，不管怎么说，双方都有许多她还看不明白的东西。整体而言，她信任莫德姨妈看上的任何人，而她又给了米莉一个很值得回味的说法：无论她在这个世界上可能遇到什么厉害的人，绝不会遇见像她这样厉害的女人。世上的名人或者了不起的人物可能数以百万计，但是，按凯特的看法，要找到一个更加伟大的人，必须要走得很远，想走一段路就找到好几个这样的人是不可能的。米莉饶有兴趣地问凯特，她信任莫德姨妈是否意味着她也信任她所看上的人，凯特非常潇洒地给予肯定的回答，因为以此类推，她也可以同样信任她自己。她是莫德姨妈的外甥女，肯定是莫德姨妈看得上的人，因此，她必然已经被卷入了利用和被利用的洪流之中。“你也许会问，”凯特说，“我到底有什么东西可以给她，事实上，我也一直想知道这个答案。她肯定认为能从我的身上得到什么。她一定会得到的，到时候，我就可以看见那到底是什么。请你相信，我是不可能自己去找到答案的。”接着，关于米莉的回报能力，她拒绝讨论，因为米莉肯定可以提供百分之百甚至超额的回报，这就是她们俩友谊的基础。

这些很随和、很轻松、很幽默的话题，都是关于伦敦和对生活的八卦，也是富有哲理的解析，很快，这些都成了两人的常规谈话形式，在谈话中，米莉表示她很高兴知道她将成为某些动作的对象。如果这些动作来自英格兰最杰出的妇人，那就再好不过了，而如果英格兰最杰出的妇人把她们俩一起攥在手里，那么，还有什么能让她们感到更开心的呢？她不理解她为什么同时要她们俩，凯特很自然地回答说，这恰好表现了她的真诚。她一直很看重情感，而就在少女时代的朋友出现的那一刻，感情又开始兴风作浪。面对让她感动的东西，猫跳起来的样子也很有趣，显然，这只猫已经很长一段时间没有这样跳了。事实上，我们知道，米莉一见到劳德夫人，她就发现了苏西社交链条中丢失的五十个环节，这个发现让她感到不可思议。她很清楚她对苏西的看法，因此，她没想到兰开斯特大门的夫人会有这样的感觉，目前的状况让她产生了无尽的神秘感。不过，正因为她的神秘感，她形成了另外一个美妙的印象，她跟凯特说，苏珊·谢泼德从与现在毫无关联的过去突然冒出来，本应会让莫德姨妈厌烦，但她的密友完全同意她的看法，也是感到极其惊讶。苏珊·谢泼德至少让那位外甥女感到厌烦，这是显而易见的。这位年轻的女士在她身上没有发现什么动人的东西，甚至没有任何线索可以解释米莉的放纵。这本是微不足道的事实，但在后者的心中，却荡起了很大的波澜。这可以表明，在那位漂亮女孩的心目中，可怜的苏西几乎是不存在的。在一定意义上，这是对苏珊·谢泼德的同伴的警告，让她有更好的认识，做好恰当的心理准备。这让她的心很难过，这位让米莉觉得那么好、专为米莉而存在的人，居然让另外一个女孩觉得一文不值；虽然要说劳德夫人感到厌烦，她倒不觉得有什么不对劲。对此，劳德夫人没有感受到，而凯特感受到了，但她不以为然；不过，到了最后，应该补充一句，她终于掌握了其中的原因，而这个原因也进一步丰富了她的思想。除了二十个鲜明的优点之外，那个漂亮女孩有一丝丝冷酷，这个原因不够吗？她是不是向她的朋友暗示，这里面可能有野性的美感，甚至有一种奇怪的魅力吗？凯特的冷酷不算野蛮，米莉一直做着这么善良的猜测，也没有攻击性，而是比较漠然，是防御性的，也许还可以说是她的习惯。她会事先将问题简单化，看什么东西都用挑剔的眼光，根据纽约的说法，就是很快就能知道自己不喜欢什么，相比之下，英格兰人显然比纽约人快得多；片刻之后，米莉就看得很明白，这种本能司空见惯，这个世界真是充满危险，而且很明显，兰开斯特大门周围的危险，比纽约人猜测的和比波士顿人梦想的都还要多。无论如何，有了更多的感觉，就会有更多的提防，而且，一个不论出于什么原因要对苏西采取提防措施的世界必定是一个不同凡响的世界。

3

不过，她肯定跟苏西毫无保留地说了所有朋友之间该说的话，她们俩最近几次长谈的内容不仅包括她们分开时人们明说以及暗示的一切，还涉及许许多多其他的东西。下午四点的时候，她的确可能按场合的要求表现得很超然，但是，她到了夜里跟苏珊·谢泼德在一起的时候，就表现出了前所未有的自由，摆脱了所有的禁忌。同样，本不应该拖了这么久才说明，就在六天之后，她的同伴向她发布了一则重磅消息，这是她所提供的消息都不能比拟的。为了换个口味，她与劳德夫人坐车到巴特西公园去，她们在那里散步，进一步沟通了感情。当然，与此同时，那对年轻的朋友则从米莉旅馆搭乘了一辆笨重但金碧辉煌的马车，开展了更大胆、更富有想象的旅程。她在老家从来没有见过这样壮观的马车，可能是在纽约养不出那样的马匹。在她们的长谈中，斯特林厄姆太太无意中提到，兰开斯特大门的姨妈和外甥女居然认识米莉的另外一位英国朋友，这位朋友就是英国某家报社派遣到美国、在她们出发之前不久在纽约和她一起度过一段时间的那位先生，至于这位先生的名字，苏西迟疑了一会儿才说了出来。他的名字肯定在巴特西公园出现过，否则她们就不会认定就是他，而在她坦白交代自己透露了什么情况之前，苏西很自然不得不说明，她所指的就是莫顿·丹什先生。这是因为米莉刚开始显得有些茫然，似乎不知道她所指的人是谁；那个女孩只是很平淡地说，这样的事情令人感到惊讶，说这只是千分之一的概率。她还说，她们肯定都认识他，莫德和克罗依小姐都跟他很熟悉，虽然她们提起他的名字时，可能并没有显得很亲热。苏西说得没错，她没有主动提到这个名字，而事实上也没有人主动要提到他，只是劳德夫人说她刚好认识一位年轻的记者，最近被他的杂志社派到她们美妙的国家去了，劳德夫人提到美国的时候总是说“你们美妙的国家”。但是，斯特林厄姆太太显然在无意中接了茬，她坦白交代说，她也说起她认识丹什先生，说他和米莉也是认识的，她并没有丝毫恶意，应该算是说漏嘴的，虽然还没有走得太远她就醒悟了过来。很明显，劳德夫人也很惊讶，这样说应该不过分，不过，当时她也显得很平静，此后有一段时间，她们俩似乎都在隐瞒着对方什么东西。“不过，”米莉的信息提供者说，“我幸好及时想起来，我其实没有秘密一定要保守的，这样事情就简单得多，也舒服很多。我不知道莫德有什么秘密，不过这就是问题所在。显然，对于你认识他，她很感兴趣，而且，他刚到那里就认识了你。但是，我斗胆跟她说，那段时间还不很长，不至于让你们成为深交的朋友。我不知道这样说对不对。”

那位年长妇人刚解释完，还来不及恢复良心的平静，米莉就回答说，虽然这件事无疑有一定的重要性，但她猜想，她们不至于觉得天会塌下来。她们所指的居然是同一个英国人，这确实很奇怪，但也不是什么奇迹，她们肯定会经常发现，大家也都这么说，世界就是这么小。同样，毫无疑问，至于苏西提起他的名字，那也是一件很平常的事情。这个世界干吗非得有秘密呢？他回来以后，要是发现她们居然都隐瞒着与他认识的事实，那么大家会多么尴尬。“亲爱的苏西，”那个女孩说，“我不知道你觉得我必须隐瞒什么。”

“在某些时候，”斯特林厄姆太太回答说，“你知道或者不知道我觉得怎么样，并没有多大关系；因为你马上就能知道，再说，即便你真的知道了，你也不会真的在乎。只是，”她随即又问，“你听克罗依小姐提起过他吗？”

“提起过丹什先生？没有，从来没有。我们都没有提起过他。我们为什么要提起他呢？”

“你没提起他，我完全能理解，可是，她没提起过，”苏西评论说，“那就可能意味着什么。”

“可能意味着什么？”

“哦，”斯特林厄姆太太脱口而出说，“莫德让我向你暗示说目前也许不要提起他最好，也就是不要在她的外甥女面前提起他，除非她先跟你提起他。这就很说明问题。不过，莫德认为她是不会的。”

米莉似乎对任何事情都能理解；不过，对于这件事，她似乎觉得太复杂，难以理解。“是不是因为他们之间有什么秘密？”

“不，我想不是；不过，莫德一直很有戒心。她可能在担心着什么情况，也许，要说她对所有情况都很担心，那样会更加准确。”

“你是不是说，她担心他们互相喜欢对方？”米莉问。

苏西很努力地想了想，然后很激动地说：“亲爱的孩子，我们走进迷宫了。”

“当然。那样才好玩！”米莉很愉快地说。随后，她又接着说，“不要跟我说这个世界上没有陷阱，比如说这个地方。我希望看到陷阱。”

她的朋友看着她，她这样看着她也不是不经常的，不过，她这次的眼神异常专注，如果当场还有另一个人在，这个人恐怕要感到纳闷，不知道这位善良的女士有什么深刻的思想需要表达。毫无疑问，按她的习惯，她会把这个同伴所说的话当成某种疾病的征兆。不过，当女孩不当回事的时候，她也不当回事，这是她的最高准则。面对不合常理的事情，她知道怎么做出不合常理的反应，这是波士顿人的天赋，她在杂志上发表的文章也体现了这种精神。正因为如此，莫德·劳德很看重她，把她当成她的社交力量的源泉，她肯定觉得很新鲜，从来没有见识过类似的态度。所以，此时此刻，她应该也能做出这样的表现，事实上，有了这种态度，人们就可以从容面对世上的大多数情况。“哦，那么，让我们希望我们能探测到悲伤和罪恶的深度吧！我已经做好了最坏的准备。不过，她想把她的外甥女嫁给马克勋爵，我们看得出来的，对吧？她没告诉过你吗？”

“你说劳德夫人？”

“不，我是说凯特。你知道，她肯定不会不知道。”

在她同伴的注视下，米莉表现出了片刻沉默的超然。她与凯特一起相处了几天，她们关系很亲密，这来得非常突然，不过，她们的谈话内容肯定朝多个方向走到了极致。然而，她此时感觉好像有一阵冷流淌过她的全身，她发现，关于各自的情况，她的新朋友所跟她说的，跟她所没有跟她说的相比，可以说少得可怜，简直不可能再少了。她不能断定凯特是否明白她的姨妈准备把她嫁给马克勋爵：现在足够清楚的是，这肯定猜想得到的，她现已卷进凯特姨妈的计划。对米莉而言，尽管她可以应付过去，能够让事情简单化，但是，丹什先生的突然出现在一定程度上改变了各种比例，对各种意义都产生了影响。对于这些影响，她无法加以定义，爱怎么样就怎么样吧，这算是她的高风亮节，不过，此时此刻，她至少也为自己能掩藏她本人受到的影响而感到很自豪。对她冲击最大的是那位绅士居然在她之前曾经到过那里，曾经跟她现在一样是凯特的亲密朋友。她一下子就看到了陷阱，正符合她看到陷阱的愿望：在纽约的时候，他居然只字不提他在英国的朋友。在纽约的时候，时间确实太短，但假如米莉喜欢，她完全可以认定，他刻意忽略了克罗依小姐的存在，而按目前的情况看，要忽略克罗依小姐的存在绝对不是自然而然的。与此同时，还要补充说明，即使他的沉默就是迷宫的入口，当然这样说有些荒唐，因为他不可能什么都提到，这也刚好满足她刚才跟苏西表达的心愿。可是，中间发生了很多事情，此时，两位同伴达成了一些共识：首先，她们碰巧都认识丹什先生（也许只有苏西不认识，当然她也可能认识），在这个熙熙攘攘的世界之中，可能只是一个偶然；其次，人们都喜欢认为这么意外、突然的事情里面还有隐情，这是很有趣的，是啊，是多么有趣啊！很有可能，这样的语境或者氛围是按人们的偏好进行过设置的，虽然这种可能性还得经过推敲。其中的真相还没有出现，虽然我们这一对同伴已经谈到其中的真相。显然，这符合劳德夫人对她的老朋友的请求。

按劳德夫人的建议，凯特不应该听到任何事情。也许，正是莫德姨妈的这个请求，才让她们觉得情况的复杂和有趣。在我们刚才转述的那段对话之后，米莉又见到了凯特，可是，她却还是没有提到任何名字，而她的沉默表明更有趣的事情正要展开。这个类型的趣味是以前比较少见的，其中包含着一定的焦虑，从前，她在寻求趣味的时候，她是比较随意的。然而，她意识到有更犀利的理由对那位漂亮女孩感兴趣，凯特肯定还是她很感兴趣的人，这让米莉感到很兴奋，更有甚者，我们这个年轻的女士从来没有料到存在这样的理由，这是很重要的一点。因此，此后有两次，她们又在一起度过了两三个小时，在此期间，米莉发现自己看着凯特的时候，总是不由自主地想：丹什先生的眼光也曾亲密地停留在这张脸上，同样，这张脸上的这双眼睛也曾经非常甜蜜地看着他的脸。不过，她又想，人的眼睛总是要看过成千上万张脸，自己却可能想不起来看过谁；不过，这个想法产生了一个奇怪的效果，女孩更加强烈地感受到了这个朋友的另一面，对于这一面，即难以捉摸的另一面，她毫无疑问已经有很充分的心理准备。好极了，米莉早有这样的意识，可是，因为丹什先生似乎就近在咫尺，这一面就突然朝向了她。她不能找借口说那是因为凯特自己的存在，因为不能确切证明事实就是如此。这都没关系，凯特来来去去的时候，这另一面在她面前展现得淋漓尽致，在见面寒暄的时候，她还用这另一面跟她亲，在道别的时候，也用这另一面跟她亲，她还用这另一面跟往常一样谈天说地，只是，米莉突然感到，她怎么都不谈那件事。说句真话，我们年轻的女士要不是惦记着自己可能背叛承诺，在这几次见面中，她肯定不会如此深刻地体会到其中的差异。事实上，到后来分开的时候，她怀疑主要问题是不是在于她自己也有另一面，她自己没有说的事情人家都看透了；而由此产生的最为奇怪的事情是，当她问自己凯特怎么会没有感觉的时候，她就似乎意识到，自己正面临着无边的黑暗。她也许永远都不会知道，对于像米莉这样一个人给予她让她感受的东西，凯特真正的感觉到底是什么样的。凯特永远不会认为这属于个人的理解，也不会让她自己的良心受到牵连，她不是出于恶意，也不是因为奸诈，而是因为缺少共同语言。

于是，在此后的三四天内，米莉就是作为这样一个人，把凯特看成另一个人；也是作为这样一个人，她很快兑现了造访切尔西的承诺。那是著名的散文家卡莱尔[1]的故居，是他说教和他的信徒聚会的场所，现在是“可怜的玛丽安”的住处，她们经常提到玛丽安，她和这里的精神有些不协调。我们年轻的女士第一眼看见可怜的玛丽安，之前的一切感觉都坍塌了，她不能理解两个英格兰姐妹之间的社会状况竟然这么大相径庭，在这样的世界里，她们竟然找不到共同的土壤；从她们身上，人们可以发现森严的等级划分，这

1　可能指托马斯·卡莱尔（1795—1881），苏格兰散文作家和历史学家，著有《法国革命》、《论英雄、英雄崇拜和历史上的英雄事迹》等著作。

是完全偏向于贵族阶层的社会秩序。至于说在这个秩序中，劳德夫人将她的这个外甥女放在什么位置，毫无疑问，多少有些模棱两可，尽管米莉相当肯定马克勋爵完全可以为她准确定位，如果他想的话，也算是替莫德姨妈给她定位，不过很明显的是，康德利普太太处于一个截然不同的地域。她甚至不太可能出现在同一本社会地图册里面，她的客人似乎要翻过一页又一页，最后才能松一口气，说出“在这里”几个字。这个鸿沟总是有桥梁过渡，这样的桥梁真是必要的，这个印象让米莉感到茫然：对于通常的关系，一个没有受到本地熏陶的人，最清楚的到底是鸿沟还是架通鸿沟的桥梁。相比之下，这些东西在家里那边似乎都不存在，那里既没有从一个位置到另一个位置之间的距离，也很少看见双方，或者说哪一方，展现高风亮节的姿态或者故意让某种意识沉没，以压制关于距离的意识。无论如何，有意识地让某种意识沉没，高风亮节的姿态，人与人之间的距离，弥合人们之间的鸿沟的桥梁，乃至社会地图册里被跳过的页面等等，应该承认，对于我们年轻的女士而言，可以形成较为轻松的文学传奇，像特罗洛普或者萨克雷（也许最像狄更斯）的混合声音的恍惚回响，而米莉的朝圣历程就是需要这样的文学传奇。当天深夜，米莉可以跟苏西说，还没等她读完后面的情节，那个传奇的脉络就很清晰了，《纽卡姆一家》令人尊敬的作者（萨克雷），简而言之，从整体上讲，就成了这个传奇的主旋律：这幅图画中的匹克威克式成分，比她所希望的少很多，或者也许可以说，比她所担心的表现得少很多。她解释说，康德利普太太并不是另一位尼克贝夫人[1]，甚至不像是守寡、贫困的米考伯夫人[2]，虽然按忧心忡忡的凯特

1、2　分别为狄更斯作品《尼古拉斯·尼克贝》和《大卫·考坡菲》中的人物。

说的来判断，说她像什么都可以。

在这次深夜谈话中，斯特林厄姆太太很羡慕地说，不管最后结果怎么样，英国展现给米莉的这一面，是她自己似乎已经注定要错过的，她周围的人都这么说。与莫德·曼宁厄姆令人无法抗拒的关系，将她带入高处不胜寒的境界：此时，她已经开始做出异想天开的反应，这些反应体现了苏珊·谢泼德本色的一面。很长时间以来，米莉一直没有忽视过苏珊·谢泼德的这一面，这一面出现的时候，她总会凑上去迎接它，很温柔地又很不耐烦地拍着它，似乎要安慰它，表示她们将一如既往地呵护它。然而，她们之间今天晚上有另外一个亟待解决的问题：这个问题出现在女孩待在切尔西的那个小时里，就在凯特带着一个孩子出去的那几分钟，康德利普太太躺在楼上的床上，有点突然地（好像不是话赶话说的）提到了丹什先生，说他是她妹妹的情人。“她希望我知道，如果我在乎凯特的话，”米莉说，“因为这件事情有点可怕，但该做的还是可以做的。”

苏西感到不解。“要防备后果吗？说得非常轻巧。什么可以做呢？”

米莉微微一笑。“我想她希望我经常去看她，跟她多讨论这件事。”

“难道她认为你没有别的事情要做吗？”

至此，女孩终于把事情看透。“她认为我会崇拜和研究她的妹妹，虽然她自己一点也不理解她，除此之外，我别的事情都可以不做。”那位年长的朋友觉得她说话从来没有这样尖锐过，似乎康德利普太太让她失去了镇定。最近，斯特林厄姆太太觉得她的同伴一直很激动，可能有某种内在的力量，创造出金灿灿的光环，把所有的烦躁都笼罩在下面。这是米莉的伟大所在，她的性格很有诗意，这也是她苏珊·谢泼德的性格特征。“但是她又强调，”前者接着说，“让我不要跟凯特说。我不能跟她提起她说过什么话。”

斯特林厄姆太太即刻问：“丹什先生怎么会让人这样害怕？”

她觉得米莉迟疑了一下才回答，也许这恰好表明，她与康德利普太太的对话，也许比她所愿意转述的还更加完整。“真正可怕的不是他本人，”女孩的语气很轻松，好像这件事很好玩，人们从来都不可能分辨清楚，什么事情会让她觉得好玩，“是他的家境。”

“他的家境很糟吗？”

“他没有收入，也没有前途。他不仅没有收入，根据康德利普太太的说法，也没有创造收入的能力。她说他穷得叮当响。”

斯特林厄姆太太又想了想，接着说：“可是，他不是很聪明吗？”

米莉也想了想。“我不知道。”

对此，苏西一开始只说了一声“哦”，不过，一分钟过后，她若有所思地说：“我晓得，”最后又说了一句，“莫德·劳德也这么说。”

“说他是窝囊废？”

“不，恰恰相反。她认为他出类拔萃。”

“哦，是的，我知道。”考虑到她的朋友跟她说过的一切，米莉又跟刚才一样觉得好玩。“不过，按康德利普太太的说法，莫德姨妈根本不愿听人家提到这个人。我听她解释说，莫德姨妈认为，丹什先生绝不会成为公众人物，也不会变成有钱人，如果他能成为公众人物，根据我的理解，她是愿意帮他的；而如果他是有钱人，她就会想方设法把他一口吞掉，甚至不需要调料。可如今，他成了她的禁忌。”

“这么说，”斯特林厄姆太太说，“她，她的姐姐，全跟你说了。”她接着又说：“不过，劳德夫人是喜欢他的。”

“康德利普太太没有这样跟我说。”

“哦，亲爱的，她真是很喜欢他，非常喜欢他。”

“就算是吧！”她说完发出一声突如其来而又轻微的叹息，似乎感到很疲倦，然后便转身走开。不过，那天晚上，她们俩又提起了那个问题，虽然事后两人也许都说不清是谁先提起来的。米莉记得自己说，他们，她们所见到的每一个人，似乎都非常看重金钱。这让苏西忍俊不禁，她不算不温柔地笑了出来，她挺诚恳地说，这是可以想当然的，对于某些人而言，金钱会来得比较容易，而对于另一些人却很难，不过，她接着又说了一句公道话，说不管怎么简单化，人们都说不清楚，在这个方面，莫德·曼宁厄姆到底处于什么位置。她很世俗，但从来不挂在嘴上，也可以说，她平时很超脱，只是偶尔表现一两下。同时，苏西也为她自己说了句公道话，她说她真的一直在考虑她的老朋友和新朋友之间在财富方面的异同。莫德姨妈可以说是坐在金钱堆的中间，摆出傲慢的姿态，特别是她的眼神，尖刻又明亮，似乎金钱根本不存在。另一方面，米莉对于自己的金钱则没有姿态可言，从某种角度看来，这可能是一个错误：无论如何，她就处在遥远的边缘地带，如果你想了解她的本性，也许可以说，她的财富并非必经的途径。从另一个方面讲，很显然，劳德夫人的财富是要为某些目的服务的，她要用她的钱来实现自己的某些幻想和野心，如果好时机来临，她肯定会表现得极其大方、无私。她会把自己的愿望强加给别人，但她的最大愿望是人们不要因为本应屈服却不屈服而损失某些利益。至于米莉，因为她很年轻，她不会这样高瞻远瞩，人们还不能想象她会关心什么人。现在为时太早，因为她甚至对自己都不关心。即便是最富有的女人，在她这样的年龄，也不会有明确的心机，毫无疑问，米莉要过很久才会有明确的心机。同时，即使没有这样的心机，她也很漂亮，很淳朴，也很高尚，不管她的脑子里是不是有模糊的心机或者模模糊糊地寻找自己的心机；反过来，如果她有了明确的心机，她也还是这么美丽、这么淳朴和这么高尚，只是到了那个时候，她就很可能跟莫德姨妈一样会摆姿态。无论如何，这些异同让我们两位女士的谈话迸发出新鲜的火花，最后，那位年长的问那位年轻的说：那天下午，她是否泄露了她跟丹什先生相识这个秘密。

“哦，没有。我一个字都没有提见到他的事。我记得，”那女孩解释说，“劳德夫人的愿望。”

“可是，”她的朋友过了一会儿说，“她是想对凯特保密。”

“是的，可是康德利普太太会马上告诉凯特。”

“为什么呢？她不是很讨厌谈论他。”

“是吗？”米莉想了想说，“我觉得她最大的愿望是让她的妹妹讨厌他，如果向她透露这个秘密对实现这个目标有帮助的话……”不过，那女孩说到这里就突然停住，似乎她不说她的同伴也能明白。

然而，她同伴的理解跟她有些不一样。“你是说她会马上告诉她？”斯特林厄姆太太猜想这就是米莉想说的，那么，这又产生了另一个问题：“你跟他认识，怎么会对他不利呢？”

“哦，怎么说呢？也许跟他认识关系不大，倒是隐瞒与他认识比较关键。”

“哦，”斯特林厄姆太太安慰她说，“你并没有故意隐瞒。故意隐瞒跟他相识的不正是克罗依小姐本人吗？”

“她隐瞒的，”米莉微笑着说，“不是我和他的相识。”

“她隐瞒的是她自己和他相识，对吧？那么，责任全在她身上。”

“啊，不过，”女孩不着边际地说，“她有权利喜欢怎样就怎样。”

“那么，亲爱的，你也有这样的权利！”苏珊·谢泼德微笑着说。

米莉看着她，似乎觉得她单纯得让人肃然起敬，但也似乎觉得这就是人们喜欢她的缘故。“我们还没有因为这件事吵架，凯特和我。”

“我只是说，”斯特林厄姆太太急忙解释说，“我不明白康德利普太太能得到什么好处。”

“通过向凯特透露那个秘密？”米莉又思索了片刻，“我是说我看不出我自己有什么好处。”

“但总有一天，一切都会真相大白的，他跟你们俩都认识。”

米莉不大同意她的说法。“你是说他回来以后吗？”

“到时，他会发现你们俩居然都在这里，我想他不大可能为了一个而割舍另外一个。”

于是，两个人的谈话终于有了一些激情。“我可以事先设法见到他。”女孩有点自说自话。“我可以先给他一些提示，让他在我们见面的时候假装不认识我。或者，我也可以不在这里出现，这样也许更好。”

“你打算躲他吗？”

非常奇怪，对于这个说法，米莉倒是有些认可。“我不知道我打算躲什么。”

这既忧伤又甜蜜的声音一传进那位年长的女士的耳中，当场就消除了做任何解释的需求。她始终感觉，她们的关系完全可能像是南方的某座小岛，漂浮在一片温暖的海水上，在平常情况下，那片大海代表着一般情感的边缘或外围空间，但是，如果发生某件特定事情，海水会淹没这座小岛。现在，一大波海水正汹涌而至。“你想去世界上的哪个角落，我都会跟着你。”

不过，对这句话，米莉的反应很积极。“亲爱的苏西，我不知道怎么报答你才好!”

“哦，这还不算什么。”

“与最终的结局相比，这确实不算什么。”

“你还不够健康，不够强壮，还达不到要求，不能硬撑的。”亲爱的苏西劝她说。

“要求，好吧，要求越高越好。可是，到了那一天，等我跟你要求的一样健康、一样强壮，”米莉接上去说，“你知道，到时，我会和你永久地告别。”她继续愉快地说，“人生中最美好的时刻，就是进入一座漂亮坟墓的时候，那时候肯定是很开心的。这些年来，我活着就像死了一样，毫无疑问，我将来死了，反而会跟活着一样，也许这就是你的希望吧。”她最后说，“所以，你知道，你绝对不会真正了解我的状况，除非我永远离开；而且，到那时候，你也只会知道什么样的状况不属于我。”

“我愿替你去死。”苏珊·谢泼德在迷失了一会儿之后说。

“千恩万谢！那就请你先待在我身边。”

“但是，我们不能在伦敦待到八月，也不能再住几个星期了。”

“到时我们就回去。”

苏西畏缩地问：“回美国去吗?”

“不，到别的国家去，回到瑞士或者意大利去，去什么地方都可以。我说让你待在我身边，是让你不管我可能到哪里都留在我身边，即使到时候我们俩都可能不知道到了哪里。”接着，她语气坚定地说，“现在，我都不知道自己身处何方，你可能也不知道，不过没关系，也许，一切真的都会真相大白。”她的朋友本可能认定她是在开玩笑，可是，她也知道，她从沉重到欣喜的尺标，有无数重叠的阴影，对比度从来就很不清楚。她该喜悦的时候会显得很失落，该沉重的时候，反而会显得很开心，有时候显得很严肃，有时候却很轻松。“我必须面对现实。况且，一切不会自动真相大白，”她补充说，“康德利普太太会秘密透露给她，从而达到伤害他的目的。”

她的同伴感到莫名其妙。“可是，怎么是他受到伤害呢？”

“如果他假装还爱她的话……！”

“他只是假装吗？”

“我是说，他带着她的信任到异国他乡去，结果却把她忘了，反而看上了别人。”

这句话总算让苏西感到很愉快，所以她们的谈话进入很舒服的尾声。“他看上你了吗，这个骗子？”

“没有，但问题不在这里，关键是她会让凯特相信什么。”

“她会不会相信，他既然与你认识之后又有一些来往，何况你有难以抵御的魅力，只要你向他招招手，他肯定会随你而去？”

对此，米莉既没有接受，也没有予以修正；只是过了一会儿若有所思地说：“不，我想她不愿认为我会去招他，因为如果我果真去招他，那反而会促使他表现他的忠诚。我的意思是，”她极不耐烦地补充说，“如果她能够将他说成引起嫉妒的人，那明显对她是有好处的，因为这样可以让她妹妹转变对他的印象。”

在这个解释之中，苏珊·谢泼德好像看到了某种心机，她的新英格兰女主人公也有这样的心机。有这种心机的人会看穿弯弯曲曲的走廊，那是新英格兰女主人公们的一贯作为，可是如今，她年轻的朋友居然能看穿那么多个弯，这是极有趣的事情。此时，她们不正是在深入黑暗的迷宫吗？反正，她们很开心。她问：“她会不会发现他对凯特朝三暮四（那个古老的词怎么说来着）？”

“是吗？”她还没有形成自己的观点，不过，似乎米莉也还没有。

“哦，也许，这种事情可能会激发凯特的情感，反而压制不了。”

这个看法很聪明，但那女孩只是睁大了漂亮的双眼。“凯特的情感？哦，她没有提到。我认为，”她似乎没有意识到自己在给人制造错误的印象，“康德利普太太并不觉得她正在恋爱。”

斯特林厄姆太太也睁大了眼睛。“那么，她担心什么？”

“哦，她担心丹什先生自己会放不下，她担心这样会产生要命的后果。”

“哦，”苏西的心有点乱，“她看得真远！”

然而，听到这句话，米莉又好像开玩笑地说：“不，只有我们看得远。”

“那么，我们就不要替他们操心了！”

“当然！”那女孩即刻表示同意，不过，兴趣还是有的，她似乎希望把自己表达清楚，“她说的都与凯特本人无关。”

“你是说，她认为她的妹妹不喜欢他？”

在那瞬间，米莉似乎不能确定自己到底是什么意思；不过，她一会儿就能确定了。“如果她确实喜欢，康德利普太太会告诉我的。”

听到这些话，苏珊·谢泼德不明白的是：那么，她们当时到底谈论了什么？“你问她了吗？”

“哦，没有！”

“哦！”苏珊·谢泼德说。

然而，米莉很轻松地解释说，她是无论如何都不会问她的。

第五章

1

今天，马克勋爵的眼睛特别离不开她，似乎要等她说一句忏悔的话，承认她原先对他确实不公平；他的愿望是好的，照说应该是能够实现的：他热情澎湃，足以让她觉得似乎自己就要忏悔，不过，他们两人之间似乎不存在公平或者不公平的问题。他到了她们的旅馆，在那里见到了她，也发现苏珊·谢泼德和蔼可亲，他对苏珊很“温柔”，这是大家的印象，苏珊也发现了。此后他又来过，只是未遇见她们，接着再来过一次，终于又见到她们：还让她们很明白地了解到，如果说此时一切都还未终结，也许，她们可以感受到空气的稀薄，那是这个季节的最后一口气，那么，她们可能喜欢去哪里，只要跟他说说就可以。她们的感觉，或者说她们客气的托词，是她们并未希望到哪个地方去，不过，人家带她们去过哪里，她们都很喜欢。她们目前确实有这样的意识，事实上，这显然同样可能只是自然而然的事；而今天下午时光的车轮幸福地转动着，各种印象聚集在一起，像一大束珍稀的鲜花，色彩斑斓。这一大束鲜花已经送到了她们的面前，也可能是有人领着她们走到花的面前，如果说她们会习惯性地隔空交换眼神以达成共识，那么，她们悄悄地一致认定，正是他的手在转动时光的车轮。他转动着车轮，而根据浅显的分析，他的努力产生了显著的效果，首先，像苏西在现场乃至在一个小时内一遍又一遍地说，说给她自己听，也说给跟这个问题有关的人们听，她们终究没有错过这样一次美丽、有趣的经历；其次，劳德夫人也没有错过这样的经历，虽然说她们最初是冲劳德夫人来的，而我们年轻的女士对这里产生最愉快内心反应的那大约半小时内，她直接面对的人也是那位夫人。

对于米莉而言，那幢具有历史意义的别墅，前面有一个大平台和一个花园，俨然是法国画家让-安东尼·华托的作品收藏中心，别墅里金碧辉煌，整个氛围更加热烈，跟盛夏一般灼热，但品味显得十足完美。按她自己的判断，在最初的一个小时里，她似乎经历了和最后启示有关的许多事情，例如她又认识了一些魅力十足的人，走过摆设着盔甲、名画、古董、绸缎以及茶几的大厅，这些东西不约而同地提醒着她，恢弘大气是装饰出来的表象。这种恢弘大气的风格像是一座巨大的容器，而其他的一切，例如个人的富裕，随意、低声的欢迎，以及主人和女主人值得尊敬的年纪，这一切既脱俗又朴实，既气势逼人又似乎那么腼腆，但终究是溶液里的某种成分。这些成分溶合在一起，调和成了一剂药水，那女孩也许会觉得，她刚刚稀里糊涂地从某个人手里接过来的一小杯冰镇咖啡，而这剂药水的精华已经注入咖啡里，与此同时，她似乎感到有一阵气势更磅礴的洪流把她托了起来。那是她这个年轻人的新鲜感，这是她人生中第一次也是最重要的一次。刚才，她的感觉汹涌澎湃，事实上是因为她似乎通过莫德姨妈发现了谁是今天的主角。对于一位摇摇欲坠的少女而言，如果她发现自己就是这个大场面的主角，感到十分激动是理所当然的，劳德夫人会得出这样的结论。当然，这一切都很伟大，一切都在伟大的画面里，而毫无疑问，在金灿灿的光线下，所有各种印象也都会熠熠生辉，人的生活也是一样的；何况，暂且撇开所谓熠熠生辉的生活不谈，在那个小时里，她也必定会很舒适地感受到她的同伴的和蔼可亲。“你必须留下来跟我们在一起，你必须留下来；其他一切都是不可能的，也是荒唐可笑的。你还不明白，毫无疑问，你现在也不会明白，不过很快你就会完全明白：你留下来，想待在任何一个位置上都可以。”这既是欢迎辞，也是祝辞，即便那只是莫德姨妈在喝醉酒之后胡说的。人们发现，这位可亲的女士那天的精神很恍惚，但对于米莉而言，在当场乃至以后，那也代表着想象力的最高水平。

那天，在兰开斯特大门，她听见马克勋爵说她是个“成功者”，此时，她的耳边又响起了同样的音符，这段短短的插曲，现在终于接近尾声了；尽管不是很清晰，尽管没有众多的启示，如我们所见到的，在这个空间和时间内，曾经发生了很多事情，即使这些事情没有带来真正的启示，在这没有准备的三个星期内，这些事情比期望的实际上要多出三倍，而且这些都是免费且真诚的。劳德夫人即兴为她们创造了冲刺的机会，不过，米莉现在放飞想象就可以想到，其中很多成分只是粗糙地混合在一起。因此，在这个时刻，如果说她有理由，完全是个人的理由，认为这段插曲即将终结，那么，她也替她的同伴形成了同样深刻的判断。这段插曲的尽头，将是一幅令人钦佩的画面，但在这幅画面里，莫德姨妈对于自己是否还能继续留在画中，并没有很大的把握。她正在做的一切，就是表面上在劝米莉的时候，其实是尽力让她自己进入平和的状态；对此，米莉也许想装着没看见也不行。女孩充分感受得到，她劝她的方式还算好，虽然我们年轻的女士确实不怎么需要这样的劝，也不会觉得其他的劝法有什么问题。特别是当她充满感激之情喝着那杯冰镇咖啡的那几分钟，在那几分钟内，她曾经深刻怀疑自己的智慧，但她最清楚地看见了，她到这里来和马克勋爵有什么关系，至少看清了，她在这里过得很开心和他有什么关系。五分钟之后，她便感受到了这种关系的魅力。而且，如果有东西让人彻底着迷，其他一切东西都自然会很有魅力，不过，坦率地说，她没有想到，他们之间会产生平和而友善的关系，即相互理解的友谊。草坪上搭了一个大帐篷，作为客人休息吃点心的接待中心，让米莉想起印度本地藩王的觐见室；此时，那里聚集了许多人，她手里的冰镇咖啡就是在这里拿到的，那群原本随便走动的客人们，现在已经全部落座，其中有些人就像本地的藩王，这是一个耳熟能详又不失高贵的名称！马克勋爵也许是其中的一员，尽管如果让他有选择余地的话，他宁愿作这个家族的监护性朋友。这就是兰开斯特大门的家族，他认为这个家族也包括新来的两个美国人，但更重要的是包括凯特·克罗依，感谢上帝，这是一个非常容易对付的年轻人。她认识许多人，也有许多人认识她，她是这里最漂亮的人，这是米莉在酷暑的熏陶下，有点客气，也有点晕乎乎地跟莫德姨妈说的。

在这个新朋友的眼中，凯特有一种与众不同、让人舍不得她的特质，在特定的时刻，她会让人觉得是一个漂亮的陌生人，会切断她的各种关系或者失去原来的身份，让人随意畅想，所以，她从远处看很漂亮，再仔细看，会觉得她越来越可爱，不过，她永远会让人产生好奇。跟她有关系的人，随时会在她身上找到新鲜感，但这种新鲜感主要来自人们都对她充满好奇心，好像根本不认识她。我们猜测，就在米莉听斯特林厄姆太太说她认识丹什先生之后再去见她的那一次，她就产生了这种感觉，当时，她看起来像另一个人，米莉知道，有批判精神的人会说，她在她身上没有看到情感色彩；

我们年轻的女士当场就能预见：在她的眼里，她经常会展现这样的形象。今天下午正是如此，米莉像一个小女孩抱着一个玩偶，这个玩偶按传统标准来看太大，但她会自己偷着乐，此时，她也想偷偷玩那个游戏，看看人家怎么看待她，人家会把她放在什么样的位置，就当眼前这些人都不认识她。因此，她会静静地坐着，一言不发，让人家看着她，伺候着她，等着看人家怎么称呼她，或者把她放在什么位置。毫无疑问，这是让人家感受到她能满足场合要求的一种方式，不管是什么场合，尤其是在要求极高的场合。当然，人们还能感受到，例如，她就是为重大社交目的而生的。米莉也不是完全肯定自己是否了解重大社交目的有哪些，除非在特定场合施展特定的魅力也算是其中之一，那么，她肯定可以确切地意识到，对她那位朋友而言，她是可以满足这个目的的。也就是说，她总是那么正确，而那些让人受不了的人，往往就是这样的；在劳德夫人面前，她就做了这样的表现，也许，她也可以让人家说她挺可爱的。不论其他的一切怎么样，她总算是达到了目的，加强了将两位女士连接在一起的纽带，在劳德夫人的眼前流淌出玫瑰色的液体。在今天这个场合，米莉就准备展现这个景象，不过，那些刺眼的侧光还是继续照射着，让思维产生了偏差，对于这种情况，我们已经看到了一些。

劳德夫人自己发现，说到凯特，她的答复很简单，如果带着她环游世界，肯定是奢侈的：她说得真对，她感到很惊讶。到了这时候，难道还不够清楚吗？她还没有到这里来，人家就认定了她就是奢侈品，到了这里，人们也把她当成了宝贝。不过，粗鄙的欣喜是短暂的，她们都会发现，她们的周围是蓝色的大海，她们正在大海里畅游。这时，她们的话题又回到马克勋爵的身上，他一直在她们的面前晃来晃去，为她们创造了一定的方便。他就是蓝色大海的一部分，也像挂在刺绣工人面前的一束丝线。莫德姨妈随意转动的纺纱机有节奏地对它的长度进行了测量，有一个附属真相在米莉眼前闪现：马克勋爵一直都知道他自己是人家利用的对象，但他并没有异议。这是劳德夫人促成的理解，而她宁愿不要这样的理解。她无论如何也不会让他坦白说，他不会仅仅为了取悦莫德姨妈可爱的眼睛而在麦青别墅上演这一出，不管那是在干什么。应该可以猜得到，他所干的事情，就是人们一直希望他做但总是未能如愿的事情；而此时，一个相对比较突然的变化，也就是希望的中断，这对大家都是有好处的。至于什么让希望中断，那显然和米莉毫无关系；就此而言，很幸运的是，她没有直接听见他说她已经被人放在天平上称过重量。不过，他说了一句随意的话，也产生了同样的效果："好吧，就让那位可爱的夫人决定她自己的腔调吧。"他还补充了一句说："既然她已经在这里，她就会继续待下去，争取得到她所能得到的。但是，你和我是不一样的。"米莉知道她自己确实不一样，而他有什么不一样，那是他自己的事情；但她也知道，马克勋爵在这个方面的提示，即使在他们的交流最明确具体的时候，也是心照不宣的。实际上，他并没有让她感受到恩惠。而且，让劳德夫人决定她自己的腔调，那是双方都感到很自在的事情。她可能用二十种腔调，但也不至于造成任何破坏。

"你一定要与我们在一起。你知道，你喜欢什么位置都可以，什么位置都可以，我亲爱的孩子。"她这句话的语气很重。"你一定要把我们这里当成自己的家，你完全可以把它变成世界上最美丽的家。你不要有错误的想法，不管是哪一种错误的想法。你一定要让我们大家关心你，让我们照顾你、保护你。最重要的是，你一定要帮我照顾凯特，你一定要为凯特多待一会儿。你和凯特居然成为好朋友，我好久没有碰到这样好的事情了。非常漂亮，非常伟大，这就是一切。更加完美的是，你们的结交，居然是由过了这么多年才回到我身边的苏西促成的，这真是一个奇迹。不，对我来说，苏西的再次出现，甚至比你和凯特融洽相处更加迷人。上帝真仁慈，因为我在这样的年纪，不可能再结交一位新的朋友，我是说，不可能再从完整的一块布料上裁出一件真正好的衣服。就像到了五十岁之后不会换银行一样，一般人不会这样做。所以，上帝一直帮我留着苏西，养在你们美妙的国家里，藏在薰衣草里，卷在粉红色的纸里，最终像从神话故事里走出来的人一样，而你就是小仙女。”对此，米莉满怀感激地回答说，这样对她的描绘，让她觉得粉红色的纸就是她的衣服，而薰衣草则是衣服饰边的颜色，不过，这种轻飘飘的玩笑不能阻止莫德姨妈继续展开她的话题。在她保护之下的女人还可以感受到她至高的诚意。在此时刻，她似乎是一个非常幸福的女人，其中部分幸福感来自：她的情感和见识达到了前所未有的协调。毋庸置疑，她爱着苏西，但她同时也爱凯特和马克勋爵，爱这里古怪的主人和女主人，爱这里的每一个人，下至来接过米莉的空盘子的那位用人，乃至米莉本人。说话的时候，米莉真切地意识到自己身上裹着护身长袍，重量相当于一条东方地毯。按照人们自己的意愿，东方地毯应该是用来穿在身上，而不是踩在脚下的；而且，如果说女孩因此窒息，她可以感觉到，那不会是劳德夫人的过错。她后来还能记得的最后一件事，就是莫德姨妈接着说她和凯特必须站在一起，因为她们如果站在一起，什么事情都能做成。当然，她考虑的对象是凯特，可是，这个计划想要稳步开展和提升，似乎米莉自己也要好才行，似乎米莉好，凯特才能好。现在，这个计划还是比较模糊，还有点混乱，但算是相当全面、相当真诚，让我年轻的女士更能理解凯特以前说过的话，尤其是关于她姨妈的“可能性”，也更能理解苏珊·谢泼德的形象化描述。后者最常说的一句话，是亲爱的莫德有巨大的天然的力量。

2

我们必须补充说明，各种各样的印象之所以直到后来才完全进入女孩的脑海里，首要原因是，在这阶段，她与马克勋爵共度了印象极其深刻的一刻钟，这一刻钟的印象，可以掩盖其他一切。“你见过房里的那幅画吗？非常漂亮，非常像你。”他站在她的面前说。他终于有机会向她暗示，他曾经牵过又不愿让她知道的“线”，都不是他没有感到丝毫快乐的原因。

“我走过很多房间，见过很多幅画，我觉得大多数都很漂亮，但我没觉得跟哪一幅相像！”简而言之，米莉需要一些证据，而他刚好乐意提供这样的证据。那是一幅布龙齐诺[1]的肖像画，画里的人物跟她几乎一模一样，无论从哪个角度考虑，她都得去看一看。因此，他就把她带走了，进去这房子是很容易的，因为她刚才一直在这房子的周围绕着，好像在画一个神秘的圈子。不过，他们的前进路程不很畅通，他们走得不急，可以说是走走停停，主要原因在于他们面前不断出现不同的女士和绅士，他们或者形单影只，或者成双成对，或者成群结队，但是，他们都会喊“喂，马克”，于是，他们就要停下脚步。至于他们说了些什么，她一直不太清楚，她感触较深

---

1 布龙齐诺（1503—1572），意大利佛罗伦萨画派画家，风格主义的代表，擅长肖像画。

的是他们似乎都非常熟悉，像一家人似的，至于其他的印象，就是这些人都跟他们一样无所事事，甚至比他们更茫然，像在水上随波漂荡，都像有心灵的创伤似的，不管风度翩翩的男士，还是衣饰华丽的女士。他们也许很早就开始了这个轨迹，不过他们依然很勇敢，依然风度翩翩、举止优雅，依然可以继续沿目前的轨道前进，他们作为一个集体，让她感觉到声音很甜美，甚至比演员更好听，但她也觉得，他们的措辞友善但空洞，他们善良的目光四处搜索，尤其是在她浑身上下不停地打量，跟刚才喊马克的名字一样坦率，其中最明显的感觉（当然也算是愉快的感觉，如果她不介意的话），就是他似乎在向她建议，这些可怜又可爱的人想怎么欣赏她，就让他们去欣赏好了。

比较奇怪的是，他居然让她自己也相信，她目前善良和优雅的表现，还是很值得欣赏的，起码他很明显地表现了这样的欣赏。她可以轻易地看见，这里正是善良和优雅的嘉年华，一大群伦敦人聚集在一起，虽然类型各异，却相互认识，然而都以各自的方式表达了自己的好奇心。大家相传她就在这里，有关于她的问题也让大家交头接耳，对她而言，最省力的事情就是跟着他去迎接挑战，也就是统统交给他。难道她不知道他们对她不会构成任何伤害吗？所以，他是否将他们介绍给她，其实没有多大差别。米莉觉得最奇怪的事情，对于所有人的和蔼目光，这似乎标志着文明的最高境界，她居然能够以高度的镇定乃至超然应对。对于奇怪的事情在她周围蔓延，那一点也不是她的错，因此，对这种事情不加任何疑问地接受，可能是感受生活的很好途径。对那位富得可怕的年轻美国人，也许可以这样来描述：她的模样看起来很奇怪，但是无论如何，跟她认识却是非常好的事情；对于有哪些谣言或者无稽之谈早已在传播，她只是稍微做了猜测，然后不再深究。她曾经问过自己一次，苏西会不会对她的事情胡说八道，但是，这个问题当场就烟消云散了。事实上，她当场就知道，非常清楚地知道，她当初为什么选择了苏珊·谢泼德：从第一次见面开始，她就确信她是世界上最不可能胡说八道的人。因此，这都不是她们的过错，该怎么样就怎么样吧！现在，一切都在眼前，善良的目光总是善良的，虽然这已经是最糟糕的事情。她和她的同伴一起进屋，终于摆脱了所有意外。那幅布龙齐诺肖像画似乎藏得很深、很远，午后逐渐拉长的阳光特地为他们停留，为他们照亮了犄角旮旯，为他们指明了前进的方向，也留下几片古色古香的阴影。

在这段时间里，米莉一直觉得，除了这个说出来的借口之外，马克勋爵似乎还惦记着别的东西；他似乎还有别的什么话想跟她说，很清醒但不笨拙，而是小心翼翼地显得犹豫不决。当他们见到那幅肖像画的时候，他的话似乎就说得非常清楚，总结起来似乎就是："就让一个不算很傻的傻瓜来照顾你吧。"在那幅布龙齐诺肖像画的帮助下，这句话的意思传达得很清楚，在此之前，他是不是很傻的傻瓜，跟她没什么关系，可是，此时此地，她倒希望他不是傻瓜，她还想起了劳德夫人新近提醒她的话，感觉那么耳熟。她也想照顾她，那些用善良的目光看着她的人们不都这么想吗？于是，各种东西再次融合在一起，那美丽，那历史，那幸福感和那灿烂的仲夏阳光，形成无比辉煌的光芒，像众神带着光环突然降临人间。她后来才意识到，事实上，马克勋爵并没有具体说什么，所有的话都是从她自己嘴里说出来的。她也无可奈何，反正都说出来了；而她之所以说这些话，是因为她刚看到那幅神秘的肖像，自己就情不自禁泪水盈眶。也许就是因为含着眼泪看，这幅画才显得如此奇怪，如此漂亮，跟他说的一样美妙：那张年轻女人的脸蛋，及至那一双手，都画得光彩照人，身上的衣裳也那么华丽。那张脸略显苍白，不过，在忧郁之间显得很清秀，发髻向后高高盘起，看起来像一顶皇冠，相貌跟她确实极其相似，像是自家的亲姐姐。这幅肖像略带米迦勒天使的拘谨，画中人的眼神和当代人有些不同，嘴唇很丰满，脖子很长，身上的珠宝饰品都是古董，还有织锦靡费的红色衣服，这一切都表明她肯定是个了不起的人物，只是缺少欢乐的陪伴。而且，她是死的，是死的，是死的。米莉对她的赏识，用一句不着边际的话来表达："再好也就这样了。"

他看着那幅画，微笑着说："跟她比吗？你不用比她好，那肯定已经够好了。不过，人们会觉得，也都确实觉得，你比她还好，因为她虽然光彩照人，人们还怀疑她是否真的很好。"

他显然没听懂她的话。她站在画像的面前，不过，她已经转过身来对着他，她不在乎他是否看到她眼中的泪水。这可能是她与他相处得最好的时刻，也许，她和任何人在一起的感觉都没有这么好过。"我是说，今天下午感觉太好了，也许，以后再也不会这样好。所以，我很高兴你是其中的一部分。"

虽然他还是不明白她的意思，但他表现得好像已经明白了一样，他没有让她再说一遍，这已经算是在照顾她了。此时，他就是让她不要自己伤害自己，要真正照顾她，还有许多事情要做。"好吧，关于这些事情，我们得好好谈谈！"

算了吧，她知道，他们已经谈得够多了，她已经没有再谈下去的愿望，片刻之后，她朝那个脸色苍白的姐姐摇了摇头，动作非常缓慢。"我希望我能看见我们哪里长得一样。当然，她脸色发青，"她笑着说，"但我的脸色比她还要青几分。"

“连手都长得很像。”马克勋爵说。

“她手很大，”米莉说，“但我的手更大。我的手简直是庞然大物。”

“哦，你各个方面都比她胜出一筹，我刚才就是这么说的。不过，你们真的很像，像孪生姐妹。你肯定看到了。”他这样说似乎是要表明，他是个当真的人，他并没有捕风捉影，随意发挥。

“我不知道，人总是很难了解自己。这是个幻想，我不敢想象会发生这种事情……”

“我觉得确实已经发生了。”他不等她说完就插进去说。当她面对着画像时，她就背对着房间里一扇敞开着的门，而当他在说这一句话的时候，她转过身来，意外看见他们的旁边还有另外三个人，这三个人似乎也都是专门来看这幅画的。凯特·克罗依就是其中之一；马克勋爵也是刚刚意识到她的到来，而她则感到很意外，她竟然不是第一个来这个地方的人。她带来了一位女士和一位先生，她也想让他们看马克勋爵让米莉看的那幅画。他马上将她当成自己的增援力量。不过，他还来不及开口，凯特就把他想说的话给说了出来。

“你也发现了？”她微笑着跟他说，可是她没有看米莉。“这么说来，我就不算独具慧眼，有些失望。不过，她们确实很像。”然后，她才将目光投向米莉，米莉同样觉得，不管从那个方面讲，这目光都是那么善良。“是的，亲爱的，你也看见了，大家都看见了。你真漂亮。”此时，她只是瞟了那幅画像一眼，不过，这就足以让她提给她的朋友们的问题显得不那么突兀。“你们觉得呢？”

“我是主动带蒂尔小姐来的。”马克勋爵跟她解释说。

“我也是带阿尔德肖夫人来让她亲眼看看。”凯特对着米莉说。

“英雄所见略同。”她旁边的那位先生笑着说。这位先生个头挺高，只是略微有些驼背，走路有些踉跄，说话的时候露出门牙，显得有城市人的气质。米莉隐约觉得，他可能也是一个大人物。

在此期间，阿尔德肖夫人一直看着米莉，好像米莉就是布龙齐诺肖像画的主角，而布龙齐诺画中的人就是米莉。“漂亮，漂亮！当然，我早就注意到你了。确实太美妙了！”她继续背对着画像跟她说话，不过，她说话的语气越来越急切，也出现了一些肢体语言。够了！她们已经算是相互介绍过了，她还说：“不知我们能否恭迎你们光临……”她不显得有多少青春活力，因为她并不年轻，尽管她极力否认自己是上了年纪的人；她身上色彩鲜艳，在仲夏阳光的照射之下，略显多余的珠宝首饰闪耀着刺目的光芒；她穿的衣服都是最淡的粉红色和蓝色。此时此刻，她觉得自己不会“光临”什么地方，米莉就是这么想，而她也知道，马克勋爵正在努力要让她不用回答这个问题。他插了一句话，也不管那位女士是否介意。显然这就是对付她的合适方法，至少对于他来说是合适的；因为她没有接着说，只是微微一笑，然后同他转过身去就走了。这就算是把她打发了，不过也可能使得亲痛仇快。那位先生依然站在那里，有点无可奈何的模样，同时极力表现都市人的文明气质。那位女士的友好提议被打岔的时候，他同情地叹了口气，米莉据此很快地明白了他们的身份。他们就是阿尔德肖勋爵和阿尔德肖夫人，那位妻子比丈夫更聪明。过了一两分钟，形势发生了一些变化，她后来才知道，那是凯特的功劳。她自己当时说她恐怕得走了，要去找苏西；可是，她说着就在最近的一只椅子上坐了下来。从敞开着的门，她的视线可以进入其他房间，可以看见马克勋爵跟阿尔德肖夫人一起悠哉地散着步，阿尔德肖夫人紧紧靠着马克勋爵，显得非常专注，仿佛要向背后的人们表明自己特别内行。阿尔德肖勋爵还站在房间的中央，凯特则背对着他，站在她的面前，表情很甜，跟蜂蜜一样甜。那是专为她做出来的。她觉得那位可怜的先生得到的待遇，跟马克勋爵给他夫人的待遇差不多。他就像悬挂在半空中，晃荡晃荡走了几步，专注地看着布龙齐诺的肖像画，戴着眼镜，还在肖像前面不停地徘徊。然后，他发出一阵怪异而模糊的声音，跟打呼噜的声音没有明显的区别，他大概是在说："哼，真是不得了！"米莉听到这句话很开心，脸上出现了一阵亮光。接着，他也跟着踩在非常光滑的地板上走了；米莉觉得她可能失礼了。但是，从每一个方面讲，阿尔德肖勋爵都是无关大局的细节问题，此时，凯特正在对她说，希望她身体没有不舒服。

此时，在这间具有历史意义的镀金房间里，面对墙上那张脸色苍白的肖像，而画像中的那个人眼睛似乎一直在与她对视。她发现，她自己突然产生了一种很亲切但又很卑微的感觉，而眼前这些豪华的排场就是十分奇怪的见证。这种感觉来得非常突然，它的形式也迫使她不得不接受，与此同时，她还觉得她之所以产生这种感觉，似乎就是为了逃避别的东西。三分钟之前，她刚看见她的朋友的时候，这别的东西就出现在她的面前，甚至是别人提醒她注意的。她越来越不舒服地觉得，这东西一直存在，十分别扭。她们每一次再见面，它都会跳起来，呈现出新的面孔。"她在他眼里也是这样的吗？"她问自己。最别扭的是，她一直记得，凯特与他是相识的。这不是凯特的过错，也肯定不是他的过错；此时，她有一种非常慷慨而又温柔的恐惧，似乎自己错怪了他们。对于错怪丹什，她是无法弥补的，因为他距离太远了；她倒是有弥补对凯特的误解的冲动。为此，她通过一种奇怪的温柔力量，将冲动转变成行动。"你明天能帮我一个忙吗？”

“无论什么差事，亲爱的，我都愿意为你效劳。”

“不过，你要保守秘密，不能让任何人知道。我是不是很邪恶？”

“那么，我就是你首选的人。”凯特微笑着说，“因为那就是我爱干的事情。我们来做点坏事吧！你知道，像你这么洁白无瑕的，真是世间罕有！”

听着这些话，米莉一直看着画像的眼睛。“哦，我也许会让你失望。我只是想骗苏珊·谢泼德。”

“哦。”凯特似乎真的觉得这样太小意思了。

“不过要骗得彻底，尽可能彻底。”

“要骗人，”凯特问，“我管用吗？好吧，我会尽最大的努力。”于是，她们达成了一致意见，米莉将在她的帮助和陪伴下去拜访卢克·斯特雷特爵士。凯特过了一会儿才知道这个人是谁，而她的同伴就太厉害了，这样的人她也认识。对于米莉自己，这个名字已经在耳边响了很久。她解释说，这个人是医学界最大的人物，她相信她已经找到了正确的人，为找到他，她动用了让亚当和夏娃犯错误的毒蛇的智慧。三天之前，她给他写了信，他也跟她约定了一个时间，就在十一点二十分，只是就在临行前，她忽然觉得不能够自己一个人去。可是，她的侍女不够好，而苏西却好得过头了。凯特侧耳倾听着，然后说：“我正好处于中间，对吧？说得好！怎么样算是好得过头？”

米莉想了想。“就是说，如果没问题的话她会担心，而如果有问题的话，她就会更加担心，我是说，她根本没有必要担心。”

凯特用深邃的眼光盯着她。“你到底有什么问题？”语气之中不可避免有着急的成分，似乎非要知道结果不可。因此，米莉当时便觉得，她只是年纪比她大很多，站起来比她高一点，她可能怀疑她的苦痛只是幻想，年轻人喜欢无病呻吟。她回答说，她正想知道自己有什么问题，如果她只是在胡思乱想的话，那么，凯特怎么怪她都可以。凯特则十分清晰表达了她的希望，说既然她能够来到欧洲，而且散发着这么大的魅力，让全世界的人为她倾倒，那么，她肯定不会有什么问题，她说她不相信会受到任何程度的惊吓。“呃，我就是希望弄清楚，弄清楚！”这跟前面说的话完全一样。对此，凯特的回答相当清楚。“那么，我们尽力而为吧！”

“我想，”米莉说，“你是愿意帮我的。不过，我还得请你承诺绝对保密。”

“但是，如果你果真生病的话，怎么可能不让你的朋友们知道呢？”

“哦，如果我果真生病了，当然，大家最终都会知道的。但是，这样我还有很长的时间。”说话的时候，米莉还是一直盯着挂在墙上的姐妹，仿佛是画中人在提示着她。她还坐在凯特的面前，脸上不无光彩。“我就是想，我即使死了，也可能不让人发现。”

“你是与众不同的姑娘。”她的朋友显然深受感动，“与你谈论这种事情，居然还这么愉快！”

“哦，我们不谈论什么，肯定不会。”米莉又回过神来说，“我只是想确认你做得到。”

“你有那么多……！”凯特叹了一口气，既赞叹，也表示同情。

接着有一段时间，她的同伴一直在等着她开口，似乎腼腆而深切地期望凯特说她真的很受感动，也似乎在劳德夫人的第一次宴会上她就在马克勋爵身上领教了同情的泛滥。这位漂亮女孩充满同情和友善的神态，都是她能预感到的。于是，她接过凯特的话头，似乎她已经领会到其中更加深层的意义。“那么多什么？”

“一切。没有什么东西是你得不到的。没有什么事情是你做不到的。”

“劳德夫人也是这样跟我说的。”

凯特一直盯着她，眼珠子一动不动，很可能是希望她继续讲下去。不过，过一会儿，她不再等待，自己接着说：“我们都很喜欢你。”

“你们都太好了！”米莉笑着说。

“不，你才是真的好！”凯特似乎真的动了感情，“三星期以来，你一直都那么好！”

米莉把这话题继续下去。“这种关系是绝无仅有的！正因为这样，”她补充说，“没有必要的话，我不会折磨你的。”

“我？我怎么啦？”凯特说。

“呃，你，”米莉想了想才接着说，“如果有什么必须忍受的，你都会忍受。”

“不会，我绝对不会忍受。”凯特说。

“哦，会的，你还是会忍受的。你会很同情我，你会给我许多帮助。我也会完全信任你。我们就是这样子。”确实就是这样子，凯特不得不接受；不过，米莉觉得，她自己特别是这样子，这正是她所希望说的话。她一直希望跟自己证明，她并没有责怪朋友有任何保留，那么，有什么证据比眼前的信任更具说服力呢？如果她希望向凯特表明她真的相信凯特喜欢她，那么，有什么比向她求助更有表现力呢？

3

第二天早上，是凯特第一次陪她一起去，结果，那位大人物似乎要请她们原谅，由于某个罕见的意外情况，他只能给她十分钟时间，而一般情况下，他给病人的时间是非常宽裕的。不过，在这短短的十分钟之内，他的服务态度就让她产生了难以相信的敬仰；他就像在他们中间桌上摆了一个晶莹剔透的空杯子。他必须即刻跳上马车离去，不过，他也马上又说他想再见她一次，一两天内再和她见面；还特地约了一个时间，如此一来，他就非常漂亮地抹掉了她此行落空而可能在心中产生的不平。事实上，她感觉，这十分钟的流逝，比她所有问题集合的速度还快，若不是她最终得到了一种印象，那么，除了再见一次的承诺之外，她此行真的一无所获。在最后几分钟飞快流逝的同时快速强化的印象，是她突然意识到，在这个异国他乡，她又可能结识了一位坦诚的朋友，而且，在她所有的朋友之中，这位朋友可能是最真诚的，因为他的性格应该是科学、有规律的，可思考和论证的，而不只是随和或者善良。而且，严格地说，与卢克·斯特雷特爵士的友谊，并不是她自己能决定的：她有一种非常奇怪的感觉，这种感觉让她很紧张，会让她说话结巴，甚至喘不过气来，她也许已经激发了他对自己的兴趣，甚至超过自己的意料，她自己事实上已经卷入一股洪流，而这股洪流最终将消融于科学的海洋之中。她可能会奋力抗争，但她最后必将随波逐流；曾经有一会儿，她几乎放弃陈述和解释，放弃任何抵抗，而是莫名其妙地颤抖着，紧张、满怀疑问而平静地将自己交给他随便处置。他那张神情庄重的大脸，虽然很坚强，却又不显得僵硬，在她的幻想之中，他显得既像是一位将军，又像是一位主教，她也很快就确信，这副面孔可能展示给她的，一定是对她有好处而且对她好处最大的。换句话说，她就这样不失时机地与它建立了某种关系，而这就是她在这次见面中得到的、现在要带走的胜利品，就像是她绝对拥有的财产，是她崭新的资源，也像是包裹在世界上最柔软的丝绸里面要让记忆夹在腋下带走的礼物。她走进他家大门的时候，她还未看到它，而当她走出大门的时候，她却已经将它揽在了怀里；她把它藏在大衣里面，出门的时候，她微笑着面对凯特·克罗依，却不露任何蛛丝马迹。当然，那位年轻的女士是在另外一个房间里等着她，那位伟大的医生没有留一人陪着她。看见了她，她就站起身来，脸上充满同情的神色，像在牙医的门诊厅里一样。“出来了吗？”看她那个模样，她们真的像是来看牙齿的；而事实上，米莉也没有给她制造任何悬念。

“他很可爱。我要再来一趟。”

“他到底怎么说？”

米莉用算得上喜气洋洋的语气说：“他说我不必有任何担心，说如果我乖，严格遵照他的话去做，他会永远、永远地照顾我。”

凯特感到很惊讶，似乎觉得她说得牛头不对马嘴。“可是，他有没有透露你是否生了病？”

“我不知道他透露了什么，我也不在乎。我肯定会知道的，这就够了。我的情况他都知道了，我喜欢这样，丝毫没有觉得不对。”

然而，凯特的眼睛还是张得很大。“可是，就这么几分钟，他可能问那么多问题吗？”

“他几乎什么也没问，他没必要做这么愚蠢的事情。”米莉说，“他一看就明白。他懂的。”她接着说，“他会花一点时间考虑我的问题，我回去的时候，一切都会好的。”

过了一会儿，凯特好像终于明白了。“那么，我们什么时候再来？”

这句话让她的朋友好像提起了精神，因为（至少这是原因之一）

即使当她们站着说话的时候，她就非常突兀地想起她的另一个身份，即她与丹什先生的关系。这将是一个永远难以估摸的身份，虽然这个念头消失的速度也许比来的速度还快，但她一想到这里，心里还是肯定会很不舒服的。这个身份之所以让她越来越不舒服，是因为随着时间一天天流逝，他的名字被提起的机会越来越少了。机会本该有二十个，有五十个，可是至今一个都没出现。当然，这一次并非转折点，这样的机会不会在今天出现，在米莉的眼里，今天仍然是躲避的日子。她一眼就看明白了，凯特对此则可能毫无意识，于是，她甩掉了压在心里的这块石头。不过，这块石头已经压在她心上很久了，已经影响到了她的反应。不，她已经向凯特表明了对她的信任，那差不多就够了。“哦，亲爱的，今天就算开好了头，我以后不用再麻烦你了。”

“你要自己一人来？”

“当然。不过，我还是想请你继续保守秘密。”

她们走出大门，来到大广场的宽阔马路上，她们还得等米莉带来的马车再完成一轮练习，车夫这样忙活，肯定有他自己的原因。脚夫也站在她们身边，他跟她们说是他让车夫再跑一圈的。既然如此，趁她们站着等的时候，凯特接着刚才的话题说：“哦，亲爱的，你没给我什么秘密，我有什么要保守的？”

这句让米莉更受不了，不过，她懒得发作，而是微笑着说：“好吧，你想说就说吧。”

“我没想过要说什么，”凯特说，“即使我能从你的嘴里得到什么真相，我也会跟坟墓一样安静。我所希望的是，你如果知道了自己的真实情况，你别瞒着我。”

“我绝对不会。”米莉继续说，“可是，我的情况你自己都看得见的。我很满足。我很幸福。”

凯特久久地看着她，然后说：“我相信你很开心。既然这样……！”

此时，米莉开始与她对视，但她只想着刚跟凯特说的话。她再也不是丹什先生的影子；她现在只代表她自己，还是那么好。目前的情况还不错，她们之间的关系是没有问题的。“我当然开心。我感觉，我不知道还可以怎样描述，我就像跪在了神父的面前。我做了忏悔，得到了宽恕。我完成了救赎。”

凯特的眼光从未离开过她。“他肯定很喜欢你。”

“哦，医生就是医生！”米莉说，“不过，我希望他没有过分喜欢我。”然后，似乎为了避免她的朋友表达更深层的意思，或是因为马车至今仍然没有出现让她失去了耐心，她的眼睛移开，看着那无聊无趣的大广场。然而，无聊无趣是因为伦敦的疲乏，在伦敦这样闷热的傍晚，该跳的舞都跳过了，该讲的故事也都讲过了，空中似乎覆盖着一幅模糊的画面，也似乎荡漾着混杂的回声，有一种印象与这种感觉刚好对应，这种印象随后就从那位女孩本来紧闭的嘴里喷出来。“哦，这个世界真大，真美丽！而且，每一个人，是的，每一个人都……！”这句话即刻引起了凯特的注意，她希望她的样子不像是在哭，不像在麦青别墅看肖像画的时候在马克勋爵面前那样失去控制。

凯特到底是能够理解的。“每一个人都希望那么好？”

“是的，都希望那么好。”米莉充满感激之情。

“哦，”凯特笑着说，“我们都会帮你渡过难关。那么，你会带斯特林厄姆太太来吗？”

米莉又是过了一会儿才说：“等我再见他一次以后吧。”

两天之后，她必定能为这个决定找到充分的解释；然而，当她按约定再次出现在那位伟大的朋友（在此期间，他在她心目中的形象变得更高大了）面前的时候，他问她的第一个问题竟然是有没有人陪伴她来。听到这个问题，她便马上将一切都告诉了他；此时，她完全摆脱了初次来访时的尴尬，甚至觉得有些过于健谈，而且，对于他希望她不是一个人来，她并没有觉得有什么不对。这完全是因为，在过去四十八个小时中，她与他的熟悉程度有了一定的提高，而他对她的了解也得到了神秘的进展。在此之前，他们在一起的时间顶多十分钟；但那十分钟却缔造了很美丽的关系，这个关系从一开始就扶摇直上，就他而言，那并不仅仅是出于职业性的热心，不是照顾卧床病人而装客气——如果是这样她肯定很讨厌，而是来自他的平静、和蔼和慈祥，他当时即使问这问那，了解她的病情，她也会觉得十分真诚。当然，他绝对不会问，也不希望问；他手头没有任何信息来源，但他也不需要任何信息：他可以通过自己的智慧洞察一切。现在，她不仅仅知道她不讨厌她的一切都被人发现，而且还知道，恰恰相反，这正是她此行的初衷，正因如此，她此时的内心更加笃定。她觉得自己意识到，比从前任何时候都更清楚地意识到，这是她首次在脚下踩着一块坚固塌实的土地。十分奇怪的是，这种坚固塌实的感觉，竟是当她在愉快的氛围之中发现自己从某种意义上说已经没有希望的时候产生的；不过，这首先证明了她此前就一直没有得到支撑。如果说她现在只能依靠人们确认她没有希望得到支撑，那么，这只会反过来证明她的家史是那么奇怪，那么无聊。漫无边际的喋喋不休根本无足挂齿，反而，她坐着看自己的生命被人家放在天平上称量，这才真真切切是品味有规律的生活的第一步。这就是凯特浪漫的说法，她说她的生命，特别是第二次来看医生，确实是放在了人家的天平上的；至于他们俩之间所建立的关系中最好的部分，可能是那位严肃而又迷人的大人物知道，也许第一次就知道了，这是非常浪漫的事情，因此创造了第二次机会。她唯一的疑虑、唯一的担心，就在于他也许不会发觉她自己也有一点点浪漫，因此不会浪漫地面对她。这必定是她在他那里所要面临的危险；不过，她总是要面对，而且，总体而言，危险都是一个个出现，接着一个个消失的。

那是个宽敞又美丽的房间，在那幢古老又精美的大宅的后面，正所谓深宅大院，悄然无声，也因为经历了不知多少显赫的岁月，墙壁有些泛黄，即使在炎热的仲夏，也让人觉得有些凉飕飕。几分钟之后，这个房间在她眼前展现了传统与沧桑，给了她无限的希望与塌实的感觉。她是出来看世界的，那么，这里就是世界的精华，是伦敦多彩多姿的后院，这些墙壁都是世界的墙壁，这些窗帘与地毯都是世界的窗帘与地毯。她应该很喜欢那台青铜大钟，也应该很喜欢壁炉上的那些装饰，这些东西显然是很久之前人们满怀敬意送来的。她自己也应该作为当代名人圈中的一员，照一张像，请人雕刻成像，签上名字，尤其是漆上釉料、装进框里，摆在这里作为一种装饰品，供人们欣赏娱乐。虽然她一直惦记着那个未加修饰的事实，再过几年，这个事实肯定还会清晰地浮现在她的眼前，但是，她同时也在琢磨，她最终会送什么来表示谢意。她送的东西至少要胜过那个粗壮的维多利亚时代青铜器。她觉得，这是他在为她诊断之前就洞察到的秘密之一：就在有那么多紧急问题亟待解决的情况下，她竟然会在私底下这样异想天开。在他的面前，她纵然有那么多秘密，任何秘密都不需要她自己说出来。对于这里的其他所有人，要不是在出发前挑选了那位可爱的夫人做伴，她就不可能跟他们有任何亲密而又体面的关系，所以，她的秘密不可能让任何人知道，出于对体面的追求，没有人会去探听。可是，如果说他洞察到了她的秘密，她是毫不在乎的，即使他知道她瞒着那位可爱的夫人，她也同样不在乎。她是独个儿来的，她随便找了一个借口就把她支开了，她可能是说要逛逛商店，说她心血来潮，想独自上街去溜达散散心。对她而言，独自上街也是新鲜事，从前，她上街总是有个同伴或者女仆跟着；而且，他永远都不会相信，对于他所可能说的话，她居然不能勇敢面对。她对自己的勇气的描述，让他产生了笑的冲动，不过，他只是微微一笑，没有让她感到不舒服。然而，他还是想知道那位女士是谁。星期三不是有一位女士与她一起来吗？

“是的，不过，她不是我说的那个人，不是陪我旅行的人。对于周三那个，我已经跟她说过了。”

这次他终于笑了出来，让他显得更有风度、更有魅力，同时也让她获得了许多时间。“你跟她说了什么？”

“我说，”米莉说，“我要悄悄来拜访你。”

“那么，她会让多少人知道呢？”

“哦，她是忠诚的，一个人也不会知道。”

“那么，如果她是忠诚的，你不是多了一位朋友吗？”

这种事情当然不需要计算，况且她也很清楚，他只是想让自己对她的看法更加完整，甚至可能只是为了缓和气氛，她还是想了一会儿。不过，他必须承认那是没有用的，关于缓和气氛之类的事情，她觉得她自己的看法是相当有把握的。对米莉·蒂尔而言，因为这件事情的性质，她周围的气氛注定是凄凉的。她可以用权威口吻将这个想法告诉他，如果她没有别的可以跟他说的话；她现在似乎还发现，果真如此，情况将大大简化。“是的，又多了一位朋友；不过，即使所有朋友都合在一起，也不能改变什么。我是说，人在真正孤独的情况下，再多的朋友也是没有用的。我倒是没见过这么多善良的人。”她停了一会儿，而他则一直等着，似乎他有自己的理由让她自己说，或者说迫使她自己说。她想的是不要在人家面前再哭一次。她确实没有见到过这么多善良的人，她要说句公道话；但是，她知道她自己想说什么，如果她这时坚持自己的观点，那不算不公道。“现在的问题在于我个人的状况。其他人再讨人喜欢，也毫无用处。没有人真正帮得上忙，这就是我自个儿来的原因，我也希望一个人来，虽然上次陪我来的克罗依小姐还想陪我一起来。如果你能帮忙，那是最好不过的，当然，如果自己帮得上自己一点忙，那也很好。不过，我想让你看看我真正的状况，所以我一个人来面对你。我喜欢这样，我不夸张。人难道不应该先暴露最坏的一面吗？这样，以后不就会越来越好吗？不管结果怎么样，对任何人都不会有任何实质性的影响。所以，和你单独在一起，我感觉到了真正的自我，我可以说，我因此得到了很大的鼓舞，如果你想知道的话。”

她这样说的依据似乎就是他想知道，因为他的神情似乎表明她是正确的，她当然得到了这个印象。这个印象让她觉得有些奇怪，也很深刻，因此，她便直接将这个印象收进心里。按这个印象，不管他是否同意，他正在考量一些比较遥远的东西，甚至可能说是不大相干的东西，除了她的健康问题之外，他对她的其他问题也产生了兴趣。她觉得，对于一个绝顶聪明的科学家，他可以算是这个层次的科学家，这种兴趣是不足为怪的，否则那就不能说是绝顶聪明。不过，她同时也将这个印象当成了解自己状况的通道，即使那可能落下她要与他相提并论的口实。即使是最伟大的医生，如果他迫切想了解病人的身体构造以及病因之外的更多信息，那也肯定会让病人感到失望。果真如此，那么，原因就显然在于同情，而当同情仰起那张善于泄露机密的脸，像法国大革命时长矛挑着一个头颅在窗前晃来晃去的时候，人们就可以推断出来，病人的病情很严重。不管他可能想说什么，她总是看到了在窗前晃动的头影，事实上，从此时起，她就只希望他说自己真正想说的话。他可以更随便，说什么都可以，因为他不用再费心避免她胡思乱想。最后，如果说他想让她开口说话，那么，她现在就已经开始说了，而他所听到的内容总结起来就是她不害怕。如果他想为她做一件世界上最可爱的事情，那么，他可以向她表明他相信她不害怕，而她自己的努力，希望没有误导了他，就是向他暗示她跟他一样勇敢。他可能真的会被误导。不过，他们相互做了一个示意动作，存续了几秒钟，那其实只是一个眼神交流，表明他们俩都了解当前的情况。他们棕色的眼珠子里闪现一丝转瞬即逝的火花，接着，他依然把她装进了他自己的口袋，整个过程随着他不易觉察地微微一笑而终结。不容易觉察的善意是最美妙的；不过，如果用敞亮的方式来表达，即使是用明晃晃的锋利的铁器，那可以算是另一回事，但对她而言都没什么区别，她都能接受。“你是说，”他问，“你家里没人？没父母亲，没有姐妹，甚至堂表兄妹或者姨妈姑妈也没有？”

她使劲摇头，好似被采访的女主人公或者戏台上的怪物的习惯性动作。“什么人也没有。”接着，她似乎很兴奋。“我是一个幸存者，一场大灾难的幸存者。”她又补充一句，“也就是说，其他人都死了。我十岁的时候，我们家里有六个人，包括我的父亲和母亲。现在只有我一个。他们都死了。”她继续说，一定要把话说完整，“死因各不相同。就是这样。我也曾经告诉你，我是美国人。我不是说因为我是美国人所以情况更糟糕。不过，你可能知道我们现在的状况。”

“是的。”他居然显得挺开心。“我很清楚，不过，首先，你现在是一个备受瞩目的明星。”

她叹了口气，虽然里面有感激的成分，也为社会现状而感伤。“哦，你们就是这样子！”

“哦，不，不是‘我们’！只有我是这样子。不过，还得看你喜不喜欢。我有无数的美国朋友，他们也都是这样子，事实上，你不大可能找到比他们更好的同伴。认识了他们，你就可以得到更多的朋友，绝对不会孤独。”然后，他又紧接着说，“我知道，你的精神一定很高尚；但是，不该你承受的东西，你不必去承受。”对此，他片刻之后解释说，“你年纪轻轻，这么艰难的事情就发生在你身上，不过，你不能认为生活就一定是充满艰辛的。你有权利享受幸福，你应该下决心去享受幸福。不管幸福以什么形式来到你的身边，你都必须接受。”

“好吧，我将接受任何幸福！”她喜气洋洋地回答说，“这样说来，我觉得，我每一天都有新的幸福。现在就很幸福！”她微笑着说。

“这样就好。我保证，”那位大人物说，“你会得到无限的幸福。我怎么说也只是众多元素中的一个。我们必须聚集更多的朋友。不要介意谁会知道，我是说，不要介意谁知道你和我是朋友。”

“哦，你是想见什么人吧？”她脱口而出，“你想找到什么关心我的人吧？”对这样自然流露的情感，他只是做了个表情，表示他经常听到美国年轻人说同样的话，即使他们相互认识，他也不会感到奇怪。他的沉默让她觉得刚才说那么多都徒劳无功，于是，她马上就努力寻找最合适的话题。不过，最合适的话题恰恰跟刚才说的事情有关，于是，她很快地做了更完整的表述。“当然，我十分感激你，所以，请你不要以为我不知道。在这个世界上，任何我喜欢的事情，我都可以做到。我不用向任何人请示，也没有谁能阻拦我。我可以四处乱撞，直到遍体鳞伤。那也许不能算开心的事情，不过，我知道许多人都很想试试。”他似乎准备问她什么，不过，他还是让她继续说下去，而她也毫不迟疑地说了，因为她马上就明白，他已经从她刚才说的话里面知道了她的财力有多大。她刚才传达给他的信息就是这样，或许，对于这个让人讨厌的话题，这将是他们的交流的全部。不过，她同时也明白，这个意思给他的判断产生了重大的影响，至少影响了他的心情，他是个有情感的人。在他眼里，她所有零零星星的片段，就像彩色玻璃的碎片，用来在儿时多边形西洋镜内拼成不同的图案。“那么，如果说问题在于我是否愿意做任何有帮助的事情的话……！”

“你什么都愿意做？好！”他非常漂亮甚至非常高兴地领会了这句话的价值；不过，对这个实质性的问题，即使只要做暂时的回答，那也需要一定的时间，至少在当场需要几分钟时间。她没有什么事情不愿意做；那就很方便，不过，至于说她得做什么事情，目前还极其模糊。因此，他们当时就按从前的社交惯例认定，她已经做好了准备，即使是没有必要的事情，她也愿意去做，所以，由于虽然经历了大量盘问、听诊和探索，该模糊的还是那么模糊，他们自己觉得，至少让我们觉得，他们似乎刚刚完成了畅通无阻又毫无用处的旅途，他们好像刚刚去了一趟北极回来。只要听到一声令下，米莉肯定会直奔北极；不过，大家可能会感到特别扫兴，因为她的朋友是不会下达这种命令的。“不，”她听到他毫不含糊地说，“目前，我不会让你做任何事情；我过一会儿给你开一两副小小的处方，你只要遵照处方的要求，同时允许我过几天去你家看望你。”

起初，这就跟天堂一样美好。“到时你会见到斯特林厄姆太太。”

不过，现在她已经一点也不在乎了。

“呃，我不会害怕见到斯特林厄姆太太。”她又问了一次，他也再说了一遍。“绝对不会害怕。我不会送你去哪里。英格兰就很好，不管是什么地方，只要舒服、方便、体面，都是可以的。你说过，只要你喜欢，无论什么事情你都做得到。那么，就请你兑现这个承诺，不过也就一件事：等下次我再见过你以后，你就应该马上离开伦敦。”

米莉想了想。“那么，我能回大陆去吗？”

“当然可以。回大陆去吧。”

“那么，以后你怎么来看我呢？不过，也许你并不想再见到我。”

他早就有了答案，他总是胸有成竹。“我会在你后面跟着去。即使你可能认为我是不想让你再来看我……”

“那又怎么样？”她问道。

这时，他让她一点儿不觉得吞吞吐吐。“你什么时候想看我都可以！这就是我要说的。你要放宽心，至少现在不要担心什么，这是罕有的好机会。”

她站了起来，因为她已经听懂了，他会送给她什么东西，也会马上将他去看她的时间告诉她，这就意味着她可以走了。不过，还有一两件事留着她。“我还能回英格兰吗？”

“当然可以。你喜欢什么时候回来都可以。不过，不管你什么时候回来，你都必须马上让我知道。”

“哦，”米莉说，“来来去去可能不是很好的事情。”

“那么，如果你想跟我们待在一起，那就更好了。”

他对她的耐心让她很感动，这种事情又让她觉得那么珍贵，所以她就产生了获得更多的欲望。“那么，你不觉得我的思想有问题？”

“也许，”他微笑着说，“这才是关键。”

她定定看着他。“真的吗？那太好了。我会因此受苦吗？”

“一点也不会。”

“这么说我还会活下去？”

“亲爱的小姐，”她那个杰出的朋友说，“我跟你说了这么久，不就是希望你别嫌麻烦活下去吗？”

4

她走出来的时候，耳朵里面还回响着他的最后一句话，即使她走得很远，又孤身一人回到大广场的时候，她似乎看到了实际的情景。她感到很兴奋，于是，她像产生了一阵冲动，一种很朴素又很直接，尤其是非常容易付诸行动的冲动，快速走到那个宽敞的空间里去。她的兴奋感持续了很长一阵子，这时她已经明白了当初为何希望独自一个人来。在这个世界上，没有任何人能够完全掌握她的状态；不管是什么人，跟她有什么关系，此时走在她的身边，都不可能跟她步调完全一致。在这破天荒的激动之中，她感觉到，整个人类都是她的同伴，此时，他们都围在她的身边，但看不清一张面孔，她也感觉到，此时此刻，灰蒙蒙而无边无际的伦敦就是她的领地。灰蒙蒙而无边无际突然成了她的属性，是她那个伟大的朋友给她描绘的世界，他说她要活下去，她以后的生活就是这个状态。她径直向前走，丝毫不显得软弱，而是充满力量；而且，她越往前走，越为自己独自前来而感到高兴，因为没有人会希望陪着她一路狂奔，凯特·克罗依和苏珊·谢泼德都不会。她问他的最后一个问题是她能否走着回家或者到别的地方去，而他很夸张地笑着回答说：“非常幸运，你本性活泼，这很好，所以，你可以为此感到高兴。你要保持活泼，否则就是傻瓜，但我认为你并不傻。尽你所能保持你的活力，只要你喜欢。”事实上，那是他推她的最后一把力，也就是这次接触，搅动了她的意识，成为非常奇怪的混合体，既有她所失落东西的味道，也有她所得到东西的味道。她漫无目的地走着，感觉非常良好，因为这些成分的比例竟然如此均衡：她看过医生，认定活下去是她能力范围之内的事，但是，若非她可能活不了，医生不会这样跟她说。花季的美丽和传统的安全感早就分道扬镳了，这是显而易见的，对她而言，美丽的花季也早就过去了。可是，此时，她却感受着另一种美丽，她正在进行伟大的历险和实验或者挣扎，她可以前所未有地承担自己的责任和发挥自己的作用，这就是她感受到的美丽。似乎她要从胸前摘下那些业已成为日常服饰一部分的装饰品，或是一朵非常眼熟的花，或是一件古色古香的小珠宝，并把它们扔掉；然后找来一些奇怪的武器，或是一把火枪，或是一支长矛，或是一柄战斧，把这些武器扛在肩上，这样也许非常可能有利于塑造更加引人注目的形象，不过，那要求她拿出全部的力气，摆出军人的姿势。

此时，她感觉这些器械已经放在了她的背上，因此，她现在前进的步伐，就像士兵行军一样，她走的第一步，就仿佛冲锋的号角刚刚吹响。她走过不知名的街道，踏过布满灰尘、垃圾无数的路面，穿过一排排没有因为八月的阳光而显得更加明亮的门面；她走了几英里，感觉非常好，她真希望自己能走迷了路；曾经有几次，她走到街道拐角，停下脚步来选择方向，而她所选择的方向完全符合他让她为自己的活力而感到高兴的劝告。现在有了新鲜的理由，那就更应该感到高兴，她可以毫不迟疑地去证明她自己的选择和决定，为此，首先，她要占有周围的一切，至于这样是否会引起苏西的恐慌，她毫不在乎。当然，不管她发生什么事情，苏西都会自然地感到惊讶，她们在旅馆里谈论过这一点，与目前会让她感到“惊讶”的那么多事情相比，这也许还算不上什么。米莉感觉到，此时此刻，惊讶也一直陪伴着她前进的步伐，她可以从人们的眼中看到她自己的形象和步伐。她发现，自己走过的几个地方显然都未曾出现过相貌怪异、包裹着颜色黯淡的衣服、佩戴黄褐色羽饰、鞋子和上身不协调而又肆无忌惮地左顾右盼的纽约女孩。看到马路上的那么多人，包括蓬头垢脸的小孩和手推货车的小贩（真希望这里就是贫民区），都产生了强烈的好奇心，因此，她便感觉自己似乎真的已经扛着火枪，精神抖擞，准备随时迎战。要不是担心把这样的角色表演得过于夸张，她很可能会跟人家搭讪，向他们问路，虽然她真不想问路，否则那不是历险。问题是，她最终知道了自己所处的位置，她很快地发现，自己的面前正是摄政公园，她与凯特·克罗依小姐曾经有两三次乘坐那辆公共马车经过这公园。不过，她这次要朝里面走去，这是真的，她要远离自命不凡而嘈杂的大路，来到公园的中央，来到一片失修的草地上。这里放着几只长凳，也放着一群满身污垢的羊，还有一群无所事事的少年在打球，他们的大呼小叫在浑浊的空气中变得相当柔和。这里还有无家可归的流浪汉，他们都与她一样充满焦虑，一样疲惫，总而言之，这里有众多与她面对同样难题的人。他们共同的焦虑或者说共同的问题，不就是生与死的实际问题吗？他们如果愿意的话，肯定能够活下去，他们肯定都跟她一样听到人家说这样的话。她觉得，这些人坐在她周围的椅子上，都在咀嚼着那一句话，都觉得还有一句话跟这句话很像，也十分耳熟，那是一条神圣又古老的真理：如果能够活下去，他们肯定愿意活下去。因此，她就觉得跟他们有了共同点，有冲动去跟他们坐在一起；于是，她开始寻找座位，身旁就有一只空椅子，但她并没有坐下来，她要找的是一张没人的长凳子，为此，她宁愿付钱，以彰显她的优越感。

不过，最后的一点优越感很快就离她而去，因为她很快就发现身上的疲惫已经超过自己的预期。她的疲惫，以及那个情景的魅力，使得她驻足流连，特别想坐下来休息；此时此刻，世界上没有人知道她在哪里，人们也都应该会承认，这样的感觉蕴含着巨大的魅力。这种事情在她一生中尚属首次；从前，有些人，甚至所有人都能事先就知道她在哪里，因此，她现在突然可以向自己宣告，那并不是真正的生活。目前这样也许才算是真正的生活，这也许就是她那位伟大的朋友希望她认识到的。他还希望，真的，她不要过分沉溺于孤独之中，也许她目前就是如此，他显然不想阻止她得到任何体面的关注。她认定，他希望看见她得到尽量多的关注。坐着坐着，她越来越感觉到：其实他一直在推着她。如果这是她自己做的事情，她肯定要称之为“支撑”，所谓“支撑”，那是对于弱者而言的。她想了又想，把所有证据拼凑在一起，然后她逐渐发现，她在他眼中就是一个弱者。当然，她是以一个弱者的身份去找他的，不过，哎，她私下多么希望他能宣布她是一头真正的小母狮啊！事实上，她自己非常清醒地认识到，他终究什么也没有说，于是，她自己形成了一种感觉：他非常漂亮地回避了。不过，她不禁要问，他是否会这样回避到最后？不过，她越想越觉得提这个问题有失偏颇。在这段非同凡响的时间里，她在脑子里翻过许许多多奇怪的问题；不过，在她挪动身体之前，她非常高兴地完成了简化。最奇怪的是，她逐渐意识到，也许他会从一扇门闪开了，但又会很漂亮、很仁慈而

“不诚实”地从另一扇门进来。她更进一步认识到，他最大的愿望可能就是以一个朋友的身份站在她身边，不管他要怎么伪装。这个想法让她突然一动不动。女人在拒绝她们很喜欢的先生的表态时，她们不总是这么说吗？毫无疑问，对于不能成为她们丈夫的人，她们都抱着这样真诚的幻想。而她竟然没有理智地想到，在一般情况下，对于不能医治的病人，大多数医生也会采取同样的权宜之计，她非常自信地觉得她的医生，无论这样称呼他感觉会有多傻，肯定深深被她打动了。也许，这样想可能会遭到天谴，天谴就天谴吧，但是，她可能相信，自己当时就发现他很喜欢她，超出了医生和病人的范畴。她去找他，并非为了让他喜欢她，而是让他做医学诊断；他是个了不起的人，应该会习惯性地注意到两者之间的不同。她可能很喜欢他，这是很明显的，不过这是另外一回事；况且，她自己也很清楚，她这样做现在看来是合乎常理的。不过，要不是最后产生了一个足以让人打寒战的念头，她的意识可能一片混乱，她终于有了很清晰的认识。

这个念头来得太突然，终结了所有其他的想法。在此之前，她还在问自己，如果她病情很严重的话，她知道她自己是什么意思，那么，他为什么要跟她谈论那些她可能做但又毫无用处的事情，另一方面，如果她病情比较轻，他又为什么赋予友情这么巨大的重要性。她以一个孤独的人的敏感，如果三伏天在摄政公园还有敏感的话，将他一分为二：也许他很在乎她，那么她的病就是严重的；也许他并不在乎她，那么她就是健康的。根据他现在的表现，家里的人都说这是表演，他确实对她很在乎，除非他能拿出相反的证据。再清楚不过，像他这样高层次的人，肯定只在关键时刻才会做出表里不一的行为，这种事情对他们是很难得的。总之，她觉得自己能预见他的想法，所以，她认为自己可以做一个确凿的判断。就是这个判断简化了她的情感。他已经发现她跟别人不同，这就是她打寒战的原因。他不知道（他怎么能知道呢？）她是极敏感的人，像一个被人家猜疑的人，像一个猜疑别人的人，像一个受到天谴的人。事实上，他已经以自己的方式承认了这一点，他也承认对她身上各种滑稽特性的复杂组合很感兴趣，包括她滑稽的族裔、滑稽的损失、滑稽的收获、滑稽的自由，尤其是她绝对滑稽的举止，像美国人在表现最好的时候一样，她滑稽但不庸俗，让人自然而然对她和颜悦色，乐于帮助她渡过难关。在欣赏她这些多余的品质的时候，他给予了她接近于多余的同情，不过，他的同情简直脱光了她的衣服，让她变得赤裸裸，不掩盖一点隐私。她又回到了最初始的状态，就像一个可怜的小女孩来到大城市，租人家的房子住，要付租金，却力不从心。米莉也要付租金，但她租的是未来；除此之外，其余的都是琐碎的。这个感觉完全出乎那位伟大的朋友的意料。好吧，她应该回家，像那位可怜的女孩一样，回家去看看。回到家里可能还有办法，那个可怜的女孩也可能这么想。这时，她又看到了刚才看到的情景。她站着，再次环顾左右，看看那些和她共享伤感的同志们，其中有些人好像伤心欲绝，差不多要趴在草地上了，然后，她转过身，想悄悄撤退。不过，她刚要走，又似乎看到了那个问题的两副面孔，她不知道该怎么选择。从表面上看，如果说人愿意活下去的话就能活下去，那样也许更冠冕堂皇；但是，如果说人能够活下去的话就愿意活下去，那样肯定更能让人接受。

一两天之后，对于瞒骗苏西，如果这件事不是纯粹的幻想，她感觉到比自己原来斗胆指望的更有趣；此时，她最关键的感觉是她居然幻想着和那位伟大的朋友进行对抗。他居然要亲自与她的同伴接触，果真如此，她感觉她会突然间卸下对于自己的责任，成为局外人，她无论对自己持什么看法都无关紧要；虽然她邀请自己享受这一豁免权，但她同时还形成了一个新的意识，可以让她感到意外，至少可以让她产生无限的遐想。她想，斯特林厄姆太太可能会逼视着她，而她为自己独自出远门找的理由，在她面前显得粗浅得可笑。然而，那位可爱的女士可能不会抓住这个机会对她进行批评，因此，她便顺理成章地推理，凯特·克罗依可能没有遵守她的诺言。她很可能出于最高的善意，出于最善意的焦虑，以最坦诚的态度向可怜的苏西告了密。不过，应该马上指出，她记得凯特的承诺十分明确，相比之下，米莉发现她的解释却极其模糊。如果说苏西这次怀揣着满腹疑惑却饶过了她，那是因为苏西始终都是这样的，不管有多少疑惑，从不跟她计较，当然，她可能也是出于匪夷所思、无与伦比的仁慈。在那女孩的意识中，她曾经几次陷入深不可测的敬意，这个态度，虽然不是刻意追求的，但影响到了她们之间亲近、自在的关系，似乎唤醒了她对礼节的意识，甚至是对宫廷规矩的意识，而最后这一点意识，让我们年轻的女士做出了恰当的判断。她很肯定地认为（虽然这个观点不算牢不可破），把她当成公主看待，在她的同伴的心里，那是很必要的，如果说这位女士对于这个阶级会不会有超然的看法，她是爱莫能助的。苏珊读过历史，读过英国历史学家吉本、弗劳德和法国作家圣西门的大作；她十分了解这个阶级，而且，从年轻的时候，她就发现，这些人过于软弱，受到太多的管束，不可避免地既刻薄又优雅，因此，要是这种人有一天会喜欢拜占庭式费尽心机的放纵，人们肯定会觉得很有趣，一笑置之。她要是果真有心机，那就太好了！她不是让人家都觉得缺少心机吗？米莉真有感染力，现在，苏珊也有了很强的心机。吉本肯定在他的著作中提到，那个种族的女士们可能很神秘，对此，没有人质疑过。可是，可怜的米莉神秘吗？与此同时，苏珊肯定跟拜占庭教堂天花板的马赛克一样，不会去探究她的神秘。苏珊就像一座瓷的纪念碑，象征着某种古怪的道德观，认为对人的关心，包括对人的猜疑，是很低劣的。而且，清教徒已经赢了！对于那个饥荒年代，斯特林厄姆太太没有记忆吗？

凯特·克罗依直接来到旅馆，那是吃晚饭前的时候，她特意招摇过市地搭乘一辆双座马车，速度非常快地跑到了她们的窗下，急停的时候哗啦一声巨响，让人听着觉得是发生了事故。碰巧，米莉正独自一人坐在装潢豪华又空无一人的大客厅里，有点像一个被囚禁的拜占庭人，在囚笼里来回踱步，很奇怪，夜幕迟迟不肯放下来，不过，这种光线效果正是她喜欢的。听到外边的声音，米莉就从一扇敞开着的落地窗走出去，走到夸张地悬在旅馆大门上方的阳台上，这时，凯特正好从车上下来，付了车钱，即将朝大门走来。不过，这位来客还得等车夫找给她一先令零头。在此期间，米莉从阳台上朝下看着她，而她抬头也看见了米莉，于是，她们就对早上的事情先做了无声的交流，相对笑了笑，点了点头。这正符合凯特的期望，在她上楼来之前，她似乎就为米莉预定好了说话的声调。同样，米莉也必须接受那个在她眼前出现的形象，那个女人在焦急中显得特别漂亮、光芒四射，她举手投足那么潇洒，肯定是别人眼中的宝贝；长话短说，她在丹什先生面前肯定也是这么潇洒。这是她在他眼中的形象，也是让米莉着迷的形象，这是一种奇怪的感觉，她似乎是通过远方那个人的眼睛看着她的。与往常一样，这种奇怪的感觉只持续了五十秒钟；不过，这短短的持续时间产生了一个效果，其实不止一个，那么，我们就按照顺序逐个来看。首先，我们年轻的女士觉得，如果说一个女孩在一个男人的眼中是这个形象，而他们之间又没有任何关系，那是非常荒唐的；其次，等到凯特进入房间的时候，米莉已经掌握了肯定与她自己有关的主要关系。

凯特一进门就问，“怎么样？”而她则做了直接的回应，像生产一般商品一样直接。这个问题当然表明了凯特迫切要掌握那天早上的情况以及那个大人物的判断，毫无疑问，这让米莉觉得有些头疼，像新闻尚未准备或者整理妥当，人家就急吼吼地要求发布。她说不清在那个时刻她是怎么想的，她最清晰的印象是她的朋友好像对那么多东西都想当然。在过去几个小时里，她所面对的可能性像一个迷宫，她一直在寻找通过这个迷宫的路线，而这个朋友的需求和这个杂乱迷宫之间的反差，在她们身上笼罩了一层令人厌恶的外套，即使再深的友谊也不能掀掉：事实上，这让她认识到，自己确实没什么好多说的。当然，她肯定也感受到了一个更模糊的影响。在走上楼梯的时候，凯特丢掉了让她年轻的女主人刚才产生微妙联想的那种神情，当然，她不会长时间保留那种神情。不过，她站在那边，依然光彩照人，意气风发，依然是无人可以媲美的漂亮女孩，还是一开始让米莉充满向往的漂亮女孩，因此，此时此刻，如果像可怜虫一样面对她，那就等于缴械投降，就是认输。好吧，她一辈子绝对不会生病；即使再艰难，那位伟大的医生也会马上解决她的问题，似乎她不容挑剔地要求她的朋友保证她的平安。这些念头在米莉的内心深处跳着舞，产生了巨大震动，扬起了一阵灰尘，但持续的时间比我叙述的时间还更短。几乎在下意识之中，她做出了回答，非常漂亮的回答，她没有意识到其中有什么问题，就像“权力意志”突然迸出了火花。她听人说过，也在书中读到过“权力意志”的概念，她的医务顾问也说她的身体要靠意志。“哦，很好。他很可爱。”

凯特真是了不起，而如果还需要进一步猜想的话，那么，现在米莉很可能已经清楚，她没有跟斯特林厄姆太太说漏过一个字。“你说这是虚惊？”

“是的。”这个词说来确实很简单，但对我们年轻姑娘，意义可能不止于此。她说出口的时候，就觉得自己做了一件有利于自己安全的事情。

此时，凯特听得全神贯注。“真的没事？”

“没什么好担心的。我还要观察一下，但不用大动干戈，甚至不会有任何不方便。事实上，我可以随心所欲，想干什么都可以。”米莉感觉非常美妙，她说了这些话之后，似乎所有的碎片都找到了属于自己的恰当地方。

然而，还没有等到这些话完全产生效应，凯特便搂住她，亲吻了她，为她祝福。“亲爱的，你太可爱了！太可爱了！不过，我一直都坚信你没事。”然后，她才抓住了那些话里的要点。“你想干什么都可以吗？”

“是的。这不是很迷人吗？”

“当然，不过要看你敢不敢……！”凯特兴高采烈地说，“那么，你想要做什么？”

“目前，就是先开心一阵子，为终于摆脱阴影而开心。”米莉浑身上下喜气洋洋。

“你是说，这么轻而易举就知道自己身体健康？”

凯特仿佛是在教她怎么说，给了她极大的方便。“是的，这么轻而易举就知道自己身体健康。”

“只是，在这个时候，恐怕再健康的人也难以在伦敦待下去。”凯特接着说，“他不可能指望你在这里待下去。”

“哦，不！我要到处去逛。我想到很多地方去。”

“不是去可怕的‘气候区’吧，恩加丁，里维埃拉，这类无聊的地方？”

“不，我说过，我可以随心所欲，喜欢去哪里就去哪里。我要去寻找乐趣。”

“哦，亲爱的宝贝！”凯特极其亲昵地说，“不过，你要找什么样的乐趣呢？”

“最高级的乐趣。”米莉微笑着说。

她的朋友问：“哪种乐趣是最高级的？”

“哦，现在就是我们把它弄明白的好机会。你一定要帮我。”

“自从我第一次看见你，我就特别希望能帮到你。”凯特说。不过，凯特还是有疑惑。“我喜欢你这样说，不过，既然你身边有这么多好运气，你还需要我帮什么呢？”

5

事实上，米莉最终还是说不明白她需要人家帮什么；她只是想到，这个客人的到来竟然让她想明白了一点，即她强壮得令人嫉妒。从那天晚上起，她就将这个认识变成现实，她要在每一个时刻都表现得很坚强，幸运的是，她剩下的时刻是相当有限的，因此，这个事情就比较容易做到。事实上，她一直等待着卢克·斯特雷特爵士的到来，这是他承诺过的；至于他来之后的安排，她已经胸有成竹。既然他那么想见苏西，他会获得最自由的通道，他想怎么跟她见面都可以。他们俩的事情，自然会在他们俩之间解决，至于需要帮她消除什么精神上的压力，他们总是能将它变成对自己有利的因素。如果那位可爱的先生想给苏珊·谢泼德灌输更高尚的理想，那就随他便好了，他自己掌控得了苏珊。简而言之，如果他们俩想给予她忠诚和奉献，那么，她会非常乐意把这可贵的精神当作端在她面前的美味佳肴，毫不犹豫地享用。他曾跟她谈过她的“胃口”，不过，她感觉她当时的描述肯定是很模糊的。对于“忠诚”，她现在可以发现，她的胃口可能是极好的，简直可以说是贪得无厌、狼吞虎咽，这样的措辞肯定是恰当的：无论如何，她事先已经将自己托付给了别人的情感。她单独出门后的第二天，那可能是她们在伦敦的倒数第三四天，而就她们的外交活动而言，那实际上可以算作最后一个晚上。此时，人们已经散了，那些乐于参加宴会、牌局甚至跨境访问的大多数人，已经在音乐声中脱离了视线，不管这些人是劳德夫人圈里的人，还是马克勋爵圈里的人，至于二者的区别，我们的朋友们已经可以区分得非常清楚了。因此，原来的兴奋已经显著消退，现在，她们还必须应付的场合只剩下很特别的几个。米莉觉得，其中之一就是刚才提到的那位医生的来访，她已经收到了他的短信，另外唯一一个场合就是与凯特和劳德夫人告别，这是安排好的。那位姨妈与她的外甥女约她们一起吃晚饭，就她们四个人，这样可营造亲密、轻松的气氛，不过，她们后来竟然要接着去参加一个晚得荒唐的聚会，这足见大家都感觉多么轻松，当时，莫德姨妈跟她们说，她们很应该去参加这个聚会。次日清晨，卢克爵士就要去拜访她们，但是，米莉早已心里有数。

那天晚上既热又闷，等到四位女士在旅馆碰头的时候，夜已经很深了，几个阳台的窗户都敞开着，但粉红色灯罩里的蜡烛火焰依然一动不动，感觉像是守更者点的，足以见得这个季节死气沉沉。她们马上达成一致的意见是，米莉虽然比从前都更加积极，但她不必把那个晚上的社交活动当成自己不可推卸的义务，不管对她有多么方便，可以由劳德夫人和斯特林厄姆太太两个人去，而凯特应该陪着她，等待她们回来。能目送苏珊·谢泼德离开，对于米莉而言，那不失为一件快事。她沾沾自喜地看着她离去，终于把她跟其他人一起支开了，她看着她走向马车，看着她慈祥的背影逐渐模糊，像退潮的潮水一样，她的心里升起了很强的满足感。如果说莫德姨妈原先想带走的人不是那位美国女孩的滑稽朋友，而是那位美国女孩，那么，这充分表明了这位女士的优点，她很善于也乐于捕捉很小的机会，此时的表现就是证据。而且，她此时的举动并没有流露出一点过分的企图；至少可怜的苏西觉得她看得很明白，她所做的一切，完全是出于她的菩萨心肠。斯特林厄姆太太曾经说她的光是借来的，她的价值只相当于链条中的一个环节，幸亏这个环节还没有掉，于是，莫德姨妈就表示同感说："哦，亲爱的，总算是有价值，聊胜于无吧！"今天晚上，米莉觉得莫德姨妈的心里似乎有特别的盘算。在与她告别之前，先是斯特林厄姆太太走开去找披巾以及其他装饰品，接着凯特似乎有点不耐烦，走到阳台上，在那里徘徊，脱离了人们的视线，虽然她自己也只能看到伦敦城上空黯淡的星星，还有远处街道角落一家小酒吧闪着昏暗的灯光，酒吧前有一匹疲惫不堪的拉车马有幸得到空闲认真地休息着。于是，劳德夫人抓住了这个空缺，当她一开口，米莉就感觉到，她此时有显而易见的功利目标。

"亲爱的苏珊告诉我，你在美国见过丹什先生，你可能会注意到，我都没有问过你关于他的事情。不过，我还是想问一问，你能否为我做一点跟他有关的事情？"她把自己细腻的嗓音降到最低，然而，她的言语之中还是显得她口齿极其伶俐；在感到一阵诧异之后，米莉就猜到了她想让她干什么。“你能否跟她提起他的名字？你喜欢怎么提都行。”莫德姨妈朝窗户外面点了点头。“这样，你也许就可以发现他到底回来了没有。”

听到这些话，米莉就感觉那么多东西终于形成了脉络；她后来回想，她当时居然想到那么多，这简直是一桩奇迹。不过，她还是努力挤出了笑容。“可是，我不知道他是不是回来跟我有多大关系。”她在说这句话的时候，她脑子里的东西还继续膨胀着，她感觉快控制不住了，它们眼看就要从她的嘴里跑出来。于是，她马上有意识地努力管住自己的嘴。“应该是对你很重要吧。”她猜想莫德姨妈看着她的眼光可能与她自己的笑容一样冷，而这又给了她一阵冲动。“你知道，我从来没有跟她提起过他，所以，如果我现在贸然说，恐怕……”

“怎么样？”劳德夫人等着她说下去。

“她可能会问，我为什么把事情弄得如此神秘？我到底在隐瞒什么？你知道，”米莉继续说，“她自己也从来没有提起过他。”

“没错，她不会提的。所以，你可以发现，装神秘的人是她。”她的朋友显然觉得这句话很有分量。

没错，米莉确实希望发现，只是她要发现的东西太多了。“应该没有什么特别的原因吧。”不过，这并不是关键所在。“你认为，”她问，“他回来了吗？”

“差不多到时候了，我猜想。要是能知道，我肯定能安心不少。”

“你不能自己问她吗？”

“哦，我们从来没有谈起过他！”

这给了米莉一个方便，她做大惑不解状，停顿了一下。“你是说，你不赞成她跟他交往？”

莫德姨妈同样犹豫了一下。“我是不赞成那位可怜的年轻人跟她交往。她并不在乎他。”

“可是他非常在乎……”

“非常在乎，太在乎了。我担心的是，”劳德夫人说，“他可能在纠缠着她。她把各种事情都锁在自己的心里，但我不希望她感到苦恼。事实上，”她很大方但又神秘兮兮地说出，“我也不希望他感到苦恼。”

为了满足场合的需要，米莉装得若无其事。“可是，我能做什么呢？”

“你可以去探听他们的状况。如果我亲自去问，”劳德夫人解释说，“会显得我一直怀疑他们在欺骗我。”

“但实际上你没有。”米莉似乎经过了深入的思考，“你并没有怀疑他们在欺骗你，对吧？”

“哦。”虽然米莉的问题超出了她的设想，但是莫德姨妈的一双跟玛瑙一样漂亮的眼睛居然没有眨一下。“哦，凯特完全了解她在我心目中的位置，她也知道，就是因为我很看重她，我才收留了她，如果你知道我的意思的话，她现在就是我的人。不过，在我的心目之中，并没有丹什先生的位置，我从来没有表达过我喜欢他。”她之所以说这些，并不是自己愿意的，虽然她利用这个机会，一边哗啦啦地扇着大扇子，一边充分表述了自己的真实想法。

不过，扇子的声音并没有妨碍米莉抓住她这些话的精华。“这么说，你很喜欢他的，对吗？”

“哦，亲爱的，是的。你不喜欢吗？”

米莉沉默了，因为这个问题就像一把利器，突然刺在她的神经线上，让她的神经线抽搐了一下。她差点喘不过气，不过，后来她还是很庆幸，因为她终于能够以最快的速度，从十五个备选应对方式中选出了对她最有利的一个。因此，她感到很自豪，露出了开心的微笑。“是的，我见过他三次，在纽约的时候。”后来，在那天夜里，这简简单单的几个字在她的脑中来回转悠，她觉得，这是她所说过的代价最高的一句话。那天夜晚，她必将辗转反侧，因为她并没有采取下策否认对他有不错的印象，她很开心。

对于劳德夫人，这简单的几个字也确实说得恰到好处；那位女士的笑声表明，这几个字很自然地体现了那个充满活力的民族的特点。“你这可爱的美国人！不过，有些人可能很好，但也不一定符合人们的期望。”

“是的，”女孩表示同意，“我还想，有时候，人们的期望可能非常非常高。”

“哦，我的孩子！要跟你解释我期望什么，那需要很长的时间。我希望一切都归我所有，马上都到我的手里来，我也希望你很好，你知道的。不过，你已经很了解我们，”莫德姨妈接着说，“你慢慢自己会明白的。”

“哦，”米莉说，“我不明白。”此时，又有一种感觉如潮水一般涌进她心里，她觉得眼前似乎一片模糊。“如果我们那个朋友不喜欢他的话……”

“那么，我是否有必要假想她在欺瞒我？”接着，劳德夫人为自己申辩说，“亲爱的，你怎么能这样问呢？请你将心比心，为我想想。她答应了我的要求，行为举止却很自以为是。她就是一个自负的姑娘，而我是一个自负的老太太。我们俩都很喜欢你，所以，你可以帮我们。”

米莉做出很受感动的模样。“还是要我直接去问她？”

然而，听到这句话，莫德姨妈终于生气了。“哦，如果你有那么多理由不愿意……！”

“我的理由不算多，”米莉微笑着说，“不过我真的有一个。如果我突然跟她宣布说我认识他，那么，对于我从前只字未提，她会怎么想呢？”

劳德夫人的双眼似乎一片空白。“你为什么在乎她怎么想？你可以说，你是个体面的人，举止谨慎是自然的事。”

“是的，我确实很谨慎。”女孩急忙说。

“而且，”她的朋友接着说，“我已经替你想好了说词，苏珊转达给你了吧？”

“是的，我觉得这个理由很正当。”

“我也觉得很正当。”劳德夫人语气坚定，“因此，她不至于愚蠢到否定这样正当的理由。你完全可以告诉她，是我请你隐瞒的。”

“那么，我能否跟她说，现在是您要求我说出来的？”

然而，劳德夫人很可能觉得这是在找她的岔子。“你难道非得……？”

米莉为自己居然制造这么多麻烦而感到羞愧。“如果你能再跟我说一件事，我就会尽力而为。”她接着有些犹豫，觉得这样可能有些过分了，不过，她最后还是说了出来。“他是否可能一直在给她写信？”

“亲爱的，这恰恰是我想知道的！”劳德夫人终于沉不住气了，“你自己去问她，也许她会告诉你的。”

即使这样，米莉也不消停。“那是为你问的吧。”她继续微笑着，但不让她的同伴有时间来回答这个问题，她就紧接着说，“要紧的问题是，如果他一直给她写信，那么，她也许每次都回了信。”

“可是，你这敏感的家伙，那有什么要紧的呢？”

“这用不着敏感，我觉得问题是显而易见的。”米莉说，“如果她给他回了信，她很有可能提起过我。”

“这倒是真的，非常肯定。不过，这有什么关系呢？”

这句话让那女孩觉得劳德夫人肯定是很不敏感的人。“关系很大，他可能回信来说他也认识我。”我们年轻的女士解释说，“在这种情况下，我一直只字不提他，就显得非常奇怪。”

“怎么会呢？她完全清楚，她自己应该先给你开个头，但是她始终没有。”莫德姨妈斩钉截铁地说，“应该是你感到奇怪，她为什么始终没有提起他。”

“哦，这就对了！”米莉说。

她说这句话的口气，显然触动了她的朋友。“那么，这让你感到不安啦？”

不过，这个问题所产生的唯一结果，是不合逻辑地让她的脸上出现鲜有的光泽。“不，真的，一点也不。”然后，她很快地感觉有必要进一步解释她的意思，简而言之，她正想要说的是，她一点也不在乎对方是否辜负了她。不过，此时，她又感觉到其他很多东西。劳德夫人首先有所准备，她突然这么激动，劳德夫人似乎受到了感染。一直以来，米莉始终不能从她的脸上判断她的最高动机，她那张脸坚硬而又光滑，不像寻常人的脸有丰富的表情。她说话语气温和的时候，她的表情却是僵硬的；而她说话语气僵硬的时候，她的表情也不会相应变得舒展一些。不过，她的脸上出现了少有的表情，宛如汹涌澎湃的潮水，即将冲破堤岸滚滚而来。她宣称，如果她所要求的最终证明哪怕有一点点让人不开心，那么，她年轻的朋友完全可以在做梦的时候也不用梦到它；不过，由于她语气的改变，她年轻的朋友当场就展开了自由的梦想。米莉能够发现，她总是能够发现，她脸上迟到的光彩表明，她所说的这句话来自她的同情，而对于女孩而言，这个发现的意义是非同凡响的：这非常迅速地向她证明，凯特虽然藏着那个秘密，但对她一直是坦诚的。那么，很显然，莫德姨妈其实从凯特身上得到了什么启示，因此，她只是刻意展示她自己的个性的美好的一面。那美好的一面是指，在任何时候，她几乎能点燃倾斜的灯火，照亮他人的路。同时，她还带着惊讶表示，关于这件事，米莉肯定想得比她猜测的要多得多，而这句话让那女孩马上觉得，这是对她的软弱的尖锐的指控。如果不当心，每个人也许都会这么冲动地说："此事与你有关！"其实，理智的人们会明白，自己真正要说的是：这不算什么。"我也想帮你，同样也想帮凯特。"她赶紧说；同时，她的视线下意识地横穿房间，到达被夜色笼罩的阳台。她们的那个同伴一直待在那个阳台上，有些莫名其妙。接着，她流露出了不耐烦的神色，也几乎不掩盖她对那个朋友给她们提供这么好的交流机会感到不解，这里所说的朋友是指另外一位朋友，而且，她还发出了这样的感叹："苏西真爱美！"

这句话的效果，很好地证明了莫德姨妈的心事确实很重。她那双玛瑙似的眼睛盯着她，那应该是善意的，而且内涵比刚才更为丰富。"算了吧，亲爱的。我们很快就都能明白。"

"如果他真的回来了，我们肯定都能明白。"米莉过了一会儿回答说，"因为他可能会觉得，不来看我是违背礼节的。到时，一切真相都会大白。你知道，我们根本不用问凯特，只要问他就全清楚了。除非，"她微笑着说完最后一句话，"他找不到我。"

她敏感地觉得，这句话让她的客人产生了超乎意料的兴趣。似乎在冥冥之中有一艘船载着她向前漂流，她自己根本无法停下来，跟那个医生对她的作用很相似。“你想躲开他吗？”

她没有回答这个问题，她就想着怎么下船。“到时，”她接着说，“你就直接面对凯特吧。”

“你也想躲开她吗？”劳德夫人质问的语气很重。就在此时，她们意识到苏西从背后，也就是从她们平时吃饭的那个房间走过来了。

因此，米莉觉得时间很紧迫，但是，突然间，她感觉与此相关的一切同时涌上她的嘴唇，融化成为一个她自己也无法保证不带色彩的问题。“你是否认定他跟她在一起？”

莫德姨妈能够领会，甚至能领会她的语气中所蕴涵的一切，有些东西是她不想碰的；于是，在此后几秒钟内，她们俩就四目相对，都没有说话。此时，斯特林厄姆太太又回到了她们身边，问凯特是否已经离开了，而那位年轻的女士也马上出现在她们眼前，算是回答了那个问题。她们看见她站在敞开的窗口，她也看着她们，这一瞬间，大家突然都屏住了气息，尤其是莫德姨妈。然后，劳德夫人不失时机地与苏西火速撤退，避开了潜在的危险，但是，米莉刚才说让她直接面对她的外甥女的话，好像一下子像拉开的橡皮筋一样，弹回到她自己的身上。直接面对，不管她如何逃避，都将是她的责任，对她而言，事实上，最直接的事情莫过于逃避。凯特还站在窗口，站得非常挺直，显得非常潇洒，外面的黑暗正好衬托出她朴素的轮廓，衬托出她衣着的轻盈。由于空间的关系，米莉其实并不担心她会听见她们之前的谈话；只是在那里徘徊的时候，她似乎张着一双犀利的眼睛，而且可能还有其他的有利条件。就这样，虽然有些延迟，她的朋友肯定看得很清楚。那双犀利的眼睛以及那个其他的有利条件，都是她此时一直自由支配着的，是米莉认识的那位丹什先生所认识的人所专有的。在此后的几秒钟内，她又感觉她的全部身份就是他认识的人，所以，她感觉又像是被刺了一下。凯特只要站在那边，不用开口，就可以告诉她说他已经回来了。简而言之，她们谁也不用说一个字，便都心照不宣地知道他本人就在伦敦，也许就近在咫尺，因此，很肯定，这是米莉与她交流最直接的一次。

6

毫无疑问，因为在那时刻，她自己感觉已经足够直接了，甚至直接得有些奇怪，所以，米莉后来一直觉得，在她们两位同伴回来之前那段别扭得难以形容的时间里，她并未做任何事情来强化这种感觉。第二天，天似亮非亮的时候，没有窗帘遮蔽，微弱的光线射进房间里，米莉感觉这段时间很漫长，简直是折磨，也就在这段时间里面，她最清楚地意识到，那是因为她在那天晚上结束之后就不再惦记表面的安逸背后隐藏着什么。隐藏在背后的东西若隐若现，而显现在表面的，则从未做出放弃舞台的承诺。不用三分钟，米莉便想得相当明白，她不用满足莫德姨妈的任何要求。而且，她之所以想得这么明白，是因为那位女士和卢克·斯特雷特爵士对待她的方式。此时此地，她充分认识到，她依然卷在一股他人掌控的洪流之中，她的超然、她的怯懦、她的勇敢以及她的慷慨，都起不到任何反作用，而且，总是有个人守着水闸或者大坝。这个人就是凯特，她只要打开闸门，洪水便会奔流而下，这股洪水的实质意思，就是她要按凯特的意志行动。那么，凯特的意志到底是什么呢？不就是要她变得比从前更动人吗？那天夜晚，米莉一直仔细领会着这个意志。要不是劳德夫人刚才已经跟她说了，她的同伴是投靠她的，那么，她几乎可能认定这个可爱的人是从旁边“杀进来”给她带来危险的。她们一起坐了一会儿，这个幻觉事实上就消失了；也许，那也只是因为在此期间有很多其他的幻觉不断滋生，不断聚合，为我们年轻的女人架起了一道浮桥，成了她的朋友说话与活动的平台。我说她们坐在一起，其实，凯特的动作跟她所说的话一样多；她好像坐立不安，也许有些漫不经心，一会儿坐着，一会儿又站起来，拖着那件轻盈的衣裳，慢慢地来回丈量着那间房子的长度，好像是在表演逗她的女主人开心。

劳德夫人在麦青别墅曾经告诉米莉，她和她的外甥女联合起来完全可以征服世界；虽然当时那是随便说说的，没有具体的所指，但是，女孩此时已经找到其中确切的意义。实际上，凯特独自一人就可以征服一切，而她，米莉·蒂尔，就是这个“世界”的一个微小碎片，就在她的手边，是她要首先处理的一个碎片，因此，在这个征服过程中，她自己无疑将做出自己应有的贡献：她可能提供某些东西，凯特则将这些东西拿走，也就是说，她们俩会共同完成莫德姨妈的愿望。简而言之，目前的情况就是那个情况，在那深夜静谧的灯光下，就像一场大戏的彩排。米莉知道，自己正受到非常漂亮、非常彻底的摆布：她感觉她也认识到，自己也给摆布她的人提供了有力的帮助。对于凯特要拿走的东西，她拿得很潇洒，毫不拘束，从表面上看，她是满怀感激的；每慢悠悠地走一个来回，她都在刷新她们目前已经建立的关系，让她的同伴进一步强化刚才的认识，赋予它神圣的意义。这意义自然是指对于米莉而言的，至于凯特，米莉觉得，对她的意义貌似要弱一些。那天晚上，在这种感觉消失之前，时间过得像飞一样，她们也好像说了很多话，就整体印象而言，那位漂亮女孩的状态简直太好了，非同凡响，但也属于正常的情况。米莉记得她曾经说过，她在深夜的时候状态最好；她之所以记得，是因为这句话让她感慨万千，她不知道自己的状态到底在什么时候最好。如果人们有这样固定的时候，是多么幸福啊！她就没有这样的时候，她从来没有所谓最好的状态，像今天专注倾听和观察，接着充满崇拜，然后内心崩溃，这也算好状态的话，她倒是有的。而且，很无情的是，如果说凯特以前的状态都不如现在好，那么，其中的美感以及惊人之处就在于，她从来没有像现在这么坦率：因为像她这么厉害的人，米莉会这样说，即使她正算计着要吃掉你，并蹑手蹑脚朝你靠近的时候，她依然能够随心所欲，充满信心乃至嚣张地跟你说着她从未说过的东西。她给人家的印象是，她似乎要把心里的事都说出来，很真诚，当然也认为那是她为了寻求解脱，俨然社会上的不平现象，以及她的倾听者才有的纯真，都让她的神经承受极大的压力。至于这些烦躁的来源，她刚刚就以诙谐的方式介绍了，对此，米莉可以表现得愤世嫉俗，美国人碰到这种事情，他们的心肯定要崩溃的。虽然作为美国人，米莉的心还没有崩溃，而是挺兴奋的，也有些不可思议，不过，她还是认为，如果不面对具体的事例，就不算了解英国社会。要了解英国社会，不能仅仅依靠类比或者归纳，她一开始想不到这么专业的专有名词，是米莉建议的，也不能靠本能，反正，这些方式都是不正确的。正确的方法是逐步认识这个魔鬼的各个侧面，要绕着它走几圈，不管结果是产生更夸张的喜悦，还是更大的震惊，目前的这个批评家认为，结果必然是后者。凯特承认，对于在比较不发达、见识比较少的环境中长大的人，这个魔鬼可能更可怕，它可能是一个陌生、可怕的魔鬼，时刻算计着如何吃掉没有防备的人、诋毁自负的人和诽谤善良的人，但是，如果一定要跟它在一起，要面对它，就必须马上学习如何防备，才不用成天提心吊胆，而那位漂亮的女孩今天晚上就在教她的同伴怎么防备。

在这个过程中，她公然出卖了兰开斯特大门，暴露了那个地方所包含的一切；兴奋中的米莉这个美国人还是能发现，她曝光了莫德姨妈的光荣历史和她引以为荣的事情，最重要的是，她曝光了自己，这自然最有力地证明了她的坦诚。与莫德姨妈如出一辙，她没有再次跟她的朋友说她们可以怎么去丈量天空的长与宽，而是根据这个场合的氛围，大谈避免愚蠢和粗俗的必要性。对于我们年轻的美国人，这确实是一堂很好的课，教她如何看清事物的本相，课程的内容丰富，源源不竭，那位学生只能张着嘴巴，呆呆地接受。比较奇怪的是，在达到其既有目的的同时，她居然可以公开否认任何个人偏见的存在。她并不是讨厌莫德姨妈，她曾在其他场合声称莫德姨妈是她的一切；但是，那位可爱的女士深不可测，有可怕的天赋和手段，说她不是什么都不对，怎么可能对呢？也不要想她是什么人，她是什么东西，或者她在什么地方，这些都是错的。米莉都不能这样想，作为她的朋友，是不能让她这样想的。那天在麦青别墅，这些都是始料未及的，纯粹是天赐的恩典，如果说不全是，那就是背后藏着马克勋爵，他的算计和欺骗让人觉得心虚。马克勋爵很好，但他不是英格兰最聪明的人，即使他是，他也不可能是最乐于助人的。他喜欢以盎司作单位权衡轻重，而事实上，两个人都在等着看看对方在天平上放什么。

"她放的是你，"米莉说，她还在琢磨着那个事情，"我想你的意思是说，她把你放在柜台上，紧紧看着你。"

"害怕他会突然把我抢跑了吗？"凯特说，"哦，他不想跑，所以，更不可能想抢我。你说得对，当我不摆在橱窗里的时候，就是放在柜台上；所以说，我其实就是一个被人用来买卖的商品，这就是姨妈保护的价值。”当房里只剩下她们俩的时候，马克勋爵基本上就成了她的话题；米莉得到的印象是，这是为了避免碰到劳德夫人刚才提起的那个还滞留在空中的名字，而实际上，她看着这个同伴，就想到了那个名字。她很奇怪地感觉到，她似乎也需要一个不在场证据，而她也如愿以偿找到了。她把这个证据运用到了最后，把它当成坐骑，在莫德姨妈为米莉划定的跑道上来回奔跑，她已经可以说是驾轻就熟了。“让人讨厌的是，天啊！她居然那么想把他塞给我。可是，自从你到来之后，他就把我们都撇开了，他显然在打别人的主意。这个人恰恰就是你。”

米莉并没有迷惑，而是摇了摇头。“我还是不明白。如果我是他选择的对象，那么，他最好到此为止。”

“真的吗？真的吗？不会变吧？”

米莉很轻松地说：“你要我发誓吗？”

凯特好像思考了一会儿，虽然她说话的语气也很轻松。“我们都发过誓了吧？”

“你发过了，我还没有。既然你发过誓，我也应该发誓。好吧，我就说：这是真的，肯定是真的，永远不会变。我不会挡别人的路。”

“谢谢！”凯特说，“不过，那样也对我毫无帮助。”

“好吧，我这样说，就是说明我对他的判断。”

“问题其实在于，他是个想法颇多、朝三暮四的人，对他很难明确判断。莫德姨妈一直都想对他做明确的判断。”凯特语气坚定地接着说，“他是不会为我下决心的。”

“哦，”米莉微笑着说，“你要给他时间。”

她的朋友的回答近乎完美：“有人给过他时间，真的，可是，不管怎么样，他还是一如既往地朝三暮四。”

“你一枝独秀，他再怎么变都没关系，到头来还是你的。”米莉说。然后，她又紧接着说，“要是没那么多想法，那算是什么男人？还提什么有抱负的男人？”

“的确如此。想法越多越讨人喜欢。”凯特庄重地看着她，“人们也都希望自己一枝独秀，不希望别人挡自己的路。”

无论荒诞与否，这一切都好像在制造不在场证据。对于米莉而言，这里面感觉最强烈的，就在于背后那种勇敢的自嘲精神，这本身也是很有趣的。我们年轻的女士发现，同样有趣的是，凯特把她的要点仅仅限于马克勋爵为她制造的困难。她都没有表达她自己的品味，以及基于个人品味的期望，这也可能是目前的处境和氛围使然吧。她很任性地盯着一个人，对另一个人，她只字不提，而至于她说马克勋爵不年轻也不可靠，那只表明她有清晰的自我意识，也符合她洒脱的个性。她不愿太多地表明自己同意接受别人的安排，但与不愿表示接受别人的安排不是同一回事。不过，米莉还是找到了该说的话。“如果说因为我，你的姨妈也受人家冷落了，那么，我感觉她还是一直对我非常好的。”

“哦，不过，不管在这方面有什么问题，她对你还是有许多用处！亲爱的，你给予她的好处，比你给她制造的难题更多。你可能都没看见，她已经抓牢了你的马夹。你可以做很多事情，我是说，你可以做许多我们做不到的事情。你是个外来人，是独立的，可以我行我素，你不像我们跟一层又一层的人有那么多关系。”凯特朝着那个方向继续向前进，就当米莉听得目瞪口呆的时候，她就用一句让人意想不到的话准备结束她的征程。“我们对你没有用处，这样跟你说，我不觉得不好意思。倒是你对我们有用处。我真诚地劝告你，”她不遗余力走到了尽头，“在适当的时候离开我们。如果你不能很快意识到离开我们对你自己有多少好处的话，那是很滑稽的。我们真的没有为你做过任何值得一提的事情，没有为你做过任何你可能通过其他途径做不到的事情。因此，你不用觉得欠我们什么。等到明年，你就不需要我们了，只有我们继续需要你。你没有留下来的理由，你不应该因为可怜的斯特林厄姆太太把你带进来而付出可怕的代价。她是世界上最念旧的人，总是陶醉于自己以前的经历；但是，你不应该让你的朋友避开她。看见你这样，我挺难过的。”

米莉努力装出很开心的样子，这样才能掩盖她所受到的惊吓。这样就被吓到了，好荒谬！十分奇怪的是（如果不是十分自然的话），在这夜深人静的时候，苏西不在身边，在这租来的寓所里，她好希望身边有一个可以说心里话的人！次日清晨，她把所有细节拼凑起来，回头一想，感觉自己就像一只小动物和一只正在觅食的猎豹独处了一夜。这是一个粗暴的幻想，但是，这个幻想让她不至于为自己受到惊吓而感到那么羞愧。尽管她受到了惊吓，但是，她还是找到了合适的应答：“不过，要是没有苏西，我就没有你。”

然而，这句话让凯特的情感火花闪得最亮。“哦，你也许是非常讨厌我的。”

这真是太过分了；米莉稍做观察之后，也闪烁出了不是很微弱的火花。她不是很在乎，她只是非常想知道。虽然她的语气里面有一点严肃，有些责备的味道，但是，她自己很清楚，她要说的这句话是在为劳德夫人效劳。“你为什么跟我说这样的话？”

未曾料到，由于凯特的态度突然转变，这成了很关键的一句话。说话的时候，她已经站了起来，而凯特则站在她的面前，用柔和的光辉照耀着她。然后，可怜的米莉终于了解到人们对她的真正看法。“因为你是一只鸽子。”听到这句话，她感觉像人家非常温柔、体贴地拥抱着她，但又不显得过于亲昵，或者过于放肆，倒像是一种礼节，像颁奖或者授勋仪式。这也许是因为，虽然鸽子很小，可以落在手指上，但也是值得敬仰的公主。她的朋友双唇亲吻她的脸颊的时候，她觉得她终于明白了凯特刚才说的话的全部意思。也就是说，对于那女孩而言，这个形象让她想通了，她觉得这个名称是恰当的，因此，她大大地松了一口气。她简直像是受到真理的启示，看透了最近一直笼罩着她的阴霾。她的问题就在于此：她是一只鸽子。哦，难道不是吗？这时，她听见外面传来另外两个朋友回来的脚步声，但是，刚才那个声音还萦绕在她的心里。此后，莫德姨妈在房间里待了两分钟之后，她对它的任何怀疑就都烟消云散了。劳德夫人并没有让凯特下去找她，而是和苏珊一起走上楼梯来找凯特，这是完全没有必要的，因此，米莉完全明白，她就是想把刚才放出去的线收回来。她收线的方法很简单，就是表明她什么事都不放在心里。她就是为此一步步走上了楼梯，然后，她再次与年轻的女主人共享了一段光阴，而后者也马上发现，凯特当场就给了苏珊·谢泼德莫须有的增进亲密关系的机会。换言之，当莫德姨妈缠住她的朋友的时候，凯特也倾听着斯特林厄姆太太描述她对刚才的情景的印象，并做出了极为多情的反应。劳德夫人也以最大的柔情、最甜蜜的口气，就像一只鸽子向另一只鸽子咕咕咕地求爱，向米莉表达她希望一切都进展得非常漂亮。她说“一切”，即包含着她无限的仁慈，让一切都变得那么平和，那么简单化，似乎刚才去逛街的是那两位年轻女士，而不是她与她的同伴。就当莫德姨妈还在楼梯上的时候，米莉便准备好了答案，她突然感觉，这个答案会让她显得更像一只鸽子；而当她交答案的时候，她显得非常诚恳，非常坦白。

“我想，亲爱的夫人，他不在这里。”

马上，她就感受到了她作为一只鸽子所能取得的成功：劳德夫人一言未发，只是用富含深刻批评意味的目光盯着她。然后，她说了一句话，这个成功的感觉就更为明显。“哦，你感觉真敏锐！”其中隐含的讽刺让人十分惊讶，在客人都走了之后，还像世界上最浓的香气，萦绕在屋子里，在跟斯特林厄姆太太独处的时候，米莉还是能闻到它。她一边暗自琢磨这鸽子的含义，一边让她的同伴叽叽喳喳地做着内容丰富的报告，但她没有提出任何疑问。

随着新一天的到来，她还是自己跟自己琢磨，没跟苏西说什么，尽管她看见了做决定的紧迫性，这像是一个大风波的余波。她要搞清楚鸽子的行为是什么样的。她想，她今天早上就要做出十分明确的决定，对于卢克·斯特雷特爵士，她重新做了安排。她后来很愉快地回想，在早餐之后，她极其平淡地做了交代，虽然斯特林厄姆太太一开始坐立不安，仿佛她脚下突然铺了一条无价的波斯地毯，可是，过了五分钟，她就没有丝毫犹豫地接受了任务，表示她会尽力而为。“卢克·斯特雷特爵士约好十一点钟来看我，但我想故意躲开。请你告诉他，就算是欺骗他，说我在家，但是，你要作为我的代表接待他。他可能更喜欢这样。所以，请你务必对他好一些。”这很自然还需要更多的解释，尤其是她曾提到，那位客人是最伟大的医生；但是，一旦钥匙交到她手上，苏西就迅速把它穿进自己的钥匙串里，而她年轻的朋友则再次感受到，她那可爱的想象力在发生作用。事实上，它的功效与劳德夫人前一天晚上最终实现的非常相似：空气中再次充满和气。也许看见人们如此急着迎合她，我们年轻的女士可能又会受到惊吓：是否因为她的有生之日不多，所以，她面前的道路必须保持通畅？似乎大家都在帮她清除障碍。她不能否认，也不想否认，苏西也许真的站在她这一边，对这样的新闻，她只是当成一阵炫丽的火光，而我们应该为苏西说句公道话，其中的艰难是显而易见的。不过，为她这个年轻的朋友保留余地的必要性，这也一直是显而易见的，而当前的这个建议让她觉得：那不叫诡异叫什么呢？反正，米莉觉得合适，那无论如何迅速淹没了她的一切惊讶甚至是震惊，因此，她接下来只希望了解全部事实。对此，米莉可以说得非常轻松，她只有一个事实；她隐瞒了诸如自己面临威胁的事实。她提供的唯一事实是：她知道他现在最大的希望是见一个对她本人感兴趣的人。那么，有谁跟忠诚的苏珊一样对她感兴趣呢？离开了她的朋友之后，她认为另外一个值得一提的情况，是她本不想多说话。她一开始就觉得自己不应该多说话的，那样的她才是最可爱的。不过，她已经变了，她现在跟她提这个要求，就是她改变的结果。她没有说她为什么变了，但她信任忠诚的苏珊。她们的客人会同样信任她，她自己很喜欢那位客人。而且，那个女孩觉得肯定，他不会跟她说什么可怕的事情。最坏的情况是说他可能恋爱了，需要一位知心人来帮他。现在，她准备要到国家美术馆去。

7

到国家美术馆去的念头，自从卢克·斯特雷特爵士跟她说了具体的来访时间，就开始在她心里酝酿了。在她的感觉中，她很少去过这样的地方，在家的时候，她甚至觉得那是欧洲的魅力所在，是欧洲文化的桥头堡，不过，人们总是先去寻找低级的趣味，这是老生常谈的故事。在布伦迪山口的那个心血来潮的时刻，她就曾经为拒绝提高文化修养的机会感到很惭愧，到欧洲大陆旅游，这种机会很多，但她总是觉得那些“图画”和“古董”对她没有什么用处，不过，她终于知道了自己为何如此。她的理由是显而易见的，她是来享受生活的，而不是来学习的；此时，生活已经非常美好地摆在她的眼前。虽然最近在凯特的帮助下，她曾在历史五颜六色的小河中蹚过几次，溅起了一些水花，但是，很可能还有许多伟大的机会让她错过了，也许还有许多伟大的时刻她本不该错过的。她感觉，她也许还可能跳过提香和特纳的画；但是，她一直在等待着这个时刻的到来，而她一旦走进这国家美术馆的大厅，她就知道她的等待和信仰是正确的。这里的气氛才是她所需要的，这样的世界才是她真正向往的；那些宁静的厅堂，高贵得令人无法想象，像蒙着华丽的细纱，向她敞开了怀抱，让她不由得感叹：“我多么想在这里迷路啊！”这里有人，有许多人，但令人敬佩的是，这里好像不存在个人问题。在外面，个人问题总是无处不在的；此时，她无忧无虑地把这样的问题都留在了外面。过了一刻钟，她视线所及最接近个人问题的，是那些十分专注的女临摹画家，特别是其中两三个人，戴着眼镜，穿着围裙，旁若无人，让她产生了无限的认同感，她们似乎正在向她展示，什么是正确的生活方式。她也本该成为这样的临摹画家，这样就符合她的需要，符合逃避现实的需要，那就像是在水下生活，隔离了人格和各种弱点。总是有办法，但她必须坚持再坚持。

米莉看得出了神，直至她突然感到不好意思；她注视着那些临摹画家，同时下意识地问自己，像她这样一个年轻女人，一个相貌还过得去的人，居然把这些人当成这个地方的骄傲，别人看了会有什么想法呢？她很希望与她们说说话，她也觉得很希望进入她们的生活，只是她觉得自己并不是购买仿制品的人，又害怕因此激起购买欲，所以就望而却步。不久之后，她才真正意识到，吸引她的就是这个避难所，她软弱的内心还承受不了特纳和提香的作品。这些作品手牵着手，在她的周围拉起一个巨大的圈，放在一年前，她也许会想绕这个圈走一走。它们适合更宏大的生活，但不适合狭隘的生活，理想生活的本质在于情感，在于对无用功的兴趣。她记住了她经过的各个小站，虽然她的好奇心不断在缩小，但她眨着眼睛留意着各面满载荣誉的墙，当然也把眼光投向了四周及各个通道，以免被人当场看到她的尴尬。就这样，四周的景象以及各个通道，引着她从一个房间走到另一个房间，等她坐下来休息的时候，她猜想她已经看过大部分展品了。在这里，放椅子的地方不多，人们坐在那里，也可以专注地欣赏四周的杰作。实际上，米莉此时正看着一张面孔，对于这张面孔，首先，她无法向考官描述那属于什么流派；其次，她觉得自己比预想的更加疲惫，虽然她知道自己不是很聪明。接着，她的双眼有了新的牵挂，她也不加以干涉，在迷迷糊糊之中，她的视线落在了其他同样迷迷糊糊的参观者身上，尤其是一群美国同胞，并产生了复杂的结果。最令她感动的是，在八月的上旬，这个伟大的博物馆居然引来了这么多朝圣者，同样令她感触良多的是，她居然从那么远的地方就知道这些人是她的同胞，而且十分迅速地发现，他们向她提供了进一步认识他们的途径。她最终还是放弃了更高尚的追求，这是她常有的结局：她今天来国家美术馆，主要是来观察那些临摹画家，也是看游客的。这也许是因为她身体面临危险，处于这样的健康状态下的人，就应该坐在公众场所，算着美国人的人头。这是打发光阴的途径，但似乎也是第二条防线，而无论如何，这毋庸置疑是她的老乡的惯用方式。他们像是用剪刀剪好，涂上颜色，贴上标签，裱糊起来的纸像；但他们与她的关系却没有产生什么作用，他们没有给她带来什么影响。无疑，在一定意义上，这是因为他们并没有注意到她，或者并不认识她，没有意识到他们跟她一样，同属于即将崩溃的阵营，没有发现她坐在椅子上散发着警告，表示她也对付不了欧洲。因此，她懒洋洋地感觉，若论她所取得的成功，跟他们相处似乎还不如跟伦敦人相处，即使她一开始跟伦敦人都不认识。她想，倘若她带着这个光环回去，他们也许会用不同的眼光看着她；同时，她还想，果真这样，她到底是否应该回去。不管她怎么想，她的这些朋友们都从她的身旁走过，显然，他们都没有盯着她看，到了最后，她甚至感觉到，她占了一点小小的便宜。

不过，有一会儿，有三位女士，显然是一位母亲与两个女儿，在她的面前停了下来，这是因为刚才其中有个人指着房间另一边的某件展品，表达了清晰的评论。米莉背对着那件展品，但她的脸却正对着那位年轻的同胞，就是那位说话的同胞，她隐隐约约看到了似曾相识的表情。她看她们也似曾相识。由于同属于一类人，她确实似乎认得那三个人，就像考试时大腿上放着作弊材料的学生答卷子一样容易；她感觉跟那个学生一样心里有愧，不管有没有这个权利，人家没有主动惹她，她却不顾荣誉感对她们评头论足。她完全能够判断她们生活在哪里以及如何生活，如果她们生活的地方和方式都可以正面理解的话；在想象中，她十分温柔地俯视着远在家乡不知道叫什么名字的先生，不管他有多少荣誉，有多么温和的性情，就在目前，他的身份只跟钱有关系。那位母亲的头发花白，蓬松但整齐，显然跟她的年龄没有关系，她的脸庞就像经过化学处理过一样清洁、干燥；她的同伴们都有一点模糊的不满情绪，可能是因为疲劳的缘故。三个女儿都平等地穿着色彩鲜艳的短风衣，都有格子兜帽。兜帽的格子图案可能有些不一样，三件风衣却完全一样。“漂亮？如果你执意这样说的话，也算吧。”说话的是那个母亲。稍微停顿了一下之后，她自己又补充说，“那是英格兰风格的。”米莉以为她说的是某一幅画。三双眼睛的视线会聚在一起，而它们的主人则让它们落在那个风格的载体上，并停留了一会儿，一个女儿沉默，另一个口中念念有词，但都显得挺沮丧。她们转过身之后，米莉的心几乎跳出来跟她们一起走，她自言自语说她们本应该认识她的，她们之间本应该有些共同的东西。但是，她同样失去了她们，她们很冷漠；她们将她一人撇在那里，弱弱地琢磨她们刚才在看什么。“漂亮”两字让她不自觉转过身去，也许所谓“英格兰风格”就是她所喜爱的英格兰画派；不过，在她动身离开之前，她从自己面对的那堵墙上发现，她的四周事实上全是小幅的荷兰画。这一发现很有意思，她隐约可以猜到，那三个人的情感突然迸发，并非因为某一幅画造成的。无论如何，这时候她确实该走了，她站起来的时候就同时转过身来。她的背后是一个入口，她坐着的时候，从这个入口进来了许多各种各样的参观者，有单独行动的，也有成双成对的，这时，她感觉她的眼睛突然被一个单独行动的人吸引住了。

那是一位先生，他站在展厅的中央，摘下头上的帽子，当他的目光心不在焉地（这她是看得清的）掠过最顶层的展品的同时，他从口袋里拿出一块手巾，抹了一下前额。他似乎很专注，因此，她就有时间想当然地认为，其实只需要几分钟就够了，他的这张脸就是刚才她的几个朋友们所评论的对象。她跟她们的赞赏意见完全一致，甚至还更积极，事实上，那位先生“英格兰风格”（也许与美国风格有显著的区别）的脸，正是他的吸引力所在。这个吸引力十分强烈，异常尖锐，几乎可以刺痛人的心，这真是让人震惊：她本是超然地看着他脱去帽子的头，可是她忽然发现，这是她从前认识的。那正是莫顿·丹什本人，他就站在那里，但是过了那么久，他居然没有意识到她的存在，这就给了她凝视他并犹豫不决的机会。这一切之间的先后承接很快，跟飞似的，但是，她依然可以无拘束地问自己是否应该让他看见她。她可以回答自己说，她不愿意让他看见她故意躲着他；她还可以进一步判断，他现在过于专注，因此看不见任何东西，除非有什么东西更狂暴地闯进他的视野。她后来记不得在人家看见她之前她看了他多久，她所能连贯地拼凑在一起的是，在他没有意识到她的存在的时候，她看到了另一张脸。这张给她带来巨大震惊的脸不是别人的，正是凯特·克罗依的，凯特·克罗依突然闯入了她的视线，接着，她们的视线就碰到了一起。凯特跟他的距离只有两码，这证明丹什先生并非单独行动。凯特的表情也清楚地说明了这一点，起初，她的目光跟米莉一样茫然，然后，她又马上堆满笑容。在刚开始感到震惊之后，这就是米莉得到的感觉：好神奇啊，两位年轻的女士又走到了一起！也许是到了后来，那女孩才完全领会了这个感觉和她对凯特这个人深不可测的确切判断之间的联系；不过，在当场，在一定程度上，她觉得自己的确是人家摆布的对象，跟前一天晚上的感觉完全一样，而且，那是为了让她更快乐。简而言之，过不了一分钟，凯特就不知道用什么手段，让她暂时接受一切都是自然的。“暂时”的感觉，正是魅力所在，因为这种感觉是瞬息万变的；它的含义十分丰富，凯特一有机会就会给她解释。而且，她们刚刚分手不久，也可以说是前脚刚分开，后脚就又在这里碰到，而当时居然都没有提及此事，这的确是天大的怪事。莫顿·丹什即将两颊飞红或者满脸通红地（人们经常分不清尴尬和欣喜的区别）大喊：“哎呀，蒂尔小姐，真想不到！”或者：“哎呀，蒂尔小姐，真巧啊！”就在这时，那位漂亮的女孩已经掌控了整个局面。

此时，蒂尔小姐感觉，凯特身上有某种非常美妙的、难以形容的东西，对他也具有决定性的影响；可是，显然，他的同伴并没有暗示性地看过他，他也没有向她投去过询问性的眼光。他只看着米莉本人，非常和蔼、非常体贴地看着她，她也不知道该怎么形容那种眼光；不过，出于她的感觉，女人总比男人更善于摆脱窘境。当然，目前的这种窘境既不明确，也难以用言语描述，而他们也没有使用言语。我们年轻的女士随即又觉得，那是这个文明国度特有的长处，不过，她认为这是可以想当然的事，只是在私底下闪过一小阵情感的火花，她所想到的能为他做的唯一一件事，就是向他表明她不会给他增加负担。如果这个机会不能让她解脱，既疲惫又紧张的她必定会六神无主，不知道怎么办。这恰恰就是让她得以解脱的最大力量，初始的几秒钟过后，这就让她可以很勇敢地面对凯特，就像凯特那么勇敢地面对她，所以，她只是在问自己她的朋友可能希望她怎样做。过了三分钟之后，不用任何复杂的介绍，他自然而然地成为她们俩共同的朋友，这极可能是她们的高尚与文明使然。为他照明的那道闪光，对于米莉而言，也相当能启发灵感，此时，她渴望成为天下最高尚的人。她居然认识这位先生，而凯特居然陪了他整整一个早上；对于这种怪事，要她们俩都不觉得滑稽，至少不觉得不开心，高尚的精神是必不可少的解药，不过，当她服用了这一剂解药之后，所有一切依然如故。接着，她一直在反思他们到底说了些什么，既然他们没说出来的话都产生了这么多的成就；此时，那一剂解药的甜味，让她感觉取得这些成就是必然的。她不太清楚这对丹什先生意味着什么，她只是想象，他的需要就是化解尴尬的捷径。不管事实如何，他们三个人完美的举止和礼节，帮他们渡过了难关。也许还应该指出，在米莉自己的灵感中，最美好的部分在于她迅速发现，对她帮助最大的可能还是她家乡的森林气息。长久以来，她一直感到十分羞愧，她觉得自己的血缘太单薄，经济概念太幼稚，作为美国女孩，她根本就没有得到开发，像一本书一样有那么多空白——要是在英格兰，她的每一页都会写得密密麻麻。但是，她有自然率真的天性，如果这不是喜剧天性的话，因此，她手里的“钞票”还是都可以发挥应有的作用的。于是，她表现得非常自然，非常率真，很有美国人的特色。到美国走了一圈之后，丹什先生肯定感触良多。她说了一些这种风格的话，但她很高兴地觉得，他并没有觉得有不耐烦的情绪，而是很符合纽约人常用的语气。纽约人是不是不耐烦，说话的语气并没有太多变化，此时，这种风格能给她提供多少帮助，她看得十分清晰。

在他们离开这个地方之前，这个帮助兑现得相当充分；她的朋友们毫不犹豫地接受了她的邀请去她的旅馆共进午餐，不过，他们感觉这顿午餐好像是安排在纽约的第五大道。凯特没有这么直接地去过那里，不过，米莉会给她带路；而如果说丹什先生去过，但他也没那么快就到。她表现得理所当然，因为她是美国女孩，后来，看看他们跟在她背后的步伐，她的决定就显得那么正确。整件事情最漂亮的地方在于，她其实只是接受了凯特的暗示，然后这一切都那么顺其自然。她的暗示就是她的第一次微笑。她好像是在说：“哦，是的，我们都挺别扭的，但请你给我时间。”那位美国女孩最乐于也最善于给人时间。因此，米莉给予他们的，他们都欣然接受了，甚至已经超出他们的需要，他们可能会这么猜测。在博物馆的门廊，她表达了对四轮马车的偏好；而他们也乐于在遮盖之下完成这段行程，这样正好可以多得到一些时间。她这个决定也是无比正确的，因为她甚至赋予了这种交通方式积极的精神含义；当她将她的两位同伴带到苏西面前的时候，她的合理性达到了顶点，这肯定是她自己的感觉。苏西正准备吃午餐，当然也正在等她回家；此时，米莉最大的感受是，这个好朋友的表情杯子里居然没有焦虑和悲伤。事实上，她留给了这位好朋友很刺激的材料，包含很多很奇怪的成分。她发现苏西一直在看着她，似乎想知道她带她的朋友们来旅馆，是不是想要听她转达卢克·斯特雷特爵士的结论。当然，她这个同伴的好奇太多比太少更好。如他们在家里所说的，她此行的目的就是为了找乐趣，而乐趣都在她们的双眼里面。不过，米莉依然为她感到有点难过，因为相比之下，对于眼前这古怪的场面，她几乎不能找到任何必要的秘密。她看见丹什先生突然出现，但她对其他任何事情都不了解。她同样看到，她的这个年轻朋友对自己的命运好像无动于衷，但找不到应有的解释。唯一能让她保持耐心的，就是在吃完午餐之后凯特给予她的补偿，应该可以这样说。事实上，这也是最能让米莉保持耐心的。实际上，我们年轻的女士从中感受到实实在在的美感，这显然已经偏离了那位漂亮的女孩习惯的道路。在那女孩的眼中，苏西一直是让人讨厌的人，今天的变化可能让人浮想联翩。离开餐桌之后，她们俩一起坐在她们吃午餐的那个房间里，把隔壁的房间让给另一位客人和请他来的女主人。这可能是后者期望的场面，而对于凯特，这更像是祈求解脱的祈祷。如果说她真的更喜欢被人扔在苏珊·谢泼德的身边，而不是留在另一位朋友的身边，这实际上就说明了一切。也许，这并不能说明她那天早上为何跟他在一起，但人们会认为，在他面前，她能说的也就这么多。

事实上，通过凯特的言行，各种可能性就一点点掀掉了面纱，露出了真容。莫顿·丹什爱上了她，凯特是无可奈何的，只能表示遗憾，然后只能用善心对待：这样的说法还盖不住猜疑吗？无论如何，米莉当时非常努力地去信任它，把它当成一床被子，把它盖在自己身上，甚至用力把被子拉到自己下巴下面。如果说这样还不够，但它确实已经起到很大的作用，剩下的缺口就由她自己来补吧。她补缺口的方法，就是不断琢磨一个伟大的问题：过了这么久，经历了这么多事情，现在又看见他，她对他的印象跟在纽约看到他时的印象是否有所不同？自从他们离开博物馆，这个问题便一直霸占了她的心思；当她坐在马车上的时候，当她在吃午餐的时候，这个问题也都陪着她；现在，跟他单独待了一刻钟之后，这个问题却变得越发尖锐。在此危急关头，她感觉她不可能马上得到任何明确、大家都能接受的答案，不可能得到任何直接的满足感，她甚至可能会看到这个问题分崩离析，变成碎片。她说不清楚他是否变了，她不知道也不在乎她自己是否变了，在她唯一知道的事情面前，这些事情都已经无关紧要了。她所知道的事情就是：她喜欢他，跟以前一样喜欢他；如果那是因为交了一个新朋友而开心，那么，其中的乐趣只会更大。她起初认为他是很平静的，虽然他刚走出困惑；她也发现，他之所以困惑，并非因为她身份突然变得模糊，因为他在那边可以看到成千上万跟她同类的人，这个问题根本不存在。不，在前一半时间里，他之所以很平静，是因为米莉表现得很有活力，变得很自然、率真，相比之下，其他的一切自然显得很温和，那也是因为凯特也好像很有活力，所以，他就选择了暂时保持安静，不希望进一步抬高音量。后来，当他们都相互适应了之后，他就开始有很多话要说，很明显是因为他也觉得采取自然、有活力的路线是正确的。他也可能想当然地认为，她肯定希望听他介绍美国那边的情况，肯定希望他有条理地叙述他在那里所看见的和所做的一切。突然间，他的嘴巴就像溃了堤的河流，中间堵上过几次，但接着马上就再决堤，洪水还是继续狂泻。可是，对于他崇拜什么或者不崇拜什么，他都没有提供任何线索，他只是跟她说他的社交故事，特别是当他们与另外两个人分开的时候。那时，她就不再是美国人，让他充分展现英国人的气质和视角，她可以感觉到，他下意识地抓住了这个机会。她从未像现在这样对美国漠不关心，但这与目前的情况毫无关联。此时好像是她获得美国信息最多的时刻，他是怎么也挡不住的，不过，他始终没有冒险提到发生在她身上的事情。这可能是他已经知道，她做的那些事情，就是最大的冒险。

至此，她看见自己的那个问题完全变成了粉末，她看见她最关心的是跟他在一起的感觉。她之后的新发现，没有给这种感觉产生冷却作用。她发现，不管他开始怎么样，他现在的行为，显然是出于由新的事实或者新的幻想决定的某种欲望，他希望跟其他每一个人一样，简而言之，就是要对她好。就举止神态而言，他已经赶上了所有人；而如果说他的精气神确实提高了不少，那很可能是因为他已经找到了化解尴尬的良方。不管他做过什么或者没做过什么，米莉都知道她应该继续喜欢他，她没有别的选择；不过，当她觉得他对她的看法跟别人完全相同的时候，她的心还是变沉重了一些。她完全可能梦想他的观点跟别人不一样，可能梦想他有自己独特的看法，在必要的情况下，也可以没有看法；但是，他有什么看法都没关系，不会给他制造麻烦，而且别人的观点不一定会妨碍她喜欢他。总而言之，其中的不足之处，也许她会冒昧地批评，就是既然大家都对她一样好，人们之间的关系将变得千篇一律，平淡无奇，抵消了真正亲密、甜蜜的关系。这种关系无疑是她留住他的力量之一，当然，她的力量还在于她有些夸张地注意到他对落基山脉景色的赞扬。事实上，她留住他和凯特稳住苏珊一样成功。如果她有办法，那么，丹什先生就不会率先放弃。这至少是那个女孩内心的焦虑之一；但是，在这个深奥的原因之下，还有一个更加美好的动机。她今天“离家出走”、最终产生这个机会的那个动机还存在，而且此时变得更尖锐、更活跃。原来占据她的心思的顶端、后来被强行压下来的那件事，现在又慢慢爬了上来。他们的朋友一走，苏西的嘴巴马上就会失控，而从她的嘴中跑出来的，可能不是关于丹什先生个人的事情，虽然她不只一次表明她对那位先生很感兴趣。吃午餐的时候，米莉就发现她的脸像发烧一样，放着红光，这就暴露了她心里装的是什么。现在，她不再关心丹什先生个人的事情。丹什先生似乎是从地下突然冒出来的，马上抢占了她的想象中本来被别的事情占据着的位置。对她而言，他个人的事情已经跟她没有了关系，她的同伴也有同样的感觉。这只会意味着，卢克·斯特雷特爵士以及他给予她的东西，也占据了她心里全部的空间。他到底给了她什么？事实上，这个问题是米莉很想解答的，虽然苏西脸上的红晕已经表达得很清楚。因此，总而言之，如果说丹什先生的年轻的女主人继续依恋着落基山脉，那是因为有一层很薄的隔膜将她的内心一分为二。

第六章

1

“我说，凯特，你真能待下来！”他们刚出门，莫顿·丹什先生就对他们的冒险行动做了这样的评论，而对这个评论，她也丝毫不甘示弱地让他明白，她之所以原谅他，只是因为他是个男人。不管她有多么失望，她都必须承认，他也很好地体现了男人的特性。事实上，这次冒险是他们俩都不喜欢面对的，他们走到街上，就相互看了一眼，好像两个刚刚一起走出险境的伙伴，在他们的面前，似乎出现了一阵光，他因此能够看清她的行为中的任何昏暗的区域。可是，男人怎么总需要这样的光线？此时，凯特本可能对此发表长篇大论。随后，他的视觉收获快速增加，他看得最清楚的是，久别重逢的他们相伴半个上午之后，她似乎觉得他们有迫切的需要，要马上面对未来，设法解决迫在眉睫的问题。他们需要解决的问题，必然是重重困难，要求他们发挥全部的聪明才智，也需要有足够的耐心，正是他这次回来要解决的重大问题，这个问题非常重大，仅次于他们之间的相互需求。前一天下午，刚过了二十分钟，他们的这个需求就显露无遗，在这段时间内，他们充分享受了暴露在光天化日之下的乐趣。他下午五点钟到达尤斯顿车站，此前，他刚在利物浦上岸便给她拍了电报，她收到电报之后立即决定到火车站迎接他，不论这个举动可能被多少人看见。他一下火车就对她的大胆举动大加赞赏，而她则非常坦率地回答，这种事情不能瞻前顾后。今天，她不在乎谁看见了她，如果真有人看见她，那将会更让她觉得快乐，至于明天，她应该有更多的时间来思考，不可避免，她会变得更胆小，时刻留心，处处谨慎。不过，她马上跟他约好，第二天早上，他们要尽早再见一面，但她必须在六点之前回到兰开斯特大门。在解释理由的时候，她恶狠狠地骂了一句：总是有人来喝茶，她也答应莫德姨妈她会在场；不过，在此之前，她是绝对自由的，所以她提议第二天上午去国家美术馆见面，似乎那是她酝酿了很久、现在已经成熟的念头。他们到那里也可能被人家看见，不过没有人会认识他们，而且，就像走进点心店的时候，最多也只会引起陌生人的注意。他们要利用这样的便利条件做一点事情，正因为如此，他们现在又觉得，对他们而言，没有任何地方是方便的。

他发现，他刚踩上英格兰的土地，就有各种感觉涌到心头，不过，他却未曾料到，那个本来应该产生最强烈感觉的事情，居然会让他感到那么憋屈。后来他觉得，他由于性急，似乎在躲避着某些问题；因此，他也相当强烈地感觉到，在缺少准备和保障的情况下，他居然没有什么地方可以感受情感。因此，他听取了凯特的建议，就在尤斯顿车站里人们喝啤酒吃面包的地方表达他的爱情，于是，他们在角落的一张桌子旁坐下来，点了茶；毫无疑问，在熙熙攘攘的人群之中，这个权宜之计肯定能凑合的。如果她和他一起直接坐车去他家的门口，效果也是一样的；当时，他的智慧也只能产生这样的主意。事实上，他们可以预见，等他们到达他家的大门口，他们又必将畏缩不前。她可能在门口停住脚步，不会跟他一起走进去；这是绝对不可能的。他也肯定不能邀请她进去，会感觉这样会表明他将暴露自己对她所谓的尊重不够，即使他们的关系已经到了这样的阶段；这一切都是显而易见的，只是这种情况真有可能让人发疯。所谓尊重的感觉，在一定意义上，是一种令人沮丧的感觉，像在尤斯顿的站台上等着他的心痛的感觉，也像在伊甸园抬着头的毒蛇，他也不知道该怎么形容它才好，也许可以说是马车的第五只车轮吧。那是内在的东西，不在于外表，肯定会让爱情更加甜蜜，不会降低幸福感。他们见面就是为了追求幸福，在他神志最为清醒的一两个瞬间，他非常清晰地感觉到，他应该时刻提防对这个上帝恩泽构成威胁的任何事物。如果凯特当时同意跟他一起坐车到他家去，在他家门口的台阶下，必将出现男人与女人之间的神秘时刻，人类情感必将爆发红色的火焰，其中也必然包含矛盾的火花。如果他提议她进去，她可能会摇头，这是很让人伤感的，也是很神圣的；虽然他完全能够理解她，但也可能感觉，在这个时候，他只能跟她四目相对，什么话都说不出来。这可能表明他们意识到某个反面意志的存在，这个意志在他们的心里投下的阴影已然存在。因此，非常幸运的是，事实上，那短短的几分钟出现了转机，等到她不顾一切跟他相伴的那半个小时，凯特就表明，再令人发疯的事物，她拿得起放得下。她似乎在请他或者说恳求他，从今往后，让她用她自己的方式来处理他们之间的关系，这样会让他更舒服。

她很快说出一个伟大博物馆的名字，作为他们第二天早上约会的地点。事实上，由于她放了甜蜜的烟雾，等到她离开了他，他才完全看清她把他放在了什么位置。这么多个星期没看见她，给他产生了非常明显的影响，因此，他的需求和他的欲望都增长了；就在前一天晚上，随着轮船在蒸汽机的推动下不断前进，在夏夜天空中的点点繁星之下，他看着爱尔兰海岸在远方出现的时候，强烈地感受到了他的这种特别需要。换句话说，无论如何，他都不会怀疑自己准备跟她说，他们的错误确实应该结束了。他们的错误就在于相信他们能够坚持到最后，所谓坚持，并非针对莫德姨妈，而是针对会让男人病倒的思念。他们在车站大楼分手的时候，他比从前任何时候都更清楚地意识到，这种事情真的可能让男人倒下，甚至女人也可能被打倒，而此刻，他的心已经痛得快撑不住了。不过，他又感觉到自己好像知道，凯特正在非常温柔地给他的伤口涂解药，让她喂他吃镇定剂。这个动作发出了非常粗俗的声音，与爱本身相比，在这个过程中发出的任何声音，不管是提到什么东西的名称，还是描述交流动作的措辞，都是很粗俗的。更有甚者，他好不容易回来，却发现自己被人家给“打发”了，虽然他还需要一两天的时间才能看清楚是怎么回事。他从美国邮寄回来的信肯定会让收件人感到高兴，虽然高兴的程度并没有达到他原先的期望；根据原来的协议，他会得到一定的报酬，现在他就来提款了。事实上，他所能提到的款不算很多，因此，他回来并不指望发财，不能虚妄地认为，他可以因此让他心爱的人跟他走。比较确定的是，他的前途可能发生变化，从而改变人们的观念，否则，他就只能走一步算一步，拿时间流逝做借口。她当然可能说毕竟没有流逝多少个星期，可是，时间的流逝总是对他有帮助的，刚才就是这个概念帮助他渡过难关，何况，他自己也看见了时间的流逝对凯特发生的作用。这个景象在他的面前光辉灿烂，在尤斯顿车站的那个小小的角落，让他吓了一大跳，因为它似乎在向他炫耀，等待其实是傻瓜的游戏。就目前而言，她并不是他原来眼中的那个人；当然，他还没有确凿的感觉。他感觉，她就像是隐藏在昏暗的大教堂里弹奏一座极尽豪华的管风琴的大师，同时在玩弄着他的自豪感。他最终的感觉是，女人不能像这样让人难以捉摸，又向人提出不可能做到的要求。

第二天早上，她又是像这个样子，在那段时间里，他们就享受着面对面接触所带来的纯粹快乐，所谓接触，就是在挂满名家名画的展览厅里所能做到的那种接触。事实上，这个为了重温亲密关系而采取的权宜之计，显然是满足不了需求的，尤其是凯特做了二十几个烦躁不安的小动作；与此同时，这个体面的地方，并没有刻意提醒他们，硬要他们对它感兴趣。他们选择在这里见面，是为了避免在街上见面，避免再次在车站见面，那样会显得缺乏创意和风格；也避免再次在肯辛顿公园见面，那将让他们再次品尝到从前遭受挫折的味道，他们对此有很强的共识。目前的味道，那天早上展览厅里的味道，确实有所不同；然而，在一刻钟之后，丹什就完全明白他可以从中得到什么结论。这几乎完全化解了他心里面的别扭，他也一直在注意着她的反应。他让她随心所欲展现着自己的高贵；在美国，他没有发现什么可以打动她的东西。她不能妄称她的表现可以让他满意，也不能妄称她认为他相信她也会感到满意。他们压根儿没有实现自己的目的，她基本上已经向他表明了她是这么想的。让她表达了这样的态度，也不失为一件快事。他完全可能当场不加掩饰地问她："我是否应该相信你觉得这样的事情可以继续下去？"毫无疑问，她完全可能回答说：再次得到他陪伴在她的身边，再次用她强有力的手将他像宝贝一样牢牢抓住，像在他们相互望穿秋水的时候把他锁在自己的心里一样，这些都是他必须让她自然得到的，不应该有什么争议；但是，那也可能只是她客气的表态，或者是她玩的把戏。她跟他一样知道他们需要什么，尽管如此，如果她不是在一定的时候模糊了他们的默契，他很可能会说出那是什么，并提出实现这个愿望的要求。很快，他们就坐了下来，这样可以进行更好的交流，于是，他们貌似很亲密地在一起坐了一段时间。坐下之后马上要说的话有很多，因为他们在尤斯顿车站留下很多事情没有说透。此时，这些事情源源不断地涌现在他们的面前，凯特甚至似乎忘了环顾左右，去寻找让她惊喜的事情，按她的本性，她肯定是喜欢寻找惊喜的。后来，他试图回想他自己说了什么话，或者他们的双眼有哪些自然的示意，或者两人的手是不是有偶然碰到，这些事情是不是在她的心里掀起了一些波澜，但他的努力却是徒劳的，他根本就想不起来。她很不合逻辑地站起来，似乎要打破当时的氛围，虽然他没有感觉到自己当时做了什么造成当时的氛围让她感到危险。过了一会儿，她很平静地填补了逻辑的空白，对一幅画发表了一通古怪的评论，对此他并没有怎么回答；只是同样毫无来由地感叹，这些房间的压迫感非常可怕。他提议他应该出去呼吸新鲜的空气；当他们进入另一个区域的时候，他们产生了一个共同意识：他们就像两个受到了惊吓但努力表现得平静的人。这个年轻人后来猜想，很可能就在他们全神贯注思考这个问题的时候，他们碰到了他的那位纽约“小”朋友。出于某种原因，他认为她是个小朋友，虽然她的身材跟凯特相差无几，而对于他的情人的身材，他从来没有觉得小，甚至觉得她的身材是她的优点之一。

后来回忆起来，他感受最深的是，他逐渐意识到凯特与她的熟悉程度超乎他的猜测。在那段时间，她曾经写信告诉他，说她结交了一个新朋友，那是个有趣的朋友，他也曾回信说他在那边也见过那个年轻人，也相当喜欢她，而她对此的回答是说，他在那里要多了解她一些。不过，凯特后来没有再追问，而当时他当然还有许许多多的东西需要了解，所以，他也就不再关心她了。蒂尔小姐个人的历史不是他要在报纸上发表的内容，而且，他在那里也见到了非常多的"蒂尔小姐"。她们甚至构成一个社会现象，而对于这个自由自在的年轻人群体，他随时可以写出最优美的篇章。因此，在伦敦跟那两个美国朋友一起吃完午餐一两个小时之后，可能那是一个凯特没有为他做好铺垫或者准备的情景。也许同样明显的是，他突然意识到她今天与昨天一样，她的手中不仅有一种准备。如果他深入去想的话，这种猜测会让人产生恐惧，因此必须把它甩掉。他与两位女主人告别，然后再跟凯特告别，在漫无目的地走了一段路之后，他就在一定程度上甩掉了那个猜疑。他稍后还要到杂志社去，不过，他还有两三个小时的时间，因为他给自己找了一个借口，说他吃得太多了。凯特让他送她坐上出租马车，这是她宣布恢复的常规，但他觉得他并不喜欢这个常规。送走凯特之后，他在一个街角站了一会儿，迷茫地看着面前的这个伦敦。毫无疑问，离乡背井的人回来之后总有那样的瞬间，一开始会感到很激动，因为自己终于回来了。他的这段插曲终于结束了，如果把他比成一个句子，插入成分已经写完了，现在又恢复到原来的结构，又是篇章中的一个句子。他在街角驻足的那个瞬间，他发现那个篇章似乎又是满满当当一页纸，密密麻麻，又没有什么精彩的内容。然而，第一眼没有发现精彩的内容，并不意味着里面不存在重点，深入阅读，总能发现精彩的部分。他回来了，这是事实，然后，他又要面对各种可能性和前景，而他现在渴望的是重新占有某些东西。

他朝北走去，没有任何计划，也没有任何怀疑，那好像是他那个美国小朋友一两天之前走的方向。跟米莉一样，他走到了摄政公园，虽然到了那个地方之后，他还可能继续更快地向前走，但最终还是跟米莉一样坐了下来，同样是经过了思想的挣扎。应该补充说，对他而言，坐在这张米莉坐过的板凳上，各种各样被人搅乱的思绪，同样收起了它们的翅膀。他有很多话要说而没有说出来，凯特肯定也没有找到时间表达她真正的想法。再过几天，她肯定会听到许多话。实际上，他并没有勉强她谈论他们迫在眉睫的事情；在起初的几个小时，这些事情虽然让他们有些忧心，但更重要的是让他们的关系在精神上更密切了。无论如何，就此时而言，他们共同关心的事情比从前更多了，而不是更少了，对于那两位女士的解释就是其中一个部分，当然也可以跟其他事情一样，等以后再好好说。此时，这些事情，包括关于两位美国女士的解释，肯定都不是让他漫无目的地散步的最主要原因。那是她从前经常说的，她从前也经常说到一半就突然叫道："给我叫一辆好马车吧。"从前，他们散步到公园南面的时候，他们的见面似乎都会以这样突兀的方式结束。这可能是让他们分歧最大的事情，因为要不是她总能找到借口，他很可能跟她一起跳上马车。她以为他会对她怎么样呢？他终于找到一个机会提出这个问题。然而，这只是小事一桩，毫无疑问，因为他们不用靠出租马车获取在一起的幸福感，不管是好马车还是坏马车：这件事的重要性，并不在于他失去机会，主要是因为表明她有高超的驾驭能力。她为跟他在一起而展现的驾驭能力，从一开始就令人叹为观止；他之所以不喜欢，是因为她为摆脱他而展现的驾驭能力也同样强大。那天下午，当她再次提出那个要求的时候，他也再次向她提出了这个问题，再次问她以为他想怎么样。他坐在摄政公园的板凳上，回想着她回答他的问题时所表现的随意，觉得很滑稽，很美；他也回想起来，在那个时刻，他感觉自己虽然相当失望，但她的幽默远胜那个严肃的美国人，她让人觉得更开心得多。无论如何，他们已经又约好了再次见面的时间，到时，他就应该可以看见她在这方面的选择会产生多大的效果。那可能是新的帮助，也可能是新的阻力，不过，他们总是能摆脱街道的约束。她在描述这个前景的时候，他很自然地问起劳德夫人是否知道他已经回来了。

“我没有告诉她，”凯特回答说，“不过，我会跟她说。”她认定这是很容易的事情，似乎她又形成了一个新的观点。“这几个月来，我们的行为一直非常得体，因此，我肯定有足够的理由提起你。你可以去见见她，那么，她可能会让我陪你；她会故意彰显她善良的本性，也表明她没有丝毫的担心。你知道，你跟她的关系没有断裂过，恰恰相反，她跟从前一样喜欢你。然后，我们可以离开伦敦，这就是最终的结果；因此，刚才本没有必要问的。我今天晚上就去问。”凯特准备结束她的演说。“如果你愿意把它交给我办，我会办得妥妥帖帖，我可以向你保证，我现在已经变得跟魔鬼一样聪明。”

当然，他把一切都交给了她，只是跟在布鲁克街上（米莉的旅馆外面）的时候相比，他更加感到彷徨。他不断自言自语地说，假如结果不是胜利，那将是一败涂地。毫无疑问，除了这个问题让他彷徨之外，也还有其他的问题让他感到茫然。凯特确实避开了他刚才问的有关他们与可爱的米莉之间的关系的小问题。他不在的时候，可爱的米莉突然出现在这里，占据了显著的位置，他也说不清楚他为什么有这样的感觉，她所占的位置比人们预备的更多得多，人们不得不临时清理场地来给她。她占据了那么多空间，而这些空间似乎都是为她准备的。凯特似乎想当然地认为他应该知道为什么要为她准备那些空间，这也就是关键所在。现在回想起来，他在跟凯特交往的过程中，几乎没有得到过可以转身的空间。但是，在此关头，蒂尔小姐可能就是弱化版的莫德姨妈，甚至和莫德姨妈一模一样。同样，如果她不是令人讨厌的人，那么，她就是可以给人提供方便的人。接着，他继续散步，然后，他突然觉得这非常可能是凯特的意思。那个女孩很崇拜她，丹什自己可以看到这一点，可能为他们提供掩护，可能有助于他们的见面。换言之，他们可以在她的庇护下约会，可以离开街道，到更好的地方去约会。这个解释很靠谱。但是，他们下一次见面可能不会依赖她，这个解释的合理性便受到一定的损害。不过，这可能是因为这个逻辑需要更多的预热。他觉得，星期四在兰开斯特大门可能得到的收获之一，可能就是进一步发现这个逻辑的合理性。

2

星期四来临的时候，他竟然发现自己的设想不是那么不靠谱，这确实非同寻常。这并非凯特有意识努力的结果，不过，过了一刻钟之后，她确实做到了许多。一开始，她为自己在星期二居然似乎给他留下了那么多需要琢磨的东西而感到惊讶。此时，他可以看见，在她手下，各个零散的部分差不多拼凑到了一起，而且，在这段分开的时间里，她似乎并没有不停地摆弄或者安装。她既聪明又漂亮，没有一点疲倦和憔悴，各方面都很清楚；因为他很明显地发现，如果说两位美国女士不能指望，这当然是荒谬的想法，那么，她们就得考虑再次在莫德姨妈的身上打主意。虽然她一直对他们很好，但也不能这样跟她们说："我们就在你们家里约会吧，不管让我们什么时候来，但我们希望你们帮助保守秘密。"她们必然会换个说法向莫德姨妈告密，让她们不告密是很别扭的事情，因此，凯特必须自己首先说。对于丹什而言，凯特今天说得很棒，虽然他也许感觉自己是一点点地从她嘴里抠出来的，而不像是在迎接一股稳定的水流。而且，他总是感觉他向她要得越多，她就会给得越多。在离开她之前，他不止一次跟她说："你管着橱柜的钥匙，我可以预见，我们结婚之后，你会一块一块地把糖拿出来给我。"她回答说，她非常高兴他居然喜欢吃糖，同时，这样的家庭关系，很可能已经成为主流了。说句实话，毫无疑问，她藏在橱柜里的糖并不是那么甜；不过，在一定意义上说，那也满足了他的即时要求。如果说她的解释引发了一些问题，那么，这些问题并没有耗掉他们的精力，只是耗掉了她的耐心。在一系列问题之中，这些自然是比较简单的。比如说，他从她口中得知，蒂尔小姐不可能帮他们什么忙。他非常坦率地说，他斗胆认为这是可能的事情。"如果我们不能在这里约会，而且已经厌烦了在敞开空间或者人群中约会的所谓魅力，那么，我这两天来一直觉得，沉船后漂浮起来的小艇，或者像星期二那样的机会，至少比什么都没有更强。但是，如果我们的朋友对这里有这么强的责任感，那当然就不用再说什么。谢谢上帝，那就算是在我们的棺材上又钉下的一枚钉子，我们的延迟就会变成绝望。"他非常高兴自己不用多费口舌来确定其中的寓意。"现在，我希望你能明白，我们是无能为力的。"

如果说她听完这些话后笑了（她情绪似乎真的很高涨），那是因为在那个旅馆里他显得非常喜欢那个机会。"你这样说很难得，我记得你只跟米莉说话。"不过，她的脾气还是很好、很平和。"当然，你可能会习惯她的，你肯定会。你说得很对，只要她们与我们住在一起，或者说这么近。"她又十分明白地说，那两个可爱的人儿作为他们的好朋友，必定乐于让他们搭便车。"她们就会跟莫德姨妈说，但她们不会把我们拒之门外，那是另一回事。朋友总会帮忙的，她就是一个朋友。"这样说，她就是把斯特林厄姆太太排除在外了，她对问题做了简化，只保留了米莉。"而且，她特别喜欢我们。她特别喜欢你。我说，好家伙，你就好好利用吧。”他感觉她在竭力回避他刚才十分刺眼地摆在她面前的最后通牒，他语气坚定地提醒她说，他们无论如何是无能为力的；不过，他说的一些话，特别是那些特别尖刻的话，她是注意到的，虽然不很正式，也没有充满敬意。她用不是很平淡的方式表明她对这些话的反应。实际上，他认为她不是真的不在乎。不过，她挑了一个较次要的问题做了回答。“你说我们不能在这里约会，但你看我们不正在这里约会吗？这是不是很可爱？”

这并非为了折磨他，虽然他还是不相信这种事情；但是，他来到这里是有些不舒服的，因此，听见她称在这里约会很可爱，他微微地皱了一下眉头。这里面不是有点当奴隶的味道吗？当然，所谓当奴隶，那是蒙着纱布或者涂着漆的，但是他从骨子里知道，在兰开斯特大门，不管拥有多高的特权，都不能表明他们拥有自由。此时，他们就在楼上的闺房里。那是一间很小但挺豪华的房间，摆设得跟小姐的闺房一样，不过显然没有人住过，因为房间的主色调是蓝色的，很丑，让人望而却步。他看了一眼那扇关闭着的门，貌似很关切，而对于他的关切，凯特的反应就是安慰他说不会有任何问题，就此次而言，莫德姨妈是很给他们面子的，他们应该不会受任何人的打扰，不必有任何担心。但是，从她的这些安慰中，他发现了其中新的含义，让他感觉靠那个问题更近了。确实没有人会打扰他们，也确实没有问题，但是，他又看了一眼那扇关闭着的门，品味一下人家赋予他们的隐私，以及这座豪宅的寂静。他们当场都看到了她超强的意志力对他的作用。总而言之，就是说他不可能让她躲着他们，绝对不能。他不能，他也不愿，不愿给她带来任何不方便。他不希望她比他自己更加深沉，虽然就智慧以及性格而言，深沉并非坏事；他希望他们的信息沟通轻松、坦率，他们的情感交流不受外界干扰。于是，过了一会儿，他说："你能不能只关注我目前的现实？"

这个要求的诚恳语气，让她的脸色变得有些苍白，这在一定程度上削弱了她的意志力，让他感到挺高兴；即使过了一会儿她说了一通比从前任何时候都让他心烦意乱的话，他的喜悦却并没有丝毫减少。"好吧，我试试吧！我向你保证，我已经找到了出路，所以，请你不要破坏了它。请你等等我，给我时间。亲爱的，"凯特说，"只要你信任我，一切会变得很美好。"

她说让他信任她，似乎他从来都不信任她；不过，对这句话，他好像没有听到，他好像走神了，而当他回过神来的时候，他就爆发了一阵强烈的热情，说她向他恳求的模样让他难以抗拒。然后，他好像是生气了，将手重重地压在她身上说："你爱我吗？爱我吗？爱我吗？"她闭上眼睛，似乎感觉他可能会打她，不过，她感觉她会很乐意挨他的打。投降就是她的回答，她的回答就是投降；他虽然几乎没有听见她说了些什么，但是，他感受到了足够的温暖，所以他欣喜不已地觉得：她是属于他的。接着，他们长时间地拥抱在一起，这表明逃避已经终结，他因此产生一种相当确切的感觉，她对他的感情是真实的。那比任何口头的海誓山盟都更有力，后来回忆的时候，他感觉她是极其诚恳的。那就是他所需要的，诚恳是其余一切的基础，于是，这就解决了许多问题，而且解决得非常彻底，也就没有任何必要让她发誓了。因为无需发誓，他们便可以自如交谈。到了此时，他们的问题似乎才摆到了桌面上。五分钟之后，他接受了她对自己计划的辩护，同样明显的是，这段时间的作用也在于他支持她选择的应对方式。突然间，应对方式已经变成了细节问题，落到了她的职责范围内，成了她的责任；同时也清晰表明了，她的智慧是充满激情的智慧。“我当然不希望，”他带着充满智慧的微笑说，“一直让你感觉我不信任你。”

“我也希望你不要！那么，你认为我想干什么？”

至此，他倒真的需要稍微梳理一下自己到底是怎么想的，首先很清晰地浮现出来的，当然就是他觉得那个游戏很怪异。“我们用这样特别的方式拖延，会让大多数人认为我们是傻瓜。”但是，随着时间渐渐流逝，他并没有再次提出“只关注我目前的现实”的要求。他现在的状况并不比原来有钱，也没有理想中的那么有钱，而与前几个月相比，她可以放弃的东西却有了显著的增加。他很快就发现，在兰开斯特大门约会的时候，凯特比在车站和公园约会的时候显得富有得多，然而，他又不能多追问什么。如果劳德夫人真的无动于衷的话，要求凯特面对他目前的现实，相当于要求她做出牺牲。简言之，这就是她与他相处的艺术，对于他们继续等待这个问题，她的描述方式与这个闺房的氛围不同，这间闺房的主色调是丑陋的蓝色，包括华丽的塞夫勒高级瓷器和结构复杂的管乐器，也都是这个色调。他再次问了关于莫德姨妈的事情，然后，她就说如果他见了她，这是很快就会发生的事情，他就会明白。“你的意思是说，”他接着问，“你看到什么确凿迹象表明她变了？我不是说，”他解释说，“她原来就是既伪善又表里如一。我们都知道，我们再聪明，我们俩合起来力量很大，但我还得承认，我们还得记住，无论我们怎么耍她，她也可以怎么耍我们。”

“她不想耍我，亲爱的，”凯特明确地回答，“如果不必要，她不希望我多受一点点苦。她非常关心我，她所做的一切，以及所没有做的一切，都是有价值的。今天这样也是有价值的，其实她今天一直看着我们。我相信她一直在她的房间里，你与我待在一起的时候，她绝对不会出来。那并不算是在耍我们，绝对不是。”

“那算什么呢？”年轻人反问一句，“这不是她的祝福，也不是支票。”

接着，凯特完整表达了她的意思。“她不拘小节。她不会在乎这种琐事。总而言之，她是信任我们的；她不想把我们逼到角落里去；如果我们大胆向她索要什么，”凯特说，“她至多会耸耸肩，但她不会放在心里。她只有一个缺点：她对小事情无所谓，就像对我们的这个样子。不过，”女孩接着情绪高昂地说，“我们也不会因为小事情跟她争。”

“我觉得，”丹什想了想然后说，“我们有很多小事瞒着她。”这句话一说出口，他们俩都想到了他们刚才的拥抱。

然而，他很欣喜地看到，对于凯特而言，这次冒险根本不值得感到内疚。“我不是说我们还可以这样做。我是说，”她解释说，“在这里约会。”

丹什在想他们以后可以到哪里约会。如果兰开斯特大门有这个限制，问题就出现了。“我不能再来了？”

“当然可以来，你可以来看她。事实上，”他的同伴微笑着说，“真正爱上你的人是她。”

不过，这句话让他更严肃地看了她一阵子。“别再跟我说每一个人都爱上我吧。”

她顿了一下。“我没有说每一个人都爱上你。”

“你刚才说蒂尔小姐。”

“是的，我刚才说过她喜欢你。”

“那不一样吗？”不过，他紧接着说，“当然，我应该当面感谢劳德夫人。我是说这次，我得感谢她。”

“是的，不过，你不要跟她说太多！”提醒他小心是必要的，不过，说到“这次”，她露出了有些暧昧的笑容。“她会怀疑你到底要感谢她什么！”

丹什认真考虑了凯特的建议。“是的，我不可能把所有事情都告诉她。”

也许是因为他说这句话时语气太过严肃，所以，凯特又觉得有些好笑。不过，她说得非常轻描淡写：“你不可能将所有事情都告诉她，不过，这个也没有关系。你只要对她好，让她高兴，让她看见你有多么聪明，不过，不要让她看见你是装出来的。如果你能让她发现你的魅力，你就可以省下很多事了。”

不过，她这样说过于简单化了。“据我看来，我只有让她觉得我已经放弃了你，才可以让她发现我的魅力，这样的事情我死也不会做。”他很动情地说，“这是骗人的。”

“当然是骗人的。但是，如果你老是跟她说你多享受我们见面的乐趣，她就永远不会认为你放弃了我，或者我放弃了你。”

“那么，如果她非要觉得我们顽固不化，”丹什问，“那又有什么好处呢？”

凯特好像被将了一军。“你说什么有什么好处？”

“就是我对她好，让她高兴。就是我们所做的一切。”他好像失去了耐心。“我不会去讨好她。”

凯特又狠狠盯着他，对他缺少耐性感到相当失望，不过，她心里似乎已经有比纯粹抱怨更好的想法。“好吧，我会。交给我吧。”然后，在不久之前将他们紧紧黏合在一起的那股力量的驱动下，她又抱住了他，似乎迫切地要实现同一个温柔的目的。这可能是她表达恳求的方式，而他觉得，他们之间的伟大事实因此变得非常清楚，他们因此拥有了对方。于是，在这种情景之种，他只能再次表现他的慷慨大度。因此，他当场就把一切都交给了她，然后再过了一小会儿，她又回到她刚才说的一个最宝贵的看法。“你刚才怪我胡说米莉爱上了你。如果你真的这么想，那就算我说过了。这样你满意了吗？这就是她对我们的用处。这样，她就有理由跟你见面，因此，她就有理由帮助我们这样继续下去。”

丹什瞪大了眼睛。她确实了不起。“那么，我有什么理由去和她见面呢？”

“无所谓！”凯特微笑着说。

“你不在乎我引诱她？”

她把这句话倒了过来。“我不在乎她引诱你。”

“呃，她不会的，所以没什么好不在乎的。不过，”他紧接着问，“她知道那么多，她怎么肯帮忙呢？”

“她知道什么？那不一定是障碍。”

他满头雾水。“妨碍她爱我们？”

“妨碍她帮助你。她就是这样的人。”凯特·克罗依解释说。

这确实有些难以理解。“明明知道我爱着另一个人，她也毫不在乎吗？”

“她当然在乎，”凯特说，“她会劝你。”

“不过，劝我干什么呢？”

“劝你放弃另一个。”

他还是瞪着眼睛。“但她怎么知道……？”

“知道你不会要她？她不知道；但从另一方面讲，她也不知道你想要她。她也了解你的困惑，因为她了解莫德姨妈的立场。”凯特说得非常明白。“那就给了她对你好的机会。”

“可是，那会给我什么机会呢？”那位年轻人继续追问，“给我残忍地欺骗她的机会吗？”

凯特似乎成竹在胸，所以，对于他猛烈的追问，她只是付诸一笑。“你会非常喜欢她的。她很漂亮。有许多原因，我是说别的原因。”

“别的什么原因？”

“哦，我以后会告诉你的。我给你说的这些，”女孩补充说，“已经足够了。”

“足够干什么？”

“去看她。你要尽快去看她；不管怎么说，这于你而言都是理所应当的。”

他当然领会她指什么。此时，他脑子里闪过了他们在纽约时的情景。这样的情景并不很多，但在当时显然给他带来了快乐；因此，用这个名义提请求，肯定会产生积极的响应。“哦，很自然，我肯定要再去拜访她。”丹什说，“说她爱上我肯定是无稽之谈，但我不能理会这样的言论，对所得到的一切恩惠，我都表示感激之情。”

这似乎就是凯特所希望的。“到时你就会明白。我也会去。”

“我不大明白，”他马上反问说，“这跟你有什么关系？”

“这是她跟我两人的事，也是她个人的事。她一直很惦记我，我本应早点把这件事告诉你！”

然而，他还是不能理解。“那么，我承认，她让我望尘莫及。”

对此，凯特懒得理会。“这几星期以来，她已经把我当成她最亲密的朋友。这与其他事情毫不相干。我们，她和我，都陷得非常深。”为了证明她说的是实话，也因为看到他好像坠入了云里雾中，她最终把底线交代给了他。“她当然不知道我喜欢你。她认为我根本不喜欢你，我看不上你。”这几句话更让他一头雾水，于是，凯特用很惊讶的语气说，“难道你认为她真的知道……？”

“知道我们的关系？既然你们的友谊那么密切，难道你没有在她面前透露过？”对此，她发出一声不耐烦的声音，这让他更加茫然。“难道你故意否认？”

她挥了挥她的双手，没想到他居然这么弱智。“否认？亲爱的，我们从来都没有提起过你。”

“从来没有提起过我？从来没有？”

“虽然你可能觉得很奇怪，但确实从来没有提起过。”

他还是想不通。“可是，劳德夫人不会跟她提起吗？”

“非常可能。但是，要是有，也只可能说起你，不会提到我。”

他依然觉得不明白。“她不知道我在你心里的分量吗？”

“怎么不知道？”她反问，“她就是不想打草惊蛇，想摆脱干扰，从而贯彻她的策略。莫德姨妈的策略就是无视我们的关系，装聋作哑，想通过这样让你不对我构成危险。她相信通过故意忽视，她就可以消除隐患，就像把葫芦压到水下面去，它就不会浮起来，只要她使出十分的力气。因此，可以说是她否认的，如果你喜欢的话。也就是说，她不理睬你在我心里面有多少分量。她绝对不会向斯特林厄姆太太或者米莉透露说我对你情有独钟。”

“那么，你是不是觉得，”丹什说，“她们自己看不懂？”

“不会，亲爱的，我想不会。”凯特断然说，“即使米莉星期二碰巧撞上了我们。”

“她看不出来……？”

“你爱着我吗？是的，毫无疑问，她看得出来，你看我的眼神那么充满幸福，我觉得你总是不加掩饰。不过也就这样。我没有表现得太明显，我根本没有表现出来，在别人的眼里，我并没有在迎合你。”

“你的表现能随心所欲，对吧？”丹什责问道。

她顿了一下，不过，她接着还是回答得冠冕堂皇。“在你面前，我可能做不到。可是，米莉除了看见你像疯了一样之外，”她接着说，“她觉得我是对你以礼相待。”

“她肯定认为你对我已经算是非常好了！”

“那就非常好吧。她知道，”凯特微笑着，“我是个非常好的人。”

那位年轻人陷入了沉思。“但她还是需要一些解释。”

“那我就解释。”她确实是好人；反正，她自己的行动要自由，而他要信任她。“我是说，”她补充说，“我以后会解释。”

“我做什么呢？”

“你就看看她果真如此认为的话会产生什么效果。”但是，凯特马上犹豫了一下。此时，他似乎用沉默表明他领会了她很明显的意图；而在他再次发言之前，她又提起了刚才对他的提醒，表示他要小心谨慎。他们现在不能忘记，莫德姨妈算是给了他们很大的面子，他们不能滥用她给的面子，自己把好事搞坏。他必须在适当的时候离开；他们肯定会发现这样对他们大有好处。接着，她想起了米莉。“你想去看她吗？”

丹什没有回答她这个问题，而是问：“那么，我可以再回来吗？”

“如果是回来找莫德姨妈的话，就随你的便。但我们不能再跟她玩这个游戏。”凯特说，“我不能在这里单独与你见面。”

“那么在哪里可以呢？”

“去看看米莉吧！”她重复刚才说的话。

“对我有什么好处？”

“你去看看就会明白。”

“你是说你也会想办法去？”丹什问，“即使你去了，我们又怎么能单独在一起呢？”

“你去看看就会明白。”女孩给了他同样的回答，“我们要尽力而为。”

“我也是这么想。我觉得我们可以做得更好。”说到这里，他又稍稍犹豫了一下；不过，他随后就表达了自己坚定的信念，“你为什么不去我那里呢？”

这个问题让她有些为难，她那双充满忧虑的眼睛似乎在责怪他，他太小心眼了，他怎么能指望她做出那么明确的答复呢？而她的一小阵子沉默，让他意识到他自己错失了什么东西。他可能要失去目前两个人的温情；当他问自己的灵与肉它们会怎么和解的时候，她再次强压着他的头审视她刚才提出的化解两人困境的唯一良药。如果她有让他感觉到她的脑中有一块愚蠢的角落的话，这样的事情会让人觉得很无聊。“你会看到，”她说，“有什么不一样。”

那么，既然她不愚蠢，她就是聪明的；愚蠢的人是他，因为他乐于做任何她要他做的事情。不过，他还是做了最后的努力去了解她说的“不一样”是什么意思。事实上，他开口说话的时候，他同时产生了某种很细微又很强烈的感觉。“你是不是说，你会让她相信你恨我？”

然而，对于这个粗暴的问题，凯特只是表现得更加不耐烦，她突然结束了他们的讨论。他看到了她的手势，就把门打开，她则陪着他走到楼梯头，她的表情似乎表明，她已经把他们的可能性都摆在了他的面前，因此，再提任何问题都是多余的，再有什么疑惑都是反常的。“如果你破坏了我设想的美好前景，我真的相信我会恨你。”

3

无论如何，至于她设想什么样的前景，他还得再听她自己说，而接下去的一次机会，却给了他更大的惊讶。在他跟凯特见面后的那天早上，他就收到劳德夫人一封很简短的信，表示希望他有空闲的时间跟她们共进晚餐；而他的空闲则让他觉得似乎是一种福气，虽然他的幸福感在一定程度上因为她的信件很正式而有所减少。“我们邀请了几位美国朋友，我很高兴得知，你是认识她们的。”显然，他认识这两位美国朋友，是很偶然但幸福的事情，像他已经尝尽甜味的水果，马上要出现苦味了。然而，我们得赶紧补充说明，这个担心随后就仁慈地缩小了。所谓随后，就是在他到达兰开斯特大门五分钟之后（他的到达时间预定为八点三十分），斯特林厄姆太太一个人进来了。迟迟不落幕的白昼，姗姗来迟的灯光，以及当时的习惯，都把晚餐的时间推迟到很晚，而客人则更加不慌不忙。他倒是守时的，但他只见到劳德夫人一人，凯特本人还没有出现。因此，他便与她一起度过了一段令人困惑的时间，之所以令人困惑，是因为这段时间好像在鼓励他想得越简单越好。天啊，这正是他所希望的，从来没有人这么豪爽地让他尽量往简单里想，他觉得这是很容易做到的，尤其是莫德姨妈似乎主动担当楷模。她似乎非常和蔼地跟他说：“你没看见吗？我就希望你跟我一模一样。”这个要求其实是很高的，劳德夫人总是出手不凡，但他一直很喜欢。他本想问她：

她觉得像他这样可怜的年轻男人有可能跟她一样吗？不过，他很快就发现，他因为挺茫然而显得有点傻，那恰恰是她所希望的。此外，他还意识到，他觉得有些害怕跟她说话的结果，这种害怕有些奇怪，之所以说奇怪，那是因为他害怕的是她的善良，而不是她的凶狠。她如果很凶，则可能让他生气，这样他心里倒可以踏实一些，但在他这样的处境，她的善良会让他感到羞愧。他感觉莫德姨妈很体谅他，非常奇妙地猜到了这一点。为让他避免尴尬，她没有跟他谈论任何问题，拒绝与他发生任何争吵。此时，她让他尽情享受他的自由自在，不过，他私底下还是觉得有些不舒服，因为他感觉这一切都是为他刻意营造。人家不跟他争吵，是因为人家嫌弃他，但他最害怕的是感到羞愧，这种事情是显而易见的，当然，他对此也感到羞愧，但这关系不大。

他的处境的实质，就是在这样的豪宅里面，即便他有什么优势，也可能随时发生逆转。“你带来了什么，你带来了什么？”无论装饰得如何简便或如何高贵，这个地方好像始终在他耳边发出这一串低沉而刻薄的声音。这刻薄的声音明目张胆地提到了贿赂，他也发现，将贿赂说得那么丑陋，对他几乎没有任何帮助。那是金钱所能发挥的作用，他要是坚持以穷为荣，那是绝对徒劳无益的。劳德夫人之所以不想跟他多说什么，就想让他避免面对自己在这方面的无能，不让他为自己感到过于羞耻，但由于她这个努力的成效毫无疑问还不是很明显，所以，他跟她一起等候另外几个客人的时候，他对自己所处位置的感觉无比清晰，以前从来没有这么清晰过。她真诚欢迎他从美国回来，至于他对美国的看法，她提的问题不多，也不是十分连贯，但非常全面，而他则似乎透过清澈的镜片，就像看戏一样，看见某个计划突然在她身上闪现，同时闪现的还有巨大的好奇心。在他的注视下，她开始意识到美国可能是一个社交活动场；她显然是在那一瞬间产生了访问那个美妙国家的念头，然后，刚刚过了一分钟，她就说那是她最大的梦想。他不相信，但他假装相信；这与其他事情一样，有助于她将他当成无害、无可挑剔的人。她兴趣盎然，而且完全没有额外的暗示，而此时凯特的完美亮相，让她的心计实现了最高的效果。她的心计得到了全方位的支持，因为她外甥女的高调亮相就能卸掉他的腼腆，那么他这样的年轻人是一点也不可怕的。在这样的场合，凯特的高调亮相让他觉得很了不起，而他也觉得，自己当场对两位同伴之间的关系的解读能力，并不见得丝毫逊色。他对她们的关系的解读，主要是通过女主人的眼神来判断的，她的眼神直截了当，不能说充满慈爱，也没有太多的留恋，但非常敏锐，也很温柔，女孩在向前走的时候，一直在观察着这个眼神。女主人的视线从她的头扫到她的脚，这是在跟可怜的丹什诉说一个故事，这个故事让他感到一点点难过，这说明了凯特习惯和精通什么。

在这个故事里，她始终是全副武装的，防备她那位慈善的守护人；在每一个瞬间，特别是在喜庆的时刻，她总是要展现劳德夫人赋予她的价值。这个价格很高，而且很稳定，在兰开斯特大门的每一个场合，它都要发挥主导作用，成为主基调。此时，他看到了这个杰出女演员扮演特定角色的艺术性和可塑性，正符合传统和批评家的期望，也是她自己的天赋使然。也就是说，在莫德姨妈的屋檐下，凯特的一言一行，都是在塑造这么一个角色，她始终很努力要演好这个角色。这个角色自然有一些具体的特点与细节，这些都要接受批评家的指手画脚，而她迎合批评家的方式，就是确保她的化装不漏过任何一笔，同时表现得轻松自如，宛若平时。今天晚上，莫德姨妈就像一个剧团经理，而她面前的演员就像阅兵式中的士兵，必须表现完美。丹什觉得自己像是买了票进戏院看戏的，那个经理就全神贯注地坐在包厢里面，而那位可怜的女演员则在舞台上，接受聚光灯的强烈照射。不过，这位可怜的演员终于通过了考验，丹什可以发现她，她总是应付得了的；她的假发、她的化装，她的每一个表情都无可挑剔，她今天的亮相也理应得到热烈的掌声。我们发现，对于丹什而言，这种印象很快闪现，也很快消失，必须承认，它存在的时间甚至比我们做描述的时间还短得多；但我们也可能指出，有一个瞬间，他似乎过于害怕，几乎不敢参与热烈欢迎。他感觉自己在那个瞬间脑子一片空白，因此，他只是默默地盯着那位年长女士的技术审查以及年轻女士训练有素的表情。这是一场戏，他就是这么认为的，但那是她们两人的戏，剧中只有她们两个角色；而莫顿·丹什只是观众，不过他花钱买了前排的座位，也算是贵客。然后，他的欣赏变成了恐惧，也如我们所说的，接着变成了厌烦，尽管他也相信，聚光灯下面那张表情中规中矩的脸向他闪烁着一点智慧的光芒。训练有素的演员一般能够做到这一点，即使在双筒眼镜的审视之下，依然能够完全融入自己的角色，同时又能向在剧院里看戏的心上人发送秋波。

无论如何，在丹什眼中，这场戏一直演着，不久之后另外两位客人到来的时候，这场戏的场面就变得更为壮观。那是两位先生，好像都是走错门进来的，过了一会儿，凯特非常清晰地发现，他们也是演员，跟她一样接受审查，承担了跟她类似的任务。不过，他们塑造“形象”的方式截然不同，一个好像穿着宽松的衣服，另一个穿着绷紧的白马甲。因此，在斯特林厄姆太太出现的时候，迎接她的就是两个天真的年轻人以及一个笃定的老兵，还有两个可有可无的同伴。她急匆匆地进来，有点上气不接下气，充满遗憾地跟他们说，自己是一个人来的。她同伴在最后时刻说不来了，肯定是身体很不舒服，因此打发她一个人来，也让她表达她的遗憾。他们这个魅力十足的朋友身体不舒服，让凯特跟丹什在晚餐之后自然有十分钟单独相处的时间，那是她听到消息后马上提出来的建议，他只是附和。那位年轻男士有一种奇怪的印象，似乎在用餐的全部过程中，蒂尔小姐始终是跟他们在一起的。劳德夫人将可爱的米莉变成席间谈话的主话题，人们当场可以发现，对于这个话题，对于那两个男演员，那个激情澎湃的年轻人比那个充满睿智的长者更加熟悉，而且，不管他们可能缺少什么认识，劳德夫人的外甥女都可以非常迅捷地提供补充，而丹什则被认定是这些人中最有发言权的人。不是他率先在新大陆看到并结识了这个妙不可言的人吗？不是他迅速发现了她的稀有价值，然后以一个朋友和社会“耳目”的身份，打开明亮的灯光为她照明、把她带到这里来的吗？

可怜的丹什尽一切可能回答了大家的疑问，同时也侧耳倾听着大家的言论，但感觉很不舒服；虽然他是平时不大表达情感的新闻工作者，但发现人们似乎认为他的笔是专为某个杰出人物服务的，他也不禁皱起了眉头。社会耳目？他们在说什么？他又没有发表过描述某位年轻女士的文章。他似乎发现，大家都在做梦，而这个发现让他自己醒了过来。于是，他安下心来，同时努力化解尴尬，也要尽量捕捉各种启示。他的尴尬在于，如果他说他对米莉的成功没有任何贡献，他也不能认定自己与她毫无干系。他感受最清晰的是，这个场合有点像纪念宴会的味道，纪念的对象是一个光辉而短暂的生涯。女主角虽然缺席，但她们对她的评论，跟她在场的情况下一样多，于是，他发现米莉确实了不起。劳德夫人介绍了很多令人惊叹的事情，而那两个穿马甲的男演员，不知道是真诚的还是伪装的，也表现得同样内行；丹什终于认识到，这就是所谓的公众人物。斯特林厄姆太太本应提供更多的证词，作为这位公众人物的代表，她的证词应该是最受关注的，可是，她好像只带来了耳朵，一直只顾着听人家说；于是，凯特隔着桌子冲她笑了笑，给她鼓劲，给她宽慰，也似乎很乐于替她发言，解释她的意图。凯特说话的口气似乎表明，她也许不大能理解她们对米莉的评价，但还是能领会她们的好意，不反对她们粗糙的表达方式。丹什也并非没有感觉到，自己与斯特林厄姆太太也有很深厚的手足情分；在听着人们高谈阔论的时候，他事实上一直在想，这样的谈话会打动美国人的神经吗？对于美国人的神经，他从前只是听说过，但在最近的这次旅行中，他亲眼看得很真切，此时，他觉得自己也许已经跟他们学到了一课，但他学到的不是逃避。

显然，在斯特林厄姆太太的身体里，美国神经在颤抖着、轰鸣着、跳跃着，他觉得，这位女士首先是很兴奋，也可以说很紧张，因为她在这个场合里面发现了他自己都数不清的要素。她肯定触碰到了这些要素的他还看不明白的一些方面，虽然她跟人们一样欢呼雀跃，但他还是发现，在某些时刻，她表现出了超越快乐的躁动。她这样的精神状态，几乎不能简单地理解为着急回家去汇报。他已经领略了美国性格的复杂性，如果说确实很复杂的话，那么，她表现的这种新英格兰性格，有理由在沉默中找到最多的安慰；而就在话题转换之前，他惊讶地发现，人们已经给了她足够的安慰。接着，人们问他说，他们的朋友在她自己的国家所取得的成功是否真的还不如在伦敦，此时，他自己也得到了足够的安慰。向他提出这个问题的是劳德夫人，他则不太明白，让自己印象更为深刻的，到底是她当着斯特林厄姆太太的面提这样的问题，还是她希望他给予伦敦善于挖掘天赋的荣誉。穿紧身白色马甲的那个男人提出了一条理论，他说伦敦的视野比美国更深、更远，而他强调说这不是他第一次教美国人如何欣赏本土特色，特别是那个特色有些滑稽的情况下。他并不是说蒂尔小姐有些滑稽，虽然她确实有些神秘，但那正是她的魅力所在；只是纽约没有意识到自己运气好，居然拥有她那样的人。许多人在那边算不得什么，可是，到了英格兰，他们却吸引了巨大而广泛的兴趣；这就像是上帝刻意在维持平衡，真是谢谢上帝，他们居然能输出那么多美人或名人，把英国人推到冰窖里去。英国人的体温是不好算的，按照他们的计算公式，斯特林厄姆太太身上的温度，就算是要命的高烧。她说，虽然她那位年轻的朋友在纽约没有受到崇拜，但也没有任何理由怀疑她曾在波士顿引起过疯狂的追逐。她的意思是说，纽约的品味比波士顿低很多，不可同日而语，而作为这个信条的阐发者，这位善良的女士让丹什感觉到，她显然要用最快的捷径，让人意识到米莉缺席的遗憾。事实上，她让他感触最深的是突然对他说："先生，你对我的朋友根本不了解，一点儿也不了解。"

他不敢妄称他很了解她，但是，斯特林厄姆太太脸上的表情和语气表明，她纯粹是在斥责他，而且显然是很严厉的斥责；因此，有一阵子他还是觉得她太过夸张了，虽然他不想声张。他不知道她到底有什么意图，不过，与此同时，他还是为自己做了辩护："我对她的了解当然不是很多，我只知道，在纽约的时候，对我这个刚上岸、不知所措的可怜的外国人，她非常慷慨，我也知道，我对她非常感激。"然后，他又接着补充说明，他也不大清楚背后的缘由。"请你记住，斯特林厄姆太太，你当时也不在那里。"

“哦，这就对了。”凯特很开心地说，尽管他当时没有想明白她到底要表达什么意思。

“亲爱的，你当时不在场，”劳德夫人也意味深远地说。接着，她喜洋洋地说，“你不知道他们的关系到了哪一步。”

他可以发现，这让那位可爱的妇人脑子突然一片空白。她脑子里装的东西，原本比他们任何一个人都多；也许凯特是例外，他感觉，在这段傻乎乎的时间里，凯特一直间接地注视着他，而他为自己不用跟她有直接的目光交流感到很高兴。他倒是跟斯特林厄姆太太有目光交流，他因此觉得，她或许可以帮助他澄清，这是他们无声的交流所产生的一种感觉，也许，随后会有更大的事情发生。作为他们之间交流的一点点成果，斯特林厄姆太太对劳德夫人的玩笑做了不是很坚定的反驳：“哦，我的意思是说，丹什先生不可能有那么多机会。”然后，她朝他微微一笑。“你知道，我并没有离开多久。”

通过这个世界上最奇怪的方式，他终于获得了清白。“我在那里也没有待多久。”他很确凿地感觉，他应该不会再有麻烦了。“她很漂亮，但我没有说她很容易了解。”

“哦，她是个谜！”那位善良的女士回答道。她似乎是在跟他相呼应。

他已经很满足了。“我没想到她会跟你离开美国来到这地方。我自己也离开了纽约，去了好几个美妙至极的地方，长了很多见识。”

“但你没有忘记她！”莫德姨妈咄咄逼人地说。

“没有，我当然没有忘记她。谁也不会忘记那么深刻的印象。”他字正腔圆地强调说，“但我没有向任何人胡说她的事情。”

“她会感谢你的，先生。”斯特林厄姆太太红着脸语气坚定地说。

“然而，你的沉默，”莫德姨妈平平淡淡地问，“不正表明你对她印象极其深刻吗？”

对于她们似乎要强加到他身上的东西，如果他没有觉得不开心，他肯定会觉得很好笑。“好吧，关于我对她的印象，你说有多么深刻就有多么深刻。不过，我真的希望蒂尔小姐知道，”他对斯特林厄姆太太说，“我绝不会妄称我是最了解她的权威。”

他们的朋友还没来得及回答，凯特就上来帮了他一把，如果那算是在帮他的话。“你说得对，要了解她是很不容易的。人们要看懂她，必须目不转睛，比看任何其他人都更聚精会神；但是，到头来大家都会发现，那不是了解她的正确途径，也许，对一个他们看得没那么仔细的人，他们的认识还可能更深刻。”

她的这个区分确实有趣，但说来说去还是离不开她的成功；面对这相对比较恶劣的情形，米莉的同伴显得很不安，像古时候马戏团的看客，看着马戏场中有一个基督少女被温柔地蹂躏，然后殉难。蹂躏她的不是狮子或者老虎，而是放了缰绳的家养畜生，这是要逗人开心。可是，面对这个很奇怪的场景，斯特林厄姆太太感到十分不安，于是，她和丹什的无声交流，明显流露出了她这种真正感觉。他后来想，不知道凯特是否看出了这一点；不过，事实上到了很久之后，他才将她所可能意识到的和她肯定没发现的区分开来。事实上，她并没有发现斯特林厄姆太太的不安，那只能表明她被自己的心事给缠住了。她自己的心事，就是通过强调那女孩是众人关注的焦点，让丹什保持与现在和过去的联系。“这一切都是真的，说到她的时候，你也不用感到不好意思。你不知道后来发生了什么事情，但我们知道，我们一直看着它，一直跟着它，我们几乎都在一起。”凯特说得没错，这件事是真的，这是难以辩驳或者回避的，在伦敦，人们的耐心通常少于好奇心，这样的事情毫无疑问是可能发生的，但是，人们从来没有对这样的事情表现过这种程度的关心。那位小美国人突如其来的社会历险，她幸福而毫无疑问无伤大雅的成功，可能得益于几次偶然事件，不过最重要的是得益于那个社会的特性，得益于那个庞大愚蠢羊群的任性妄为，或者说是跟洋流一样神秘的集体运动。目前，这个庞大的羊群已经集体无意识地漂流到了她的周围，也许可能同样集体无意识地漂流走。引导信号总是有的，但更大的原因很可能在于，当时没有出现狮子。狮子终究会来，到时，这些小动物自然会立即消失。这是相当有特色的，而其中的本质意义可以作为他新闻创作的题材。作为新闻记者，他已经掌握了很重要的题材和线索，看清了社会繁荣背后乱七八糟的本质。繁荣是必要的，那是关键所在，而有关进程的问题相对不那么重要。如果只有一种东西能繁荣，任何东西都是完全可能繁荣的：像一本烂书的作者，像一点也不美的美人，像别无所长的女继承人，像为了避免因为陌生而尴尬而假装熟悉的陌生人，像美国特征丧失殆尽的美国人，这些都是有一点花纹或者黑点就可以无比张扬的小动物。

这是他在能力范围之内所做的判断，因此，他似乎见识到了流行的伎俩，听懂了这个社会的声调，因此，他又感到自己与众不同，至少不从众。他一直认为自己是受过文明洗礼的人；但是，倘若这就是文明的话……！既然里面净是胡说八道，那倒不如到外面抽自己的烟。像刚才所说，他一直回避跟凯特四目相对，但是，终于有一段时间，他很想隔着桌子跟她说："亲爱的，这就是所谓伟大的世界吗？"必须补充说明，还有一段时间，他感觉到她似乎隔着他们中间的桌布这样回答他："哦，不，亲爱的，怎么可能？一点也不是，这只是愚蠢但无伤大雅的模拟。"不过，她俨然猜透了他的心思，所以很明白地跟他做了解释。她说了一个很浅显的道理：你不可能在离开了伦敦三个月之后回来发现你的朋友还是老样子。他们可能一直跳着快步舞，所以很可能满脸通红，你就有可能认不得他们。至于他刚才不承认与米莉的关系，她说他不用那么谦虚，他可以承认是他发现了她。他发掘了她，而把她捧红的，是伦敦这边的人。她一直很有魅力，是她们所见过的最有魅力的，但她不是他捧起来的。

后来，丹什很肯定地觉得，在这些玩笑话里，凯特并没有故意，尤其是没有很傲慢地贬低可怜的苏珊·谢泼德对他们那位年轻朋友的作用，虽然这几句话几乎剥夺了她的作用。他也知道，斯特林厄姆太太私下对他们是有怨气的，他最终还是不经意地发现，斯特林厄姆太太认为，天底下所有的凯特·克罗依，跟米莉相比，也都是她脚下的尘土而已。事实上，只有当她被逼到最后一道防线，在她别无选择的时候，她才会表明这样的态度。那是对朋友的极致忠诚，在她微不足道的生命里面，这是她唯一珍惜的情感。她悄悄地表示，她的米莉不会变化，她绝对还是原来的米莉；不过，这对凯特的主张并未产生多大的影响。她对苏西很客气，似乎她确切地知道她不适合提出任何异议，因为她感觉她凯特是一种典型，而她一贯很崇拜典型。后来，凯特好不容易找到一个机会跟我们的年轻人说，米莉曾经跟她说起这位善良女士的观点。米莉曾听她说过，她很想把凯特放到砧板上，看看能怎么处理她："剁成块，还是整块烧。"凯特承认自己就害怕人们盯上她。她理解那可能就是斯特林厄姆太太处理她的方式，因为斯特林厄姆太太可能觉得，这位英国女孩的成分很奇怪，她从来没有见过，尽管她自己觉得她了解莫德姨妈，但她想不到可以用什么别的处理方式。这些都是到后来才明朗化的，但丹什可能当时就隐隐约约地感到了。凯特后来不再坚持说她的朋友发生了化学变化，而是提出了一个比较不会引起反驳的论点，说他既然错过了那么多，就应该再续前缘。对于她的这个主张，他反应很平静，有些像是在给斯特林厄姆太太做示范。“好吧，你希望我走到哪一步都可以！”这句话产生了明显效果，斯特林厄姆太太甚至觉得这是说给她听的。她有一个好处，就是她很善解人意；因此，等到晚餐结束时，他们就基本达成了共识。

4

后来人们发现，在另外两位男士中，比较年轻的那一位最喜欢弹钢琴；于是，他们就到楼上去喝一点咖啡，欣赏一些轻松的曲子。那两位男士这就算是被劳德夫人打发了，她跟他们说不要总是坐着。不过，当我们这位特别的男士回到客厅时，他却坐得比刚才更安稳，他已经与凯特达成了共识，他们可以偶尔见见面，只要不惹人家不高兴就好。也许，在这一方面，他的需求比她更强烈；但是，对于她认可的极少数冒险行动，她总是有更好的把握。大豪宅的好处，就在于房间与房间之间距离比较远，而且，在这八月的夜晚，所有窗户都敞开着；因此，在一定的时候，莫德姨妈会站在宽敞的阳台上，一边欣赏不断传来的音乐，一边尽情欣赏那小庭院的美景。在这段时间里，丹什与凯特肩并肩占了一张小沙发，后者认为，这样奢侈的举动，反而证明他们是问心无愧的。“如果你到这里来却装作互不相识，那就太夸张了。”那女孩说。她又魅力十足地决定，他们必须说一些话，来打消莫德姨妈的疑虑。否则，她会怀疑他们到底在干什么。对丹什而言，这样抢来的瞬间所给予他的好处是很有限的，可以说少得可怜；此时，他脑子里挤着太多的东西，他无法一边注视着窗户，一边将它们全部释放出来。可是，她好像知道那些是什么东西，也帮他把那些东西都释放出来，因为她再次提起了米莉，而且是跟吃晚餐时的基调不一样。“你知道，她很不正常，我是说在健康方面。今天晚上，我觉得她的情况似乎很不好。你知道，若非完全不可能，为了你，她是可能来的。”

他很焦急地问：“她怎么啦？”

不过，凯特还是从容不迫地阐述自己的观点，却没有直接回答他的问题：“除非她是害怕见到你。”

“她到底怎么啦？”丹什追问。

“我不是告诉你了吗？她非常喜欢你。”

“那么，她为什么要躲避我呢？”

凯特努力想找理由，但要说清楚，可能需要很长的时间。“也许她身体真的很不好。非常可能。”

“确实很可能，看斯特林厄姆太太的脸色，她显然忧心忡忡。”

“确实如此。不过，”凯特说，“这可能不是唯一的原因。”

“那还有什么原因？”

不过，她对这个问题也没有加以理睬。“果真如此，那么，那可怜的女士为何早不回家去？她一边显得那么焦急，却装得像个有教养的人。”

“我觉得，”丹什说，“她确实很有教养。”

他也觉得，这句话让她的眼睛更使劲地盯着他；不过，她马上好像在帮她做解释：“她之所以忧心忡忡，可能有两个原因，有一个会让她急忙回去，另一个却要让她留下来。她此行的主要目的，是向米莉汇报你的情况。”

“那么，”那位年轻人像是在笑又像是在叹气，“我很高兴，我刚才确实感到我对她很有吸引力。我在她面前是不是很得体？”

“非常好。你的直觉真敏锐，像魔鬼似的。”凯特说，“就应该是这样。”

“也许，”过了一会儿，他有些自嘲地说，“她没有在我身上看到什么优点。这样的话，她会向米莉汇报吗？”当她似乎在琢磨着“这样”可能指哪样的时候，他紧接着说，“就是说，我们现在连装样子都不肯。”

“好吧，装样子的事留给我吧！”她用一贯很高的姿态说，“我会处理好的。”她又说，“莫德姨妈那样纠缠着她，她不会发现我们有什么异常的。”听到这句话，丹什感觉，他的同伴确实具有超强的观察能力，他不可能指望有一天会赶上她。当她接着补充的时候，她显然是另有发现的。“斯特林厄姆太太在应付我们，只是在制造关注我们的印象。”

“哦，”丹什开玩笑说，“生活真有趣！我希望你感受到的乐趣跟你给予他人的一样多。我是按你给予我的乐趣来说。我觉得，你始终能让那些女士兴趣盎然，而且对于不同的人，对莫德姨妈，对苏珊·谢泼德，对米莉，你都有相应的方式。说到米莉，”他最后说，“她到底怎么啦？你是说她好像病得很严重？”

凯特的表情让他觉得，首先她对他开玩笑的话不感兴趣，不想回应；然后，似乎她自己另有回应的需要，她想说“好像病得很严重”对于米莉而言不大可能。如果她确实病得很严重，她就基本不会成为他们的问题，因为那样她的日子就不多了。不过，她还是认为自己面临严重的威胁，凯特也这么认为。她们，那两位女士，早就想离开伦敦，但又突然不走了。“米莉在国家艺术馆意外撞上我们，她当时肯定是去看它最后一眼，就在前一天晚上，我们，莫德姨妈和我，去与她们告了别，或者说相当于告了别。当时，她们打算一两天后就走，但她们到现在还没有走，这几天内也不会走。当我看见她们的时候，就是今天早上，她们给了很堂皇的理由。她们的确想走，但她们推迟了。”接着，那女孩说出了心里话。“她是为了你才推迟的。”他做了一个男人所可能做的抗议，但没有说一句废话，因为抗议通常是没有用的，而凯特则一如既往地对自己的见识很有把握。“你让米莉改变了主意。她不希望错过再见你一面的机会，尽管她也不希望显得她很想见你。所以，我刚才说，她今天晚上没有来，是有意识地躲着你。她不知道什么时候能再见到你，不知道以后是否能再见到你。她看不见未来。几个星期以来，她眼前似乎一片黑暗，前景一片混乱。”

丹什感到不解。“可是，你一直跟我灌输她的前景光辉灿烂?”

“是的，不过，现在已经蒙上了阴影。”

“你认为那是因为她的身体关系?”

“不是一般的关系。很严重。她非常害怕。她就要失去那么多，她本来好像可以拥有一切。”

“啊，”丹什突然感到很不舒服，“人们不会跟她说她不可能拥有一切吗?”

“不会，因为人们不愿意。”凯特继续说，“她在这里算是大人物。也许你觉得我心不平。你可去问莫德姨妈。”女孩奇怪地微笑着，“莫德姨妈会告诉你，她什么都知道。这一切都是在你们分手之后发生的，非常遗憾，你错过了，否则你肯定会觉得很有意思。她确实是成功者，我是说，在那么一点时间内，她就能够做到这样，她就像一个天使，而且是一个拥有巨额银行存款的天使，听到这种事情，你会有什么反应？她真有钱！最后一次说悄悄话的时候，斯特林厄姆太太跟莫德姨妈透露了全部的事实，或者说足够多的事实，斯特林厄姆太太肯定是诚实的。我现在也很诚实，你就相信我吧。她就是这个情况。”凯特接着总结了她的要点。“你知道，她这样的人，想找什么样的丈夫都可以。我向你保证，我们这样说她一点也不粗俗。她是有完全选择自由的。”

丹什好像既不是不相信，也没有反对这样的说法。“但是，我究竟能帮她什么呢?”

对此，她有现成的答案:“你可以去安慰她。”

“安慰她什么?”

“如果她真的病入膏肓，她肯定会失去一切。她会失去什么，我不是很关心。”凯特说得很轻松，让他笑了起来，虽然不是很开心。接着，她又说，“但是，她能得到她该得到的，我就不会替她操心。”女孩的语气中流露出很高尚的同情。“迄今为止，她还没有得到。”

“不是有那么多年轻的公爵吗?”

“哦，我们要拭目以待，看这些人会有什么结果。无论如何，她是热爱生活的。她遇上像你这样的人，”凯特继续解释说，“她马上会感觉，你是她生活的一部分，和所有美好的事物一样。我想，她已经帮你安排好位置了。”

“亲爱的，我更感觉是你帮我安排好的。”他的眼光之中既有超然，也有伤感。“请你告诉我，有那些公爵，还有我什么事?”

“那些公爵们都会失望而归的!”

“我不会吗?”

“你的期望值比较低，”凯特居然微笑着说，“当然，你肯定也会失望的，因为到时你的期望值也会提高。”

“这就是你让我掺和进去的原因吗?”

“我希望，”女孩说，“让她感到世界的可爱。为此，我要运用我的一切资源。你就是我最宝贵的资源，因此，我自然要多利用你一些。”

他盯了她很长一阵子。“我但愿能多利用你一些。”因为她继续冲着他微笑，他就接着问，“是肺的问题吗？”

有一阵子，凯特显得她希望是肺的问题。“不是肺，我想。即便是肺结核晚期，现在不也是可以解决了吗？”

“是的，人们不管有什么问题，好像都可以解决了。”他还是感到满头雾水。“你是说，她有无法解决的问题？”她还来不及回答，他就接着说，“可是她的样子绝对不像，她虽然很年轻，但她经历过人们能想象到的一切。我应该说，她就像是海难的幸存者，根据机遇的理论，这种人很可能又会出海远航，什么事情都不会再发生。她已经遭遇了海难，出险的概率已经兑现了。”

“好吧，我就把她交给你！”凯特的响应一直很积极。“不过，务必让她继续去冒险。也有很多遭遇不幸的，并非因为他们乐于冒险。”

“哦，要是冒险不引起不幸就好了！”总之，丹什是愿意的，但他又回头解释自己的观点。“我是说，她不像是个病人，在精神或其他方面，都没有那样的迹象。”

凯特表示赞同：“没有，这就是她的魅力。”

“她的魅力……？”

“是的，她很了不起。她不会显露那样的迹象，就算是手表，因为发条松弛而停止运转的时候，也会有一些容易发觉的迹象，会有些与往常不一样的情况，但她一点也没有。她不会苟且偷生，也不会一步步走向坟墓。她不希望身上有药品的气味，也不想品尝药品的味道。她不会让任何人知道。”

“那么，”他追问说，“我们在说什么呢？她到底有什么问题？”坦率地说，他已经完全被雾水笼罩。

凯特接着说下去，不过好像是在给自己解释：“我相信，如果她真的病了，那么，她就是病得很重。如果说她身体不好，就不会是稍微有点儿不好。我跟你说不清为什么，这就是我对她的看法。她可能很好，也可能很不好。她可能拥有一切，也可能失去一切。现在，我觉得她不会拥有一切。”

丹什一边仔细听着，一边盯着她，看着她开了小差，她并没有说明什么，但她说的话让人印象深刻。“你都在说你觉得怎么样或者不怎么样，但她到底有什么问题，你知道吗？”

“也不是不知道，但这种事情我不想知道。而且，她自己也不希望人们知道。对于可能折磨着她的病魔，她很腼腆，也许，我也不知道该怎么说，她有很强烈的自尊心。而且……”她有些犹豫，感觉说不下去。

“而且什么？”

“对于疾病，我一概不知，简直是野蛮人。我恨它。亲爱的，”凯特接着说，“你身体这么棒，这是天大的好事。”

“谢谢！”丹什笑了，“你身体这么强壮，我也很高兴。”

她看了他一小会儿，好像为他们拥有年轻、健康的身体而感到庆幸。健康的身体是他们的全部财产，不过，至少他们都没有一点瑕疵；他们都拥有对方的美貌，对方健康的身体，对方的个人美德，对方的爱与欲望。但是，不久之后，这个意识又促使他们同情那位可怜的女孩，那位女孩拥有他们所缺少的一切，那些都是好东西，哎！可是，她又缺少这个。“你看看，我们居然这么说她！”凯特好像很不好意思，叹了一口气，但事实就是事实。“我不想跟疾病沾上边。”

“不过，不管你说什么，疾病还是在你的周围。”

“哦，我只是在旁观……！”

“却把我推到前面顶替你的位置？谢谢！”

“哦，”凯特说，“这是对你的考验。你要从中领会我对你的期望。总是要有一个过程。”

她似乎感觉到阳台上有动静，所以她把被他抓住的手抽回来，这个动作也让他恢复了一开始的警觉。“你都还不知道是否需要手术？”

“也许是的，该怎么样就怎么样。反正，她已经落到了最高明的医生手里。”

“那么，一直有医生跟在她后面吗？”

“是她跟在医生背后，不过无所谓。我想，现在我可以说了，她去看了卢克·斯特雷特爵士。”

这让他皱了个眉头。“哦，五万把刀！”过了一会儿，他又说，“是这个意思吧？”

是的，但她只是挥了挥手。“别猜了。按我说的去做吧。”

然后，两人又沉默了一会儿，在此期间，他全面领会了她的意思。“那么，你是希望我去讨好病重的女孩？”

“但你自己说你不觉得她有什么病啊。你自己会明白的。”

“对我的理解能力，”他马上说，“你太高估了。”

“亲爱的，如果你一定要我说，”她回答说，“倒是你在考验我啊。说到讨好她，许多人都乐意。”

于是，丹什似乎可以看见他们年轻的朋友靠着一堆垫子，穿着茶会礼服，周围摆着许多鲜花，房里垂放着窗帘，身边簇拥着许多名流。“人们都有各自的品味。而且，他们都有自由。”

“你也有，亲爱的。”

她似乎很着急，突然站起来，让他更觉得她失去了耐心，不过，他还是一动不动，只是抬起头看着她。“你真了不起！”

“我当然了不起！”随后，她给他做了一个手势，但他没有看明白，没有站起来。她说话的时候，走廊上的那扇门突然打开，随后进来了一位男士，他朝她走过来，一边向她问好，紧接着，叫她的同伴的名字的声音也进入了他的耳朵。丹什很快感觉他也进入了他们的关系之中：凯特欢迎那位客人的话，俨然是在催她的朋友赶紧站起来，于是，他慢慢地站起来。“我不知道你是不是认识马克勋爵。”然后，她对另一方说，“这是莫顿·丹什先生，他刚从美国回来。”

“哦！”另一方说。丹什什么也没说，当时，他似乎忙着掂量那个字的分量。过了一会儿，他发现这个字并非无足轻重，事实上，它包含某种很明确的意图。他觉得跟白痴喊一声“哦”绝对不一样，虽然表面上很相似；那是聪明的人、有成就的人的声音，演讲者特有的声音，必须花昂贵的学费去参加培训和实习之后才能发出这样的声音。丹什感觉，这个字的价值在于，它里面必然包含着某种好奇之心。有一会儿，三人很尴尬地面对面站着，他很清楚，自己对当时的尴尬贡献很大。凯特没有请马克勋爵坐下，而是让他知道他去阳台上可以找到劳德夫人，她正与另外几个人一起。

“我猜想她是跟蒂尔小姐在一起，对吗？我在楼下似乎听到有人说话。那肯定是斯特林厄姆太太的声音。”

“是的，但只有斯特林厄姆太太。米莉身体不舒服，”那位女孩解释说，“因此她说她不得不让我们失望了。”

“很失望，确实如此。”他没有马上离开，而是盯着丹什看。“我相信，她不是很不舒服。”

听到这些话，丹什就可以猜到他对米莉很感兴趣，但也可以想象，他对跟凯特在一起的这个不像很聪明的年轻人也很感兴趣。片刻之后，这位年轻人得出结论，认为自己所做的都是自己想做的事，每一件事都让自己感到满意。此时，凯特及时帮他解围，她说："哦，不是，亲爱的，我也觉得不是。我刚才一直在安慰丹什先生，”她补充说，“他跟我们一样关心她。我一直在劝他不要太担心。”

“哦！”马克勋爵又说了这个字。这次跟刚才一样很有分量。那是对丹什说的，丹什看得出来，或者他认为自己看出了。然后，他对另外两人说："我确实很担心。我们一定要照顾好她。这边吗？”

她与那个人一起走了几步，而丹什站着不动，只是很坦率地看着他们。于是，她停下脚步，跟那个人说了几句话。至于两人说了些什么，他们的旁观者没有听清楚，不过，她很快又回到了他的身边，马克勋爵则加入了其他人的行列。此时，丹什想好了要跟她说的话："他就是你姨妈看中的人？”

“没错。”

“我是说替你看中的。”

“我也是这个意思。”凯特微笑着说，“就是他。你觉得怎么样？”

“什么怎么样？”

“他怎么样？”

“他怎么样关我什么事？”丹什反问。

“那么你为什么要问？”

“我关心你，那是另一回事。”

有一阵子，凯特似乎在寻找两回事之间的差别。“你是觉得我有危险？”

他迟疑了一下，然后说：“我觉得蒂尔小姐有危险。你的姨妈怎么协调他对她的兴趣？”

“跟什么协调？他对我的兴趣吗？”

“她自己对你的兴趣。”当她琢磨着这句话有什么意思的时候，丹什接着说，“劳德夫人可能真正在意的人是马克勋爵，那么，他不就可以选择自己感兴趣的人吗？”

凯特似乎对这个问题很感兴趣，不过，她回答说：“对他而言，这是自然的。关键是，她并不信任他。”

“米莉不信任他？”

“是的，米莉也不信任他，不过，我说的是莫德姨妈。真的不信任。”

对此，丹什表现了很大的困惑。“那么在意他，却又担心他在欺骗她？”

“是的，”凯特说，“人们都是这样子。人们都觉得敌人是十足的坏人，但我感触更深的是他们对朋友的态度。不过，米莉的心态，”她继续说，“算是比较好的。那是莫德姨妈最后的依靠，虽然她并没有完全意识到这一点，她只觉得那是米莉自己的优点。”

“那么，你觉得不用在意他，你就算甩掉包袱了？”

她摇了摇头，非常漂亮而又严肃地表示否认。“你不应该逼我说那么多。还好，我没有。”

“你没有说太多？”

“我没有太在意马克勋爵。”

“哦，”丹什说这个字的语气跟那位勋爵差不多。然后，他紧接着说，“你认定那个可怜的女孩也不在意？”

“你知道我觉得那个可怜的女孩会怎么样！”她显然又失去了耐心。

然而，他不想放弃这个话题。“我猜想你没有将他当成公爵中的一员。”

“上帝啊！不，差远了。他不属于这个范畴。不过，”她说得很具体准确，“对于社会价值，米莉没有感觉，她根本不懂我们的差别，她不知道谁是谁，什么是什么。”

“我明白。”丹什笑着说，“所以她才会喜欢我。”

“确实如此。她与我不一样，”凯特说，“我至少知道我会失去什么。”

于是，丹什的兴趣比刚才更强烈得多。“莫德姨妈呢？她不知道吗？我是说，她不知道你那边的那个朋友没有价值吗？难道她会认为他有公爵的价值吗？”

“不会，她知道他只是一位公爵的叔叔。这倒有一定的价值。无论如何，他是我们最好的对象。”

“哦，哦。”丹什说。他有些怀疑，但没有很强的讽刺意味。

“马克勋爵自己不重要。”凯特没有理会他，还是接着说，“他背后的关系才是她的目标，因为他没有钱。她没有低级趣味；她只在乎别人的低级趣味。而且，他的层次是够高的，他的家族中有一位公爵，是他的一个远亲。这就是他的先天优势。”

“你相信这种东西？”

“相信马克勋爵的先天优势？”接着，凯特似乎想要发表一个关键的意见，因此想了好大一会儿。事实上，她表面非常平静，因此，人们几乎不知道该期望她会说什么；但是，她最后语气坚决地说了两个字："是的。"

"政治方面的？"

"在所有方面。"她说，"像他这样的人，不费任何力气，不用任何暴力，不需要任何工具，就可制造这么强烈的感觉，我不知道该怎么形容。他自然而然会受到关注。"

"哦，但是，如果那个感觉，"丹什也意识到这句话很肤浅，"让人不舒服的话……？"

"哦，不会，很舒服！"

"不一定每个人都舒服吧。"

"如果你是说你不舒服，"凯特回答说，"那可能另有原因。男人不算数。到底舒服还是不舒服，女人是不懂的。"

"这就对了！"

"是的，一点也没错。这就是他的先天优势。"

丹什站在她面前，如果要分析的话，他不知道她这么迅速、这么开心地给了他的一个万能的回答，是否会被采纳。他突然深深受到感动，心潮澎湃；他觉得自己运气真好，跟她在一起，他的前景是那么光明，她给他创造了那么多可能性。"除你之外，所有女人都很愚蠢。我怎么会看上别人呢？你不一样，绝对与众不同。难怪莫德姨妈把希望寄托在你的身上，不过，用你来实现她的愿望，实在大材小用。整个社会都不懂得你的好处，你是超乎想象的。如果说社会是山，你可能已经坐在最高的山顶，一览众山小。那些平时里见到的女人，可以说是人们读的书，相比而言，你就是一座图书馆，装满人们都没听说过的、还没有裁边的书。"他简直是在呻吟，他的内心在颤抖。"天啊，我居然有幸见识到这样的书！"

她一边听着，一边在脸上露出她所有的回答；此时，他们再次拥有了生活赋予他们的幸福，再次拥抱在一起。“是你让我脱颖而出的。我的价值就在你的心里，跟别人都没关系。”

然而，可能由于过于兴奋，过于幸福，所以他感到心里涌出一股恐惧。“好吧，你懂的，你不要……”

“我不要什么？”

“不要让我失望。那会杀死我的。”

她看了他一会儿；她没有任何反应，只是看着他。“为了防止这种事情发生，你是不是会先杀死我？”她微笑着说，不过，他随后就看见她微笑的脸上淌着泪水；丹什的表态让她非常激动。然后，她表达了自己的态度，她的表态很完整，相比之下，丹什的表态显得无足轻重。不过，她还有一段很长的路要走。“那么，你看清以后的路了吗？”这是她在其他人出现以前说的话，时间确实差不多了。她然后跟他解释，她所说的“路”，指的是他要跟米莉一起走的路。

面对这个解释，他有些迷惑，或者说，她给了他一些启示。在一定意义上，他看懂了她的心思，不过他的眼前还是有些雾水，自从他回来至今，这团雾水还没有散开。“有些事情你要明确告诉我。如果我们的朋友始终知道……？”

这次，她没有绕弯子，直接化解了他的焦虑。“你是不是说，在这里，她和我的感情不断升温，但我们始终没有提到你和我的关系？如果她知道了我们的关系，是的，那么，她就会猜到，你肯定给我写过信。”

“那么，她想不到你会给我回信吗？”

“她想得到。”

“那么，她肯定知道你会跟我提起她的名字。”

“她知道。她已经知道我跟你提起过她。我已经把一切都告诉她了。她得到了肯定足以解释一切的理由。”

他还是不完全明白。“她跟我一样相信你？”

“和你完全一样。”

“那么，她就是另一个牺牲者。”

“没错。你们刚好是一对。”

“那么，要是发生了什么事，”丹什说，“我们可以相互安慰？”

“啊，如果你一直朝前走的话，倒真有可能发生什么事。”她说。

他透过窗户看了看那些人。“什么叫一直朝前走？”

“不用担心。随心所欲。我说过，你尽管去，到时你就会明白。我会一直帮你。”

“哦，但愿如此！不过，如果她要离开呢？”

她稍微犹豫了一下。“我会把她带回来。知道了吧？到时，你就不能说我没为你铺平道路。”

他都知道了，当然是很奇怪的。不过，一分钟之后，他最清晰的感觉不是奇怪。他感到他被裹在一张柔软精致的丝网之中，这是非常有趣的感觉。“你对我太好了！”

此时，劳德夫人出现在他们的面前，他不知道她是否听到他刚才说的这几个字；他想也许没有，因为她的注意力还在斯特林厄姆太太身上，她们是一起走进来的，斯特林厄姆太太正与她作迟到的告别。她们后面跟着马克勋爵及其他人，但在这一群人分散之前，又发生了两三件事。其一是凯特神秘兮兮地对他说："你现在得走了！”其二是她随后大大方方地将注意力投到马克勋爵身上，并向他走去，用责备的口气说："来和我说话吧！”这句话很快让丹什觉得，他们似乎要去找一个偏僻的角落，虽然不是刚才他与她占据的那个角落。还有一件事是：斯特林厄姆太太在热情洋溢的告别之中，似乎一直看着他，表情有些严肃。他事后回想起来，在晚餐之后，他好像得到过一个印象，如果他碰巧希望跟她交流几句，他可能会发现她正等着他。这个印象很浅，他没有注意到，没有领会到。她从他身边走过的时候，她彬彬有礼地对他说："晚安，先生！"从这一声告别中，他更清晰地领会到了她的意思，但是，他已经错过那个机会了，因为那个他觉得比他还天真无邪的年轻人身手敏捷，已经帮她开了门，显然想陪她走到她的马车前，丹什也许可以判断，他也对米莉有所图谋。最后一件事是莫德姨妈送走了她之后，马上跟他说了一句话，那是一个命令："等我一分钟。"通过这句话，她既挽留了他，又打发了他，说等一分钟，她是很精确的，不过，他没有向她显露要走的迹象。

"回到我们那位小朋友的身边去吧。你会发现她真的很有趣。"

"蒂尔小姐吗？"他说，"我肯定不会忘记她。但是，您要记住，刚才吃饭的时候，大家都说，是我发现了她。"

"是吗？好像你还没有得到专利吧？我只是说，不要因为其他事情太多而忽略了她。"

他觉得很奇怪，她居然提出了和凯特不谋而合的要求，于是，他马上琢磨：这对他跟她的关系有没有帮助？无论如何，他都要去试试。"你们都很在意我的情怀。你知道，克罗依小姐刚才也让我去关心她。她跟我说了很多，都是关于她的事情。"

他很高兴能够向他的女主人汇报他跟凯特之间的谈话内容，他的汇报很诚实，也应该可以让她放心。但是，莫德姨妈直直地看着他，似乎觉得他还有别的动机。后来，她好像领会了他的意图，可是，她只是眨眨眼，既不表示怀疑，也不表示接受；她冷冷地说："是的，她对待她的朋友都情深义重，她跟你说的，都是她自己做到的。”

丹什真的很想知道，莫德姨妈是否知道凯特的真情是给谁的。而且，他也对这里的和谐感到有些困惑；于是，他又马上问自己，劳德夫人是否认为可以利用那位美国女孩转移他的注意力。凯特是否一直在她的姨妈面前演戏。如果第二种情况属实，那位美国女孩最终会怎么样，那还是一个很关键的问题。当然，那个问题是要等着瞧的，按他的理解，要应付劳德夫人是比较容易的。“您知道，我不会拒绝这样的事情。我发现蒂尔小姐很有魅力。”

很好，这就是她所想要听的。“那么，你不要错过机会。”

“只是，”他接着说，“她们好像要离开伦敦，我觉得，她很可能要到外国去。”

有一阵子，莫德姨妈显得她在考虑如何应对这个难题。“没有看到你，她是不会走的，”她笑着说，“而且，如果她真的要走……”她顿了一下，他不知道下面她要说什么。可是，她随后说的话却让他觉得更困惑：“我们也走。”

他也冲着她微笑，不过，他自己也感觉笑得有些奇怪。“那么，这对我有什么好处呢？”

“我们会待在她们的周围，你可以来找我们。”

“哦？”他的声音有些别扭。

“我会让你找到我们。我是说，我会给你写信。”

“谢谢！谢谢！”莫顿·丹什笑着说。她是在逼他答应，但他不知道他答应对她有什么用处，所以，他挺犹豫。“我有那么多事情，”他不着边际地说，“需要考虑。”

“这是自然。不过，这是最重要的事情。”

“为什么呢？”

“这可能决定你的未来幸福。我都是为你好，我是在帮你，可以说是为你铺平道路。她很有魅力，很聪明，也很善良。而且，她的财富让人叹为观止。”

这就是她，莫德姨妈！他终于把所有碎片拼成了一幅完整的画面，感觉她是要收买他，要用米莉的钱财收买他。这件事情如果不是非常严肃，那就是非常滑稽。于是，他斗胆用开玩笑的口气跟她说这个太夸张了。“我非常感谢您对我这么大方……”

“把别人的东西给你也算大方，对吧？”她一点也不脸红，“我没有说那是我的，但没有理由不属于你。你要知道，”她顿了一下接着说，“我不是信口雌黄的人。况且，你还欠着我一个人情，也许你想知道为什么。”

他非常清晰地感受到了她的压力；他也感受到了她的执著，他甚至感受到了她身上的真理。所谓“真理”，就是她相信他是可以贿赂收买的，他们站在那里，感觉这个真理让他醍醐灌顶。那么，凯特相信他吗？那不是他想要的。“当然，我知道你对我非常好，我应该好好谢你。比如说，今天晚上你邀请我来……！”

“是的，我今天晚上邀请你来，算是其中的一部分。但你不知道，”她补充说，“为了你，我走到了哪一步。”

他感觉自己脸红了，那是他的自尊心被刺伤了；不过，他还是努力堆着笑脸说：“我知道。”

“我是世界上最诚实的女人，但我还是为你做了必要的事。”她阴沉的面孔让他瞪大眼睛，没有说话，于是，她又说，“你的起步非常必要。我帮你抬高你的起点。”他还是盯着她，而此时，她对他的茫然感到很惊讶。“难道你不能理解吗？为了你，我说了适当的谎话。”他依然只是红着脸，皮肉紧绷着对她笑；然后，她语气坚定有力地说:“我希望你对得起我!”然后,她就让他去琢磨其中的含义,自己转身走了。

他从那房子出来之后,就有更多的自由去琢磨那些话的意思。他沿着贝斯沃特路向北走着,不过,在连星星也很暗淡的夜空之下,在一座现代化的教堂面前,他突然停下了脚步。他站在一个广场的中心,左边有一条大道向东而去。他刚才真愚蠢,不过现在他想明白了。她已经通过斯特林厄姆太太向米莉保证凯特并不喜欢他。她还通过同样的渠道证实所谓的感情只是他的一厢情愿。他明白了,他明白了。他也可以理解她刚才说“起步”是什么意思。她说凯特只是博爱,当然,米莉也是博爱的人。她说这个谎话确实是适当的,那是世界上最适当、最深沉、最有丰富外交意义的谎话。这么说来,米莉肯定信以为真了。

5

他感觉,单独去见那个可怜的女孩,跟以前可能是差不多的,在纽约的时候,他曾经去看过她三次;如今,他要再次与她面对面,新的感觉不过是有些惊讶地发现,原来见面的方式是很好很积极的。此外的一切,让人感到尴尬的一切,在他坐下五分钟之后就会烟消云散了,事实上令人感觉非常美妙的是,他们在美国建立的关系是很愉快、很得体的,对谁都不构成伤害,对这个关系的正当性,他几乎不知道该怎么形容,因此,这个关系应该不会受到其他因素的影响。分手之后,他们俩各自都进行了伟大的历险,他的历险就是用心去感受她的国家,此时,他最艰难的历险,就是找到除那些已经用过的理由之外的理由。参加莫德姨妈的晚宴后第二天,他就去她的旅馆见她，而对于他要扮演的角色，鉴于凯特与劳德夫人非常奇怪地不谋而合地极力怂恿他，他的预想是很丰富而混乱的。其实，不必她们操心，他本就觉得她值得他去见，这种美好的感觉今天似乎又回到了他的心里。那两位女士很善良、很热情，非常可敬，但也可能难免因为用力过猛而将一朵不算大的友谊之花扼杀在萌芽之际。从前让他侥幸避免、以后仍将帮他侥幸避免折断这朵花的，是他的良心和幽默感，是他的想象力，以及在此基础上形成的理解与体谅，他肯定从未像现在这样因为有这样的心理和情感状态而兴高采烈。许多人，他真的有这种感觉，不可能这样对待这种事情，他们可能会很快就失去耐心，认为那样的要求不近情理，过于苛求，因此就会敷衍了事，所以不会跟米莉更深入认识。他跟凯特说过，那位小姐就是一个牺牲品，他感觉，目前这样可能就是让她牺牲的一种方式。然而，这并非他自前一天晚上以来慢慢明确化的观点。这并不是说他不能躲避，他知道，按自己的聪明才智，他完全可以让躲避成为较小的恶性和最弱的残忍。他太喜欢每一个人，所以，他不希望表现得像一个刺头，让大家都觉得他不可理喻。他喜欢凯特，这是自然的，他也十分喜欢劳德夫人。他特别喜欢米莉；此外，前一天傍晚，他不也觉得苏珊·谢泼德很可爱吗？他从未意识到自己竟然这么博爱。无论如何，无论为什么，这是他的立足点，在这个立足点上，他如果还要得罪人，他就是一个十足的笨蛋。如果他觉得自己还把握不好，他还有足够的时间。他慢慢意识到，要把握好这次机会，他不仅要承认自己很感兴趣，也要表现得对成功有足够的信心，也就是要鄙视失败。

因此，他来到布鲁克街，心中怀着最好的目的，同时有意识地为某些重大的尴尬留下了余地。可是他又发现，他心头的负担出乎意料地轻，于是大大松了口气。最近巧妙地为他考究出来的责任之中所蕴涵的尴尬，眼下在他面前换了另一张面孔，即现在又完全回到了他印象中的从前的面孔。在此印象中，他感觉美国女孩显然是世界上最易相处的，如果她们有类似米莉的吸引力，尤其如此。既然她所属的这个族群本质上那么容易相处，有什么东西会让她变得难以接触吗？他感觉，此行应该比跟凯特相处的那两三个小时更轻松。按丹什的看法，米莉·蒂尔把他与他的同伴从国家美术馆带到她的旅馆并招待他们吃午饭的时候，她的眼中并没有复杂的景象，因此，他极难想象她在这么短的时间内产生那么多复杂的思想。非常幸运的是，他为此行所找的借口是最好的，也是最简单的。他们碰巧相互认识，因此，要是跟她说他听说她身体不舒服没有出席晚餐才上门来问候，那是他最不得体的借口。况且，碰巧还发生了另一件事，她给了他与凯特那么盛情的款待，他无论如何要做一些表示。那么，他此行就是要来有所表示，这就是他的理由。首先，他发现她果真很好相处，她非常自然、非常漂亮地表示乐意见他。他是在吃了午饭后不久来的，这算早，也不算很早，如果她身体好，这时可能已经出去了，不过，今天她身体很好，但仍然在家里。他隐约可以听见凯特的评论，他一直感觉，根据她的解释，米莉之所以在家，那是因为在跟斯特林厄姆太太交谈之后，她一直在等着某个人。一切都很愉快，所以，他甚至畅想他会很欢迎女人所谓的善意虚伪。他甚至很开心地相信，那个女孩等候的人可能就是他，不过，看到她显得不是在等他，他也很开心。她表达了一定程度的惊讶，不是很夸张，其中的寓意显而易见，既然他有些后知后觉，还是有些别扭，那么，他就应该信任她，让她主动为他以及她自己着想。

她的第一个动作就很令人钦佩。他进来的时候，她正在桌子上写信，可是她马上站起来并在瞬间之内让他感觉他没有泄露对她的病痛的担忧。在他的面前，她绝对不是一个有病痛的人，绝对不是，他能理解吗？他自己很快就意识到，他对此表示理解的方式，即情不自禁地流露出相应的喜悦，形成了两个人亲密关系的良好开端。接着，人们事实上就可以认定这样的关系已经存在，即使原来没有这样的关系，他们很快就会缔造一个。他委婉提及她的朋友专门去兰开斯特大门做解释的事情；可是，她利用了嘴唇上的笑容以及眼睛里的神情，马上拆除了任何焦虑的基础，化解了任何追问的可能。她到底怎么样？好吧，她就是他面前的这个样子，她就希望展现这个模样，有她自己的理由，这不关任何人的事。他又想起凯特说她太过自负，不会接受任何怜悯，说她非常腼腆，不会透露这样的秘密，因此，他非常高兴他能得到这样的暗示，特别是当他需要暗示的时候。那个女孩很快就彻底消除了他的疑虑。她说："哦，这没什么，我很好，谢谢你！"他也很乐于甩掉这个疑惑。尽管凯特有提过要求，但那不是他本人的关注点，他主要想表达同情，但他感觉他很快就得到了不能表达任何同情的禁止。人家让他来，是让他为她感到难过，不过，在私底下，他并没有觉得自己为她感到多么难过。到底是什么意思呢？不管怎么样，他是绝不会为她感到难过的，至少不能让她看出任何蛛丝马迹。于是，目前的情况出人意料地清楚，尽管过了一段时间之后，他才完全看明白背后丰富的道理，从而感到挺好玩，也感到很钦佩。他很难以置信地发现，如果说他的怜悯可能不会被其他东西所取代，但也终将被她本人压制。这就是他的全新认识，他去看她是为了向她表示安慰，可是，他可能要重复几遍，他最终的目的是让她给他表示安慰。她可以判断，他目前的处境，让他成为温柔体贴的对象，如果有人喜欢他的话。他感觉到了她的这种判断，他也感觉到，这是他必须很体面、很有尊严并坦诚接受的。

十分奇怪的是，他原先带来的问题，那个凯特托付给他的问题，居然突如其来地被另一个问题给挤到了旁边。显而易见，这另一个问题是由她美丽的幻觉和白费的爱心引起的。对他而言，眼前这一切构成了一个良心问题，他已经意识到了这个问题，而这个问题的演化前景也已经让他感到忧心忡忡。如果说他让人动心，那是因为他不快乐；如果说他不快乐，那是因为他对凯特付出的感情没有得到回报；如果说凯特好像冷漠无情，那是因为她不让米莉产生任何怀疑。他现在意识到，凯特肯定让她的朋友清晰地感受到她的这个态度，也让她了解到他的失落。他跟这个女孩在一起度过了一刻钟之后，这个推理就很刺眼地呈现在他的眼前；他们在这里说话的时候，另一个人似乎就徘徊在他们的身边，不时探头过来看看自己的杰作进展怎么样。她这个杰作的价值，他觉得跟刚发布的时候有所不同。既然说她不爱他是假的，那么，他有理由认定这是一个很重要的前提，而就在此时，他如果不当心，就可能发现自己悄然喜欢上了米莉的善意和爱心。他有理由感到良心不安，他绝对有必要为他正在做的事情感到忧虑。如果说他不应该在一个完全错误的基础上享受柔情体贴，那么，如果他继续待下去，谁能保证他自己不会假装受到委屈而去享受甜蜜的关怀呢？一位魅力十足的女孩对他的体贴，不管根据什么理论，都能抚平受委屈的心；他也很清楚地记得，自己没有说过谎话骗过人。他所谓的失落，那是凯特说的，不是他自己的观点；他可能要说，他的责任在于帮她演好这出戏。最让他内心产生分裂的就是要不要演戏：这实际上就是一个良心问题。

他有些惊慌地发现，在这出戏里面，有一句特别的话是不能说的：“如果你喜欢我是因为你知道她不喜欢我，那是大错特错的。她其实非常喜欢我！”这句话真是很难说出口；可是，要么让她知道真相从而让她受刺激，要么让她继续沉溺于温柔的幻觉之中，不都一样不合适吗？这其中还涉及暴露和背叛凯特的问题。凯特的计谋很特别，是她特有的，他感觉要评判这个计谋可能太复杂，所以他放弃了。不要背叛自己所爱的女人，反而支持她的错误，特别是当她在错误的路上已经走了一定的距离以后，这也许就是爱情不可避免的结果。当然，在她的计划中，忠诚是首要的基础，不管她的计谋有多么曲折，都只会给他带来好处。

丹什尽力稳定自己的情绪，因为这个朋友显然要对他无限地好，他很可能被打动。不过，有一件事情他颇为肯定：米莉·蒂尔是不会逼他的，她肯定不会对他说："难道你不觉得她有可能十分在乎你吗？”没有这种话，他就不用费多大的周折去跟她辩解。换作凯特，在计划进展不顺而需要修改的时候，她倒很可能这样做。在这种情况下，他会问自己，他的什么作为会比毫不作为更好一些呢？于是，他接受了那个可怜的女孩喜欢他这个事实。她有她自己的原因，有一个简单、漂亮的前提，也就是一个行动的借口。那个前提就在于她所得到、保留、珍藏着的印象，而她的借口跟他要演戏的出发点是一样的。她已经认定她应该有所作为；于是，丹什可能面对的，是发自她灵魂深处的纯粹快乐。跟这个年轻人坐在一起的时候，她的纯粹快乐坚决地抬起了头，还开出了花朵。她似乎说了一些他需要应对的话，不过，这些都不是她事实上所说出口的，而是他认为这些事所包含的意思。比方说，她警告他不要谈她的身体问题，以及她警告他的时候所运用的技巧，在他的想象中，都代表着她没有说出口的实话。“在你面前，我十分健康，这是你要关心或者说要操心的：在你面前，生病这样可恶的事情绝对不会出现。知道了吧？请你尽量别为我担心。总之，你不要因为担心而错过我动人的一面。你知道，现在就我们两个人坐在这里，这里没有太多的干扰。排除掉这些干扰，我们就可以相处得很优雅。”这些都是她隐含的意思，虽然她主要在介绍她的印象和她的计划。她也让丹什回忆他在美国的所作所为，但他今天不想谈这些。他想起前一天下午他在凯特面前夸夸其谈，现在感觉自己太过分、太夸张了，是对主人的不敬。于是，他反过来让她说伦敦的事情，让她发表对那里的生活的看法，而且非常高兴地跟她谈了很多病痛之外的话题。首先，他对她说他在兰开斯特大门听说她已经征服了那里；对此，她表示完全而且快乐的同意：“我居然成为这个季节的特色，成为每张嘴巴里的主角，我自己也想不到。”然后，他们亲切地分享了自纽约分手后的海阔天空。

与此同时，许多东西接连不断地在他们心中涌起，特别是在丹什心中涌起，不过，他们感觉最明显的，是目前的状况对他们对过去的看法的影响。好像他们没有意识到自己当初有那么多经历，似乎掉进了回忆过去美好时光的泥潭，而此时，他们并没有那么宽裕的时间来追忆那么多事情。他们的关系变得很复杂，不管是由于他们说到过的，还是他们没有说到过的事情，所以，他们试图回顾在那个富裕国家的那段美好的往事，给他们快速发展的关系做注脚。他回想起曾经在劳德夫人家里谈论过人一生的几个阶段，错过每一个阶段都会觉得很可惜，以及不断前进的感觉；他在回忆其他事情时找到了一个机会，将这种感觉传达给了米莉。除了他说出来的，还有一些他不能说的；这两类事情在他的脑子里混杂在一起，很难说此时到底哪一类对他产生了更大的影响。跟这位年轻的女士面对面，他感到有一股敏感的人都认为无法控制的力量在影响着他的神经。等他在房里待了十分钟之后，他心里就好像有一股能用尼亚加拉瀑布来比喻的洪流，如果将那么小的和那么大的东西相提并论不是那么荒唐的话。在不用受到外来审查的情况下，一位聪明的年轻男人和一位敏感的年轻女人的关系当然应该顺其自然，而事实上他就是想顺其自然，目前也正在自然地发展着。目前的状况对两人关系的发展是很有利的，尤其是他们始终没有提到过凯特；尽管过去几个星期发生的事情都跟凯特有关系。就在前一天晚上，丹什也向她征求过指示，但他发现并没有得到什么结果。当然，她事先就跟他说过她不会做什么指示，但是如今面对米莉，他的感觉完全不同，他感觉米莉被人家掌控了，不过，他感觉对于这种事情也许应该要再问问凯特。他应该在跟她谈过之后再做进一步的行动，确认她真的是希望他能取得巨大成功。随着他感觉到了这些不同，他很自然地又觉得应该缩短在这里逗留的时间，而且永远不要再来，不过，很奇怪的是，恰恰是米莉的表现好像在回避这种结局的出现，也最终打消了他的念头。

这个新情况也许很突然，她肯定事先得到了保证或者安慰。对此，她并没有任何犹豫，因为他们不都乐于给她机会吗？丹什看见或者感觉她接受了这个机会，那也是让她为他提供帮助的机会。凯特肯定跟她说过："我听他说？不可能！所以，你喜欢怎么样就怎么样吧！"米莉喜欢的，似乎就是她目前在做的事情，为此，我们的年轻人感觉，如果甩开她，那将是何等的野蛮！他好像面临着有些英雄主义气息的选择，虽然不涉及与凯特分手的问题。她对凯特和凯特的崇拜者都会表现出高贵的情怀，如果她看见那个崇拜者最终跟他的偶像在一起，她会感到很痛苦，但她会乐意承受这个痛苦。他似乎看到眼前出现令人兴奋不已的素材，可以做小说的素材，甚至可以做诗歌的素材：一个男人与不在乎他的女人的缘分，居然要靠一个在乎他的女人来推动。米莉似乎跟自己说过："好吧，他至少可以在我的陪伴下与她相会，如果这样对他有意义的话；因此，我的策略就是让我的陪伴具有吸引力。"如果她真是这么想，那么他的印象就是对的。不过，所有这些都不妨碍他很快就对她说："那么，你现在到底怎么样？你是否真的着急去参观乡下的农庄？"

她摇摇头，做了一个小鬼脸，这就算否定回答了疑问，不过，她的动作却让他发现她确实有这样的念头，也许她一直有这样的想法。不过，这件事不是她当前要做的。"不，亲爱的。我们要到外国去待几个星期，呼吸一下清新的空气。这是我们好多天前就做了的决定，只是被最近的一些事情给耽搁了。不过，等这些事情都处理掉了，我们就会扬帆起航。"

"那就祝你一路顺风！不过，"他又问，"你什么时候回来？"

她的眼神很迷茫，过了一会儿说："等到风转向吧。你这个夏天会怎么过？"

"哦，我这个夏天会在龌龊的工作中度过。我的双手会沾满铜臭味十足的墨水。我在你们国家那边的工作其实也可以算是在玩。你看看你们的国家是多么快乐的国家！我的假期结束了。"

"我很遗憾你的假期跟我们完全错开。"米莉说，"要是你能在我们工作的时候工作的话……！"

"那么，你们玩的时候我也可以玩，对吧？算了，对我而言，这个区别不是很大。我总是既像是在工作，也像是在玩。但是，你跟斯特林厄姆太太、克罗依小姐和劳德夫人一样，"他接着说，"你都经历过真正劳累的工作，像苦工或者黑鬼一样。你们的休息是你们自己赢来的，是理所应当的。我的工作相对较轻松。”

“千真万确，”她微笑着说，“不过，我还是喜欢我的工作。”

“不会让你感到精疲力尽吗？”

“一点也不。如果我有兴趣，就不会感到疲倦。我还可以走得很远。”

他想了想。“那么，你为什么不继续走下去呢？据我所知，你已经征服了这个地方。”

“哦，这就像经济安排，我要把我的收益存起来。我很喜欢你说的这一切，虽然你的描述接近梦幻，我会一直关注着它的走向，所以，我肯定会感到很紧张，我必须小心翼翼。对于我已经得到的，还有我可能还将得到的，我都不希望因为愚蠢而失去。想避免这样的错误，最好的方法就是离开，在遥远的地方观察情势的发展。我要保持它的新鲜感。”她的结尾显得她似乎对自己说了这些机智的话感到相当满意。“我会很谨慎，保证到我回来的时候，它还很新鲜。”

“这么说，你肯定会回来？你能承诺吗？”

听见他要她做承诺，她的脸就放出来了亮光，但是，她又装着要讨价还价的样子。“伦敦的冬天不是很可怕吗？”

他本想问她是不是说对身体不好的人很可怕，不过，他还是避免了这个问题所造成的不愉快，而是选了一个关于社交生活的话题。“不，我喜欢冬天，过了冬天，事情就很乱。如果你到时回来，我会更喜欢，因为我们会经常看见你。所以，请你务必再次出现在我们的面前，如果问题不在于天气的话。”

她比刚才更严肃地看着他。“什么问题？”

“就是你离开这里的动机。你刚才说到为了什么去外国的？”

“去呼吸更清新的空气，对吧？”她想起来了，“哦，是的。在八月份，人们肯定都想离开伦敦。”

“是的，当然。”他完全理解，“虽然我很高兴你能在这里滞留了这么久，让我可以抓住你。无论如何，再给我们一次机会吧！”

“‘我们’是谁？”她马上问。

他马上感到很紧张，因为他发现这个问题可能映射到他与凯特的关系，对于凯特，他的女主人没有怎么提起，他也更加不愿意谈起。但是，这个问题太明显了。“我是说我们所有的人，每一个愿意带着同情心站在你身边的人。”

然而，她还是有些奇怪、有些迷人地追问他：“你为什么要说‘同情心’？”

“当然，这是一个苍白无力的词。我们对你的感觉，可能跟崇拜的距离应该近得多。”

“随你便！”之后，凯特的名字终于要出现了。“如果我会回来，原因就在于你认识的人。我可能因为劳德夫人而回来，她一直对我非常好。”

“她也一直对我很好，”丹什说，“我感觉，”当她没有马上回答，所以他就接着说，“我居然成了她的好朋友，完全出乎意料。”

“我也没有料到。不过，”米莉说，“我跟凯特成为好朋友倒是料得到的。为了她我也回来。我会为凯特，”她顿了一下之后接着说，“做一切事情。”

说话的时候，她一直看着他，眼神之中有非常清晰的意识，此时，她有可能在设一个陷阱，想让他剩余的坦诚能聚集起来，从而发挥一定的作用。他后来对自己说，当时他感觉似乎有东西就用一根头发悬在他的头顶上，很危险。“哦，我知道，人们都愿意为凯特做事情！”这句话真的差一点就从他的嘴里跑出来，不过，他感觉他的意识之中有更强烈的成分，把这句话给堵了回去。所以，他保持沉默，而这样的克制，就是他为凯特做的事情。这一切就在一瞬间完成，然后，他就将米莉的话题推回到她自己的身上。“当然，我知道你们是什么样的朋友，我也当然理解，”他允许自己再加上一句，“对于有魅力的人，人们会何等喜爱。那么，我就要谢谢她为我们所有人做的好事，我说她能让你回来。”

“哦，其实你不了解，”米莉说，“我真的掌握在她的手上。”

他装着琢磨他应该表明他对她了解多少。“是啊，她的手段很高明！”

“她很了不起。不过，我没有说她欺侮我。”

“当然不会。她无论如何也不会做这种事情。”他微笑着说。然而，他马上想起来，他不能透露他了解凯特的行为方式，因此，他就不再继续推动这个话题，而是说了一句也算是真话的话：“我感觉自己并不了解她，真的算不上了解。”

“好吧，按你这么说，我也是不了解她的！”她笑着说。她这句话刚说完，他就意识到了自己肩负的责任；虽然在之后的一阵沉默期间，他想明白了他的责任并不包含任何弄虚作假的要求。十分奇怪的是，他居然可以走到这么远，也许已经太远了，却没有说过一句假话。他完全可以跟凯特这样说。在他再次说话之前，也在米莉再次说话之前，他产生了另一种感觉，他感觉如果他真下定决心不要继续向前走，那么，他必须马上停下来。此时，他似乎正处在角落里，是他刚才那句话把他推到了角落里，因此，他要赶快决定是否要走出那个角落。那一阵沉默只要延长一会儿，他就会感觉到她正在等着看他会做什么。可是，就在这时，他们听到了从楼下的街道上传来了马车沉重的轱辘声和很有节奏感的马蹄声。把房子震得不停摇晃的轱辘声和令人印象深刻的马蹄声在旅馆的大门前停下来。“你有客人来了。”丹什笑着说，“肯定是带着使命来的。”

“那是我自己的马车，每天都这样，是不是觉得很震撼？不过，我们，斯特林厄姆太太和我，真心觉得这是很好玩的。”她一边说一边站了起来，去确认自己说的是否属实。他们一起走了几步，来到阳台上，看见她的马车正在下面等着，感觉很威武。“是不是很震撼？”

在丹什的眼里，那只能算浮华，除了沉重得近乎荒唐。“我觉得它有些洛可可的风格，挺华丽，也挺可爱。不过，这该怎么说呢？你是这一切的主人，你能接触到最高境界的智慧。而且，由于你的地位，你的马车肯定受到伦敦人的崇拜。”不过，她看起来是要出去的，他不能挡她的路。之后发生的事情，首先是她否认她要出去，这意味着他可以继续在这里待下去，其次，她说如果他愿意一起坐车的话，她是乐意出去的。她又说，事实上每天她都有事情要做的，而今天就有好几件，这就是今天这么早就叫来马车的原因。她正在说话的时候，他们看见一个人来问情况，接着，他们看到米莉的用人向他们报告马车到了，他可以送她。于是，她感觉眼前的问题马上要得到圆满的解决，最后的要素是丹什的反应。然而，丹什还有些犹豫不决，他心里的那些事情正在猛烈斗争着。他似乎感觉到，他之所以走到这个地步，是因为他一心要维持他们的关系，不想断开，而此时，他必须在维持和断开之间选择一个。他感觉他等了很长时间，比实际的时间更长，那是因为他很焦躁。他不能一直保持这个状态，而既然他必须二选一，他很快意识到自己选择了前者。如果说他此前一直在河流中间漂浮着，那么，他现在就像撞上了一个硬物。“哦，好，我乐意和你一起去。这是个迷人的主意。”

她没有给予他表达感谢的眼光，而是看着其他地方，她对她的用人说：“再等十分钟。”然后，等那个人出去之后，她才对她的客人说：“我们一起走，我很高兴。不过，我要请你等我一会儿，我要做一些准备，当然我会很快。”她扫了一眼那个房间，似乎想给他找一个地方让他待着。“那边有许多书，我很快就换好衣服。”当她要走的时候，他才碰到了她的目光，他觉得她的目光非常漂亮，非常动人。

至于在那瞬间她的目光为什么会特别动人，他几乎是说不清楚的，总之，他能感觉到她希望对他好。很明显，她希望他能明白她对他很好，然后知恩图报，反过来也对她好。此时，他从原来的角落里走出来，就是知恩图报的表现。她走出去然后关上门、把他一人留在这屋里的时候，他其实已经走出来了。他一人单独待了三分多钟，心里忙着解决几个相当富有活力的小问题。其中一个小问题就是米莉极端的天真率性，他也许会说，那是典型的美国性格。接着，这个问题成了他躲避其他问题的借口，但是，对于这个问题，他始终找不到头绪，他感到一片茫然，他甚至找不到对这个美国女孩进行适当概括的办法。这位朋友居然让他跟她一起坐马车出去，这当然是自然天性的体现，因为她甚至没有提到她的同伴；不过，他感觉她做这种事情的手法毕竟还不如凯特高明。凯特不是美国女孩。凯特本来也是愿意这样做的，虽然凯特没有米莉的自然率性。凯特其实也做过了，她做过类似的事情。而且，他的心思全在凯特身上，虽然表面上他跟她保持着距离，让她有一定的自由空间。无论如何，凯特跟自由的关系，或者自由跟凯特的关系，和他跟那位离开他去准备把自己交给他的女孩可能形成的关系，是截然不同的。他以前从来没有过这样的感觉，而他此时想到了，他就在房间里来回走动，对那女孩允许他利用的书，他一本也没有碰。米莉也许可以说很前卫，但肯定不高明，而凯特则比较保守，甚至跟其他英国女孩相比也算是保守的，但她却非常高明。不过，凯特比米莉大了两三岁，对于他们这种年纪的人，两三岁的差别是很大的。

丹什继续慢慢地踱着步，心中继续琢磨着那两个人的差别，同时清楚地意识到，自己已经走出了那个角落，甚至不想利用米莉不在场的机会，回溯刚才走过的足迹。如果说他在五分钟之前可能落荒而逃的话，他此时已经不会再产生这种念头，他只可能满怀希望继续等下去。而且，这个问题很快就被人封住了；因为大约过了三分钟，蒂尔小姐的用人就回来了。他的后面跟着一位客人，显然是他在楼梯脚下碰到然后带上来的，他刚打开门，就很大声地宣布克罗依小姐来了。凯特跟着他进来，不过，她一见到丹什就突然停住脚步，只是丹什发现，那并非因为惊讶，更不是由于尴尬。丹什马上跟她解释说，蒂尔小姐为她的行程做准备去了，那位用人一听到他的解释，就自己走了。

“你要跟她一起去吗?”她问。

“是的，这是你同意的，我想当然你是同意的。”

“哦，”她笑着说，“我完全同意!”她的态度一如既往，表现很优雅。

“当然，我是说，”他很明显受到了她的快乐的感染，“你一直那么怂恿我。”

她绕房间环视了一周，似乎在寻找他在这里的所作所为的迹象，以帮助她决定怎么应对。“好吧，只要你喜欢，就说是怂恿吧!”她显得很开心，好像她认为他完全做到了她对他的要求，然后，她开了一个新的玩笑。“既然如此，你觉得我还用再等吗？”

“你既然来了，怎么又不想见她一面？”

“因为你在这里！我来这里，是想看看她怎么样，目前看来她肯定很好。如果她……”

他马上打断了她的话。“是吗？这跟我有什么关系呢？”他很激动，还有话要说，“亲爱的，要为她负责任的人不是我。我觉得是你。”他感觉，对于让他感到坐立不安的事情，她仿佛根本不放在心上，所以，他们两人存在一定的失衡，总是有一个人有问题。要么是她感觉太随意，要么就是他过于紧张。无论如何，他都不希望自己让人觉得是个傻瓜。“我什么也没有做。你可以放心，除了你让我做的，其他任何事情我都不会做。”

他们的目光交汇到一起，他的眼神中有跟他这句话相当的刚毅。片刻之后，他就从她的目光中领会到，他真的没有必要过于紧张。到底怎么了？她好像在反问他。不过，她提供了所有的答案：“她能够见你，不就证明她还不错吗？”

“她明确告诉我，她身体绝对健康。”

凯特的兴趣变得更浓烈。“我知道她会这样跟你说。”接着，她又说，“她昨天晚上之所以避开我们，肯定不是因为身体不舒服。”

“那么，是为什么呢？”

“因为她紧张。”

“她为什么紧张？”

“你懂的。”她好像有点不耐烦，不过，她还是微笑着说，“我跟你说过了。”

他看着她，似乎想从她的脸上找到她到底跟他说过什么；然后，他似乎看到了什么，所以他问："你跟她说过什么？"

她还对着他微笑，虽然笑容比较僵硬，然后，他们似乎突然意识到他们身处何地，所以，为了不惊动人家，就降低了说话的嗓音，不过，他们刚才说了那么多，已经让他们感觉不安了。米莉的房间可能就在他们旁边，他们却喋喋不休！不过，他们还是接着又说了几句话。"如果你想知道，去问她自己。你随便，她会告诉你的。你觉得怎么样最好就怎么样，不要纠结于我可能说过或者没说过什么。我跟她没什么。"凯特说，"你没问题吧？"

"如果就这样，"他回答说，"我没问题。如果你要我接受她是信任你的，好吧，我没问题，因为她确实很信任你。"

"那你就跟她学吧！"

"她都是为了你，"他说，"她让我跟她一起出去，也是为了你。"

"果真这样，"凯特还是非常平静，"你也可以为她做一点事情。我不会担心。"她微笑着说。

他站在她面前，再次仔细看着她的脸，又跟往常一样，在这张脸上看到了许多内容，这些内容都让他备受感动，也让他可以松一口气，因为他用不着寻找合适的辞藻来加以描述。对于这样的印象，任何辞藻都无济于事。"我所做的一切，都是为了你。为了你，我什么事情都可以做。"

"很好，很好。"凯特说，"这就是我喜欢你的原因。"

他过了一会儿又说："那么，你发誓吗？"

"发誓？发什么誓？"

"发誓你爱我。你知道，这样一来，你为我做什么就都合情合理。"

她瞪着他，眼神显得她伤透了心，然后，她马上表达了这种感觉：“如果你不相信我，那么，现在就断了不是更好吗？”

“跟你断了？”

“跟米莉断了。你现在就可以走，”她说，“我会留下来跟她解释。”

他感到一片茫然，震撼太大了。“你会怎么说？”

“我会跟她说，你很任性，但我会将就着跟你在一起。”

他想了想。“在她面前，你说过我多少坏话？”

“很多。通过她对你的态度，你就可以发现。”

他又陷入了沉思。“我不觉得我应该在乎她的态度。”

“好吧，随你便吧。我会留下来，也会尽量帮你。”

他看得出她说的是真话，她是想给他机会；于是，他的眼前一下子比刚才清楚了很多。他再次意识到自己已经走了很远，不过，他不是后悔，而是看到了逃亡的曙光，可是，凯特给予他的东西，迫使他权衡逃亡的后果。“如果她发现我不在，她不就能认定我们之间有猫腻吗？”

凯特想了想。“我不知道。当然，她会感到非常伤心。但你不用担心。她不会这样就死掉的。”

“你其实是说她会死，对吧？”

“你要是不相信我，就不要问我。你的前提太多了。”

她现在说话的语气显得她已经心烦意乱，这让他自己显得那么寒酸又丑陋，因为他太僵化，不能让她舒心；他同时也感觉到，一个男人不管品味如何，进入到这样的关系，总是要承担一定义务的，可是，他没有这样的责任感，这也表明他缺少应有的素质，比如想象力和技巧，肯定也包括幽默感。目前的情况无疑是很奇怪的，不过，在这种情况下，他仍然有这样的想法：“要是我让她觉得烦了呢？”在几秒钟之后，他的想法变成了不一样的说法，“如果你愿意发誓你爱我的话……”

她环顾她的四周，看看房门，看看窗户，好像他的要求牵涉到很多东西。“就在这里吗？在这里，我们没有任何阻碍。”凯特微笑着说。

“没有吗？”此时，她的微笑好像让他感到很笃定，所以，他很诚恳地向她伸出双手，而她立即伸出双手，紧紧捉住他的手，似乎要挡开他，也像要拥有他。实际上，她既拥有了他，也挡开了他。她的手捉住他的手，久久不放，与此同时，他们深邃的目光汇聚在一起，他们俩默默地等待他恢复意识，恢复他从前的谨慎。他意识回来之后，脸上一红，他似乎意识到了他们现在所处的位置，她也因此产生了习惯性的胜利感觉，然后，她的胜利会不断扩大。他放开她的手之后，他好像就捉住了米莉的双手。无论如何，他是不能跟米莉断的。“我会如你所愿。”他向她宣布。他好像是看到对方接受了他的条件，所以要投桃报李，而她也马上采取了相关行动。

“要是这样，我就走了。你告诉她，说我发现你与她在一起，所以就不想等了。你可以从你自己的角度来说。她会明白的。”

话音刚落，她就走到了门边，她已经拿定了主意。不过，在她离开之前，他又给她提出了另一疑问：“她会不会怀疑？”

“你不用担心。”

然后，他做了最后一个请示：“那么，我就闭着眼跟着感觉走？”

“你只要对她好就行。”

“其余的一切都交给你？”

“其余的一切都交给她。”凯特说完就不见了。

于是，一切又回到了从前。凯特离开三分钟之后，米莉就穿好了盛装回来了，她戴一顶黑色的大帽子，一点也不时尚，黑色的外套几乎覆盖了她的全身，她脖子上戴着的，丹什迷迷糊糊觉得像是一条很长很珍贵的缎带，上面镶着好几排沉重的珍珠，让缎带差不多下垂到了她的脚边，很像女牧师的圣带。他马上跟她提起他们的朋友来过，但很快又走了。“她没想到会在这里看到我。”他现在说这种话没有任何困难。他已经走出了刚才的角落，因此，多一个字或者少一个字都不成问题。

她认为他这样说就够了，从而避免了不必有的尴尬。“对不起，不过，我是经常和她见面的。”他感觉这样的区分对他有利，也表明了凯特不辞而别是正常的。每当问题落到米莉身上的时候，她都会用这样的语气说话。好吧，就全交给她吧。

第七章

1

那天，她意外碰到他们在一起，并请他们到她的旅馆吃午饭，然后，凯特与丹什将她留给斯特林厄姆太太之后，米莉与那位同伴面对面的时候，像一个为生命战斗的战士，戒备而紧张地抚摸着挂在腰边的佩剑，那是她勇气的源泉。也就是说，她把手紧紧压在她的心口。此时，两位女士面对面站着，四目相对，表情都非常奇怪。苏珊·谢泼德已经接待过那位伟大的医生，对她而言，这绝不是一件小事；但是，米莉此时实际上已经承认，她一直很坚决地在她邀请来的客人面前竖起一道屏障，防止他们进行任何交流，防止泄露任何机密。“你一直太可爱了。我知道，你心里装着那么多东西，却在他们面前表现得那么漂亮。凯特不是很厉害？她的表现也非常好。”

可怜的苏西一开始显得很紧张，一副如临大敌的样子，慢慢地，她也放松了。她必须很努力去想，米莉到底在打什么哑谜。“克罗依小姐？哦，她很和气，很聪明。她知道，”斯特林厄姆太太说，“她知道。”

米莉自己也紧张了起来，不过，此时，她最清晰的意识，是她极其同情这个同伴。她发现，她一直在挣扎着，拼命压制着自己的本性，以防泄露自己的同情，对于本性天真的她而言，这绝对是一种折磨。在挣扎之间，米莉明白了她的同情有多少，也因此领会到了斯特林厄姆太太的痛苦，这让她的良心很受煎熬。非常奇妙的是，这个印象让那位女孩很快镇定下来。她有些懊悔地问自己，她们怎么样才能很轻松地在一起，她们之间怎么样才能消除障碍，然后，这个问题得到了一个令人放松甚至快乐的答案。她要体谅苏西的难过，苏西好像是注定要为她感到难过的。斯特林厄姆太太的难过可能伤害斯特林厄姆太太，但她自己的难过会不会伤害她自己呢？随后，这个可怜的女孩，当场就享受了五分钟的兴奋，她只是一挥手，就仿佛扇起来了一阵微风，然后反问她的同伴："你是说，凯特知道你心里一直惦记着卢克·斯特雷特爵士？"

"她什么也没说，但她确实是个好人，很善良。她似乎很想帮我渡过难关。"然而，这句话刚说出口，这位善良的女士就倒抽了一口冷气，好像做了一件很严重的错事。她盯着米莉，不过，她所有勇气都是伪装的。"我是说，她看见我们好像都很忙。我说她知道，其实是想说她这个人很善于揣测。"接着，她做了一个貌似很有英雄色彩的鬼脸。"不过，她是不要紧的，米莉。"

那位女孩感觉，到了这个时候，她已经可以面对任何事情了。"都不要紧，苏西。谁都不要紧。"不过，她之后的几句话却存在一些矛盾。"他有没有因为我没在这里等他而感到不舒服？或者说，他是不是刚好想跟你一个人说一些悄悄话？"

"我们没有悄悄话好说，米莉。"斯特林厄姆太太不易觉察地颤抖着。

"他是不是非常喜欢你？"米莉接着说，"他是不是认为，你是他说明我的情况的最好对象？你们是不是相处得非常好，然后相互爱慕，因此我就成了你们的媒介？我可以预见到，你会从中受益无穷。”

“我的孩子，我的孩子！”斯特林厄姆太太低声说；但是，她又显得她认为情况确实如此，甚至害怕被人家贬低。

“他是不是非常优雅、非常善良？不管他可能会说什么，跟他相识是不是一件非常可爱的事情？在我的眼里，你们正是一对，你知道你们俩在一起一定要干什么吗？”然后，因为苏西还是盯着她，显得惊讶不已，她就接着说：“你们肯定把我看透了。你可以选择任何方式，可以一起把我琢磨透！我自己也会表现得很好，那么，我们，我们三人，不管还有什么人，哦，无论多少人都行，不管你喜欢加上谁都没问题，我们可以让神明叹为观止。在你面前，我会很容易应付，像一根羽毛一样。”此时，苏西还是默不作声，她年轻的朋友就觉得，根据她持续的观察，觉得她认定这是她有病的表现。因此，米莉觉得自己更加聪明了，视线更清晰了。“不管怎么说，他非常有趣，对吗？非常好。至少，我们没有碰上一个令人讨厌的人，毕竟我们是仓促来到这里的。”

“有趣？”斯特林厄姆太太感觉自己心定下来了一些。“我不知道他是不是有趣，”她还是颤抖着，“但我知道，他对你很感兴趣，你希望他对你有多少兴趣就有多少。”

“当然。全世界的人一样。”

“不，我的公主，他和世界上别的人不一样。他的兴趣更浓厚，也更聪明。”

“好吧！”米莉笑了，“苏西，我就希望看到你这样子。所以，亲爱的，振作起来吧！我们将与他一起度过美妙的时光。不要担心。”

“米莉，我没有担心。”可怜的苏西的脸色泄露了她高尚的谎言。

接着，她的同伴感觉似乎深受感动，向她走过来，而她则拥抱了她，这一下拥抱表达了言语所不能表达的许多东西。她们相互紧紧拥抱，似乎为了相互安慰。斯特林厄姆太太的痛苦在于知道她爱莫能助，这对谁都是折磨，而对于米莉而言，她的痛苦在于要为她考虑。米莉的想象是无穷无尽的，而她朋友的困难就在于，如果她否认，反而会欲盖弥彰，她倒不如表现得温柔和模糊一些。事实上，此时她们相互紧紧拥抱是最好的表达，至于对保护与支持的承诺，那是我们这个年轻的朋友的责任。“我并没有问你，”她马上说，“他跟你说了什么，或者他让你告诉我什么。我甚至没有问你你们有没有谈到我。我之所以问你们见面的情形，我并没有指望套这种话，有一些东西，我是不想知道的。我以后还会经常去见他，所有这些事情，我总会知道的。我就希望你能通过他进一步了解我，不管你能了解到什么。你自己知道就够了，让他跟你在一起，就是为了这个目的。我想让你觉得很开心，这就是我的意图，我想让你很兴奋，让你甚至不知道自己在干什么。你信任我就好。就这样，你明白了吧？我们要相互扶持，你可以绝对相信，我不会垮掉。所以，你一点也不用担心，你不会有任何威胁的。”

“他说我可以帮你，他就是这样告诉我的。”苏西迫不及待地为自己辩白。“他自己为什么不帮你呢？而且，我跟你出来，不就是想帮你吗？但是，他没有跟我说过什么可怕的事情，没有，没有，没有。”那位可怜的女士声情并茂，“他只是说，你做什么都要按自己的喜好，他跟你交代过，他跟你交代的，其实也是让你随心所欲。”

“我必须随时能看到他。我必须时不时地去找他。不过，这当然也要看我是不是高兴。非常幸运，”米莉微笑着说，“我喜欢去找他。”

对此，斯特林厄姆太太表示同意，然后，她找到了当时那个情景的最恰当描述。“我肯定他会希望我做的，就是帮你做你喜欢的事情，我觉得这就是最动人的。”

“也要避免我随心所欲的后果伤害到我吗？”米莉笑了，然后又接着说，“当然，首先要有我喜欢的事情。”

“哦，我想你会找到这种事情的。”斯特林厄姆太太比刚才更勇敢地说，“我想肯定会有，就像这件事。我是说，”她解释说，“像我们目前这样。”

米莉想了想。“就像我希望你喜欢他，他也喜欢你，对吧？这种事情对我是有好处的。”

这句话似乎让苏珊·谢泼德感觉有些糊涂。“你是指哪一位？”

米莉稍微犹豫了一下。“我不是说丹什先生。”说完之后，她好像还有些来劲。“当然，如果你喜欢丹什先生，那是再好不过的。”

“那么，你是说卢克·斯特雷特爵士？当然，他是个好人。”苏西接着说，“你知道我看见他就想起谁吗？就是波士顿的巴特里克医生，他是我们那里的大人物。”

米莉认识波士顿的巴特里克医生，但她只是很短暂地见过他一次。“你已经见过丹什先生了，你觉得他怎样？”

苏西的双眼直盯着她的朋友，想了一阵子之后，才找到她的答案：“我觉得他很英俊。”

米莉依然冲她微笑着，虽然比刚才多了一些老师面对学生那样的神情。“好吧，你第一次看见他，这样说就够了。”她接着说，“我已经做了我想做的事情。”

“那也是我们想做的。你知道，这种事情很多。”

“很多”两个字让米莉摇了摇头。“最好是什么都不知道，也不认识他们。我不知道，什么都不知道，只知道你和我在一起。请你记住，对于你，我什么都不会忘记。所以，你放心，一点事也没有。”

这些话让苏西感到心里更有底，此时，她甚至反过来安慰米莉。“肯定是没事的。我想你应该知道，他觉得你没有任何理由……”

“不长寿？”米莉很直接，似乎她能接受，甚至准备进行深入的思考。然而，她的回答很出乎意料。“我当然知道。”她这样说显得她朋友说的这事无足挂齿。

斯特林厄姆太太想把事说得大一些。“我是说，他没有跟我说起他没有跟你说过的话。”

“真的吗？换成我，我肯定会说。”她也许有点失望，不过，她的心情好像还很不错。“他告诉我要好好活下去。”然后，她莫名其妙地闭上了嘴。

这让苏西感到一头雾水。“那么，你还想要什么？”

“亲爱的，”女孩马上说，“你可以放心，我什么都不想要。”她又补充了一句：“我还活着，是的，我还活得很好。”

这句话又让她们四目相对，但同时好像给斯特林厄姆太太上了发条。“这么说的话，我也一样活着，你瞧。”她的语气表明她已经从阴影中走了出来。不过，基于她的智慧，她只能说这么多，而她也是说了实话。在米莉的帮助下，她对情景的掌控程度已经提高了很多。她们十分钟的谈话，让她更清晰地意识到了，自己其实还有一个新的想法。这也许是一个老的想法，不过此时有了新的价值；无论如何，这个想法是在最近一个小时闪现的，尽管起初相当微弱，但闪烁的光芒很特别。这是因为上午的天空忽然暗了下来，像是在漆黑的夜空，星星会特别明亮。这时已经是黄昏，但天空还很亮，可是，苏珊·谢泼德的星星已经在向她不停地闪烁了。跟米莉说了这些话，她就变成了在天空中闪烁的星星。随着她继续仔细观察，她发现她这颗星星其实是因为卢克·斯特雷特爵士的来访而上升到空中的，后来的各种印象充其量不过起到固定位置的作用。至于米莉回来时丹什先生跟在她后面，或者说他是跟着凯特，而凯特跟着米莉，他们的出现衬托了这种感觉，尽管这是苏西在一段更为昏暗的时候发现的。她们两个朋友来访的时候，是她觉得最昏暗的时候，凯特·克罗依小姐主动跟她说话，表明米莉和那位年轻人之间有牵连，从此，天空就渐渐明朗起来。如果说当时感觉还不是很强烈，那是因为那位可怜的女士还被阴霾笼罩着，那位善良而伟大的医生临走时给她留下的阴霾。

当时的情景让一个知情而富有想象力的人产生的强烈情感，在她跟劳德夫人之间后来进行的两三次私密谈话之中显露无遗。她信任她的这位老朋友，让她感到了从未有过的喜悦；因为在这样的时刻，如果她没有某个人可以说心里话，那么，她是一定会崩溃的。谨慎不再意味着沉默，沉默是糊涂和愚笨的代名词，而智慧是应该磨砺的。在上文提到的谈话之后的第二天早上，她就来到兰开斯特大门，在莫德·曼宁厄姆的圣殿里，她终于敞开了心扉，舒缓了胸中的郁闷。敞开心扉可以说是她长期以来养成的习惯，是每隔一段时间都要做的事情，频率取决于她前进途中可能遭遇的考验和可能获得的观感。她从未中断观察自己的行为举止，这通常是她倾诉的重点。眼下的情形，根据她自己的感觉，是她好像没有倾诉的对象；她好像陷入了深渊。要敞开心扉，总是要有人听她诉说；此时，她的第一个要求是让女主人允许她哭出来。在旅馆的时候，由于米莉在旁边看着，她不能哭，于是，离开了旅馆之后，她终于获得了充分发泄的好时机。起初，她哭了又哭，不停地哭，好像她这次的使命就是哭。劳德夫人非常聪明，她好像完全能够理解，所以，她只是对坐在桌子旁边的苏西说了两三句话。她能够抵抗眼泪的感染力，但她给了她的客人极其大的耐心。“你知道，从此以后，我再也不能哭，至少在她面前不能再哭，所以，只要能哭，我就要哭出来。即使她自己哭了，我也不能随便哭，因为那样就表明我绝望了。我和她在一起的时候不能哭，跟她在一起的时候，我必须兴高采烈，积极乐观。况且，米莉自己也不会哭。”

“我肯定是希望，”劳德夫人说，“她不会有哭泣的机会。”

“即使她有机会哭，她也不会哭。她不会掉一滴眼泪。有东西阻止她流泪。”

“哦！”劳德夫人说。

“是的，那就是她的自尊心。”斯特林厄姆太太看见她的朋友将信将疑，就做了进一步的解释。莫德·曼宁厄姆暗示说，如果有事情让她哭，自尊心应该阻止不了，她既然不哭，那么，这些事情就是让她忙的，她肯定有安排，有联系，她会听到铃声，会看到用人走进来，她要做各种决定。“我现在也许就想哭，”她说，“要不是我要写信的话。”对于她那个焦虑的同伴而言，这句话没有任何难以接受的地方，她给她留了适当的反应空间。她没有打断过她，就像她没有打断过钢琴调音师的工作。于是，可怜的苏西得到了时间，当劳德夫人为了避免抛头露面，为了充分利用邮递而将一封写着地址、贴着邮票的便笺交给一个听到铃声进来的脚夫时，苏西就把全部事实都摆在了她的面前。其实，她只需两三个事实，因为这些事实都很重要，两三个小事实就可以构成一个重大的事实：就在前一天，斯特林厄姆太太跟卢克爵士见过了面！卢克爵士希望跟她当面谈米莉的事情。

“他主动找你的？”

“我想他是乐意的。他当然是主动的。他待了一刻钟。我明白，对他而言，这已经算是一段很长的时间。他很感兴趣。”

“你是说他对她的状况感兴趣？”

“他说这不算是什么大状况。”

“那算是什么？”

“至少，”她解释说，“不是她自己想的那种状况。她肯定感觉自己有什么状况，没跟我商量，她就去见了他。她去找他，是因为她害怕自己有什么病，他给她做了检查，他看得很准。她错了，她没有自己以为有的病。”

“那么，她以为自己有什么病？”劳德夫人紧追着问。

“他没告诉我。”

“你没问？”

“我什么也没问。”可怜的苏西说，“我只是仔细听他说。他也没多说，他真的很好。”她接着说，“谢谢上帝，他确实很感兴趣。”

“他肯定是对你有兴趣，亲爱的。”莫德·曼宁厄姆很温柔地说。

她的客人很坦率地说：“是，亲爱的，我也觉得他对我有兴趣。我是说，他发现他可以和我合作。”

劳德夫人也很直接：“为了她？”

“为了她。为了她，他什么都愿意做，也做得出来。他会充分利用我，如果有必要，他会掰下我的每一根骨头。他说，对她而言，幸福是天底下最大的事情。”

“幸福对所有人都是最大的事。那么，”劳德夫人问，“我们为什么要为这种事哭呢？”

“只是，”可怜的苏西用明显的哭腔说，“这件事很奇怪，我们理解不了。我是说，她怎么会得不到幸福呢？”

“她肯定会得到幸福。”劳德夫人也觉得这不是不可能的事。“她会很幸福的。”

“当然，如果你能帮忙的话。你知道，他认为我们帮得上忙。”

卢克爵士的想法让劳德夫人琢磨了一会儿。她的背靠到椅背上，两个膝盖分开，就像戴着耳环在集市上购物的漂亮主妇；与此同时，她的朋友则帮她仔细挑东西，然后逐个丢到她宽大的购物袋里面。“但是，他去找你就为了跟你说她必须享受到幸福吗？”

“他说我们务必让她得到幸福，这是最重要的一点。他说了那么多，让我感觉到，”斯特林厄姆太太接着说，“这是很重大但也是可以实现的事情。”

“是的，他能促成这种事情！”

“我是说，他让这件事变成大事，还把这种大事交到我手上，他给我划一个范围，其余的他自己都揽了。”

“其余的是什么？”劳德夫人问道。

“我不知道。那是他的事。他想抓住她。”

“那么，你为什么说这不算什么状况？肯定是大状况。”

斯特林厄姆太太的表情事实上承认了这一点。“不过不是她想象的那种状况。”

“是另一种状况？”

“是另一种状况。”

“在检查的时候发现了别的状况？”

“发现了别的状况。”

“那么，他发现了什么状况？”

“哦，”斯特林厄姆太太哭着说，“上帝就是不让我知道。”

“他没告诉你？”

不过，这时可怜的苏西已经恢复了理智。“我是说，如果真有什么问题，我总是会知道的。他在思考，但我可以相信他正在思考，因为我感觉他是信任我的。他正在思考。”

“也就是说，他还不确定？”

“他在观察。我想这就是他的意思。她马上要走，三个月之后要回来见他。”

“那么，”莫德·劳德说，“我想，他不应该这么吓唬我们。”

这让苏西有些激动，她似乎跟那位伟大的医生是站在同一条战线上的。她接下来的责备语气表现了这一点。“让我们帮忙让她幸福是在吓唬我们吗？”

劳德夫人的语气也有点僵硬。“是的，我被吓到了。在不明白的时候，我一般都会很害怕。他是说什么方面的幸福？”

斯特林厄姆太太的回答直截了当：“你懂的。”

她这样说，她的朋友就只好接受；而在片刻之后，后者也表明她确实已经接受了。她用一点奇怪的幽默感，做出了宽容的反应。“哦，我好像明白了。问题是……！”可是，她仿佛让这个问题噎住了，说到这里就突然停下来。

“是这个方法能不能治好她的病？”

“是的。这样处方是不是对症？”

“哦，我想我们就等着瞧吧！”斯特林厄姆太太轻轻地说。

“好吧，我们也没有怨言。”

“亲爱的，你没有跟谁相爱过吗？”苏珊·谢泼德紧接着问。

“有，亲爱的，但不是按医生的指示。”

莫德·曼宁厄姆的语气中有一些欢乐气息，但也有些勉强，有点短暂，这对于她的客人的精神形成了刺激。“哦，我们当然不必向他请示。但是，如果他认为这对我们有好处，我们会很高兴的。”

“亲爱的夫人，”劳德夫人叫着说，“我感觉，不用他说，我们也开心。所以，如果他只是要跟我们说这些的话……！”

“啊！”斯特林厄姆太太插了嘴说，“不只这些。我感觉卢克爵士还有很多东西要说，他不会这样就把我打发掉。我还要去见他，事实上，他差不多就表示了他希望我再去。所以，他肯定还有更重要的话要说。”

“那么，他还有什么要说呢？你是说，他有自己的人选可以推荐给米莉？你是说，你什么都没跟他说？”

对于这些问题，斯特林厄姆太太泰然自若。“我向他表示我能理解他。仅此而已。我感觉自己不能什么都说，但我也感觉，虽然他的来访让我很不安，可是前一天晚上我从你身上得到了巨大的安慰。”

“你是说我将她交给凯特之后在马车里跟你说的那些话吗？”

“你眼睛真亮，明察秋毫。他就在这里，我已经碰到他了，对他有了我自己的印象。”斯特林厄姆太太说，“我感觉你太厉害了。”

“当然，我一直都很厉害，”莫德·曼宁厄姆说，“我什么时候不厉害过？可是，你知道，如果米莉嫁给莫顿·丹什，她就不会了。”

“哦，嫁给自己心爱的人，不都是很感人吗？不过，我们是不是太着急了！”斯特林厄姆太太笑着说，笑声中夹杂着一点伤感。

“如果我看得准，不用害怕着急。那天晚上跟你说那些话的时候，不就是凭着直觉吗？我就是感觉到，我从骨子里知道，那个人回来了。”

"这就是你的厉害之处。不过，"斯特林厄姆太太说，"请你见到他后再做评论。"

"我马上就会见到他。"劳德夫人的语气非常果断。"那么，你对他的印象怎么样？"

斯特林厄姆太太对他的印象，似乎迷失在众多疑惑之中，找不着了。"他怎么会在乎她呢？"

她的同伴神色凝重地说："碰巧。"

"上帝啊！"斯特林厄姆太太说，"碰巧！人们感觉是你将他攥在手里。"

莫德·劳德的眼睛直直地看着她的朋友的眼睛。"这是你对他的印象？"

"亲爱的，这是我对你的印象。每一个人都在你的控制之中。"

莫德·劳德的眼光没有转移，而苏珊·谢泼德发现自己讨到了对方的欢心，但没有丝毫的不真诚，这种感觉很奇怪。不过，她这句话还是有很大的局限。"我没有控制凯特。"

这是她的客人还没有从她这里得到过的信息，而这个感觉让斯特林厄姆太太目瞪口呆。"你是说凯特喜欢他。"

我们知道，兰开斯特大门的女主人迄今为止一直掩盖着这个事实，而她的朋友这个尖锐的问题，让她的神情发生了一些变化。她眨眨眼睛，然后陷入沉思。之后，不知道是一时疏忽而暴露了，还是因为已经拿定了主意，然后在斯特林厄姆太太高质量质疑的作用之下，她接受了所有结果。苏珊·谢泼德感觉，她不仅仅利用了他们，还发现大家身上符合她的目的的东西甚至超乎她的想象。此时，她的转变实际上有些着急。此前，她一直刻意掩盖一个很重要的真相，也不希望听见人们说她掩盖得不高明。不过，苏西还是感觉，自己居然没有想到，在她面前就是一个傻瓜。不过，在新光线的照射下，苏西感觉更清晰的是凯特的伪装真高明，让她感到诧异不已。在等待同伴回答她的追问的时候，这个感觉渐渐完整，面目变得很清晰。“凯特以为她喜欢他。但是她错了。没有人知道。”劳德夫人的回答清晰而果断。不过，这些并不是她的全部回答。“你也不知道。你应该这样想，或者说，你应该全盘否认。”

“否认她喜欢他？”

“否认她会觉得她喜欢他。不要怀疑。你要否认你听到的这样的事。”

苏西感觉这是新的使命。“你是说，我要对米莉否认，如果她问起的话？”

“当然要对米莉否认。别人不会问。”

“哦，”斯特林厄姆太太想了想说，“米莉也不会问。”

劳德夫人感到不解。“你肯定吗？”

“是的，我越想越肯定。对我来说很幸运。我不善于撒谎。”

“我倒是很擅长，谢谢上帝！”劳德夫人很不屑地说，“有时候，我们没有更好的方法。人总要尽力而为。不过，”她接着说，“我们也许不用撒谎，也可以解决这个问题。”她的兴致上来了；很快，她的朋友看见她更加投入，热情的火焰更高，还在她身上发现了某种至关重要的东西。说句真话，斯特林厄姆太太当时只是依稀看见；首先是发现莫德有一个帮助她的理由。这个理由很奇怪，即她反过来也可以帮助莫德，为了这个理由，她甚至感觉自己愿意撒谎。也许她真正感觉到的是，她的女主人有些失望，因为她居然怀疑这种社交策略的正当性；基于这种感觉，她反而能看得更清晰。她们要消除凯特的妄想，像她姨妈说的，她关于情感的妄想，这显然已经成为她们进行更私密交谈的焦点。斯特林厄姆太太发现，自己已经加入消除凯特的妄想的阵营，不过，她可能需要运用到她不具备的技巧。也许，只要消除丹什先生的妄想就行了吧？完成了这个任务，可能也会实现其他的目标。不幸的是，在这项工作开始之前，她的心就已经崩溃了。她感觉自己从骨子里相信米莉所相信的一切，她也知道，如今为米莉效劳需要很多可怕的付出，像要拼命帮她往上拔。这一切让她的心乱成一团，也好像被一团乌云似的问题所笼罩着，与此同时，莫德·曼宁厄姆似乎坐得越来越稳固，好像在一大片乌龟壳上，马上要裂出表示神谕的甲骨文。乌龟壳确实裂开了，至少让人感觉发出了声音，正在传递一个跟刚才很一致的信息："是的，我会帮你解决米莉的事，因为我帮了你之后，你就会帮我解决凯特的事。"对此，斯特林厄姆太太完全能够理解。她发现，非常奇怪，自己居然情愿做对凯特有害的事情，反过来说，按劳德夫人的标准，那也是对凯特有利的事情。总之，她发现自己不在乎到底凯特会怎么样，只是很确切地知道凯特的光芒笼罩着一切。凯特没有危险，凯特也没有可悲的未来；不管发生什么事情，凯特·克罗依都会照顾好凯特·克罗依。而且，此时，她发现她的朋友已经走到了自己前面很远。劳德夫人已经拟好了行动草案，所以她说："你必须再住几天，你们俩人很快就可以跟他一起吃一顿晚餐。"莫德还说，她有本能的同情，有先知的智慧，所以，两天之前，她已经为这一顿晚餐做了周全的准备。"那个可怜的孩子，你去拿披巾的时候，我跟她单独在一起，她就好像把自己全交给了我。"

"哦，我记得你后来和我说过。不过，"苏西说，"我也感觉到了。"

但是，听到这句话，劳德夫人就盯着她，心里琢磨着她当时说了什么。“我想，你能这么漂亮地放弃，我应该备受鼓舞。”

“放弃？”斯特林厄姆太太不解地反问，“我什么也没放弃，我抓得很牢。”

她的女主人显得有些不耐烦，再次有点僵硬地转身回到镶着黄铜边的大圆桌旁边，推了一下放在桌上的一两件东西。“那么，我放弃。你知道，在我心里面，丹什先生是个小人物，我认为他根本配不上她。你知道我一直认为什么样的人配得上她。”

“哦，你一直非常了不起，”苏西不卑不亢地说，“公爵或者王子吧，她应该是皇宫里的人，你是这个意思吧？我早就知道了。但是，我们的问题在于，她并不认同。对她而言很幸运的是，她并不指望这种东西，我越来越看得明白。这种情况下该怎么办呢？我可以告诉你，我曾经有过许多梦想，但如今我的梦想只有一个。”

斯特林厄姆太太最后几个字的语气充分表达了她的意见，所以劳德夫人也只能表示她完全领会。于是，她们面对着面又默默坐了一阵子。“你的梦想是她心想事成？”

“如果这样对她有好处的话。”

劳德夫人似乎在琢磨着这样能给她什么好处，但是，过了一会儿，她却说起别的事情。“这让我感觉有些不舒服，你知道，当然，我是个粗人。我也考虑过很多东西。不过，我们还是应该正确对待。”

“我们要正确对待她？”斯特林厄姆太太说。

“我们要正确对待丹什先生。”说完之后，劳德夫人淡然一笑。“很可惜，他还是老样子。”

“哦，如果他比以前更好一点，”她的朋友替她说，“你就可能接受他做你外甥女的丈夫，那样的话，米莉反而会成为障碍。”苏西补充说，“她会妨碍你的计划。”

“她确实会妨碍我，当然现在问题已经不存在了。不过，在我看来，她跟凯特好像早就成了战友，你们刚到这里来，我就发现了。我发现你的女孩在帮我的女孩，我不妨告诉你。我这样说，”劳德夫人接着说，“你很可能觉得这就是我欢迎你们来的原因。所以，你应该明白我放弃了什么。我确实放弃了。但是，我既然选择了这条路，”她继续发表高论，“我会做得相当漂亮。所以，让我们跟这一切说再见吧！再见了，丹什夫人！天啊！”她吼着说。

苏西忍了一会儿。“即使变成丹什夫人，我的女孩还是个人物。”

“是的，她肯定不是小人物。而且，”劳德夫人说，“我们现在还都在空谈。”

她的同伴很伤感地表示同意：“我们是在空谈。”

“这样也是很有趣的。”劳德夫人又想到了什么，“他同样不是小人物。”说了这句话，她又回到了刚才提给她的朋友而她的朋友没有明确回答的问题，“你到底觉得他怎样？”

听到这句话，不知道为什么，苏珊·谢泼德有些谨慎了起来，因此，她的回答还是跟从前一样笼统：“他很有魅力。”

她与劳德夫人四目相对，她的目光很坚定，如果对方不是很坦诚的人，总是害怕这样的目光。此时，她的目光产生了特别的影响。“是的，他很有魅力。”

当然，这几个字的影响也很明显，斯特林厄姆太太感到很有意思。“我原以为你不喜欢他！”

“我不希望他做凯特的男人。”

“可是，你也不希望他做米莉的男人。”

斯特林厄姆太太一边说一边站起来，她的朋友也站了起来。“亲爱的，我希望他做我的人。”

“你真想得出来。”

“也许还可以。他配不上我的外甥女，他也配不上你。我是姨妈，我是可怜虫，我也是傻瓜。”

“哦，我甚至什么都不是。”苏西断然说。

但是，她的同伴不会罢休。“人总是为别人活着的。你就是这样。如果我只为自己活着，我根本不会在乎他怎么样。”

但是，斯特林厄姆太太比刚才更坚定。“不过，如果说我觉得他很有魅力，那也表明我还活着。”

好了，这一下子就让劳德夫人崩溃了。她犹豫了一下，然后笑了一声作为掩饰。“当然，他本身是没问题的。”

“那就是我的看法。”苏西这次说得更矜持一些。关于丹什先生怎么样的第一次磋商，就不了了之地结束了。

2

不过，她们感觉得到，这次磋商至少影响了她们对那位伟大的医生的认识。她们认为，他一直观察着，等待着，研究着，在这个程序完成之后，他就要做出最后的决定。离开兰开斯特大门之前，斯特林厄姆太太感觉她大概领会到了他的意思。她要顺着他指示的方向走。如果她们谈的情况真可能发生，如果可以让米莉忘掉自我，那不会有什么害处，还很可能带来许多好处。如果不可能发生，如果充满焦虑的她们一起想方设法还不能产生预期的效果，她们的处境也不会比从前更艰难。不过，在后一种情况下，那位女孩就可以自由选择夏天乃至秋天的去处，她会尽最大的努力达成所有人的期望，等她回来再见到那位杰出人物的时候，除了可以向他展示更多的东西，她还可能发现他更加乐意继续为她效劳。苏珊·谢泼德还意识到（这也是她接着向老朋友报告的内容），米莉的行为符合甚至强化了大家对她的状况的判断，她曾经非常坦率、毫不犹豫地提出，她想去跟卢克爵士告别，并向他表示感谢。她甚至说明了为什么要感谢他，她说他对她的行为举止一直都那么宽容，好像一点也不在意。

“你看，我真想不到，像我这么放纵，居然不用再被他责怪。”

米莉的这句话让她在匆忙之中说了一句很草率的话：“哦，你一辈子都不会被他责怪。”

然后，她的年轻朋友又提了一个问题，她从中意识到了自己的草率。“为什么不会呢？即使我骗他也不用？”

“哦，因为他不认为那是在骗他。他可以理解你的行为。你明白，没关系的。”

“是的，我明白，确实没关系。他对我比对其他任何人都宽容，那是让我放松的方法。他其实是在骗我，其实我不值得他费劲。”

可怜的苏西非常后悔又挑起这种不祥的火焰。于是，她赶紧想办法灭火：“你认为像卢克爵士这样的人会跟你开玩笑吗？”

她不能装着没看见她的同伴看着她的眼神，很奇怪，好像刚才听到的话让她觉得很好玩。“跟我开玩笑，其实也是在可怜我。”

“他不是在可怜你，”苏西非常认真地推理说，“他跟别人一样喜欢你。”

“他没必要喜欢我。他跟别人也不一样。”

“为什么不一样？他很希望为你效劳。”

此时，米莉给了她另一种眼神，然后很漂亮地微笑着说：“你又来了！”斯特林厄姆太太的脸上有点红起来，不过，米莉放了她一马。“为我效劳，好吧，都要为我效劳！我当然很高兴。”然后，她跟往常一样拥抱了她的朋友。“我不会跟他说这种话。”

“我肯定我希望你不会。”斯特林厄姆太太跟她亲了一下，然后笑着说，“不过，我肯定他能理解你的心意。亲爱的，是你跟别人不一样。”

米莉对此表示赞同。“是的，所以，从我这里，大家想要什么都可以得到。”斯特林厄姆太太随后得到的是豁免权，她不用描述她刚才去跟人家见面的情形。这事实上意味着，关于米莉的将来，她们的行动以及习惯是相对独立的，虽然这样有些奇怪。在那位女孩的同意之下，她们各走各的路，这确实不算什么，只是在斯特林厄姆太太跟卢克爵士第一次会面之后，她又提出一个很漂亮的看法。她认为，苏西应该或者必须再跟他做一些接触，私下、个人的接触；她有不少看法，最重要的是说，她要继续像什么事也没有发生过或者什么问题都不存在一样。既然大家都要为她效劳，那她就这样吧；虽然她的同伴自己没有了解到什么，那是她跟她的医生之间的事情。她说她去拜访他的理由很简单，她就是想告诉他，他的善良让她十分感动。这种事情不需要多少解释，斯特林厄姆太太曾经说过，他知道他只能说没什么。

“我跟那位聪明的女士一起度过了迷人的一刻钟。羡慕你有这么多这么好的朋友。”

“大家都那么关心别人。不过，”米莉接着说，“我也很关心你们。你们对别人都好极了。我想说，你是对我最好的。”

此时，她似乎产生了一个极其奇怪的印象，那也是一声极其动听的警钟，她似乎突然发现，如果她走得太远，那么，她会让他们之间的关系失去便利性，也可能失去价值。如果走得太远，就不能装得很淳朴。他很可能会恨她，因为她这样会干扰他的努力，会让他的善举变得相当尴尬，而他的善举是他的上上之策。苏西不会恨她，因为苏西肯定愿意替她受苦；苏西很高尚，无论做什么，都是要对她好的。然而，她绝对不能指望这位伦敦最伟大的医生也有这样的愿望，即使他有这样的愿望，他也可能没有时间，因此，简言之，米莉感觉自己得到了警示。在那里面对那位和蔼而强大的导师的时候，在其中的某个瞬间，她感觉受到了鼓舞，很振奋，跟与苏西进行那次重要谈话时的感觉一样。情况是一样的，即如果可能的话，她也会帮他助她一臂之力；如果不可能，她会鼎力解决所有问题。于是，没过几分钟，他们之间病人与医生的关系就几乎发生了逆转。自从她想要让他不害怕她的敏感，他不就变成了病人而她就是医生吗？于是，她就采取了一劳永逸的策略，把敏感留给他：让他因为自己的敏感而高兴，而她自己，毫无疑问，会为他的高兴而高兴。她甚至想象，她内心的自我满足，让她的脸在他眼前红起来，显得挺健康；而片刻之后发生的，是他让她的猜想更靠谱。"肯定都有帮助，毫无疑问！"他好像看透了她的心里话。"不过，不管有没有帮助，你知道，你现在的气色都是非常好的。"

"哦，我想我的气色不错。"她似乎看懂了他的路线，只是她不知道他会猜到什么。要是他果真猜想到了什么，他就很了不起。至于能猜想到什么，取决于他自己敏锐的嗅觉。因此，他的嗅觉是无比敏锐的，如果他因此得到了她希望留给他的敏感，他得到的那一份敏感肯定不会差。当然，她的那一份也不会很差，她很高兴。她不知道自己是否真的没事。到他这里来时，她还不太肯定自己是不是"好一些"了，他一直没有用让她受不了的词汇来形容她，他非常谨慎，尽管如此，她也很可能说："是的，一点也没错。"这是对和蔼的同情的恰当回应，而他好像感觉她发生了什么事情。这是个没有根据的感觉：谁会跟他说什么呢？她肯定可以，苏西还没有再来见过他，而在第一次，有些东西她是不可能跟他说的。既然这是他自己的洞察，那么，她为什么不能优雅地将这个新处境当作一个充分的理由呢？如果能培育起来某个理由，这个过程必将产生效果，而目前正是培育的过程。"那一天，"她接着说，"你给了我许多东西思考，我一直在思考，这可能是你的期望。我想我肯定是很容易对付的，"她微笑着说，"既然你已经为我做了这么多好事。"

唯一可能阻碍双方互动的，是他非常清晰地预见到了人的全部潜力，所以，真正取得进步的时候，会失去应有的乐趣。"哦，不，你非常难对付。我可以告诉你，要对付，我就必须动用全部的智慧。"

"我是想说，我确实好了。"同时，她丝毫没有理会他刚才的回答，因为她确信，如果她真的难以对付，他是绝对不会告诉她的。"我一直在做自己喜欢的事情，真正随心所欲。"

"这也是我喜欢的。但是，你必须马上离开，虽然这一个月过得确实很不错。"于是，她马上回答说她会先到蒂罗尔[1]，然后去威尼斯，并已经定于十四日起程。他紧接着说："去威尼斯？真是太好了，那么，我们将在那里见面。我一直梦想着十月份能再见到你，到时，我将有三周的假期，我的侄女说过要带我去她喜欢的地方，这个年轻人一直是替我执鞭的手。昨天我听她说她想去威尼斯。"

"那就太好了。我会在那里等你。我能替你做什么准备吗？"

1　位于奥地利西部和意大利北部。

"哦，谢谢！我觉得我的侄女可以为我做准备。但是，关键是要在那里见到你。"

"我想你到时会感觉，"她过了一会儿说，"我确实很容易对付。"

可是，他又摇了摇头，他不愿意接受这样的说法。"你还没有到这个地步。"

"要等到情况有多坏才算达到这个地步？"

"我想我还没有到过这样的地步。我没碰到过容易对付的病人。我怀疑这种人是否可能存在。我感觉，你要明白，倒是你要觉得放松。"

"我明白，我明白。"

然后，他们非常友好也有点尴尬地停顿了一阵子。之后，卢克爵士问："那位聪明的女士，她陪你去吗？"

"斯特林厄姆太太？哦，是的，亲爱的。她会一直陪着我。我希望能陪我到最后。"

他脸上出现一阵茫然的笑容。"到什么最后？"

"到一切的最后。"

"那么，"他笑着说，"你运气真好。一切的最后太遥远了。你知道，我一直都觉得，"卢克爵士说，"目前只是开始。"他斗胆提出了第二个问题，这个问题也许表达了他的愿望。"只是你跟她一起去？"

"不，还有两位朋友。这两位女士是我们在这里见得最多的人。她们最适合跟我们一起去。"

他想了想。"那么，就是四位女士一起去？"

"啊，"米莉说，"我们都是寡妇或者孤儿。但我想，"她似乎为了使他放心，补充说，"在路上，我们对男人不至于没有吸引力。当你说到生活的时候，我想你主要是指男人。"

“我说到生活的时候，”他过了一阵子才回答，他可能在揣度她说话为什么这么直接，“我说到生活的时候，我想我是说，和你同龄的年轻人应该让生活焕发出清新美感。所以，你要大胆往前走，不要回头。我越来越了解你。”他接下去的这句话听起来像是在讨好她，“你已经很棒了。”

她能理解其中的含义，不过她显得很平静。“有一个同伴是凯特·克罗依，是第一次陪我来这里的那个人。在她身上，生活才是绚丽多彩，也是真心对我好的。所以，”她云淡风轻地说，“如果你想见她的话……”

“哦，每一位真心对你好的人，我都想见见，与这些人在一起肯定是很开心的事。所以，如果她会去威尼斯的话，我就要见她。”

“我们肯定会安排好，没问题。她还有一位朋友也可能去，”米莉情不自禁地说，“我相信他也会去，因为他总是跟着她。”

卢克爵士很迷惑。“你说他们是一对恋人？”

“他喜欢她，”米莉微笑着说，“但她不喜欢他。”

卢克爵士非常感兴趣。“他怎么不好？”

“没什么，她就是不喜欢他。”

卢克爵士接着问：“他还好吧？”

“哦，他很好。说实话，他非常好。”

“他也要去威尼斯？”

“她跟我说她担心他会去。如果他去的话，他将一直缠着她。”

“而她会一直陪着你？”

“是的，因为我们是很好的朋友。”

“这样，”卢克爵士说，“就不会只有四个女人。”

“哦，不会。我知道很可能有绅士跟我们在一起。但是，”米莉紧接着说，“你知道，他不是为了我才去的。”

“我知道。但是，你不会帮他吗？”

“你呢？”米莉过了一会儿反问。然后，她半开玩笑地解释说：“抱歉，我居然让你跟我的朋友掺和在一起。”

她这位伟大的朋友好像领会到她的玩笑，因此顺着说：“那么，这位绅士算是你的朋友吗？我是说，他目前是克罗依小姐的朋友。你对他有兴趣吗？”

“哦，我当然对他有兴趣！”

“你认为他有机会吗？”

“我很喜欢他，”米莉说，“所以希望他有。”

“很好。但是，你说，”卢克爵士接着问，“他跟我有什么关系呢？”

“没什么关系。”米莉说，“如果你要去，他也可能去，这是你们唯一的关系。还有，这样的话，我们就不会只有四个无聊的女人。”

他感觉她像是在考验他的耐心。“我见过那么多人，你是最不应该无聊的人。你知道吗？你没有任何理由不去享受真正灿烂的生活。”

“每个人都这样跟我说。”她马上回答。

“自从我第一次见到你，我就有这个坚定的信念，而我见过你的那个朋友之后，这个信念就更坚定了。没有任何值得怀疑的。整个世界都向你敞开了怀抱。”

“我的朋友跟你说了什么？”米莉问。

“没什么会让你不高兴的。我们谈到了你，简直畅所欲言。我不否认。跟她的谈话让我明白了，我并没有要求你做你做不到的事情。”

她站了起来。“我想我知道你要求我做什么。”

“对你而言，”他继续说，“没有什么是不可能的。所以，往前走吧！”他又重复了一遍，希望她能感觉到，他今天是看明白了。“你没有任何问题。”

“那么，”她微笑着说，“别放弃我！”

“哦，你总要离开我的。”

“别放弃我，别放弃我。”她重复着说，眼光温柔地落在他的身上。

她伸出手要跟他告别，他也就没有马上放弃她。他琢磨着还有什么话可说，此时果真又想起了一些东西，其中有一部分还不至于太过复杂而不能表达。“当然，如果说我能为你的朋友做点什么——我说的是你刚才提到的那位绅士。”他是说他很愿意。

“哦，丹什先生吗？”她俨然忘记了似的。

“是的，丹什先生。”

“好吧，不过他的问题并不太可怕。”刚说完，她就好像变迷糊了。

“毫无疑问，如果你对他有兴趣的话。”她确实迷糊了，从她的眼神之中，他看到了将她拉回来的必要性。“不过，如果能帮得上忙的话……”

她看着他，若有所思，微笑着说：“我想谁也帮不上忙。”

3

她从来没有像今天早上一样有主人的感觉。她充满感激，非常高兴，南部夏天的热气还回荡在高贵豪华得跟宫殿似的房间里面，坚硬而冰凉的地面始终保养得非常好，非常光滑，此时正熠熠生辉；太阳照在翻腾的海面上，闪烁着金灿灿的光芒，现在也从窗户射进来，在天花板上摇曳。天花板中央是一个紫棕色拼花圆盘，这是古老、勇敢又略带伤感的颜色，周围有因为经历沧桑而泛红的镀金图案，整个就像一面雕着花、系着带子的奖牌，所有图案和装饰都烙着时代的印记，图案花式十分精致，感觉富丽堂皇，圆盘的周围还有一些人物雕像，样子看起来都像天使。所以，这个天花板就像用模具浇筑的天使宫殿，下面的吊灯更映衬出天花板的审美价值，从门口进来，虽然第一眼看到的是一幅旅游地图和米莉及其随从的照片，但人们还是会觉得这里就是宫殿。她已经在这座宫殿里住了三个月，在一定意义上，她已经可以算是这里的主人。今天之所以有这样的感觉，也许是因为这是她离开伦敦之后第一次感到清净，真正是一个人独处；此时，她充分感受到了伟大的尤金尼奥为她所做的一切。这位伟大的尤金尼奥得到了许多公爵及美国人的推荐，她授权斯特林厄姆太太跟他进行了好几次谈判，然后把他从巴黎请来，让他护送她去欧洲大陆，到了那里还要给她当向导，而从第一次见面开始，他就把自己的宝贵经验毫无保留地奉献给了她。一开始，她发现他能讲多种语言，到处都能适应，非常可爱，但城府好像很深，有可能是个伪装到指尖的骗子；他一只精心保养的意大利人的手始终放在胸前心口的位置，另一只好像随时要伸到她的口袋里面，她马上又意识到，他可能同样发现，她的口袋刚好合他的手，像他的手套一样。难得的是，不久之后，他们俩的种种共同意识迅速拧成一条坚不可摧的纽带，形成两人之间建立愉快关系的基础，非常奇怪又非常令人高兴，他们因此形成了能说悄悄话的亲密关系。

她很快就发现，一个常见的现象又出现了。跟她面对面谈了五分钟之后，尤金尼奥就对她有了充分的了解，跟全世界的人一样知道，要照顾好她，不是要让她兴奋起来，而是要让她放松。全世界的人都理解她，全世界的人都知道，但是，她感觉没有人像他这样按照这个认识采取这么直接的行动，也没有人让她这么放心把自己交给他。他温文尔雅，毕恭毕敬，无所不能，手总是放在应有的位置，在整齐浓密的白发下面，在光滑丰满的脸上，他那双黑色眼睛放着职业的光芒，像某位著名的男高音，过了求爱的年纪，但还有可以赚很多钱的艺术水平。不知道他是否跟她表达过，在他辉煌的职业生涯中，她是他倾注了最多个人兴趣，甚至是最多父爱的东家。跟其他东家都是简单的业务关系，但对于她，他投入的情感非常特别。对此，她完全有信心，她感到无比确切。他们每一次交谈，这种感觉都会浮现；他是非常深沉的人，但是，他们之间的亲密关系却显而易见。他已经为自己找好了位置，认定自己就是能把她看清楚的人，思考是他的终极职责，这样，他就可以跟可怜的苏西并肩。她无比可怜苏西，因为她感到那么难过，却不能跟人们说出来。尤金尼奥拥有剩余遗产继承人的分寸感，这个角色很适合他，她看得出，有一天她去世，苏西不会指望扮演任何角色，因为苏西立场坚定地只关心她的有生之年。一阵新幻想的照耀下，米莉感觉她必定要相信这个原则。尤金尼奥为她所做的事情，超过他本人的认识，毕竟他不可能了解一切，在秋天的尾声来临之际，他听到她气力微弱地说了一句话，从而近乎完美、让人钦佩不已地帮她安顿了下来。她那句气力微弱的话其实是一个笼统的暗示："在威尼斯，如果可能，不要住太可怕、太粗俗的旅馆；如果办得到，你知道我是什么意思，可以找一些较好的老房子，与外面完全隔开，住几个月。我想这样的房间很多。越有趣越好，像皇宫里的房子，有历史意义的，风景迷人的，但绝不要过于招摇，我们自己安静地过日子，雇个厨师，你明白吗？雇一些仆人，挂一些壁画，铺一些地毯，放一些古董，这样就感觉像个家。”

他对她的了解越来越深入，她们住的地方就是很好的证据，对于这个地方的安排，她自始至终都没有过问过。她已经很清楚地向他表明了她对这个地方的看法，而她的宽容大度让他感到很高兴。对于她最关心的那部分交易，她很快就会了解到。她可能会发现，他越来越像最适合处置遗产的人。把房子让给她的人，肯定是一个有魅力的人，热爱威尼斯的人，目前肯定去看遥远的地方，到别的国家，在那里，他们不用因为暂时失去的东西脸红，也不用因为得到可以持续一段时间的东西脸红。他们很好地保存了房子，献给了她，她则脸不红心不跳地占有、享受着。莱波雷利宫的历史感很强，主要体现在里面的装饰品上面，还有众多肖像画和古董，它们体现了威尼斯厚重的历史以及抹杀不掉的特征，住在这里的人，肯定是地位崇高的人，所以，在这十月的早上，虽然是个新手，显得比较笨拙，米莉俨然就像教堂里的牧师。当然，这种感觉得自甜蜜的孤独，她捕捉到了这种感觉并珍藏起来，当周围的事物有穿透性地跟她说话时，她的天性会让她做这样的事情。一般是在四周寂静的时候，这些东西跟她的交流最多；周围有杂音的时候，她会失去感觉。杂音已经包围了她几个星期，在此期间，她很努力地倾听，终于听到了一些有意义的声音，并做出了应答；不过，在这几个星期里，还是有各种东西在干扰着她的听觉。不管是好还是不好，她感觉周围的人太多了，她受到了过度的保护；她跟卢克爵士提过四个女士，她们之间关系密切，同时与外界基本隔离，但是，事实上，她们就像滚雪球，黏附在她们周围的人一天比一天多。苏珊·谢泼德甚至把女孩的随行人员比喻成跟随叶卡捷琳娜女皇跨越俄罗斯大草原的人马，浩浩荡荡；途中每个拐弯处似乎都有临时定居点，村民们都在等着她，用伦敦的方言招待她们。那些都是平时不出现的老朋友们，有劳德夫人的朋友，有凯特·克罗侬的朋友，还是她自己的朋友；如果招待的人不说伦敦方言，那就是用美国各个中心常见的俗语。即使苏西的社交关系也足以让这股潮流汹涌澎湃，因此，有好几天，不管是住在旅馆里，在意大利北部的多洛迈特山上野餐，还是坐在湖里的汽船上时，她几乎都在报答莫德姨妈和凯特的人情，因为她们在伦敦为她缔造了社交盛况。

劳德夫人及凯特安排的社交盛况，跟米莉及斯特林厄姆太太的同胞们相比，就是少了一点音乐会的演奏高音，也跟潮水一样，涨满之后退得很快。那些女士截然不同，跟评价她们的女士们显著不同；从头到尾，这场戏的人物基本上都是女士，有时会有十几个人来到米莉下榻的地方，而且她们表达的意思大同小异。她们不仅宣称米莉的同伴十分迷人，是她们所见识过的最好的人，而且，她们也是那位性情古怪的年轻女士在社交方面的好帮手，她们帮她开了头，也铺了路，也可能抹掉了她的一些古怪脾气。至于她自己的感觉，短暂的离别确实会产生巨大的影响，如今，她再次呼吸到祖国的气息，却感觉到自己让她的同胞们觉得很古怪了，好像跟她们格格不入。她仿佛引起了这些批评家的怀疑，人们已经失去了对她的绝对信任：在她们的眼里，她相貌那么平常，穿着那么朴素甚至破旧，所以不可能是日子过得很好的人，与此同时，她又好像很有钱，有那么多朋友，这表明她在这方面有本能的技巧，所以她的日子也不可能过得太坏。简言之，她可以发现，她的同胞们十分赞赏她的朋友们为她奉献的智慧；不过，虽然她们的判断力这么强，她们却都将自己定位成天真无知的人。这几天来，她真是大开眼界，她说不清是为什么，只知道可能有一个说不出口的原则。她发现，兰开斯特大门并非纽约人眼中的兰开斯特大门，纽约也不是兰开斯特大门的人在筹划美国之行时天真地想象的纽约。非常幽默的是，筹划者就是劳德夫人，她的目的在于改善她的社会地位。不过，这个计划可能提前了将近半个世纪。对于这一切，凯特·克罗依是有帮忙的，她一直很镇定，很克制，尤其是她相貌美丽，人们会自然而然地认为，有这种相貌的人不会跟人家产生什么争议，只要简单说几个字，就可以充分表达她的向往和愿望，即使这几个字可能像俗不可耐的市井俚语。不是说凯特否认她自己也想去美国，只是米莉最近跟这位年轻的女士一起，形成了一种默契，她们更喜欢私密的交流，在公众面前，她会戴着面具，等到两个人面对面的时候，她们才会脱下各自的面具。

脱面具最终几乎成了她们相聚的形式，事实上，她们相聚的次数并没有比以前更频繁，每次相聚的时间也没有延长，因为米莉说她摆脱了枷锁之后就已经感到精疲力竭。她们两个人在一起的时候，她们会挥舞着手中的面具，就像扇着会说话的西班牙折扇；她们会一边叹气一边笑着脱下面具，但是，很奇怪的是，她们的微笑和她们的叹气，会让人觉得是生意人之间的表情。这是很奇怪的，因为双方按各自的标准，都可能发现她们所流露的情感，和脱面具这个动作的意义不怎么成比例。只有在她们相互提醒该停止伪装的时候，她们才会把藏着的东西拿出来给对方看看。毫无疑问，两个人的表现还是有不同，整体而言对凯特比较有利；米莉不知道她的朋友藏着什么，保守着什么秘密，相对而言，如果说可怜的米莉有藏着什么宝贝的话，凯特都能看得一清二楚。她的宝贝不是某种腼腆、卑怯的情感，她所珍藏的也是情感，但属于另一个阶段；是一种很坚强的自尊，像一条钢弹簧，弹性和足球很接近，非常敏感。因此，那个女孩守护得密不透风的，是她对自己的健康的真正认知，这也是一位有好奇心、有情怀的姐妹必定会在护城河以外很远的地方朝城里眺望的目标。这两位年轻女士的关系的某些方面，让我们觉得她们渐渐被暮色所包围，像梅特林克的戏剧中某些阴晦的场景；在柔和的暮色之中，我们好像可以看到两个非常亲密却相互对立、相互提防的人物：一个是身材瘦弱、脸色苍白的公主，她头上插着鸵鸟羽毛作装饰，身上穿着黑色的长袍，贴着无数张护身符，挂着无数个纪念品和古董，她基本上坐着不动；另一个也是女士，她一直站着，显得坐立不安，在那个公主的宫殿里面徘徊着，隔着一条闪烁着夕阳余辉的黑色河流，不时跟公主交换着问题与回答。那位站着的女士背后留一条又粗又黑的辫子，穿着拖地长裙，走了一圈又一圈，只是断断续续地说几句话，话很简单，但有很强的刺探性，这些话让两个人都更紧张，她们放松的感觉越来越少。虽然这时不用考虑别人，但是她们似乎都相当焦急地等待别人替她们解围。这样的印象确实很凝重，甚至可能有些悲剧性，所以，十分清楚，她们的心思更多地用在计算自己要说的话是否安全。

对于米莉，也许可以说，如果她的自尊心不那么强，她可能得到人们的怜悯，得到更多的安慰，而怜悯她的人甚至会更感到安慰；也许也可以说，她的脆弱与坚强，她面临的危险（果真有危险的话）与她拥有的选择的奇妙混合，是人们始终对她兴趣盎然的原因。在这个方面，凯特和斯特林厄姆太太面临大致相同的难题，而苏珊·谢泼德本人，如果放在梅特林克的场景里面，很可能经常在黄昏时刻徘徊于护城河边。对于凯特，她对朋友的真诚始终非常深切，她富有同情心，富有想象力，这些东西构成了她的一种美德，证明她是有良心和信誉的人，这个美德对她自己的未来非常珍贵。她用自己敏锐的智慧捕捉到了她们共有的两面性，虽然没有走过跟另一个默默追随米莉的女士同样的历程，但她发现，对那个女孩而言，要让她坦率说出所有心里话，必然要违背自己对她的财富与恐惧的反差的认识，也违背她系统性的冒险行动。凯特不可思议地发现：有些事情一说出来就会造成雪崩，米莉一直在提防着雪崩，此时，可能轻轻吹一口气，就可能让雪崩发生，而这口气不大可能来自她自己的诉苦，更可能因为别人表达毫无用处的同情或者让人目瞪口呆的推测。鉴于她们都在提防着对方，都压抑着那么多东西，所以，要让她们一起脱下面具，就必须有一个显然的契机，那也许就是枷锁的叮叮当当声消失的时候，这时候她们会感到特别开心。事实上，枷锁的叮叮当当声一直跟随着她们的脚步，对此，她们故意采取了无可奈何的态度，她们希望在两个人面对面的时候，能对某些东西形成一定的观点。摆脱枷锁后的放松，是她们见面都要表达的，但是，这里面有一个更深的含义：她们都不能问对方为什么要披着这副枷锁。米莉披着枷锁，就像穿着盔甲一样。

此时，她已经脱掉了枷锁，摆脱了近几个星期的艰辛；她一人独处的时候，她总是不披挂枷锁的，此时，她前所未有地感觉她的同伴四处分散掉，甚至可以说是销声匿迹。尤金尼奥似乎更含蓄、更美妙地领会到了她的愿望，于是很勇敢、很聪明地拿宜人的天气做借口，他说："是的，我想请假一个小时，我想带他们出去，不用问去哪里，我可以让他们彻底享受，让他们流连忘返，可以让他们掉到水里不想出来，你可以说是把他们杀掉。我会自己斟酌。"她意识到她自己极其不耐烦，因为她把苏西及其他的人都交给了他，只要她需要，苏西完全可能自己跳到水里自杀；而她现在却将她交给一个唯利是图的魔鬼，她这是在向这个魔鬼购买清静的时间。生命的转折很奇怪，弱者的心态很奇怪，偶然的幻想很奇怪，自欺欺人的妄想也很奇怪，然而，这些都是合法的，难道不是吗？这些都是锻炼和践行自我意识的试验。她现在安慰自己的说法是，尤金尼奥是在想方设法帮助她。他总是通过无声的言语，让她领悟到以前还没有掌握的理念，即她的财富可以更好地加以利用，可以用作跟命运斗争的手段。他们俩都觉得很好笑，她有这么多钱，她的追求居然还那么笨拙，她总是在追求所谓的生活，对房子、马车或厨师却不屑一顾。他好像是在给她做量身定制的职业化建议，也是在让她知道他能为她做些什么，跟卢克爵士相比，前者细致得多，而后者比较随意，尤其是在天气晴朗的早上，在莱波雷利宫里，尤金尼奥会让卢克爵士显得很业余。卢克爵士从来没有跟她说过像“把钱给我，我帮你搞定”之类的话，这种话尤金尼奥肯定是说过的。事实上，卢克爵士好像也说过有关买卖之类的话，但他提到的钱是另一种钱，数额是算不清的，对于她是否付得起，她自己心里也没底。尤金尼奥的不同之处在于，他的要价很明白，他要的数额从来没有让她吓到过。不管是买什么东西，她一直很愿意足额支付，而此时她领略到了“足额支付”的新概念。因为尤金尼奥就等着签收据，她不得不作掂量，而她自己好像有好多种支付方式，所以越想越好玩。她比从前任何时候都更愿意足额支付，甚至愿意超额支付。如果对于自己最信任的用人也不能满足，那么，在皇宫里当公主还有什么意思呢？可爱的苏西就说她是公主。

她又独自一个人在皇宫里绕了整整一圈，此时，这个豪华的皇宫非常清静，从海面上徐徐吹来的夏风，正撩动皇宫窗帘和百叶窗，有些风吹进了被遮蔽的空间。她好想守住这一切，也许尤金尼奥能帮她搞定。她在这里面，就像发洪水的时候坐在方舟里面，她感慨万千，这种感觉为什么不是稳固的？她不想离开，不想放弃，她要守住它，她就希望安安稳稳地坐在里面，随它漂到哪里去。她想，等尤金尼奥回来的时候，她会跟他表达这个愿望，把这个差事交给他，想到这里的时候，她的情感，或者她的放松，达到最高点；不过，我们要补充说一句，过了一会儿，她就放下了这个念头，因为当她回到这个念头开始萌芽的客厅的时候，她看到了马克勋爵。她不知道他已经来到威尼斯，人家让他在那里等着她，此时，一个用人跟在她身后穿过空空荡荡的房间。于是，他就等着，马克勋爵等着她，没错。她以前从来没有感觉他是一个会耐心等待的人，而此时，他在等待的时候，居然还好像因为有机会等她而感到庆幸，尽管他身上还是有些居高临下的气息。奇怪的是，她后来回忆起来，她对他为什么来这里的好奇并没有马上出现，而是过了五分钟才到来；而且，她感觉好像挺高兴再见到他，没有责怪他打破这里的清静，好像她正盼着他来，或者是应她的建议来的。他顶多就是结束了她的休假；大家都会很喜欢他，同时，跟他在一起，她又没有觉得自己的清静遭到破坏，他不是亲爱的苏西，不是亲爱的凯特，也不是亲爱的莫德姨妈，更不是尤金尼奥本人，他不会破坏所有朋友都销声匿迹的感觉。自从上次他在麦青别墅带她去看那幅伟大的肖像画，她再也没有真正跟他单独在一起待过，那时正是她安全感最高的时刻，她当时流泪了，她自己为此感到羞愧不已，但从此她却有意识地将她的船驶出安全的港湾，离开相对无知的蓝海，抵达波浪汹涌的海域。他此时的出现，让她想起当时的他，想到他当时在麦青别墅对她那么好，也在她似乎能感觉到的时候，明确地告诉她，她并没有失去他。在这个地方接待他，看到他对她兴趣浓厚，甚至对她着了迷，同时因为看到周围没有别人打扰他们而高兴不已，她在开始的一瞬间还感到很开心，好像这些东西预示着她未来的幸福。

她向他介绍了她的同伴，虽然他并没有追问，而是说他的意外出现是一时冲动的结果。他原本去了捷克卡尔斯巴德，在那里待得很郁闷，所以，打听到了她们的下落，他就搭了最早的一班火车赶过来。关于他是怎么打听到她们下落的，他解释说，是她们的朋友告诉他的，包括米莉的朋友和他自己的朋友，这不是很自然吗？他不失时机地提到了他的信息来源，可是，很奇怪的是，就是他的解释让那个女孩意识到自己在内心对他的理由产生了质疑。她意识到他提到不止一个人，此外应该还有劳德夫人，也还有凯特；她马上又觉得这个解释很奇怪，难以接受。莫德姨妈给他写过信，凯特也写过，这一点很有意思；但是，她们并非让他到这里来，然后没有为他的迟到感到一丝内疚。她跟他说今天早上她的朋友们在尤金尼奥或者斯特林厄姆太太的带领下可能去哪里的时候，他只是说“哦”、“哦”，好像是想说，如果让他去里阿尔托桥或者叹息桥找她们的话，那就是怠慢他。过了一会儿，这种感觉成了阻止米莉把所有话都跟他说的理由，这个理由有些模糊，但米莉很果断。他向别人打听到了她们的下落，但事实上他不是冲着那些人来的。很奇怪，米莉觉得这有些遗憾；更奇怪的是，如果他的目标不那么明确，她可能会更信任他，跟他说更多的心里话。他的意图让她感到浑身发冷，自从开始琢磨他的意图，她就起了鸡皮疙瘩，所以，如果不是为了能继续跟他一起回忆在麦青别墅欣赏布龙齐诺肖像画的那些瞬间，因为那是她好运气或者命运的巅峰，她很可能会跟他讲道理，请他及时抛弃幻想。曾经有大约十分钟，因为她热情欢迎了他，他感到很高兴，所以弥补了一些遗憾，虽然他自己可能不知道，所谓的遗憾，就是在一开始，例如在莫德姨妈家吃第一顿晚餐的时候，她没有充分认识到他就是一个活生生的人。在那顿晚餐之后，他们一起欣赏了布龙齐诺肖像画，然后还经历了其他一些事情，这些事情让他们的关系显得很轻松，让他的突然出现颇受欢迎。他看了外面一眼，就惊呼这个地方真了不起："品位真高，这代表着生活的尊严，也是一个很欢乐的家。"所以，为了招待他，她提出可以跟他一起散步，到四周逛逛，尽管她说她自己已经逛了几圈，她感觉她是乐于为他再逛一次的。他毫不顾忌地接受了她的提议，他似乎很高兴发现她是一个容易影响的人。

4

在这种情况下，她说不清什么会让两人再变得严肃起来，可是，过了二十分钟，她和她的客人就都像要沉默了。这完全可能是因为这个地方的魅力太大了，让他们屏住了气息，也可以说是他们身处这么高贵的地方，却还是外人。这里的魅力，就像一个面若冰霜的美人，妩媚妖娆，但终究与他们无缘，而且还有点嘲笑他们的意思，笑他们近在咫尺，却远在天涯。米莉又想起刚才的事情，"哦，真浪漫！"对她而言，所谓的浪漫，就是永远坐在这里，像在堡垒里面待一辈子，然后，她想象自己就像飘浮在纯洁的空中，只能听到海水拍打礁石的声音，她绝对不会下去。他们所在的这一层是悬空的，所以，她情不自禁地叹着气说："哦，不下去，我不下去！"

"为什么？"他问，"院子里的台阶那么漂亮！我知道，台阶上面和下面都应该有穿着维罗纳服装的人，让他们伺候着你。"

见他不明白她的意思，她轻轻地摇了摇头，很伤心。“我不要穿着维罗纳服装的人伺候我。我是说，这里的一个好处就是不用下去。实际上，我现在基本不动了，我一直待在这里面，没有出去过。我就待在上面。这样你才刚好能找到我。”

马克勋爵感到很迷茫，是的，这样他才像一个活生生的人。“你不动？”

她望着这个地方，这一层在她刚才迎接他的公寓的上面，这是一间长长的贵宾厅，下面也有一间长厅，在哥特式拱门的外面就是大运河，阳台很宽，运河就从下面哗啦啦地流过，站在阳台上就像悬在运河的上空，而松散的白色窗帘的飘动也似乎在勾引她去干什么。但是，过了一会儿，她就摆脱了神秘感，她从来没有想到要去干什么，她不想去历险，她就想待在这里。她一直觉得，一动不动也是一种很好的历险。“我就在这里面走走。”

“你是说，”马克勋爵问，“你真的不太好吗？”

他们在窗口停下来，对面可以看到褪了颜色的古老宫殿，下面是亚得里亚海的潮水；过了一分钟，她没有回答，而是闭上眼睛，把脸埋到搭在墙顶的手臂里面。她跪在窗前的垫子上，身体靠在墙上，低着头，久久一言不发。她知道，沉默就是直截了当的回答，但是，她现在说不明白她在自己的眼里是什么样子。如果是别人，她是不允许问这种问题的，包括像莫顿·丹什这样的男人；她也有些疑惑，马克勋爵说这样的话就让她接近崩溃，这究竟表明她有什么情感状态？毫无疑问，那是因为她太不在乎他了；让自己的情感受他左右，任凭他把自己挑拨得那么激动，其实是一种放松，确实能缓解自己的紧张和压抑，代价是最低的。如果他来找她是出于她认定的那个意图，即使这个目标是他在现场确定的，那么，他不应该误判了她的价值：时至今日，她到底还有什么价值呢？她跪在那里，不管怎么想，她都想不到自己有什么价值。然后，她终于想通了：对于娶她的人而言，她的价值不就在于她正遭受疾病的蹂躏吗？她的日子不多，但她的钱很多。对于一个盯着她的钱的男人，钱是让他竭力讨好她的动力，那么，她果真不久于人世的话，那倒是成了她最大的吸引力。在自然和医生为她留下的日子里，这样的男人会取悦她，哄劝她，会对她非常好，尽管她遭受疾病折磨，身体孱弱，因此脾气很恶劣，这样他才会获得永久的利益。像她这样的人，只有伤心欲绝的丈夫，才会让她做出慷慨漂亮的事情。

她很早就对自己说，不管她在年轻时有多么任性，但是，到处都可以碰到求婚者的念头从来没有出现过，她认为这种念头是无耻的，是有害的。事实上，她因此一直在避免这样的事情，她不知道为什么此时她竟然会想到这么丑陋的动机。在马克勋爵英国绅士的温柔眼神里面，这个丑陋的动机并没有很显著，只是在她的幻想中闪过一下黑影。而且，这个怀疑很快也稀释了，她想到了一个很漂亮的理由，实际上有两个，可以说明她这个同伴的动机是无关紧要的。首先，即使她没有一分钱他也要她，她也肯定不会嫁给他；再者，她感到他是真的关心她，他很敏感，很亲切，很有人情味。此外可能还有两个情况：他可能希望跟她一起过好日子，过很好的日子；他可能到这时才发现她的身体情况不好，这两个情况加在一起，更确切地表明，他可能这么跟自己说，他是真的喜欢她。此时，这是她仅有的想法：他真的喜欢她，只是看见她的身体虚弱，自然而然干扰了他的表达。她可能要问自己，她真的非要让他感到不安或者厌恶吗？如果能让他感动，让他遵从她自己的意愿，不要提出任何问题，他可能不至于逼她拒绝他。好吧，这个感觉很奇怪，可是，此时在她的心目中他就是一个安全的同情者。如果是跟别人说话，她的感觉可能更糟糕，而面对他，不管他怎么畏缩，他的脸色怎么苍白，她都不会害怕。她感觉跟他的关系很轻松，对他而言也应该很轻松。他们此时的关系确实很有魅力，不管是内在的还是外在的氛围，都让沉默跟戏剧里的一样自然，所以，她感觉他并没有着急等她说话。最后，她没有说自己是好还是不好，而是重复刚才说的话，“我一直待在里面，我没有觉得烦闷。我想我不会觉得，这里很适合我。我很喜欢这个地方，”她接着说，“所以，我不想离开它。”

“如果我有你的运气，我也不想离开。你真的喜欢住在这里吗?”

“我想我喜欢，”可怜的米莉过了一小会儿说，“死在这里。”

这让他笑了起来。这就是她希望看到的人性：这展现了人性乐观的一面，没有深沉的黑暗。“哦，你最好不要死在这里，要死你也要挑一个更好的地方。你不能拥有它吗？你知道，你适合住在这样的地方，你让它富有生命，有你的气息，你们，我是说你的朋友们，最好每年来这里住一段时间，住三四个月吧。其他的时间我不好说，人们对你有其他的期待。”

“对我有什么期待?”她笑眯眯地问，“你们既然要杀我。”

“你是说我们想在英格兰杀掉你?”

“嗯，我见识过了，我很害怕。我受不了，太多了。英格兰的问题太多了。”

“哦，哦!”他又笑了起来，好像是在逗她。“你不能把它买下来吗？给他们开一个好价钱，他们肯定喜欢钱。钱肯定能解决问题。”

“的确，”她说，“我常常在想，他们是不是喜欢钱。我想我应该试试看。我要是得到它，我会一直住在这里。”他们的交谈真坦率。“我会把它当成自己的生命，我付了那么多钱，它会成为我的镀金外壳，所以，想找我的人就必须来这里。”

“到那时你就不会死了。”马克勋爵说。

“嗯，也许没那么快死掉，但是会萎缩掉，会干瘪掉，像坚果的仁，干掉之后，一摇会有响声。”

“哦，”马克勋爵说，“虽然你不信任我们，但我们可以为你做得更好。”

“也就是说，你觉得我结束掉更好，是吗？”

他现在让她看到，她让他很担心；他看了她一会儿，不过他没有戴眼镜，戴着眼镜，他眼睛的表情就会有所不同，然后，他又把眼镜放到鼻子上，接着就好像想起一件事，从而他好像一下子就放松了。“你记得那天在麦青别墅我跟你说的话吗？你有没有明白我的意思？”

“哦，是的，麦青别墅的一切我都记得。那是另一种生活。”

“当然。我是说那种事，当时，我希望它能传达给你一些意思。麦青别墅，你知道，”他接着说，“是有象征意义的。我希望你多多少少能明白。”

对于他当时想干什么，她此时记忆犹新，一点都没有忘记。“我是想说，那好像是一百年前的事情。”

“好吧，对我来说，这样更好。也许，我之所以记得，”他紧接着说，“是因为我很清楚，对于我的意思，可能已经有过一些说明。我希望你明白，我应该能够把你照顾好，应该刻意照顾得更好，当然是比其他人更好。”

“肯定，劳德夫人，比克罗依小姐，甚至比斯特林厄姆太太都更好。”

“斯特林厄姆太太挺好的。”马可勋爵随即修正说。

这句话让她想笑，她同时还想起了其他的事情。她想告诉他，尽管好像过了一百年，她还很清楚地记得他当时暗示什么。此时他和她的谈话，让那时的记忆栩栩如生，她几乎又要跟那时一样流下眼泪。“你可以为我做很多事情，是的。我完全能理解你。”

“我希望，你知道，”他解释说，“你能找到知心人。我的意思是说，你可以找到可以说心里话的人。”

“好吧，马克勋爵，我明白。我们不是一直在说心里话吗？不过，”米莉说，“我觉得目前还用不着。而且，”她接着说，“我真的感觉，你的行为举止让我不大放心。”

他没有注意到最后一句话，好像她并没有说到这句话，他只是看着她。他好像开小差了。“你真的很不好吗？”

她也没有理睬他说什么。跟他一样，她也在开小差。“不用说那些不可能的事情。其实，你可以做一些更有意义的事情。”

这句话让他陷入沉思，然后，他好像完全放弃考虑。“作为关心你的朋友，有疑问居然不能问你，这种事情让人受不了。”

“你有什么疑问？”她的语气突然变得有些僵硬。“你想问我到底是不是病得很厉害吗？”

虽然没有抬高音量，但她的声音却包含着一丝恐怖，是别人会感到恐怖。马克勋爵有点退缩，脸也红了，他显然是情不自禁的，但他控制住了情绪，然后用难得的活力说：“你以为我看到你受苦会一声不吭吗？”

“你不会看到我受苦，不要害怕。我不会影响大家的心情。这就是我喜欢这里的原因，它很漂亮，更重要的是它远离大众的视线。不管我可能怎么样，你们会什么都不知道。”她好像是要做出最终的决定，于是接着说，“你们都不会知道，是的，连你也不会知道。”

他看着她，他的脸上还有一点点表情，但她看得见他有些不知所措。于是，她想还是不要那么残忍，希望用仁慈的方式，一劳永逸地结束他的纠缠。“我病得非常厉害。”

“但你却毫无作为?”

“我有作为，我的作为就是来到这里。”她笑了。“这就是我的作为，我想最好的作为就是享受真正的生活。”

“那么，这样就是真正的生活吗?这就是你的作为?你为什么不征求人家的建议?”

他欣赏着周围洛可可式的优雅，但是，好像这里有好多东西不能给予她，他急切地向她推荐这里所缺乏的。“我得到了世界上最好的建议。我现在就在践行这个建议。我迎接你的时候，在和你说话的时候，我都遵循着这个建议。我跟你说过，最好的作为就是享受生活。”

“哦，享受生活!”马克勋爵喊，他的声音让人很意外。

“嗯，我非常享受现在的生活。”她这时说话好像就是为了寻开心；既然她已经说出了她的心里话，他也听到了别人都没听到的话，她的情感实际上已经干涸了，至此，她好像再也不想说话了。“我没有任何牵挂。”她补充了一句话。

“你怎么会有牵挂呢?”她觉得此时他已经下定了决心，不管他是决心干什么。“你是世界上最不需要牵挂的人，也是最不可能有牵挂的人。对你而言，牵挂是大错特错的。既然你相信建议，看在上帝的分上，你也听听我的建议。我知道你需要什么。”

她知道他知道，她很讨厌太会算计的人。然而，她很亲切地说：“我想我需要的是不要太操心。”

“你需要人家的爱。”他终于直说了，“你根本用不着操心。我是说，我会爱你的。”接着，他用果断的语气说：“你没有得到足够的爱。”

“足够来干什么呢，马克勋爵？”

“你要充分享受被人家爱的好处。”

好吧，她并不是在嘲笑他：“我明白你的意思。被人家爱的好处，就是自己也要反过来被迫去爱人家。”她已经领会了他的意思，但她有些犹豫。“你是想让我被迫去爱你？”

“哦，被迫？”他很敏感，很精明，对最不荒谬的事情都那么清醒，他的类型是这样的，跟他说激情就是对牛弹琴，他有这么多特点，他自己一定要考虑到。他刚才说话的语调就很好地表明他在考虑。米莉又喜欢上了他，她喜欢他的这些个性，所以，看到他破坏了说话的气氛，她感到挺可悲的，更可悲的是，她发现他就是那种有些小魅力但她必须放弃的人。“你是不是觉得，主动去爱是不可思议的？”

“因为受到你的影响，不主动去爱就不可思议吗？”

“你要相信我，相信我。”马克勋爵重复着说。

她又犹豫了一下。“因为你爱我，所以我要主动爱你，是吗？”

“哦，我不会这么说。”他马上辩解说。不过，他的语调很平稳，他的表情也很平静，所以这不是真心的表达，对此，他自己很快就发现了，他很聪明，但这个发现让他觉得有些无可奈何，也有些好笑，而且，米莉也笑了起来，让他感到更尴尬。作为让她振奋精神、帮助康复的建议，这是肯定不够的，而作为精神的交流，这也没有足够的力量让他们俩都感动。他有一个优点，即使在力劝别人或者自己的时候，他还是能够理解这一点，由此可见，他很适合融入繁荣的商业化社会。她让他看到她在看着他，就是为了让他停止提供有风险的服务，对他而言，这是从未有过的歧视，至少他自己有这样的意识。对于一个在养尊处优的环境中长大的人，这是有些悲剧色彩的判断。她的个人世界好像笼罩着越来越浓的暮气，所以，在她的眼里，他想说自己感到很舒服是徒劳的，因为这个世界很郁闷，很悲观，充满了输掉游戏的人必然会感到的失落。几乎都不用她说话，因为在这种情况下，强烈的感觉没有恰当的替代，他就可以从她的眼神里看到，他是害怕的，而且他基本上要全面接受这个事实，至于他是害怕抗辩无效，还是害怕妥协的结果也是令人难过的，那是一个小问题。这个了不起的女孩发现，他从来没有想到过，他有一天需要做出超出自然天性的抗辩，也就是超出个人性情、习惯、教育和个人财务能力之外的抗辩。因此，他目前的处境是他所不喜欢的，也是她乐于让他避免的，但是今天是他自己造成的。她很清楚，没有哪一个男人听她说他够不上她的门槛会很高兴。她也很容易就看出来，如果他说出内心最深处的感觉，他是能够让对方为他降低门槛的。他会在半路上等着，而门槛会自动降下来等他。米莉感觉自己有足够的金钱支持，不能也不愿意为他降低门槛，她不会将就他，这个感觉反射到了他的脸上，他好像被人家打了一巴掌。尤其是有一阵子他想打动她，这个感觉尤其明显。后来，他还想再做强调，可是，他已经一点也不能感动人了。

然后，她从窗口回来，想转移一下注意力，带他走过其他几个房间，再次欣赏这宫殿内部的魅力，在此过程中，她又向他表达了她刚才说过的那个意思，如果一个人拥有这样的房子，足够爱它和珍惜它，它将就会有回报，会让人免受外来的伤害。有大约一刻钟，他很明白她是在递树枝给他，他也用一只手抓住了这根树枝，不过，她感觉他的另一只手还是抓住他自己的线索；他绝不是那么不可理喻、那么愚蠢的人，我们要帮他说一句公道话，所以他不至于不能表现得像什么都没有发生过一样。这是他的优点之一，我们还要再为他说一句公道话，他先天的和后天的行为观念都包含这样一个假定：天是塌不下来的。这是一个很管用的观念，这个观念也指引着他们参观了整座宫殿。他们再次来到楼下，他马上就要离开了，她也可以看到他的伤感，但是，有些奇怪，他们好像又扯到了她的身体状况。他知道他完全可以抱怨她不理睬他的好意。“也对，我丝毫不介意你把自己封冻起来。”他似乎是要向她表明他毫不在乎，这可怜的人，他真勇敢。“人们都知道，在情感激烈的时候，人的眼睛会很明亮，但冷漠的时候却什么也看不见。所以，我知道我是看得很清楚的。”

“你确定你说得对吗？”那女孩笑着说，“我好像记得人家说是感情让人变成瞎子。”

“看不见错误，但对美丽的东西，还是看得很清楚的。”马克勋爵立即反驳说。

“那么，我纯粹个人的忧虑，我很不好意思让你知道的这些情况，放在我身上，也算是美丽的东西吗？”

“是的，对于关心你的人，那肯定是的，每个人都一样。你身上的一切都是美丽的。此外，我不相信，”他说，“你有你说的那么严重。要说你有什么能克服的麻烦，那简直是荒谬。如果你都不能克服，在这个世界上，我想知道还有谁能克服？你是当今最伟大的年轻女子。我说的是真心话。”再为他说一句公道话，他看起来像是在说真心话，不是激情澎湃，但很清楚，在目前的情景下，很容易分辨得清，他的表态不像是恭维，更像是在保证。“我们都爱你。如果你这样更能接受，那么，我就这么说，我放弃我个人的主张。我想替那么多爱你的人对你说，你来到这个世上，不是来折磨我们的，你是来使我们快乐的。所以，你必须听我们的。”

她缓慢地摇了摇头，这次显得十分温柔。“不，我不能听你们的，我做不到，因为这样会害死我的。如果那样，我就必定会依恋你，既然你说了那么可爱的心里话。我一定会死心塌地相信你。”她停了一会儿，然后再说，“我跟你说了很多，你可以再仔细想想是不是这样。但我不能同意，不能接受。我不想讨价还价。我真的不想。你一定要相信我。这是我想跟你说的。为什么破坏这个氛围呢？”

他没有理睬她的问题，很明显，原因可能在于今天的氛围已经被破坏了。“你心里有一个人吧？”无论是出于善意还是恶意，他说出了自己真正的心里话；对此，她再次摇了摇头。接着，他好像有无比坚定的信念，所以接着说：“你心里有一个人，你心里有一个人。”

她后来感到惊讶，她当时怎么没有说像这样比较重、比较粗俗的话：“好吧，我心里的人，不可能是你。”然而，当时的情况是这样的，她清晰地感觉到，他好像误入了歧途，好像闯进了沙漠，她又没有给他提供水或者营养，于是，他从小错开始，最终铸成了大错。此外，她还知道，她对他还有另一种用处，她任凭他胡说八道，却让他认定她身体已经不行了。他第一次表达意图的时候，她为什么不马上堵住他的嘴？现在，她只能提起一件她本不想提的事情，来让他彻底死心。“你知道不知道？我觉得你的做法是错的，我不是说你让我听你们的。当然，那也不对，反正我现在不想听。我是说，你本不该到威尼斯来看我，其实你不是来看我的，你还有比我更好的朋友，你们的友情更深得多。我这样说可能不体面，你其实是冲着你最好的朋友来的，我相信她是你在这个世界上最好的朋友。”

她一说完，他就显得这都在他的意料之中。尽管如此，他还是紧紧地盯着她，有一会儿，他们两个人都没有说出一个名字，也显然都觉得对方不会说出一个名字。此时，米莉给予对方的压力是比较大的。“你是说克罗依小姐？”马克勋爵问。

她笑了，但很难发觉。“劳德夫人。”他好像有所发现，主要是发现自己比较无知，所以他脸红了。“我想她应该是最好的朋友。我不能想象还有谁比她更好。”

他仍然盯着她，一边努力思考着。“你是想让我娶劳德夫人吗？”

至此，她似乎已经认定了他是一个粗俗的人！但是，她不会说出来。“你应该明白我的意思，马克勋爵。你不会面对一个冰冷的世界。我想，对你而言，冰冷的世界是不存在的，”她接着说，“你的面前是一个温暖的世界，这个世界正等着你。”

他没有后退，他们站在抛过光的地面上，过了一会儿，他拿起了他的帽子。“你想让我娶凯特·克罗依？”

“是劳德夫人想，我想我应该没有说错。而且，她以为你知道她想让你娶她。”

好吧，他听懂了；她可能以为，跟一个绅士打交道会很舒服。“谢谢你帮我看到了这样的机会，你真好。但是，怎么会把我跟克罗依小姐扯上关系呢？”

米莉很乐意当场说清楚。“因为她是我见过的最聪明、最迷人的女人，因为如果我是男人，我一定会爱她的。事实上，我是爱她的。”难得她有这么激烈的反应。

“哦，亲爱的，有很多人爱她！但这不能说明什么啊。”

“啊，”她接着说，“我知道大家都爱她。但是，有些人合适，有些人就不合适。我不明白你为什么会担心别人，”她说，“而你却这样花心思在我身上。”

说完，她就好像发现他看到了她所没有想到的。“你是不是觉得，像我们说得这么轻松，被你形容得无与伦比的年轻女士，只要我提出来，她就归我了？”

“哦，马克勋爵，你要试试看。她很了不起，但你也不要自卑。”她很欢快地说。

他终于憋不住了。“可是，你真的不知道吗？”

她觉得自己的智慧的确很一般，但对于这样的挑战，她当然要问个明白。“我当然知道，有一个人很爱她。”

“那么，你要知道，她也深爱着一个人。”

“啊？你说什么？”米莉脸很红，因为她觉得明明是人家错了，人家还说她搞错了。“你弄错了。”

“我说得不对吗？”

“不对。”

他本来盯着她，现在笑了起来。“你真的很有把握吗？”

“绝对有把握。”可是，米莉的表情和她的表态不很相符。“人家给了我最权威的信息。”

他犹豫了一下。“是劳德夫人？”

“不是。我不觉得劳德夫人的信息是最权威的。”

“哦，我记得你刚才说，”他笑着说，“她不管哪个方面都是极好的。”

“对你而言。”她说得毫不含糊，“对你而言，”她接着说，“她是最权威的。你说什么她都不会相信，你必须知道，对你说的话，她接受了多少。所以你可以相信她。不过，我是听……”米莉刚用一个颤音表示强调，就突然停下来。

“你是听凯特说的？”

“听凯特自己说的。”

“她说她没有爱上谁？”

“没有。”然后，她语气强烈地接着说，“她向我保证过。”

“哦！”马克勋爵说。然后，他又说：“她是怎么保证的？”

这让米莉睁大了眼睛盯着他，她同时也意识到，她陷进去了，深度超过她的设想。“怎么了？马克勋爵，你觉得她应该怎么保证？”

“不应该由我说。我没有问过她。你显然是问过的。”

好吧，这就把她逼急了，她主要是为凯特着急。“我们关系很亲密，”她过了一会儿说，“虽然我们不问对方的隐私，但她会主动告诉我。”

马克勋爵笑了，他好像听明白了。“你是说你刚才说的事是她主动告诉你的？”

米莉再次陷入沉思，她好像看到了超出言语之外的东西，虽然他们的眼光相对没有帮助，反而是障碍。她感觉她自己看到的是这个同伴的品行很恶劣，居然会这么质疑凯特的真诚。她只能挺身而出。

“我说的是真话，她说她没有对谁特别……”

“她跟你发誓了吗？”马克勋爵没等她说完就问。

米莉不太明白他为什么要这样盘问她。但是，她还是要替凯特辩护。“她跟我说她是自由的。”

听到这句话，马克勋爵看着她，虽然他的脸上还挂着微笑。“所以她让你觉得你自己也是自由的？”不过，好像他一说出口，他就意识到自己说错了话，她说不清是否因为她的双眼冒着怒火。他没有让她的怒火喷发出来，他马上用很轻松的语气说，“好吧，亲爱的，她到底为什么要跟你发誓呢?”

她知道这个“亲爱的”是指她本人，所以她感到有些莫名其妙，因为这个词本应用在被他诋毁的凯特身上的。她再次感觉到，她必须替凯特解围。“因为我跟你说过，我们是很亲密的朋友。”

“哦。”马克勋爵说。从他的脸上，好像看不见他有穷追不舍的动力。不过，他好像已经得到了他想要的。当他在说一些告别的话的时候，米莉感觉她说得太多了，她本来应该说不了这么多的，她是被逼的。很奇怪的是，事实上，他从她这里得到的关于她本人的信息，远远超过凯特、莫德姨妈、莫顿·丹什和苏珊·谢泼德，这可能是这个地方的魅力和氛围使然。她意识到，他很快就让她失去了神志，她真希望他快点离开，这样她才能尽快恢复神志，或者单独品味失去神志的痛苦。不过，他并没有马上走，那是因为他看见，她与此同时也看到了，从长厅的另一头走来一个贡多拉船夫。这个船夫理论上要一直守在这个宫殿周围，穿着漂漂亮亮的，随时等候她的召唤，不过她一直享受着她在笼子里的自由，所以没有召唤过他。这个船夫叫布朗·帕斯夸里，他穿着白色的鞋子，在大理石地板上走路的时候总是悄然无声，她不知道该怎么形容，可以说他像一个温柔的印度人，他总是蹑手蹑脚，简直要让她受不了，也可以说他像一个赤脚站在甲板上的海员。帕斯夸里端着一个小托盘，上面放着一张名片，他把这个托盘送到她的面前。马克勋爵没有马上告辞，好像很欣赏这个船夫；主要是让她有时间收那张名片。她刚看了那张名片一眼，她的神志似乎又迷失了。面对帕斯夸里，她感觉自己脑子里一片空白，她必须尽力去掩盖这个尴尬。最后，她问那位先生是不是在下面，然后她看到他已经上来了。他是跟着船夫上来的，此时正站在楼梯头。

“我很乐意见他。”然后，等帕斯夸里走开后，她对她的同伴说，“是莫顿·丹什先生。”

“哦！”马克勋爵说。他的声音表明他知道那个人，声音在大厅里回荡着，应该可以传到丹什的耳朵里面。

第八章

1

丹什又感到他多么不喜欢他的客栈，他以前也做过这样的区分，此时，这个感觉来得特别快。在这个季节，这个地方聚集了各种各样的人，他们讲不同的语言，来自不同的气候区域，比较多的是德国人、美国人和英国人，他们说话的声音很响，对于比较神经比较敏感的人而言，听起来不是很舒服，一点也不像意大利的口音，更不是威尼斯的口音。他知道，威尼斯方言是一种特殊的方言，与喧闹客栈里的其他方言相比，威尼斯方言纯粹典雅。他想起了从前经历过的快乐和辛酸。他曾经来过威尼斯三四次，每次都在开心一段日子之后，就迫不及待要摆脱这个粗俗化殿堂里的嘈杂声，想甩掉那些和蔼的美国家庭和那些营养过剩的德国搬运工。于是，他每一次最终都要花更多的钱，找一个更私密的住所，他甜蜜地回忆着那些虽然破旧但友好的客栈，从运河上经过或者穿过广场的时候，他一看见就可以认出那些窗户。那间最寒碜的客栈已经对他没有任何吸引力；来到威尼斯四十八个小时之后，他在大运河下游比较远的地方看到一幢独立的小客栈，他对这间客栈记忆犹新，他曾经在那里住过一个月，当时感觉很豪华，与此同时，住在那间客栈里面，他开始觉得能体验到威尼斯的秘密。当时的愉快感觉回来了，并停留了一个小时，在此期间，他坐在渡船上，看到了一幢似曾相识的宅子，他曾经在窗户上看到几张白纸条，在威尼斯，这是邀请访客入住的标志。他下船后过一条街，就可以走到这幢宅子，一路上他的印象十分深刻，反应十分激烈。反正，到了威尼斯之后，他就好像一直待在莱波雷利宫；第二天，因为天气不好，所有人都待在里面，在这里面的一个个瞬间，就像是在博物馆里度过的一样，尽管他不像逛博物馆那么累，对于他的感觉，他不管怎么动脑筋畅想，始终找不到合适的名称来形容。他出神地想什么名称会更合适，突然吓一跳就回过神来，过了这么多年，他应该是不会迷路的，但是，他还是吓了一跳，然后，他盯着河对面贴在窗户上的白纸条。

再过一两个小时，他就要在那座宫殿里吃晚饭，那天上午，他也在那里吃了饭，算是比较早的午饭吧。然后，他跟三位女士一起出去，这三位女士是劳德夫人、斯特林厄姆太太和凯特，他一直和她们坐着贡多拉在运河上漂着，充分享受威尼斯的魅力，后来，莫德姨妈说他不用陪她们，他应该回去陪蒂尔小姐。他至今还记得当时他有两个感觉：首先是兰开斯特大门的女主人像是在当众宣布，其次，她好像是在传达她的同伴的感觉，她的两个同伴苏珊·谢泼德与凯特都没有开口，但是，她们都好像是她的共谋，她们好像在策划一个不可告人的阴谋。他几乎忘不了，他觉得自己在另外两人面前，特别是在凯特面前，显得那么听话，二话没说就站起来，按原路回到了宫殿。他此时还在琢磨，他这样是不是显得像傻瓜，在贡多拉摇摇晃晃带着他离开之后，他的尴尬表情会不会让他的朋友们觉得那么好玩，所以相视而笑。二十分钟之后，他就看到了一个人待在宫殿里的米莉·蒂尔，于是陪着她坐到其他的人都回来。他感到比较奇怪的是，在此过程中，他始终感觉很轻松，非常轻松，毫不拘束。他是在离开她以后才觉得奇怪的，因为不跟她在一起的时候，他会接触到其他一些东西，让他的这个感觉更加清晰。跟她在一起，就像跟自己的姐妹在一起那么轻松，如果非得说的话，他不会感到更兴奋。这时，在他的眼里，她还是他第一次看到她的模样，那个印象真是难以抹除。在劳德夫人、苏珊·谢泼德以及他的凯特的眼里，她就是一个公主、天使、明星，但对于他本人，非常幸运的是，她并没有那么复杂，她根本不是什么公主、天使或者明星，她还是那个美国女孩，在纽约，她对他那么好，虽然双方都没有明说什么，但他必定愿意一样对她好，作为报答。她很感激他回来，想他肯定是故意回来的，但是，他们对此好像没有什么话可说，因为她总是待在这里面，只听到她承认她自己觉得待在里面是最好的选择，她不想让他说待在里面可以保持清静，于是，她抢先说这是她的皇宫，有极强的浪漫气息、艺术气质和历史感，已经在她的周围形成一股意义丰富的旋风。所以，待在这里面跟被关禁闭截然不同，她倒是感觉像是在历史长河中自由畅游。对此，丹什很幽默地说，他们就像被这股旋风吹到了一起，正好符合她的胃口。

回来喝茶的时候，凯特找到一个机会跟他说，他就像一个聪明的表哥在看望一个病重的表妹，他肯定感到很无聊，虽然他当场否认他感到无聊，但他很想知道米莉是不是也有这个印象。凯特的出现对他产生了显著的影响，他马上就感觉得到，他陷进去太深了。所谓“陷进去”，就是说他在顺着凯特设计好的路线一步步向前走，这绝对不代表他对生活的认识，不是他自己想做的事情。此时，这个矛盾显得那么尖锐，令人痛心，令人烦躁，是他离开那个宫殿的原因，也促使他必须利用好吃晚餐的机会。他对自己说，他要充分利用一切机会；即使坐在渡船上，想着是不是要换客栈，研究着在河对面原来住过的那幢客栈时，他还装着这个念头。这种事情以前没问题，但是现在还可以吗？这件事会不会演变成卑鄙的勾当？他事实上也知道，充分利用一切机会是一种本能，是一个知道放掉一个机会就意味着失去所有机会的人的本能。如果他放手，那么，让他保持脸面的那块布料就会支离破碎，让他无比尴尬。实际上，这是一个心理问题，正是因为他紧张，他才会一直向前走；如果那个状况持续乃至加强，他肯定会发疯的。简言之，他就像走在很高的山岭上，左右两边都很陡峭，他曾经觉得很稳妥，但现在他只好昂着头，目不转睛。让他在山岭上行走的人是凯特，有几个瞬间，当他把一只脚挪到另一只脚前面时，他就感觉到她对他的管理很有讽刺意义，并非因为她将他置于危险的境地，如果是跟她一起面对危险，那是另外一回事。事实上，他很愤怒，感觉自己像被人家操纵的木偶，而这一切都是拜她所赐，但是，他不是愿意始终屈服于她的意志吗？从一开始，从他认识她开始，他就一直认为，面对她，他一定要非常慷慨，他会表现出一个无畏绅士的风度，有求必应，他会鄙视小气的行为或者思想。但是，有一些东西是他给不起的，这也是他的困境的本质，所以，他如果不是想换一种生活方式，弥补自己的缺憾，这种事情对他还有什么吸引力呢？他多么想避免他的浪漫以一种廉价的形式存在。他原来对她的所有感觉，此时都在他的脑海里浮现，实际上，这些感觉此时与从前一样清晰，他很羡慕她对生活的直觉和天赋，和他截然不同，相比之下，他显得那么软弱，那么苍白。此时，她那个显著的特点又显得那么耀眼，他却感到很揪心。

正是由于她的生活直觉和天赋，他才走到目前这一步，他是被放到这个位置上的。在内心，他对这种被动状态是有一定程度的抵触的，虽然证据并不是很丰富，不过他至少知道，知道自己的处境，知道自己并不喜欢任人摆布。他是有向往的，因此，在秋天的下午行将结束之时，他坐在运河渡船上，心里还跳动着他的问题，他的问题连接着他内心的痛苦和耻辱感，而当他在周围条件的帮助下把那个问题看得很严重时，他的痛苦和耻辱感就减弱了一些。在一定意义上，他的问题就来自周围的条件，凯特很勇敢，近乎傲慢而且自以为得意地为他创造十分可笑的条件。从现在的角度看，他充分看透了她是多么自以为是！他的问题是一个很有趣的问题：他是否还有自己的意志？不进行检验，他怎么知道呢？这就是关键所在。慷慨大方肯定没有错，但活得潇洒、漂亮的乐趣或自豪感，和审视两个人相互做了什么并不矛盾。此时，他很敏锐、很清晰地意识到，虽然他充分满足了凯特的所有心愿，她却没有满足过他的心愿，这个意识让他屏住了气息。简言之，就是要检验的想法，让他在这个热气腾腾的黄昏时分，看着对面旧房子绿色百叶窗上的白色纸条，白色纸条还闪烁着光芒，但随着光线的减弱，已经越来越模糊。他抬手看表，发现自己已经在这个位置上观察和思考了一刻钟，等他再度要走开的时候，他那个检验自己是否还有意志的想法已经变得无比迫切。因为证据可能就在运河对面等着他。小码头上有个渡船船夫来跟他搭过几次话，但可能是因为他很紧张，所以他并没有理睬送上门来的便利。他本可过去跟他说他愿意，但他最终还是走路，步伐很快地绕过几个拐角，然后向里亚托桥上走过去。客栈还空着，客栈的老板娘年纪很大，笑容满面，她的回忆可以凑成一部寓言故事。那里的家具很旧，摇摇晃晃，有破的，有断的，但透着优雅，也很亲切，他的这些感觉非常强烈，所以，在离开之前，他就决定第二天早上搬进去住。

那天吃晚餐时，他就提起了这件事，尽管他起初有个奇怪的冲动，想把这件事当做自己的私事，当然，这个冲动在那个宫殿里面不久就消失了。这样做的必要性和恰当性，他觉得是理所当然的，不过，他后来在交谈之中突然发现，这件事可能让大家觉得很好笑，尤其是他介绍了那个客栈的情形，他说里面的装饰是洛可可风格，虽然很旧，也很低调，但那是真正老式的威尼斯房子。同时，他又对他的女主人说，她的宫殿很高贵，高贵了千百倍，但没有真正的威尼斯特色；他的这番话产生了意料之外的效果，她马上说他应该在近期的某一天邀请她去他那里喝茶。到目前为止，她还没有做过这样明确的表态，他跟其他人都意识到，她从来没有说过她想到什么地方去，她不愿意去参加教区的活动，不喜欢到门外去欣赏秋天的落日，甚至懒得走下楼梯去欣赏提香或乔瓦尼·贝利尼的大作。丹什一直认为，当然这也是他和凯特的共识，有些事情是不用明说，所以，他能从她的身上捕捉到，她也能从他的身上获得无数的暗示，这是两个人的意识的温柔的碰撞。这一观点当天晚上就得到了印证，因为他感觉到，凯特也听懂了米莉主动要去陪他的意思，尽管她并没有做任何示意动作。这正是她想要的结果，也符合她的预期，所以，他特别感觉到，她非常满意，以至于他给了她一些眼色，她却没有看见，自然没有给他恰当的反应，于是，他只能做有些敷衍的回答。她的心不在焉，让他当场就感觉到，他终于见到了计划获得重大进展的苗头，至少如果她不是那么不可靠的话。他不是没有意识到，她可能看懂了他所宣布的那件小事的意义，因为她毕竟是很善于猜测的人，同时，她也很善于掩饰自己的猜测。不过，他在她眼前装得貌似很糊涂，也许这样他可以看得更清楚。不管她怎么判断他换客栈的动机，她肯定不会猜到，他是想给他们的朋友一张空头支票。那是她逼他的，她自己也给了他空头支票；反正，不管是不是空头支票，总是要有一个起始时间。于是，他就很漂亮地报了一个时间。

不管他换回以前住过的客栈是为了什么，那都不是为了接待米莉·蒂尔：因此，他到底是欣然接受，还是冷漠地拒绝，其实没有明显的差别，而他并不想让人觉得是个铁石心肠的人。他的内心活动节奏非常快，所以，女主人出乎意料地直接提出这样的要求，让他感到多么不可思议，甚至让他吓了一跳。这让他更进一步感受到那个动机的成熟。他当然不会跟这些感觉起冲突，相反，他感到成功已经在望，所以他兴奋得满脸通红，而在脸红起来之前，他的心里还跳动着恐惧。所谓恐惧，即害怕幸福来得太突然，这本身就是一种病症吧。他可能觉得米莉的来访很不合时宜，简直是在报复他，最重要的是，也许可以这么粗俗地说，她是想破坏他的游戏，不过，如果他形成这样的观点，那么，他就是一个傻瓜，他已经在很多方面让人家觉得是傻瓜。无论如何，这种事情他是应该事先做好心理准备的。对于他那个成熟的动机，他虽然不允许自己抱任何幻想，但是，就在一个小时内，它就支配了这里的想象空间。他看见这个计划已经打开包装，已经布置就位，就等着纯真和漂亮的米莉，不管她会待多久。有些东西她是可能永远看不出来、感觉不到的，甚至是想象不到的，但是，她跟这些东西接触对任何人都没有好处。所有的判断和区分，都应该是他个人的事情。对于这些问题，他心里是很清楚的，而凯特显得一点也没有意识到。当然，凯特不总是很高明吗？

在起初的几天里，那个问题不断出现，尤其是在两位处境艰难的情侣之间，每当他们碰巧抓到半个小时去幽会，他们都要拨出一段珍贵的时间，为他们的幸运表示惊讶，研究其中古怪的部分，虽然丹什感觉他都是始作俑者。其实，人们认为他应该要习惯了，而且，那个女孩也为他理顺了很多蹊跷的东西，这是他已经很熟悉的支持，他不应再这么大惊小怪。再说，她认为，根据当前的危机，他动用一点想象力就可以弄明白，劳德夫人的想法在其中发挥了什么作用。凯特明确地表示（这符合她的规矩），只要看到结果，他就会觉得她的想法是理所当然的。对这个显而易见的事情，丹什表态说，莫德姨妈的干涉不算神秘，她给他写了一封信，以她特有的简洁跟他说，如果他到威尼斯来待两个星期，她保证他一定会发现那不是不可思议的错误。真的只有莫德姨妈才会用这种方式做这种事情，同时，他愿意承认，也只有他才会这么死心塌地地听从劳德夫人的劝告，也就是米莉因为身体不舒服没有去跟他们一起吃饭的那天晚上，他即将要离开兰开斯特大门的时候，她对他说的那些话，当然，他目前的所作所为，可以归功于他自己的善良本性。那个年轻人对于本人处境的看法，他只跟凯特讨论过；从来没有跟莫德姨妈提过，在一定意义上，可以归结为他觉得不能将所有事情都推卸到别人身上，他私下曾经这么说过。当他左右没有人的时候，他的耳朵里会响起一个声音，跟他说劳德夫人一直在试探他，琢磨着能怎么对付他。她只要向他吹一声口哨，他就会跑过来。如果说她觉得他本性是善良的，凯特会说她是完全正确的。如果说他乐于迁就别人，在一定意义上，这是一种有些尴尬的生活方式，但肯定比说自己不知道为什么来这里强，无论如何，他内心一直感到很别扭，尽管凯特给予他富有诗意的解释，他还是难以释怀。凯特夸张的惊讶和喜悦，也没有让他找到内心的平衡，因为他总是觉得哪里不对劲。

因为心里觉得不对劲，所以，他很想在一定的条件下好好看看（这几乎是他有生第一次），那是不是跟人们普遍猜想的一样，也如他至今深信不疑的，是幸福的必然前提。他显然正在进行某种冒险，虽然他从来没有认为自己是这块料子，不过，他好几次还能告诫自己不能让人瞧不起，所以又获得了一些力量。有好几次，他在黄昏时分出去散步，穿过迷宫似的小巷以及空荡荡的广场，看着周围陈旧的宫殿，他会因为自己内心不平静而停下脚步，他偶然会听见旁边小路上的脚步声，就像空荡荡的宴会厅里弱智舞者的舞步声，在这些时候，以及晚上一个人待在客栈里的时候，他会产生一些冷静的想法，基于错误持续的时间越短越好的原则，觉得他马上离开不仅仅可能，而且非常必要。可是，他只要再一次跨过莱波雷利宫的门槛，他就可以看见这件事的所有元素像经过画家的创作一样组合成为另外一副样子。他于是开始感觉，离开非但不会缩短错误的时间，还会使自己的错误显得更龌龊，更重要的是，因为他的动作其实还没有真正开始，他只是纵容或者默许了别人的动作，所以，他不必那么苛责自己。在这种复杂的情况中，唯一明确的是，不管发生什么事情，他必须拿出绅士的风度；除此之外，他还发现了一个也许不那么明确的事实，关于绅士风度和理想举止的问题，可能会让复杂的情况不那么让人受不了。我必须尽快补充，这个问题不是丹什最大的心病。有三位女士同时关注着他，而虽然从便利的方面讲，目前的情况不是最理想的，不过，谢谢上帝，这里面还是有可直接利用的规律：他不能那么残忍，特别是不能用残忍回报别人的善意。他千里迢迢从英国来到这里，不是来残忍对人的。他从未想过，和凯特一起在威尼斯待两个星期，尽管有那么多不便，他如果做得很残忍，那对他有什么好处。至于劳德夫人的建议，他从来没有觉得他应该那么粗鲁应对。于是，他碰到了始料未及的反高潮，作为一位绅士，哦，千真万确！他是一位绅士，他终究臣服于这个脸色苍白的女人给予他的印象，她既是一座辉煌、古老的宫殿的女主人，也是无限善意的施与者，这种印象是超出他想象的，是他难以抗拒的。

对他而言，目前的景象具有很强的说服力，十分权威，很幸福，他不知道该怎么形容，而他对自己说，他自己从未有意识地追求过这样的感觉。她的欢迎，她的直率，她的甜蜜，她的忧伤与聪颖，以及她令人心碎的诗意，在周围的美感的衬托下，而且，观察者发现她本人让周围的美感显得更和谐，总之，在他的想象中，她的全部态度蕴含极其丰富的意义，萦绕在她的周围，在她上空盘旋着，时而落下来，之后又颤抖着向前飞去，就像伤感的古典音乐片段，挺模糊，挺微弱。他有时会想，他不会将责任推到凯特或者劳德夫人的身上，作为一位绅士，这样做肯定是不对的，虽然他感觉好像让人骗了，有些事情他并不知情。现在已经过去了五天，他都没有斗胆去跟凯特表明他觉得自己本应了解什么，更没有表示自己可能受到欺骗。说句实话，就坑蒙拐骗而言，他们五人在一起，随便开口就能说出很丑陋的话。他每次跟他的朋友在一起，都会提到能这么亲近地在一起就是幸福的奇迹，而且，周围的气氛那么有利。他说他几乎不能相信，然而，时间不断流逝，他都没有跟她说过，米莉让他觉得那么优雅，那么高贵。与此同时，他一直习惯性地想起来，他是最早认识她的人。这是那天大家在劳德夫人的家里一致认定的事实，这个事实所产生的感觉，也是他马上再去见她的理由。这种感觉一直存在，伴随着他跟她一起坐马车的全程，那辆马车气派非凡，顶棚像一张极柔软的丝绸毯子，将他们包裹在一起。他们的往事成了他们两人之间的纽带。他不止一次回忆起来，在那个时候，在坐马车的途中，他曾对自己说，他之所以到那里去，并不是为了凯特或者遵从凯特的安排，其实他是为了米莉本人，也是出于他本人的真心，也是因为在纽约的那段经历和那些小事，这是肯定不会错的。

2

在诸多有利条件的作用下，他终于得到了一个机会，从凯特嘴里得到了对他的所谓永久克制的答复，而这个答复对他的刺激，他得到后来慢慢掂量。提到他的永久克制，他又觉得劳德夫人关于她本人利益的设计简直就是一个谜团，她给了他们的见面机会，跟她的利益好像存在显然的矛盾。女孩很不耐烦地否认了这种机会的存在，反问他是否感觉他们这样的机会非常重要。她的口气还充满了讽刺，这简直给了他当头一棒。当她说这一句话的时候，他红着脸，死死盯着她深邃的眼睛，这是他对她最轻的抗议。接着，出于某种原因，她语气中的刻薄消失了，变得甜蜜又诚恳。"亲爱的，'见面'？"她声情并茂地引用了他的话，"你真觉得我们的见面有什么好处吗？"

"没有，恰好相反，倒是让我更饥渴。我的意思是说，我们得到的至少要比莫德姨妈多一些，自从我到这里的那一天起，我一直都是这么想的。"

"好吧，可是，"凯特回答说，"你不明白莫德姨妈得到了什么。"

"没错，所以我一直在琢磨着这个问题。她是一团谜，她是个天才。在她眼里，好像一切都是自然而然的……！"

“她也自然而然地觉得，我应该反思对你的看法。她一直认为，”凯特接着说，“只要她认定可能的事情，就肯定是可能的，她认定可能发生的事情，目前好像正在发生。她的本性，我想你肯定看明白了，就是她一旦形成某种观点，她会想方设法让它变成现实，同时会用恐怖的手段压制相反的观点，也会让持有这些相反观点的人感到恐惧。我经常想，”凯特继续分析这个现象，“她的成功可能来自她的精神力量，她敢于应对挑战，会不惜代价证明她的观点是正确的。人们总是能够看见，她的观点最终总是正确的。”

丹什听着，脸上露出微笑，这就是他最明确的反应。“啊，亲爱的，只要你能解释，我自然不用费劲去看明白什么。”他马上又替自己辩解说，“当然，我只在确实看不明白的时候，才会依靠你的解释。”他歇了一会儿，然后接着说，“她觉得我们恐惧了吗？”又过了一会儿，因为凯特没有马上发表什么言论，只是默默看着周围，他就补充说，“难道她会相信你真的改变了对我的看法吗？”他知道，此时他正搅动着女孩的内心，他看到了一些迹象，不过，这又成了他追问的原因。“她真的相信你讨厌我了吗？”

对此，凯特突然语气坚决地回答：“你可以去跟她说！”

他感到不解。“跟她说实话？”

“不，”凯特似乎对他头脑那么简单感到好笑，“我没提这样的要求。”

“哦，亲爱的，”丹什笑着说，“你的要求真少……！”

他可以感觉到，他的话真是很刻薄，他看到她强压下去反驳的冲动。“我所有的要求都是合情合理的。”她只是很平静地回答，“对你很有好处吧？”他们的两双眼睛又非常亲密地碰到一起，于是，她继续说：“你没有觉得不开心吧？”

“哦，你说呢？”他挺冲地说。

“看不出来，用应付莫德姨妈的话，这样就够了。你很棒，干得漂亮，”凯特说，“你要是怀疑我说的不是真心话，我可以向你保证，我真的觉得这一切都会变成现实。”接着，她突然话锋一转，问他现在是什么时间，俨然她该说的话已经说完了。

“哦，才十二点十分，”他看着手表说，“我们只待了十三分钟。我们还有时间。”

“我们得走了，去找她们。”

丹什从他们所站的地方估算了一下广场的长度。“他们还在商店里面，半个小时内不会出来。”

“好吧！”

他们的谈话发生在圣马可广场的中央，这里一直是著名的社交沙龙，就像一间地板光滑、屋顶盖琉璃瓦的会客大厅，很适合进行交谈；说得再准确一些，那并不在中央，刚才，这两个人从像清真寺似的大教堂出来之后，走了一段就突然停下脚步。那间教堂的屋顶有穹顶，也有哥特式的小尖塔，现在就耸立在他们背后不远的地方，而他们的面前十分开阔，四周被拱廊街道包围着。在那季节，所有的人群似乎都在拱廊里行走。此时，威尼斯人正在吃早餐，包括来威尼斯旅游的游客和可能的熟人，除了几群纠缠不清的鸽子正在捡面包屑吃，享受着它们亘古不变的美餐之外，整个广场空空荡荡，他们的同伴还在蕾丝店里，她们出来的话他们能看得一清二楚，而且，她们一时半会儿也不会出来。刚才，他们就在那里跟她们分手，说要进圣马可教堂里面看看，这是丹什说的。他们今天早上很巧，居然获得了这样的机会；他刚才跟凯特说的话，并没有夸大他们的机会。像这样的机会，最不好的地方就是众目睽睽，他们要暴露在全世界人们的面前，当然也会暴露在苏珊·谢泼德、莫德姨妈和米莉的眼前。今天的机会比较特殊，就在于人家说他们可以随便去逛逛，另外几个人都同意他们不必在店里等着，这当然是极其难得的。今天早上还有另外一个好处，他今天去那幢宫殿的时候（他总说那是宫殿），米莉没有跟从前一样出来跟大家见面。他们已经形成了一些约定俗成的惯例，八天以来，每天他来了之后，他们的朋友们、米莉的朋友们以及他自己的朋友们，都会很自觉地散开，留着他跟她一起坐到大家一起吃午饭。这表明那个计划正在完美运作，他是这么跟自己说的；所以，凯特认为他们成功在望，是有充分理由的。他坐在那里的时候，在劳德夫人的眼里，并没有显得被凯特深深吸引，所以不会引起恐慌，那正是人们所期待的。每天早上，他都不会让他们的女主人失望，她也不会让他失望；不过，她今天身体不太好，不能接待他。

这件事让大家感觉很意外，今天的宫殿非常明亮、非常舒适，布满了鲜花，好像都为迎接她下来做好了准备，可是，他们居然听到这个消息，所以，所有人都面面相觑。但是，他们并没有表达共同的遗憾，这是有些奇怪的，他们每个人私下可能都觉得很奇怪。我们这个年轻人感到最奇怪的是，如果说那个可怜的女孩确实不好到这种地步，那么，这里，特别是这些客人，肯定会陷入慌乱，茫然失措，起码气氛会很沉重。当然，四个人下了贡多拉，在船上找到各自的位置之后，气氛是有些沉重的，大家都没说话。米莉让人传下话来，说她希望他们出去玩得开心，这句话更让大家惊讶地对视着，大家似乎都知道，每个人都心知肚明，她是要为丹什找到散心的另外途径，也知道这实质上意味着什么。她不希望破坏他今天早上的好心情，而他出于礼节也接受了她的好意。接下来的事情是斯特林厄姆太太安排的，在此时刻，斯特林厄姆太太比其他任何人都更了解他们的朋友。她非常了解她，所以她认为待在家里没有多大必要，虽然大家都不大明白背后的缘由。她先表示在那里待着也无济于事，然后提到劳德夫人和她自己有一个愿望，她们想过去逛逛蕾丝店，但不断有事情发生，所以耽搁了她们的计划。她还记得，凯特在前一天曾经说过她没有真正见识过圣马可教堂里面的样子。对于苏珊·谢泼德的这些说辞，丹什心领神会，对她的好意，他会一直记在心里。他们在兰开斯特大门就达成了某种共识，这种共识现在已经演变成一种情感；她此时无比美妙的举动，他能感觉到都是为了他，虽然不是很明显，而是很谨慎、很隐蔽。他们俩并不是一伙儿的，不是亲密的伙伴，他们之间夹杂着很多人，夹杂着很多东西，与此同时，也有某些东西在把他们拉到一起。他不知道那是什么；他发现她是非常理解他的，也许这就是关键所在。他甚至能预感到，到一定的时候，所有人都可能失去相互理解，而这位城府深沉的女人还能理解他。

这就是今天笼罩着我们年轻朋友的愉快氛围，好像有一股平静的力量推动着他们。事实上，他们就按目前的节奏继续前进，而这个氛围也持续强化，多少年来，这个灿烂辉煌的广场所见证的生活乐趣，比欧洲其他相同面积的广场多得多，但此时，他们已远在人们听力范围之外的地方，他们感到十分安静与安全。因此，他们可以畅所欲言，也正因为如此，他们都似乎担心对方要说什么话。更重要的是，他们想说的话似乎都待在他们的嘴唇里面，他们只能呼吸着有历史积淀的清新空气，一边听着鸽子拍动翅膀的声音，与此同时，两个人的心里都充满恐惧。最后，丹什打破了沉默，但他的语气暴露了这种恐惧的存在。“你刚才说我可以去跟劳德夫人说，你到底是什么意思？我很笨，如你愿意听的话，我不明白，我除了跟她撒谎还能说什么？”

好吧，凯特可以教他。“你可以很大方、很真实地跟她说关于米莉的事情，你其实是很喜欢她的，所以那不算撒谎，而且，这些话从你嘴里说出来，反而会产生很好的效果。你知道，你没有怎么说过她的情况。”接着，凯特就将她的观察结果摆在他的面前。“你知道，你就没有提到过她。”

“好吧，”丹什问，“这是莫德姨妈跟你说的吗？”然后，趁女孩似乎正在反思寻找答案的时候，他就大声说，“你们肯定有过非同寻常的谈话！”

没错，她正在反思。“我们有过非同寻常的谈话。”

他们四目相对，他的眼神表明他很愿意听她介绍她们谈话的内容，可是，她的眼神则拒绝了给他这个机会。过了一会儿，他问了她另一件事，这个问题已经在他的脑子里盘旋了一个星期，可是，他一直没有得到过这么好的机会。“那么，既然你们有过非同寻常的谈话，你是否知道她怎么看待马克勋爵那天极其表面化的来访？我猜想，他在这里只待了两三个小时，看望了我们那位朋友之后，他就没有见过其他任何人，因为他搭乘当天晚上的火车回去了。他本应该来看看你，或看看她，可是他没有。她对此有什么看法？”

“哦，当然，”凯特说，“她能理解。他是来向米莉求婚的，那是他此行的唯一目的。既然米莉断然拒绝了，他的使命就结束了。他不可能马上掉头过来巴结我们。”

凯特显得颇为惊讶，作为冒险者，丹什居然看不透。但是，此时的丹什在想着另一个问题。“我在那里出现的时候，他正准备要走，你是说，他们那时就断了？”

“亲爱的，你没发觉吗？”凯特问。

“那么，他就是愚蠢的投机分子！”年轻的绅士还是不大能理解。

“不要那么刻薄！”凯特微笑着说，“难道你要说米莉没告诉你吗？”

“他就是一个混蛋！”

凯特还是微笑着。“好吧，你已经爱上她了。”

他再次久久地盯着她。“她拒绝了他，接着我这样说马克勋爵，加起来就能说明我爱上她了？他这样对待我们的朋友，我没有义务称赞他。我觉得你也没有跟我解释劳德夫人为什么会称赞他。”

“她没有称赞他，她也不在乎，”凯特说，“你很了解伦敦人之间的关系。他没有欠我们什么。他只是想碰碰运气。一个生活不如意的男人，”她问，“希望试试运气不对吗？”

“这就是他反复无常随意害人的理由吗？”

凯特不介意被当成受害者。“反正，他已经在我这里试过了。现在没事了。”

“你是说，你也拒绝了他？”

她犹豫了一下，在此期间，丹什可能觉得，她要描述的事实可能会受到删改。但是，她最终做了正当事情。“我没让事情走到这一步。我一直在给他泼冷水。”此时，她的表述已经恢复了往常的清晰度。“对于莫德姨妈，关于我，他肯定对她有过承诺，如果米莉接受了他，这个承诺自然就失效了。就算目前这样，也是不要紧的。”

丹什笑了出来。“他的失败，不正是他的优势吗？”“亲爱的，他的优势还在于他是马克勋爵。他还是从前的他，也是他心目中的自己。我都这样对他了，以后再也不会对他有什么想法。”

“哦，”丹什很不耐烦地说，“你对他很好。”

“我很高兴，”她微笑着说，“你还会嫉妒。”然后，既然他还没有回答，她就有更多的话要说。“米莉的态度这么坚决，让莫德姨妈极其满足，我不明白你还有什么理由不能理解。她不就是认为米莉觉得跟你相处的机会那么珍贵所以不能随意破坏吗？米莉的态度，必然涉及你本人的态度，所以，她的结论就是，如果你对米莉的感情多一点，你对我的感情就会少一点。”

又有一阵子，当然，我们很早就知道他们有过无数这样的时刻，他感受到了她超强的推理能力，这让他五味杂陈，难以说清心里是什么感觉。有时候，在她面前，他只有低头跟着走的份。他的感受，在他找到形容词之前，就暴露于他的语气里面。“那么，要是她知道了我对你的感情……！”

他的意思并不模糊，不过，凯特的应对还是很勇敢。“我们很幸运，我们可以当她不知道。我们一直非常顺利。”

“哦，”他马上说，“你给我的一切，我都接受了，我想，从我的立场上，我应该感谢你。只是，你知道，我感觉，你所给我的，基本上都变成了我的责任，我感觉都是你对我的期望。反过来，我从来没有觉得能指望你什么。也可以说，你什么也没给我。”

她显然整个人都蒙了。“你想我给你什么？”

“我给了你证明。”丹什说，“你还没有给过我。”

“你要什么证明？”她过了一会儿斗胆问。

“证明你真是为了我。”

她带着惊讶进行思索。“这一切不是都为了你吗？难道你会说这不值一提？”

“不是。”

“啊，亲爱的，我可是担着很多风险的。”

他们继续慢慢向前走着，但他突然停下来。“我还以为你会觉得，既然你的姨妈被这么蒙住了，你不会有任何风险。”

这是自从她发表了那个美妙的观点以来他第一次看到她有些茫然。他紧接着就认定，她并不喜欢那样或者被人看见她那样，因为她接着说话的不耐烦语气，显得她受到了伤害；他又很快感觉到，这是心受到创伤之后的发泄。“那么，你要让我面对什么风险？”

这个关于风险的论述让他很有感触，但实际上让他的心情更糟糕。“我希望得到爱。按目前的状况来看，我怎么能算是得到爱了呢？”哦，她能理解他，而她尽力掩饰起来，这让他觉得她根本不明白。他对跟她在一起相处的日子记忆深刻，自从两年前的冬天，他们在伦敦的黄昏第一次相会开始，他的感觉就一直非常清晰。可是，他从来没有见过她这样慌张、茫然，如果说他逼她对他们的关系做出更明确的表态，那是因为他相信她会接受并满足他的要求。“如果有帮助，我也许可以继续，”他说，“如果没有帮助，我肯定不行。”

她的视线离开了他，这表明了她的理解。“我们得到那边去，我是说，她们出来的时候。”

“她们不会出来，暂时不会。即使她们真的出来，我也不在乎。”然后，似乎觉得他的话可能让她说他自私，于是他紧接着补充说，“我们不要再折腾了，我们勇敢面对现实吧。”这是他的肺腑之言。“你要是能公开接受我，就谢天谢地了。”

这又将她的视线拉回到他的身上，不过他可以看见，在她的内心深处，她觉得他的反抗有些苦涩，但更多的是甜蜜。她在精神和感情上所受到的震撼，显然让她一时缓不过神。“我们不要太过分。”她勉强打起精神回答，“你想害死她吗？”

他犹豫了一下，然后刺探性地问：“你是说害死莫德姨妈？”

“你知道我说的是谁。我们编了那么多谎话，很难圆的。”

听到这句话，他抬起了头。“亲爱的，我没说过一句谎话！”

这句话的语气很刺耳，这样对他很有好处，不过，他还得迎接她射来的目光。“非常感谢！”

然而，她说的这句话并没有阻止已经到他嘴唇边上的话跑出来。“与其这样熬着，我宁愿今天晚上就走。”

“那就走吧！”凯特·克罗依说。

过了一会儿，他们再走了一段路以后，他感受到了有些不安，这种不安并非来自外界暴力的冲击，而是她漠然、平静的语气。他们接着一起向前走，他有一阵子感觉到他们的差异突然变成了一道鸿沟，他的离开是必然的事情。可是，他突然将手插进她的臂弯，让他们停下脚步，这个动作非常意外，非常鲁莽，因为他们此时站在拱廊下面，很容易被人看见。“只要你来找我，你想让我说什么谎话，我都会听你的。”

“去找你？”

“来找我。”

“怎么去找你？去哪里找你？”

她的声音很低，但鉴于他心里很忐忑，她居然没有在气势上压倒他，他感到有些惊诧。“去我的客栈，那里是完全可以的，我前几天带你看过一眼，你肯定还记得。我们可以安排，只要两个人都有一点勇气。处在我们这种情况的人，都会这样安排。”她听着，俨然听着什么好消息，由于她没有显得很震惊，所以他得到了必要的鼓舞，因为他是一步一步向前走的。说句实话，他也认为她不会做出特别粗俗的表现，但是，她如今这么平静，只会让他更兴奋，让他对各种可能性进行更深刻的思考。要能看清楚她的真面目，他必须借用白天的阳光，也需要很直接、不含糊地面对。她只是听着，这让他觉得前所未有地理解了自己。相比而言，他的思想，从萌芽开始，一直都是非常漂亮的。“我必须让自己觉得我不是傻瓜。我只能说这些，你必须明白其中的含义。如果能得到你，我就可以做到，你让我怎样，我都做得到。要是得不到你，那就去见鬼吧！无论如何，我必须得到明确的答复。”

她听得专心致志，甚至当他已经不再说了，她还在侧耳倾听着。他牢牢拽住她，把她拽在自己身边，虽然他们这时停下了脚步，但对于远处的人而言，他就像对这美妙无比的地方印象深刻的游客在跟另一位有些漠然的同伴说话。他拉住她的手，让她转过身来，这样他们就都面对圣马可教堂，他看着这座金碧辉煌的教堂，而她则摆弄着她的阳伞。不一会儿，她做了一个动作，让两人面对广场的对面。然后，她说：“请把你的手拿走！”他马上心领神会；她看到另外两人已经从买东西的地方走出来了，正站在艺术馆的阴影下面。所以，他们肩并肩迎着她们走去，一切都很正常。那两个人也看见了他们，自以为是地站在拱廊下面等着他们。她们自己显得若无其事，他认为她会这样想的，很从容、很顺从地走过去。他们看起来像两个极其文明的孩子，也略显笨拙，这是凯特一贯的规矩。他们不能急，否则有可能露馅，于是，他就有时间慢慢回味自己的种种感觉。他感觉非常清晰，觉得在某种意义上他已经得到了自己期望的一切；他就带着这个感觉面对劳德夫人。以后还有更多的事情会实现，他和这个同伴肯定还有事情需要确认。然而，他所得到的都是实实在在的，尤其是她并没有粗暴地斥责他，在他心里留下可怕的阴影。对此，他曾经忧心忡忡，如今难关已经过去，他感到无比的幸福。总之，危险已然烟消云散，他们面对着阳光灿烂的伟大空间。迄今为止，她的表现非常好。

3

事实证明，她的表现确实很好，于是，因为有了进一步的基础，他那天晚上就得以向她提出那天早上一直藏在嘴边的另一个尖锐问题；当时，这个问题被其他更迫切的问题挤出了他的脑海。黄昏时刻，他们回到宫殿的时候，他从斯特林厄姆太太嘴里获悉，米莉肯定又不能与他们共进晚餐，不过稍后应该能下楼来。于是，他又得到了一个机会；他发现苏珊·谢泼德一个人坐在豪华的客厅里，客厅里点燃了许多蜡烛，他们的朋友通常很慷慨，但今天比往常多很多，照亮了富丽堂皇的大客厅每一个神秘的角落。她好像一天比一天更漂亮，他们每个人都深有感触，也会因此拿她开玩笑。在劳德夫人与凯特出现之前，他有五分钟时间跟那位善良的女士坐在一起，而这几分钟穿透他内心的光线，比米莉的蜡烛更明亮。

“她会下来吗？我是说，如果她真的不行，有必要下来吗？”

他之所以提这个问题，是因为他一直对那个女孩很好奇，却难得一见真相，这样的机会少而又少。这里当然有涉及健康的问题，大家都能感受到，弥漫在整个空间里面，撒在他踩过的地面上，融进他吃过的食物里，混在他听过的声音里，简直无处不在。但是，与此同时，这里对他也有一个要求，他很敏感，所以能够感受到，要求他跟别人一样谨慎，不能提到身体的问题。那天早上，就没有人提到她缺席的原因，而我们知道，这种情况是相当别扭的。与斯特林厄姆太太共度的这一小段光阴，给了他第一次张开眼睛的机会。其实，他一直很乐于闭着眼睛，他这样做甚至对他有精神上的好处。

既然他确实不希望遭遇关于米莉的真相，那么，这样不也正好表明他心里坦荡荡吗？也许令她很伤感，当然他也会觉得相当可笑；但是，他对她真的没有什么好奇心，比对一般朋友的好奇心还少。他也许会在必要的时候提起精神，出于礼貌，努力找到并表现出一定的好奇心，但是，迄今为止，他一直都找不到。这么说来，他还算口是心非吗？至少，他对自己的感情很清楚，他知道他对她没有这样的感情。他的感情全都给了凯特。他所做的一切都是为了凯特，一点也没有留给她的那个朋友。所以，他没有兴趣，因为如果他有了兴趣，他就会很在乎；如果他很在乎，他就会很想知道；如果他很想知道，他就不会这么被动，而他的被动则代表着他的尊严和荣誉感。与此同时，我们要补充一句，非常幸运的是，他的尊严和荣誉感今天晚上并没有破坏他与苏珊·谢泼德的短暂谈话。似乎她很希望让他看一眼什么，而他也似乎乐于满足她的心愿。她不仅允许，还盛情邀请他张开眼睛。“你在这里我很高兴。”这是答非所问，但在此刻含义深远，后面肯定还跟着很多东西。

他对着她微笑，然后他很快就发现，可能是为了便于和她进行交流，他说话的腔调居然跟她差不多。“这是一次美妙的体验。”

“哦，”她仰起头，有点兴奋地对他说，“我就是希望你有这种感觉。”她补充说，“要不是我有些担心，我还有一些事情想跟你说。”

“你担心什么？”他的问题也是对她的鼓舞。

“我担心会破坏别的好事。而且，你知道，我一直都没有机会。你总是跟她在一起。”

他感觉他脸上的微笑很僵化，不过很奇怪，这对他倒是有利的；不过，他听到最后几个字，他的笑容便越发僵硬了，这几个字说得很对。这样说起来很奇怪，但他确实一直跟她在一起。“啊，”他还是微笑着说，“我现在没有跟她在一起。”

“是的，所以我很高兴，我终于得到了机会。她好得多。”

“好得多？你是说，她有不好过？”

斯特林厄姆太太犹豫了一下。“她一直都很好，她一直很好。她真的很棒。不过，她真的好得多。”

“哦，如果她真的好得多了，那么……！”他控制住自己，没有继续说下去，他希望自己放轻松一些，最重要的是不要显得对秘密那么感兴趣。“吃晚餐的时候她不在，我们会很遗憾的。”

然而，苏珊·谢泼德却好像非要向他透露所有秘密。“她自己心里有数。你会明白的。你不用遗憾什么。我们会办一个小派对。”

“啊，我明白。今天这里真是金碧辉煌。”

“哦，你喜欢吗？这里的一切我都很喜欢。她终于享受到了跟她这类人相匹配的住所，这个地方确实金碧辉煌，简直是一幅委罗内塞的作品，她真的非常陶醉，而我就像画里面的侏儒或者黑人，故意画在角落里，衬托前景。如果我有一只鹰或者一只猎犬的话，会把场面衬托得更壮观。原来的管家是一位老太太，她有一只红色美冠大鹦鹉，晚上我可以借来，让它待在我的大拇指上面。”除了这些解释，斯特林厄姆太太还说了一些零碎的琐事，虽然最终并没有让他感觉融入这幅图画里面。在这幅画里，大家都个性鲜明，色彩鲜艳，只有他面目模糊，那么，他能在里面承担什么角色呢？“不过，她邀请的那几个人，他们不会来吃晚餐。他们会先到各自的客栈，然后从他们的客栈过来。今天晚上的主要客人是卢克爵士和他的侄女，他们会从伦敦来，在派对开始一两个小时前抵达。她想为他做一些事情，她要从今天晚上马上开始。我们会经常看到他，因为她喜欢他，你马上就可以看见他，所以我很高兴，她也很高兴。”这位善良的女士显得非常急切，非常兴奋。“所以，我非常希望……！”但是，她在兴奋之中并没有马上说明她希望什么。

她的表情让他很诧异，他觉得她是要让他思考她没有明说的部分。“你希望什么？”

“希望你留下来。”

“晚餐之后？”他似乎觉得，她想说的实在太多，他不明白哪里是起点，哪里是终点。

“哦，当然。到时会有音乐，我们可以欣赏优美的音乐，有乐器，也有声乐，但没有塔索诗歌朗诵。她已经安排好了，至少我已经安排好了。反正尤金尼奥已经安排好了。你就在我们的计划之内。”

“哦……我！”丹什神情严肃，表明他真心不乐意。

“你将是那个年轻主角，风头盖过其他所有人，高举酒杯，豪气冲天。我们希望，”斯特林厄姆太太紧接说，“你会一直跟我们在一起，希望你不是来打发几天无聊的日子。”

丹什意识到，听到了她这句话，他内心翻滚，开始坐立不安，虽然他装得很平静。他感觉自己就像一个衣着朴素、神情尴尬的工人，收入微薄，却要陪着这些衣着华丽、四处寻求乐趣的女士们，跟她们待在委罗内塞的图画里面闲聊，毫无意义地挥霍光阴！她们对什么都想当然，要跟她们解释是多么艰难！他不能跟她们说他很努力，他这段时间是冲什么来的，而且，在这个过程中，他一辈子首次发现自己的无能，他也意识到了他之所以无可奈何的根源。而跟斯特林厄姆太太在一起待了这段时间，让他间接但绝对无误地感受到了压力，预期中的表演让他的压力甚至更大。这一切都是他自己招惹来的，事已至此，他再怎么说也没有用。他感到整个空间弥漫着寒气；这就是他的处境。于是，他只能勉强应付。“我想，如果我说我有自己的事情要操心，你恐怕不会理解。我自己也有烦恼，也需要应付一些迫切的需求。在伦敦，我是有压力的。”

她完全能够理解，听见“压力”，她就站起身来，表示她也有压力，有她自己的牵挂。“哦，你是不是想说你的工作和报酬？对这种牵挂，我感同身受，我也感受到日子飞逝而两手空空的失落。但是，你看，我不是都放弃了吗？为了跟随她，我放弃了一切。我希望你跟我一样。”她接着问，“你不能写一些关于威尼斯的文章吗？”

有一瞬间，他几乎希望他能跟她一样。于是，他善意地对她微微一笑。“那么，你有写关于威尼斯的文章吗？”

“没有，但是，如果我没有彻底放弃的话，我是想写的，你说呢？你知道，她是我的公主，而对于公主……”

“是要全心全意的，对吗？”

“一点没错。你说对了！”

这就让他感到从来没有一个男人跟他一样脚同时踩着那么多个地方。“我完全理解，她是你的公主，不过，你应该知道，她不是我的。”他感觉，说句实话，他说这样的话没有危险，因为他感觉她肯定不会向他人转述，更不会向劳德夫人转述，否则她将从中发现令人不安的含义。这就是这位善良的女士让他喜欢的部分原因，她不会向别人告密，同时，他敏感地感觉到，她似乎很腼腆地希望他知道这一点。这表明，如果他们的关系进一步发展，只会对他有益，对他没有任何伤害，不会出现任何意外。然而，即使他看懂了这一点，他还是感觉这一切都那么奇怪。此时苏珊·谢泼德的期望好像和凯特是一样的，只是她的表达方式截然不同，动机也完全不同，虽然她的城府不如凯特那么深。与此同时，劳德夫人的期望跟所有人也都一样。他就夹在所有这些人的中间，被所有人包围着。这种感觉让他相当困惑，所以，也许最好的选择是认同自己是一头蠢驴。如果他认为自己不是蠢驴，但又继续待在里面，那么，他就是名副其实的蠢驴。他很高兴周围没有男性见证人，全是穿裙子的人；他不希望旁边还有一个男人看到他这副样子。于是，他想到了卢克爵士，那位拿手术刀的专家，在伦敦的时候，凯特就说米莉跟他有一定的来往，此时，他从那么远的地方重新卷入他们中间，这是斯特林厄姆太太刚才向他宣布的，这件事要想想怎么解释。在他的心目中，伦敦那些伟大的外科医生都是能看透一切的。所以，他也许不必太在乎自己的性别，也用不着逃避。他最多只能显得毫不在乎，他努力装得不在乎，他才能忍受所有的煎熬。然而，他想象中会带来卢克爵士的那列火车，让他想起了马克勋爵。马克勋爵曾经两次发现他的秘密，看到了他荒唐的模样，而他就是一个男性。不过，要装着对马克勋爵不在乎，是相对比较容易的。

他的同伴没等他表达他的这些忧虑，就回应了他关于米莉不是他的公主的说法："她当然不是你的公主。你得先努力才行。"

对此，丹什表达了自己的想法："不是她得先努力吗？"

这句话产生的效果超出他的意料，竟让她慌神了一会儿。"我明白。毋庸置疑，是可以这么想。"然后，她又停下来，环顾左右，回避跟他的目光相对，似乎在想着米莉该怎么努力。"不过，她一直都想对你好。"

这句话让他一下子显得那么粗鲁无礼。"当然，她一直对我很好。她非常好，一直将我当什么大人物似的。我可以将她当成我的女主人，我跟你一起伺候她。当然，"他顺着她的意思补充说，"我也发现，这里确实像宫殿。"

她马上显得这就是她想听到的话。"这就是我的意思，这里就是宫殿，而且像是天堂里的宫廷，是天使的宫廷。这里绝对适合她。”

“好吧，我同意。只是，你知道，”他说，“整体而言，宫殿里的生活，是不用付出代价的。”

“是的，书上是这么说的。但是，目前的情况是前所未有的。这就是关键，所以说，她是伟大的公主，是唯一的公主。跟她在宫殿里一起生活，”斯特林厄姆太太说，“是要付出代价的。”然后，她似乎解决了他的问题。“你会明白的。”

他等了一会儿，接着也没有说让她不开心的话。“我想你刚才说得对。总要先付出努力。”

“哦，你已经在努力了。”

“是吗？我觉得还没有。我还能再做得更多。”

好吧，她似乎想说，要是他果真这样就好了！“你一切都做得到，你知道。”

“一切”实在太夸张，他无法正儿八经地接受，之后，他没有回应，而是提起一件不同但也关联的事，他这是要表达他的谦卑，也想避免显得无知。“既然你跟我说她好多了，她为什么还要叫卢克爵士来？”

“她没有叫他来，是他自己要来的。”斯特林厄姆太太解释说，“他早就想来。”

“如果他都放心不下，那不是更糟糕吗？”

“他首先是来度假的。这几个星期，她一直知道他要来。”斯特林厄姆太太接着说，“你可以让他放心一些。”

“我？”他毫不掩饰他的困惑。真是穿裙子的人！“对于他这样的人，我帮得上什么忙呢？”

“你怎么知道，”他朋友说，“他是什么样的人？他跟你见过的人都不一样。他是伟大、仁慈的人。”

“那么，他就不需要我帮忙。再说，我是外人，插不上手。”

“你有什么想法，”斯特林厄姆太太有些急，“也可以跟他说。”

“我对蒂尔小姐的想法？”丹什瞪着眼睛说。他们说得没错，这是一宗大买卖。不过，他终于找到自己应该说的话。“这与他毫不相干。”

有一阵子，斯特林厄姆太太的确觉得他说得对。她的表情还显得很兴奋，不过，她那双明亮又锐利的眼睛盯着他，好像要把他看穿，虽然他直到后来才知道她可能看见了什么。“那么，就这样跟他说吧。无论你说什么，都有利于他了解你。”

“他为什么非要了解我？”

“给他一个机会吧。让他与你谈谈，到时你就会明白。”

斯特林厄姆太太所说的一切，让他清楚地感受到一种既愉悦又有点奇怪的温暖，在之后的两三小时里，这种感觉因为几个新的印象变得更为充实。米莉在晚餐后下楼，此时来了六七位朋友，主要是兰开斯特大门的女士们的朋友。她跟这些人都热情打了招呼，也对尤金尼奥带来的音乐师表达了热烈的欢迎，那位伟大的医生是最后来的，这位医生的到来，更让他感受到了她汹涌澎湃的热情，完全取代了刚才温和的魅力。当然，对于她的魅力的感受，有些人会比其他人更深刻；而他觉得自己已经被水淹到了脖子。他在水里挪动着，但没有溅起任何水花，然后，他浮到水面，无声无息地游着。总而言之，他们都像是水晶玻璃池里的鱼儿。那个地方的气质，那里的美，可能有很大的关系，那些房间的富丽堂皇，富有艺术性的装饰，塑造了所有人的神态，让他们显得宁静而不凝重。这些人都是像斯特林厄姆太太说过的计划在客栈里待一两个星期的人，他们的行动完全按照贝德格尔旅游指南，看到壁画都会大惊小怪，会为了不到一法郎的费用跟贡多拉船夫讨价还价。今天，米莉穿着白色裙子，在众人之间穿梭，让他们大开眼界，十分敬仰，因此，即使他与斯特林厄姆太太谈到的那幅委罗内塞杰作还不够完整，但是刚开始的散漫和冷漠终究都消失了。今天晚上，他第一次看见她穿白色衣服，但她从未让他强烈而清晰地感觉到光彩四射。她的样子跟以前不同，更年轻，更漂亮，扎成辫子的头发的颜色不如从前那样刺眼；然而，他不想说这是因为她换掉了从前一成不变的像修女制服一样的黑色衣服。这样的变化虽然增加了她的风采，但她从来没有为他做过改变，他因此进一步判断，这一切都是由卢克爵士的到来决定的，这个想法有点意思。如果说他因此嫉妒卢克·斯特雷特爵士，他从客厅的另一边观察他的神情可能更有意思，而他发现，他的神情并没有受到现场气氛的影响。但是，他不能太过分，尽管这里人人都很兴奋，可以为他提供一些掩护。他感觉自己已经陷得太深了，而且，他经过观察思考，他发现他比别人都陷得更深。米莉忙着照顾其他人，好像没有怎么理他，同时，凯特与劳德夫人将他介绍给那几位英国女士；这本身就是一个证明，迄今为止，他们之间最亲密的交流，仅限于一次目光交流和三个表示问候的单词(语气极其轻松)，但是，他还是能领会到她对他的关注。

他可以发现，今天晚上，作为女主人，她洋溢着高尚而饱满的精神，既体现她的胆识，也符合当天的氛围，他看得特别清楚的，是在她身上有一种天然的特质，但非常奇怪，她似乎能收发自如，想压制下去或者显示出来，她都做得到：她还是那个美国女孩，跟他当初认识的一模一样，在纽约的时候，他觉得她就是这个样子的。他觉得，那天在伦敦碰到他和凯特在一起的时候，她也是那个美国女孩。他发现，这是她特有的社交资源，那是像他这样的男人所不具备的；他也不可能知道，这到底算是人格的延伸还是人格的收缩，所以，他只能认定这是外表的令人难以捉摸的延伸。今天晚上，他这样做显然是对的，后来，凯特强行跟他介绍另一个人的时候，她说了一句话，那句话就是很好的印证。刚才，她就想把那位女士介绍给他，可是，在音乐的掩护下，还没有真正介绍，他就躲开了。当时，他觉得她神秘兮兮，好像在交代他们在广场上交谈的内容，可是那些内容显然都是她编造的。不知道她要强迫他干什么来惩罚他。他的第一感觉是他可能真的做错了什么，不仅让她为了他动用了她完美的智慧，还让她无论如何都逃脱不掉他那个无懈可击的逻辑。在他的面前，在他的身边，像今天从吃晚餐到现在，她根本没有逃脱的可能，这种可能性比从前任何时候都小，她只能面对这个问题，或者干脆投降，或者徒劳无功地挣扎或者口是心非地申辩，或者利用一切机会表达自己的想法。她的机会在于，在那个场合，有许多事情肯定可以让他感受到她的意愿，他一开始还觉得这些事情给了他一些压力，慢慢地，通过这些事情，他也能感受到她感受到了他的意愿。她的相貌跟米莉一样漂亮，但又有不同之处，而他此时感觉到，他的一举一动都反映在她的脸上，这让他感到相当满足。有生以来，他从未像这样粗俗地体会到什么是“征服”。他确实曾经让人“喜欢”过，但从来没有在像这样的地方得到这种程度的喜欢。这超过了米莉对他的喜欢，很可能如此，他感觉应该给予回报。与此同时，在观察情形的时候，他发现凯特的光彩不如从前。作为年轻的主角，她笼罩在了米莉散发出来的温和光辉之中，她今天晚上俨然穿上了米莉以前穿的毫无亮点的黑色小礼服。他感觉，她今天的表现，跟他们年轻的朋友因病不能到场的那天她在她姨妈眼皮底下的亮相截然相反，他永远不会忘记她那时的完美亮相。此时，同样是在她姨妈的眼皮底下，她心甘情愿地摒弃所有亮点，事实上，就是她的放弃，成就了今天的美感，也修复了受损的部分，但是，今天晚上，谁的眼睛会持续关注谁呢？无论如何，他都很肯定，她跟他说的第一句话，似乎想要表明如果说她有些不自信，至少她是很镇静的。

“你现在觉得她怎么样？”

她好像不担心人家说她太放肆，所以，她从他们站的地方一直瞅着米莉，发现她又跟小乐队的乐手谈论着她下一步的希望，他们对她毕恭毕敬，同时又有威尼斯本地人特有的幽默，跟威尼斯本地的喜剧一样夸张。那位女孩觉得音乐应该开心一些，应该能化解人们的拘束，但也不要太激烈，这样能体现音乐诠释者和创作者的良好品行，总之，品味应该自然，旋律应该热烈。总之，凯特的问题是很容易回答的。“亲爱的，你知道我觉得她怎么样！”

“她太漂亮了，”凯特好像替他回答说，“感觉一切都那么完美，特别是她的珍珠，跟她的旧带子极匹配。我想你有机会要去仔细看看。”丹什知道，自己虽然看过那串珍珠，但不算仔细看过，没有好好欣赏过其中的诗意，每当想到米莉，他好像都能感受到她的诗意，那可能是珍珠的诗意的来源。看着那串珍珠的时候，凯特的表情让他感慨良多：那串无价的珍珠链在米莉的脖子绕了两圈，又沉又纯，垂到她的胸前，她下意识地抓着、抚弄着、在手指上缠绕着，这应该是自然的动作。“她就是一只鸽子，”凯特接着说，“人们一般都想不到，鸽子会打扮得这样珠光宝气。不过，在她身上，一切都那么自然，从头到脚都是。”

“是的，从头到脚都很自然。”丹什知道为什么会那么自然，但他更清楚地意识到，他的同伴的说法意味深远。米莉确实像一只鸽子，这就是她的形象，尽管主要是在精神上的。然而，他不久之后就意识到，由于一些他看不见的原因，凯特强烈地感受到了她的巨大财富，她的财富是一种力量，非常强大的力量，大家也都知道，鸽子有一双翅膀，飞起来的时候，会让人看到让人激动的暗示，听到悦耳的声音。他甚至依稀感觉到，在一定的情况下，在涉及他的情况中，她的翅膀就会展开来罩住他。再说，最近不是展开了吗？凯特、劳德夫人、苏珊·谢泼德和他，特别是他，不都偎依在她的翅膀下面吗？目前，这一切就像太阳普照下的迷雾，在这明亮的迷雾中，他听凯特紧接着说：

“珍珠有魔力，跟任何人配都很自然。”

“跟你配也肯定很自然。”他坦率地回答说。

“哦，是的，我自己明白！”

她自己明白，突然间，他也看明白了，她本该也是珠光宝气的；于是，他更清楚地领会到她当前的思想。米莉身上珠光宝气的装饰物，有些神奇彰显了人们之间的差异，事实上，凯特的神情表明她看到了那个差异。她的神情还可能表明，她佩戴珍珠的样子肯定也很好看，但是莫顿·丹什是给不了她珍珠的。那不正是米莉今天晚上彰显的巨大差异吗？她意外将另一个事实摆在凯特面前，而凯特则看得很清楚，一点都没有遗漏掉：即使她最终嫁给一个不能送给她这么贵重礼物的男人，她们之间的共同点也是无人可比的。然而，丹什直到后来才想起这个悖论。此时，他想起了吃晚餐之前斯特林厄姆太太跟他说过的话。于是，他终于可以回答他的朋友刚才提出来的问题：“她很好，当然，有人跟我保证说她更好了。这是一两个小时之前斯特林厄姆太太很高兴地跟我说的。显然，她自己是相信她更好了。”

“如果他们要这么说的话……！”

“你会怎么说？跟他们相反？”

“除了你，我不会向任何人说什么。我不会故意跟他们唱反调。”他似乎什么东西都要人家教，这让凯特又感到很不耐烦。

“我就是说我。”他说，“你会跟我怎么说呢？”

这让她犹豫了一阵子。“她没有更好，而是更糟糕了。不过没有关系。”

“没关系？”他感到很迷糊。

但她自己不迷糊。“跟我们没有关系。当然，我们还要为她尽最大的努力。我们正激发她的生活欲望。”凯特再次看着她。“今天晚上她确实有了生活的欲望。”她这句话很温暖、很温柔，让他觉得有些突兀，她一直都很明确、很坚硬。“好棒！漂亮极了！”

“确实很漂亮。”

对这句话中所包含的无可奈何，他有些憎恨；但她丝毫不在意。“她都是为了他。”然后，她朝着米莉的上门医生点了点头。“她希望在他面前展示最好的一面。但她骗不了他。”

丹什也看到了，因此，他能够马上回答说：“你觉得你能吗？我是说，如果他跟我们在一起，你的情感是不是瞒得过他？如果莫德姨妈与他关系很密切的话……！”

事实上，莫德姨妈此时就坐在他的旁边，好像跟他聊得很起劲，但这并没有转移掉他的视线，他的视线很坚定，好像谁看到他都会有这种感觉，丹什意识到了，凯特也意识到了，于是，她接着说：“他在看着你。他想跟你说话。”

“斯特林厄姆太太事先就告诉我，”年轻人笑着说，“他可能会想跟我谈话。"

"满足他吧。满足他的愿望。"凯特接着回答刚才的问题，"我没必要瞒他。有必要的话，莫德姨妈会替我做的。我是说，他对我一无所知，所以，他对我的看法基本上就是她对我的看法。她现在对我很满意。他和我没有任何关系。"

"也许他想谴责你。"丹什暗示道。

"因为我不在乎你吗？完全可能。但是，就装样子，我把你这个聪明的年轻男人推给了米莉，他还能怎么样？"

"好吧，"丹什真心诚意地说，"我想我要感谢你，你将我让给了一个可能比你更容易相处的人。"

那位夫人已经换了地方，所以，她使劲环顾左右，寻找着劳德夫人的一个朋友，她说过要把她介绍给他认识。"所以，我更要将你介绍给威尔斯夫人。"

"好吧，不过稍等一下。"这不仅是因为他看见威尔斯夫人在很远的地方，因为她没有让他产生任何渴望，因为他想到了一个问题，他们结婚之后，他是不是应该跟这种人建立什么关系，更是因为他意识到了一件那天早上凯特没跟他说过但在逻辑上跟他关系很大的事情，此时此刻，这个意识变得极其清晰，压迫着他抓杯子的时候都特别用力。既然莫德姨妈陪卢克爵士坐着的时候发现他对凯特那么专注，那么，他再怎么跟她说他已经改变了追求的方向都是没有效果的。而且，就在刚才，他并没有很在乎莫德姨妈，只是在紧要关头才装一下。"如果劳德夫人知道那是个将死的女孩，她怎么会认定我已经对你死了心？你对米莉的情况的判断可能没错，但是，你对劳德夫人的判断可能有失误。如你所说，"他口齿清晰地紧接着说，"米莉骗不了那位伟大的医生，但是，那位伟大的医生不会欺骗其他人，不会欺骗那些有密切关系的人。他肯定不会欺骗斯特林厄姆太太，因为她是米莉最亲密的朋友；同样，斯特林厄姆太太也不可能欺骗莫德姨妈，因为莫德姨妈是她最亲密的朋友。”

凯特很冷静地看着他，因此表明了她的观点，为了这个观点，他就值得拥有她。“这有什么值得大惊小怪的？我很惊讶，你好像对自己要走的路都看不清楚。”

此时，他对他的同伴感到极度好奇。我们知道，他曾经将她比喻成一本书，一本人们都没听说过的、还没有裁边的新书；说句实话，他一直都很兴奋地翻阅着这一部书。“哦，你知道，你看得那么清楚，我也感到很惊讶。”

“无论如何，”凯特紧接着说，“要说斯特林厄姆太太会欺骗人家，那肯定不是不可思议的。她为什么不能掩盖真相呢？”

“对劳德夫人？”丹什睁大了眼睛。“她为什么要掩盖呢？”

“为了让你高兴。”

“这怎么会让我高兴呢？”

凯特扭开头，似乎她已经受不了他的愚钝。但是，随后她又看着他说：“她这是要让米莉高兴。”不等他再提出问题，她紧接着说：“到了这个时候，你还没感觉到斯特林厄姆太太什么事情都愿意为你做吗？”

事实上，他不得不接受这个说法，这跟那位善良的女士最近一次接待他的情形惊人地一致。他感到十分诧异，难道真是巧合？好吧，还是那句老话，凯特一直提着灯笼，照着他前进的路。不过，他有所保留地表示认同：“她是个好人。不过，对于什么事情是应当的，她的判断可能跟你有点不一样。”

“如果都是为你好，怎么会不一样呢？”

丹什犹豫了一下，但只有那一下子。“哦，问题是，说实话，我不明白这样怎么是为我好。”

“为你好，可以说，”凯特说得非常简洁，“就是为我好。为你争取时间。”

“要时间干什么？”

“一切。”起初她又显得很不耐烦，然后，与往常一样，她又做了调整。“任何可能发生的事情。”

丹什微笑着，但他自己感觉他的笑容是紧绷绷的。“亲爱的，你好神秘！”

这句话促使她盯着他，他也从而发现，他们可能碰到了泪水的源头，让她的眼睛充满了泪水。他从她一些难以觉察的动作看出来的，如果没有这些动作，她可能不会这么让人感兴趣。“我一直在为你操心，我从未梦想过我会为其他哪个人这么操心。”

好吧，她说出了心里话，这让他满脸通红；不过，他很快就有一个回答浮到嘴唇边。“哦，我不是一直在劝你，我们不用操那么多心吗？”他接着还要劝；他也再次提到他这个星期以来都在逼她的事情。“我们不用操那些心的，只要我们相爱，其余的一切都不用操心。”

这番话让她泪水一下子就干了，然后，她扣住她那条链条的无数环节的一环说：“你想跟她说什么就说什么，跟她说什么都没关系。”

“斯特林厄姆太太？我没什么好跟她说的。”

“你可以跟她说我们之间的事。我是说，”她紧接着说，“你可以跟她说你还喜欢我。”

这确实很有意思。“就是不说你还喜欢我？”

她没有理睬他。“我肯定她不会跟别人说的。”

“我明白，不会跟莫德姨妈说。”

“你并不是很明白。她不会跟莫德姨妈说，也不会跟其他任何人说。”他发现，凯特其实一直比他更惦记着米莉，她下面说的这句话就是很好的证明。“这样，你就有时间。”

她最终迫使他不得不思考，与此同时，他仿佛看到一股亮光，让他马上可以看穿迷雾，虽然不是马上可以看穿。“我必须说，我真的明白了。这样，我就有时间来做你认为有可能的事情。我还明白，这样也能为你争取到时间。”

“确实也能为我争取时间。”看到他比刚才更专注，她显然受到了鼓舞，隔在他们两人中间的迷雾似乎终于散开了。但是，她还是存有戒心。“不过，你别以为我会为你包办一切。如果你想让东西有个名字，你就得给它取名。”

于是，他心里反复琢磨着几个名字；最终只剩下一个，他觉得这个名字很可怕，但很合适。“因为她快要死了，所以我要跟她结婚？”

他感觉，对此，她既不退缩也不攻击。她本可以优雅地保持沉默，可以用眼神来回答他的问题，在他们目前的处境下，这样是有好处的。不过，她的嘴唇还是动了。“对，跟她结婚。”

“所以，她死去以后，我自然就有钱了？”

他都明白了，他没有必要再问；不过，他马上感觉浑身发冷，因为他忽然想到，他真笨，他真懦弱，居然料不到她有这样的计划。既然他已经看懂了，她有些话没来得及说的，现在就必须说出来，于是，这些话通过她平静的声音传了出来，好像她觉得如果在最后关头退缩，是她的耻辱。“你自然会有钱。我们也自然会获得自由。”

“哦，哦，哦！”丹什轻轻地说。

“对，对，对。”可是，她马上打岔，“去跟威尔斯夫人认识下吧。”

他没有移动脚步，因为还有许多问题亟待解决。“这么说，我要当场向她求婚？”

在这句话里面，他没有加讽刺的语气，其实，语气越简单，讽刺意味就越浓。但是，她丝毫不为所动。“这件事你自己安排，我不参与，只要你不是想跟我断交，我想你就不用问我。你可以随心所欲，尽力而为。”

他又想了想。“我绝对不会跟你断交，今天早上，我已经跟你说得很清楚。”

“那就没问题。”凯特说。

“没问题？”他迫不及待地问，“你会来吗？”

但是，过了一会儿，他才发现这并非她的原意。“你行动自由，目标明确，机会难得，这些都非常理想。”

“你说得真好。”她说的话让他大为感动。“我有一点还不明白，你既然这么喜欢我，怎么又喜欢这样呢？”

“我不喜欢这样，但我这个人，上帝知道，不喜欢的事情也能做。”

直到后来，当他回想这个情景的时候，他才从这句话中体会到她的英雄气概，相比之下，他却显得那么懦弱。不过，事实上，他当时就发现，这么清楚自己想要什么也是很伟大的。他还记得，他当时也知道自己想要什么。不过，他的嘴唇还是不受控制，又冒出了这么一句话：“我不明白你怎么受得了。”

“哦，你要是对我更了解，你就会发现我有多大的忍耐力。”然后，不等他回话，她就紧接着说下去。说他在精神上还不够了解她，虽然他一直这么关心她，这是他难以直接面对或者全部接受的。他也一直觉得她很神秘，但是，那主要是因为他的纵容，他不觉得那是她造成的。那么，她这时会把什么交到他手上呢？尽管问题依然存在，她还是要推着他继续前进。“你要留下来。”

“要在你的眼皮底下完成使命吗？”

“哦，不，亲爱的，我们会走。”

“走？”他大惑不解，“什么时候走？去哪里？”

“过一两天吧，直接回家。莫德姨妈说的。”

这放飞了他的思考。“那么，蒂尔小姐怎么办？”

“我跟你说过。她会留下来，所以你要留下来陪她。”

他睁大了眼睛。“就我们两人？”

她微微一笑，显然是因为他的语气。“你不是小孩了，而且，还有斯特林厄姆太太帮你。”

此时，他觉得奇怪极了，他居然稍微一当心就能从她身上得到诸多启发，他基本上能预见她想说的话，有了这个本能，他就没有必要花那么多冤枉力气去更好地了解她。如果不是他隐约看见了她可能中途撑不住，他可能就不会再多说什么。然而，既然她还没有崩溃，他就只好接着问：“这是不是劳德夫人的主意？”

“没错。当然，你应该明白这对我们有什么好处。”她补充说，“我不只是说我们马上要离开，我主要是说莫德姨妈觉得这样合适。”

“是的，我明白。”丹什片刻之后说，“所以一切都显得很合适。”

“一切！”

这两个字几乎让空气停滞，有一阵子，他好像在内心审视着这到底意味着什么，而且他的视线绝对不会模糊。然而，事实上，他的眼睛盯着别的东西。“你们让她留在这里等死？”

“她相信她不会死。如果你留下来，她就不会死。我是说，”凯特解释道，“莫德姨妈相信。”

“所以我有必要留下来？”

她还是没有崩溃。“我们不是很早就说好了吗？她的想法是我们的行为准则。”

在她面前，他努力地回忆，但那似乎是很久之前的事情。“哦，是的。我不能否认。”然后，他又说，“所以，如果我留下来的话……”

她马上回答说：“那就不是我们的错。”

“你是说如果劳德夫人还怀疑我的话？”

“如果她还怀疑我们的话。不过，她以后肯定不会了。”

凯特的语气很重，斩钉截铁，让他觉得没什么可以再说的，可是，事实上，他紧接着又想到：“但是，如果她不接受我，怎么办呢？”

这让她摆出一副很累的模样，而她之后表达的耐心，让他十分感动。“试试看吧。”

“当然，我只能试试看。不过，你知道，向一个垂死的女孩求婚，要下很大的决心才行。”

“在你面前，她就不是一个垂死的女孩。”凯特说话都像刀切一样，很准，也不留余地，让他崇拜不已，她这次顶嘴也好像说到了点子上。事实上，这就是米莉今天晚上给他留下的深刻印象，他的同伴一直盯着他的眼睛，好像她的视线能插进他的内心深处，并看到了他真实的印象。她转过头去看他们的朋友，他也转过头去，因此，两人一起看了一会儿。此时，另一边的米莉碰巧也注意到了他们，并朝他们露出了坦率的微笑，她的那串珍珠，她的生命价值，以及她的财富，也都在朝着他们闪烁。这让他们想到了刚才谈到的计划，他们俩的表情又一起变得很凝重，凯特自己的脸色甚至变得有些苍白；他们沉默了一会儿。就在这时，宫殿里再次爆发了一阵欢快而嘈杂的音乐，这音乐与其说打扰了他们，还不如说掩护了他们。所以，丹什再开口说话的时候，不管说什么，都是很安全的。

“我可以留下来，但可能不会努力去干什么。”

“留下来本身就是一种努力。”

“你是说，只要留在她面前就行？”

“我不明白你还能怎么样。”

丹什犹豫了一会儿。“那么，你认为她会主动说要跟我结婚？”

“我不明白她为什么不会。”

“像她这样的公主，会做这种事？”

“无论她像什么，你做好准备就行。”

好吧，他貌似已经做好了准备。“那么，我只好接受了。该来的让它来吧。”

凯特没有马上回嘴，她不想跟他纠缠。不过，她过了一会儿又说：“那么，你保证留下来？”

他也没有马上回答，但一旦说出来，他的意思非常清晰。“你是说你们都走？”

“我们都走。”

“最晚什么时候走？”

“最晚星期四。”

这就是说还有三天。“好吧，”他说，“我保证留下来，但你要来找我，你要保证。”

跟往常一样，他的话又让她的表情凝结了，然后转着头，似乎茫茫然地找着什么。她的茫然比她的热情更让他印象深刻，她的热情表明她是女人，而她的茫然则像一副面具，表明她在躲避什么。然而，非常碰巧，她的寻找没有白费，不久她就找到了目标，终于在房间里找到了一个借口。“威尔斯夫人等得不耐烦了。瞧，她正朝我们走来。”

丹什也看见了，但她还有很长的一段路要走，他还有时间。“你不想理解我，我也不想理解你。你就别指望我干什么。”

“真的吗?”她用哀求的语气说。

“真的。我会在你们之前离开。明天就走。”

他后来有点得意洋洋地觉得，她当时就明白他是说到做到的。她又看着威尔斯夫人，她走近了，但她很快又回过来跟他说:“那么，要是我理解你呢?”

“你让我干什么我就干什么。”

那位朋友继续向他们走来。他简直是在玩弄她的自尊心。他当时知道，跟她交往了这么久，他从来没有尝到过这么强烈的味道，这已超出甜蜜的范围，他发现自己已经完全掌控了目前的局面。“那么，我就理解。”

“你保证?”

“我保证。”

“你会来找我?”

“我会去找你。”

第九章

1

等他们都走了之后，他才真正有了不一样的感觉，在褪了颜色的客栈里感觉尤为明显。他在一个房间里找到了一个他可以一边看外面景色一边沉思的位置，在这个位置上，他可以看见里亚托桥，桥的一头连着拱廊，另一边跨过大运河；他几乎固定从一个角度隔着这座桥眺望，他的意识和双手也都适应了这个角度；在此期间，房间里面好像有一股气息笼罩着他，这股气息随时会冒起来，力量很大，让他摆脱不掉。他只有离开客栈，走出这股气息的影响范围之外，才能放松下来。这股气息在房间时起时落，纠缠着他的各种感官，此时又活跃起来了，其实，这股气息就是一堆愉快的回忆，无时不在，无处不在，让其他一切事物都显得无关紧要，索然无味。总之，这是自觉、持续的存在，非常活跃，要是想躲掉它、想摆脱它，不仅肯定是徒劳的，而且会显得轻率。凯特来找过他，不过只有一次，不是因为他们不再需要，而是因为她说什么都是不可能再来的，不管他们多么勇敢，多么善于算计。不过，她总算是来了，还待了一阵子。她走后遗留在这里的感觉，始终吸引着他的注意，是不可能从他的脑海里抹除的，即使他希望抹除它。很幸运，他并不想抹除它，尽管自己当时的所作所为可能产生挺可怕的意外后果。对他而言，最重要的是他终于让她接受了，他觉得这件事代表着他已经大获全胜。这件事已经从一个美好的愿望变成一个具有历史意义的事实。此前，他很迫切，很期待，给凯特施加了很大的压力，他说这件事意义重大，至此木已成舟，就对他构成了压力，义务落到他的这边，他要永远记住他的承诺。实际上，他事先认定他的朋友的承诺有不可估量的价值，此时，他发现他已经得到了所有价值。也许，可以反过来说这个价值占有了他，支配着他，让他时刻惦记着它，伺候着它，从这边瞧到那边。

这个意识就像他家里的宝贝，是他像神明一样供着的宝贝，他觉得，每一次回家，将沉重的老钥匙插进门锁将门打开后，他肯定能在恰当的地方找到它。门一打开，他就可以陪着它，面对着它，他的感觉是那么强烈，所以，一举一动好像都关联着它。无论他在哪里看，坐在哪里，站在哪里，从哪个角度看，它都会出现在他的视野里，无比清晰，能彻底占有他的注意力，就像在剧场里面，帷幕拉开之后，台上的小提琴手展现在观众面前一样。所以，他就像在只有他一个人的剧场里，整个乐队每天晚上都演奏着固定的曲目，慢慢地、轻轻地，剧场里会响起他总是要听的声音。在这段时间里面，没人来过他的客栈，他只是在广场上散步的时候，会偶然碰到一些说认识他的人，不管他是否记得他们，这些人一见到他就很兴奋，有时甚至会刨根问底；但是，他没有给任何人留地址，也没有鼓励任何人去找他。他感觉，他一辈子肯定都不会为第三人打开房门；这些人可能打扰他，泄露他的秘密，也许还会对他的秘密进行猜测，总而言之，他们可能扰乱他内心世界的活动。此时，他很充分地认识到了忠诚的必要性。他的忠诚，是履行契约的投入，就像是他得到了服务然后要支付的代价，反正，那是他的责任和义务；

这个意识萦绕着他的脑海，不能让外来人搅乱。他从来没有像现在这样被某一种意识笼罩、纠缠过；这可能就是所谓“成功者的苦恼”，也有人说是智者多虑。如果说他因此感觉有些不安，那是因为失去了温馨的神秘感。现在，神秘感已经消失，他就像处在透明的环境里面，注视着透明的东西。他每天有十几次想从中摆脱出来，想用实际的肢体行动来中断他的冥想。冥想肯定不是她留给他的任务，他的忠诚应该采用另一种形式，换言之，就是谨慎的行动。

他知道，待在家里沉溺于冥想，并不是所谓谨慎的行动。他很奇怪地感觉到，要对凯特忠诚，他就必须让他的眼睛、他的双手乃至他的双唇离开她；他必须隔离掉她。他必须记得什么时候应该到那座宫殿去，事实上这是对她好，他的支票是有效的，也是要及时兑现的。很幸运的是，迄今为止，他出门之后把门关上，就把她关在了里面；他走了一段路之后，他就感觉把她隔离掉了。在他到达宫殿之前，尤其是他踏入宫殿大门、听到大门砰的一声关上之后，他就觉得他并不是在做一件虚假的事情，所以感觉十分轻松。因为凯特被关在他的客栈里面，她的影子不会来到这么辉煌的地方，因此，虚假的感觉只在反思回忆的时候才会出现。既然那只是偶尔出现的，他就不用明确面对它，也不用感到内心不安。所谓内心不安，其实是说他原来是有恐惧的，然而，他每天待在米莉面前，恐惧不也被隔离了吗？他也许不能逍遥到最后，也许在某个时刻他还可能遭遇耻辱。不过，他一直在做他自己最喜欢的事情，所以他暂时可以觉得很安全。他最喜欢的事情，就是看见事情怎么都跟他感觉的一样。实际上，其他的朋友撤离十天之后，他就看得很清楚。他很清楚地看见，他跟米莉之间这种奇怪的关系，既不是凯特也不是他自己促成的，尽管他们有明确的动机；那是米莉的功劳，她让这个关系显得一清二白，而他们俩没有做过净化的工作。他感觉，米莉掌控着一切，她本人，她的房子，她的热情，她的态度，她的人格，乃至她的想象力，都在她自己的掌控之中，斯特林厄姆太太以及卢克爵士也许都只是帮手而已。因此，他知道自己有一个很好的借口，可以问问自己他还得做什么。好像有一股神秘的力量在帮他们，帮他和凯特；那股力量远超他和凯特能力之外，无疑比他们好得多，所以，他们没有理由不利用它来获得自己的利益。否则，他们就是要跟这股力量对着干。也就是说，如果违背米莉的意愿，丹什可能觉得无比的痛。

所以，他要顺着她，跟着她一起走，只要她自己能走。在她心爱的宫殿里面，也只有他陪在她身边的时候，她才会走动。他所谓的“陪”，从表面上看，是非常“明显”的表现，那恰恰是凯特的要求。实际上，他的表现那么明显，以至于在当天傍晚就产生效果，米莉不得不向他索要解释，她还好像有些尴尬。她好像是希望他给个名称，既然他们现在是单独在一起，他们就应该有一个共同的说法，这也是为了以后方便，无论如何，他的存在，尤其是在别人不在的时候，必然要有一个比较明确的理由。她很关心他会给自己找什么理由，他知道，他只要提出一些很一般的理由，比方说他正等着钱或者等人送衣服来或者舰队街的来信或者命令，也许那也就够应付她了，甚至可以真正让她满意了。她可能听说过，如果没有舰队街命令，新闻记者是不能轻举妄动的。也许，他不至于沦落到这种地步；不过，就在那天晚上，斯特林厄姆太太将他们单独留在一起（斯特林厄姆太太真有心计），他就尴尬得不得了，米莉可就没见过有人这么尴尬的。他事先做了很充分的准备，面对各种问题，他本应从容应对的。但是，有三分钟时间，他感觉自己无言以对，像一位绅士的钱包被扒手偷了，买东西的时候一时间找不到钱来支付。非常奇怪的是，即使他知道凯特肯定会替他说什么，这竟然没有为他提供任何帮助。在最后的时刻，他没有问她会说什么，当时没有任何理由来问这样的问题。她去找了他之后，他的双唇被完全封上了，他的精神得到了抚慰，他不会再对她指手画脚。他只能猜测她可能说什么，在一个小时之后，在他离开宫殿之后，他好像从空气中嗅到了真相。

然而，这个感觉正是他当时显得那么丑陋的根源。在米莉的面前那么尴尬，是非常恐怖的，而为这样的关系找借口，也是很恶心的。处在这种关系里，跟吃饭的时候用药作调味品一样让人倒胃口。在两位年轻女士的最后几次谈话中，凯特可能提到，如果米莉非要知道真相的话，丹什之所以留下来，是因为她找不到别的办法，只好这样要求他。如果他留下来，他就不会跟着她，至少不会让她姨妈觉得他一直跟着她；如果她能让他不再跟着她，劳德夫人就不能指责说她始终放不下他，她的指责很让人难过。她不知道怎么才算放下，她一直问心无愧，但莫德姨妈总是疑神疑鬼，这才是让她疲于应付的。而且，他一直很通情达理，目前也一样，他愿意满足她们的心愿，姨妈和外甥女的共同心愿，说他会远离伦敦。远离伦敦就是远离凯特·克罗依，这让凯特感到很放心，她对此很感激。待在宫殿里的三小时内，丹什有一阵子感到很恐惧：米莉提到他们这个朋友的解释的时候，他必须找话来应付，但又不能破坏它。破坏这个解释就等于破坏一切，也可能害了凯特本人，可能构成极其丑陋的背叛，可能毁灭掉他们最后一刻的甜蜜记忆。他承诺过她，如果她来找他，他会完全服从她的意愿，此时，他完全明白了她的意愿包含什么，他会如实履行诺言，不折不扣。今天晚上，在高贵客厅的朦胧灯光下面，对着女主人苍白的脸，对着这张因为信任他而显得神圣的脸，也可以说是极其仁慈的脸，他必须通过自己的双唇说谎话。唯一能解救他的，就是米莉放他一马，虽然她刚才把他吓得要死。她的仁慈真实无可比拟，她已经不止一次解救了他，但是，很神奇的是，她其实并不知道他有多么接近于迷失方向。

这些都是超验的行为，尽管有点朦胧，但他终究再次感到压力轻了。他之所以还站得稳，简言之，就是因为她并没有强调凯特的说法，逼着他回应。他不能站着撒谎，如果有必要，他是会跪下去的。于是，他就坐着，由于紧张，交叉的双腿不停地颤抖着。她为他被人家放下表示遗憾，但他已经准备了三四套虚假的说辞。忙乱之中，他拿出来的说辞却跟钱、衣服或者上司的指示无关，这套说辞的层次还要高一些。他说这机会非常漂亮，像提香画的女妖一样漂亮，他可以在这里安静地写一些东西。他说在伦敦很难安静地写作，而他一直都在揣摩一个想法，现在这个想法成熟了，他非常渴望把它写出来。

她的脸上突然亮起来。“你想在这里写书？”

“我希望能开头。”

“你还没有开头？”

“刚要开头。”

“来到这里就开始？”

她兴致很高，也许不会太轻易放过他。“我想是几天前刚开始的。”

接着，她说了一句让他无法回头的话：“我们恐怕耽误了你的时间。”

“当然有，我之所以留下来，就是为了弥补这个损失。”

“那么，你不会太怪我吧？”

“你有没有发现，”他努力说得很轻松，“我怪过什么？”

“好吧，”米莉自己也陷进去了，“你要抓住每一天的黄金时间。”

他想了想，然后尽力挤出来一点微笑。“哦，我会利用零碎的时间凑合着写，黄金时间会让给你。”他希望凯特能听到他说这句话。但是，可怜兮兮地想到凯特，对他寻求心安理得并没有帮助。此时，他还要充分运用智慧，掩盖凯特所谓放下他的说法，摆脱她套在他身上的枷锁。他的磨难还在于米莉居然那么感兴趣。她真的非常感兴趣，她马上问他说他的客栈是否有利于他的写作，而他感觉，要很体面地回答她，他的脸上就要戴一副黄铜面具，这样才不会感到羞耻。要是她再次表达去他客栈喝茶的想法，他就特别需要这样的面具，他感觉这个极端情况他是避免不了的。“我们相信，苏西和我，你是不会忘记我们要去的。”好吧，该来的就让他来吧，管他是什么极端情况，当然，这要求他使尽浑身解数。关于她们的来访，无论如何，我们知道，他是绝对不会被动接受的；他感觉，这种事情可能是凯特眼中最合适的事情。他也许会问自己，凯特对于什么事情合适的看法，有没有因为后来所发生的事情而改变。尽管他觉得这种改变不大可能发生，但这并不影响他运用机智的必要性。机智是对付目前窘境的必然工具，因为他所面对的是敏感而善良的人。如果他的机智能发挥作用，他就不会显得那么没有人性。于是，他就不能让米莉的愿望变得更甜蜜。他不想粗暴对待她的愿望，但他更不愿意看到它们在这个时候再次绽放花朵；因此，他非常想找到一条中间道路，可是，他却把脚伸到了错误的位置。“如果你违背了你不离开宫殿的传统，你觉得安全吗？”

“安全？”她瞪了他二十秒钟，她的脸庞精致而苍白。哦，此时，他不需要它退缩；他犯了错误，他自己会退缩。他还记得，他现在做的，就是她在伦敦叫他不要做的事情。他与她两人面对面，他已经碰到了她超敏感的神经，她是警告过他的。自从伦敦的那一次之后，他还没有碰到过它，此时，他又得到了警告，说它的承受力甚至比从前更差。因此，他经历了一生中最不知所措的时刻。他不能这么强调说他认为她是将死的人，然而，他也不能胡说他认为她没有必要谨慎。可是，她缩小了他的选择范围。“你认为我的情况坏得那么可怕吗？”

他很痛苦也很惭愧，但是，等到他脸上的颜色蔓延到了头发根时，他终于找到了他想要说的话。“你跟我说什么，我就相信什么。”

“好吧，我好极了。”

“这种话我不需要你跟我说。”

“我是说我会活着。”

“我没有怀疑过。”

“我是说，”她接着说，“我很想活着，所以……！”

“怎样？”她由于感情太激烈，好像说不下去，于是他就这么问。

“所以，我知道我能活下去。”

“所以你可以随心所欲？”他让这个话题不再那么沉重。

“随心所欲。我会心想事成。”

“你想活就能活？”

“只要我想活下去，我就肯定能。”

这是因为他的笨拙引起的；接着，他迟疑了一会儿，好像充满同情。“我完全相信。”

“我会好好活着。”她郑重宣告。可是，这句话的分量虽然很重，他却不为所动。

于是，他好像透过周围的浓雾朝她微笑着说："你必须好好活着。"

这把她又拉回到了那个事实。"既然如此，我们去你那里看看吧！"

"对你好好活着有帮助吗？"

"有一点点帮助也好，"她笑着说，"总之，总在这里待着对我没什么好处。只是我不要错过……"

"什么？"——她又是只说了一半。

"你给我们机会的那一天。"

这么短暂的交流，居然对他产生这么重大的影响，确实让人吃惊。他的谨慎突然瓦解，变成一种很奇怪的、他离开她之后才品味出本质的情绪。"来吧，"他说，"你喜欢什么时候来都可以。"

此时，除了她的现状之外，其他一切他已经都不关心了，他的这个内心反应清晰地表现在他的脸上和他的举手投足之中，真的非常清晰，所以她还可能产生一些误会。"我明白你的感受，我是个极让人讨厌的人，所以，你得尽快走，才不用忍受这样的不愉快。没关系的。"

"什么没关系？"他语气强烈地反问。

"我会不会把你逼走了？我们希望你不要走。"

她也在替斯特林厄姆太太说话，样子非常动人。无论如何，不管那意味着什么，他都要摇头。"我不走。"

"那么我也不走！"她语气轻快地说。

"你说你不会去我的客栈？"

"是的，我决定不去了。不再提了。不过没问题。我是说，除此之外，"她接着说，"如果不是我该做的，或者没有别人逼我做，我什么也不想做。”

“谁会逼你呢?”他的问题似乎很勉强，好像是为了鼓励她。“不会有人逼你吧?”

“是因为你觉得我总是这么随心所欲吗?”

“你可能是世界上最有资格随心所欲的人。你拥有了一切。”

“哦,”她微笑着说,“就算对吧。我不会抱怨。”

这让他陷得更深。“是的，我知道你不会抱怨。”

这句话一说出口，他自己就听出了同情的语气。他说她拥有“一切”，这是一种夸张和幽默的善意，而他这么温柔地重复她的话说她不会抱怨，他的善意却那么深沉。他可以发现，米莉感受到了其中的差别，他完全可以坦率地夸赞她勇敢面对死亡。她此时就勇敢地看着他，即使她对他的回答甚至比以前都更温柔，也没有削弱她的勇敢。“这没什么好处，尤其是在已经可以看到未来的情况下。”

“和平、富裕的未来吗?可能不是吧。”

“我是说拥有一切的结局。”

“哦，那就是成功。如果拥有的是好东西,”丹什随意地说,“就值得尝试。”

“这就是我的局限。我不会再尝试的。”之后，她换了一个话题接着说,“说说你的书吧。”

“我的书……?”过了这么一阵子，他好像忘记了。

“你总算知道了，苏西和我都不会去耽误你写那本书。”

他犹豫了一下，但终究决定了该说什么。“我没有在写书。”

“你刚才不是说在写书吗?”她感到不解。“你没有在写书?”

他的心态已经放松了。“说实话，我不知道我在做什么。”

这句话让她一下子变得很严肃，所以，他感到很不安，担心她会从中发现什么。事实上，她确实发现了他担心什么，但是，他的荣誉感并没有遭遇责难，她甚至不知道自己已经构成了威胁。她事实上猜想倒是他反而会抱怨，所以她希望他能在她直接帮助下表现出一定的耐心。不过，更明显的是，她想确切地知道她能再走多远，而他可以发现她过一会儿就知道自己要面临考验。

“那么，要不是为了写书……？”

“我为什么留在这里？”

“我是说，你在伦敦有工作，有许多工作。你不会觉得很空虚吗？”

“我觉得空虚？”他记得凯特说过她可能主动说要跟他结婚，他此时在想，她会不会就这样逐渐进入那个主题。于是，他觉得，他已经觉得，一片茫然，他模糊的回答，包含着他深深的焦虑。“哦，这个……！”

“我是不是问得太多了？”不等他反驳，她自己先替他做了回答。“你之所以留下来，是因为你必须留下来。”

他紧紧抓住这个机会。“我之所以留下来，是因为我必须留下来。”他也说不清说这句话对于凯特是忠诚还是不忠诚。从某种意义上讲，这是在出卖她，这可能让她的计划露出端倪。然而，他发现，米莉只把它当成他对事实的客观陈述。他等着听凯特可能跟她说过什么，等着来自兰开斯特大门的信息。要跟那个姨妈或者那个外甥女保持朋友关系，他就不能未经他们的许可胡说八道。从那位女孩对他的回答的反应，丹什就可以解读到相关的信息；他感觉自己正在撒谎，他必须想办法来纠正这个谎言。他过了一会儿想到的是：“为你留下来，这还不够吗？”

“哦，你自己要好好想想。”

此时，他已经站起来，因为他要走了，也因为他开始感到不安了。那句话至少不能算对凯特不忠，说这句话跟他们商量的结果是完全一致的。因为他要对她忠诚，所以这即便是谎言，性质有不同，动机也有所差别。事实上，他之所以留下来，完全不是为了米莉好，实际上是想算计她。不过他不懂，还要谢谢仁慈的上帝，他也不在乎。他唯一能说的话，可能让这件事情变得更好或者更坏。“好吧，既然我没有走，你就必须认定我是好好想过的。”

2

离开她后，他并没有回家，他不想直接回家，而是穿过狭窄的巷道，穿过被哥特式拱廊包围的小广场，来到一间不大、比较拥挤的咖啡屋。他曾经不止一次在这里恢复了精神的平静，也找到了一些思路，但这些思路大多比较摇摆。事实上，今天晚上，他舒舒服服地坐在包着天鹅绒的沙发上，头靠在沙发后一面雕着很多花纹的镜子上，眼睛盯着他抽烟喷出来的烟雾时，他可能认为，那些思路还在，但似乎不像往常那么软弱。那不是因为，在他站起来之前，他终于知道下一步要往哪里走，而是因为他明确了自己必须解决的事情，所以对自己的位置，他觉得更坦然了。半小时之前，还在宫殿里的时候，他跟米莉反复讨论了所谓不可能的事，他当着她的面讨论这样的事情，当时，他好像身上突然来了一股强大的力量，认为所谓的不可能，都是无关紧要的。他不是在卖弄学问；在她这样的状况，说什么都是可以的。而她目前的状况，像弹簧突然弹起来一样，一下子变成了他自己的状况，他感觉，她已经深深地依赖着他。他应该做的或者不应该做的事情，都关系到她的生命，因此，她的生命完全掌握在他的手里，他要排除一切杂念。现在，他的卡片里有几张是要杀害她的，此时，他坐在自己熟悉的角落，正在心里翻看着那些卡片。他因此产生了恐惧，所以他什么也不敢再想，事实上，他就静静地坐着，一动不动地坐了三个小时。今天，他续的咖啡和抽掉的香烟，比从前任何相同的时段都多。在刚开始一段时间，他所感受到的都是恐惧，因此，他的行动，不管是任何形式的行动，不管是正确的还是错误的行动，如果说还有这种区别的话，好像听到人家一声呵斥，好像从此以后他都要一动不动。事实上，在煎熬的过程中，他一直思考着，想到了几种不同的应对方式，而且，就在这段时间，他也学会了如何踮起脚尖走路。

他鼓足勇气站起来离开的时候，他想明白的是一个显然的道理，如果不这样，他可能直接走向毁灭。对他而言，如果跟米莉说什么实话，都会导致她的毁灭。他也可以辩解说，不说实话也可能让她走向灾难。他自己已经跟她的命运纠缠在一起，或者说，她的命运已经跟他纠缠在一起，也许这样说更好，因此，任何一个错误的动作都会让弹簧崩断。说实话，这些想法帮他的心最终平静下来，因为无论如何，最终的结果都是他什么也不能做，这跟凯特交给他的任务也是一致的。没有那个女孩的允许，他就不能轻举妄动，同样，虽然有些奇怪，没有凯特的允许，他绝对不能动，不管靠得更近还是更远。于是，他的智慧的任务很简单，他主要做个好人就行，这跟一动不动是同一回事，革命尽量避免产生震动也是同一回事。抽烟的时候，他感觉自己像关在房屋里面，墙上挂着非常珍贵的东西，挂得很不稳，稍不小心就会让它掉下来，但它必须挂在那里，挂得越久越好。他再往前走的时候，他意识到，在这样的关头，舰队街是不可能找得到他的。他的上司可能会发电报来，要交给他任务，但他极可能不理睬他的召唤。对于目前悠闲的生活，他的钱可能不算多；不过很幸运的是，威尼斯的生活费用很低，况且，在某种意义上，说起来也有些奇怪，米莉好像在供养着他。他最大的支出，其实就是走到宫殿里去吃饭。总之，他不想放弃，而他也感觉，他应该是能够应付的。无论如何，他是能保持相对静止的。

他的努力持续了三个星期，感觉并不算失败。他肯定掌握了高超的艺术，因为他没有显得很疏远她，也没有整天在她面前晃，这样会显得很傻。这样也许不算很“亲切”，但是硬道理。但是，这样还有可能产生他极力想避免的震动；所以，他最好是不犹豫、不害怕，该怎么样就怎么样，顺其自然，按既定的方向前进。关键是看他往哪里走，这才是他要谨慎把握的。人们蹑手蹑脚走路的时候，可以转身而退，却不让人发现。我们知道，很幸运的是，他从一开始就意识到机智和技巧的必要性，总之，他要运用完美的技巧，让音调保持绝对的稳定。比如，他们是不可分离的好朋友，这就是一个确定的基调，同样确定的是，她作为一个美国女孩的性格，对于他们的关系有难以估量的好处。但是，随着一天天过去，她并没有追问美国的国民性格是什么，她表现出了单纯少女的无所谓；但是，这不是因为丹什没有让她对这个问题感兴趣，或者说不是因为他没有鼓励及提醒她。他没有刻意说得让她不愿意打断他，相反，他说得非常随意，他只是冷冷地、不加感情色彩地说给她听，他觉得这样做很好，因为他要非常小心谨慎，说话不能太有煽动性。他一说完，那就好像变成了他们两个人的共识，也成了他们最大的便利。这种便利非常有弹性，像橡皮筋一样，几乎套上任何东西，然而，他们并没有拉伸，而是维持着正常的状态，长度始终保持在合适的范围之内。与此同时，谢谢上帝，他没有感到不安过，很奇怪，他意识到这个女孩很顺从，她的一言一行都在他的设想之中，尽管她本人也不太清楚那是为什么。她曾经说，“哦，是的，你喜欢我们现在的状况，因为这样对你很方便，只是我们不知道方便到什么程度：我想，只有英国人才能算得清楚！”这完全体现了她善良的本性。也许可以这么认为，她的言行举止之所以顺着他的设想，或者她一直在扮演他喜欢的角色，是想看看这样会让他们走多远。于是，他们都发现双方是在演一场对手戏，她知道他想让她跟他的概念保持一致，而他也知道她知道。他还知道，她即使知道也没什么坏处，我们感觉他们的路线是绝对可行的。我们觉得最奇怪的，是他觉得他至今所收获的成就来自超出他本人和凯特的一种力量，这种力量让他们俩的日常行为非常得体、适当。最值得一提的是米莉的国民性格表现得十分充分，这是绝佳的润滑剂。那是她的天然和必然组成部分，这是他可以想当然的。

他每天都这么想当然，连续二十天，而且，对他一直在谨慎提防的过度震动，他并没有比从前更担心。虽然他很紧张，但他知道他目前就是过一天算一天，每天吃饭睡觉，他也相信，自己就这样成功避免了任何不应有的错误。所有女人都面对不止一种选择，米莉也可能会摇摆，但她的国民性格很稳固，不管此时已经成了她的全部，还是只作为她的一部分；虽然她还很年轻，但这种国民性格已经成为她日常呼吸的空气，而且基本绝缘。二十天后，他在喝茶的时间去宫殿的时候，他被告知女主人不“接待客人”了，那是一个贡多拉船夫跟他说的，他觉得，那个船夫知道他经常来，所以他知道这其中肯定有深意。对于莱波雷利宫，丹什不是一般的客人，在一定意义上，他更像是自家人，因此，听到这样的话，他自然要问个究竟。听他这么说，好像两位女士都不想接待客人，不过帕斯夸莱并不愿说两个人都不好，也不愿说两个人到底怎么了，丹什发现，他可能脑子是空白的，但是，对于他们这种人而言，空白就是代表着黑暗，空白不是虚无的表面，下面总是掩盖着朦胧而不吉利的东西。事实上，此时他再次感觉到，这座宫殿对外人有禁忌，这里面的女主人是谈论不得的，尤其是她的健康状况。至于人们知道多少或者怎么猜测，那是另一回事，所以，他意识到他有更大的冲动去一问究竟。当然，他要问他的朋友尤金尼奥，于是，他马上让人去把他叫出来，跟他在连接着临水台阶和宫殿前庭的凉廊里进行了三分钟内容丰富的会晤，在那里他们可以躲掉一点风雨。在反思的时候，他总是说他是他的朋友，尽管外人可能觉得他有办法就会把他干掉。所以，他们的关系很特别，可能要特别想一个名称来描述，他们有意识的交流，有目光的交流，就没有语言交流。换句话说，五个星期以来，我们的年轻人十分清楚，尤金尼奥对他的态度很客气，但也很“粗俗”，对于他的“粗俗”看法，他是不能瞪着眼睛加以阻止的。现在，这一切又都弥漫在空气之中；尤金尼奥在宫殿里伺候他的时候，他们之间也弥漫着这样的氛围。

从凌晨开始，威尼斯就起了风暴，这是今年秋季的第一次海上风暴；丹什让他从外面的楼梯走下来（那是宫殿的特色之一，气势恢弘连着宫殿一楼的大堂），这样做是很恶毒的。这是他对他的偏见进行报复的机会：在他眼里，他这个从伦敦来的年轻人这么帅，还算聪明，但并不富有，肯定是在追逐米莉的财富；尤金尼奥还很不恰当地暗示过，像他这样的绅士，如果他以后想获得财富的话，必须把年轻女主人的最忠诚的仆人当回事，他其实是女主人的延伸。这样的看法让丹什觉得俗不可耐，只有人品极差的下等人才会持这种态度。总之，有三件小事就让他心里很不平衡。首先，这个人对他的批评很客气，也很冷漠，几乎没有人情味；其次，对于朋友的仆人这么彬彬有礼的表达，他作为客人是不能粗暴反应的；再次，他对他的动机的认定并没有错。那么，既然这个粗俗的偏见是正确的，其实完全没有偏差，那么，错就在他的身上。就此而言，他跟所谓下等人就没有多少区别。因此，简言之，如果说尤金尼奥是他的“朋友”，那是因为他几乎看透了他，那么，通过这次见面，他发现他对自己的了解比他从前感受到的多得多。丹什感觉，出于不满足于那个船夫的回答，他的追问极度彰显了他那个人家已经想当然的动机，不过他又感觉，他们之间的关系比以前更客气、更疏远。尤金尼奥当然跟他说过，如果他跟米莉·蒂尔说一句话，他就可能失去当前的位置；但是，他也可以自己判断，他从来没有说过这样一句话，这是板上钉钉的，这体现了他作为卫兵的专业作风。丹什可以发现，就当海风呼啸的时候，在这个潮湿的凉廊里，他这几分钟里的专业作风超过从前任何时候。于是，我们的年轻人突然清晰地感觉到，他们很可能濒临极其可怕的深渊。一定发生了什么事，不过他不知道是什么事，尤金尼奥似乎不会告诉他。尤金尼奥只跟他说他觉得那两位女士（两位都差不多）有“一点儿”累，就“一点点儿”累，但他没有说是什么原因。丹什感觉，对方虽然掌握那么多资源，他却躲躲闪闪，就像你跟他说意大利语，他却说英语，你跟他说英语，他却说意大利语。他现在与往常一样，只是对他微笑着，不过，他的笑容很淡，我们的年轻人发现，他的神态表明有事情让他的内心失去了平静，不管那是什么事情。

他们面对面默默地站了一会儿，他的这种神态让丹什受到了极大的震撼。此时，他们两个人突然面对着环境恶劣的威尼斯，也突然面对同样的焦虑，这是很难得的。今天的威尼斯，冰冷的雨水从低沉的天空中飞下来，像鞭子在抽，狂风呼啸、肆虐着，几乎中断了一切活动，平时在水上谋生的人们拥挤到一处，大家都搁浅了，他们躲到拱廊或桥梁下面，没有了收入，感到非常烦闷，甚至变得愤世嫉俗。我们的年轻人与他的朋友之间沉默的交流，含义非常深刻，只要压力再延续一会儿，他们可能都会崩溃。他们都心事重重，他们原来的相互猜疑已经土崩瓦解，此时，他们与其说是对立的，不如说是团结一致的。但是，对丹什而言，这段时间的煎熬让他很久都不能平静，即使对方最终恭恭敬敬地陪着他走到门口，当他离开的时候，他还向他鞠了个躬。他没有提到他什么时候可以再来，当时的空气似乎就是信息的绝缘体。当他迈开步伐的时候，丹什当然知道，他不会惦记尤金尼奥是否邀请他再去，然而，他同时也知道，那可能是对他的惩罚。从连接着宫殿“城门”的沿河街道走到对面的广场上，他顶着比刚才更猛的狂风，所以他将雨伞放得更低，这也是下意识要遮住他的思想活动，但那是遮不住的，由于一些串联的原因，他不得不接受这样的尴尬现实：面对那个无比精明的人，那个他认定是有私心的流氓，他非但不能干掉他，居然还让他随意揣度自己的企图，而他却不能加以反驳或者攻击，最糟糕的是，他还不能太加以理睬。真的很奇怪，一个仆人的判断怎么会这么重要？尤金尼奥的判断可能很重要，即使因为他只看到了表面，而且他本人的人品很低，所以他的判断是错误的。但是，这个人品很低的人根据表面观察所做的判断居然是正确的。这就让他更加难过。

事已至此，丹什心一横就不想再想，但现在他一个人，心始终平静不下来。不管天气如何，他都必须继续走走，于是，他穿过弯弯曲曲的小巷，来到了圣马可大广场，周围的拱廊可以让他避风雨。

此时，就在高高的拱门下面，几乎挤着一半威尼斯人，而广场入口有两根高高的古老柱子，一根上面是威尼斯的代表“飞狮”，另一根则是威尼斯最早的守护神圣狄奥多，这两根柱子就像一副门框，向呼啸的风雨敞开着。他一边走一边觉得奇怪，他居然感到那么不平衡，不仅是因为他在宫殿吃到了闭门羹，影响他心态的因素还有许多，但大多跟这个有关，这是让他清醒的冷酷信号，驱散了宫殿对于他的魔力。今天的湿冷天气也是其中因素之一，而丹什恰恰感觉到，今天的风雨似乎擦光了生活信念中的余量。所谓“余量”，那是他想出来的名称，是给经不起震撼的东西预留的缓冲带。震撼果真来了；他一边穿梭在跟他一样茫然的闲人中间，一边琢磨着他们所面临的震撼，他的目光落到店里的垃圾上面，其实什么也看不见。前面有几段拱廊铺着红色方块大理石，因为溅满了咸水所以有些滑；整体而言，那个地方宏伟而优雅，外形设计大气，细节也非常精致，不过，此时就像一间大客厅，像欧洲的大客厅，由于命运逆转而沦落，变得混乱不堪。有几个棕色皮肤的人跟他擦肩而过，他们头上的帽子是歪的，穿着宽松的夹克，袖子也十分宽松，看起来像是戴着面具的伤心人。原来摆在咖啡馆外面的桌子和椅子都收起来了，放在拱廊里面，好像还是可以接待客人的，他偶然可以看到戴着眼镜的德国人，竖起了大衣领子，在众目睽睽之下咀嚼着食物和哲学问题。丹什对他们有一些印象，但是，他绕了三圈之后，在佛罗里安咖啡馆门口突然停下来，这时他才得到了一个真正忘却不了的印象。他的目光落到咖啡馆里的一张脸上：玻璃后面好像有一个熟人。他停下脚步看了一会儿，那个人坐在不远的地方，桌子上放着一个玻璃杯，杯子里还有一半，显然是他喝了一半然后忘却了。他身子往后靠的时候，人们可以发现他的膝盖上放着一份法国报纸，那肯定是法国报纸，因为大标题《费加罗报》很显眼，但他出神地盯着前方的洛可可墙壁。丹什看了他的侧影一会儿，他很快就确认那个人的身份，然后产生了一些很直接的联想，这些联想让他无比震惊；接着，那个人好像感觉有人在看他，所以转过头来，于是他看到了正面。那人正是马克勋爵，就是几星期前他遇到的马克勋爵，那是他们两个第一次出现在莱波雷利宫。那时，他进去的时候马克勋爵正要出来，他在大厅里看到了他，因此，过几秒钟他就认出了他，他没有丝毫含糊，但是，他同样毫不含糊地意识到背后还有很多事情。

这个过程只有几秒钟时间；既然他不可能站在那里一直盯着他，也不可能进去跟他见面，他就马上继续往前走，不过速度跟刚才有所不同。就在停顿的那一瞬间，他似乎找到了揭开今天这个大谜团的钥匙。在他的眼前，马克勋爵只是在湿冷的天气中穿梭的拥挤人群中的一张脸，他是碰巧看到而已，跟第一次见面不一样。但是，通过他，他想通了很多事情，虽然他不至于要跟他打招呼。他们相互不熟悉，因此谁都不愿先打招呼，不过，这个并不是关键所在，关键是那个人为什么会坐在佛罗里安咖啡馆里面。他应该没有在里面待很久，否则，丹什从这里走过好几趟，刚才肯定就会看到他的。他好像经常来去匆匆，像长了翅膀似的，尽管他当时心里肯定只惦记着火车或者船。他这次回来肯定是有所图的，可能是上次的延续，不过，无论他是来干什么，他好像都已经完成了。他可能昨天晚上或今天早上才到的，他已经看出来了；这让丹什感觉棒极了。一路上，他一直怀揣着这个认识，它引着他一直向前走，但也让他同样感到不安。它说明了很多事情，他本应很高兴；但是，今天的天气像是命运的象征。天气变了，雨变得丑陋，风也变得邪恶，大海更是不可理喻，那都是马克勋爵造成的。他在宫殿吃了闭门羹，也是他造成的。丹什绕了两圈，经过咖啡馆的时候，他都发现那个不速之客还是跟第一次见到的时候一样。有一次，他还盯着前方，另一次他好像在专心阅读翻开的《费加罗报》。丹什不像第一次那样停下来，不让他发现他从这里经过，不过，等他再绕了一圈回来，马克勋爵已经不见了。他今天的事已经做完了，那天晚上他就要离开，现在回去宾馆整理行装。对于丹什，这些东西都显而易见，跟人家亲口跟他说是一样的。原来还模糊的，现在已清晰起来，如果这样就算清晰的话。不过，还有东西他没有完全看清楚，那是很重要的东西，但是，他已经看清了它的周边景象，这就差不多了。他刚才看到的人已经达到了他此行的目的，或者说已经告一段落。那人是来见米莉的，而米莉已经接见过他。他可能是在午饭前后去的，这也就是宫殿的大门对他紧闭的原因。

那天晚上，甚至到第二天早上，他都对自己说，他只想要一个理由，只要找到一个理由，他就可以接着做自己的正经事。我们知道，他的正经事就是保持相对静止；他扪心自问，对于眼前的这场危机，他是没有责任、无可指责的，所以，那应该不会妨碍自己继续完成自己的使命。他乐于把眼前的各种现象都想象得很严重，因此，如果以后有人指责什么，他就不会感觉自己在故意躲闪。但是，那天让她震动的人肯定不是他，而如果说她很难过，那跟他一点儿关系也没有。这个想法让丹什身心振奋了几个小时，而且，马克勋爵的回来更让他振奋，虽然他觉得马克勋爵回来是个非常丑陋的事实。在此后的几个小时，当然，后面还有好多个小时，他都一直觉得，单从表面来判断，像他这样无知的人也能感觉到事情不妙。对于邪恶的东西，只要足够龌龊，他是不需要深入探究的，他会一眼识破，这也算神奇。那样去找那位女孩，无论如何都是很残忍的，那是攻击，是侵略，是侵犯，而他恰恰一直如履薄冰地想要避免给她制造“震动”。第二天早上，丹什开始反思，至于反思的结果，如果有机会，他可能会直接说出来。他感觉，面对那种状况的人，就要像他莫顿·丹什那样，小心翼翼，仔细盘算，拿捏得当。随着时间的推移，这种比较在他脑子里的印象不断加深，因为这个比较的结果对丹什有利，所以，他逐渐感到好像卸下了一个包袱。他俨然安然度过了一次特别的危机，所以他大大松了一口气。马克勋爵虽然没有要这样帮他的想法，事实上已经将危险清除掉了。就是他，那个粗鲁的畜生，也许出于恶意，也许本意是想害他，结果却帮他洗白了，他现在肯定是清白的，简直像净化过了似的。他想伤害的那个人不是还好好地留在这里吗？对于那人而言，只要保持相对静止，就会万事如意。也许，为了这个目的，这一两天内他最好不要再去那个宫殿。

一两天过去了，甚至已经到了第三天，在此期间，丹什感觉自己一天比一天更干净，好像每天洗一次澡似的。他想，如果他回去想产生更好的效果，他应该要先看到一些迹象，所以，虽然他一直没有看到这样的迹象，他并没有特别在意。两位女士都不可能希望他回去后只面对尤金尼奥。那是不可能的，因为如此一来，他事实上就成了担责任的人，但绝不可能有任何责任落到他身上的。不过，这几天他虽然没有去宫殿，但大家也都知道，他可以让人捎去口信，表达他对女主人的健康的关注。因此，既然这种口信也送不过去，他就只能等待；随着每一天的流逝，他越来越紧张，但他更认识到他只能等。这几天一点也不开心，有些煎熬，恶劣的天气并没有转好，房间里面冷飕飕，又没有火炉，让他感觉越发悲观；这个世界的魅力甚至裂成了碎片。他在房间里走上走下，听着外面的风声，也注意听着门铃的声音，怕错过接待宫殿里来的仆人。他指望能收到便条，但便条迟迟没有送来；他尽量待在家里，就怕便条送来的时候他刚好不在。他偶尔出去的时候，他会像那天看见马克勋爵的时候一样绕着圈。他会混在那帮难民里在大广场四周闲逛，搜索着每个路口、每家咖啡屋，希望能找到那个畜生，他想他也许还在。他知道，如果他还在，他肯定又去过那里，果真如此，那就要命了。不过，他已经走了，这是事实，尽管丹什对这问题的琢磨，不管他琢磨出什么结果，只会让他更难过。他不由得想起他这段时间为米莉所做的事，这几天，不管是他感到卸下了包袱还是逃避了责任，他都是一个可怜的人。像他这样的人，此时只能这样闲逛，难道还不够可怜吗？像他这样的人，穿梭于风雨之中，往每一家商店里探头探脑，指望找到什么人，难道还不够恶心吗？像他这样的人，竟然琢磨着他如果跟另一个男人见面会产生什么效果，难道还不够可恶吗？他有几次感觉自己跟大家一样邪恶。然而，到了第三天，虽然他仍然没有收到任何消息，他却比从前更清楚，他绝对不能退缩。

他觉得，那两位女士虽然没有发出任何声音，但是，她们肯定强烈盼望他去那里，特别是米莉，她有自己的理由。他能在冷飕飕的空气中感受到她的理由；但是，他并不在乎她有什么理由，他只在乎她是不是盼望他去。不管她怎么想，不管这件事情多么讨厌，不管最终的体验多么痛苦，甚至他不能忍受，他都要待下来。他要践行美德、排除任何污点，他就必须这么做。这可能意味着再多可恶的事情他都要忍受，而忍受可恶的事情可能是一种证据，证明他之所以留下来，并非为了得到最终的愉悦，即获得凯特指定的东西。凯特指定的东西，不等同于他要忍受可恶的事情，要眼巴巴地等着人家的暗示。事实上，凯特自己撇得那么干净，本身就是很可恶的。自从她离开以后，他首次感觉到，关于她那天晚上为他做的事情的意义，他要重新考虑，可能要削弱一些。他这么快就有这样的想法，似乎有些奇怪，甚至有些卑鄙，但他在孤独中想到，她替自己打算得太多了。她自己潇洒地置身事外，而他却陷在里面；随着他越来越紧张，这个差异就越来越明显。他们最后一次谈话很尖锐，声音不响，但意味深长，每个词都意义深刻，跟他们曾经说过的最深刻的话又有所不同。她说："写信？不可能。你动点脑筋吧，这是不可能的。"他已经完全领会了她的意思，虽然他觉得这里面逻辑混乱，他们中断通讯就代表着他们的默契。刚跟她失去联系之后，他觉得她的沉默法则并没有错，因为毫无疑问，不给她写信总比给她写信更恰当。这可能产生紧张，而她的想法很高尚，在一定意义上，这也是一种礼貌。不过，在这样紧急的关头，她可以悠闲自在，他却感到特别孤独。他确实很孤独，直到第三天下午，当时暮色渐浓，又开始下雨，他在寒酸的客栈里百无聊赖，在外人的眼中，他肯定是极其憔悴的，此时，客栈的女主人突然推开门，傻笑着将斯特林厄姆太太引了进来。这一下子他的感觉都变了，特别是他发现这位客人似乎步履沉重。她身上的雨衣湿漉漉，客栈的女主人帮她拿走雨伞的时候，她一点也没有意识，她披着面纱，但她的脸颊被风吹得通红，和面纱一样湿透了，雨水在脸上淌着，似乎是她刚刚流了满脸的眼泪。这个景象更加让人心情沉重。

3

他们几乎马上进入正题，他后来感到很惊讶，他们怎么会那么直接？“她的脸转过去对着墙壁了。”

“你是说她恶化了？”

那位可怜的女士自从停下脚步就没有再走动过；而丹什一看见她，双眼就喷出了迫切和好奇的火焰，那个客栈女主人本想为她脱下雨衣，他马上挥手让她离开。透过湿透了的面纱，她茫然地看了周围一圈，她知道她到了哪里，她希望自己不是盲目的，但她显然什么也没看见。“我不知道她怎么回事，所以我来找你。”

“我很高兴你来找我，”他说，“我一直可怜巴巴地等着你。”

她看着他的眼神还是很茫然，不过她捕捉到了他的那个词。“你真的可怜巴巴？”

然而，他那个词已完成了使命，他不想再提了。再说的话，他听起来更像是在抱怨；不过，从客人的眼神里面，他感觉自己的麻烦算是小的，而她的麻烦却是大麻烦，他感觉她把她的麻烦都带来了。她身上湿漉漉，让他为房间里没有火炉而感到羞耻。他回答说他一直很耐心，也很安静。“我安静得像一只老鼠，你亲眼看到了。这三天来，我一辈子都没有这么安静过。我好像没有别的选择。”

不管这是他的既定策略还是权宜之计，他的朋友好像从中看到了希望。“这样最好。我一直在担心你。这样最好。”她重复着说。

“但这样也没什么好处吧？”

“我不知道。我一直在担心你会一走了之。”看到他缓缓地但很深沉、很成熟地摇着头，她就接着问，“你不会走？”

他反问：“我走了，是不是就彻底安静了？”

“我是说，不知道你是否愿意为我留下来。”

“为你，我什么事都愿意做。我现在不是只能为你做事吗？”

她想了想；他可以发现，她在他身上找到了很大的宽慰。他的存在，他的脸，他的嗓音，甚至这间旧客栈，虽然很简陋，但好像充满力量，凯特曾经来过这里：在她的眼里，这些东西都那么宝贵，正是她求之而不可得的，因此，她一直站在那里，将这一切尽情收进眼里。然而，看着看着，她突然心潮澎湃。她品尝到了纯粹私人的欢乐。这等于告诉丹什，这三天她是怎么过来的。“哦，你为我做任何事，也是为她做的。只是，只是……！”

“只是一切都无济于事了？”

她看着他，似乎他本人才是她关心的对象。“你知道了？”

“她是不是要死了？”他迫切期待着她的回答。

斯特林厄姆太太犹豫了一会儿，她的脸色似乎包含了所有的答案。然而，她接着做出的实际回答很奇怪。“她没有提到过你。我们没说过一句话。”

“三天都没说过一句话？”

“没有，”她接着说，“好像一切都结束了。一丁点儿暗示也没有。”

“哦！”丹什好像看到了光明。“你是说你们没有提到*我*？”

“不然还有什么？好像你已经死了似的。”

“好吧，”他过了一会儿回答说，“我*的确*是死了。”

“那么我也是。”苏珊·谢泼德说着，一只手垂落到雨衣上。

她的语调很冷淡，可以听出她的绝望；这个地方本身就没有什么生机，只有凯特留下的那一份念想，而且，这个地方好像有一条神秘的管道，把绝望传递给了客人，所以，两个人都像身处绝境。丹什没有必要否认，只重复前面的问题：“她是不是要死了？”

然而，这句话似乎太粗鲁，刺痛了她，因此，她也只是重复前面的回答：“你知道了？”

“是的，”他最终回答说，“我知道。但是，我觉得很惊讶，你怎么也知道。其实，我无权想象或者猜想你也知道。”

“无妨，”苏珊·谢泼德说，“我知道。”

“都知道了？”

她眼睛透过面纱，一直逼视着他。“不是，没有都知道。这是我来这里的原因。”

“所以我要跟你说‘实话’？”听到这句话，因为她犹豫着没有回答，他感觉他的喉咙里隐隐发出一串饱含质疑的声音“哦，哦、哦”。然后，他的注意力从她的身上转到房间里面，对他而言，这间客栈是他内心世界的一部分，也像一座古老的神龛，他租了这地方，就是要供奉一个甜蜜的记忆。那是不能跟别人说的；但是，苏珊·谢泼德一直都很了不起，她好像通过她的直觉，洞察了他的这个记忆。不过，他发现，很有感触地发现，她今天来这里不是来对他做判断的，而是来表达怜悯的。他发现，她刻意在压制自己的悲伤，这让他感受到了浓浓的情意，很喜欢跟她在一起。接着，她的悲伤好像消退了，这时他的那份情意就更浓了。

“我们要在一起，这很重要。”

感觉他们真是灵犀相通。“我也是这么想的。很重要。”她没有出声，但她似乎在回答，其实他喜欢怎样就怎么样；于是，如果说他有什么担心的话，至此他的所有担心都消失了。他感到极大的安慰，他好像终于守住了他的宝贝，刚才他一直用双手紧紧护着它。他记得，凯特跟他说过，在关键时刻，斯特林厄姆太太是绝对可以信任的。目前，凯特的大胆设想得到了验证。“那么，你不觉得我很讨厌吗？”

她的回答不是很激动，因而显得更有价值，似乎她能理解他在想什么。事实上，她想了好一阵子，然后她说出来的话给了他很大的力量。“哦，你一直都很棒！”

这时，他才意识到他们一直站在那里，像两棵树，一动不动。在他的帮助下，她脱掉了雨衣，不过，她在他指给她的位置上坐下来、取下面纱的时候，他看清了她的脸庞，进一步意识到她刚才跟他说的话，是她好不容易开出来的花朵。她一直都在安慰他，鉴于此时的各种情形，他更感受到了她的安慰的珍贵。此时，好像是由于他们的见面，外面的雨停了，但空中还是很灰暗，跟冬天的清晨一样。接着，她再次跟他描绘了那个意象，使阴沉沉的天更让人觉得压抑。“她的脸转过去对着墙壁了。”

这个意象他看得极其清楚，好像是他们在沉默的时候刻意摆在他面前的。“她什么也不说吗？我不是说不提起我。”

“什么也不说，什么人也没提起。”接着，苏珊·谢泼德就将她感受到的一切都说了出来。“她不想死。想想她那么年轻，那么善良，那么美丽。她拥有了一切。她躺得挺直，好像在硬撑着，她还要守住这一切。所以，我感谢上帝——！”这位可怜的女士的结尾很苍白而又不合逻辑。

他感到不解。“感谢上帝什么？”

“让她这么安静。”

他还是不解。“她真的很安静吗？”

“她不只是安静，还脸色严峻。她从来没有过这副模样。所以，你知道，这几天来……我还是别跟你说，这样更好。如果她告诉了我，那一定会要我的命。”

“告诉你什么？”他仍然不解。

“她的感受。她想要怎么样，不想要怎么样。”

“她不想死？她当然不想死。”他歇了很长一段时间，他们两个人很可能同时在思考，他们可以做什么来防止这种事情的发生。然而，他接着说话的时候，他说的并非他思考的结果。他俨然可以看到米莉严峻的脸色和那寂静的宫殿，他的面前还有这位女士，她肯定一直等着听他要说什么。“不过，你没有伤害她吧？”

斯特林厄姆太太环顾左右，她一片茫然。“我不知道。我就是来这里跟你说她的事情。”

这让他又犹豫了一阵子。“她是不是恨透了我？”

“我不知道。我怎么知道呢？没人知道。”

“她自己不说？”

“她自己不说。”

他又想了想。“她真厉害。”

“她确实很厉害。”

他的朋友终究帮了他的忙，于是，他自己把这一切在脑子里又翻了一遍。“她愿意再见我吗？”

他的朋友睁大了眼睛。“难道你想见她？”

“你是说她现在这样子不合适？”他感受到她的惊讶。于是，他又想了想。“不。”

“好吧！”斯特林厄姆太太叹了一口气。

“但是，只要她挺得住，让我做什么都可以。”

有一瞬间，她好像预见到他能做什么，但紧接着这个影子就破碎了。“我不明白你能做什么。”

“我也不明白。她可能明白。”

斯特林厄姆太太接着想了想。“太晚了。”

“什么太晚了？”

“太晚了。”

她的绝望很彻底，很明确，让他心里烧起了一把火。“可是，那个医生不是一直……？”

“你是说塔奇尼？哦，他是个好人。他每天都来。能得到那位伦敦伟大医生的首肯及教导，他感到非常自豪。事实上，他几乎没有离开过，所以，我不知道他别的病人怎么样了。他觉得她是个大人物，这是非常正确的。他伺候着她，就像臣子伺候君王一样，他一直都小心翼翼，就怕发生什么事。但是，她没有答应见他，虽然她很大度地说他可以来，她是顾及我，这可爱的人！她说为了我他也可以留下来，但是，他大部分时间只是在她的门前徘徊着，他也好像在巡视里面的房间，那是要逗我开心。他会在大客厅里面跟我谈威尼斯的琐事，我也在门口，在大厅里、在楼梯上碰到他的时候，他也会朝我微笑，装得很愉快。”苏珊·谢德说，“但是，我们都没有谈到她的事情。”

“这是她的要求？”

“肯定是的。她不希望我做的，我肯定不会做。我们只谈论日常琐事。”

“这也是她的要求？”

“肯定是的。她说过，如果能让我安心，他就留下来，他想待多久都可以。”

丹什完全明白。“但他没有让你安心！”

“绝对没有。不过，”她补充说，“那不是他的错。无论是谁，是什么事，都不能让我安心。”

“我想，”丹什严肃地说，“我肯定也不能。”

“是的。但是，我来这里，不是要让你安慰我。”

"你来这里是为了我。"

"好吧，就算是吧。"她看着他，眼里噙满泪水，过了一会儿，似乎有什么东西从她的内心深处涌上来。"其实，我来这里，是为了……"

"你来这里，当然是为了我们的朋友。但是，如果跟你说一样现在已经太晚了，我都爱莫能助的话……？"

她继续看着他，此时，他发现她有点生气，而且越来越明显。"我确实这么说过。但是，既然你在这里，"然后，她的视线又很奇怪地转向了四周，"既然你在这里，既然这样，我觉得我们不能放弃她。"

"我们当然不能放弃她。"

"这么说你不会？"他说话的语气让她脸色通红。

"如果她放弃了我，我是不是放弃有什么关系？她不想见我，我又能怎么样呢？"

"但你刚才说过你不喜欢这样。"

"我刚才确实说过我不喜欢这样，是因为你跟我说了那些话。我不喜欢让你逼着去见她。如果我能帮到她，我肯定喜欢。但是，即使这样，"丹什接着并没有做任何承诺，"首先得她自己想见我。"接着，他做了进一步阐述，"那就是症结所在。她肯定不想见我。她不可能想见我。"

他感到不耐烦，所以站起来，无可奈何地徘徊着，与此同时，她一直注视着他。"有一件事你可以做，你也只能做那件事，当然，你还是要碰到很多困难。不过，终究有这么一件事。"他站在她面前，手插在口袋里，很快，他就从她的目光中发现她接着会说什么。她歇了一会儿，似乎等着他允许她说出来，可是，他一直让她干等着，所以，他们就默默听着雨水浇到运河上，这时又下起了倾盆大雨。她终究是要说的，但她似乎还有顾虑，话只说了一半。“我想你自己肯定知道那是什么事。”

他的确知道，但是即便如此，她说得对，困难很多。所以，他扭过头去，不敢面对眼前的一切，他走到另一扇窗户前，看到玻璃上淌着一条条雨水，俨然汇成了一条小河，透过窗户玻璃，对面的房子一片模糊，跟他们的距离比往常差不多远了一倍。斯特林厄姆太太什么也没说，好像她已经搞定了他。这次又是他先开口。然而，他并没有直接回应她最后的评论，而是以此为基础有所发挥。他走回到她身边，对她说：“你知道，我得想想。”在当时那种情况下，他似乎算是已经接受了。他要想明白的是，对于这个问题的本质，卢克·斯特雷特爵士到底持什么意见？说到不放弃她，他不就是最关键的人吗？“没有他，我们不就是无头苍蝇吗？”

“哦，”斯特林厄姆太太说，“就是他一直支撑着我。第一天晚上，我就给他发了电报，他跟天使一样回复了我。他会跟天使一样来这里。不过，他最早星期四下午才能到。”

“好吧，这很关键。”

她犹豫了一下。“很关键，是的。她很喜欢他。”

“的确如此！他十月份刚来的时候，她将他介绍给我，让我照顾他，我记得很清楚她当时的表情，那天晚上，她穿着白色礼服，招待了许多人，还有乐队演奏。她很用心，给我们牵了线，她让我带他到处逛逛。我做到了，我们在一起很融洽。这表明，”这时，丹什脸上闪过一丝伤感的笑容，“她喜欢他。”

“他很喜欢你。”苏珊·谢泼德紧跟着说。

“是吗？我不知道。”

“你应该知道。他跟你一起去画廊，去教堂；你帮他节约了很多时间，你带他看了最精华的东西，你可能还记得，你曾经对我说，如果他不是伟大的医生，他就可能是伟大的鉴赏家。他很有鉴赏力。”

“对，”那位年轻人附和着说，“他确实很有鉴赏力，他能对她做出正确的判断。”他又接着说，“但是，他不会无缘无故对她做判断。他对她感兴趣，肯定是有利于她的，我们要充分利用这一点。”

他嘴里说着话，手却还插在口袋里，还一边不停地踱着步，她的眼神充分透露，她发现他试图跟自己刚才已有的认识保持距离。“我很高兴你喜欢他。”她说出了她的发现。

他从她的声音中找到了一些线索。“亲爱的夫人，我所做的跟你差不多。你当然喜欢他。他在这里的时候，大家都喜欢他。”

“是的，但我感觉我似乎知道他在想什么。我也认为，既然你跟他一起度过了那段时间，你应该也知道他的想法。”她说。

丹什突然停止脚步，虽然起初没说一句话。“我们没有提到过她。我们谁都没有说到她，甚至没有提起她的名字，我们没有聊过跟她有关的事情。”

斯特林厄姆太太盯着他，他的描述让她感到非常惊讶。不过，她马上找到了一个台阶下。“那是他的职业要求。”

“没错。不过，我觉得这不只关系到他的美德。”他突然激动地说，“反正，我不能跟他说她的事！”

“哦！”苏珊·谢泼德说。

“我不能跟任何人说她的事。”

“除了我。”他朋友说。

“除了你。”她说话的时候都带着淡淡的笑容，又似乎很当真，所以，他一直看着她。同时，他的脸也很快红起来，他感觉一下子就卸掉他跟凯特的交流留在他肩上的负担。当他们四目相对的时候，他的客人可能看到了他卸下那个负担。不过，他必须努力放下负担，他的脸就是这样红起来的。他不能再把它扛起来，至少目前不行。她要怎么理解都可以。他本想重复他刚才的陈述，不过最终他还是做了一些修改。“反正，卢克爵士没有什么可以跟我说的，我也没有什么可以跟他说。我们不可能说瞎话骗人，而且……。”

“而且，说真话，”她用很重的语气说，“更不可能。”这是自然，他没有否认，所以，她直接说出她的结论。“这证明了我说过的话，你们彼此很在乎对方，你们有很多共同点。否则，你们就会胡说八道。”

“也许吧，”丹什承认，“我们都很关心她。”

“你们不会关心别人。她是你们的纽带。”

好吧，既然她想这么说，他能接受这样的话，但他马上又回到他刚才说的话。“不过，我还是不知道他在想什么。”她面对着他，他感觉到她想问一个问题，因为他观察到她有一种很迫切的表情。她可能很想问：“你很肯定？”但他把这个观察藏在心里面。“我想，你是不是相信他认为她已经走了？”

她没有反驳，但也没有承认。“不管我相信什么，都没有多大关系。”

“好吧，我们总是会知道的。”说完之后，他感觉自己很浅陋。在最后五分钟里面，他越来越发现她是有备而来的，他也从来没有像现在这样希望往后拖延。他宁愿将一切都推到星期四；今天才星期二，他感到很遗憾；他想自己是不是有些害怕。不过，他不是害怕马上要来的卢克爵士，不是害怕很快会死的米莉，也不是害怕在他面前坐着的斯特林厄姆太太。说来很奇怪，他也不是害怕凯特，因为他突然感觉到凯特的存在感好像进入了睡眠状态，或者正颤抖着消失了。苏珊·谢泼德的存在对凯特的存在感施加了越来越多的影响，直至让后者失去作用。在他的心目中，她是不存在的，就像她永远离开了那座宫殿，在那里，她的声音和她的关系已经彻底消失了。他看看周围，他已经找不到她的影子。他很快就明白过来，他害怕的是他自己，而且，如果他不小心，他会越来越害怕自己。“而且，”他接着说，“对我而言，看到你最重要。”

听到他这句话，她慢慢站了起来，因为那是在向她暗示，他好像已经懂了。她好像看见他唐突地要赶她走。但在这种情况下，她更有必要确认她对他的判断。她想确认也就需要一两分钟时间。接着，她就说：“如果他对你提出要求，你会照做吗？我是说，如果卢克爵士亲自提要求的话。你会答应他吗？”哦，她多么一本正经啊！

“答应他什么？”

“对她否认。这样可能有一些作用。”

丹什感觉，跟刚才一样，他的脸红到了头顶。然而，对他而言，脸红已经不是害羞的表象，目前更多的是表明他害怕。此时，他的红脸表明了他在害怕什么。“对她否认什么？”

这个质问又让她犹豫了一会儿：他不是一直显得他知道吗？“你去对她说，马克勋爵跟她说的都是假的。”

“马克勋爵跟她说了什么？”

斯特林厄姆太太显得也困惑；他怎么会突然变得这么恶心？“我一直以为你知道。”现在轮到她脸色变得通红。

这让他迅速对她产生了怜悯，但他还有别的牵挂。“那么，你知道……？”

“知道他来过?”她瞪着眼睛说，“当然，这就是罪恶的根源。”

“是的，我明白。但是，你也知道……”

他又说到一半就停下来，但她知道自己现在要说什么。“我是说，”她用安慰的口气说，“他跟她说了什么。我一直以为你也知道。”

“哦!”他不由自主地发出这个声音。

他接着发现，这个声音让她放松下来，好像他觉得她惦记着别的东西。她接着好像想通了，于是，她就直接说:“哦，你以为我知道那是真的!”

她的脸更红了，这让他发现他已经暴露了。不过，他马上就明白，那是不要紧的。该来的总是要来，拖延也没有什么意义。这时，他只好面对她希望他面对的事实，接受她的观点。十分钟之前，他曾经表示过他要想一想;在此期间，她的行动都以此为前提。只是他要面对的事实肯定不会是小事，可能比当前设想的更大。

他又在房间里绕了一圈，并没有直接回应她最后说的那句话，而是在窗户前面“冥想”了一会儿。当然，她可以发现，她已经将他逼到了墙角。她确实看得很清楚，她好像“抓住”了他，但是，她又马上意识到谨慎的重要性，她说话的时候，她尽力避免再逼他。“我是说，他跟她说，你跟克罗依小姐有私情。”

听到这句话，他猛然转过身来，好像刚刚挨了一记鞭打，而他后来才知道自己愚蠢至极，他不假思索脱口而出:“什么叫私情?”

“这不是我说的。”她很温和地说，“我只是转述他对她说的话。”

丹什终于摆脱焦躁，他现在已经能管住自己了。“请你原谅我的粗鲁。当然，我知道你说的是什么。那天傍晚，”他接着解释说，“我在大广场看见过他，透过佛罗里安咖啡馆玻璃橱窗看到他，我没跟他说话。事实上，我并不怎么认识他，所以没跟他搭讪，而且我就见过他一次，他那天晚上肯定就走了。但是，我知道他不会平白无故来这里，我一直在想他来这里到底想干什么。”

斯特林厄姆太太也想过。“他是来发泄的。”

丹什同意。“他来告诉她，他比她更清楚她是为了谁拒绝了他。”

“这么说你都知道！”斯特林厄姆太太微笑着说。

“我知道，不过，我不知道这样对他有什么好处。”

“他认为，如果他有耐心，不用等太久，好处就会来的。可是，他不知道他这样做对她有什么影响。只有我们知道。”

他明白，但他又有所不解。“她没有跟他……说她的感受？”

“她是很能忍的人，我知道。他给她沉重的打击，她却能不露声色。”斯特林厄姆太太一开始是实话实说，接着，她开始赞赏她所描绘的事实，“她很了不起！”

丹什再次表示同意：“了不起！”

“可是，”她接着说，“他却是傻瓜中的傻瓜。”

“傻瓜中的傻瓜。”有一阵子，他们四目相对，交流很充分。“然而，人家却认为他很聪明。”

“非常聪明，那是莫德·劳德个人的看法。在伦敦的时候，”斯特林厄姆太太说，“他对我很好。大家都很喜欢他，都觉得他非常善良。”

“他是不折不扣的蠢驴。”

“是的，不过，她跟我说过几件事，我从中可以判断，他并不想伤害她。他不可能有这样的想法。”

“这只超级蠢驴，”丹什回答说，“他只想伤害我。”

“这对他有好处，对吧？他以为好处迟早都是他的。”斯特林厄姆太太紧接着说，“他上次来的时候，他感觉受到冷落，他一直咽不下这口气。他一直感觉受到极大的羞辱。”

“哦，我明白。”

“是的，他还看见了你。他看见你得到热情的招待，就在他被赶出去的时候。”

“没错。”丹什说，“我很清楚。他也知道我那时为什么会得到热情的招待，我这几个星期一直待在这里是为了什么。他肯定琢磨过。”

“没错，他耿耿于怀，最后终于忍受不了。事已至此，”斯特林厄姆太太说，“他还在琢磨。”

“只是，”此时，丹什自己也要琢磨，他需要琢磨的事情比从前更多，“他是怎么知道的？他怎么会知道这么多？”

“这么多？”斯特林厄姆太太问道。

“他肯定都知道了，才会做出这样的举动。”

他跳过了她的问题，不过，他们这样面对着面，交流还是很充分的。过了一会儿，她又想到了一个问题：“你说他都知道了什么？”

丹什也没有直接回答。“十月份以后，他在哪里？”

“我想他回了英格兰。我有理由相信，他是从那里直接来的。”

“直接来干这件事？风尘仆仆，然后半个小时就完事了？”

“是的，他就是来再碰碰运气的，可能是有什么新发现。跟上次不一样，他这次是想挽回跟她的关系。无论如何，他肯定有什么话要跟她说，但他不知道他只有半个小时。也许，半个小时就够了。事实证明，时间短反而更有效！”苏珊·谢泼德说。

她的同伴接受了这种说法，他完全能理解。然而，她把问题说白了，甚至超出他能承受的范围，接着，他还发现各种新问题纷至沓来。这些问题以前都是纠缠成一团一团的，根本理不清，而此时却一个个都分开了，各自露出自己的面目。不过，他提出来的第一个问题是很突兀的。“你最近有收到劳德夫人的信吗？”

“哦，有，两三次吧。她很关心米莉的情况，这是很自然的。”

他犹豫了一下。“那么，她是否也关心我的情况？”

他的朋友也跟他一样犹豫了一下。

“我跟她说的都是好消息。这次可能要跟她汇报坏消息。”

“‘这次’？”丹什认真想着。

“我要跟她说马克勋爵来过，跟她说米莉的真实情况。”

他想了更长的一段时间。“劳德夫人在信里有没有说到他？她在信里有没有说他一直跟她们在一起？”

“她只提到过他一次，就是上次。她确实说到了一些事情。”

“她说什么？”

斯特林厄姆太太费了好大劲才想起来，然后说：“都是跟克罗依小姐有关的。她觉得凯特一直想着他。也许我应该说是他一直想着她，不过，这次莫德肯定觉得，他的道路更宽、更平坦了。”

丹什一边听着，眼睛一直看着地上，不过，他很快就抬起头来，准备再提问题的时候，他的脸上露出一种表情，表明他意识到这个问题有些奇怪。“她是说他准备向她的外甥女求婚？”

“我不知道她是什么意思。”

“当然。”他终于回过神来，“我都猜不透的事情，我不应该麻烦你去猜。不过我想，”他接着说，“我应该猜得到。”

她有些腼腆，但她终究还是说了出来：“也许我也猜得到。”

这是她的一种特点，他看着她就可以发现，自从她进入客栈，关于他的事情，她一直都非常敏感，或者说很在意。他们四天之前分手的时候，他们就有许多问题想提但没提出来。此时，这些问题浮出了水面，但是让它们浮起来的人不是他。女人们都很厉害，至少眼前这个女人就很厉害。米莉也是，莫德姨妈也是，她们都丝毫不逊色，更重要的是，他的凯特也是非常厉害。他已经明白在女人圈里混是什么感觉！这些都是厉害的女人！这就是他所有问题的核心所在。他接着提给他的客人的下一个问题，跟这个感觉也不无关系。“克罗依小姐给我们的朋友写过信吗？”

“她，”斯特林厄姆太太纠正了他的说法，“也是她的朋友。我不知道。”

他因此肯定她没有写过。其实，他跟米莉一起待了六个星期，他自己始终都没有提到那个女士，米莉也都没有提到，这些事都挺奇怪的。尽管如此，想到一直悄无声息的凯特，他的脸再次红起来。他努力想尽快摆脱她的影子，于是，他又想到他们刚才一直在评论的那位先生。“他是怎么见到她的？她不是说不再见他了吗？”

“哦，她本性善良。”那位善良的女士有点尴尬地解释说，“这次她比以前更放松。”

“放松？”

“她撤掉了所有的戒备。这是要命的。”

“也许对吧，但肯定没那么要命。”

“她的心狠不起来。绝对是这样。她本可以给予他另一面的。”说完之后，看他还沉默着，她就完整表达了她的意思，“因为她跟你一起待了六个星期。”

“哦！”丹什轻轻地叹了口气。

“而且，我想，他肯定先给她写过信，信的语气肯定为他铺平了道路。他肯定很客气，结果……”

"一见面他就脱掉面具？"丹什打断她的话说，"这卑鄙的畜生！"

苏珊·谢泼德的脸色变得有些苍白，虽然她还盯着他，她似乎在寻找希望。"然后他一声不响就走了。"

"他肯定没有带走希望。"

"是的，肯定。"

"那么，那就是绝对卑鄙的报复。难道他还不了解她吗？"年轻人问，"几星期前，他向她求婚的时候，他难道没有看出她也许只剩下几个月时间吗？"

斯特林厄姆太太起初只是默默看着他，她在想怎么回答他；然后，她的回答比刚才更有力量。"你说的这一点，他肯定了解，与你一样清楚。"

"你是说，他之所以想得到她，是因为……？"

"没错。"苏珊·谢泼德说。

"这条狗！"莫顿·丹什脱口而出。不过，这句话刚说出口，他就涨红着脸走开了，他意识到他的客人还藏着一张牌没有打出来。暮色很深了，他看看外面的阴霾，然后转向他的客人。"要不要点灯，台灯还是蜡烛？"

"不用。"

"什么都不用？"

"我不用。"

他在窗前又站了一会儿，然后，他好像想到什么。"他肯定会向克罗依小姐求婚。这是毫无疑问的。"

她还是没有拿出她的最后一张牌。"这种事情你自己想。"

"好吧，我自己想过。劳德夫人肯定也想过，只是她，这个可怜的女士，可能想错了。克罗依小姐肯定拒绝了他，"丹什继续阐述他的判断，“他肯定觉得莫名其妙。”

“显然是你挡了他的道？”

“不尽然吧，我一直待在这里，他知道，所以他才来骚扰蒂尔小姐。不过那也有道理。他必然认定，”丹什勇敢地说，“我对兰开斯特大门有企图，同时在威尼斯也有企图。”

斯特林厄姆太太也鼓足了勇气说：“企图？你有什么企图？”

“天知道。他们也许会说这是一场游戏。恶心的游戏。欺诈的游戏。”

“当然，”斯特林厄姆太太说，“这种说法很恶毒。”这是经过一阵子沉默之后说的，双方都觉得这段时间很长；接着又是一阵子沉默，在此期间，他双手插在口袋里，眼睛看着外面。他很清楚，这不是对她刚才说的这句话的恰当回应，他觉得，那是无法回应的。她不打扰他，让他随便站在那里，他也很高兴她谢绝了他为进一步交谈而点灯的提议。点灯的好处主要在她这边。不过，即使没有灯光，她还是可以说话，而当她最终开口的时候，她说的还是刚才说过的话，只是语调有些不同，显得更为亲密。“如果卢克爵士亲自请你帮忙，你会不会跟米莉说那个人跟她说的那些话是假的？”

他好犹豫！不过，最终他还是说：“你肯定她一定会相信我？”

“肯定？”她可能觉得事已至此这种话就不用多说了。“你自己想想吧！”

他果真花了一些时间想了想。“你相信我吗？”

他意识到自己逼得她太狠了，不过，她好像在努力寻找答案，这才让他松了口气。不过，她终究回答了，结果倒是他被逼到角落里。“我是不是相信，多少要看你的行动。全看你。我保证百分百相信你，如果你愿意救她去跟她说那是假的。”

“但是，你难道没发现吗？我都被搞糊涂了。我到底要说什么是假的？”

他似乎希望她能缩小范围，但事实上她却把范围扩大了。“一切。”

所谓“一切”，从未像现在这样让他觉得包罗万象。“哦！”他朝黑暗中咕噜了一声。

4

星期四马上就到了，卢克·斯特雷特爵士就要到了，幸运的是，其他严酷条件也慢慢进入了尾声。天气变了，桀骜不驯的暴风雨屈服了，被压抑多时的秋天太阳终于出来了，一冒出来就带来巨大的热浪，像是在反扑，唱着响亮的赞歌，散发着灿烂的光芒，笼罩着整片大地。于是，威尼斯城又闪耀着光辉，运河上又溅起了水花，人声再次鼎沸，钟声再次响起，空气就像拍手的声音一样清脆，城里五颜六色，都像一幅色彩鲜艳的图画，也像铺上了精美的地毯。丹什在这种环境下去车站接那位伟大的医生，心里有说不出的喜悦。他是经过深思熟虑之后去的，他意识到，思考是他目前唯一能做的事情。这是那件事让他获得的体会，而他一辈子都未曾有过这样的体会。毫无疑问，自从他出生的那一天起，他思考的事就比实际做的事更多；不过，有时候，他想起自己的一些想法，就会非常兴奋，就像在历险一样。但是，迄今为止，对于自己处于什么样的状态，他一直没有体会过，他从来没有意识到，自己会克制自己的冲动，或者说约束自己的自由。他很奇怪地觉得，如果说他几星期之前的到来是一种冒险，那么，现在没有任何事情比他在这里好好待着更不像冒险。现在突然离开，突然回去，特别是回去伦敦并如实向凯特报告，那也是冒险，但是，如果他维持目前这种状态，他最多会觉得受裹挟。那是斯特林厄姆太太的来访应有的效果，她让他“品味”到什么是他不可以做的。这个味道很浓，全面压倒了他对什么可以做的感觉。

他知道，去火车站接卢克爵士，是渺小甚至虚假的自由。不过，这么长时间以来，他都没有品尝过像这样的自由。那么，他的处境之所以这么尴尬，不就是因为他一直都很害怕吗？因为害怕，所以他行动僵化，似乎被暴君课了重税，税收成了他的枷锁。他甚至不希望自己活得很长，不要总是生活在恐惧下。总之，他好像有把柄随时会落在别人的手里面。比如说，他很害怕，如果靠近这位地位崇高的朋友，就意味着他要做出某种保证或承诺。他害怕这样一来他被洪流卷到更远的地方去，但是，他也不喜欢因为恐惧而显得那么猥琐。最终占了上风的想法是，那位大人物对他还是不错的，他们上次在宫殿里见过面，那次社交活动是年轻的女主人特意为他们安排的，就像斯特林厄姆太太跟他说，她为他们牵了线。斯特林厄姆太太的那番话让他获得了以前从未有过的感受。事实上，正是为了寻找更多以前被自己忽略的感受，也是为了感受自由，他才早早就来到车站，在火车到达之前，在站台上来回漫步。火车进站后，他带着刚才的全部感觉走到卢克爵士的车厢门口，可是，他接着意识到情势急转直下，他的所有恐惧和犹豫都失去了存在的价值。他说不清楚这位客人的举止神态是表明他还记得他，还是感到惊讶，如果是前者，就意味着他对他会有所期待，如果属于后者，他的使命就会很快结束了。

丹什经过仔细观察后发现，卢克爵士已经忘却了那位曾经跟他一起散步的年轻人，虽然他静静地看了他一会儿之后认出了他。年轻人感觉对方认出了自己，但同时也感觉这个人做事很干脆。他不像自己那么犹豫不决，所以对他是一种鞭策。那位伟大的客人已经在火车上利用旅途时间进行了深入的思考，对他即将面对的情况有充分的判断：他即将面对的情况非常微妙，而这位杰出的年轻人不属于这个情况的核心部分；此时，他的脸上微微动了一下，应该是因为他看到了在站台上的丹什，这表明他有了新的认识。然而，如果说他可以坐火车来平息紧急情况，那么，不管是其他什么情况，有必要的话，他也同样能够平息。丹什觉得，对他本人而言，他此次来访的影响就仅限于此。我们的朋友进一步发现，他似乎对一切都可以接受，他对什么都不露声色，人们也不知道他的内心有什么反应。在运河码头台阶上，丹什想：他们在那里就要分手，对于这样不正常的事情，他会有什么反应呢？他们一起走出车站的时候，尤金尼奥毕恭毕敬地站在贡多拉的船尾，而宫殿的专属船夫在他的指挥下，很干练、很有尊严地把贡多拉摇到合适的位置。丹什谢绝在宫殿的贵客旁边的黑色软沙发上坐下，他不在乎让米莉的三个“使者”看得莫名其妙，他知道，他不能对这种事情太敏感。于是，他只是在台阶上对下面微笑着，至于那些笨蛋怎么想，就随他们的便吧。“那里，”他有些伤感地摇摇头说，“我不去了。”

“哦！”卢克爵士没有发表任何评论。丹什感觉他确实很了不起，觉得他很神秘，好像他是故意的，也好像确实一无所知。他的朋友似乎没有发现他说这句话跟眼前这场危机有关。后来，也就是在帕斯夸里有节奏地划着贡多拉离开以后，他也没有再做什么表态。丹什注视着贡多拉慢慢消失；他听到帕斯夸里的吆喝声隔着水面传过来，然后，贡多拉急转弯进入一条小运河，那是通往米莉的宫殿的捷径。他没有自己的贡多拉，他没有坐船的习惯；所以，他很低调地走开，走路在威尼斯算是很低调的；不过，他在送别那位贵客的地方站了好长一段时间，像钉在那里似的，然后才走开。这好像很奇怪，但就在那个瞬间，他发现自己找到了面对米莉最真实的感觉，他觉得有些不可思议。他不可能是一看到那个应召来帮助她的人，他的情感就突然发生重大的转变，虽然听着帕斯夸里的吆喝声、看着小船消失，这种变化就油然而生。他不仅从未接触过她真实的状况，这对他而言是一件好事；他不仅只徘徊在拳击台的围栏外面，而拳击台的里面有微笑，有沉默，有美丽而虚假的故事，也有无比昂贵的装饰，但是，此时这些东西都已经到了断裂的边缘；他还跟所有人一样，努力压制着情感，以做到举止得体，显得有同情心，体现慷慨和理想。借用一句陈词滥调说，大家都是心照不宣，没人去触摸死亡，因为死亡是脏东西，大家也都在回避痛苦与恐怖的阴影，不管在精神还是在言语上，她的真实状况都未曾得到真实的反映。“这是人类的唯美主义直觉！”我们的年轻人不止一次这么跟自己说，先不说这个主张是否正确，他想说的是至少要真实、清晰地看一眼。所以，那里好像一直都是刻意装傻的傻瓜的天堂，有特立独行者，都会成为被追逐猎杀的危险动物。其实，始终有一个特立独行的人站在大门口，此时可能已经以卢克·斯特雷特爵士作为化身跨过了门槛，而且，他的气场十分强大，压倒了一切。丹什的神经，乃至他的心跳，在他离开这个地方之前，就反映了已经发生的变化。

此时此刻，丹什非常尖锐地感受到绝症缠身和生存希望渺茫的痛苦。天气变得晴朗，不仅能让人看得更清晰，在这种情况下，有些东西甚至想回避都回避不了；此时，他能指望的只有卢克爵士宽阔的肩膀，如果人家愿意靠在他的肩膀上，那就能产生一定程度的影响。然而，在起初的一两天，丹什还在怀疑自己有没有机会再见到那位伟大的朋友。他肯定是不会再回宫殿去了，对他而言，这是铁定的事实，大家也都知道他被“驱逐”了，虽然他还没有离开。要是在从前，人们经常可以看见他坐莱波雷利宫的贡多拉。他不大可能在威尼斯的街上再见到卢克爵士，因为后者可能既没有时间，也不屑于在那种地方溜达，所以，他们可能不会再发生任何关系，除非那位伟人故意等着他，或者主动找他，果真如此，他会感到十分惊讶。丹什进一步想，他要是真的这样做，也许不能简单地归因于斯特林厄姆太太已经决定要怂恿他，她是不是会采取实际行动也很重要，最重要的是，这可能取决于卢克爵士对这个建议怎么理解。丹什知道他可能会做出多大的反应，他也知道像他那样的人对这种请求会怎么理解。那么，他要做什么样的准备呢？他要不要见他有多大关系呢？总之，他要做好最坏的准备？如果他不来找他，他就可能彻底跟这位伟人失之交臂，而如果这位伟人来找他，那么，他肯定有难以猜测的目的。好吧，他是肯定不会来的，所以也没有什么可期待的。

其实，并不是丹什刻意排除那种可能性，他只是很无奈地觉得，他现在能指望的机会实在太少，所以有些患得患失。在这种困境之中，很奇怪的是，虽然他很害怕自己，他却不害怕卢克爵士。根据以前跟他在一起的体验，他有一种印象，他一直守着这种印象，他觉得他也许是不会跟他计较的。他的肩膀上扛着米莉的问题，所以他的脚步肯定很沉重，此时此刻，他的心里肯定只装着这个问题，但是这个问题不会浮现到他的脸上；在上一个季度，这张脸曾经常转向丹什。那次他不是应约跟他见面的，而是他自己心血来潮主动找了他，因此，现在想起来，那次见面就有完全不同的价值。虽然我们的年轻人认为那种价值是几乎不可复制的，他还是不断在想象中重温那次接触。他不想做一个自私而贪婪的人，但他还是希望能得到什么。他感觉，那是卢克爵士会给他的，如果说还有可能的话。这几天，这两三天，是他感觉最煎熬的日子，虽然他能体谅宫殿里的人也都很紧张，但他还是感觉好像被命运遗忘了。按他自己的判断，他从来没有这么绝望过。在简陋的客栈里，他没有书，没有同伴，钱也几乎用光了，除了等待之外，他已经别无选择，也无事可做。他现在就想等着看目前的困境会把他拖进什么样的深渊。只要他给予时间，命运就会制造前所未有的恐怖。他正面临的恐怖，就是卢克爵士的悄无声息。第三天到来的时候，并没有带来任何新的迹象，所以他知道他该思考什么了。上次斯特林厄姆太太来的时候，他没有给予她能武装她的信念的回答，而当时她说她为他预备好了“最后通牒”，只要他愿意接受，就随时可以给他，但现在恐怕拿不出来了，原因可能在于她没有力气来照顾他了。好吧，这最后的通牒并不是他想看到的。

我们得赶紧说明，丹什也很快就发现，那也不是站在他面前的卢克爵士想看到的。是的，卢克爵士终于站在了他的面前；这时，我们的朋友已经极其沮丧，他已经认定来自伦敦的义务可能走到了尽头。最多还有四五天吧，不包括在路上的时间。所以，当那个人按响门铃，然后实实在在出现在门口时，丹什就尖锐地感觉到，他的影子就像一把刀子那样锋利。他的出现表明米莉的“状况”有多严重，他不敢想到别的名词。这位大人物还没有走，非常明确地表明她还需要他，同样明确的是希望的存在。丹什刚从失望之中反应过来，一下子就想到了十种可能，其中最突出的是：既然卢克爵士还在，她可能已经得救了！不过，他紧跟着非常闹心地想到，这个想法可能在他心里停留更长的时间，这场危机绝对不会那么简单过去。这个客人不是来跟他说米莉闲话的，他的来意跟她无关；相反，他要向他表明，他在这里的时间所剩不多，他会尽量避免这个话题。他的来意跟上次的交往有关，可能正是因为上次的交往，他才会到这里来。他最晚星期六就要走，但威尼斯还有一些地方他想去看看。他来找这位年轻人，就是让他再带他去转一两圈，到处溜达溜达，再给威尼斯最后一次机会。这件事让后者产生极大的矛盾，他很感激，同时也很厌恶。最奇怪的是，至少在表面上，丹什非常明白，在这段时间内，两个人始终没有提到那座宫殿，没有人问起，因此也没有回答，于是他感到非常放松。自从他的客人在门口出现，他就有这种感觉，尽管就在开始的几秒钟，他觉得客人的出现跟米莉的状况有直接而强烈的关系。他是来跟他说他已经救了她？还是受了斯特林厄姆太太的委托来跟他说怎么样才可以救她？还是不顾斯特林厄姆太太的反对来说她已经没救了？希望与恐惧同时在他的脉搏里跳动着，貌似是分开的，但是，他的心脏一跳动，两种感觉就混杂在一起。结果，卢克爵士居然一声不吭，让他觉得不可思议，也对他很有好处。

这时的感受就像风暴之后的平静。几星期以来，我们知道，他一直努力保持相对静止的状态，不过是一个人在沉默中努力，但是跟现在相比，那段时间的他算是高度兴奋的，就像在发烧一样。真正和正确的安静，要跟别人在一起才能做到。于是，他们一起走着，一边聊着天，一起寻找以前的场景，找回原来的印象；卢克爵士自己知道要往哪里走；他们在古董商店逛了一会儿，然后走进佛罗里安咖啡馆坐下来，喝一些比较淡的饮料，最重要的是天气好极了，让他们可以沐浴温暖的空气，欣赏秋天的绚丽色彩。有一两次，当他们坐下来休息的时候，这个伟人闭上了眼睛，并持续好几分钟，他的同伴注视着他的脸，私下认定那是睡眠不足的表现。他晚上肯定一直陪着她，没有睡觉；这一丁点儿表现很可能说明很大的问题。丹什甚至可以将它当成一个证据，从中推断出一个让他自己起鸡皮疙瘩的结论，同时，他也可以认为他看到了解脱的曙光。解脱是一个正当的体验，他知道，尽管他如果坚守可能获得奖赏，尽管他有痴心妄想，但他始终在期待着解脱。他一直期待着，坐在房间里的时候就一直在等着，他期待因此获得解脱的力量。好吧，此时，人家好像正在帮他解开枷锁，至少，现在跟着这位伟人肯定不会加重他的责任。而且，他之所以感觉到那个伟人在帮他，并不是他特意或者悄悄亲口跟他说的，他是一个见过世面、洞察生活的男人，他用不着说什么。在这个过程中，他的周围几乎全是女人，此时，另一个男人的到来改变了整体氛围，而他觉得这个男人比其他任何人都更适合这个目的。他很大气，很随和，谢天谢地，他知道什么重要，什么不重要，他分得清本质与外壳，分得清在什么情况下可以自由发挥。因此，不管是跟他发生关系还是跟他有接触，人们都会掌握在他的手中，任由他处置，不过，人们在感受他的严厉的同时，更会为他的仁慈所感动。最漂亮的是，他善于让奇怪的事情变得自然。否则，有一件奇怪的事情就得不到解释，那就是丹什此时好像断了对宫殿里的女士们的念想，那位伟人也好像彻底忘了她们。他没有对什么东西发表过什么评论，就像他们在火车站见面的时候一样；丹什可能会说他感觉他们俩就像医生和病人的关系。从他身上得到启发，就跟吃药一样，只是领会他的启发比吃药愉快得多。

因此，人们可以完全跟着他一起沉默，这是丹什三四天来一直保持沉默的缘故，不过，就在星期六前夕（他跟他说过他星期六要离开)，他心里还是有些动摇。星期六早上，他再次到火车站等卢克爵士，我们的朋友必须承认，他借来的放松已经丢了，因为他马上要失去依靠。在这段时间，他最大的依靠就是卢克爵士的身影。他走后会有人顶替他吗？他会不会在临行之际跟他说什么？这时，丹什比他去客栈找他的时候更茫然，在这个无与伦比的时刻，他感到最神奇的，他马上感觉到，他都不知道他是怎么度过这个星期的。这一切都像是他必须要付出的代价，然而，当莱波雷利宫的贡多拉慢慢靠近他的时候，他在码头台阶上看着他的同伴，跟从前同样研究着他那张精致而僵化的脸，但也跟从前同样一无所获。这就像一堂课，教授在传授专业知识，而教授那张毫无表情的脸，让丹什觉得突然非常残酷，不忍直视，那分明是在告诉他米莉已经先走了。因为时间紧，他们一起走进车站，中间没有任何交流，于是那个悬念还维持着。尤金尼奥早就在那里等着，他站在车厢门口，像一个卫兵。这种紧张的气氛可能只在车厢门口持续了一两分钟，但是，我们这位可怜的绅士却感觉很漫长；他不自觉地盯着尤金尼奥，而尤金尼奥也用他特有的目光对着他。当时，卢克爵士好像很专注于自己的事情，好像没有注意到丹什，而丹什也只是默默地质问着那个宫殿的代表。他现在不会因此感到害臊，即使那个人果真意识到他没有满足他的要求，他也不会觉得不好意思。尤金尼奥与卢克爵士非常相似，他们的表情习惯都一样，都好像在传递一个很不好的信息。然而，就当丹什认为自己已经领会到那个表情的具体含义时，卢克爵士却好像缓过神来，伸出手要跟他们告别。他最初只是伸出手，没有说话，不过，当他的目光和他相对时，我们的年轻人觉得他从来没有像这样专注地看过他。以前，卢克爵士的目光都不是特别专注，但是，他此刻就一直盯着他，对他而言，这可能包含很多意思。有大约十秒钟的时间，丹什相信这意味着米莉·蒂尔已经死了，因此，他最终说出来的话让他吓了一大跳。

“我会回来。”

“她好起来了吗？”

“我这个月内会回来。”卢克爵士没有理睬他的问题。他放开了丹什的手，但他用另一种方式将他抓得更紧。“蒂尔小姐让我给你捎一个口信。”他的语气表明这是他们第一次提到她。“你去见她一下吧。”

丹什好像突然一下子醒过来，他的眼睛睁得像要爆了。“她叫我去？”

卢克爵士已经走进车厢，车厢的门也关上了，他站在窗户旁边，稍微探着身，但没有探到窗户外面，对他说：“她跟我说她希望你能去，我承诺把话带给你，我知道会在这里见到你。”

丹什站在站台上听得很明白，此时，这句话让血液涌上了他的脸，跟斯特林厄姆太太上次说的话一样。他还有些疑惑。“那么，她能……？”

“她能见你。”

“你会回来？”

“是，我必须回来。她不能动。她必须待着。我会来找她。”

“我明白，我明白。”丹什说。他确实明白了，他不仅听明白他的朋友说了什么，也明白这些话的言外之意。斯特林厄姆太太跟他预告的，而他不希望马上面对的，现在终于来了。卢克爵士将它留到了最后，不过现在终于来了，很简洁，没有色彩，那是一个阅历丰富的男人跟另一个阅历丰富的男人说话的腔调，而后者在经历了这么多事情之后，完全可以领会这种腔调的内涵：这是那个人发出请求的特有方式。丹什都能理解，而最关键的是他要向那个人表明他能理解。“我一定会去。我今天就去。”他说。接着，就在他们默默对视的时候，火车吱吱吱地启动了。时间只够他们再说一句话，于是，年轻人迅速从二十句中挑选了最浓缩的一句。“她好起来了吗？”

卢克爵士的表情很奇妙。“是的，她好起来了。”接着，火车开始后退，这句话通过窗口传到他耳朵里，让他久久不能动弹。他们始终在努力避免谈到某个人，而这是最接近那个人的一次。既然这代表了一切，那么，他的表情再怎么凝固都不过分。火车离开之后，丹什还一直在思考，他在问自己，这到底会把他推进什么样的深渊？与此同时，他也意识到他在尤金尼奥的注视下撤退了。

第十章

1

“你说什么？已经过了整整两星期，你都没有给我一点儿信号？”

这是十二月某一天的黄昏凯特在兰开斯特大门对他说的，她说的是他回来的时间。听到这句话，他就发现她的本能一点也没有变，这可能已经成了她个人的规矩，她无论如何都不会抱怨，她不相信有什么事情能干扰他们俩的相互信任。此时重温这个美好的感觉，跟另一件同样清晰但截然不同的事情一样，在他的内心深处掀起了巨大的波澜。一看到她，他就意识到他们的分离意味着什么，他们就像各自经历过生死历险的人。他想，在她的眼里，他是不是跟她在他的眼里一样与从前不同，这是因为他很兴奋地发现她比从前更漂亮了，这是他看了她第一眼就发现的。这个发现就像花朵在他的心里盛开，就像火光和霓虹灯穿透伦敦城的浓雾，闪烁着对他表示欢迎；他感觉，她的变化之一是她成熟了许多，这是他们的亲密关系结出来的果实，但是，刚交往几个月的情人绝不可能收获这样的果实。如果说她变了，这是他们俩共同的认定，而她此时可能还在变化，还很自豪地向他展示着她的变化，这是他们的智慧和成就的证明，是已经结束的和正在进行的故事的证明。他早就回来了，而这么多天来他一直保持着沉默，他一直都很清楚，这就是他必须面对的第一道难题。这道难题让他备受煎熬，但是他最终鼓起勇气，给劳德夫人写了一张便条，然后，他本人就来到了这里。给劳德夫人写便条是比较恰当的，我们知道，他不给凯特写便条，是不用费那么多周折的。离开威尼斯已经是三个星期前的事情了，他的动作真慢；但是，在伦敦，他还是要遵守她的规矩。正因为如此，因为他坚信她的稳重，他才来请求她的谅解，跟她解释他为什么这么勉强或者犹豫不决。他的来意是要跟她说明一切，如果条件允许的话；如果说最显著的问题是他为什么迟迟没有重启跟她的联系，那么，这个问题只是众多让他紧张的问题之一。他要把一切都想清楚，把他应该告诉她的一切都再想清楚。这个过程很费时间，他觉得，他要是早一点来，他就不可能把一切都带过来。如今，他真的带来了，全都带来了，既然他心里放着那么多事，要拿一个出来作为给凯特的第一个解释并不会太难，他事实上发现确实不难。

“两个星期，没错，到星期五正好是两个星期。不过，你明白，我一直恪守我们的规矩。”他这个说法没有一点破绽，反正她不能说她不明白。她还很清楚地记得他们的规矩，她也必定要求他同样清楚地记得他们的规矩。他甚至不用补充说明细节，她应该能记得，他们的规矩并不强调高速过渡。“你不知道吗？我不能一下子就冲过来，像气球从地上反弹起来一样，我想我应该等一等，为了你也为了我，尽量避免莽撞的举动。我觉得这是合适的。我知道你会理解。”接着，她似乎马上就理解得十分深刻，她一直看着他，他有这个意识，似乎她希望他知道，他之所以能掌握这个尺度，功劳全都是她的。在她的眼里，他很可能已经成了应付突发情况的专家，在威尼斯，他也觉得她像专家，能够运筹帷幄。他微笑着，通过重温规矩，这个问题终于解决了，尽管她应对的微笑有些严肃，跟五分钟之前他刚进来时一样。那时候，她的表情有一点严肃，但还不算是阴沉，更像是内心澎湃却要极力控制的样子；不过，那并未影响她对他的欢迎。稍微有影响的，是那个在房里逗留了几分钟的脚夫，那脚夫将他带进来，然后就要准备茶具，但随后被她打发走了。

劳德夫人收到丹什的便条后，就指定了一个时间，让他在星期天下午五点钟来跟她们一起喝茶。然后，凯特就给他发了一张没有署名的电报："星期天提前一刻钟到，对我们有益。"于是，他就多留了一点提前量，在四点四十分到达。当时，凯特一个人在房间里面，她马上就告诉他，如果她没猜错，他们有一段不长但很珍贵的时间，在此期间，莫德姨妈要陪一位已经退休的老用人，那位老用人来看望她，一小时之内又要回到郊区去。因此，把脚夫打发走之后，他们要好好利用这一点儿时间，于是，有一瞬间，虽然他们的规矩反对冲动，提倡克制，他们还是感受到彼此的温情。这都不影响凯特的清醒和自控力，或者说无损她的端庄。如果说他是谨慎的人，那么，她就是有完美教养的人。他接着提到，斯特林厄姆太太应该会给劳德夫人写信，跟她说他已经离开了，也就是说她们早就知道他已经不在那里了，那么，他怎么还会想欺骗她们呢？这样一来，他的问题也就更不存在了。

"是的，我们知道了。"

"你们一直保持着书信往来？"

"跟斯特林厄姆太太？当然。我是说莫德姨妈。"

"那么，你们有没有收到最新消息？"

她显得有些迷惑。"一两天前吧，我想。你没收到吗？"

"没有，我没有她们的音讯。"至此，他终于知道了他要跟她说多少事情。"我没有收过她们的信。但我一直觉得，劳德夫人肯定有收到过。”然后，他又补充说，“那么，你当然也知道。”他顿了一下，似乎在等她表示她知道，但她只是在沉默之中露出一点没有控制住的惊讶。他想知道什么就只能自己问。“蒂尔小姐还活着吗？”

凯特茫然地看着他。“难道你不知道？”

“我怎么会知道呢？亲爱的，我没有任何消息来源。”然后，他很期待地盯着她。“她死了？”然后，看到她看着他并慢慢摇了摇头，他就用很奇怪的语气说：“还没有？”

凯特脸上的表情好像在告诉他，她的嘴唇上挂着好几个问题，但最终掉下来的是：“是不是很恐怖？”

“你是说她眼睁睁等死的样子？”他得好好想一想，“是的，既然你问我，我就说，我会觉得很恐怖，如果走之前我看到的话。但我想，”他接着说，“无论如何，我都跟你说不清楚我的感觉是什么样的，不管是当时的感觉，还是现在的感觉。我可能让你觉得，”他解释说，“我似乎希望一切都已经结束。”

她极其安静地听着，不过，他发现，虽然他准备把一切都告诉她，她自己却可能非常矛盾，她既想听又不想听，既怀着强烈而自然的好奇心，同时又有所顾忌，想对人家的不幸表示尊重。他觉得她从未这么专注地看着他的脸，但是，她越是研究他，她就越不可能选定所谓恰当的态度。所以，她最终可能只会形成一种感觉，而这种感觉绝对不会是强烈的欲望。这个发现在他心里迅速成长，他甚至很快就能够预测，如果他太过分的话，她可能对他说：“你为什么要吓唬我？”这种话听起来就像要割掉他们在威尼斯的一切往事，不管是出于遗憾，还是因为羞耻。不是她承认从中受益的是她，不是她要让悔恨或恐惧出卖她；他的感觉是，她不想要细节，她肯定不接受那么多细节，如果他能慷慨对她表示理解，她会希望他保持克制。然而，他自己感觉非常肯定的是，他会在适当的范围内保持克制。他的内心深处甚至涌起一股潮流，反对这个所谓克制的要求。三个月之前，她对他可谓随心所欲。现在她倒是说那是为他好。“我能相信，”她经过深入思考之后说，“你看到了肯定会觉得很恐怖。”

不过，他没有接这个话茬；他希望首先搞清楚一些事情。“据你现在所知，没有别的可能性？我是指她的生死。”他可以尽管问，不过她是不会多说的。“她就要死了吗？”

“她就要死了。”

他觉得很奇怪，关于米莉的事，兰开斯特大门竟能给予他这么确切的答案，但是，与米莉有关的事，不都是很奇怪的吗？最奇怪的莫过于他自己的所作所为，以前和现在的所作所为。他所做的，都是他必须做的。“卢克·斯特雷特爵士，”他问，“回到她身边了吗？”

“我相信他就在那里。”

“这就是说，”丹什说，“都结束了。”

无论他说什么，她都静静地接受，不过，随后她却说了一句好像不相干的话：“你可能不知道，莫德姨妈已经去找过他了，除非你也去见过他了。”

“哦！”丹什惊叫一声。除此之外，他没有再说什么。

“她去打听确切消息。”凯特自己随后做了补充。

“她认为斯特林厄姆太太的消息不确切？”

“也许只有我觉得不确切。三天前她再去找他，在他家里她听说他已经走了。我想他是几天前走的。”

“他还没回来吗？”

凯特摇了摇头。“她昨天让人去打听了。”

“这么说的话，”丹什想了想说，“只要她还活着，他就不会离开她。他会留到最后。他真伟大。”

“我想她也很伟大。”凯特说。

他们对视了很长一段时间，然后，他说了一句莫名其妙的话：“你不懂！”

“是吗？她毕竟是我的朋友。”

她的抗议很漂亮，但这是他最想不到的回答，让他重新认识了她的多变。“我明白。你懂。你很了解她。”

“我当然很了解她。”

接着，他们又陷入沉默，不过，丹什不久就打破了它。“你认为斯特林厄姆太太的消息不确切，那么，你认为马克勋爵的消息怎么样？”

她貌似没有想法。“马克勋爵？”

“你没见过他？”

“他去找她之后，我就没有再见过他。”

“那么，你知道他去找过她？”

“当然。斯特林厄姆太太说的。”

“那么，”丹什接着说，“其余的你都知道吗？”

凯特表示不解。“其余的什么？”

“哦，其余的一切。正因为他去找她，她才倒下去，不知道当时发生了什么事，反正是要了她的命。”

“哦！”凯特表情严肃，脸色很苍白，他发现，不管她是否真不了解，那都不是装出来的。“斯特林厄姆太太没说过。”

不过，她并没有问当时发生了什么事，他接着跟她解释说：“他肯定让她知道了什么，所以她就放弃了。她一放弃，就没有人能救了。这就是她走到这一步的原因。”

“哦！”凯特再次缓缓叹了一口气，但又显得很茫然。这更让他紧追不舍。

“大家都知道，她是靠意志力撑着的，跟你原来跟我说的差不多。”

“我记得。没错。”

“好吧，她的意志崩溃了，是被那个流氓狠心击垮的。他跟她说你和我有私情。”

凯特的双眼喷出一股怒火。“但他不知道啊！”

“他是否知道不重要。关键是他离开之后，她就知道了。况且，”丹什接着说，“他的确知道。”他接着问：“你最近一次见到他是什么时候？”

她好像有些发蒙。“那是她病情恶化的原因？”

他发现她深受触动，这更增添了她的忧郁美。于是，他转述了斯特林厄姆太太跟他说过的那句话：“她把脸转过去对着墙壁。”

“可怜的米莉！”凯特说。

她不是很激动，但也显得楚楚动人；于是，他就紧接着说：“她知道得太早了，我想，大家都宁愿她什么都不知道。我们一直都很小心，让她相信我们之间没什么，至少在你这边，没有什么让她值得警惕的。”

她又想了想。“她相信我们，不是因为你，那是我打消了她的疑虑。”

“好吧，很漂亮，”丹什说，“功劳都是你的！”

“你认为，”凯特问，“我会拒绝认领吗？”

她的眼神和语气，让他马上就后悔，他怎么会跟她说这样的话？事实上，这个尴尬是她的任性造成的，而她的任性显然是他对她的忠诚给惯起来的。不过，相对而言，这是无关紧要的。“我就认为，我们要有共识，要共同承担责任。不管我们给人家留下什么印象，都是我们共同的主意，功劳就不用分那么清楚了吧。”

“那不是你的主意。”凯特说。

他只是微微一笑；他自己也感觉他的微笑有些勉强，有些奇怪。“到此为止吧。”

既然要到此为止，她就想起另一件事，那是他刚才提到的事。“那么，不能去跟她说那是假的吗？马克勋爵跟她说的那些。”

丹什感到不解。“谁去说？”

“你啊。”

“我去跟她说他在说谎？”

“去跟她说他弄错了。”

丹什睁大了眼睛；他愣住了。这件事凯特说得很轻巧，当然，他在威尼斯也面对过这个选择，但他最终拒绝了。他们俩对这件事的观点竟然截然相反，这是极其不正常的。“你让我去说违心话？”他问，“亲爱的，我猜想，我们还是有关系的吧。”

“我们当然还有关系。但为了救她……！”

他领教了她说话的风格。当然，他必须记得，她喜欢把事情简单化，他也回想起来，她的能量确实比他大很多，很多事情到了她的手里就会变得很容易，以前，他常常为此对她崇拜至极。“好吧，如果你非要知道的话，我也要明确告诉你，我不会当面跟她否认什么，这种事情我想都不要想。人家也跟我提过这个事情，也是说这样可能救她一命，但我拒绝了。而且，”他接着说，“这根本就没有用处。”

“你是说，她不会相信你的更正？”她很快就说。他觉得这不像是经过深思熟虑的话，但因为这句话涉及很多事情，他还是犹豫了一下。与此同时，她接着说：“你有尝试过吗？”

“我连机会都没有。”

凯特的神态还是那么漂亮，若即若离。“她不肯见你？”

“自从你的朋友找过她之后，她就不肯了。”

她犹豫了一下。“你不能给她写信？”

这让他也犹豫了一下，但结果有所不同。“她把脸转过去对着墙壁了。”

这又让她沉默了一会儿，两个人都显得十分沉重，甚至都说不出一点表示同情的话。然后，她不知道从哪里找到了一点兴趣。“她甚至拒绝让你跟她说话？”

“亲爱的，”丹什回答说，“她病得很重，让人望而却步。”

“她从前就一直这样。”

“也没有妨碍过什么？”丹什承认说，“好吧，没有。我没有说她不伟大。”

“她的确是与众不同。”凯特·克罗依说。

他看了她一会儿。“你也是，亲爱的。可是，时至今日，情况就是这样子。”

他原以为她会让他觉得更深沉，可能会问他两三个具体的问题。他一直以为她会问他跟米莉一起走了多远，也可以说他们走得多近。他问过自己，对于她的这些问题，他是否做好回答的准备，他也回答自己说他已经准备好了，他可以回答一切问题。他甚至设想她会问她的两三个预言是否已经实现，他也想好了该怎么应付，尤其是有一个极其大胆的预测说米莉会主动提出来跟他结婚，她会问他这个预测是否已变成了现实，他相信他会做出爽快的回答。事实上，他觉得非常幸运，他的所有心理准备都没有派上用场。关于那边发生的事情，凯特的问题都很笼统，既不具体，更不尖锐。“所以，马克勋爵去过之后，你们就没再见过面？”

其实，这是他一直想说的事情。“我们就见过一次，如果那就算见面的话。我一直留在那里，我没有放弃。”

“这样，”凯特说，“是很恰当的。”

“没错。”他感觉自己棒极了。“我不想让人家说我举止不当。她让人捎话给我叫我去，我就去了，然后，当天晚上我就离开了威尼斯。”

他的同伴等了一下才说：“那不就是机会吗？”

“去跟她说马克勋爵是在胡说八道吗？不，在她跟前，我也不要这么说。况且，那又能说明什么呢？她已经不行了。”

“好吧，”凯特的表情还是刚才那个样子，“她都不行了，为什么不能说呢？”这是经过深思熟虑的话。“当然，我知道，你见到她后就知道该说什么。”

“当然，我见到她后就知道了。我也确实见到了她！如果我说跟你没关系，”他一边说一边盯着她，“我就要说到做到。”

“你是说，为了让她相信，你会想办法证明？”

“我是说，为了让你相信，我会想办法证明。”

凯特显得很茫然。“让我相信？”

“我不会临时先否认，等以后再收回来。”

她好像明白了，这让她的脸像着了火一样。“你是说，你会跟我真的断绝关系，让你的表态成为现实？”她彻底明白了，“为了问心无愧，你会踹掉我？”

“一点也没错。”莫顿·丹什说，“所以，你可以发现，我不做表态是完全正确的，我做梦也不会做那样的表态。如果以后再出现这种情况，你要记住我现在说的话。”

凯特又想了想，但她说出来的话跟他的意思并没有关联。“你已经爱上了她。”

“随你怎么说吧，反正她已经不行了。你何必在意呢？”

他的这个问题直接涉及到他们的关系，其实，自从他刚走进房间，他们就觉得有必要当面讨论这个问题，现在这个时刻终于到来。“等到她死后你再看看吧！”凯特补充说，“斯特林厄姆太太到时肯定会发电报给我们。”过了一会儿，她又换了一种不同的语气问：“那么，米莉为什么让人叫你去？”

“我去之前也在琢磨。我必须跟你说，我毫不怀疑那是一个好机会，你刚才说得对。我猜她也许也认为我会否认。我知道我去见她就要面对她的考验，我想她肯定希望我亲口跟她说实话。但是，我跟她一起待了二十分钟，她都没有向我提出任何要求。”

“她不是想听什么所谓的实话，”凯特狠狠地摇着头说，“她只想得到你。只要你跟她说，不管你说什么，她都会接受，即使她知道那都是假的，她也会很高兴。你完全可以出于同情对她撒谎，她也可能发现你在撒谎，但是，既然这一切都是为她好，她还会很感激你，为你祝福，她会更喜欢你。这是你的有利条件，亲爱的，她深深爱着你。”

“好吧，我的‘有利条件’！”丹什冷冷地喃喃自语说。

“你说，她让人叫你去，对你有什么指望呢？”然后，趁着他还在犹豫，她就带着讽刺的语气说，“不就是再看你一眼吗？”

“她对我没什么指望，什么也没有，她就是不希望我再留在那里。她要再看我一眼，就是要让我知道她的这个愿望。自从那个人去过之后，她起初一直觉得我应该离开了。但她发现我还没有走，过了好几天之后才发现，”丹什说，“这让她很有感触。”

“当然，她肯定很有感触。”

他觉得她这句话也很随意，尽管她表情挺严肃。“如果我留在那里是为了她，她就希望我不要勉强，她要让我知道没有这个必要。她想用告别的方式向我表达这个愿望。”

“她表达了吗？”

“是的，面对面表达。她亲口告诉我，这是她的愿望。”

“当然也是你的愿望。”

“不，凯特，”他说，“这不是我的愿望，我没有这样的愿望。”他们的相互体谅已经快用完了。

“你是去满足她的愿望？”

“去满足她的愿望。当然也满足你的愿望。”

“好吧，你也想到我，我当然很高兴。”

“‘高兴’？”他茫然地反问。

“我是说你做得很正确。特别是你留在那里那么久。但是，难道就到此为止吗？”凯特接着说，“你不能再等了？”

“没错，我不能辜负人家好意。”

“好意自然不能辜负，既然她有这样的要求。你肯定想，”凯特补充说，“你不能等到看着她死去。”

“我就是这么想的，亲爱的。”丹什说。

“表达这个愿望需要二十分钟吗？”

他想了想。“我没有准确记时间。我就是去看望她，没什么特别。”

“跟别人一样？”

“跟往常一样。”

“哦！”凯特发出这个声音，显然起到了阻止他继续说话的效果，利用这个机会，她接着要说话，于是，她提出了一个他刚才一直准备着应答的那种问题。“既然她状况那么不好，她是在卧室里接待你的吗？”

“不是，”莫顿·丹什说，“跟往常一样，就在那金碧辉煌的客厅里，她穿着平时穿的衣服，坐在沙发上习惯的位置。”此时，他的脸上映射着当时那个场面，她则好像都看到了。“你记得你跟我说过她怎么样吗？”

“我说过的太多了。”

“你说过她不要闻到药的气味，她不要尝到药的味道。没错，她都没有。”

“这不正好吗？”

过了很久，他都没有回答，因为他的心思不在这里，例如他在想，除了凯特之外，还有谁会用那么恰当的语气来提这样的问题。不过，她一直耐心地等着。“我觉得目前我不能做这样的判断。我们等着瞧吧，也许。我们俩都要等着。”

“等着瞧，当然。”她似乎在复述他的承诺。可是，她随即又很突兀地说：“她会好起来的。”

“好吧，”丹什说，“等着瞧吧。”

但是，她还是有些迫不及待。“她有显露她的情感吗？我是说，”凯特解释说，“对于自己被人家误导，她有什么反应？”

她不是逼得很紧，这是肯定的，但他刚才已经说过，他要等着瞧。“除了她的美和力量，什么也没有显露。”

“那么，”他的同伴问，“她的力量有什么用处呢？”

他好像在环顾左右，想找一个叫得上名的用处，但他很快就放弃了。“亲爱的，她要以她自己独特的方式去死。”

“这是自然。但我不明白，你有什么证据表明她要跟俗人划清界限？”

“我的证据是，她那么多天都拒绝见我。”

“那是因为她有病在身。”

“你刚才说，特别在从前，那都不是障碍。单是有病在身，她不会受到什么影响。”

“她还是会见你？”

“她还是会见我。”

“哦，好吧，”凯特说，“如果你知道……！”

“我当然知道，斯特林厄姆太太也跟我说过。”

“那么，斯特林厄姆太太知道什么？”

“一切。”

她盯着他看了比刚才更久。“一切？”

“一切。”

“你有跟她说？”

“她自己看见的。我什么也没跟她说。她自己看得见。”

凯特想了想。“那也是因为她喜欢你。她本身也是天才。你看到，女人对一个男人感兴趣会有多大的力量，她什么都做得到。因此，你不用害怕。”

“我不害怕。”丹什说。

然后，凯特站起来，看了一眼大钟，时针正指向五点。接着，她将注意力转移到茶几上，茶几上放着莫德姨妈巨大的银水壶，一直在火炉上烧着，而她刚才一直没有注意到，现在正吱吱地叫得很响。“哦，好极了！”她一边说着，一边舀起茶叶放进茶壶，她的朋友发现，她一下子就舀起来很多。他看着她，当她将蒸汽腾腾的开水倒进茶壶的时候，他也向茶几走过去。“你要来一点？”

他犹豫了一下。“我们是不是等一下？”

“等莫德姨妈？”她明白他的意思。这是克制亲密的信号，符合他们的老规矩。“你不必担心。我们已经没有问题了。”

“瞒过她了？”

“搞定她了。你让她非常满意。”

丹什很机械地接过她递给他的茶水。他若有所思，而他正在想的，一会儿就都说出来了。“好吧，我就是一个混蛋！”

“混蛋？”

“我竟然要让那么多人满意。”

“哦，”凯特微笑着说，“最终是要让我满意。”接着，她的话又拐回去。“我不大能理解……你不加一点糖吗？”

“要的，谢谢。”

“我不大能理解，”她帮他加了糖之后说，“她怎么会回心转意，到底发生了什么事？既然她拒绝了那么多天，到底是什么让她对你回心转意？”

她问这个问题时，手里拿着茶杯，但他的回答来得非常迅速，尽管他感觉隔着茶几探讨这个问题有点奇怪，也有些讽刺意义。“是卢克·斯特雷特爵士让她回心转意的。他的出现，改变了她的想法。”

“他让她再次热爱生命。”

“总之是让我能再去见到她。”

“他帮你们做调解了？”

“我想没有。我其实不知道他做了什么。”

凯特显得很不解。“他没告诉你？”

“我没问他。我后来有再见过他，但我们基本没提起她。”

凯特睁大了眼睛。“那你是怎么知道的？”

“我看得见。我感觉得到。我跟他的见面和以前一样……”

“哦，他也对你很满意，对吧？”

“他能理解。”丹什说。

“他能理解什么？”

他犹豫了一下。“我没有丝毫恶意。”

“所以，他也让她理解，对吧？我知道。”因为他没有反应，她就接着说，“他是怎么让她相信的？”

丹什放下杯子，转身走开。“你得去问卢克爵士。”

他站着，看着火炉；有一阵子，两人都默不作声。“最关键的是，”凯特过了一会儿接着说，“她感到满意。”她看着在另一边的他，接着说，“这就是我想要的结果。”

“感到满意，就可以在花样年华死去？”

“她终于和你达成谅解。”

“好吧，达成‘谅解’！”丹什盯着火炉喃喃自语。

“她感受到了爱。”

他抬起头看着她。“那就是谅解吗？”

“因为她得到了爱，”她接着说，“也就是说，她的感情终于得到了回报。她不再期望什么。她心满意足了。”

她说得很清晰，也很庄重，不容反驳，所以，他一时间无言以对。他只能继续看着她，虽然他同时感觉到，他的沉默被她当成了赞许，这是超出他的设想的。然后，她好像很当真，她离开了茶几，走到火炉旁边。“如果我说我现在就可以下结论，你可能觉得不可思议。但是，我想说，我们没有失败。”

“哦！”他还是喃喃自语。

她继续走近他，跟在威尼斯她去找他的时候一样，他们靠在了一起，当时的记忆迅速回归，让他们当前的感受更强烈、更丰富。在这种情况下，不管她说什么，他基本都不能加以否认，而她所要说的话，就是这种意识的结果。“我们成功了。”她的目光深入到了他的大脑。“她不会平白无故爱你的。”这让他有些畏缩，她却步步紧逼。“你也不会平白无故爱我。”

2

在这段时间里，他们的谈话涉及内容广泛，让他印象深刻，此后几天，他都要不断回味，而就在他们的谈话达到高潮之时，却被莫德姨妈打断了。她一进来就发现他们俩一起站在火炉旁边。如果说他们刚才的谈话让他印象非常深刻，那么，他认为，劳德夫人随后跟他进行的单独谈话让他印象更为深刻，这是她给予他的机会，也可以说是凯特给他的。其实，他很快就发现，她刚进来就希望单独跟他说话。门打开的时候，凯特跟他就迅速分开了，她那双美丽而又严厉的眼睛，从一个人身上扫到另一个人身上，但他觉得，由于他的同伴极其机敏，她的怀疑很快就消失了。他的同伴第一时间向她的姨妈交代了她最明显的感觉，并亲热地邀请她参与他们的谈话，而且表明她来得正好，她提出了一个很充分的理由。“亲爱的，你知道吗？他已经回来整整三个星期了。”然后，她就要找借口退出谈话，似乎要让劳德夫人用自己的角度来面对他。丹什当然心领神会，为了保护凯特，他要尽快争取好好表现；于是，他们的女主人很快就发现他情绪很低落，这样一来，他可能要说，他们的痕迹就算盖掉了。凯特走掉了，好像她再待下去不合适。她一直是在替她的姨妈招待她们的客人，她的姨妈曾经怀疑她过于照顾这个客人，而此时，他已经变成了向另一个女人求爱然后结局惨淡的可怜虫。那不是因为另一人的悲剧命运不让她牵挂，那毕竟也是她的朋友，而是因为将丹什先生作为信息来源来接待，这样非常难免有些尴尬。在丹什的眼皮底下，她就显得很尴尬，让他赞叹不已。她就像一位史诗中的女神，周围萦绕着美丽的云彩，而这些云彩都是她自己制造的。那个年轻人不是非常清楚，在另一个人加入进来之后的谈话过程中，她是如何化入那团云彩并逐渐消失的。

不过，他马上就要面对另一个事实，那就是威尼斯的那些事儿对他跟莫德姨妈之间的关系产生了显著影响，而且，这几个星期一直没有见面，更坐实了这个影响。她刚在茶几边坐下来，他马上就感觉他跟她的关系面目一新，而她让他再喝一杯的时候，他感受到这个新关系已经确立。对于目前正在发生的不幸事件，她表示遗憾，她也能够理解他的心情；听到可怜的苏珊说他已经走了之后，她们都希望早些见到他，她们自然希望他一回到伦敦就能跟她们见面。不过，她不用提醒也知道，因为那边所发生的事情，谁想跟他见面都不合适，她指的是那个让他牵挂、心碎的悲剧，以及这件事在他心里留下的巨大阴影。这样一来，她就帮他披上了他刚好需要的伪装，她赋予了他一个新的形象。她将他当成了一个身心憔悴、悲痛欲绝的人，这也让他跟她相处变得更容易得多，他不用再遮遮掩掩，甚至排除了他接近凯特的障碍。从此，他接触凯特就极其方便，他也可以跟兰开斯特大门建立极其密切的关系。他很快就看得非常清楚，他要充分利用这个关系并不难，他只要表现女主人给他指定的情绪，就可以一直待在这里。最奇怪的是，过了一个星期，他就好像完全接受了劳德夫人的视角，他就是她心目中的那个人；他好像跟着这种感觉一直走，已经不能再回头了。他有时会私下琢磨，他的诚实到底去哪儿了？有时他也感觉，他的言行举止还是诚实的。他只在面对莫德姨妈丰富的情感的时候才会隐藏纯真。她的情感非常丰富，而他做过的最大坏事就是接受了它。他感觉不由自主；这一切都是现实，同样，要说他很煎熬，那也是现实。

那个星期天，他们很亲切地在一起聊天，她坐在茶杯后面的沙发上对他说："我希望你不要怀疑，可怜的人，亲爱的人，我会陪你到最后！"那么，他唯一可行的选择，就是让她陪着。她会陪他到最后，也许会吧，但是，她的方式肯定跟凯特有区别；即使她的陪伴果真让他的心情更平静，他也不能自以为是地反问为什么不行。那样他就是在向她承认他现在的牵挂和伤感是假；他怎么能这样呢？他现在的牵挂和伤感是真真切切的啊！这个感受是他们这几天来见面聊天的基础，曾经有两三次，他们聊着聊着一个小时就过去了。他后来又来过几次，大约两三次吧，但都没有提到凯特。因为他可以随时来找她，他和凯特的关系变得很奇怪，甚至有些不真实。有时候，他跟莫德姨妈聊着米莉的事情，根本不会谈到别的人。他来找她都是出于这个目的，他就觉得很奇怪，他为什么有这样的需求。他比从前更喜欢她了；他目前的表现也显得他最喜欢的人是她。最重要的是，她是在中途出现的。她的视野，她的言谈，她的同情心，都是无可比拟的。他当前的表现，就是对她的回报。当然，这一切都不可能成为她的牌，由于这个变化，他跟这位女士在一起可以完全放心，可以随心所欲；但是，如果不是他不再跟凯特随心所欲，这个局面是不可能出现的。他第三次跟她单独在一起的时候，他好像情不自禁地跟这位年长女士说了他不可能跟那个年轻的女人说的一些话。其实，关于那件敏感的事情，劳德夫人只有一次让他感到稍微有些紧张。就在第一个星期天，凯特做到自我克制之后，她跟他说她有些遗憾，说他居然没有守到最后。他一时间找不到理由来跟她解释，但她伸手帮了他一把。

“你受不了？”

“我受不了。而且……”他犹豫着。

“而且什么？”他本想多说一些，可是，他马上发现了危险，不过，很幸运，她又为他伸出了援手。“而且，好吧，我知道，男人不如女人有勇气。”

“他们不如女人有勇气。”

“换作凯特或者我，我们可能会待下去，”她说，“如果我们因为那个事情必须离开的话，你懂的。”

丹什没说过他是懂还是不懂，他从那个时候起的表现，不就很清楚地表达了吗？不过，他接着还是要说，他情不自禁要走这么远：“我毫不怀疑，克罗依小姐肯定会待下去。”从接下去的谈话中，他再次发现苏珊·谢泼德真好。她不遗余力地保护着他，尽可能瞒掉一切对他不利的事情。她跟她那个青年时代的朋友肯定有大量的书信来往，但她始终没有向她泄露任何可能危及他的安全的信息。例如，关于米莉不再接待人这件事，她只是说她的情况变坏了，她也提到了马克勋爵的突然袭击，这件事她不说人家也会知道，所以，她肯定不会掩盖，但是，至于他干了些什么，他揭露了什么秘密，她都没有说明，而且，事实上，据他所知，这个神圣的清教徒还虚构了一些对他有好处的故事。因此，他完全可以放心。因此，他坐在披着缎子的黄色椅子里，身体舒舒服服地往后靠着，跷着二郎腿，不过他的腿一直在晃着，那是因为他心里还是不踏实。其实，她也问了一些问题，莫德姨妈问了凯特都没有问过的一些问题，不过，她的问题跟凯特的问题有一个不同点，从她嘴里问出来的问题他都挺喜欢的。离开威尼斯的时候，他就决定将米莉看成已经死了的人，只能这样，在这让人煎熬的等待期间，他的灵魂才会安宁。他离开她，是因为这样对她合适，按美国人的说法，他再晚点走就不合适了。如此一来，他就面对一个很尖锐的问题，他要自己想办法熬过这段时间。等待是很丑陋、很痛苦的，他宁愿不要这样等；他不可能忘却她，但他极力不去想她正在遭受眼睁睁等死的折磨。一想到这里，他的心也会很痛，他就要在伦敦逛，除此之外，他觉得日子根本打发不掉。所以，他要想办法，即使是自己都稀里糊涂的办法，让自己相信等待的日子已经过去了。他有时很烦躁地想："这到底跟我还有什么关系？就当是已经结束了吧，反正随时都可能结束，这样我至少又能为人家做一点事情。我这样对谁都没什么好处，对她也没有好处。"因此，他很努力地尝试着各种办法，例如闭上眼睛或者板着脸到处逛；但是，他的计划并没有取得显著的成功，也没有一直保持下去，这是料得到的。那些日子，无论是在无意识中过去的，还是熬过去的，都很艰难，克制焦虑是空想，他每天都可以品尝倒悬在空中的尴尬。总之，这是他这段时间的感觉，无论他做什么事情，都挥之不去，显而易见，他之所以总去找劳德夫人聊天，原因就在于此。

她一直在帮他撑下去，她一直非常敏感，他能发现她觉得这就是他所需要的，所以她始终没有挑明他们在等待什么。他最接近成功的感觉，就是感觉他对莫德姨妈有些用处，反正也没有更好的办法；她的陪伴放松了他的神经，他们甚至一起骗自己说他们已经看到了悲剧的终结。他们谈起那位垂死的女孩的时候，他们都使用过去时态；他们对她没有用任何负面的描述，最差也是说她一直很优秀。不过，这不是要安慰丹什，他们一直都认定她确实很优秀。这个共识让他很平静，而他也不断提起这一点，尤其是他跟她谈到了他对那个女孩有一个最深刻的印象，他都没有跟凯特提到过。他描绘得很详细、很动人，似乎让她亲临其境，她就像一个内心强大的妇女，坐在剧场的正厅后座，看一部令人心碎的戏剧。最让她动心的，是那个可怜的女孩对生命的渴望。

“是的，肯定，她当然很渴望。她怎么不渴望呢？何况她拥有了一切。就说她的钱吧，如果在这种时刻谈钱不会让人恶心的话……”

丹什能够理解，莫德姨妈之所以谈到钱，是要让米莉对生命的渴望更富有诗意，同时，她也描绘了一种不可能实现的理想景象，这个景象让这位善良的女士再次沉默，还流下了眼泪。她很了解钱能干什么，而且，米莉也跟她有很多同感，所以，命运摧残米莉不跟摧残她一样吗？他说到了他们那个年轻的朋友对末日充满恐惧，尽管她努力压制她的恐惧，这是最让人痛心和扼腕叹息的事情，但是，十分奇怪的是，他说出来之后竟然有一种解脱的感觉。他描绘得非常细致，似乎要表明他不想回避，他要勇敢面对。米莉对未来充满强烈的向往，但她被迫跟未来诀别的时候，她并没有呼天抢地、大呼小叫，而是安静得可怕。在法国大革命期间，那些年轻而高贵的革命者被送上断头台之前，在监狱门口跟革命目标诀别的时候，也是这个样子。丹什跟劳德夫人描绘这幅场景的时候，是一个很寒冷的时刻，但他始终没有找到一个足够寒冷的场合将这幅场景展示给凯特。也就是说，他展现了米莉具有英雄气概的一面；等他离开的时候，莫德姨妈已经被她的英雄气概给感染了。在展示那个女孩的光辉形象的同时，他也详细描述了一次她跟他见面的情况，既然她是斯特林厄姆太太的公主，那么，他必然得到了极高贵的待遇。

那次见面就在大客厅里的火炉前面，客厅里面有很多藤蔓和天使图案，虽然已经到了秋天，但因为阳光灿烂，所以感到非常温暖，氛围美妙无比，他会一辈子珍藏那个记忆。丹什的这番描述显然是要为伦敦喜欢传播精致八卦的人们提供方便。在兰开斯特大门，即使他蒙着银纱，或者他的银纱被完全扯开，这个八卦都是一样精致的。他自己也有好几次觉得，这些场景好像都是从书上的哪一页来的。他隐隐约约可以看见一个年轻人，被卷入了一个难以形容的关系之中，他自己无可奈何，屏住气息，似懂非懂，又模模糊糊地意识到，他可以从中获得极大的好处，所以他使尽浑身力量，以防失去这些好处。这个年轻人显得很遥远，看不清面目，辨别不出具体的身份；后来，丹什才发现那张就是他自己的脸。与此同时，他还知道那个年轻人意识到了什么，他每一天都在计算，发现他并没有失去什么。此时，跟劳德夫人在一起，他知道一切都在他的手中，他可以左右逢源，这些东西他们都是默默交流着的，包括通过频繁而稳定的目光交流。这样的交流是足够的，当然，如果她知道交流的本质，这就不至于足够了。所谓本质，就是在他身上发生的很漂亮、很神圣、难以描述的事情。他再次感觉到，他好像已经得到了宽恕，得到了祝福，但是，这个感觉他不能表达，否则会显得很突兀。而且，他还可能必须解释米莉的问题关键在哪里，这关系到劳德夫人对他的信任。所以，面对这个美妙的场景，他们只站在门口远观，但他们能感受到里面的状况，感受到里面已经一片死寂，然后，既然他们的交流已经深化，他们就一起转身离开了。

对于我们这个焦躁不安的朋友，过了一个星期之后，那就成了他的反应准则：有一天早上，他醒来的时候，他感觉自己扮演着一个他需要很强的自尊心才能否认的角色。在兰开斯特大门，他始终没有声明他是无害的，他只是一个心事重重、被记忆缠绕的人，但劳德夫人对他这个新面貌的接受、欣赏和理解，形成了他的沉重压力，迫使他一定要做明确的表态。其实，他没有说明的话，她一直通过她的姿态表情在表达，她就是一直将他当成一个心事很重而无害的人。好吧，那样就证明他是诚实的人，正符合了他的心意，他每次化好妆之后，他都会带上这个护身符。圣诞节日渐临近了，但是，今年的圣诞节，跟伦敦这几年的圣诞节一样，天气温和得可怕；微风徐徐，穿透浓雾的光线是灰色的，整座大城市空荡荡，公园里绿草如茵，绵羊享受着美食，鸟儿唧唧喳喳，人们在笔直的人行道上缓缓而行，也有亲密的行为隐约可见。今天早上，他心里藏着对尊严的向往，走出家门，带着这个向往走到附近的邮局，随即将它转化成电报。之所以说这是他的向往，那是因为他感觉这是一种努力；而他之所以要努力，是因为他可以预料凯特会有抵触，跟以前他向她表达恳求时一样，这恰恰就是他把电报写得很有说服力的原因。对那些温柔时刻的回忆，他肯定要写得隐秘一些，因为电报要交给站在柜台后面的那个年轻女人，但无论如何，这封电报都要包含大量的信息，表明他有巨大的冲动，但他为此多花了好几先令。那天晚些时候，他走在公园里一条他们从前非常熟悉的小路上，一边徘徊着、观察着，好像是要看是否能碰巧把那笔钱赚回来。他好像在等人，很久以前，他也这样等过；而兰开斯特大门近在咫尺，这样对他有些危险，以前，她也冒过这个风险。而且，现在的危险变小了，因为他们的关系出现了奇怪的转折，尽管如此，他的神情一直都非常凝重，甚至比从前更凝重。

凯特终于出现了，她从他认为最不可能的方向来了，看样子她是从海德公园的大理石拱门过来的。但是，她的出现就代表着一种反应，这是最重要的，而她的反应全都显露在她的脸上。这是让他觉得十分愉悦的反应，即使莫德姨妈也给了他很不错的反应，但这是他回到伦敦后感到最开心的一次。事实上，她并没有回复他的电报，正因为她姗姗来迟，他刚才就开始担心，她可能决定要剥夺他的机会，虽然做这个决定不容易，但她有直觉能预感到他想强加给她什么。她知道，他当然还可以利用其他的机会，但她也许发现，目前这个机会可能给她带来特别的危险。事实上，丹什自己也能感觉到了，这正是他这么刻意准备的原因，在等候她的时候，他好像感受到周围的条件在告诉他说这是非常好的时机，让他感到很高兴。虽然这是一年中最短的日子，因为天气的原因，在这个地方见面，几乎跟他们最初几次在阳光灿烂的下午约会一样，符合他们的要求。他们可以看到草坪上的那些树，它们光秃秃的枝桠下面有几只长凳子，他们从前在那些凳子上坐过，他们还可以坐到这些凳子上面，从而清晰地重温从前甜蜜的好时光。凯特很快朝他走来的时候，她的脸上好像表达了这个意思。她矫健的步伐让他印象深刻，也帮了他一个很大的忙，他再一次发现她有多么漂亮。他肯定记得，在某些特定的场合，她会显得特别漂亮；其中一次他还记忆犹新，那时他刚从美国回来，那天他到兰开斯特大门去吃晚餐，她在她的姨妈眼皮底下走进客厅，当时就让他感觉特别漂亮；另一次是在两周前的那个星期天，在同样的地方，她的美貌深深打动了他从威尼斯带回来的眼睛。这次，只过一两分钟时间，跟前几次一样，他就充分领会到运气的照顾。

不管前几次出于什么原因，他迅速判断出来，这次的运气跟他这个星期以来在心里涌起来好几次的感受有关，只是此时此刻的感受强烈得多。他已经注意到这个感受，那都是因为他对劳德夫人的欢迎做出了恰当的反应，他的朋友肯定注意到了他的反应，所以采取了相应的态度。她确实注意到了，还把她的反应都显露在她的脸上，那是精心设计伪装的平静，随着时间的推移，他会发现她的平静下面盖着一层喜悦。当然，一切都是相对的，他们就生活在阴影下面，但是，对他特别讨好莫德姨妈，博取她的信任，她是十分宽容的，这件事几乎可以让知道的人都欢呼雀跃。她很支持他用这种方式面对莫德姨妈，虽然这样对自己很不公平，这正是她的高明之处。同样，在这个冬日的中午，正是她的高明促使她迈开了步伐，也为她的双眼注入了迷人的勇气，此时他的愿望终于实现，他能感到她的勇气更有魅力。她刚走到他身边，他立即拉起她的手去挽他的手臂，在老地方拐了个弯，几乎同时告诉她，他不大敢相信他还会这么幸福。她没有追问他为什么会存有疑虑，而是回答说她本人相信，只要他们有耐心，他们必将获得极大的幸福；当然，对于他建议他们一起散步，她非常赞成。当然，鉴于当前的情况，他们暂时不能在家里见面，那是要避人耳目；她说他们的机会总有一天是会到来的。然后，他很快就让她知道，他认为在这样一个安静的地方，在一棵萧索的大树下面，就是一个很好的机会，他们要抓住这个机会。在这种情况下，他对她说的一段话让她觉得特别刺耳。

“我们一直担惊受怕地玩着游戏，但我们输了。我们觉得原因在我们自己身上，症结就在于我们相互的感情。所以，我不能再等了。你是不是能明白，我们只要结婚，一切错误就都能纠正过来；我不知道怎么跟你表达我的迫切之情。我们公布之后，什么压力就都消失了。”

“‘公布’？”凯特说。她显得她并没有明白他在说什么，虽然她听得一清二楚。

“我们把它办掉，如果你愿意的话，就明天。我们办掉它，然后正式公布。从此之后，一切问题都会烟消云散。我们就名正言顺了，”他说，“所以我们就什么也不用怕。我们过去提心吊胆的日子会一去不复返，我们回想起来，会觉得很丑陋、很疯狂，是一场噩梦。”

她看着他，眼睛都不眨一下，她的表情跟刚来的时候一模一样，但是，她的冷静让他打了一个寒颤。“亲爱的，你是怎么回事？”

“我受不了了。真的，我感觉心里崩溃了。所以我来找你，你一定要接受我。”

他发现，有一阵子她好像在思考，但他又发现其实她并没有思考什么。不过，他接着又发现，他能感觉到，她非常想对他好，因为他听到了她用清晰的声音对他说：“我不明白到底是什么情况。”她很奇怪地笑着。“我们一直都很顺利，你怎么突然要抛弃我？”

他看着她，目光无神，好像无可奈何。“你说这样算是很顺利？你真是，天哪……”

“我认为很完美，我一直都这么想。我还是我，没有变，如果说你变了，那么你要给我更好的解释。我感觉，”她继续说，“如果我们继续耐心等待，一切问题都不会存在。我不希望我们让人看笑话。”她说话的时候，他静静地听着，欣赏着她的坚定和平静，心情复杂地看她站在那里，若无其事。他叫她到那里去，本是打算打动她，结果她却坚若磐石，而且，那也不是因为她不能理解。她一切都能理解，甚至包括他拒绝理解的。她有各种理由，如果猜到她的理由，他一定会恶心。这时，她再次带着很奇怪的笑容对他说："当然，如果是你知道了什么……"他可以发现，她确实认为他知道什么，但他甚至不知道她在指什么，所以，他只是脸色阴沉地看着她。然而，他阴沉的脸色并没有让她不高兴。"我相信你是知道的，不过你有些不好意思说。亲爱的，对我而言，你这样属于多余的谨慎。我不会不好意思，我很想听听，所以，如果你能跟我说你知道……"

"那么会怎样？"她没有说明结果，他就问。

"那么，你要我干什么都可以。果真如此，我向你保证，我们就不必再等待。我知道你说我们不等待会更好是什么意思。我甚至不会要求你，"她继续说，"提供证据。我对你的诚实非常满意。"

此时，他浑身的血液突然加速流动起来。她的观点表达得非常明确，而他的脸上也红透了。"我什么也不知道。"

"你不知道？"

"我不知道。"

"我同意，"她说，"我明天就公布，现在就公布，我马上回家，去跟莫德姨妈说，我会说这是你说的，我相信你肯定是对的。那么，亲爱的，"她又微笑着说，"这就是我们见面的成果，对吧？"

她爱怎么说就怎么说吧，但是，这就打断了他的念头，他只能站在那里，脸上带着无比的尴尬，他从今天早上开始，就满怀憧憬，可是，现在他被人家泼了一盆冰水。她该说的都说了，他也见识到了该见识的现实，包括他意志力的薄弱，以及她的冷淡。因此，他产生了一种复杂的情感，一开始是愤怒，但愤怒很快就变成了冷漠，然后发生转变，他因此好像得到了新的启发，虽然还比较模糊。她倒是感觉，她一直很坦率，她稳住了他们的局面。她走近他，将手放在他身上，让他与她一起坐下，并靠在他身上，坐在他们以前坐过的凳子上，避免了他的情感冷透。她现在手里还有一个筹码，那就是他的情感。

3

在公园里，凯特曾经追问他怎么了，他对她说没有什么，也就是他从威尼斯回来向她汇报了他在那边的经历之后，并没有发生新的情况。但是，没过几天，就是到圣诞节早上之前，他却下意识但很清晰地感到一定有什么新情况发生了，这个新情况又要促使他去找她出来。他这边发生了一件事，他花了整整一个晚上的时间进行思考，他最终想到的是，这件事对他们的关系有影响。平安夜，他一直面对着这件事，让他在自己的小天地里面烦躁不安，不过，他并没有马上想到会有什么后果。然后，他一直在想，甚至一整个晚上都没合上眼，想到了无数的后果，多得让他受不了。在黑暗中，他的精神一直高度紧张，他会嫌时间过得太慢；在此期间，他的智力、他的想象、他的灵魂和他的感觉达到了前所未有的活跃程度。此时，他的难题在于他面对那么多可能性，而且，那也不是从中选择一项的问题。这些可能性不处于可以让他仔细观察分辨的位置，很奇怪的是，它们紧紧挨在一起，就像两只怪兽缠绕在一起，同时向他的脸上吹热气，也同时对着他瞪眼睛。他同时看见了它们，而且，他直直向前看就可以看到，不停战栗着的他，根本不敢将头哪怕转动一点点。所以，在这漫长的夜晚，即使他心里像有蚂蚁在咬，他也纹丝不动，所以这不能叫做躁动。然后，他倒在沙发上，随手熄灭了那盏白炽灯，衣服没有脱，在沙发里面静静地躺着。他眼睁睁地熬着时间一点点过去，等到圣诞节的早晨终于在灰蒙蒙中到来的时候，他感觉自己有了一些主意。大众智慧曾经对他有很大的影响，按照常识，在不确定中，轻举妄动并不安全，此时，大众智慧对他的帮助可能最大。现在，他却丝毫没有这种智慧，在一生中，他从来没有像今天这样缺乏这种智慧：现在，他的选择就是做完一件事再做另一件事。所以，洗完澡吃过早餐之后，他感觉就像要在某种罕见智慧的引领下开始行动，尽管他感觉这是危机的先兆。于是，在圣诞节天气温和的早上，他就要衣冠楚楚地出门，好像是要去教堂做礼拜的样子。

对他而言，在这个时刻，他的行动似乎有一定的复杂性，也就是存在变数。如果走在他的身边，就可以知道，他的首要目标并不是要去敲开卢克·斯特雷特爵士家的大门，不过，这个目标虽然是次要的，但也十分紧迫。他的首要目标是要做另一件事，但是，他刚上路，他就感觉有紧迫的事情要先做，当然，他十分清醒，现在就去可能太早，他的做法要稍作调整。出于这个原因，尽管他内心热情高涨，他就是不想坐车，何况在天色还很昏暗的节日荒原里，根本没有出租车。卢克爵士家的豪宅不算近，但他走完了全程，也没有见到过一辆出租马车。于是，他就有一段时间来重新打磨他的观点，在前一天晚上，这个观点并没有很明确。不过，因为刚才提到他的行动有复杂性，过了几分钟，他的行动就有了新的变数。就在卢克爵士的家门口，他看见一辆四轮的布鲁厄姆马车跑过来，这一幕让他的心突然提到了嗓子眼，他的脚步也马上停下来。这次停顿不算很长，但已经足以让他的大脑闪过一个启示，而这个启示让他终于可以喘一口气。那辆马车在这样的日子、这样的时刻出现在这里，非常可能就是卢克爵士自己的马车，那么，这就表明那位伟大的医生已经回来了，因此也可能证明另外一件更令他揪心的事，于是，丹什感觉自己的脸色刷地一下子就白了。此时此刻，他的意识就像一个东西被抛到空中跟另一个东西相撞，然后被弹了回来。他睁大了眼睛，发现与其说去见凯特，他更迫切地想跟那位刚从威尼斯回来的见证者见一面。他十分迫切想见到他的人，听到他的声音，这是刚才那个一闪而过的启示催发的冲动。很幸运的是，就在这个冲动刚形成的时候，他在现场又有了新的发现，熄灭了整个冲动。在这个刹那间，他意识到那个车夫的脸看起来挺眼熟，但他记得他从来没有见过那位伟大医生的马车。随着他走得更近，他认定那是劳德夫人的车，他进出兰开斯特大门的时候会在外面看到那个车夫。因此，他可以联想到，兰开斯特大门的女主人可能得到音讯，所以来这里打探确切的消息，她此时肯定就在房子里面，正倾听着他的描述，因为她的马车就停在这里。那么，卢克爵士确实已经回来了，不过劳德夫人正跟他在一起。

想到这里，丹什再次彷徨了，而当他正彷徨着的时候，他又产生了新的联想。很显然，凯特也可能跟她的姨妈一起来了。因此，她此时可能正坐在车里，这种可能性极大，于是，他就走到可以从窗口看到马车里面的地方。他不是想去那里跟她见面，当然，如果她真在里面的话，他就不能假装着不想见她。接着，他看得很清楚，如果说那里面有人，那个人并不是凯特·克罗依。让他震惊不已的是，他曾经在威尼斯的一家咖啡馆里看到过那张脸。佛罗里安咖啡馆的玻璃窗很透明，即使窗户关着，也比伦敦圣诞节期间的空气更透明；此时，他们俩也可能有目光交流。丹什感觉自己当场目瞪口呆，他很恶心地记得，他当时也是马上转过去背对着他，这种事情怎么会重复，好像成了他的特权。他走上房子的台阶，按下门铃，他心里很清晰地意识到，凯特的那个朋友肯定正看着他，因为他的位置非常有利。在威尼斯的宫殿里，曾经有一位年轻人让另一个人失魂落魄地离开，而后来坐在咖啡馆里的马克勋爵，跟现在相比，也可以算是失魂落魄的。丹什心想，此时此刻，他才像惊慌失措的流浪汉，而对方非常笃定，完全可以不动声色。他觉得对方比从前更笃定，最重要的是，他觉得他是他看到这辆马车就想到的那个人的朋友。他就坐在劳德夫人旁边的位置上，他刚才以为坐在那里的人是凯特，这就足够说明他的身份了。就在此时，房子的大门打开了，然后，劳德夫人站在他的面前。至少她不是凯特，她就是她，穿着雍容华贵。此时，她脑筋转得够快，首先她能认定坐在车里的马克勋爵没有问题，然后，她又能转过身去对走在她身后的管家说了一句很果断的话，让他别站在那里偷听她跟那个按门铃的先生说话。“我会告诉丹什先生，你不用等！”于是，他们就在台阶上展开一段内容丰富的交流。

“他明天一早就从那里直接抵达。我不能不来打听。”

“我也是。”丹什说。他然后补充说：“我正想去兰开斯特大门。”

“你真讨人喜欢。”她朝他微微一笑，他觉得她表情平静。结合她刚才说的，他就完全明白了，同时，他觉得他所面对的人有一颗巨大的同情心，这就是他跟她进行交流的媒介，此时，这颗同情心又在散发着光辉。“你也得到了消息？”

他很清楚她指什么，也很清楚自己有没有消息来源，但是，他反应很快，毫不犹豫地说：“是的，我也得到了消息。”

“好吧，我们那只可爱的鸽子，凯特是这么叫她的，她漂亮的翅膀收起来了。”

“是的，收起来了。”

对他而言，这是极大的打击，但他努力表现得符合她的预期，而她显然没有发现他是在应付她，而是觉得他表情严肃，是在克制自己的情绪。“也许，”她于是补充说，“我们更应该说她把翅膀张得更开了。”

他还是表情严肃地应付着她，尽管这些话刚好跟他自己内心深处的一个意象一致。“对，她张得更开了。”

“我相信，她飞到更幸福的地方去了！”

“没错。她去了更幸福的地方。”不过，此时丹什的表情让她吓一跳。

“你肯定，”她比刚才更含蓄地说，“有直接的消息来源。我们的消息是昨天深夜才到的，我不知道是否合适去找你。倒是你来找我，这是为什么？”她问。

这句话迫使他更深入地思考；他可以看到那辆马车的窗户。他觉得她那个字“我”含义非常丰富，穿过温和而潮湿的空气传到他的耳朵里后，让他的心怦怦直跳。他们“搞定了”莫德姨妈？她倒是十分笃定，像一座山一样压得他喘不过气来。从他们所站的地方，他从马车窗户的缝隙看了坐在里面的那个人一眼，再看看站在他面前跟他谈话的这个人，他发现了其中存在的问题，他还把这个问题说出来。“你就一个人吗？”这句话听起来很虚伪；好像是他想来跟她倾诉，其实不然。向任何人倾诉的必要，在前一天夜里已经枯竭，他目前不知道他还有没有东西可以跟人家说。

不过，她回答得干脆利落：“就一个人。亲爱的朋友，我不敢奢望太多。”她可能感觉单靠嘴巴难以表达，所以她伸出手来对他表示安慰，也防止他继续追问。“亲爱的朋友，亲爱的朋友！”好吧，她确实一直陪着他，这是她承诺过的，而她此时似乎希望给予他更多的力量，所以，她马上接着说："今天晚上，你要不要来跟我一起共进晚餐，就我们两个人，来庆祝这个悲伤的圣诞节？"

他感到松了一口气，因为还要过好几个小时，他才会面对着她跟她一对一谈话，但是，这也让他感觉非常迷惑。不过，这并没有降低他的戒备。"如果我不马上答应，你会介意吗？"

"不会，没关系。先不用说死，看你自己的感觉吧，你要来的话，也不用事先通知我。我只是要说，今天，如果你不来，我就一个人过，跟平时一样。"

他再不问就不行了。"克罗依小姐不在？"

"克罗依小姐不在。克罗依小姐，"劳德夫人说，"跟她自己的家人在一起，他们在一起欢度圣诞节。"

即使在说话的时候，他也很害怕脸上会出现不恰当的表情。"你是说她已经离开你了？"

听到这个疑问，莫德姨妈的表情非常丰富，他可以从中看到最近发生了多少事情。自从他跟这两位女士认识以来，她们之间好像根本不可能出现紧张气氛，不可能发生任何危机，这正是凯特掌舵能力的很好证明，但他此刻终于从她的表情里面感受到了紧张气氛，感受到了危机的存在。劳德夫人的表情所暴露的情况，让他在原来貌似平坦的表面之下看到了凹凸起伏，后来，随着他有时间思考，他更认识到那个女孩有卓越的艺术和天赋，这一切都清晰地摆在他的面前，他因此充分领略到了她的生活才能。在最近一次见到她之后，他有过一两天的平静，此时，他的平静显然已经分崩离析；而凯特运用娴熟的手段压下去的矛盾和分歧，终于被摇到了表层，非常显著；他感觉，在这样的时节，在这样的时刻，马克勋爵这么奇怪地出现在这里，跟她们的矛盾和分歧必然有某种关联。他同时还感觉到，她所谓的生活才能非常可能遭遇了打击，相对而言，他能判断，莫德姨妈只是有些累，她丝毫没有受到打击。虽然他的脑子转得很快，但那位女士好像完全跟得上他的节奏。“她是昨天早上走的，我不妨告诉你，她没有得到我的同意，就去找她的姐姐康德利普太太，你应该知道那个人是谁，她住在切尔西。她也是我的外甥女，不过，她总是不让人省心。我今天怎么会说这样的事情？凯特就是被她拉下水了。我不得不说，我的意见是，在这种情况下，她就不能再跟她有什么瓜葛。”

“但她跟你有分歧？”

“她跟我有分歧。如果有一天凯特也跟你有分歧的话……”

“哦，我可以想象。”他的虚伪已经达到临界点，再多一点或少一点都影响重大。而且，为了他自己的目的，他必须知道真相。如果他不弄明白，凯特的这个举动可能让他心神不宁，而在此关头他对心神不宁的恐惧已经达到迷信的地步。“我希望你不是说那是灾难性的事情。”

“不，只是很可怕又很粗俗。”

“哦！”莫顿·丹什说。

劳德夫人目前还貌似很痛心，但通过跟他畅谈之后，她似乎找到了暂时的平静。“我想你可能知道，她们有一个可怕的父亲，他是她们的不幸根源。”

“哦！”丹什又这么说。

“他太恶劣了，我都不想提起他的名字；他去找了玛丽安，然后玛丽安尖叫着喊救命。”

丹什好像非常困惑，不过，他的好奇心很快就跟他的谨慎达成了妥协。“他去找她要钱吗？”

“哦，他总是去要钱。不过，在这样欢乐的季节，他像是寻求避难的，鬼才知道是因为什么。他就在那里，那个混蛋。凯特跟他们在一起。”劳德夫人的话好像就要说完了，所以她走下台阶。“这就是她的圣诞节。”

走到台阶下面，她又停了下来。此时，他刚好想到一个合适的应答。“你的节日当然愉快得多。”

“至少比较体面。”她再次伸出手来。“但是，我为什么要说这些烦心事呢？你能来就来吧。”

他露出淡淡的笑容。“谢谢。我能去一定去。”

“我猜你现在是要去教堂吧？”

她提这个问题并没有恶意，相反，这个问题像是给他提醒，比刚才所给予他的所有信息都符合他的心意，对他很有帮助。他感觉这就算终结了他们之间充满焦虑的交流，所以说，这是一个非常及时的暗示。“哦，对，我想我会去教堂。”然后，看到她走近马车，马车的门从里面打开，他就转过身去。他听到背后马车门砰的一声关上，马车朝相反的方向走了。

实际上，他当时并没有明确的方向，不过，十分钟过后，他就意识到自己一直在朝南走。他后来认识到，他早就下意识地确定了那个方向，在跟莫德姨妈说话的时候，这个方向就已经确定。他只能追随在凯特的后面，她的一举一动都对他的情感有着极其明显的影响。她目前的情况听起来挺复杂、挺可怕，可是，她的问题不就是他自己的问题吗？他当下的任务，就是要保证这些问题不脱离他的生活轨道。所以，他本可能一直朝这个方向走，但是他突然觉得他刚才跟劳德夫人说了很多谎话，已经超过了必要的程度，很奇怪的是，他想到“谎话”这个词，却反而感到一下子轻松了很多。他究竟要去哪个教堂呢？在他目前的精神状态下，他能去哪个教堂呢？他突然停下脚步，就像刚才看见劳德夫人的马车一样，他想找个人问。然而，他接着又产生了另一种很奇怪的念头，他不想浪费口舌。不过，他这时碰巧走在布朗普顿路上，他突然想到布朗普顿圣堂就在附近。他只要拐个弯，很快就可以走到圣堂。几分钟过后，他就来到圣堂的门口，突然间，他感觉他的思想变得很圣洁，他推门进去，里面正好在举行一场盛大的仪式，聚集了大量的教徒。圣堂里面金碧辉煌，音响效果非常好，在圣堂的最里面，圣坛里的圣火熊熊燃烧，唱诗班正在管风琴的伴奏下唱着赞美诗。眼前这个景象和他今天的感受并不相称，可是，跟其他事实已发生或可能发生的事情相比，这一幕又显得和谐许多。总之，这间圣堂能满足他的要求，可以让他的内心回归平和。

4

那天的黄昏到得很早，他敲开康德利普太太家的大门时，暮色就已经很浓。从圣堂出来之后，他去了俱乐部，以避免在吃午饭的时间出现在切尔西，他还记得要自己弄一顿饭吃。这个任务他完成得不是很完美：他在俱乐部的图书馆里找了一只椅子坐下，图书馆里空荡荡，灯光昏暗，上下左右都看不见人，过了一阵子，他闭上眼睛，因为前一天夜里没怎么睡，他补了一个小时的觉。不过，在此之前，他写了一张便条，这是他一进来马上就做的第一件事情，但是，因为大家都在过圣诞节，这个地方显得那么荒凉，他好不容易才找到一个信使，然后非常不放心地将便条交给那个信使。他让信使把便条亲手交给对方，但他不得不盲目信任他那双手，因为那个信使不会回来给他回执。四点钟，他终于跟凯特在康德利普太太家的小客厅里见面，这时他才彻底放心，他发现他的便条已经交到了她的手里。她正等着他，也做好了准备，不过她的准备有点简单，虽说只是“有点”，但他感受得很明显。自从他进了这个家门，他就差不多看懂了她的处境，目前的情景跟他以前和她见面的情景反差巨大，这有很大的暗示意义。从前，他跟她见面的地方都是很恢弘壮观的场所，例如她姨妈的富丽堂皇的家里、肯辛顿公园的大树下面以及威尼斯的宫殿里面。在威尼斯的时候，有一次他们还成为那个大广场的中心，还有一次是在他寒酸的客栈里，客栈虽然寒酸，但显得庄严，古风古色，跟她也算匹配，而且，那次见面的意义十分重大。相比之下，康德利普太太的房子，即使从最佳的角度看，虽然不算特别丑陋，但也感觉那么不合适，非常奇怪。她脸色苍白，表情凝重，但还是很迷人，在这个地方，他感觉她就是一个地位显赫的陌生人，跟切尔西这个地方格格不入，她就像到这里来享受一段奇遇或者自我放逐。不过很奇怪的是，过了三分钟，他却感觉自己比她更不像陌生人。

他看了几眼之后就感到这里很奇怪，这种奇怪的感觉在于整体的不协调，房子很狭小，但家里的摆设好像都很巨大。那些家具和装饰品，对于姐妹两人，特别是对于康德利普太太而言，显然是从前好日子的纪念品。窗帘拖到地上，沙发和餐桌占据了走道，烟囱上的装饰物直达天花板，绚丽的大吊灯几乎垂到地上，这些都是以前那个家的遗留物，是对她们不幸的母亲的缅怀。不管这些东西本身质量怎么样，因为它们隔离了外面昏昏沉沉的天空，甚至让他不知道白天是否已经彻底结束，所以丹什觉得它们极其丑陋，甚至到了不祥的地步。它们一点也不包容或者妥协，那么突兀、那么顽固，没有一点品味。相比之下，他想到了凯特本人的品质。这种感觉对丹什而言不算新鲜，他此时根本不需要提醒。他只是知道，联想到一些事情，对她目前的状况，他特别为她感到遗憾，但这并非那天早上让他出门的决定性动机；他还知道，这一切要是放在他自己身上，他也许不会那么难过。他倒是可以生活在这样的地方，但这怎么说也不是他该被流放的地方。这种简陋的条件，他们也许能够临时凑合。他最终的家不可能这么奇怪，这么让人难以忍受，虽然他家里的东西没有这么充足。他接着又发现，如果说这个环境和她格格不入，让人为她感到痛心，但她却跟这个同伴存在这样的关系，而在这样的关系中，她却演变成这么可爱的人，这个事实很奇怪，他越琢磨就越放心，但也越充满悬念。如果他刚看了这几眼就觉得她像格格不入的外来人，那么，这些人怎么没有感觉她跟他们格格不入呢？更重要的是，她自己怎么没有感觉自己跟他们格格不入呢？

丹什一直怀着这个疑问，即使在她点燃了壁炉架上的那些高大蜡烛之后。那是除了火炉之外的唯一光源，她很平静地朝它走过去，好像在暗示他们可以坐在壁炉旁边，在圣诞节期间，那是最温馨的地方。好吧，鉴于他们目前的状况，那里确实是最温馨的地方。他写的那张便条只是告诉她，他必须马上见到她，他希望她能帮他实现这个愿望；他看了她一眼就明白，在她的心目中，他的迫切心情应该还有极其重要的意义。“今天早上，由于时间仓促，”他解释说，“我来不及问劳德夫人她有没有跟你说过，尽管我相信她有。事实上，我一直是这么想的。因为她跟我说你到这里来了，这件事很突然，我当时感到很意外。”

“是的，确实很突然。”在不算热烈的火光中，凯特显得很优雅，很漂亮，她将双手放在大腿上，考虑着他所说的话。他刚才一上来就提到了在卢克·斯特雷特爵士家门口发生的事。“她没跟我说什么。不过没关系，这是你的意思吧？”

“算是吧，但不是全部。”丹什说。他顿了一会儿，她一直等着他，但他接着并没有说还有什么。“昨天深夜，她接到斯特林厄姆太太的电报。那位可怜的女士没有给我发电报。”他接着说，“可能是昨天的事情，卢克爵士没有在那里停留，他马上动身回来，明天早上就会到。所以，我判断，斯特林厄姆太太就一个人收拾那个局面。不过，”他最后说，“卢克爵士不能留在那里，那是当然的。”

她看着他，她的眼神有些模糊地表明她觉得他在拖延时间。“你收到卢克爵士的电报？”

“不，我没收到电报。”

她感到不解。“书信呢？”

“也没有，斯特林厄姆太太没给我写过信。”然而，他还是没有进一步发挥，因为她刚才对另一个问题也没有追究。那么，他到底收到了谁的信息？他可能真的是在拖延时间，似乎为了表示尊重他，她换了另一个问题：“你会去……帮斯特林厄姆太太吗？”

对这个事情，他是能说清楚的。“不会。她确实是孤家寡人，但她非常能干，非常勇敢。而且……！”他又说到一半就停住了。

“而且，”她说，“那里还有尤金尼奥？是的，大家当然都还记得他。”

她说这些话，肯定是想说明他们俩是有默契的，而他给予了足够的回应。“没错，大家都记得他，完全有理由记得他。他对她很管用，他本事很大。我刚才想说的是，”他接着说，“肯定会有很多人很快从美国到达。”

好吧，凯特完全懂得他的意思。“我猜想，肯定有一个负责米莉事务的人，叫做代理人吧？他肯定在收到斯特林厄姆太太的最近一封信后就去了。”

“那应该是在你姨妈上次跟我谈话后的事情，我是说今天早上前面的那一次。这样我就放心了。”他说，“他们肯定能搞定。”

“他们能搞定。”接着，两个人好像都不觉得这是他们最关心的事情。接着，凯特表现得更清楚一些。“但是，你既然没有收到谁的电报，今天早上你怎么会去卢克爵士家门口？”

“另有原因，我等会儿就告诉你。那也是我想马上见到你的原因，我就是想来跟你说这件事。不过，请你稍等一会儿。在这样的地方看到你，”他接着说，“我百感交集。”他说着就站起来，但她纹丝不动。他走到火炉边，倚靠在火炉上，背对着火，歪着身体看着她。然后，他明确说出了他的关切。“你到这里来，是不是发生了什么不好的事情？”

好吧，既然他说了这么多，她就有足够的理由去追问她想知道的事情。于是，她没有理睬他的问题，而是逼问他：“我能不能这样问：你说她已经死了？”她的表情比她说的话更咄咄逼人。

“没问题，”他过了一会儿说，“我说过，我想到一件事，所以我急忙来找你。我不介意让你知道，”他接着说，“从昨天夜里到今天早上，我想了很长的时间，才做出这一决定。我终于来了。”然后，他微微一笑，他很清楚，她肯定觉得他的笑容非常机械。

“你原本不想来？”她这样说显得她比他更坦率。

“亲爱的，”他继续微笑着说，“如果只是想不想的事情，那就十分简单了。我承认，对于我最该做的事情，我考虑过很多困难，我甚至隐约看到了不祥的未来。其实，我想的并不是我本人的幸福。”

这句话显然让她一下子想不通，然后，她仔细地盯着他。“你样子很憔悴，你肯定饱受折磨。你很不舒服吧？”

“我很舒服。”

她没有理睬他，接着说：“你恨你自己的所作所为。”

“亲爱的，你说得太简单化了。”他的表情很严肃，“没有这么简单。”

她好像在琢磨他想说什么。“我怎么知道，我又没有线索。”不过，她还很有耐心，还是纹丝不动。“如果说在这样的时候她还会跟你联系，那就莫名其妙了。即使有天下最良好的愿望，也不可能理解。”然后，丹什犹豫了一阵子，那可能表明他必须找到恰当的解释，这让他很沮丧，也心神不宁。于是，她接着说：“你还没有下决心。”

她说得很温柔，甚至有些亲密，他也没有马上反驳。但是，他看了她一眼之后说：“有，我下决心了。只是，在这个地方看见你，我觉得这里面……！”然后，他的目光似乎被牵引着从房间的一个角落转向另一个角落。

“这个地方好恐怖，对吧？”凯特说。

这让他又想起刚才的那个问题。“你到这里来，是不是因为发生了什么事情？”

“好吧，借用你说的话，这件事没那么简单，一言难尽。”她接着说，“在这个地方见到我，别有多余的想法，也不要琢磨这里面有什么，我自己都不明白。希望你能想想，要是你有麻烦，我一定会想去帮你，也许，我也一定做得到。”

“亲爱的，也许，就因为我知道你的愿望……！我猜想，我可能真的碰到麻烦了……我想就是这样的。”他这次说得简洁明了，让人觉得很奇怪，也很突然，让她瞪大了眼睛，这他是马上就发现的。于是，他想尽量说得不那么含糊。“不过，我也许不应该这么想。”这句话却比刚才更让人满头雾水。

她想了想。“你是不是说，我的情况非常可怕？”

“好吧，”他慢条斯理地回答说，“如果你觉得可怕，你就告诉我。我是说，如果你感觉我的想法……”

因为他说得极慢，她就接过去替他说：“很可怕？”她终于听起来不那么烦躁，她没有想笑出来的感觉。“我都没有听明白你要说什么，我怎么会有什么感觉？”

这句话让他更清楚他要说什么，尽管一开始只是让他将双手插进口袋里面，先是站在她面前的地毯上，然后一会儿走到这边，一会儿走到那边。在此期间，他想到了另一个场合，那是在威尼斯，在风雨交加的那天，苏珊·谢泼德坐在他的客栈里，跟凯特这时差不多，当时他也很困惑，甚至有些痛苦，不知道什么该说什么不该说。目前的情况可能简单一些。他在同伴的面前停下来的时候，他就想把这个感觉说出来。“那东西不可能是这几天才写的；邮戳确实是近几天的，但很难以想象，她会……！”他停了下来，看着她，似乎她能够理解。

这确实不难理解。“在临终之际给你写东西？”但是，凯特还是想了一下。“我们不是说过了吗？她是与众不同的，不能把她当成一般人来看。”

“是的。”他的目光越过了她的头，非常清楚地说，“她与众不同。”

凯特坐在椅子上，还是一动不动，此时，她抬起头，她的目光碰到了他迷离的目光。然后，随着后者的视线再次降落到她的身上，她又提出了一个问题:“她具体写了什么，是不是有关系?”

“也许有，但关系不是太大。这只是一次平常的联系。”丹什说。

“那是一封信吧?”

“没错，是一封信。信封上的地址是她亲手写的，绝不会错。”

凯特想了想。“你很熟悉她的笔迹?”

“很熟悉。”

也许正是他说这句话的语气促使她提出下一个问题:“你收到过她许多信?”

“没有。之前有三次收到便条。”他说话的时候一直看着她。“很短的便条。”

“好吧,”凯特说,“长短不是很要紧。也许三行就足够了，只要你说你记得住。”

“我肯定记得住。而且,”丹什继续说,“我还通过其他途径见过她的笔迹。我似乎记得，她去威尼斯之前，你曾经让我看她写给你的一张便条，就是要让我认她的笔迹。另外，她也抄过一些东西给我。”

“哦,”凯特几乎微笑着说,“我不需要那么多解释。一个好解释就够了。”不过，她接着又做了补充，同时极力控制着不耐烦或嘲讽的语气,“那封信看起来很平常?”

丹什好像要描述得更具体一些。“很漂亮。”

“是的，平常也都很漂亮。”凯特接着顺着他说,“这种事情对我们不是新闻，她非常了不起。一切都是可能的。”

“对，一切都是可能的。”很奇怪，他显得很想抓住这一点。“我就是这么想的。我也一直相信，你肯定也这么想。”

她等着他说下去，可是，他还是把手插在口袋里，再次转过身去，走到房间里唯一的窗口。那里没有灯，窗帘也没有放下来，他看着外面被雾笼罩着的路灯，看着那条龌龊的伦敦小街道，因为他心里想着一件事，所以他越发觉得这条街道那么龌龊，这感觉跟他在斯特林厄姆太太的注视之下看着风雨中的大运河一样。他还清楚地记得，他当时被迫表态的时候，他之所以拒绝，就是他不愿意出卖凯特。那时，他的同伴等着他表示愿意，而他怼她说这是痴心妄想。在此期间，凯特一直看着他的背部和肩膀，这是她熟悉的影子，他这个影子似乎在传达着他没有明说的意思，是两个沟通链条中很重要的一个环节，她要设法从中挖掘尽量多的信息。结果就是她这样对他说："是昨天夜里收到的？"

这个问题让他转过身来。"是从舰队街送来的，比平时早一小时，我发现它跟其他信件一起放在我的桌上。不过，我在门口一眼就看见了它。我不用碰就可以认出来，我知道那是什么。"

"可以理解。"她充满敬意地听着。然而，因为他的语气有点反常，她就马上接着说："这么说的话，你就没碰过它？"

"有，我碰过它。自那个时候起，我感觉似乎再也没碰过其他的东西。"为了解释得更清楚一些，他就接着说，"我紧紧抓着它。"

"在哪里？"

"我带来了。"

"带来让我看？"

"带来让你看。"

这次他吐字非常清晰，很反常，而且，他的声音里面有欢乐的要素，但是，他并没有做出跟这个要素相一致的举动。所以，她的脸再次充满期待地对着他，可是，让她很不耐烦的是，他的脸上却映射着另一个念头。"那么，你是不是已经不想给我看了？"

“我非常想，”他说，“可是你什么也没告诉我。”

她微笑着面对着他，像面对一个很淘气的小孩。“我觉得，我告诉你的，不比你告诉我的少。你都没有告诉我，在你的文件里面，找不到你所要的解释吗？”然后，趁他还没有回答，她就闪电似的说，“你是不是要说你还没看过？”

“我还没看过。”

她睁大眼睛。“那么，我能怎么帮你呢？”

她还是纹丝不动，而他则跨出了五大步，又回到她的面前。“你只要告诉我，把那天你不愿告诉我的告诉我。”

她感到一头雾水。“哪天？”

“我刚回来就去找你的那个星期天。”丹什接着说，“那天早上跟她在一起，他到底在干什么？他跟她在一起意味着什么？”

“你说谁？”

“那个人，当然是马克勋爵。那意味着什么？”

“他跟莫德姨妈在一起？”

“是，亲爱的，也跟你在一起。都差不多。那天我问你，你没有回答我。”

凯特努力回忆着。“你没问我什么呀。”

“我问你最近一次见他是什么时候，我是说在他第二次突然去威尼斯之前。你当时不愿说，而因为我们正在谈相对比较重要的事情，我就没有追问。但是，你知道，亲爱的，说到底你还是没有告诉我。”

在他的慷慨陈词之中，有两点凯特听得最清楚。“我‘不愿’说？你‘没有追问’？”她的目光冷冷的，脸上没有表情。“听起来好像是我在刻意隐瞒什么。”

“你看，”丹什说，“即使到现在，你也没有告诉我。我就想知道，”他解释说，“他的举动，毫无疑问，他的举动加速了她的悲剧，跟你和他的关系有没有关联？他究竟是怎么知道我们有私情的？”

5

凯特慢慢站起来，这是她自从点亮蜡烛坐下来之后的第一个动作。“你是不是要指控我告诉了他？”

她的语气中有埋怨，但更多的是苍白的惶恐；他都看到了。“亲爱的，我不想指控什么，但我备受折磨，我一点也不能理解。那个混蛋跟我们到底有什么关系？”

“他跟我们到底有什么关系？”凯特问。

她摇了摇头，似乎又把他当成淘气的小孩，她要温和地忍让。这里面更包含着一股突如其来的甜蜜感，从前发生分歧的时候，她经常用这个手段让他就范。实际上，她此时正要动用这个手段，他也知道，跟从前一样，他这次必然也会接受。她站在他身边，挨得非常近，显得很有耐心，好像等着他亲吻她，尤其是他说得特别激动的时候。他好像并不想吻她，不过，他接下来说话更平静了一些。“圣诞节早上，他跟劳德夫人在干什么？”

凯特非常惊讶。“她没有跟你说他住在那里吗？”

“在兰开斯特大门？”丹什很惊讶，“住在那里？从什么时候开始？”

“前天。他去之后我才离开的。”然后，她承认说这件事确实不正常。“这是个意外，就像莫德姨妈留在城里过圣诞一样，但也不是很恐怖。我们还在一起的时候，我来这里，她肯定很难过，我们每天都惦记着你刚才带来消息的这件事，但我们都希望能清净一些。”

“你们一直惦记着威尼斯？”

“当然。不然我们惦记什么？”凯特接着说了一句很感人的话，“当然，我们也惦记，至少莫德姨妈是有些惦记你的。”

他很感激。“我明白。你们对我很好。但是，”他问，“马克勋爵住在那里惦记着谁呢？”

“他在伦敦，我相信，是一件很正常的事情。他自己也有房子，但突然出现一个相当合算的出租机会，而且，他自己承认，他明确说他很需要钱，所以不能放过这个机会，不管怎么说。”

丹什听得很仔细。“不管怎么说？”

“我也不知道。尽管人们可能都认为他不该这样。”

“不该盯着钱？”

“不该落到这个地步。不过，由于某些原因，他必须放下架子。然后，他要在几天之内把房子腾出来交给租户；而莫德姨妈跟他沟通比较多，很了解他的情况，就对他说：来兰开斯特大门吧，你至少可以来过夜，直到你搬去乡下住。他应该是昨天下午去乡下，我想是去麦青别墅。这是莫德姨妈告诉我的。”

凯特的这句话有很多暗示的内容，好像是要安慰他。“她是想跟你说你不用搬走？”

“是的，也许她认为我之所以要搬走，是因为他要住在那里。”

“那到底是不是呢？”

“就算是吧，如果你想让我这么说的话。不过，即使没有这件事，我还是会离开。”她很坦率地说，“跟他没有多大关系。我很高兴到这里来，尽管我为你……！”她是想说那也没有多大关系。“这么说，他没有去麦青别墅，不过，他也可能今天下午去，很有可能。

但是，我感觉最可能的是，我一定要说，他这个人还是很善良的，他肯定是不想留莫德姨妈一个人孤独地过圣诞节，不像我这么狠心。而且，如果说他为了陪她而不去麦青别墅，她肯定很高兴。所以，难怪她会带他一起坐车到处兜风，这是要打发那个无聊的日子。我不敢说，”她最后说，“我知道他们之间还有什么情况，我就能想到这么多。”

“你什么都想得到。”丹什回答说，“你跟我所说的话，我都认为是真理。”

她看着他，似乎感到他的话很刺耳，所以小心翼翼地想找到他的毛刺，她接着开口说话的时候，她的表情很平静也很严肃，这表明她已经找到了：“谢谢！”跟她所说的其他话一样，这两个字也对他产生了一定的影响。他们还是挨得很近，面对着面，接着，出于一个前所未有的冲动，他把手放到她的肩上，将她抱住，甚至摇晃着她，不过那绝非他不温柔，而是好像他有一个非常复杂的感情，难以用口头来表达。再接着，他探下头，将嘴唇贴到了她的脸颊上。然后，他松开了一下子，恢复他的躁动，而她则一动不动，好像一尊雕像，跟刚才面对他的示威一样。然而，那并不阻止她给予他再次放任的机会，与此同时，她自己显得刚才这次就够了。她让两人坐下，然后做了平静而明白的说明。“你在威尼斯的时候，我确实碰到一件事，我一直在想这件事的准确意义。我是说，我跟他谈过一次话。他都跟我说了。”

“果真如此！”丹什突然转过身来说。

“随你怎么说吧，但是，我还是拒绝他的强烈要求，没有按他的要求去跟他见面，如果说我最终跟他说了什么，我承认，向你认罪。”她接着说，“你是不是指望我会给他一个可能阻止他去的答复？”

这让他有些尴尬。“你知道他要去？”

“当时不知道，不过，即使我知道，恐怕我也给他同样的答复，即使这可能跟你的奇怪猜想不一致。如果说你回来以后我没有马上跟你交代，那是因为这不是特别愉快的事情。如果我这样说能够满足你的期待，”她接着说，“我希望你别再提了，我想这个要求不会很过分。”

“当然不会。”丹什很友好地说，“我不会再提。”可是，片刻之后，他又紧接着说：“他发现了。他猜到了。”

“如果你是说，”她马上回答说，“我们很可惜没有骗过他，我不会反驳你。”

“没有，当然没有。但是，”丹什不依不饶地问，“为什么没有骗过他？他并不聪明。”

“他很聪明，他觉得我的态度很含糊，很神秘，他觉得很不自然，然后，结合其他各种迹象，所以，他才下了决心，走出了那一步。”

在丹什的心目中，马克勋爵的决心就像是大自然的污点。“这么说，是因为你在他面前的表现让他得到动力？”

“当然，我在他面前的表现一直很体面。不然能怎么样呢？”

“谁怎么样？”

“你和我。然而，我在他面前的表现并不重要。关键是我在莫德姨妈面前的表现。而且，你要记住，他一直在观察你。你可能管不了他，”她说，“不过，你自己的表现一直都很不错。”

“那是要满足你的心愿。我去威尼斯并待在那里，”丹什问，“他有什么看法？”

“你待在威尼斯，你也很喜欢待在那里，我本人不觉得有什么不对，是完全可以理解的。不过，他能看懂这是在暗度陈仓。”

“他没有受到莫德姨妈的影响吗？”

“没有，”凯特说，“莫德姨妈没有影响他。在他第二次去威尼斯之前，莫德姨妈没有跟他说什么，而且，即使我拒绝他，也不会起到什么作用。但是，他第一次去了之后，回来的时候就全清楚了。”然后，趁她的同伴还很茫然，她又说：“我是说，他是在见过米莉，跟她谈过话，然后离开她之后确定的。米莉让他知道了真相。”

“米莉？”丹什含糊地反问。

“她说你是真心的，说你爱的人是她。”听到这句话，他立刻又转过身去，不知不觉又站在窗户前。“他一回来，莫德姨妈也知道了。这就是你在莫德姨妈面前无所顾忌的原因吧。”

他默默朝外面看了一会儿，然后就走开了。“你也是吧。”这样说已经有反唇相讥的味道，但这句话有一定的真实性。话听起来很刺耳，是因为那是真的，而因为它是真的，所以，双方都难再说什么。于是，两个人面对着面，一言不发，气氛变得十分凝重。他们之间似乎潜伏着危险，说错一句话就能让危险爆发。于是，丹什做出了一个很恰当的动作：他站在她面前，从马甲里拿出来一本笔记本，然后从笔记本里抽出一封折叠的信，她的目光一下子就被它吸引住了。然后，他将笔记本放回原处，很奇怪地做了一个显然是本能或下意识的动作，拿着信的手放到了背后。最后，他开口说话的时候，他却提到了另外一件事：“听劳德夫人那么说，我能否理解你的父亲就在这里？”

如果说她从来不用花很长的时间来想怎么回答他，那么现在也不用。“在这里，没错。不过，我们不用担心他会打扰我们。”她好像觉得他已经想到了。“他在睡觉。”

“他生病了?”

她伤心地摇了摇头。“父亲从来都不生病。他是个奇迹。他就是……没完没了。”

丹什想了想。“我帮得上忙吗?”

“是的。”她已经疲惫不堪，所以很平静地说，“别让你的到来让他觉得是一件大事。对玛丽安也一样。”

“我明白。他们讨厌你见我。但我又不能不来，对吧?”

“对，你不能不来。”

“所以，我只能尽快走?”

她一下子就显得有些不高兴。“请你别强迫我说难听的话。我已经烦透了。”

“我知道，我知道!”他像在承认错误似的。“我也是烦恼的根源之一。他是什么时候来的?”

“三天前。他已经有一年多没有来了，好像已经忘了她的存在，这本身没什么遗憾。但是因为他目前的状况，不接纳他是不可能的。”

丹什犹豫了一下。“你是说他……?”

“不，他不缺衣少食，从表面上看，他甚至不缺钱。他跟从前一样光彩照人。但是，呃，他可能感到很害怕。”

“害怕什么?”

“我不知道。害怕某个人或者某样东西。他说，他想过平静的生活。事实上，他平静得十分可怕。”

她很痛苦，但他不能不问:“他平时干什么?”

这让凯特自己也犹豫了。“哭。”

他再犹豫了一阵子，不过，他还是冒险问："为什么？"

她慢慢站起来，他们再次面对着面。她的眼睛紧紧盯着他，她的脸色比刚才更苍白。"如果你爱我，就不要问我父亲的事。"

他又犹豫了一下。"我爱你。就是因为爱你，我才到这里来。就是因为爱你，我才把这个带来给你。"他将拿着放在背后的信伸出来。

信递到她的面前，但她只是看着它。"你还没有打开过？"

"如果我打开过，我就会知道里面说些什么。我把它带来，就是要让你打开。"

她的表情非常凝重，始终没有去碰那东西。"这是她给你的东西，你让我打开？"

"正是因为她给的。你对它有什么想法，我都接受。"

"我不能理解，"凯特说，"你自己有什么想法呢？"然后，因为他没有马上回答，她就接着说："我觉得你好像是知道的。你有直觉，不用打开来看。这就是证据。"

她这样说像是对他的指控，不过，他早有准备，他只有一种应对方式。"我确实有直觉。我昨天夜里翻来覆去，后来应该想明白了。那段时间还是有成果的。"他将信递给她，现在，他与其说是在招供，不如说是在主张。"这东西是算好时间的。"

"要在圣诞前夜送到？"

"要在圣诞前夜送到。"

凯特突然露出奇怪的笑容。"这是送礼的季节！"然后，因为他什么也不说，她就接着说："这么说来，这是她在还能写的时候写的，等到算好的时间才寄出来？"

他陷入思考，只有目光跟她相对，还是什么也没说。"你刚才说证据，是要证明什么？”

“证明你们的爱情。”她说，“我不会打开你的信。”

“你不想打开？”

“绝对，不想。”她接着奇怪地补充说，“我不用打开也知道。”

他又犹豫了一下。“知道什么？”

“她要向你宣布，她已经让你变成了富翁。”

这次，他犹豫了更长的时间。“她把财富留给我？”

“不是全部，毫无疑问，因为数目太大了。总是一笔巨款。我不在乎，”凯特接着说，“她具体给了你多少。”她又露出很奇怪的笑容。“我信任她。”

“她告诉过你？”丹什问。

“从来没有。”凯特的脸红了起来。“那样对她不公平。”她补充说：“我一直都对她很公平。”

丹什从前一直很相信她，这是不由自主的，此时，他还是拿着信，面对着她。他现在比刚才平静多了，他的痛苦好像不知不觉地消失了。“你对我也很公平，凯特，所以，我才想把这个所谓的证据给你。我觉得这个东西很神圣，我想让你先看。”

她皱着眉头说：“我不明白。”

“我要做出自己的贡献，或者牺牲，来表达……”

“表达什么？”他说到一半中断掉，她就追问说。

“对你的牺牲的敬意。在威尼斯，你做出了慷慨的举动。”

“你给我处理这个文件的特权，就是对我的奖励？”

他动了一下。“我只能这样表达我的态度。”

她盯着他看了很长一段时间。“亲爱的，你的态度，就是自己害怕自己。你这是在跟自己过不去。”

“那么，你能满足我的愿望吗？”

她看了一眼那封信，不过，她的手还是跟它保持着距离。“你真的想让我接？”

“我真的想让你接。”

“随我怎么处置？”

“可以，就是不要公开里面的内容。请原谅我明说，这必须是我们两人的秘密。”

她最后犹豫一次，但她很快就说：“你可以相信我。”她从他的手里接过那封神圣的信，看着米莉漂亮的字，他们刚才讨论她的笔迹。“只要拿在手上，”她说，“就能知道里面的内容。”

“我知道！”莫顿·丹什说。

“那么，如果我们两人都……！”她走向火炉，手上一抖，就将那个东西扔到火里。他吓了一跳，好像急忙要阻止她，但动作并不快，凯特的决心显然比他的动作更强烈。然后，他跟她一起看着纸张在火炉里燃烧，接着，他们的目光又碰到了一起。“该你得到的，纽约都会给你。”凯特说。

6

事实上，两个月后，他就收到了纽约的来信，然后，有一天早上，她去了他住的地方，不过跟在威尼斯的时候不同，这次她不是迫于他极度坚决的恳求，而是她自己觉得有必要去，尽管这是她收到了他的信息后形成的感觉。他的信息包括丹什写的一张便条，还有一封信。那封信是他刚刚收悉的，来自美国一家大名鼎鼎的律师事务所，他在纽约的时候就有所耳闻。事务所的负责人就是米莉·蒂尔的遗嘱主要执行人，就是他们在兰开斯特大门提到的可能赶去威尼斯帮助斯特林厄姆太太料理米莉后事的人。收到这封信，严格地说，对于丹什而言，是这么多天以来首次发生跟米莉有关的事情，米莉可能做什么或可能没有做什么，又闪现在他的脑海里面，虽然这其中的意义他还要慢慢品味。上一次发生跟米莉有关的事情，是那一天我们这对年轻人一起站在切尔西的那个小壁炉面前，将一封没有打开过的信扔到火里烧掉，然后，他们马上就分手了。他们以后见面的时候，都会想起那封信，但那封信已经不存在了，然后，随着新的关注点出现，他们自然会让这个念头闪过去。而且，这几个星期以来，他们并没有经常见面，尽管在一月和二月，他们要见面事实上是比较容易的。凯特还住在康德利普太太的家里，而她的姨妈还给她生活费用，对此，丹什可能会觉得很神秘，若非他心不甘情不愿地去了兰开斯特大门几趟，从而领略到了其中的奥秘。“那是她的想法。”劳德夫人这样对他说，似乎她鄙视有想法的人，其实并不然。“当然，我也有我自己的想法，我的想法就是让她随便去，她折腾够了就会回来。我想她已经折腾够了，或者很快就够了；但是，因为她非常自负，要她回来，必须等她找到一个可以高调宣示的理由，这与她讨厌什么没有任何关系。她可以说这是在度假，那就让她按自己的方式去度假吧，反正，女佣也有权每年去度一次假。好吧，我们就按这个规矩办。但是，我想，这种事情短时间内不会再发生了。而且，她表现很好，她经常来看我，只要我给她一点提示，她都会来。这一两年来，整体而言，她的表现一直都很好，所以，我自己也要大度一些，我不会埋怨她。事实上，她一直都能满足人家的心愿，当然，”莫德姨妈最后说，“我不用告诉你，你也知道我的心愿是什么，你是个聪明人。”

事实上，因为不想多听到这样的话，所以，自从圣诞节之后，丹什在那位善良的女士的家里出现的频率显著下降。从威尼斯回来之后的那段时间，他频繁去她家里，但那个阶段的情景已经淡化了，他的冲动也消退殆尽。他已进入到另一阶段，对于这个阶段，他费尽心思也想不出该怎么来形容，但这个阶段的新氛围日渐浓厚，让劳德夫人在他的内心世界中越来越遥远，像一座偏僻的小岛。曾经有一段时间，斯特林厄姆太太似乎会在回美国的途中到伦敦稍作停留，在她的老朋友家里稍稍歇息一下；为此，他做好了足够的心理准备，要热情招待一下那个朋友。但是，这个危险终于擦肩而过了，他的确感到过这是一个危险，那位他曾经迫切盼望见一面的朋友，已经从热那亚搭船西去了。于是，他给她写了几封信，终于在米莉去世后打破了沉默，而他们在发生那件事之前就有很深的默契。她在威尼斯给他回了两封信，回到纽约后又给他回了两封信。那四封回信中的最后一封，跟他拿去给凯特的那个文件同时抵达，但他没有想到把那封信一起带过去。他跟米莉的同伴的通信，对他而言，代表着一个时代的面貌，他在报纸文章里面会说那是时代要素，反正他迟早用得着；但是，他目前最尖锐的一个意识，很可能是他从来没有跟凯特提起过这些信。她从来没有问过他："你有没有收到信？"他也就没有如实回答的机会。他自己觉得这样刚好，因为他并不喜欢透露秘密。他的越洋通信当然是一个秘密，属于他的个人隐私，尽管他意识到自己在这个关系中并不那么光彩。对于这个关系，他在心里有一个清晰的形象，那就像一片汪洋中的一块岩石。他最近几次跟凯特散步到偏僻的地方，每一次散步的时候，他们没有说的话比他们说出来的话更让他印象深刻，但他还是很担心暴露心里的秘密。在他的内心深处，肯定有一些事情是不会跟任何人公开的，即使对于一起散步的这个同伴，他也会尽量不泄露。与此同时，在这种阴影之下，他一直笼罩在泄密的恐惧之中。这好像是他有一个愚蠢的信仰，怕人家知道了自己会出丑；很奇怪的是，他在这块浮出水面的岩石上面，紧紧抓住苏珊·谢泼德的手，他就感觉自己是安全的。这表明他相信她的力量，信任她会保护他。不过，凯特总是会知道，凯特什么都会知道，但是，她也是最不可能宣扬这种事情的人。无论如何，跟她在一起，他的一举一动都像处在风口。他的诚实正是一个危险因素，他有时候会发现，不管是出于冲动还是作为补救措施，最好的方法就是将各自知道的事情埋到对方的怀抱里面，这样谁也看不见。

这确实可能成为两个人亲密的权宜之计，只是最近几天他们的这种意识比较有限。他们常去巴特西公园，综合各种因素，那里是最合适的地方，这段时间，劳德夫人没有坐车到那里去过，在那里，他多次做出相同的举动，在小路上把她紧紧抱住。当前，她出门不用跟其他人解释，他们第一次感到住在那里有可观的好处。他猜想，住在切尔西，她可以一直说她要去伦敦城的另一边看望她的姨妈，这是一个很正当的理由，要是住在兰开斯特大门，她想去看望另外几个亲戚的话，总是要遭遇很大阻力的。于是，他们就获得了崭新、绝对的自由，他们也通过各种方式，表明他们十分珍惜这个自由。但是，他们并没有大量利用这样的自由，这个情况很不合逻辑，不过，他们双方都解释了背后的原因。他跟他的同伴说，他在兰开斯特大门得到很大的眷顾，女主人总是热情接待他，在这种情况下，他们频繁见面显得不那么合时宜。他得到了极大的信任，这是他们的巨大成功。总之，他每次与她约会，都是对莫德姨妈恩将仇报，反过来讲，他每次面对那位女士，他都会十分拘谨。凯特能够理解，而她也承认说她也得到莫德姨妈的信任，她同样感到很尴尬，对此他也表示理解。反正，她承认她必须很谨慎，不能滥用她的信任。好吧，劳德夫人终于找到了束缚他们的绳子，而且他们基本没有意识。然而，这并不意味他们没有到南边去，一起去品味失败的滋味，这对他们都有好处。他们跨过泰晤士河，先在那些很龌龊但很安全的社区里漫游，因为冬天的天气很温和，他们就爬上运煤的火车，继续向前去了克拉彭和格林尼治。他们从来没有这么珍惜时间，与此同时，丹什却感觉到，他们说话的语气非常平淡，他简直不知道该怎么形容。他们该说的话都没有说，所以，两个人就从一个地方赶到另一个地方，好像要弥补以前的缺憾，要多看几个地方，多看一些以前没有看到的东西。在此期间，他们都表现得很客气，因此来掩盖他们漫无目的这个事实。反正，他们以前都没有这么客气过。好几次，他好像离开了她，但他会好像吓一跳，突然停住脚步，然后回味着他们的变化。他们的变化，按他现在的观察，就是变得彬彬有礼。想到他们此前的亲密程度，现在的样子感觉有些滑稽。他们早就将对方变得温情脉脉，那么，如今他们又这么冷淡，这里面藏着什么危险呢？他在琢磨自己最害怕什么的时候，他也会问自己这个问题。

然而，这样的紧张气氛也包含着一定的魅力，体现了她通过不同途径将别人重新吸引回到她身边的本事。这是她的生活才能，她能在不同时刻做出相应的表现。她没有放弃他们的传统，但她给了它一个新面孔。坦白说，此时，她非常和蔼，非常讨人喜欢，是一个好得不能再好的伴：他感觉自己似乎正从这个角度在重新认识她，对于这个新角度，他有些不大清楚，不知道该认为它是比从前缩小了还是扩大了。无论如何，他跟她在外面遇到的人们一样，对她极其崇拜。他没有想到她在他面前还会有新鲜的东西，然而，她果真就有：在火车上，他跟她坐在一起，感觉就像跟她共进晚餐一样。如果他们有钱了，她会是什么样的人？她是享受好生活的天才！如果住在金碧辉煌的房子里，她会多么光彩照人啊！如果他们拥有很高的地位，她的行为举止会多么优雅啊！他在这样遐想的时候，他感到十分遗憾，他们要是王子皇孙或者亿万富翁就好了！圣诞节那天，他感到她很温柔，当时觉得像天鹅绒一样，本可以折叠起来变得很厚实，可惜的是实际上已经拉得很稀薄。相比之下，今天她给他的印象是，她很多变，但只能接触到表面。这段时间以来，她一直没有提到家里的情况。她从那里出来，又要回到那里去，但是，她每次跟他告别时的表情，才能让他联想到那个地方。她的表情似乎在跟他说："那是我的地方，我自己了解，你不要碰它。否则只会唤醒古老沉睡的邪恶。我一直尽力保持安静，跟它相安无事。我要走了，别跟着我！我又要去坐在它旁边。如果你要同情我，你就信任我。我们要是真能做什么，那是另一回事。"

她离开他的时候，他注视着她，感觉她好像有点僵硬地带走了什么东西。那东西的面目有些模糊，但是，她抬着头，同时极力在压抑自己。在这样的时候，他感觉自己就像放在她的篮子里的东西，他使劲摇晃，而她使劲保持篮子的平衡。毫无疑问，他就是怀着这样的感觉过了好几个星期，直到凯特爬上他的楼梯。这几个星期过得非常快。他觉得很矛盾，人们一般都认为等待会让时间过得特别慢，但是，他却觉得时间飞逝，这让他感到很困惑。这个不正常的现象，其实包含着一个秘密，他意识到，随着日子一天天流逝，一样珍贵的东西也随之消失。那样东西是一个念头，这个念头非常新鲜而精致，像这样新鲜而珍贵的宝贝，经不起时间的流逝。那念头完全属于他个人，他甚至不愿分享给他亲密的同伴。他呵护着它，就像呵护着一丝甜蜜的痛楚；他出去的时候，会把它留在家里，回家后马上就能找到它。然后，他就会把它从神龛里面请出来，打开柔软的外包装，一层一层展开，像一个苦恼而温柔的父亲照顾受伤的孩子一样。他会放在自己的跟前，害怕别人会看到它。这时候，换言之，他会跟自己说他永远都不会知道米莉在信里说什么了。他本应知道这封信的主旨，如果不是他自己有那个莫名其妙的想法，他还会知道得更多。被他永远错过的内容，可能说明她的思想和行为的转变。关于这个转变，他通过想象填补了空白，而且加以了提炼。那是一种启示，如果这种启示丢失，那就像眼睁睁地看着一颗无价的珍珠掉进深不可测的大海；那也像是故意不理睬一个敏感而令人心动的声音，在精神的耳朵里，那就像远方微弱的哭泣声。所以，他待在房间里面，默不作声，呵护着这个声音。他要努力保持房间绝对安静，让寂静持续笼罩着整个房间，直到相对粗糙而尖锐的生命之音扼杀了这个感觉，这跟以前用那种特别的方式抚慰他的心灵创伤是基本相同的。他不能抱怨她打破了这里的寂静，他已经答应可怜的凯特可以充分行使自由。

她一站在门口，就充分感受到了这里的气氛，这是很伟大，也是很明显的。目前，他们这次见面跟从前有显著的不同，尤其是跟在威尼斯的最后一次见面相比。那次是他提出来的，这次却是她主动采取的步骤；与此同时，在他的意识里面，有少数几个共同点历历可数。她的表情跟从前一样沉重，然后她跟从前一样左右张望，试图掩盖她的沉重，她也跟从前一样，假装对那个地方很感兴趣，对他的东西非常好奇。还有，她的面纱撩得不对称，一边高一边低，他会建议她最好把它拿掉，然后，她会在镜子面前按他的建议拿掉面纱。不过，这些事情都没有实质意义，而实实在在的，是过了几分钟之后，他发现，以前属于他的责任，现在都变成由她来保障。这次，她变成了动脑筋的那个人，而且，她的思考非常主动积极。“好吧，这次我毫不犹豫地打开了你的信。”

她一进来，就把一个信封放在桌上，信封很饱满，那是他装在一个更丰满的信封中寄给她的。然而，他并没有看它一眼，他坚信自己永远不会再看一眼，虽然写着地址的那一面碰巧朝上。所以，他什么也没看见，她在说话的时候，他的目光就盯着她的眼睛，拒绝接近她提到的那个物品。“那不是我的信，亲爱的。我的那张便条就是想让你知道，那不是我的信。”

“你是说，那是我的？”

“好吧，如果我们愿意听，我想说是他们的，是纽约人的，最终属于写信的人。打开了也很好，不过，我们本可能，你知道，”他马上补充说，“原封不动寄还给他们。”他很紧张地微笑着说，“也许，我还要写一封充满善意的信一起寄给他们。”

对此，凯特只是眨眨眼，就像一个勇敢的病人向医生示意，表示他的手碰到了疼痛的部位。他马上就发现，她是有备而来的，她那么聪明，不可能没有准备好，所以，他想到了各种可能性。她那么聪明，没有什么是做不到的。“这是你建议我们要做的吗？”

“太晚了，这时候效果已经不会很理想了。现在，这个样子表明，我们已经知道……！”

“但你并不知道。”她说得很温柔。

“我是说，”丹什没理会她，而是接着说，“本来可以更漂亮一些。我们再寄回去的话，要表明我们不知道信的内容，又能充分领会他们的好意，而信封的状况就是最好的证明。”

她想了想。“信封的状况可以证明，你之所以拒绝，并不是因为数额不够？”

丹什又露出微笑，似乎被她的幽默打动，不过，他的笑容很怪异。“是的，差不多。”

“那么，我知道了内容，所以就不漂亮了？”

“我承认，我本希望你原封不动还给我，现在确实有些失望。”

“你在便条里面没有这么说。”

“我不想说。我想让你自己做判断。我想看你如何做，没错，如果你想知道的。”

“你想看我距离矜持有多远？”

此时，他显得很镇定，很放松，虽然他还面对着他难以命名的东西。“我觉得这是考验你的好机会。”

他的表情让她很震惊，她的震惊就显露在她的脸上。“的确是很好的机会。”她盯着他说，“我觉得这是空前绝后的好机会。”

“机会更好，考验的效果就越好。”

“你怎么知道，”她反过来问他说，“我能够做到什么？”

“我不知道，亲爱的！只要封口没有打开，我可能很快就会知道。”

“我明白，”她确实听明白了。“但我不会知道。你也不会知道我知道什么。”

“我要告诉你，”他回答说，“如果你是想纠正我的无知，我请你放弃这个念头。”

她犹豫了一下。“你是不是害怕纠正的结果？你一定要这么盲目吗？”

他也犹豫了一下。“你指什么？”

“我觉得你心里只装着一件事。你要谢绝……她为你所做的。这种事情有专门的说法吗？是馈赠吧？”

“有一点你可能忘记了，”他接上去说，“我希望你跟我共同谢绝。”

她很迷惑，所以显得比刚才更温和，然而，与此同时，她还是很坚定。“这种跟我毫无关系的事情，我能怎么参与呢？”

“怎么参与？只要一句话。”

“什么话？”

“同意我放弃。”

“我是否同意没有任何意义，因为我阻止不了你。”

“你完全可以阻止我。你要明白。”

她好像听到这句话里面暗含着威胁。“你是不是说，如果我不同意，你就不会放弃？”

“是的，我就不动。”

“按我的理解，那就意味着接受。”

丹什停顿了一下。“我不会做正式表态。”

“我猜想，你不会碰那些钱。”

“我不会碰那些钱。”

他的话让气氛变得很沉重，其实，他一直很沉重。“那么，谁会呢？”

“谁想要，谁会碰，谁就去碰。”

然后，她又停顿了一阵子；她可能说太多了。但是，等到她说话时，他已经完全掌握了。“不通过你，我能去碰吗？”

“不能。”他补充说，“同样，不通过你，我也不能放弃。”

“谈不上。我有什么能耐呢？”她解释说。

"你可以支配我。"莫顿·丹什说。

"怎么支配?"

"怎么支配?我的一举一动不都是由你支配的吗?"他的语气突然变得很冷淡,他显得很不耐烦。"我不是一致服从你的意志吗?你应该感受到我就是你的附属,你不用装得无所谓。"

"你真好,亲爱的,"她有些紧张地笑着,"你真抬举我。"

"我没有刻意抬举你。我刚才说过,我把那个东西转交给你,就是一个实际的表现。因此,你的支配权是很大的。"

此时,他们的脸色都很苍白,他们没有说出来的话,都透过眼神来传达,他们甚至都害怕这样会引发进一步的争执。在他们短暂的沉默期间,他们都不自觉地做出同样的表情,像是在相互请求对方不要太过较真。必要性是明摆着的,但是,他们两个人应该由谁先满足这个请求呢?"谢谢你!"凯特指的是他赋予她的权力,但当时她并没有采取进一步的行动。这是好事,至少因为他们不用再相互嘲讽,再过了一会儿,他们好像都想通了。

于是,他接下去说:"你必须强烈地感受到,这是我们共同努力的目标。"

然而,对于这句话,她好像觉得不值得回应,是老生常谈,所以她接着阐述自己的另一个观点:"对于她为你做了什么,你不会很好奇吗?那不是很有意思吗?"

"你想要我发誓吗?"他问。

"不要,我只是不能理解。我似乎觉得,按你目前的处境……!"

"好吧,"他忍不住打断她的话,"对我的处境,你是怎么看的?请原谅我,"他即刻补充说,"我应该说,我已经表达过我自己的选择。"

然后，再过了一会儿，她对另一件事产生了好奇心。“那么，你不想把这些事情写出来发表吗？”

“‘发表’？”他本能地皱起眉头。

“我是说，你不觉得这种事情会见诸报端吗？”

“永远不会！我知道怎么避开。”

好吧，这个问题没什么好再说了，不过，片刻之后，她提出了另一个强烈的观点：“你是在逃避？”

“逃避。”

“那么，对于你要我帮你放弃的东西，你不需要具体了解吗？”

“用不着那么具体。我相信金额不小。”

“你真厉害！”她大声说。

“她要留这些东西给我作纪念，”他很平静地接着说，“她就不会很小气。”

凯特迟疑了一下，似乎要考虑如何表达。“这样说对得起她。她就是这样的人，你应该记得我们曾经怎么形容她。”

他犹豫了一下，他们好像用很多种方式形容过她，他想起来了一种。“了不起？”

“了不起。”此时，她的脸上浮起一丝淡淡的笑容，真的很淡，然后，随着他的表情显得马上要哭出来，她的笑容就消失了。泪花与微笑几乎同样确定，都显露在他的脸上。他的眼眶里充满泪花，于是，她很温柔地接着说：“我想，你肯定是很害怕。我是说，”她解释说，“你很害怕面对真相。如果说没有这笔钱你就爱着她，那么，现在你不是更爱她吗？你害怕你爱上了她！”

“我没有爱过她。”丹什说。

她听到了，但她过了一阵子才做出反应。“我相信，她还活着的时候，你没有爱过她。我至少相信，你在那边没有爱上她。但是，自从你最后一次见到她，你就发生了变化。她是为你而死的，你懂得她的心意。从那时起，你就爱上了她。”凯特说着慢慢站起来。“我现在也懂了。她是为了我们。”丹什也站了起来，面对着她，而她则继续表达她的观点。“从前，我傻傻地说她是一只鸽子，因为我没有更好的名词来形容她。好吧，她终于张开了翅膀，总是要张开的。如今，她的翅膀罩着我们。”

“罩着我们。”丹什说。

“那是我给予你的，”凯特表情严肃地说，“是我帮你实现的。”

他看着她，他的眼神渐渐变得陌生，同时，他的泪花干掉了。“那么，我能不能认为……？”

“我同意？”她沉重地摇摇头。“不，因为我明白，你要跟我结婚的话，就不要那笔钱，你不愿意既拿钱又跟我结婚。如果我不同意，你也不会。”

“你要放弃我？”他很敬畏她的悟性，虽然他说得非常坦率。“如果你放弃我，除了我，你什么也不会失去。我会把每一便士都让给你。”

他说得一清二楚，这次她也没有再挤出一点笑容。“好吧，我必须做出抉择。”

“你必须做出抉择。”

他感觉很奇怪，她竟然会站在他的房间里做这种事情，于是，他非常紧张地，几乎屏住气息，等着她做出最后的抉择。“你只有一种方法能避免面对我的抉择。”

“向你投降？”

“是的。”然后，她朝桌上的那个信封点了点头。“你要保证。”

“保证什么？”

“保证不爱上对她的怀念。”

“爱上对她的怀念？”

“哦，”她做了一个夸张的手势。“不要说你不会。换作我，我肯定会。你最有可能做这种事情。你爱的是对她的怀念。你的心里只有她的影子。”

他静静听着，注视着她的脸，但没有做任何动作。然后，他说：“听好，我要马上跟你结婚。”

“我们还回得去吗？”

“我们还回得去。”

但是，她转身走向门口，摇摇头说：“我们回不去了。”

Henry James
The Wings of the Dove

根据Everyman's Library，1997年版译出

图书在版编目（CIP）数据

鸽翼/（美）亨利·詹姆斯（Henry James）著；黄协安译. —上海：上海译文出版社，2021.8
（亨利·詹姆斯作品）
书名原文：The Wings of the Dove
ISBN 978-7-5327-8633-6

Ⅰ. ①鸽… Ⅱ. ①亨… ②黄… Ⅲ. ①长篇小说－美国－近代 Ⅳ. ① I712.44

中国版本图书馆CIP数据核字（2021）第146620号

鸽翼
〔美〕亨利·詹姆斯　著　黄协安　译
责任编辑 / 宋　玲　装帧设计 / 张志全工作室

上海译文出版社有限公司出版、发行
网址：www.yiwen.com.cn
200001　上海福建中路193号
浙江新华数码印务有限公司印刷

开本890×1240　1/32　印张16　插页6　字数334,000
2021年10月第1版　2021年10月第1次印刷
印数：0,001–5,000册

ISBN 978-7-5327-8633-6/I·5331
定价：98.00元